清詩話全編

嘉慶期七

張寅彭 編纂　姚蓉 點校

国家出版基金项目
NATIONAL PUBLICATION FOUNDATION

上海古籍出版社

第七册目次

尊西詩話

尊西詩話提要

《尊西詩話》二卷，據道光十五年刊本點校。撰者張曰斑（一七五三—一八二八），一名梅，字蔚亭，號苔山，一號又乖，山東館陶人。晚年官兗州儒學教授。著述生前盡棄之，惟存此《詩話》一種。前有嘉慶三年韓履平原跋，自序亦謂成於「丁巳之秋」，即前一年。然此時僅及作者中年，《詩話》中尚不乏嘉慶中後期事，其中明白署年者，如卷上謂劉大觀《鳳巢山樵》詩「嘉慶中歲亦久已名噪都下」，録齊又倉嘉慶二十一年丙子一文、郭立山嘉慶二十二年丁丑一文及作者是年之題跋，卷下更有「至兗州」事，則入道光矣。蓋作者嗜詩，以詩伴生活，以詩話代日記，欲子孫「即此具見吾一生所行，無需縷述」（子維銛跋），故直記至逝世前。維銛跋又謂道光癸未在兗州黌舍，友人已見此書，且有付梓之議，而作者未之許，則此書主體當成於嘉慶末年未出仕前。刊行在其歿後七年之道光十五年乙未。（猶子維詮跋）張氏生當承平之世，家境小康，衣食無憂，稍試未第，即以詩酒遣生活矣。所謂「尊西」者，「尊酒之西有東道主人焉，設尊而賦詩，因詩而有話」，數語即其自況也。所記父師親朋友生之詩，饒有雅趣，不失水準。其言有「見何論大小，但有所見，勝於不見」，亦恰如其身分。又以鄉賢故，頗及山左詩人如王漁洋、田山薑、趙秋谷等；又及紀曉嵐、翁覃溪等，皆北人也。前明則最推許謝四溟，蓋亦鄉賢兼布衣之有見者。

至於謂「漁洋詩法得之明末諸老宿，秋谷宛轉得之以傳，曉嵐、雅雨、隨園（指邊連寶）皆得之秋谷」，則雜古詩聲調之説而混言之，未得要領，不免村學究之陋矣。此書另有初稿本，名《放言撫鈔》，藏濟南市圖書館。

序

高文典册，競肆滂葩。逸致閒情，各深繾綣。譬若得雄者王，得雌者霸，兩不相謀也。然冰壺秋月，鮮不豁其清臚者，甘苦臭味祇自知耳。矧詩之爲道如變陣，然天衡地軸，魚麗鵝列，無不備陳。至其變化，從心之妙，差之毫釐，謬以千里，非可以言詮也。作者始而矯鞣，漸且精熟。精熟之候，偶出豪嶮驚人語，而人不知驚也。挑鐙獨坐，神不外馳，一披閲而駭且歎者有之。若夫時髦任舉一編，目不及瞬，即已雌黄其口，高下在心，直戲劇耳。此綴文之士每結想於古之矖瞜也。館陶張苔山者，生乾隆中歲，夙負儁才，晚甘匿跡，慓斯嚅唲，厭薄世態，鬱伊於中，久而不去，則簡傲以爲質，而縱脱以爲文，間舉衆説，闡發前賢，一經芟礱，皆有真趣。尤於晻焉失所者，三致意焉。復自綴其零文碎義，離章斷句而補苴之，冀自見以傳於後。意所忺好，無隱情也，無飾説也，無作怨，無偭德也。芴芴乎古之徒與？其逌然成一家言，何歉焉。余有内視之盲，反聽之聾，然稔知苔山者久。地相距未踰五十里，慳於一面。遵衛水至吾清，闢草堂，在三坌河上，顔曰「尊西」。時余方治舉業，亦未見僑寓之詩人也。迨同官博士，一齊一魯，隔斷泰嶽陰陽。苔山溯汶水東南趨，余則循濟水東北走矣。癸巳春，余由俸滿入都，而苔山已前歿。所謂尊西草堂者，任荒蕪於城闉蔓草中已耳。今其子維銛問業於余。暇日，出乃翁《尊西詩話》一册，乞言以爲弁。余何靳一言，且知有數存乎其間。大抵造物嗔崛强伉行違俗又人所不才者，余獨浩歎而樂道之。所存《詩話》，清思眑眑，藝林之鼓吹也。質之當代，詎乏賞音乎！況密邇燕趙，每有慷慨悲歌之士，高漸離當於此技癢矣。爰不辭而爲之序。

道光十五年歲次乙未夏四月朔日

清牗愚弟冀煌蓬山氏譔

自序

丁巳之秋，故園養痾。陋如之何，抑鬱誰語。兼之大雨傷禾，時疫在道，自憐質弱，善病何堪矣。習彦威病足，只剩半人；陶元亮折腰，全荒三徑。惟有卧榻呻吟，攤書晤對。去者已矣，來者又焉知也。乃者偶啓廢簏，重翻舊帙。初以土梗敝箒，無一可存。再閲一過，觸手莫釋，不啻若故人久别，一旦逢諸馬蹏酒肆間，何禁情之戀戀焉。故特檢與同人演説而不能去懷者，秘之牀頭，每於藥火爐烟之暇，與阿奴輩手披而指畫之，亦知不免爲識者譏也。然愛寔難割，媸自不量，所謂「只可自怡悦，不堪持贈君」者，亦如陶之「嶺上白雲」焉爾。是秋巧夕，古疾民書於卧榻。

原跋

古今詩話夥矣。桂未谷先生嘗裒集之，而未出以問世。尊西者，東郡館陶人。余兄事之有年。兄張姓，行五，「曰斑」其名，「蔚亭」其字，「苔山」其别號，「梅」其小名也。癖酒嗜詩，家食自甘。每有所作，不欲示人。余戊午冬從例光禄，止宿其家，示余《詩話》一册。初以爲引睡之媒也，迨挑燈翻閲，莊語之外，忽解人頤，覽竟而東方白矣。夫隋侯之珠，徑不盈寸；趙王之璧，枚不踰雙。詩話何必多乎哉。觀所立説，技小而意遠，局偏而旨醇，善善惡惡，美刺較然。請執以問世何如。爰題數語於其後。

嘉慶三年戊午冬至前三日，曹州愚弟韓履平謹跋。

尊西詩話上卷

館陶張曰斑苔山

昔李百藥見王仲淹而論詩，上陳應劉，下述沈謝，聲病剛柔，靡不畢究，而仲淹不答也。薛收曰：「吾嘗聞夫子之論詩矣，上明三綱，下達五常，於是徵存亡、辨得失。小人歌之，以貢其俗；君子賦之，以見其志；聖人采之，以觀其變。今子之所言，是夫子之所痛也。」詩亦難言矣。然宣聖以造化之筆删詩，惟存十分之一，而逸詩猶膾炙人口，豈非性之所近而咀味之有人耶？况禪家有頓漸之義，所謂莊語、諧語，悉法界所流，大乘、小乘，盡諸佛所説，又何必同也。導源葩經而沈酣於楚騷、《文選》，出入三唐十四家，下逮宋之蘇、梅、蘇、黄、陸、范、莘老、誠齋，遺山、鐵崖，揭文安、商文定、黄鶴山樵，迄明之劉青田、林子羽、高青丘、徐昌穀、王文成、何大復、李空同、邊華泉、謝茂秦、李中麓、李滄溟、邢子愿、徐青藤、王元美、程孟陽、劉節之，近今之吴梅村、高念東、馮文毅、徐東癡、邵青門、周伯衡、施愚山、宋荔裳、王西樵、文簡、李漁村、高文良、朱竹垞、李梅崖、尤西堂、宋牧仲、吴蓮洋、柳八愚、顔修來、謝方山、趙飴山、田山薑、馮大木、陳元孝、盧雅雨、黄莘田、沈歸愚、李石桐、少鶴、宋蒙泉、鄭板橋、董曲江、竇東皋、張船山、劉畊南、朱文正、劉文清、紀文達、翁覃溪、劉松嵐，皆可法也。

吾人明明之所溢發，筆墨之所點染，務求各臻其妙。鉥心劌肝，刳腸刻腎，如孟襄陽之眉毫盡落，王摩詰之走入醋甕，而靈心慧舌始現於刹那頃矣。倘僅以詩爲困人之具，蹇士抒憤泄懣之物，瑣尾裔宇無聊賴者之所爲，古人奚取焉？若夫歌之樂章，奏於郊廟，陳諸燕享，此亦有命焉，非可倖而致也。故《傳》稱：「詩者，志之所之也。」趙秋渠問予就教職否，詩以答之，云：「千支自數漫疑猜，人各有心何怪哉。幸我一生無滯意，羨君百里不凡才。蜻蜓啜露隨風立，赤鯉登龍逆水來。窮達須知兩無礙，水涯花塢任低徊。」

歷觀前代錚錚以詩名者，猶未免薰蕕互冒，瑕瑜相參，下焉者更混混汩汩，與草木同朽腐矣。求其不至熟爛如齊威、秦皇之尸，斯可耳。新城論詩絶句是其少作，晚年猶悔之。題謝四溟集云：「鄴下風流古所稀，梁園詞賦有光輝。」蓋謂四溟終老鄴下，未歸臨清也。吴江計甫草修其墓，以詩吊之。沈歸愚論詩絶句記其事，具見古誼高情。若明代惟徐青藤傾心四溟，不啻若太白低首謝宣城也。而鄭板橋又傾心青藤，均非阿好者。善哉！飴山老人論詩絶句云：「畫手權奇敵化工，寒林高下亂青紅。要知秋色分明處，祇在空山落照中。」「無弦祇許陶彭澤，會得無弦響更長。若使無弦亦無響，人間悦耳足笙簧。」

唐郭元振姬薛氏墓在吾鄉薛店，今竟無考。陳子昂撰墓誌銘，頗簡潔可誦，其中有《薛氏謡》一章，云：「化雲心兮思淑真，洞寂滅兮不見人。瑶草芳兮思芬蒀，將奈何兮分青春。」語意古奥，有漢魏風。元振《子夜秋冬歌》蓋亦爲姬人而作。《秋歌》云：「邀歡空佇立，望美頻回顧。何時復採菱，江中密相遇。」《冬歌》云：「北極寒氣升，南至温風謝。調絃競短歌，拂枕憐長夜。」

丁巳秋杪，病小愈，揀藥之暇與姪輩論古名句。麟問曰：「『池塘生春草』是病起佳句耶？」余曰：「山薑《病愈早起》詩入手云『雨過庭翠滋，一鳥發清籟』，歸愚稱其寫病起入神。懷谷軒謂首句即『池塘生春草』意，工於脱化，得接句，更覺情景宛然。」余口占七律云：「多病形容一榻安，今逢小愈不須丹。盤堆苧薺心同洗，説到山查口不乾。小女拆絨挑鳳配，老妻撥火煮龍團。池塘幾日無人到，春草芊芊欲上干。」結句可以解此。且非病則微物瑣事，豈宜經心耶？又有《病起》一絶云：「處處落梅花，青青沿路草。數聲布穀啼，不覺春來早。」

前明熊侍御卓《題陶山人屋壁》五絶二首云：「山泉入户流，閑花自開謝。此意堪誰語，月明來庭下。」「杳杳竹林下，青蘿向人長。俗客不到門，清風自來往。」二詩頗饒澹遠之神。即艾寨村之西園也，今猶有甘泉在焉。

研友王文政患瘧，曾戲以短句云：「憐君未讀髑髏血，草果常山手自煎。」時適作近況詩，頸聯有「細揀萱根添藥臼，誤收蝟骨着蔬藍」句。塾師問曰：「萱草忘憂，蝟骨何解也？」對曰：「能令人瘦。」師莞爾曰：「何日得熟藥性？」余漫述放翁句曰：「華佗老黠徒驚俗，吾豈無書可活人。」

暇日偶成二律，云：「茶鐺方妥酒方醺，雞肋堯肩迥迥分。相貌原知非蔡澤，功名休得笑湛賁。果能清醒何容獨，縱應馬牛不敢群。心境年來堪潦倒，文章甲乙向誰云。」「年來無計了塵緣，吟詠聳成山字肩。事若回看真畫虎，書惟有悟欲餐僊。城居不比邨居浄，世態何如酒態妍。飢飯困眠聊爾爾，屈平可笑問青天。」

庚戌秋梢，陰雨，獨坐小齋，夢一客，似甚狎，未通名籍，相與聯句，醒輒記之。客云：「草龍脱甲深埋徑。」余對云：「綵鳳分翰滿卧欄。」余云：「路滑客來門未掃。」客對云：「糟香桑落甕渠開。」余又云：「竹嗔雨勢憑卷石。」客遲遲對曰：「柳挾風狂逐墨鴉。」因問客曰：「對何遲耶？」客曰：「君只見有竹耶？」余亦欲以葡萄作對耳，客竟戲之曰：「笑緣風欲倒。」余茫然未知所對。客曰：「嗔雨未許嗔風耶？」適弱女拍余膝，驚覺。欲再對，不得也。曷勝悵悵。是冬，小女殤。

東阿于文定公慎行，前明名臣之矯矯者。諸城劉文正公嘗舉以教人。而所題忠順夫人畫像，乃饒有風趣。詩云：「天山獵罷雪漫漫，繡袜斜偎七寶鞍。半醉屠蘇雙頰冷，桃花一片殢春寒。」殆所謂廣平賦梅花，不礙心似鐵也。

冠氏杜孝卿華先，有聲萬曆、天啓間，工詩、古文、詞。文如《改建奎樓記》、《重修元帝廟記》，皆奥衍有氣格。詩如《王母臺》七律云：「不盡風烟向晚收，花宫高處最宜秋。四維垂碧天籠野，一鑑流輝月沁樓。龍劍紫光連斗極，風琴清響帶溪流。冷風作馭雲爲馬，便欲乘之汗漫遊。」頗流美可誦。

有索寫齋聯者，余拈筆書翁朗夫《與友人尋山》句。次句誤以「文」字起，自驚其誤。品五弟曰：「原句尋山，茲係教學，改作『文似看山不喜平』，較切。」不覺擊節，喜弟能起予也。因憶樓大防跋横披山水云：「觀此圖當作烟雨半開，登高臨遠時想。苟求形似，便失妙意。要不可以畫家三尺繩之。」

堂姪欽以家庭變故，廢學且淪落，群目爲匡章焉。一日，余偶得「蝸尚有頭應笑我，猱能升木可驕人」句，推敲案頭。欽適來，立背後指曰：「『頭』字改作『家』字，何如？」因失聲，余亦愴然。按：王介甫詩云：「且與蝸牛獨卧家。」更「家」字，妙矣。雖然，非欽固不必更也。因改次句曰：「烏能爲孝可騎人。」書以贈欽。欽去，因得句云：「首因好露將作雪，心不須燒早作丹。」因憶舊句云：「怕病却從愁得疾，高慵偏是夢多忙。」「俗事自憐無暇日，新詩翻喜入秋多。」

《水經注》云：「淇水東去館陶縣故城十五里，又東逕清淵縣故城西，又歷縣之西北清淵，故縣有清淵之名矣。世謂之魚池城，非也。」按：酈道元注「東去館陶縣故城十五里」者，即春秋所謂冠氏地。今冠縣北有清淵鄉。今臨清即漢之清淵縣，其故城即今之清水鎮。前明旌德姚本知冠縣，有善政。建賈鎮、清水二堡。有《清水晚吟》一章，頗饒清俊之氣。詩云：「清水城頭日欲落，清水城邊烟漠漠。日光醮水水沉烟，烟水澄凝碧如濯。空月倒浸城上樓，樓上天雲水底浮。城下行人漫興思，援筆對景書狂謳。一謳碧天何皎潔，再謳碧水更清冽。三謳人心天水同，莫把塵霾溷冰雪。君不見暮夜却金堂懸魚，高風千古騰吹嘘。又不見董氏鄔塢楊氏閣，一炬徒足爲焦墟。清水誰將此地名，往者來者無停旌。借問幾箇清如許，不媿途中清水吟。」

甲寅秋，鄭某來候病。余撫牀答曰：「病榻光陰留客座，詩囊事業滿秋聲。」鄭欲改「留客座」爲「嫻脈理」，嘲余近業耳。因誦余「砌堆卷葉棲山鳥，花卧饑蛛捉水蠅」之句，情景宛然。「小石虚心晴伴竹，晚花着意夜欺霜」句，鍊字鍊意，不減唐人。

讀小奚「踏葉慵開徑」句，每憶「積閒成懶懶成癖」之語。小奚亦有懶癖耶？余但自誦是年《暮春》詩云：「持身無事口雌黄，可笑晉人鬬舌强。惟我自知非病病，憑人群説不狂狂。何勞夜遁學王績，但遇香醪友杜康。眼落珠盤看世事，依稀蜀道是康莊。」

杏花詩易涉俗艷，頗難着筆，蓋直點二字較雅，賦其形似則失之矣。金代元遺山詩高古沈鬱，時出新意。元初僑寓冠氏，有《趙莊賦杏花》絶句云：「一樹生紅錦不如，乳兒粉抹紫襜褕。花中誰有張萱筆，畫作宫池百子圖。」「東風誰道太狂生，次第開花却有情。聞道紀園千樹錦，一尊猶及醉清明。」骨韵清拔，超出塵寰矣。

族叔兩千公癖古文，喜歌詩。癸卯省試，閲余文，深許可。狂飲，命題有連環絶句、迴文等詩。重陽，公復來，分韵催菊。余詩先成，云：「重陽正是摘花時，去去東籬洗玉巵。泛酒如何無一朵，茱萸笑爾誤佳期。」公愛玩不置，曰：「姪尚少，不爲誤期也。」晚留飲，薦鯉。公曰：「佳貺也，試賦之。」余興盡，偶塞責，曰：「化龍未許來天上，作鱠猶堪供客筵。」公目余，俯首盡酌，蹙然曰：「命意自佳，究不應客我。」既而曰：「吾與爾皆過客也。」余但誦庚子場後詩，云：「門掩西風月帶霜，淡烟絲柳罥寒塘。整冠纔覺槐陰夢，課子聊披肘後方。不許事過悲失馬，何勞歧路覓亡羊。無聊小立中宵静，叉手樓臺滿院凉。」

鄉貢後又逢科試，偶占七律云：「自愧濫竽多少年，今朝逃去欲仕肩。誰知踪跡還同鬼，争道霸王常作僊。看相原來非蔡澤，不狂偶許似張顛。鶯花舊夢春同老，徙倚芸窗面靦然。」郭序東見之曰：「非有意分發乎？」因戲我以短句，云：「霎時驢子换成馬，豆腐盤還苜蓿盤。」按：「苜蓿盤」在唐時屬鄭廣文，邇來聲價較高，已被督學使者奪去。紀曉嵐使閩中路，逢新泰令餽食品，詩以却之云：「山驛風霜特地寒，勞君珍重勸加餐。詞臣只是儒官長，已辦三年苜蓿盤。」又聞青城司詞趙欽鄰，乃青州宿學也，年八十餘涖任。同人問之，曰：「縣尊稱邑侯，吾輩何等侯耶？」或曰：「可稱關内侯，以其位卑耳。」欽鄰曰：「稱倫侯較切。」明倫堂一座爲尊也。倫侯乃秦官名，無封邑。

某，余契友也。妾名秋姑，蒼頭黄姓而華名，長子某忠厚有餘。甲午秋杪，余冒雨訪之，菊酒聯句盡歡。散後，余寄去《寄懷》詩，結句云：「倘許平分三畝宅，我占松菊半山腰。」友適飲鄰舍，伊長公拆封，白母曰：「昨日貪客，竟要平分宅子，且占前半截。」母惑之，問夫，夫曰：「昨日雨中聯句，客有『黄華欲犯秋』之句，幸伊不聞。不然又將伊于胡底耶？」余又有《寄懷》一絶云：「秋風雨地雁聲新，别後情懷未了因。猶憶紆回牆脚路，提壺冒雨訪幽人。」

諸生某好刀筆，與余誼屬中表。時有惡言，勸斥之，未能止也。齋中盆菊數株，過期未開，强余催之。余援筆竟書，曰：「寄語司花神女知，秀才相候已多時。疎狂性子荒唐慣，牘奏天庭爛漫遲。」某突紾余臂，大呼曰：「兄戲我！」暇日，教嘉平姪云：「深山虎之穴，丘隅鳥所止。君子知其然，跬步不忘矩。」

余訓幼童，每以古人五七言句拆寫，令伊等湊成之。一日，寫梅聖俞句「山花高下色，春鳥短長聲」十字與之。一云：「春色花高下，山聲鳥短長。」一云：「花高山色下，春短鳥聲長。」一云：「山色花高下，鳥聲春短長。」各有其意，可喜也。憶幼時曾侍李九姻伯小讌，即席亦命湊此十字。余云：「花色春長短，鳥聲山下高。」又命對「花色酒分紅」句，余曰：「鳥聲春共媚。」年相似，句亦不甚相遠。時三月廿四日也。因拈句云：「跳丸難繫春又殿，晴光明媚風拂面。閒花野草共山禽，相侵相凌勞酣戰。我本膏盲泉石流，添署頭銜管城侯。癖慵性子荒唐慣，手搖蒲箑未脱裘。」

有僧人道：「潛者善詩。」東坡館於逍遥堂，然性褊，疾凡子如仇。嘗作詩曰：「去歲春風上苑行，爛窺紅紫厭生平。而今眼底無姚魏，浪蕊浮花懶問名。」士林以此短之。一日，與景夏宗兄論此詩，兄曰：「那如足下『沙鷗多自立，瓦雀一群飛』句深含不露。」雖然，與某會飲，「院落多花那是蕖」一聯已露圭角。至某科弔某丁艱，「秋風凉雨賻劉蕡」句，尚未揭曉，更輕人不淺，恃相好，故直言。余得句云：「至親最苦難忠告，好友何須不直言。」暇日，偕品五弟讀史，用韵云：「相如膽略大於身，廉頗將才妙入神。休笑當年文下武，兩人原是一心人。」品五元韵云：「從來異類本無因，既是同群那不親。誰識此中空洞處，能容卿輩許多人。」

蘇頲濱云：「唐人工於爲詩，陋於聞道。」然如少陵、昌黎，正未可謂不聞道也。趙秋谷云：「詩人貴知學，尤貴知道。」東坡論少陵詩外尚有事在，是也。劉賓客詩云：「沉舟側畔千帆過，病樹前頭萬木春。」有道之言也，白傅極推之。

壬寅夏秋之交，旦夕與家人煮茗談詩。時堂姪家政尚幼，亦撥火問曰：「昨讀商河孫某一聯『九曲迴腸隨處熱，一生强項向誰低』。『强項』好耶？玆讀叔句『半世低頭惟學字，一生强項不因人』。《魯論》曰：『因不失其親。』『因人』豈盡非邪？」余向家人曰：「此子將來必人云亦云。」按：曉嵐先生《渡江》結句云：「可信北傖真强項，黿鼉窟裏放歌行。」自注：「强」字去聲，《素問》注甚明。今讀《董宣傳》者呼平聲，誤也。聞張船山渡江遭風，折柁，同舟呼救，而獨執筆吟哦，亦可謂强項矣。

余好酒，病肺，久欲止而同人不我許也。壬子夏，嘗留清河王公與家，王倩江子立崖陪余。江固善雲林法，適爲客所逼，未終其事。江來，而酒數巡矣。入座勸酒，主人代以量小辭，江迴顧曰：「瓶罄乎？主人何妄！先生善飲者！」余曰：「足下何得當面説謊？」江曰：「唯唯。『酒腸一旦思吞海』，誰句耶？」余曰：「妄談耳。」江曰：「《陌上行》云：『昨日酒還今日醉。』《竹齋落成》云：『昨日早知今曰醉。』《自嘲》云：『我怕吟詩偏好酒。』何妄談之多耶？兹不具論。《喜晤趙贊》一篇有『酒逢愛我難論量』句，不幾當面説謊乎？」余不能答，惟告以止酒故。江曰：「唯唯。觀《病酒篇》『纔辭扁鵲華佗去，又揖嵇康阮籍來』，先生豈欺我哉！今亦斷不能辭。」遂勉飲。猶幸未誦余「濡墨嘗搔首，爲壺欲碎身」之句也。適王公與幼子以素扇索書，實獲我心，濡毫磨墨，楷書未畢而僕夫已命駕云。

蔣雲會摘《詩箋》一則：有販夫崔金友者，荷擔吟詩。索觀之，佳句不可枚舉。如《書懷》云：「花落無人徑，雲飛到處山。」《訪友》云：「野曠天垂遠，花深月出遲。」余尤愛《憶舊》一聯：「因風去住憐黄蝶，與世浮沉笑白鷗。」堂邑王擎柱先生云：「何喜此等句？」余茫然。先生曰：「句畢竟作何解？」余曰：「非嘲無刺無非者耶？」曰：「謬矣。蓋販夫自憐且自笑耳。如君解亦屬合掌，非佳句也。君曾步汪貫珠韵，有『可笑風蟬甘斷續，何如尺蠖任盤旋』一聯，足可風世。足見有品，庶稱完璧乎？」余爽然如有所失。因述舊句云：「白髮渾忘鶴甲子，青年偏熟藥君臣。」欲改「鶴」字爲「龜」字，何如？先生曰：「『龜』字佳。」

《禮·昏義》曰：「共牢而食，合巹而酳。」案：「共牢」是合一牲體。「合巹」是取一瓢斷而爲兩，杯以酌酒。「酳」，飲酒也。晉嵇含《伉儷》詩：「挹用合巹酳，受以連理盤。」今賀昏禮用「合巹」字，不用「共牢」也。「花燭」二字亦有本。陳褚亮《詠花燭》詩：「蘭逕香風滿，梅梁曖日斜。言是東方騎，來尋南陌車。靨星臨夜燭，看月隱輕紗。莫言春稍晚，自有鎮開花。」

謝茂秦曰：「詩固有定體，人各有悟性。夫有一字之悟、一篇之悟，或由小以擴乎大，因著以入乎微，雖小大不同，至於渾化則一也。或學力未全而驟欲大之，若登高臺而摘星，則廓然無着手處。若能用小而大之之法，當如行深洞中，捫壁盡處，豁然見天，則心有所主，而奪盛唐律髓，追建安古調，殊不難矣。予著詩説，猶如孫武子作兵法，雖不自用神奇，以平列國，能使習之者戢亂策勳，不無補於世也。」觀此言，則四溟之自負亦不淺矣。

《山薑詩話》云：「用古人成語作己詩，前輩恒有之。若用諺語得天然之趣者，則未多見。南宋高菊磵《清明對酒》七律結句『人生有酒須當醉，一滴何曾到九泉』，用來妙絶。」余《再過故城憶所見》絶句二首云：「河水西來一帶斜，故城城裏是誰家。當年十月初三日，攜手白衣上素車。」其二云：「去年此地驅車遊，今日重來恨未休。可笑西門道上客，心同河水一悠悠。」張景夏書於後，曰：「昔有明上人者，作詩甚難，求捷法於東坡。」坡曰：「衝口出常言，法度法前軌。人言非妙處，妙處在於是。」此詩得之。余按：南宋樓宣獻公云：「嘗記本長老赴闕時，過金山，佛印見其朴野，强使賦詩，仍誦唐人以來佳句。木忽使人代書云：『水裏有塊石，石上有箇寺。千人萬人題，只是這箇事。』印深服之。」

錢孝廉汝調戊申館余家。雪窗對酌，談及《漁洋詩話》論古今雪詩，佳句不勝述，若柳子厚「千山鳥飛絶」已不爲佳，而鄭谷之「亂飄僧舍，密撒歌樓」，益俗下欲嘔。韓退之「銀盃縞帶」亦成笑柄，而俗人肉眼怵於盛名不敢少議，何哉？錢云：「昨讀君《首夏雪詩》，自屬荒唐，然『無香非散六，有信不迎三』之句，反覺別致。」

《濟南道上詠山村山徑》云：「十里荒山下，郫居四五家。草龍盤似屋，蟲葉透如紗。雨過蛙爭鼓，風送蝶落花。應知深樹裏，金王不吾遐。」「曲徑深深入，層山面面過。嵌空花嫵媚，堞危樹髿髿。牛背歌童笛，溪頭釣叟簑。介然行處好，前向盡平坡。」此景可以入畫。

竹郫道人者，歷城道官也。住持黑龍潭，奇花異草，池鯉籠禽，人地頗相宜，且善笛喜謳。丙申負笈濼源，嘗從同人造訪。竹郫不善詩，然每至必指題索詩，伊亦且笛且謳，盡歡散。不然，即欲一煮茗不得也。一日，題指詠蛙，余戲曰：「何處鳴蛙側注冠，大聲閣閣傍牛欄。須知一部池塘裏，此輩原來也是官。」竹郫漠然若不覺者，援笛吹之。笛罷，演「吐真」一回，描寫秀才苦楚，情態逼肖，同人無不絶倒。演畢，拱手向余曰：「和章何如？」余因得句云：「無心識趣方爲樂，着意偷閑便是忙。」

嘗讀《古懽堂稾》，有「詩愛古人常勦襲」句。余謂不特今人，即古人不免。前人論之詳矣，固有「奪胎換骨」之説。謝茂秦曰：「《孺子歌》：『滄浪之水清兮，可以濯我纓。』孟子、屈原，兩用此語，各有所寓。李陵《與蘇武詩》：『臨河濯長纓，念子悵悠悠。』此偶然寫意爾。沈約《渡新安江貽游好》詩：『願以潺湲水，沾君纓上塵。』所謂襲故而彌新，意更婉切。柳宗元《衡陽别劉禹錫》：『今朝不用臨河别，垂淚千行便濯纓。』至怨至悲，太不雅矣。」竊謂近代如唐允甲「殘花野蕨圍荒砦，破帽疲驢避長官」，是襲徐文長。黄魯直題畫《睡鴨》一首，直寫徐陵《鴛鴦賦》，僅改十數字。古人豈肯録舊，亦非無心合轍，蓋有心襲之。故詞意相同而工拙迴別耳。太白中秋句「秋光一半盡，桂魄十分圓」，東坡中秋句「平分秋色一輪滿」，詞意較同。余中秋句云：「秋色須知一半盡，桂輪正看十分圓。」本無心盜李，豈有意拾坡？即曰有因吾父母年逾古稀，而喜懼心不較真耶？河間紀文達公嘗語人曰：「自校理祕書，縱觀古今著述，如作者固已大備。後之人竭其心思才力，要不出古人之範圍。其自謂過之者，皆不知量之甚者也。」

「柳絮」題極輕微，「落葉」題極蕭颯。乾隆間，巨公賦詩迴自不同。柳絮如鄂相國爾泰第三四句云：「搜天鶴氅齊高格，拂水蘆花拜下風。」張相國廷玉後四句云：「望去悠悠如避俗，生來清白不粘塵。託根雖傍長亭路，肯似柔條折贈人？」劉相國統勳起句云：「嫩緑常瞻鳳輦巡，交枝深鎖玉園津。」結句云：「悠揚自趁芳菲節，留取濃陰蔭暍人。」嵇相國璜中四句云：「團階亂入苔痕澹，撲研微添墨迹肥。妙繪可能摹薄影，佳名本自號高飛。」落葉如鄂相國結句云：「底妨萬籟調刀下，卧聽秋音作静音。」又結句云：「請看月桂彫殘未，欲問姮娥阻愛河。」張相國第五六句云：「疎柳日斜官道晚，高榆風急塞垣秋。」又起句云：「榮枯草木亦何心，不信驚秋感易深。」又結句云：「莫把溪柴同一視，箇中或有爨桐音。」劉相國結句云：「莫言轉盻分榮悴，同入洪鈞鼓鑄中。」又中四句云：「山間樵徑迷難度，天際烟林澹欲無。記取輕陰藏戲馬，留將曉色帶啼烏。」又第五六句云：「隴首一篇凌鮑謝，江楓五字駕曹劉。」梁相國詩正第五六句云：「一天霜露酣清曉，匝地丹黄繪好秋。」

詠梅推庾子山，至東坡爲絶唱。近見蔡企菴詩云：「羅浮仙子飲流霞，醉到孤山處士家。幾度東風吹不醒，至今顔色似桃花。」又云：「梅花千樹萬樹白，天遣一枝兩枝紅。不是要誇顔色好，壓他桃李笑春風。」骨韵自不減東坡。余乙卯春寓錢良弼家，曾詠紅梅二絶。其一云：「曾將雪月賦梅花，今日如何似絳紗。想是羅浮同醉日，銜杯一誤濺仙葩。」其二云：「芳梅何事向春開，鑽歲居然火一堆。不是要争桃李艷，躲他鐵脚老慳回。」幼時詠紅梅句甚多。再一翻閲，猶似故吾。《憶邢子愿題梅花紙帳贈冒伯麟》云：「紈素豈不貴，障風借陟鼇。破霜開臘樹，暈粉出春枝。夢涉羅浮近，香殘襆被知。蟠根君自見，願訂歲寒期。」每讀之，如卧梅花帳中也。紙帳，蓋其所自畫云。古人詩有問答體。余家東園老梅一株，不知其年矣，前輩贈句云「百千年蘚着枯樹，一兩點花共老枝」是也。余生癸酉十月二十三日亥時，祖母夢移梅西院，即余墮地處，因命名曰「梅」。余曾有《梅答問》一則，梅語曰：「獨訪文軒莫浪猜，何當一試廣平才。」余忻然答曰：「清思倘許同分韵，熲雪晴窗日幾回。」梅又云：「欲共羅浮高士語，怕逢赤脚道人來。」余云：「爲憐磬口原慵笑，未防蜂房昨日開。」因述幼時有贈紅梅詩曰：「羅浮仙子意深哉，爲飲流霞世外來。可笑師雄多猛浪，醉時指瓜破香腮。」梅笑曰：「先生謔耶！狐兔應是一家，何得同矮説短？」雖然，僅聞有桃梅、杏梅名，而未與覩也，想非孤山蹕耳。更不聞有李梅，近却見有陶山蹕張梅者。按《攻媿集》云：「凡花之生深林者，不以無人而自芳。然古人必以稱蘭者，非蘭不足以當此。正如疎影、暗香，他花亦有之，惟梅可以語此耳。」

河間紀文達公詩，余酷愛其《讀蓮洋集》四絶句，云：「妙悟多從象罔求，粗豪似爾亦風流。碧雞久已分王霸，正合齊名趙倚樓。」「幕下曾輕李玉溪，驊騮老大竟相齊。平生惆悵梁園雪，半是開封使院題。」「鳳髓何由續斷絃，寒山詩句竟凋殘。微雲疎雨堪千古，剛憶芙蓉不耐寒。」「繙盡龍宫貝葉篇，層層雁塔記諸天。金頭自解拈花笑，未是滄浪水月禪。」讀此詩而蓮洋山人風格亦可概見矣。今《吴天章集》聞有刻本，未窺全豹。夫以一布衣而當時如漁洋、秋谷、竹垞，皆争與之交，尤徵古道。若曉嵐詩，自是一代正音。而其高祖厚齋名坤者，明末諸生，有《花王閣賸稿》一卷，人罕知者，翁覃溪爲序以傳。一空鍾譚習氣，多見道之言。如《所聞》一首云：「出門復入門，憂心日草草。何時黄巾平，骨肉得相保。治亂相倚伏，此理信穹昊。河清會有期，恨我生太早。側聞閫外事，功罪日紛擾。恩怨亦人情，吾敢怪諸老？且願緩報施，稍待風塵掃。」此詩深中明李之弊。歷城周書昌評：「所謂責之愈深，其辭愈緩，無愧於風人之義者也。」

庚戌四月，韓夢丹來，余贈以詩，云：「案滿新編砌滿苔，柴門經日不曾開。跨驢欲向汴梁去，問客説從彭澤來。李杜寄懷應有句，阮嵇乘興那停杯。干支未許傷遲暮，且喜相對二老萊。」因憶夢丹丁未春闈後過我，己酉又過我，余《誌别》句云：「離别兩年多四日，陪懽半月少三天。」又《懷樂徵兄》句云：「相隔三千多里外，别來一十六年餘。」王文政曰：「此等句子未易入目，曾於徂徠先生集中見之。如《士廷評相會梓州》云『一千二百日離别，五十六驛外相尋』，《赴任嘉州寄吕國博》云『鄉國三千里離别，杯盤七十日相知』，吾輩肉眼但覺質直、古拙，無討好處。近見劉才甫有句云『二十年來餘一面，八千歲裏已三生』，『八百關河都置掌，三千世界一回眸』，然皆不及陳其年句云『芒鞋一兩千金直，不踏城中二十年』較爲驚策。」

邢子愿《來禽館集》古文得六朝之腴，每以字掩其文名。徐辰叟悦生近語述其語云：「余詩文都不如畫佳也。」則又精畫理矣。畫未見，見其字，深得右軍遺法，而詩又超絶。盛年闢泲園以終養。謝四溟過之，調謝以古歌云：「朝度不其，暮度不夜。寒霜霑衣裳，忍凍過前壩。長鬚不解禺夷者，揶揄時被土人罵。吁嗟乎！文章滿腹何必言，仰天大笑歸山樊。」

余謂昌黎作《毛穎傳》，人皆笑以爲怪，子厚篤好之，題文其後，可知蚍蜉撼樹與吠雪吠日之犬，世固不乏其種類。

謝四溟説詩，歎方晦叔「山雞未鳴海日出」之句，以爲簡妙。蓋方亦臨清人，號兩江，名元焕，字晦叔。以草書名嘉靖間。嘗闢養拙園，極松桂、水石之盛。四溟贈詩所謂「地闢清沼月相映，石作孤峰雲自生」者也。其詩幾爲字所掩，而旁書尤爲傑出。安南譯使曾以千金購一字，求大書「安南國」三字不得，後託某上人設法竊去。近見其《園居》二首，頗清逸，有風骨，詩云：「風物花含早，陽春鳥弄初。冥心無佳着，水石澹幽居。病減燒丹竈，情欣種樹書。地偏非避俗，林卧谷神虚。」「兀兀坐長日，行園恰晚晴。畦蔬經雨足，山木到雲平。野老水上語，清風林際生。年來知抱甕，猶聽轆轤聲。」

余名梅而好梅。在都下，聞奉恩將軍書誠別號樗仙，能詩，有《静虚堂集》。《寫梅偶題》云：「梅仙藏名會稽中，直入禹廟騎梅龍。僧繇丹粉汙爪角，鑒湖夜浴雷雲紅。濤翻敗甲凝鮮彩，流散人間作梅海。四明狂客醉不聞，孤山處士横舟待。東風吹雪乾坤香，放吟得意雙鶴翔。高人不與天下事，月烟百里圍蒼茫。誰知更有花光老，亂墨點窗世爭寶。弟子欺人寫紙條，未知真境如何好。」後見常熟蔣文肅公《看梅》一絶，云：「横列春山翠帳開，幾株相映白皚皚。輕烟未散月未上，放鶴亭邊雪欲來。」二詩一煩一簡，各盡其妙。然楊椒山「古瘦清香原太始」之句，則別具一風骨。忠愍有梅花詩卷，筆亦奇縱，蓋爲比部冀梅軒作，曾周旋詔獄者也。

韓昌黎代張藉書，蘇子瞻代張方平疏，代固非易事，無徒苦捉刀人也。南皮侯方來癖詩酒，庚子遊東阿，與唐子凌雲友善。侯因唐子索余書，唐子曰：「并求佳句，矜我良友。」辭不果，勉成五絶，云：「擁坐牛衣冷，頻挑一穗燈。荆妻眠熟未，涕泣亦何曾。」唐子得書去，迂道至侯家。二稚子典衣賒酒，相對懽甚。因出書，侯見之泣下，曰：「詩詞書法俱佳，但恨款落庚子耳。」因口占短句云：「獨卧牛衣空涕泣，荆妻一覺十三年。」唐子恍然如有所失。

《村居偶拈》云：「青輭布韈掩柴門，藥竈茶鐺老瓦盆。我不敢居真措大，人偏好學假鄉原。身同歲月容心擲，命比鴻毛作意溷。莫笑狂夫狂太劇，干支一數一消魂。」

癸卯科借寓濼源書院，有詩曰：「行行嵐氣襲征衣，爲訪同群入翠微。此日風情深繾綣，前年花事記依稀。春鶯出谷鳴何處，秋雁辭巢雛又飛。迴首驚心空老大，恨余褦襶素心違。」舍館少定，詢及同人。有袁子守仁者，淄邑寒士也。嗜讀，雖夏月必繼燭。歲暮同人去，每獨留。朝夕自炊，被服補綴，非好儉也，正所謂古來少見如君困者。余送一聯云：「年來心景秋來葉，近日詩思夏日雲。」蓋紀實也。是秋自歷下歸，有「日暮蟲聲急，天高雁去遲」，「暮林歸鳥集，落日晚霞吞」，「院静花爲友，更深月到牀」，「客狂無剩酒，秋晚有餘花」，「菊洗重陽雨，人卧一榻風」，「密槐藏爵葉，垂柳逼窗梢」等句。

禮義責賢，然君子無棄才也。近有吾輩人揚父之惡，「善則歸親」之謂何？「爲尊者諱」之謂何矣？欲竟不問，誼有不可；欲勸，勢必不能。因借夷齊偶占絶句云：「天倫父命漫敷陳，偏愛於今累老親。果是甘心身餓死，何如當日不生人。」老友郭序東評曰：「夷齊復起，應難置喙。然吾當爲夷齊原也。」和曰：「譴責何須太認真，當年情致用和鈞。老親不是原來小，兩箇居然大聖人。」信口拈來，其風肆好，風人之旨微矣。至庚戌五月，韓夢丹自京來究問余曰：「兄何與某訂交耶？」余默然。口占一首云：「從來窮達見情慇，休話劉蕡與湛賁。風裏楊花吾畏彼，雨中荷葉我知君。非關意氣三千丈，自有讙情百萬分。雞鶴休云不同立，昂昂拭目自空群。」

丁酉夏月，學師孔夫子見賜墨晶鏡。偶失手壞一晶。時適病左目，遷就用之。清河王文政不知也，因拈七絶云：「世人皆醉我偏醒，自有天晶勝水晶。元亮抱琴原有趣，休嗔處士盜虛聲。」余因襲《張果老騎驢圖》詩意，戲之曰：「世間多少人，誰似這老漢。不是果然成隻眼，原來一閉一瞪看。」然太玩世矣。嘗獨坐又乖軒，自題云：「莫怪昔賢安樂窩，新成斗室亦婆娑。知心但有人非少，如意無那事不多。身閒敢笑藏頭雉，性冷難嗔昂首鶖。又乖老矣卿歸去，月上西窗一任他。」

前輩云：凡吾所欲言者，古人已先爲我言之。藝苑名言，論亦如此。壬子夏，讀古今詩鈔，益信古人不我欺也。如余《輓槐》詩有「蒿雀近凉疎户底，山蟬遥響夕陽殘」一聯，而蘇子美則有「山蟬帶響穿疎户，野蔓盤青入破窗」之句。余《村居》詩云：「償還有債惟沽酒，忙裏偷閒不負詩。」余安道云：

「詩債嫌於酒債多。」余《近況》詩有句云：「誤收蝟骨着蔬籃。」而王禹偁則曰：「多病形容只有骨。」詞異而意同。大概如此也。又乖軒前作「如意花蹊」，得一絶云：「閒將瓦石任兼收，小逕平鋪如意鈎。果是尋花知己到，主人應問再來不。」語似未經人道，然韵脚亦熟。

前輩論七律中四句，前兩句宜虚，後兩句宜實，勿倒置也。堂邑張景夏和品五詩，中兩聯云：「趣從轉柱絃中悟，神向添毫頰上傳。藻采任人争艷冶，風烟憑我藉鮮妍。」前聯言作詩神趣耳，言大非夸，虚也。後聯揚開，言藻采處任人争艷，烟波中我自不醜，優游自得，實也。詩句可云穩妥矣。品五欲改「烟」字爲「騷」字，蓋「風烟」二字即烟波意也，若云「風騷」，則大相逕庭矣。余亦有和品五七律，中聯云：「人情看似秋雲薄，我意還同世道凉。」片玉一枝應自束，閒花野草盡情狂。」客欲改「情」爲「他」字，一字之更，居然意别。後逢春冷，得句云：「春日清寒步懶移，圍爐兀坐不堪持。牀頭酒熟温三盞，簾外梅花露一枝。冷似仙亭聽鶴放，静如佛座少人知。屬奴烘手書新句，籠鳥聲聲欲和詩。」「牀頭」一聯，當是天然凑泊，即欲自改，亦不能也。臨清冀蓬山深愛之。

侯朝宗《與陳定生論詩書》云：「賈君開宗論詩欲清空一氣如話。僕曰：是固然。更少氣象不得。閶闔、冕旒，固屬氣象，水鷗、風燕，得意容與，庸非氣象耶？推而至於太原真人之裼裘，曲江仙侶之彩筆，任城豪飲，斗落參迴，玉門愁月，練白霜皎，皆能以其氣象爲氣象。當其勝絶，變動難拘，惟心知其意者，觸通焉而已。今人往往好爲樂府，僕謂如『郊廟』『鐃歌』諸題，皆古人身在其間，鋪張賡歌，今無其事而輒慕擬之，亦優孟衣冠而已。若不求盡似其音節，又何必其題？白香山嘗有《新樂府》，得風人之旨，不可以其盛唐後非之也。」余按：「趙秋谷論詩亦然。」

薛補山《雒間山人集》，董曲江前輩合摹漁洋、竹垞遺像爲一圖，索題。云：「曹郎侍從陟，布衣大科掇。仝時際會奇，一代詩名聒。秋谷有微詞，無乃啓攘奪。狎盟壇坫間，坐席何曾割。廣川雅好事，開幀兩公活。貌得接引心，誰佛誰菩薩。左司再得贊，瞻禮慰饑渴。更請寫飴山，滑甘濟辛辣。」

鄭子問曰：「凡物乍見則新，數遇之則亦不奇矣。兄詩每好人名成句，如《上葉公》云：『羨君恬退高良賀，媿我容儀亞鄧通。』《賀王公還任》云：『暫許陳蕃隨別榻，恍逢郭伋入并州。』此等句難枚舉。至《贈某》云：『常恨齊侯亡扁鵲，可憐毛遂客平原。』《寄舅氏》云：『談兵我遇韓擒虎，待旦誰知劉慶孫。』《記病》云：『齊人原不知扁鵲，漢帝何嘗少吉平。』《重陽戲占寄汪某昆仲》云：『老杜常懷李謫仙，王宏偏遇傅延年。元方應携季方至，不許陶潛白樂天。』果多多益善乎？不知唐宋亦有然否？」余曰：「用事貴切，立意貴精。字句患不雕琢，體格患不醇正。昨有人誦句云：『裴度尊前座韓愈，趙成帳下立荀卿。』尚是徂徠先生句。」按：摩詰、太白，盛唐大家。王之《贈蕉鍊師》、李之《贈當途宰》等篇，有多少人名，《三百篇》亦自不少。老杜云「清新庾開府，俊逸鮑參軍」，「清白山濤鑒，嫌疑陸賈裝」，俱是名句。

余家好獵，少時曾一與焉，而鷹颺去。日夕獵河北，原鷹復來。余有七古一首云：「維緣欲覓蟾宫兔，曾向蟾宫十數度。宫中八萬六千人，作伴吴剛斫桂樹。此斤彼手無停揮，狡營三窟何曾非。今朝技癢飢欲死，依舊平原守株飛。」彼時不過詠鷹之去而復來耳。錢孝廉汝調見而嗤曰：「姻叔終欲作老博士耶？」後讀《古今詩話》，見唐崔絃兒時隨父謁韓晉公滉，公指架上鷹令詠。崔詩曰：「天邊心膽架頭身，欲擬飛騰未有因。萬里碧霄終一去，不知誰是解縧人。」飛騰後謁晉公，公曰：「果得解縧人矣。」如寇萊公「舉頭紅日近」，王道亨「摩挲星斗寒」，戴之「孤雁一聲天地空」，王沂公「雪中未問和羹事，且向百花頭上開」，何一非吉凶悔吝之生乎、動乎？

《輟耕録》云：元中書左丞吕仲實思誠未遇時，晨炊不繼，將携布袍貿米於人。室氏有難色，因作詩云：「典却青衫供早厨，老妻何必更躊躇。瓶中有醋堪澆菜，囊底無錢莫買魚。不敢妄爲些子事，只因曾讀幾行書。嚴霜烈日皆經過，次第春風到草廬。」後果登第。

詔舉孝廉方正，同人公呈兩學牒縣，偶成二律云：「千佛貝多漫自奇，秀才康了又誰知。非關阮籍開青眼，那知馬良是白眉。伏驥從看空北冀，寒梅先放向南枝。品題此日逢宗匠，已是盈城説項斯。」又：「龍章鳳詔喜相遭，捧檄今朝意亦豪。應識蒸雲含雨氣，試看蒼隼凌風高。菊逢九月方盈把，船到丹陽暫住篙。入世但逢知己在，十年辛苦不虛勞。」書呈學師劉夫子問衆。曰：「張生詩味絶佳，然以篙韵卜之，將無成。」口占短句云：「陶陽不是丹陽道，可惜張憑已下船。」是秋，縣牒到學，復召余。余口占云：「無錢那許輕崔烈，有刺何妨學正平。」遂跨驢就道，一路野花，金色爛漫，而不知何名。絶句云：「誰把黄金巧剪裁，爲花爲蕊淺深開。詞人格物渾無計，疑是姮娥撒下來。」學師見之蹙然，既而笑曰：「事有天定。」次年春，歲試來府。師問余曰：「船到丹陽竟住篙矣。」又曰：「一路野花金色爛漫者，畢竟知其名否？」因出學憲催考挨貢文書，余乃如夢初覺。因自嘲云：「麻衣相我骨清寒，皎皎如秋月一團。質直此生憐季布，悠游入世戒陳摶。身非有病懶成癖，心或無聊酒是丹。纔欲隨波尋范蠡，皤谿又拾釣魚竿。」

蓮洋山人買圃鄭谷之口，有黄梅數十株，中作草堂。面雷首，肘太華，怡然自在。而《詠梅》詩有云：「繡幕燈來纔有影，雕窗月到更無痕。香浮東閣仙即宅，夢入江南處士村。」亦可見其志趣之不凡矣。

竇東皋《省吾齋稿》在今日已成《廣陵散》矣。姚秋農酷好之，嘗誦之不絶口。其文多劉耕南批，耕南亦古文作家也。今觀東皋詩有《桐城道中懷耕南》云：「野館回殘夢，江鄉憶故人。一官猶苜蓿，三徑但松筠。霧雨南溟路，關山北峽春。折梅未敢寄，細把恐傷神。」豈耕南亦好梅耶？後見《海峰集》梅花詩云：「梅樹手所植，今年花出牆。斷雲春寂寞，初月夜荒凉。獨酌有尊酒，孤眠聞妙香。人生不常好，兩鬢忽如霜。」真以梅爲性命者。又《雜興》云：「老梅發疎花，蒼然澗水邊。高風與芳韵，豈待世人傳。艶陽二三月，桃李争春妍。自矜復自惜，翻爲梅花憐。棄置勿復道，此情從古然。」

伯父願圃公好蓮。戊子季夏，有鄉先生梁福基攜酒來賞，而花已謝矣。先生悵悵久之，口占云：「不見君子花，蓮房看纍纍。」余請終篇，先生曰：「老荒倅博一第，宫商未解，孺子盍續之？」余曰：「誰識蓮房中，箇箇是君子。」先生因與願圃公暢飲大醉，索筆扁小齋曰「蓮芳」。

暇日陌上行，口占二律云：「閒携奚奴步陌阡，招提尋勝已忘還。疎狂不必陳同父，結習何須孟浩然。昨日酒還今日醉，買魚人到賣魚船。野花十里斜陽下，坐對村翁畫井田。」「村居何事不心寬，雨後清吟興未闌。客路提鞭嫌去滑，瓜田荷鋤怕中乾。熱腸果與凉無涉，青眼何妨白處看。偏是小奚情未了，殷殷猶説主人寒。」

學詩須知鍊字法。如張又新詩「湖光迷翡翠，草色醉蜻蜓」，鍊中一字。如嚴維詩「柳塘春水漫，花塢夕陽遲」，鍊末一字。客問：「昨日足下有《懷兩弟》詩『諸葛魂欲斷，春草夢耶非』，是鍊那一字？」固知白香山所謂鍊字不如鍊句，鍊句不如鍊意也。

丁未重九，品五寄紙云重九無菊，夢與乾德李親家李岸老、王澤普菊酒論文，枕上口占一絶，結云：「何堪座上無元亮，夢遇東籬酒甕開。」詩非不佳，但以品五久困場屋，毫無生氣。因和云：「冷落重陽已幾回，夢中黄白喜相陪。醒來乞種陶彭澤，定約明年九月開。」得此庶醒心目、長精神耳。迨乙卯九月，偶成二首，即寄品五，云：「摒擋花苗菊徑通，彈碁試茗許誰同。推開世事人如蚓，説到文章氣似虹。身擲據梧運甓外，心藏研北尊西中。可憐蒲柳質將老，何處相逢李少翁。」「躑躅東籬未了因，依稀彭澤是前身。案頭花影清如水，眼底秋光老似人。窺研渴蜂還汎汎，辭巢去燕故頻頻。芳園以裏竹欄外，白白黄黄滿砌匀。」

王藉「蟬噪林逾静，鳥鳴山更幽」，上下句只一意。介甫以下句對「風定花猶落」，所謂兩句中互有動静也。丙辰以舉孝廉方正不果，同人聯句，云：「秀才薄命還同妾，壯士無頭不勝蝸。」兩句亦衹一意。余勉對曰：「孝子通神不用錢。」上句權在人，下句守在我，庶不合掌耳。又聯句云：「荷珠欲溜風成串，蛙鼓應敲雨作枹。子重榴枝常礙帽，笋繁竹逕不容鞋。」庶各自一意。

戊午重九，籬菊頗盛。方欲延客，而品五忽携龍鳳團來，口吟云：「白衣本自無名姓，籬下何妨陸羽來。」呼小奚妥鐺，躬自撥火。余亦口吟云：「尋常一樣煎茶地，纔有黄花便不同。」品五曰：「兄非襲杜小山句乎？」余曰：「小山正是襲蘇召叟。昨晚心境不豫，對菊十字云『黄花應笑我，白髮不如人』，子又將以爲鈔吴文簡襄矣。昔沈惠圃九日登里中奎章閣，老僧煮菱烹茗以進，沈口吟一絶，落句云：『菱熟茶香風味美，不須重待白衣來。』然則今日爾偷沈耶？」後有所爲答品五句云：「先生遮莫太冬烘，事後沾沾自反躬。眼走浦珠留不住，心燒腔血熱成空。誰憐諸葛街亭淚，我笑曹瞞獻劍忠。巷識里談聽了了，關門呆坐老傖聾。」

荆妻子女樓臺玩月，忽見群鴻南度，余向女口占云：「關河傳札去，萬里一人歸。」壬子余遊天津，過期未歸，白髮憒憒矣。十月朔午候，女適小立樓臺，忽驚喜曰：「吾父來也。」家慈停箸問之，女指曰：「萬里二人歸，即此雁字卜之耳。」余果抵家，而午飯杯盤猶未徹云。

縣尊沈公諱貽孫，丙戌甲榜。愛士喜文，遇余兄弟尤厚。丙申卸事，止宿余家，菊猶未謝。曾留二絶云：「滿城風雨近重陽，瑞草名花盡偃霜。惟有東籬三五朶，依然不改舊時芳。」又云：「黄黄白白暎窗紗，陶令風光擬未差。不是今朝來送酒，那知一縣許多花。」余和云：「陶陽不必是河陽，桃李迎春菊傲霜。清水一壺歌樂只，從來異事許同芳。」又云：「雨風吹入小窗紗，卷展新詩頁頁差。猶幸關門無箇事，一年到底自栽花。」此借菊花寫意耳，究難言工。謝四溟云高仲武謂李灣《菊花》詩曰：「受氣何曾異，開花獨自遲。」哀而不傷，深得風人之旨。末曰：「忍棄東籬下，看隨秋草衰。」不如「過時而不採，將隨秋草萎」温厚有氣。

李葂《過廢園》七絶云：「誰家亭院自成春，窗有莓苔案有塵。偏是關心鄰舍犬，隔牆猶吠折花人。」以鄰犬吠人，傳出芳園之廢，如畫家用烘襯。余有《過堂城棄業》七律，中聯云：「花滿池塘新着雨，詩留粉壁舊時裁。燕雛極是無情語，鄰犬偏如有意來。」夫燕雛無情無足怪也，鄰犬有意偏識故人，人何獨不如犬哉？此亦以燕雛、鄰犬寫出「棄」字，而過者之情景和盤托出矣。劉耕南《過故第》云：「侯家池館畫圖開，幾日閒門鎖碧苔。惟有翩翩舊時蝶，不知春去却飛來。」亦是此意。

冠邑趙秋渠刺史，余内兄也。一日以《抒懷》四絶句寄余，一曰《烏江渡》，嘉其志也。詩云：「子弟八千付劫灰，檥舟何事苦徘徊。江東父老如相問，爲道重瞳不再來。」一曰《烏鵲橋》，不失信也。詩云：「銀河耿耿浪初翻，駕得僊橋烏鵲喧。好似廣陵潮有信，一年一度渡天孫。」一曰《烏衣巷》，去來無常也。詩云：「王謝堂前舊夢非，烏衣巷口素心違。主人猶是巢猶在，却向柴門翻翅飛。」一曰《烏夜啼》，鳴非其時也。詩云：「疏林曾借一枝棲，聒噪何勞向夜啼。歸北歸南君自去，且看明月石欄西。」四章頗見寄託。

塾師齊又倉云：「癸酉遊河南府，洛陽城東周南書院，有太守孫公所建小滄浪十二景。臺閣參差，池橋縱横，臨水則荷芰芬芳，積山則松竹聳翠。其間騷客詞人，俯唱遥吟，著作林立，碑記宛然。其十二景曰『來鶴亭』、『妙喜臺』、『會心濠濮』、『鴻影堂』、『般若池』、『鏡香樓』、『壬子橋』、『不繫舟』、『桃源洞口』、『醑醲軒』、『吹萬亭』、『鹿柵』。」惜孫太守未詳其名字、籍貫。又倉名頡雲。

余家别墅西，舊有蜂房。一日，謀構又乖軒，限於地基，因遷蜂房於别墅後。舊蜂房既遷之，夕有蜂子數百頭，尚戀戀於故地，大有弗靖之勢。齊又倉因爲余戲拈一啓，納之蜂房。其文云：「歲在丙子仲夏某日，尊西主人謹啓蕊香國婆羅大王麾下：竊思重遷安土，物情類然，而擇地圖存，何代蔑有？盤庚遷殷，祀延六百之緒；周公營洛，世卜三百之祥。豈非計久長，有子孫以固吾圉乎？憶自大王不棄荒僻，爰宅於茲，啓宇開疆，幹宇攸躋。幸邀芳鄰之慕，備叨甘旨之嘗。所以嘉惠口腹者，匪伊朝夕矣。此即依爲唇齒，車輔相維，延及雲礽國脈永奠，亦大幸事也。誰意勢宜播遷，情非得已，屋欲構夫數椽，地竟限於咫尺。本期並建，幾等實偪之嫌；勢難兩全，頓生播越之計。因謀於别業之東偏，有别部之遺址。相其方則花封四達，居然陰陽會而寒暑均；望其氣則休徵迭臻，儼乎甘雨溥而和風應。雖無山谿之險，可依金城之固。况因利乘便，無事庀材，而鳩工且卜吉，允臧自足，爰居而爰處。謹候官衙移居東都，以大王之風威，固不攖情於客地。而部落之鼎沸，恐或眷戀夫故鄉。仍希速下明詔，慰彼群情，務使率衆偕來宅爾。宅佃爾田，有幹有年，於茲新邑。露酒花糧，朝暮享萬方之饈；含英擷秀，歲時釀百合之香。庶幾哉！花疆事業，蓮閣勳名，户上華封之祝，甘詠召伯之棠。維王磐石永安，苞桑鞏固，子子孫孫，於萬斯年矣。謹啓。」又倉又有《大名舊城懷古》詩云：「斷垤參差幾度秋，閒來此地理征裘。荒臺日月摹殘碣，大道風烟入驛樓。右輔居然今重鎮，天雄不改古咽喉。萊公畫策當年蹟，蕭瑟白楊剩一丘。」

郭立山《香槐堂序》云：「香槐堂者，吾師蘊山夫子别塾也。何别乎？爾遠近童冠方數十人，繼來者莫能容，不得不别也。别於塾南之園，有槐一株，雖未合抱而虬榦婆娑，森森秀茂。每當夏月，葉密花繁，諸同人坐者自坐，立者自立，歌詠其下，徜焉徉焉不忍去，若不知有瑶草琪花之爲貴者。因共顔之曰『香槐堂』。憶吾自遊夫子門，先居此堂，屈指十餘年矣。丁丑之春，承師命伴讀諸弟，乍聆之下，駭汗何似。雖然，竊喜又得與諸同人敬業而樂群也。小陽月望雪窗無聊，每擬即景得句。不知者或以爲研友筆墨之戲且謔也。噫嘻！夷可居乎？君子不爲陋海可浮也。賢者且喜聞當年陳蔡之厄，病莫能興，安知非彼蒼之有意玉成乎哉？吾今日蓋深有感焉。特搜枵腹，敬敷短章，並附七言俚句於後，敢以質之同人，呈吾夫子。一云齋中多竹个个，同群食箸但有減無增，漸致無箸。每食頃，競折秫稭，箭以代之。食畢棄之，如遺焉。每遇同人，嘗自解嘲，呼曰『白玉箸』。得句云：『誰把南山竹箭攀，雙雙作箸足盤間。兩條分處真同象，五指拈時竟不彎。失去也堪驚漢帝，借來雅許叩秦關。同人説是崑山玉，坐對琅玕一解顔。』一云齋中瓦器數枚，飲與食通用之。雖粗且陋，然古而拙，古隗囂宫之盎不啻也，何妨竟名曰『隗囂盎』。得句云：『誰將奇品寄高軒，帶得彭城土色痕。異様敦龐餘古意，别具斑駁擬芳樽。燒非哥弟陶偏重，製不宣成皿亦尊。瓦缶何妨金不换，隗囂宫裏許同論。』一云堂東有小室，别館之别館也。雖明窗而净几，却無烟而無火，晝夜如冰，故曰『空冷齋』。得句云：『寒月凄凄冷透窗，小齋慘淡等吴江。地如沁水形先怯，人似寒蛩氣亦降。深夜既無爐在手，清宵那有酒盈缸。擁衾群聳雙肩坐，更向何人索短釭。』一云厨屋數間，塵綱灰堆，蓋同人或數十日嬾不動烟火，儉不需鹽米，非黄老流乎，敢戲號曰『修仙厨』。得句云：『黄老當年養性源，僊厨脩潔許誰論。不須避穀方爲道，果否求仙自有門。瓊液咽來納靜海，玉苗吞處趁清樽。倘知肉食真堪鄙，何必蟠桃供素飧。』一云室設臥榻，襆被狼籍，或晝夜不整，雖寒暑不易。昔張三丰性僻且嬾，同人大有其風焉，故曰『三丰榻』。得句云：『草榻誰同臥晚烟，襆被狼籍擬張顛。幸逢知己連宵話，恰有高人鎮日眠。嬾弗須醫竟已矣，貧而非病何妨焉。邇來時作華胥夢，攜得縷絲伴謫僊。』一云研友五人，僅一瓦鐙，適墜地，碎其柱。智者用管城穿其兩穴，支而持之，或顫動如蜂腰之細，故曰『蜂腰鐙』。得句云：『細腰斜向穗烟輕，鐙下時聽得意聲。纔欲穿花來上苑，先教放焰作長檠。𥦗窗低對偏多耀，隻影孤懸自有情。人事勝天今始信，也堪斷帶續深更。』」郭子展然，立山其名，冠邑諸生，品五弟之高足也。此作余曾爲點竄，因題其後云：「又乖老軀苦冬，幾不可耐。除與又倉先生詩酒潑墨外，雖圍火下簾而縮手聳肩，幾等蟄蟲之咸伏矣。日者忽示以郭子展然香槐堂序文、詩句，展閱之餘，幾回拍案，幾回捧腹。文則寓意廣遠，既言大而非夸，七律俊逸清新而倜儻不羈，梗概居然春風沂水之曠懷乎。諷詠一過，如負春暄，飲香醪，不知時之正在三九中也。一夕，酒力少過，興發如弩，援筆去取，不知所云。展然果不嫌我妄，應無不憐我狂者，況旁見側出，前賢每曰存參晰疑辨難，彼此不必誰是。展然果肯留心，再加一番推敲，以相問難，又乖之願也，亦又乖之幸也。時丁丑臘月八日午，花眼草跋於又乖軒。

冠邑魯樸菴夫子諱克儉，少負文譽，有幹濟才，由孝廉司鐸臨淄。著有《垂裕堂稿》。其子西泠親家工詩，嘗見其《暮春西園散步》云：「主人有芳園，幽棲今始見。風烟共一區，就中茅屋現。紅綠相紛糾，種植各葱倩。曉露時沾衣，低枝拂人面。微雨從東來，餘情猶未倦。好鳥隔樹鳴，滿地桃花片。」又《峼萃橋》七律云：「清光未許等閒過，樂意相關近若何。紅藕香中漁父散，緑楊陰裏酒人多。詩傳杜甫亭還古，書借伏生字不磨。正好追凉容我坐，隔溪疑送采菱歌。」又《睡蓮》絶句云：「曉日芙蓉出水遲，猶餘睡態似嬌癡。夜來香夢知多少，盡在漁鐙已灺時。」又《柳絮》二首用董曲江《春柳》韵云：「章臺別後緑成叢，點點花飛滿碧空。幾處飄零疑白雪，今番撩亂拂青驄。黏天有影長隄外，着地無痕細雨中。正是野塘春寂寂，纏綿依舊嫁東風。」「萬點金絲手莫捫，珠簾斜撲欲留痕。離披別緒閨人夢，慘淡征衣旅客魂。糝逕鋪時春懊惱，沾泥吟罷月黄昏。浮萍化跡烟波浄，貼水應須逐錦鴛。」

余獨坐又乖軒對月，云：「門開洞達徹中邊，虛白剛逢夜月穿。碧落擎來青雀鏡，瑶池鑿出水晶蓮。欣將皓魄同參道，却把心源學印禪。合璧聯珠證色相，人間天上影雙圓。」又《如意花蹊》絶句云：「花香覓得露華深，鋪過蒼苔碧欲沉。休説尋芳如意少，此中清意許誰尋。」

冠邑二趙，一爲秋渠錫蒲，一爲酉樵錫書。并工詩善書，吏治亦錚錚，可謂「二難」。秋渠有《桐軒以假山詩索和兼寄魏振東》一律云：「鑿得名山玉筍根，高齋日日伴吟魂。我來便下米顛拜，客到真傾魏野樽。峭壁新峇難補瘦，懸崕古木漸成髠。主人墨妙詩兼畫，巧繪襄陽老瓦盆。」酉樵曾贈余絶句，云：「宋子丰標迥不群，還將驥足附青雲。竹林謝墅今何處，名士軒頭半是君。」「步入青冥路不迷，魯連臺下陣雲低。只緣奪幟歸來晚，反使瓊瑶碎馬蹏。」「鎮日濃陰望不開，西窗兀坐獨徘徊。擎杯學酒聊成醉，應有佳人入夢來。」「幾度梅花幾度春，清光歷落淡於銀。閒情未許行人妬，讀罷離騷覓酒鄰。」又《秋暮食蔬》七律云：「凉天秋穫集丁男，刈得園蔬作飴含。氣味久滋霜露飲，和柔能佐稻梁甘。風清野甸原從朔，雁咽重雲更向南。十倍金錢猶種麥，良苗又見緑毵毵。」又《劉敬齋贈筆長歌奉酬兼以誌别》云：「錐之脱穎劍之鋩，由來利器鋒宜藏。憶自弱冠弄柔翰，略如野戰趨疆場。春闈三戰三敗北，二毛侵我如雪霜。江南劉子風雅士，楷法精妙争二王。雙雙瑶管忽持贈，令我學書規晉唐。安得一枕游仙夢，筆花燦爛如江郎。明春再上邯鄲道，好將此筆盛錦囊。人生踪跡類萍梗，轉恐劉子趨歸裝。此别相見知何日，願君更留一瓣香。倚枕長歌不成寐，起視大雪何茫茫。」秋渠有《六十花甲歌》云：「六十花甲今至矣，漁陽刺史爲貧仕。萱幃鶴算逾八旬，躋堂何敢集紳士。母前再拜師老萊，綵衣壽母復壽己。有弟侍養諧天倫，日日追隨賦燕喜。有姪祝我純嘏篇，潑來墨瀋桃花紙。滿前兒女排雁行，長者案牘次經史。幼女能博王母歡，小學論語訓少子。况有兩媳淑且嫻，皆能中饋供甘旨。人生如此何多求，我本知足更知止。作宰作牧餘十年，苜蓿家風依然耳。廉吏可爲不可爲，醉後酣歌忘庚癸。幾家朝貴裁錦屏，又見顯官會朱履。滿堂簪笏歡未央，前之譽者後又毁。我心無辱兼無榮，惟有青山在眼底。祝我者誰頌者誰，胡盧西笑盤谷裏。既餐雲罩峰頭芝，又品天成寺前水。但願年豐壽斯民，擊壤高歌徧燕市。」此兩長歌，亦近日所僅見者。天成、雲罩俱寺名，在盤山。自注：「天成寺據山腰，以水稱名勝。寺後塔上掛瀑布數十丈。有老僧持戒精嚴，問以僧臘，自稱不知。范雪樓、戴笠食、方丈中另有倡和，兹不具論。蓋其任薊門時經理兩山間，恒自抒其奇氣云。若酉樵則又以杖國之年，宦游滇南。萬里之遥，登山躍馬，其意氣之雄，可謂壯哉。」

余戲拈一絶，邀友人小酌，云：「三升酒致汾陽遠，一尾魚來衛滸新。好客且休誇北海，看他座上是何人。」此客之可人，亦可想見焉。若夫「翻手作雲覆手雨」，正西樵老人所謂「説到人情膽已寒」者也。故曰：「未知肝膽向誰是，令人却憶平原君。」

胞姪維鏹性豪爽，輕財好義，能急人之急，人有過必面折之，鄉里咸推重焉。好馳騁田獵，日給從者食，不稍吝惜。余懼其有失也，以詩教之，云：「持躬患所立，人世竟如何。元亮原無酒，羲之詎有鵞。蓬非麻弗直，圭有玷宜磨。好惜陰分寸，優游自不訛。」教胞姪維錕云：「涉世似臨淵，浮沉笑白鷗。撫心常問水，逢事欲看山。璞有疑休泣，門雖設且關。饕烟堪鼓腹，十畝自閒閒。」

杜松峰先生，周余叔岳翁孝卿廉訪之七世孫，以明經就教。精書法，詩惟存數首。《秋柳》五絶云：「白下門前柳，風霜幾度經。玉關人已老，恨葉爲誰青。」《春興》六言云：「毿毿堤上楊柳，灼灼園中桃花。河曲已逢釣叟，杏村又見酒家。」《簾鈎》七絶云：「竇押雙垂畫閣雲，疎簾冷倩夕陽曛。夜來恐礙海棠影，捲上揚州月二分。」《清明遇雨》七絶云：「曾記清明玩物華，春風桃醉一枝斜。狂歌忘却歸來晚，一路鶯啼送到家。」《中秋南樓玩月》七律云：「年光無奈又中秋，玉笛聲聲滿畫樓。水調歌成紅友熱，霓裳曲罷白雲收。天空若與壽星近，客散都因老子留。指點瀟湘沙浦外，數行新雁送歸舟。」

《國朝山左詩鈔》、《山左明詩鈔》皆雅雨堂所輯，宋蒙泉廉訪廣其傳。《山左續詩鈔》嘉慶時所輯，詩人、詩法俱可觀感。若《熙朝雅頌集》，鐵冶亭尚書所輯，均學詩者所宜取資也。

邱縣劉松嵐觀察大觀，少年與張船山、李少鶴等倡和，詩老而彌工。晚年買園懷州，交游日廣。松峰與余舊遊魯樸菴夫子之門，與西冷同學詩者。

嘗見其《韓侯嶺懷古》一章，云：「侯功初立侯則死，萬疊青山墓前起。稱冤責過劇紛紜，至竟何説爲真是？以殺無罪罪漢高，藉口跋扈之臣子。以誅心例例君侯，侯有斯心早叛矣。真王假王徒區區，酇侯留侯但爾爾。書生泥古發迂論，聚訟築室應寒齒。耿耿千載一疑獄，誰略其迹究其理？井陘白骨化青燐，垓下紅顔沉碧水。誅戮過多古所戒，自來名將多如此。責侯而侯未必怒，稱侯而侯未必喜。平生飲酒讀漢書，抑揚贊歎多微旨。太史公筆自沉痛，蕭何曰信是國士。安劉者勃書牘背，隆準兒孫亦委靡。雲夢烟霞屬魏晉，未央宫闕埋沙滓。今向秋風拜侯墓，斜陽欲墮嵐光紫。」近見吴韵皋學使有《寄松嵐》詩四章，頗盡其生平梗概。云：「豈是尋常鶴髮翁，文章經濟兩豪雄。大才未竟孤情淡，循吏無慚萬口公。楊竦高名馳徼外，邴原清德著遼東。我來喜見靈光在，冉冉升堂絳帳風。」「天留河嶽好幽居，來伴先生晚著書。奴隸松杉看長大，妻孥蔬筍共清虚。談經已改宏農市，問字長停夜月車。多謝辛勤蒐箘簵，我來都入藥籠儲。」「舊游一舸到蓴鄉，淥水通橋宛轉塘。無主園頻窺竹塢，乞詩人尚寶芝堂。佩環想見都娟妙，裙屐而今各老蒼。可惜那時端正月，未曾同聽譜伊凉。」「貧猶愛客如公少，屢及諸賓愛我深。方丈食行平等法，十分杯見主人心。嬌兒但祝於菟似，奇士同超牝牡尋。明歲花時仍一笑，鬧紅香海重題襟。」後與松嵐相見，有「能詩輸與劉公幹，公謙先成付一吟」之句。又《寄謝》三首云：「兩到懷州喜欲狂，只緣重拜幼安牀。從游多似邴根矩，清德過於王彦方。相見又成浮白會，此來恰入鬧紅鄉。一宵轉悵匆匆别，沁水東流爾許長。」「不老非關服餌豐，此心盎盎貌常童。仙居王屋游行慣，佛藏華嚴秘密通。剩有圖書翻覺富，偏栽桃李諱言功。繞城萬户皆修户，聞道家家畫放翁。」「茗醪清冽絶羶腥，數客翛然各醉醒。但使小詩編杜集，可能戒殺化岐亭。兩奴一馬須先約，百罰深杯肯暫停。明日暑風吹短鬢，隔河猶見少微星。」蓋《鳳巢山樵》詩於嘉慶中歲，亦久已名噪都下也。

沈歸愚《説詩晬語》云：「謝茂秦五言律句烹字鍊氣逸調高，如：『雲出三邊外，風生萬馬間。』『人吹五更笛，月照萬家霜。』『夜火分千樹，春星落萬家。』高岑遇之，行當把臂。」又《别裁集》論《渡黄河》句云：「『日翻龍窟動，風掃雁沙平。』『翻』字、『掃』字得少陵詩眼法。」

李空同曰：「疊景者意必〔三〕〔二〕，闊大者半必細。」此最律詩三昧。如：「浮雲連海岱，平野入青徐。孤嶂秦碑在，荒城魯殿餘。」前景寓目，後景感懷也。如：「詔從三殿去，碑到百蠻開。野館穠花發，春帆細雨來。」前半闊大，後半工細也。

尊西詩話下卷

館陶　張曰斑　菭山

武城王順渠先生曰：「詩與他經訓不同。蓋其言本於人情、風俗，多有近於邪者。如《國風》之好色，《小雅》之怨悱之類是也。然雖發乎情而實止乎禮義，雖好色而不淫也，雖怨誹而不怒也。言雖近於邪而其心思則無邪也。其有真邪者，孔子已删之矣。復恐人不善體會也，故舉此一言以指示之。謂此一言足以盡《三百》之義。」又曰：「鄭國二十一篇，其的爲淫佚之詞者《野有蔓草》、《溱洧》二篇，可疑而難決者《丰》一篇而已，其他《緇衣》、二《叔于田》、《清人》、《羔裘》、《女曰鷄鳴》、《出其東門》七篇語意明白，難以誣説。至於《將仲子》、《遵大路》、《有女同車》、《山有扶蘇》、《籜兮》、《狡童》、《褰裳》、《東門之墠》、《風雨》、《子衿》、《揚之水》凡十一篇，序説古注皆有事證可據。而一切以淫奔目之，蔽以『放鄭聲』之一語，殊不知孔子論治則放鄭聲，述經則删詩正樂。删之即所以放也，删而放之即所以正樂也。若曰放其聲於樂而存其詞於詩，則詩樂爲兩事矣。近世儒者若馬端臨、楊鏡川、程篁墩諸人皆已辯之矣。」王文定公持論如此。今之作詩者猶是軒輶所採也。漢魏六朝無徒襲其貌之理，學唐亦無初、盛、晚之分，即宋、元、明又豈每況愈下哉？故不薄今人愛古人。自是平允之論。

後七子詩法原本四溟，故邯鄲趙王尤愛茂秦詩。從客鄭若庸得《竹枝詞》十章，王命琵琶妓賈氏叩度而歌之。萬曆癸酉冬，茂秦從關中還，至王邸，偕若庸見王，王宴之便殿。酒行樂作，王曰：「止絙瑟，以琵琶佐之。」王復止衆伎，獨奏琵琶。方一闋，茂秦傾聽未發一言。王曰：「此先生所製《竹枝詞》也。譜其聲不識其人，可乎？」命諸妓擁賈姬出拜，光華射人，藉地而竟《竹枝》十章。茂秦謝曰：「此山人鄙俚之詞，安足汙王宫玉齒，請更製《竹枝詞》，以備房中之奏。」王曰：「幸甚！」茂秦老不勝酒，醉卧山亭下。王命姬以袛代薦，承之以肱。明日上新《竹枝》十四闋，姬按而譜之，不失毫髮。元夕，便殿奏技。酒闌送客，即盛禮而歸賈於邸舍。茂秦載以游燕趙間，逾二年至大名。客請賦壽詩百章，至八十餘首，投筆而逝，乙亥之冬月也。姬率二子奉柩停大寺之旁，每夜操琵琶一曲，歌茂秦《竹枝詞》，必慟哭而罷。已乃以千金裝付二子，令歸葬於臨清。自破樂器，歸老闤闠間。後三十餘年，客訪舊寺中，寺僧猶能道其遺事。據舊聞，則四溟之墓當在臨清。計甫草所修鄴下之墓，蓋即賈姬墓也。賈姬亦人傑矣哉。四溟慟哭長安市，救盧柟於獄，由是謝榛之名噪公卿間。重其義，争與締交。後七子之目，茂秦爲首。盧次楩恃才傲物，爲邑宰羅織下獄，事具稗官家言。當呼救之始，謝猶未識盧面也。出獄，乃訂交。故有《慰盧次楩》一章，具載集中。其《詩説》云：「濬人盧浮邱名柟者，過鄴訪予草堂，樽酒款洽，因談作詩有難易、遲速，方見做手不同。盧曰：『格貴雄渾，句宜自然。吾子何其太苦，恐刻削有傷元氣爾。』曰：『凡静卧宜想頭流轉思未周處，病之根也。數改求穩，一悟得純，子美所謂「新詩改罷自長吟」是也。吾子所作太速，若宿構，然再假思索，則無瑕之玉，倍其價矣。』盧曰：『凡走筆率成一篇，雖欲求疵而治，竟不可得。做手定矣，奈何？』曰：『觀子直寫胸中所藴，由乎氣勝，專效背水陣之法。久而雖熟，未必皆完篇也。子所作唯以仙丹而療人間百病，予詩如扁鵲胗脈，用藥不失病源。』」

南齊謝朓《詠桐》詩云：「孤桐北窗外，高枝百丈餘。葉生既阿那，葉落更扶疎。無華復無實，何以贈離居。裁爲圭與璋，足可命參墟。」梁劉孝先《詠竹》詩云：「竹生荒野外，捎雲起百尋。無人重高節，徒自抱貞心。耻染湘妃淚，羞入上宫琴。誰能製長笛，當爲作龍吟。」此飴山老人所謂「齊梁體」也。今人概以爲五言古體，幾不知有此格矣。若梁陸玢《賦得雜言詠栗詩》云：「貨見珍於有漢，木取貴於隆周。英肇萌於朱夏，實方落於素秋。委玉盤雜椒糈，將象席糅珍羞。」但覺其古。後世亦未見此體也。

畫友唐子凌雲淪落江湖，賣畫爲活。時復過我，嚼詩繪畫，竟談數日。曾與余聯句，余聯云：「酒債償還欠，詩愁驅不勝。」唐子曰：「道途奔波，無駐足日。詩愁恒有之，酒債則未也。」因信口云：「酒却常沽不欠錢，此非箇中人不知也。」丁未秋稍，唐子意欲北上，束裝已竟，蕭索不堪。余方愀然，訂後會期。唐子漫述沈仲臨《舟中聞雁》句，對曰：「此去關山無定所，難將消息寄君歸。」凄其欲淚。余復笑解之，且慰以唐六如句云：「立錐莫説無餘地，萬里江山筆下生。」唐子喜而去。明春復來，探囊數千金而行李生色矣。余贈詩云：「土銼休言命，乾坤一大家。鷗輕千尺浪，蝶霸數園花。石仄還依竹，蓬生欲上麻。賣文爲活計，驛馬亦堪嗟。」

余性善忘。曩者曾得「莓本無根終待雨，河原有浪不因風」一聯，竟歸烏有矣。偶讀《抒情録》，見唐備《題路旁木》云：「狂風拔倒樹，樹倒根已露。上有數枝藤，青青猶未悟。」又曰：「一日天無風，四溟波盡息。人心風不吹，波浪高百尺。」真協騷雅。舊句本不復記憶，兹撿自故紙堆中。又得斷句云：「荷分雨蓋擎仙掌，菊傲霜枝見臘梅。」詠白牡丹云：「瓊島横飛銀蛺蝶，楊妃醉倚玉欄干。」因得句云：「酒能遣悶猶須買，詩可驅愁不用題。」

康熙丁未，内閣中書員缺，准以進士考授。時申穟、張鵬、田雯等以甲榜入署。張曰：「吾輩何日得成正果？」田有句云：「失路嗟何異，癡懷老漸平。」申有「書生薄命」句，因泣下。乙未冬，余以歲試優等送灤源書院肄業，頗有知遇。次年辭歸，時監院謝以樽酒餞別。余醉述申句云：「書生薄命還同妾。」謝謔余曰：「原來足下紅顔。」余故問曰：「原唱何人？」謝曰：「申公穟句也。」「對句云何？」謝曰：「丞相憐才不論官。」余因戲曰：「怪底先生下吏時。」謝之同寅田某口吃，鼓掌曰：「寅弟、弟、弟今逢敵、敵矣。」余後有《遺恨》一章，云：「飽經人世態，俗冗實難排。意懶空看劍，關門尚妬鞋。兔株嗔固守，蕉鹿欲忘埋。日逐毛錐子，歡餘老病骸。」

抒情詠物大抵於方盛時易着筆。王介甫《詠殘菊》詩云：「黄昏風雨打園林，殘菊飄零滿地金。」永叔戲作「秋花不比春花落」之句，介甫笑其未讀楚詞。蓋自古文人相輕也。余謂介甫句本不佳，何如「菊殘傲霜」句饒有生氣。余有句云：「看譜何須争落未，傲霜只問花有無。」蓋亦舊句「膽爲敲詩纔欲出，頭非學字不容低」之意也。若「砌下有梧差可據，門前少柳却常關」，猶是本分語。

壬子秋月，月峰盆菊數十種。九月初旬預訂重陽後賞之。至日座上客滿，以寸楮召余曰：「桑之落矣樽盈酒，君豈忘乎客到門。」余隨伻而至。景夏宗兄曰：「蔚棣晏來何也？」余口吟云：「才伴冷香清入夢，醒來風雨一身秋。」宗兄曰：「即此短句乃賞菊佳製也。吾輩餻熟鷄肥故典，寒香冷艷刻畫，當閣筆矣。」攜手入座。主人令行，得「詩」、「酒」、「歌」、「拳」四字而詩不限韵，適分余手。酒令三瓢，則景夏兄也。時痔漏，故忌酒。主人曰：「酒猶兵也。兵政詎可犯乎？兄請與余易令。」余諾，立飲之。兄書絶句云：「人過中年日易消，霜眉雪髮且囂囂。黄花徙倚逢人笑，不似淵明不折腰。」令再行而詩限原韵，仍分兄手。酒舉空瓢，余何不便焉，此蓋主人有意生波耳。因口吟云：「但有便意處，風波平地生。黄花應有意，笑惹一枝横。」兄曰：「此可作代筆矣。」主人嫌未限原韵，目屬余和之。曰：「平地風波遮莫消，詩成原韵意囂囂。王宏送酒白衣至，不信當年未折腰。」聞左席有潘學生印輝，方以小聯塞責，曰：「元亮已歸無剩酒，白衣未去不關門。」亦自意在言外。余曾有《踏青喜遇景夏宗兄》云：「新霽晴光媚，乾坤寄一身。茵鋪昨夜雨，牛叱一犂春。田樹非招我，山禽自可人。芳郊聊試馬，恰遇九方歅。」

丙午初夏，旱魃爲虐。適逢課日，以「苦旱」命題。余亦成七律一首，領聯云：「入夏方忻傾似注，非春何乃貴如膏。」不數日而雲油然雨，且沛然。乃復以「喜雨」命題，及門多叠前韵而押「膏」字，苦無佳者。衆請易之。余云：「樹外鳥聲催布穀，田閒人語趁如膏。」品五弟見之，向衆曰：「此字不難貼切，難於輕新蘊籍耳。」余因述近作《田家》詩云：「敢有離鄉意，蝸廬尚近廛。灌園無限好，山鳥不勝妍。驢背東鄰酒，牛聲北陌田。何須催租到，撫榻日高眠。」

某年春梢，荷葉新放。偶臨池，適有遊學客來，拱手就坐，問余曰：「煮酒乎？烹茗乎？」余悉諾之。問自何來，乃北直之交河人，常姓而棣名，字小華。相余曰：「質直一生，悠優入世，足下殆享天然之福澤。」余怪而語之曰：「人生富貴窮通自致之耳，星相何足憑一時。」蓋以常人目之也。適池中赤鯉潑剌，余曰：「正是『魚戲新荷動』也。」客曰：「足下喜言詩，請與聯句。」因指池中口吟云：「蓮愛魚龜先放葉。」余望籬下對曰：「菊厭蜂蝶晚開花。」客點頭曰：「大器晚成。」復大笑且起曰：「本色口頭，足下得無厭聞耶？」竟辭去。壬子北上，過交河。日夕迷途，遇酡顏老人，問之。老人曰：「能載我，當送汝一安身處。」升車詢之，則常小華也。常曰：「荒村小店不堪駐足，茅舍近在河之東涯。」竟策車夫强止宿焉。入其室，壁聯云：「憑心已怪抽身晚，慕藺猶嫌御李遲。」款落「醒齋老人自題額匾」。適意處檻外花魚、案頭書畫，雖小小結構，而清雅宜人。稚子名常來，撥火煮茗，居然雞黍家風矣。余晚得句云：「仙掌全無葉，海棠並不香。」老人愛玩久之。因出素紙，常來摩墨，囑余寫小聯，占東壁之山。噫！余惟不善相，初目爲常人，今乃知爲高人也。愧哉！小華蓋舉人官縣令者。余曾有《小齋即事》詩云：「我有蕭齋如笠大，紙窗泥壁緑皴封。蓮因有葉留蘄龜，帳豈無珠架草龍。傍檻蒔花千萬錦，當門拾翠兩三峰。閒來撿點囊中句，快友良朋滿座逢。」

詩之取料見於所處，口氣視乎其人。晏元獻嘗言富貴詩不及「金」、「玉」等字，惟説氣象便知。或云江南李氏巨富，有詩云：「簾日已高三丈透，佳人次第添香獸。紅錦地衣隨步皺。佳人舞徹金釵溜。酒握時搦花蕊嗅。别殿微風簫鼓奏。」與「時桃野菜和根煮，旋斫生柴帶葉燒」，其取料迥異矣。余有《寄劉親家賞牡丹》二律云：「㜷尾風光花欲團，綺羅宛轉上闌干。紫雲靄靄琉璃界，金縷絲絲瑪瑙盤。紅藥當階羞近侍，繡毬成朵笑中攢。須知瓊島飛來種，不許人間俗眼看。」「可怪濂溪氣量差，愛蓮偏劣牡丹花。世人儘有真君子，富貴豈無小隱家。椿接樓臺延好客，筆傳夢裏寫仙葩。平章有宅堆成錦，競賞無緣望眼賒。」然濂溪究難説氣量差。

文波宗兄同山西人宋某遊江南。宋某逃禪，宗兄獨歸。一時議論洶洶，莫知所底，兄病之。余有五律，結句云：「聞聲憑爾吠，昨日耳初聾。」兄曰：「句自痛快，然又何如放翁句『世事恰如風過耳，微聾自好不須醫』，含蓄不盡，爲佳乎？」余有《闢門偶題》云：「入世紛紛何太聰，柴門獨掩一傖聾。善愁直擬張平子，病笑偏同陸士龍。水面逢春紋欲緑，花心向日色添紅。惟緣物理得知道，蒔種休留地半弓。」

漁洋詩法得之明末諸老宿，秋谷宛轉得之以傳，曉嵐、雅雨、隨園皆得之秋谷。田山薑、劉才甫遠紹謝四溟，故其聲情激越。蓋自宋之蘇黄、明之何李，未有無所師承而能成一家者也。故王、趙每嘲人多失調。以此盧雅雨云：「往見時髦自號詩人，動刊成集，非惟樂府歌行茫然於音節之間，即近體亦多落調。」是也。

禪蝨、井蛙，喻所見之小也。夫見何論大小？但有所見，勝於不見矣。何則？人云亦云，果何所見？直聞聲吠耳。愚有句云：「飽看此輩惟思睡，昨夢虞卿魯仲連。」蓋自古卓見特識不恒有，而偏峰别才亦豈易逢。如少陵爲詩學大成，登峰造極，七律多篇，百美具備，李滄溟以爲隤焉自放。太白以縱横之才俯視一切，《蜀道難》等篇極才人之致，而滄溟以爲英雄欺人。德州田綸霞曰：「此言論詩極當，然以之詆二公則太過。」夫果云詆之太過，則論詩必無當。既云當矣，詆之何過哉？且詆之是否屬實，不敢確指，要以礪後學，則非人云亦云者也。噫！人各有所見，而偏好爲人云亦云，則并其所見於褌、井者亦消歸無有，是又蝨、蛙之不若矣。惜哉！

臨清兩提學皆有清望，謂正德時閻尚友閎，康熙時冀雨亭霖也。閻尚友《館陶四義記》載邑乘。其《題大悲寺》詩云：「庭前童子打雲鑼，堂上閒仙唱酒歌。明月猶看十六夜，法筵静散九千魔。溶溶殘雲融新水，裊裊垂楊緑故柯。清興喜逢賢太守，今宵爛醉欲如何。」余家圍屏存冀雨亭書蹟，有《淮河晤張中丞伯行》詩云：「秦淮水榭不聞歌，知是彤騶此此過。踪跡蘇門尋正脈，衣冠古處見高峩。金章熟弄來青瑣，玉斧勤揮比太阿。媿我三年持使節，輸今一夕接春和。」此詩道盡吾家清恪公一生德業。雨亭孫名驥者，性迂闊。雖溽暑必葛袍、凉帽，今罕見其匹矣。與余同挨貢。嘗見其詩一册，似非迂闊者。《漫興》四絶云：「衣無儲副出無車，位置乾坤一草廬。大布山頭仙藥在，童顏駐景五雲居。」「銅溪乳竇費鑽研，一卷紫書文字傳。欲補桃飴新讚語，也曾越地復通天。」「東方漫欲嚇侏儒，笑倚蟠桃樹一株。識得南天逢赤鳥，閒曹争羨執金吾。」「濟陽問渡有知津，園客妻孥誰主賓。五色蛾飛香草末，相看俱是養蠶人。」語意類小游仙，頗饒風韵。詰其所云，大率皆作繭自縛語也。

幼時詠詩有「善下輸元白，清癡媿島郊」之句，塾師清河王右白夫子曰：「乍閲沉痛，細玩費解。果何所見乎？」余曰：「楊汝士詩『文章舊價留鸞掖，桃李新陰在鯉庭』，不過一修飾唐律，而元白歎服；章八《遊慈恩寺塔》，殊不成語，而元心折。以此見其善下耳。前人云肥癡瘦狂，島郊自屬假借。」

師笑曰：「古人用事隱約，此等假借畢竟杜譔。」暇日，余檢四溟山人《詩説》云：「羅隱曰：『世祖升遐夫子死，原陵不及釣臺高。』范仲淹曰：『世祖功臣三十六，雲臺争似釣臺高。』儲嗣宗曰：『春風莫逐桃花去，恐引漁人入洞來。』謝枋得曰：『花飛莫遺隨流水，怕有漁郎來問津。』袁郊曰：『后羿偏尋無覓處，不知天上却容奸。』瞿宗吉曰：『后羿空能殘九日，不知月裏却容私。』范、謝、瞿皆沿襲，得點化之妙。」

文學尚清談，謀臣多議論，空言之誤昭昭矣。近日士人尚口，親友概多不免。余曾有絶句云：「自笑生平拙且迂，看渠喝唾勝於珠。歸來愧向荆妻道，吾舌猶存不若無。」較之幼年，始信「癡聾我不如」句，仍是一格一意。或曰此與「怕見惡人反羨聱」句同一入妙。余曰：「眼大難容物，心微却受愁。」正余之病也。况乎「勢高常見鬼，窮極乃通神」，其如人心叵測何哉？嘗書一聯座右，云：「我得意忘言足矣，爾過門不入何妨。」

壬子春，天津歸來，置别墅於清淵之三叉河南、鳳凰嶺西。偶成七律云：「此地何妨竟買山，落成茅屋兩三間。偶臨硯北休推懶，纔到尊西便是閒。縱口談天容笑傲，逢場作戲學疎頑。直須擲却風塵事，北鳥南船任往還。」又《清淵有懷》云：「清淵風景望中新，無地招尋謝茂秦。烟火萬家君擇里，汪洋一水我迷津。暮雲春樹鳳凰嶺，渭北江東汶衛濱。不見少微星聚處，天河指處望南真。」

商河孫之礪詩句清刻。丙午科，候曉寓所，榜發，竟落孫山。阻雨未歸，偶拈短句云云。有新貴某誤述之余，曰：「歷下黄花誰是主，滿街凉雨賣題名。」余讀而疑之。疑夫「歷」或訛「籬」，「雨」或訛

「語」。意在三徑就荒，欲歸未能。「凉語」，題名與己無涉也。然究不似孫句也。丁未中秋，孫赴邱縣，迂道辱我，言及之，曰：「新貴居然黄花主耶？奈下句何？原句云『獨坐黄花無一語，滿街凉雨賣題名。』」余如夢初醒，爽快何似！始悔前日誤疑妄改之多事也。然首句一錯，下句亦覺無色。原句云云，情景不亦如繪乎？

三十年來封姨爲災，庚戌以後沙壓先塋。壬子夏月，蟲災封樹。迨乎甲寅，林木盡凋，邊樹復甦而内行一空矣。丁巳元日，躬行祭掃，吾父主祭，痛曰：「祖宗告我也，爾輩知之乎？此林如吾家，然外觀雖云有耀，而本實已先撥矣。爾輩猶自夢夢耶？」因呼斑而教之曰：「是宜汝責。乘此春間農事未起，一擔土、一文錢，盍速理之？」余聞命惶恐。爰於興工前一日，我父致祭於曾祖墓，跪而質言曰：「日月麗乎天，人麗乎祖。念我祖張氏，自登遷陶，四百餘年。吾祖馬鬣移封，亦百有餘歲。始祖以來十數代之培植良厚也。而我祖所出兩支，較他族尤勝。老幼人丁，現存百口，耕讀各安其業，勤儉俱可持家。雖不能盡列乎賢肖，尚未至大越乎閑檢。此又無非我祖一生樂善好施，冥冥默默之所庇佑者也。第年來，金城沙壓，冥道塞違，封樹蟲災，凋零殆盡。泣思墓者神所栖，神爲人之所依。一脈相沿，所關非細。思我身自何來？妻孥耽樂，於厚褥重簾，猶覺未適；而祖父荒凉於沙丘漠野，竟置罔聞，忍乎哉！念我祖生我父兄弟兩人，暨有我伯叔兄弟八人，七兄俱逝，惟某僅存，其不敢向我祖告無能也，不敢向大衆諉是任也。爰是除去枯柏，督修塋田，務於清明節前竣工，庶靈神栖止有所而子孫祭掃勿違也。尚享。」余時成七律，示衆云：「綿綿瓜瓞意何窮，閲世閲人幾許功。漫説幽明成永隔，須知氣脈本相通。神魂渺矣留泉下，精血依然在宇中。屬付同居佳子弟，肯堂肯構務融融。」越廿六日而工成。擇日祭告，大小咸集。我父主祭，復告於我曾祖墓曰：「緬前代之積累源淵，可溯思我祖之培植瓜瓞正綿。古人有言曰：前人有其志與其事，後之人不能繼述之，不孝也。夫不孝之實與名，賢子孫之耻也。念我祖有負郭田數十頃，租稅之餘供衣食，衣食之餘贍不足。自持端方，負性嚴正。一生嗜讀，少年食餼，性癖奬譽人才，來學不計脩金，以故從學日衆。才而遠者招來之，貧不給者推解之。迄於今，指困之德，尚標榜於閭門；箸餅堪稱，猶膾炙夫人口。孰意天道無常，仁者不壽，我祖於康熙某科出頭場，竟爲二豎相攻耶。斯時也，同寓者王公大苗父子，俱我祖門人也。即欲同歸，我祖未許，攜僕歸里，病亦轉深。嗚呼！時我伯父八歲，我父僅三生耳，同我祖母環向泣。我祖猶瞿然曰：『二子可託王生，田土盡付臧禮。門内事汝自優爲之。所恨吾三篇文字虛擲場中。王生大魁，不及親覩也。』痛哉！我祖竟長逝矣。是科王公鄉舉第六名，我祖薦元，以缺二三場不録。嗚呼！當局之情事無限也。事後之追思敢忘乎！迄我伯父十三歲入監，候選州同。我父十七歲遊庠，肄業成均。兄弟各爨，王公方辭歸，臧禮亦告去。夫王公博平寒士，臧禮曲周乞丐也。我祖招徠之，不啻拔之水火、登之袵席。而一能以門生受託孤而無慚，一能以奴子掌家政而不負，非我祖德以養人，知足知人，孫等若而人，尚有今日哉！孫乃愈信善人之有報矣。我祖母汪太君，名門淑女，舊姓賢媛，內撫幼孤，外應族衆。死者未葬，生者可安？嗟黄口之失怙，復負土以啣悲。爰請地師改塋於西阡，即是地也。沙壓佳城，蟲災封樹，歎栖神之無所，悵祭掃之無期。已敬敷質言如昨，兹當新輯之候，迴改舊日之觀。山形起伏，允符白鶴之祥；地勢風烟，益合青烏之氣。翠柏參昊乾，不下芙蓉之館；仙家起后土，儼登白玉之樓。吾祖有靈，喜可知也。尚享。」余時又有七律一章云：「潔爾牲牷正彳亍，昭昭穆穆滿庭除。百神欲下情無限，三獻將終意有餘。先澤研田傳五世，後凋松柏告中虚。後生至此休輕視，恨我無才淚溼袪。」

鉛山蔣士銓採《玉茗集》中所載種種情事，譜爲《臨川夢》一劇，大爲湯義仍吐氣。余酷愛其《説夢》一齣。《混江龍》云：「把不定陰陽機械，將一箇虚空架子，立將來。神與氣，生結下，幾家宗派。精和血，巧製就，各樣形骸。無生有，有生無，便叫那鄒衍談天難考究。治復亂，亂復治，假讒他屈原呵壁也費疑猜。有男女，乃有夫婦。有境界，乃有苦樂。生產下一窩兒啞債主，有威權暗使的親孃嬷，忍着疼，輪班服役，供養着幾張嘴。肉衙門，無盡藏，捉住老爺爺，掙着命，逐日銷差。苦煞了懦兒郎，聽憑惩掂斤播兩。愁煞了窮夫壻，忍耐他數米量柴。這一箇積趲家私，醉死夢生錢眼坐；那一箇填還孽賬，穿衣喫飯肉身挨。捧定這臭皮囊，較勝争强，成佛生天都要死。戴了那粉骷髏，追歡取樂，嫁雞隨犬各當災。羞答答喪門神，一把兒冰肌玉骨；笑嘻嘻勾死鬼，兩行兒紅粉金釵。百年間名韁利鎖，苦牽連一家兒，男婚女嫁難交代。蓋棺時，博得箇夫妻恩愛一生天；散夥時，償不了兒孫衣食三生債。墳頭上幾點淚，當不得返魂香；醉鄉中一杯茶，冲破了壓糟塊。」又云：「甚來由，兩朵宫花，十年間嘗遍了那些兒酸甜苦辣；没出息，一枝斑管，半生來弄不清這幾箇者也乎哉。不過是小聰明，刻鵠雕蟲，被幾箇活窮鬼，弄得你喪氣垂頭。休怨命，果然有大本領，安邦定國，這一位魄魁星，雖然是張牙舞爪，也肯憐才。主考試，少什麽蘇玉局，領着那名士衡文。且無三隻眼，坐衙門，縱有那包鐵面，難保他窮人告狀，不破一分財。没相干，壞墨卷，考得上，便筭他文星透露；有憑據，定例本，捐得出，也就是官鬼詼諧。光閃閃雪砌冰山，炙手後終會逐日消；硬幫幫紙糊紗帽，下場時未可連頭賣。假慈悲，越勾踐、漢劉邦，用人時，粧出些豁達真誠；善逢迎，韓退之、杜子美，應制日，藏過了悲歌慷慨。」其他尚多可歌可泣之詞，蓋借以喚醒夢夢。作者亦有詩名也。

國初詩有仙風道骨者，斷以蓮洋山人爲最。其名亦不亞前代之四溟山人也。詩餘不多作，其《望江南·重陽》九闋云：「重陽日，斜照小銀箏。攜酒偏宜高處醉，尋詩好向菊邊行。難得此朝晴。」「重陽月，又是半輪秋。水霧蝕金流北坨，海風吹玉貼南樓。指點見滄洲。」「重陽夜，露下着衣寒。蟲響漸教支枕聽，花枝端合下簾看。纔罷倚闌干。」「重陽雨，驟響入空庭。斷續泥霑馳馬埒，横斜聲亂護花鈴。仔細芭蕉聽。」「重陽菊，朵朵着精神。密葉不須防醉客，疎枝偏稱傍閒人。冷韻特相親。」「重陽酒，新釀熟葡萄。送時只愁霑翠袖，翻時莫惜汙青袍。痛飲讀離騷。」「重陽客，高卧海東頭。千竿風雨節，閒中一笛海天秋。整理鈎鰲鈎。」「重陽句，點筆意閒閒。戲馬臺前馳騁後，藍田莊上醉醒間。寫與小雙鬟。」「重陽雁，影入碧天斜。紫塞霜前排錦字，羅浮雪後踏梅花。嘹嚦出朱霞。」近今論詩餘，則斷以李春麓觀察《秋影山房詞》爲最。

吾鄉耿編修願魯，康熙時以詩名，所著有《韋齋集》。《贈别劉毅可》一律云：「何事江亭側，飄然問舊遊。青峰環兩岸，明月伴孤舟。尊酒燕山暮，烟波越樹秋。梅花如寄意，雁字待南樓。」然則公望先生亦愛尊酒梅花耶？

沈歸愚云：「康熙時輦下稱詩有十子之目，田綸霞、宋牧仲、曹頌嘉、汪季舟、王幼華、謝千仞、曹升六、丁濬汝、葉井叔，惟顏考功脩來詩品端厚正大，不輕佻，不板滯，於十子中爲雅音。」今讀其《昭君曲》一首云：「一辭宫闕出秦關，長得丹青識舊顏。爲報君王休愛惜，漢家征戍幾人還。」語意和平，不爲虚美也。臨清汪中丞灝出漁洋門，《分甘餘話》記其贈句云：「尚書天北斗，司寇魯東家。」蓋漁洋方爲大司寇時也。一時以爲傑對。所著《倚雲閣集》有《明妃歎》二章云：「子夫霸天下，生女勝生男。無生薄命者，紫塞鬢空鬖。」「承恩原在貌，殊衆乃大患。粉黛空六宫，肯與君王見。」詩已翻前人窠臼，與「丹青由來畫不成，君王枉殺毛延壽」可並傳矣。漁洋評云：「往喜陳其年『馬中赤兔人中布』之句，如此起未肯多讓，以其用衛子夫事翻新出奇也。」謝茂秦云：「白樂天《昭君》詩曰：『漢使却回憑寄語，黄金何日贖娥眉，君王若問妾顏色，莫道不如宫裏時。』此雖不忘君，而辭意兩拙。予因之傚顰曰：『使者南歸重妾思，黄金何日贖娥眉？漢家天子如相問，莫道容光異舊時。』」四溟真得點化之妙。竊謂昭君託詠，出色最難。向見武城王文定公《聞歌王昭君曲者戲以詩駁之》云：「尤物從來是禍根，敗家傾國更亡身。不如盡付毛延壽，圖送番邦息戰塵。」不詳其用意。而但觀其語之拙，則煞風景矣。文定名道，與堂邑穆文簡、孔暉俱前明碩儒，同爲王文成宏治甲子所取士，故陽明主山東省試，與翁寶林尚書主康熙戊午試，東省得人之盛，輝映後先。若畢公權、趙秋谷、馮大木、汪天泉，皆出寶林門下云。

嚴滄浪謂和韵最害人詩，論極是，然亦視其體何如耳。己亥科之夏月，魯西冷親家《贈品五病後》句云：「應識姮娥珍重意，一枝花插滿頭春。」品五屬余和之。余與品五固同出樸菴夫子門也。和春字韵云：「亦是花田多化雨，階前桃李又逢春。」各自用意，害於何有？阮亭不喜和韵，飴山以爲可法。然和韵亦所以聯情，故今人不守其説也。

詩有全平、全仄體。如信陽何大復「寒風吹空林，落日照古冢」，五平五仄也。如「吐舌萬里唾四海，七變入臼米出甲」，「離袿飛鬢垂纖羅，梨花梅花參差開」，七仄七平也。又有捉句换韵格，其法或六句、九句，不拘平仄，每三句易韵。如《老子》「明道若昧，夷道若類，進道若退。上德若谷，大白若辱，廣德若不足，建德若偷，質直若渝，大方無隅。大器晚成，大音希聲，大象無形」是也。至長短句，格更不一體。如盧仝之《有所思》、李白之《蜀道難》，特膾炙人口。余曾於中秋日學長短句云：「樽盈酒，玩清宵，一輪明月上碧霄。秋風起，桂葉飄，西流火未消。素帶束天腰。自是瓊樓好，臨欄欲解貂。」此亦太白體也。若太白之《扶風豪士歌》，秋谷所謂歌行之極，則神變不可方物矣。

五律法，陰、何、庾、徐已開其體。唐初，揣聲音穩順，體制乃備。神龍之世，陳、杜、沈、宋渾金璞玉，不須追琢，自然名貴。開寶以來，太白之明麗，輞川、襄陽之自得，分道揚鑣，並推極盛。工部獨闢蹊徑，寓縱横排奡於整密中，故應包含一切。終唐之世，變態雖多，不出諸家範圍外矣。七律平叙易於徑遂，雕鏤失之佻巧，較之五言爲尤難。初學屬對要穩，遣事要切，捶字要老，結處要響，而總歸於血脈動盪，首尾渾成。若老杜時有拗句變格，則指與物化矣。學者祇於全篇中争一句一聯之警拔，選青配紫，有句無章，去古人奚啻霄壤哉？

聊城鄧少宗伯鍾岳，字東長。以殿撰起家，視學江南，號稱得士。詩宗漁洋《三昧集》，所著有《寒香閣集》行世。小詩如《清明》四絶句云：「回飈卷落紅，故作清明雨。一逕入孤村，新烟復幾縷。」「緑遍城南柳，傷春人未知。陌頭初極目，一種亂如絲。」「淡雲籠薄日，載酒入芳叢。怪是餘寒在，溪流剪剪風。」「潑火試新茶，香風吹月片。人生幾清明，莫待花如霰。」此時此景，頗難爲懷。

余前録顔考功《明妃》詩以爲雅音。而吴徵君天章，趙飴山所謂天姿國色者也，亦有詩云：「不把黄金買畫工，進身羞與自媒同。始知絶代佳人意，即有千秋國士風。環珮幾曾歸夜月，琵琶惟許託賓鴻。天心特爲留青塚，春草年年似漢宫。」

丹徒李中丞基和，著有《梅崖詩意》。嘗有云：「共衛之流抵清源，自南水口至北水口，夾岸多種官柳。當春夏秋之交，翠帷四繞，碧浪層翻，風雨初晴，烟雲欲散，朱樓畫舫之間，參差掩映，望之如舞女低腰、僊人度曲。至助以鶯聲，雜以燕語，白蓮、紅杏先後增妍，又令人想西子湖邊、武昌門外，不止聽欸乃一聲、唱春水緑矣。」因繫之以詩云：「無復東風廿四橋，玉鈎寒雨鎖空壕。憑誰又染鵞溪絹，却寫西湖二月濤。」余闢草堂於三叉河上，正值其地。一日家中伻來得句云：「久客凄凉日，何當憶故鄉。氣從春夜短，愁與夏天長。柳卧鶯全寂，花疎蝶不忙。平安來隻字，意馬已倉皇。」偕同人遊五松寺，適有攜酒至者，口占一律云：「託興平分韵，招提望不遥。花低泥結果，春漲水浮橋。誤認鴟夷子，看當谷口樵。多情人送酒，自酌已盈瓢。」五松寺，古刹，在三叉河西岸北行二里許。

王阮亭《戲仿元遺山論詩絶句》云：「來禽夫子本神清，香茗才華未讓兄。徐庾文章建安作，悔教書法掩詩名。」蓋謂邢子愿書法絶倫，在《明史》有「南董北邢」之目，而其詩亦饒有唐音，古文兼六朝之腴。今《來禽館全集》有重刻本，在臨邑學署。

泰山石經峪，字大如斗，流水被其上，傳爲六朝人書蹟，尚多完好。泰安趙相國國麟《水簾洞》詩云：「銀河西瀉散珠房，東澗鐫經滿石梁。遥憶匡廬千尺瀑，何人爲築讀書堂？」

《小齋即事》四首云：「移枕消長晝，塵緣已不支。凫閑看有態，梅老欲無枝。野色春牆外，深情午夢時。敲門誰送酒，報與鄭泉知。」「花磚新弄碧，窗影拂莓苔。石自當階立，禽從異國來。榻懸緣客掃，門閉爲誰開？聞説黄金貴，天街貯滿臺。」「索綯茅屋穩，傍水一方塘。野鳥驚碁響，游蜂覓酒香。篬高千竹翠，棲短隻雞黄。何物寧馨客，酡顔自上牀。」「撫髀常多恨，今朝意艴然。簾高雙燕乳，院静野鷗眠。人自開蔣徑，誰來惜仲宣。途窮休悵悵，拭目好抛磚。」余不自知所云，人必有知其所云者。

汪布政楫《悔齋集》中載《鐵尚書歌》云：「鐵尚書，鐵不如。東昌城門朝大開，齊呼萬歲聲如雷。燕王躍馬及門限，霹靂飛空下懸板。不斷王頭斷馬頭，鼠竄猱驚箭滿眼。王怒發礮城摧崩，健兒争把蝥弧登。煉石丸泥難作計，一紙公然出埤堄。萬夫辟易不敢前，大書太祖高皇帝。黑夜斫營日堅守，能使英雄還北走。嗚呼，神器天所與，一本隻手能齟齬，錚錚誰比鐵尚書，嗚呼，尚書鐵不如！」鐵公名鉉，曾守東昌城以拒燕王。此詩作於東昌城下，真陳其事，亦鐵筆也。東昌宜有專祠，今濟南大明湖北有祠，而東郡無之，亦一缺典也。

國初詩人，山左爲盛，而《安遠堂詩》漸無知者。許青嶼序其集云：「今文章家不和極矣。高凌卑，奇訾平，奥訢淺，不知皆道也。各出手眼，各運心靈，務極性情之變而止耳。」此言類知道者。《安遠堂集》，平原張完臣良哉甫著也。《送董默庵太史典試滇南》詩云：「依然襆被尚蕭蕭，滇海南雲去路遥。見説文星來紫極，懸知譽望重銅標。濃花細雨資吟詠，白水青山破寂寥。屈指歸期梅正綻，爲君儲酒醉芳朝。」然則良哉亦嗜酒愛梅耶？董默菴訥，歷階大司馬，詩曰《柳村集》。後有董觀察思凝、曲江元度皆能詩。曲江以《春柳》詩得名，不減漁洋《秋柳》，嘗與紀曉嵐倡和云。

又乖軒者，借吾家乖厓先生而名之也。夏日兀坐，暑氣侵人，因口占一律云：「畏日炎如火，高慵愛小軒。渴蜂欹研石，飢鳥破花樊。消晝時翻帙，添詩自倒尊。遥疑懸脚雨，山氣欲昏昏。」

尊西草堂，城市之山林地。余有《旅枕秋碪》云：「天空人静後，碪杵滿荒城。搗向風中急，聽從月下清。誰家閒院落，遥夜動秋聲。旅枕情何極，迢迢報幾更。」

《甲午聞警避地冠氏道中作》云：「日高仍宿酒，低坐岸風巾。秋葉方隨客，山禽欲問人。眼穿瞻北極，心痛向西秦。何事温桑落，伻來倍感神。」「南天孤雁遠，野寺餓鴞啼。星散銀河隔，人慙馬首齊。逢郵嗔吠犬，入耳怪更雞。彳亍慵回顧，凄凉月又西。」《聞官軍焚賊巢九月二十八日自冠返里作》云：「回首胡笳夕，圍爐一陣寒。花留深草宅，鳥宿密林端。句冷心猶熱，瓶輕口不乾。餘生真碌碌，昨日度邯鄲。」《遣愁》云：「不作窮途哭，偏逢蜀道難。病添新藥價，客減舊瓶乾。氣短空看劍，魚多未預竿。科頭聊復爾，人世亦情闌。」「悲憫推尼聖，愁深笑楚囚。心難文字寫，事以癖慵休。濯足無新履，癯躬有敝裘。關門無个事，天地一瘦瘥。」

《洞天清録集》云：「唐張彦遠《閒居受用》，至首載齋閣應用，而傍及醯醢脯羞之屬。噫！是乃大老姥總督米鹽細務者之爲，誰謂君子受用如斯而已乎。人生一世間，如白駒過隙，而風雨憂愁，輒居三分之二，其間閒暇僅纔一分耳。况知之而能享用者，又百之一二；千百一二之中，又多以聲色爲受用。殊不知吾輩自有樂地，悦目初不在色，盈耳初不在聲。嘗見前輩諸老先生多蓄法書、名畫、古琴、舊研，良有以也。明窗净几，羅列布置，篆香居中，佳客玉立相暎。時取古人妙迹，以觀鳥篆蝸書，奇峰遠水；摩挲鍾鼎，親見商周。端研涌岩泉，焦桐鳴玉珮，不知身居人世，所謂受用清福，孰有踰此者，是境也，閬苑瑶池，未必是過。人鮮知之，良可悲也。余故薈粹古琴研、古鐘鼎而次，凡十門，辨訂是非，以貽清修好古塵外之客，名曰《洞天清録》。若香茶紙墨之屬，既譜載而已，謬誤者兹不復贅，觀者宜自求之。開封謝希鵠序。」竊謂世間惟「清福」二字最難承當，即蒔花種樹亦是養性之媒，余固樂此不爲疲也。

《清明踏青》云：「榆火新温酒一尊，携童陌上破苔痕。休憐髧柳春光小，蝶板鶯黄緑樹邨。」「步到叢林路轉通，多情鳥語醉春風。應知碧草留茵處，都是清明點綴工。」《詠石竹》云：「一枕苔山憑水卧，數竿修竹傍籬斜。平安不待將軍問，米氏舍人今在家。」《詠虞美人》云：「楚宫芳草滿庭栽，細吐微香帶笑開。常恨當年巫峽夢，不偕神女下陽臺。」《寶田堂獨坐》云：「寂寞空齋自閉門，他鄉誰與伴黄昏。挑鐙莫怨詩人瘦，尚有西窗月一痕。」《酒壺》云：「一片冰心酒結緑，偏提可注伴華筵。才人逸士憑誰寄，知爾前身是鄭泉。」《酒瓢》云：「癭瘤幾載麗松腰，爲我斫來作酒瓢。儘有人間稽阮在，何妨眼下解金貂。」《酒醒》云：「昨晚開尊醉似泥，杯盤狼藉石欄西。小山側睡無人唤，半夜醒來月又低。」《歷下將歸阻雨作》云：「月地風階酒一杯，滿庭花落素心違。鳴鳩不解捲簾意，偏是繞林逐婦飛。」《步秋漁韵》云：「歌來郢楚和音希，布去邯鄲是也非。昨晚空庭人小立，槐花飛落上巾衣。」《鄰兒乞詩折菊與之》云：「秋霖淅淅灑東籬，何物寧馨敢乞詩。不欲無詩爲菊笑，隔窗折得礙人枝。」《和趙西山東郡歸贈元韵》云：「一路風烟積翠迷，征鴻飛與暮雲齊。灞橋倍覺雄心壯，奪幟歸來信馬蹄。」《書聲》云：「灑掃芳園興不窮，書聲歷歷醉和風。幾回聽罷知非惡，叉手長吟小檻東。」《談經》云：「手植草龍有幾年，居然珠帳任盤旋。今朝又熟葡萄酒，醉卧談經學老禪。」《迎春》云：「爲報韶華九十春，茅簷負暄背多金。與梅傲雪催年老，一抹夭桃穠李心。」《于思僕》云：「赤脚長鬚昔有之，蒼頭今日好丰姿。相形媿我非蘇大，輸爾長髭傲短髭。」《賭酒》云：「小閣新編有數椽，紙窗泥壁僅容肩。誰來攜酒拚予醉，昨到烏程遇鄭泉。」《自號借品五硯北二字即寄一絶》云：「曾聞二陸東西名，大小馮君取次榮。研北果堪稱阿弟，尊西那不屬難兄。」《乙卯不入場》云：「支離老朽厭芳菲，今是何須媿昨非。若説鳴高饒逸興，輸人一次入秋闈。」《讀史》云：「爲道重瞳不復東，江東父老意何窮。八千子弟總全在，誰與運籌帷幄中？」《詠晚香玉》云：「月想丰標雪想容，清姿冉冉蕊重重。佳名誰賜晚香玉，妬殺凡花向午濃。」《喜雨》云：「雲影遮天風滿樓，雷聲一震雨聲稠。知時愜得邨農望，幾處牛聲叱陌頭。」共二十二絶句，成非一時，姑誌於此。

大名俞伯源在襄南見絮飛江面，遇南風則化爲蛾，轉北風則仍變爲絮，循環無定，居人名之曰「柳朝生」，歸誌以詩。余偶臨河觀絮，因戲拈一絶，云：「片水盈盈落絮輕，隨風還看柳朝生。如何乘興争來取，仍是南風吹絮行。」夫絮亦微矣，在天猶化爲蛾，在水猶化爲萍。人固絮之不若也，噫！

落成竹深軒，自題一律云：「吾愛吾廬結構新，薜開半畝竹成筠。最宜九夏三冬日，常迓七賢六逸人。昨日已知今日醉，蒔花早訂看花頻。優游盡是桃源路，何事清時學避秦。」

《八月十五日小酌一樂堂》云：「簾捲中秋雨後天，共趨樂事鬬茶烟。雲邊字點排行雁，洞裏丹成不老僊。秋色須知一半盡，桂輪正看十分圓。」結句闕。

城裏别墅與閆清瑞宅僅隔一巷，寄一律云：「昨日新編强自支，今朝草草又何爲。款扉媿我逢青眼，隔市羡君是白眉。花正欲開須置酒，石堪並坐可彈棊。驚人好句還成誦，無限幽情話雨時。」末係閆原句。

余天津之游，本遣愁耳。乃聖輝兄囊金五千載重船，日與販夫争長較短，至不可耐，並有目余爲范計然者。口號短句云：「柳細鶯全織，花多蜜滿房。同人休笑我，蟬本是蜣螂。」有禁羅者未爲非也，亦飽其欲而去耳。故又云：「鶯來常掉舌，蜂過欲無花。誤認張平子，看當劉去華。」又有「案頭《貨殖傳》，心上被裘公」之句，因步行作海下之游，漫成一律云：「踏遍芳塵不欲還，蜃樓海市隱躍間。徑迷恰遇三叉路，心急偏逢九折灣。水鳥無情凌健翮，野花有意弄鮮顔。沿河一帶全如畫，欸乃聲中雜百蠻。」

家居偶到大小三塾中，戲占云：「小院清幽事事嘉，葡萄聯綴柳鬖髿。深深淺淺池中鯉，白白紅紅檻外花。小子烹茶談陸羽，先生搦管抗張華。閒來步到東籬處，屈指重陽不我遐。」

《古夫于亭雜録》云：「邱海石與丁野鶴友善，皆負氣。一日飲鐵溝園中，論文不合，邱拔壁上劍擬丁，丁急上馬逸去。海石卒，野鶴在江南寄以長歌哭之，頗盡平生梗槩。」按：邱名石常，丁名耀亢，俱諸城貢生，官縣令。人幾不知有此等交道矣。此郭宏農異苔同岑之意也。汪氏，余外家也。先世同籍福山，遷陶邑，締朱陳焉。貫珠名佩琚，少同硯，共詩酒之歡。曾寄七律，小奚持去，彈指回，有和章。適煮茗見招，余緩步赴之，執手，云：「爾來多病出門嬾，卧聽春禽自在啼。」敲詩就坐，余云：「昨朝直是鹿蕉覆，此日何堪蟻磨旋。」相約挑燈多著作，濡毫幾費綵雲箋。」及論前人名句，公曰：「予天生山林，酷愛傅汝舟『雖貧一榻能高卧，縱老名山欲遠尋』句，天然幽趣。」余曰：「素性因循，獨喜玉山道者『荷知有熱先擎蓋，柳爲無寒漸脱綿』句，自然現成。」公歎曰：「數見君詩，意果推諉。壯年豈應有此？昔董曲江《贈東郡鄧謙持》詩云：『六州欲鑄錯難成，善病匆匆誤長卿。拜賜未償三北恨，築壇空遺一軍驚。』而鄧公一舉捷南宮，克紹殿撰家聲。惜予少佳句以相規也。」余曰：「舅氏見土佛勸泥佛乎？」即席云：「隳地匆匆四十年，身同歲月一遷延。飽看世態心常嬾，新釀香醪口結緣。可笑風蟬甘斷續，何如尺蠖任盤旋。閒來掃徑留狂客，雪月風花盡上箋。」洗盞更酌，聯絶句十二章，狂醉弗支，乃止。

丙午夏月，饑民流離，縣尊馬公捐設粥場，日發石米。待食數百人，屬余監場，因留饌。余家適金錢花盛開，公拾取，詠云：「化蝶飛飛網不空，當年撲得入花叢。如何今日無人拾，不顧清餘兩袖風。」顧余曰：「張生不可無句。」余亦詠云：「直百直千籌備深，今朝何幸滿花陰。須知簇簇還同蝶，救急原來力不任。」公大笑曰：「昔漢昭烈禁酒，並禁酒具，而簡雍欲並淫具亦禁之，酒禁遂止。今張生嫌米少耶？增至三石，足乎？雖然，獨力難成，張生應與我並任焉。」

《文心雕龍》十卷，六朝梁劉勰撰。夫文章與時高下，時至齊梁，佛學昌熾，而文隨以靡，其衰甚矣。當斯之際，不見漢魏渾樸、古雅之氣，徒相賞於藻麗、穠纖、澹遠、韶秀之中。不善學之，但沿其卑靡浮艷之習，未有不頹波日下者。有能深於文理，折衷群言，究其指歸而不謬於聖人之道者，則斷推劉勰一人而已。

余至兖州，門人爲余道教授李君之賢，因訂交焉。君名友驥，字余吾，武定府李文襄公元孫。由丁酉拔萃科，任教職。其爲人風骨高騫，年長於余，嘗兄事之。聞其少年時拯叔父之難，奔走萬里。家本素豐，至破産，無吝色。余使兒子維銛受業於其孫汝珏，每與唱酧。踰年歸裝，失去稿本。猶憶拜别時握手泣下，真可謂古道照人。繼聞其凶耗，致書滋陽學孫君崇垣，略云：「憶年前分袂兖西、執手無言情景，可匊可繪。相好兄弟，何以爲情也。每自寬解，謂後會自有期耳。二月底，小价自商河來，聞李六兄出缺，一時無風冷雨入寒窗滋味，弟實身嘗之，而竊怪與六兄相處如同胞，事在月之内外，竟不得視其去也。恨恨」云云。因憶《留别李六兄長歌》一章云：「鳳凰原自懷其寶，麒麟何曾踏生草。君是鳳毛麟角祥，我本鄉區一野老。老矣不知老何爲，但歎老農歸不早。我今言返陶山居，魯殿靈光獨君掃。君莫祖席洮水西，我已登岱天下小。袖中但有君贈言，眼底無復采芝皓。此去相憶深復深，仰視青天矗浩浩。」

子壻汪元凱，本邑國學，質直有天性。惟好獵如飢渴，隆冬不怠也。余曾戒以絶句，手書一幀示之，使糊其壁。云：「朔雪嚴風滿太虛，擁爐我自注蟲魚。熟聞白晝調鷹犬，試讀相如諫獵書。」

族兄餐石名璘，有《述夢》一篇，頗自道其生平梗概。其文云：「述夢者何？述往事之如夢非夢，而夢實真；述新夢以寄言是夢，而夢固假。假與真究無以辨，總名曰『述夢』。述夢者，夢中説夢之謂也。仕非爲貧也，而有時乎？爲貧。余少失怙，惟事舌耕。戊戌入四庫全書館，丙午仕於粤西，年已三十餘，志猶壯也。僅得迎養太孺人於署，魚魚鹿鹿，一無成就。至庚申罷歸，老將至而貧如故。辛酉春復奉太孺人授學於館陶西河之濱，太孺人八十有一，余五十有四，上下二三十年，一大夢焉。地遠城郭，素鮮知好，筆墨少暇，隨意植花卉一二品於小院短垣之下，聊以娱樂。夏秋間愁霖滂沛，野水瀰漫，人迹絶往來者兩月餘，日與太孺人勤栽培，供吟嘯而已。有雞冠、老少年數本，甚壯盛，均燦爛可觀。斜日已沉，凉風微動，花氣輕襲，詩思頓興，口占二絶。先爲老少年贈，其一曰：『我老君非少，風霜共此秋。朱顔何獨異，白髮滿人頭。』其二曰：『毋恃朱顔好，朱顔容易老。感君思少年，那覺春風早。』次將詠雞冠，方凝神聊一構思，有丈夫數輩，或雄冠劍佩，或錦衣繡裳，入而揖余，殷勤致謝。始就坐，若舊相識。未便詢厥姓氏，一高冠翠衣者自陳曰：『吾儕悉非土著，幸蒙君憐，竊亦自賞，古今來志氣所關，夫豈偶然？』叩以奚自，曰：『區區寒族，祖居譜莫可考。詩人曾稱述舊跡於越五代，時陳後主拔取甚衆。玉樹亭亭於殿階之上，恩遇之隆，無有倫比。後遂分枝別葉，散處於四方。迨宋有居汴京者，素獲清名，兼以孝著，一時志行之士，争取法焉。前明亦嘗有以潔白自持，爲朝廷所重，命學士賦詩以奬其志。雖無他奇巧博取人間富若貴，終未嘗見鄙於儒雅之林。兹又與君同處寂寞之鄉，得順其性之直，而不苟私曲，安乎情之正而不慕聲聞，卓然木立，庶不至抱愧於矜而不争、群而不黨之君子耳。』余心異其言。乃又曰：『君不聞宋家窗下玄談乎？吾本無知，固未之能及也。』余益疑之，而究不知何許人。問華服者誰，曰：『是吾同志，實爲德鄰。朝夕聚首於斯。少不飾嫵媚之容，老且有文章之著，誠非華而不實者比也。感君風雅，詎嫌固陋，盍試誦之？』華服者慨然吟曰：『楓憐朝共燦，雁過晚知秋。但使饒風雅，何須錦纏頭？』『憑添秋色好，未許秋光老。奚事學神僊，斂服宜慎早。』吟甫畢，高冠者曰：『吾雅不善音律，然詩言志，效顰可乎？』未及答，朗吟曰：『矯首將問誰，雄心淡若秋。涼宵易惆悵，不喚五更頭。』『奕葉尚衣冠，古懷安拙老。飛鳴志已空，那復論遲早。』余方歎羨，更思有以酬其韵，聞外忽有長呼聲，各翩然而去。恍然頓失，乃雞初唱矣。因熟憶其人之形，及其言與詩，始知適之志投而神交者，即彼燦爛可觀者也。第味其詩，豈花之果有神耶？抑吾之神，數月以來縈繞其間而自生化機耶？噫！異矣。又憶其種所自來，蓋猶爲罷官時寓桂林，偶於友人處賞玩，折數枝歸，獻太孺人而收藏者。友人爲誰？近舉孝廉方正湯平莊也。」此作具見餐石兄風神豪邁之處，今其子元杰已嶄然露頭角矣。餐石又有《春閨》絶句云：「偶思時節近清明，細雨纖纖夢乍驚。

不識春光添幾許，粧臺微覺曉寒輕。」亦有别趣。

趙西樵明府與秋渠俱由教職階州縣。秋渠詩英鷙，西樵詩老鍊，各擅其長。西樵又與品五聯姻。品五名曰珂，號藴山，由明經司訓萊州。西樵嘗有詩寄之，云：「藴山表弟掖水稱觥，追述往昔，賦寄六律。」今録其三章，云：「營陵闢海壯三齊，遥指山城介葛西。徇路宣聲人秉鐸，栽花近水樹成蹊。春融瑶島芹香暖，日麗扶桑曙色低。東望琅嬛傳福地，相從有願路先迷。」「浮海何嘗許仲賢，爲君祖餞暮秋天。青燈事業經生壯，黄卷精神道力堅。座上春風攜兩袖，堂前文鳥兆三鱣。冰銜官冷肝腸熱，始信研農鐵亦穿。」「古殿靈光奏鼓鐘，山陬海澨見儒宗。掄材巨室工求木，候火洪鑪金在鎔。生意不除窗草緑，絳帷時見海雲封。東方芹藻儲英地，仰止三山第一峰。」又《重陽憶别松嵐劉觀察年丈并寄》云：「當日班荆濼水秋，梁園别墅共淹留。重陽風雨黄花瘦，廿載風塵白髮羞。誰向龍門誇御李，我將江表去依劉。青山回首齊門道，帽影鞭絲感舊遊。」又《濟南登演武廳由黑虎泉小金山寺訪畫士蘭坡鄭五用壁間韵》四絶句云：「二十年前到此臺，重瞻甲帳幾徘徊。東南尚未銷兵氣，幹濟全資禦侮才。」「風開一鑑緑雲生，亂石嶙峋漱玉鳴。熱不因人官又冷，此心端合鑒空明。」「涓涓流水泛青萍，小憩雲根步乍停。莫怪片塵飛不到，亂泉聲裏聽禪經。」「處士門前黄葉飛，相逢爲我款柴扉。幾年思得倪迂畫，今日翻攜詩草歸。」

魯西泠國橋有詩一卷，體物瀏亮。肄業成均，有《橋門霽雪》詩，結語未經人道。詩云：「億萬環聽處，天光雪後明。鳥從瓊樹下，人在玉階行。皎暎黄金牓，輝連紫禁城。日融簷溜滴，冰筋打簾旌。」其《消夏四詠》，一曰《竹院奕碁》，詩云：「曾開蔣徑待羊求，客爲彈棊半日留。三伏炎蒸林外度，一枰翠影箇中收。每逢瑟瑟常疑雨，且喜錚錚直到秋。勝負無關情自適，納涼同上水西樓。」(二)〔一〕曰《蕉窗撫琴》，詩云：「静展芳心緑一叢，焚香掃地理絲桐。杯傳碧筩微醺後，聲亂芭蕉細雨中。撥悶無須彈古調，怡情也自得薰風。閑來領取金徽趣，冰炭却教置寸衷。」自注：「用昌黎句。」一曰《柳陰垂釣》，詩云：「卸却朝衫把釣竿，短蓬低繫大江干。眼看荷動投香餌，心似潮平避激湍。幾陣凉颸楊柳曲，二分明月水雲寬。烹魚日進餘杭酒，歸卧蓬廬夢亦安。」一曰《藤牀午夢》，詩云：「引睡書多皮滿牀，萃胥一枕午方長。花分麗影初移砌，燕隔重簾未到梁。有託而逃容我拙，無求自足任人忙。臨池剩得吟箋在，覺後猶聞翰墨香。」《登臨淄城懷古》云：「表海雄風幾度秋，至今猶説舊齊州。古城寥落田千畝，霸業銷沉土一丘。山勢如屏皆北向，河環似帶盡東流。登高喜得天無翳，七萬人家眼底收。」《宿崇福寺》云：「長途日暮叩禪關，古剎清幽破旅顔。暫解輕裝眠石砌，偶循曲徑蹴苔斑。雲收半吐松間月，樹密全遮屋外山。且住爲佳還自笑，匆忙那比老僧閒。」《村頭望雪》云：「雪滿谿山積素饒，無邊皎潔接瓊霄。鳥沾冷絮來瑶圃，人帶寒烟過板橋。斜日一川冰結蕊，長堤萬柳玉垂條。前邨若有梅花塢，也跨青驢掛酒瓢。」《贈友邨居》云：「聞君卜築緑楊邨，蓋頂黄茅野意存。豈是逃名稱海嶽，也將擇地藝蘭蓀。春秋野趣花千樹，風雨閒情酒一樽。况有芳鄰深結契，頻年月旦已旌門。」又《新晴》五律云：「雨洗塵埃净，廉纖昨夜聽。樹垂低户緑，窗撲遠山青。緣壁蝸成篆，棲簷鳥晒翎。遥知農望愜，蓑笠滿郊坰。」《冬郊閒步》云：「障礙消除盡，方知眼界寬。林疎空翠減，山瘦碧苔乾。

遠景雲棲樹，群飛鷺下灘。樵歌聲滿路，邂逅忘嚴寒。」《讀史》絶句云：「南昌舊蹟至今存，厚薄應從事後論。亭長雖然鬢鬢好，不如漂母飯王孫。」《題東野範我畫幀》二絶云：「萬徑無人鳥不飛，山雲稠疊雪霏霏。迴頭只有奚奴在，聞説梅花不忍歸。」「隱約前邨喜見招，高低驢背作推敲。更留好處描難盡，濕霧寒烟擁板橋。」《除夕獨坐》絶句云：「骨肉分離又一年，客居轉與客相憐。他鄉也有差强處，省却兒孫壓歲錢。」《黑牡丹》絶句云：「幾年京洛化爲緇，三月争開似錦時。羅鄴有詩兼有畫，衹應和墨寫烏絲。」《與門人郭文岸夜坐值雪》絶句云：「一穟紅鐙對坐時，圍爐撥火好談詩。鼕鼕街鼓沉沉夜，雪壓重檐也不知。」《齋中雜詠》三絶句云：「院宇無塵甃有窪，樹陰透出日光斜。爲憐滿徑苔痕緑，莫更呼童掃落花。」「永晝垂簾暑氣除，萬金難買此蕭疎。朝朝手盥薔薇露，愛讀生平未見書。」「坐久時聞墨氣香，管城無肉亦何妨。窗前拾得澄心紙，細寫蠅頭四五行。」《犬吠書聲戲成》二絶云：「蜀地曾留吠日名，何勞此地吠書聲。將無是我文光射，或與朝陽一例同。」「補我貂裘厭汝黄，聞聲便吠亦何狂。同人如有陸機在，定使傳書到洛陽。」《竹夫人》絶句云：「君住淇川緑水湄，年年溽暑卜佳期。夜來珍重窗前月，恐逐秋風又別離。」「西泠又有月色在，人衣池水清我心」之句，見於《稷門八詠》，兹不及多録云。

《澠水燕談録》云：「种放别業在終南山。放學行高古，後生從學者衆。性頗嗜酒，躬耕種秫以自釀。所居有林泉之勝，尤爲幽絶，真宗遣中使攜工圖之。其後，甘棠魏野郊居有幽趣，帝亦遣人圖之。故詩云：『幽居帝畫看。』」又云：「陝右魏處士野，滿中李徵君瀆，乃中表也。俱有高節，以吟詠相善。

野於東郊鑿土室方丈，蔭以修竹，泉流其前，曰樂天洞；瀆結茅齋中條之陰，曰浮雲堂，皆有瀟灑之趣。每乘興相過，賦詩飲酒，累日乃去。」竊謂此地自司空表聖而後，代不乏人，若國初之吴蓮洋，亦其人也。

宋王闢之云：濟州晁端友沉静清介，工文辭，尤長於詩。常自晦匿，不求知。以進士從仕二十餘年，爲著作郎以卒。其子補之録詩三百六十篇，求子瞻序之。方子瞻之守杭也，端友爲新城令，與游三年，知其君子而不知其能爲詩。夫以端友之文，子瞻之明且好賢，而又相從久，猶有所不知，則士之蘊文行，不爲世知者可勝數耶？河間曉嵐先生云：「北方人士樸不近名。而南人亦有言曰：吾鄉文明之地，士往往有文名。北人恒不有文名，有則必詣其極。其所從來者遠矣，況並生同文之世哉。」可謂知言。

雒南薛宁廷補山散館報罷，嘗掌教臨清。晚居樂陵，生徒成就者衆，因家焉。有詩八卷。《書趙秋谷集後》云：「天以蟲鳴秋，此事屬寒餓。休官未三十，不可惜可賀。坡谷相角逐，裂竹偶入破。若遺老名場，經綸蟻在磨。司冠魯東家，談詩占高座。」自注：「謂新城。」又云：「昔夢之帝所，一聆霓裳曲。謠諑妬蛾眉，酒食生岸獄。歸坐滄浪亭，臨流濯我足。綺語出金仙，冰銜換玉局。嶺海發奇情，秃毫脱羈束。詩留天地間，何啻爲令僕。」二詩足概飴山生平，亦以自況也。又《論詩》二律云：「烏免相摩盪，鮮新日日生。得之非把捉，見者自分明。催盡千莖白，拈來一味清。牙籤總糟粕，若爲嚌其精。」「三唐即景逸，兩宋言情深。異代關升降，分途慨古今。中和周雅肄，幽怨楚騷尋。絃外聲安託，茫茫作者心。」

登岱詩載在泰山志者不可枚舉，固不獨以「齊魯青未了」爲絶唱也。特較之闕里，均難着筆爾。近今以黄左田學使爲最。余初至兖州，士人爲余誦之。詩云：「陽魯陰齊壓海鰲，秦封漢禪笑紛囂。舊儀偃蹇存應劭，故堞蒼茫失奉高。環道千人旋磨蟻，松風八月廣陵濤。我來分寸躋攀上，仰首天關極目勞。」「御帳坪開碧玉屏，萬松相對兩山青。摩崖字裏尋名蹟，流水聲中讀石經。雲錦隊惟憑想像，棗梨錢亦漸凋零。道人休便成嗟慨，灑潤分甘此最靈。」「金闕岧嶤逼太清，蓬元天上御風行。峰攢劍笏朝青帝，雲湧旍旓護碧城。圖有真形誰創見，碑無文字世難名。明皇更比秦皇侈，銘石填金飾太平。」「兼衣丙夜怯高寒，東望滄溟重撫欄。天宇沖融張赤帟，霞光晃瀁走金丸。雲中雞犬聲猶寂，枕上邯鄲夢未殘。一笑廿年空早作，滿身塵土日趨官。」四詩起牛空山大令問之，亦必歎爲高雅。蓋牛真谷運震桂未谷馥，皆泰岱之間氣所鍾者。

田山薑《清淵大寺》詩云：「溪東二三里，高塔峙如山。寺在水涯上，鳥鳴僧榻間。寒光摇舍利，清梵出層巒。雁浦魚牀路，行行冒雨還。」大寺經始於唐，傳爲鄂公所建，蓋其幼子嘗爲僧，故名刹皆爭托焉。寺門舊在衛水獅子橋，今祇一隅耳。綸霞所謂「寺在水涯上」者，豈康熙初猶獅子鎮山門耶？四溟有與寺僧閒話詩，今不録。舊有米海獄《寶藏碑》，甲午燬於火。翁覃溪學使重摹上石，在考棚。寺中惟方兩江牓書「第一山」三字，在後殿，非摹襄陽書。襄陽亦曾書此三字也，余猶及見之。

近閲山東運司王椒園先生《鴻泥日録》，蓋仿阮亭《蜀道驛程》而作者，紀滇黔萬里之游，如指諸掌中。有云：《邢臺褡褳店逆旅有人以火爇窗紙成字一絶句》云：「驅馬邢臺道，天高夜氣寒。平生無好夢，今夕宿邯鄲。」字頗端秀，不署名。南行至臨洺關，拜冉子伯牛祠。過關南至王化堡，謁吕翁祠。後殿石雕盧生睡像，甚奇。古題壁詩近千首，余亦口占四絶。至邯鄲縣宿焉。詩云：「黄卷酬勳到鼎元，宫袍銀爛拜君恩。掀髯一笑無何有，椎硯焚詩斷愛根。」「血戰河湟不顧身，隨山濬水苦勞神。仙梯有路惟忠孝，誰識盧生夢是真。」「甕邊五慾苦淹留，愛水牽船不自由。但使夢中能醒夢，瑟琴兒女亦風流。」「性地栽培火裏蓮，蘭膏何事自相煎。夢餘委蜕方知誤，悔向容成覓大年。」椒園通釋典，注《老子》，宜其詩之超逸也。近復有林少穆《河師留題》云：「門外車塵欲障天，黄糧飯熟幾多年。如何倦客紛紛過，不見先生借枕眠。」

舊聞盧山寺有蓮花藏，藏《白香山集》七十卷，傳云居易自寫，付寺僧謹藏。近聞阮芸臺中丞刻朱文正相國、翁覃溪閣學詩集藏於西湖靈隱寺，亦是此意。

趙松雪甥王叔明蒙好爲宫辭，俞友仁見之，歎曰：「此唐人得意句也。」妻之以妹。其警句云：「南風吹斷採蓮歌，夜雨新凉太液波。水殿雲廊三十六，不知何處月明多。」今人但知有黄鶴山樵之畫矣。沈石田雖以畫名，其詩復清逸有骨，足繼王叔明，畫法亦多臨王本，所謂畫中有詩者，王摩詰不得專美於前也。若徐工部爾恒《悦生近語》一編，論畫而畫中斯有人在，則又深得詩家三昧者。

吾邑因戰國時趙置館於陶山之側得名。館陶公主，史凡四見：一爲漢文帝女，竇后所生，曰「長公主」，陳午尚之。一爲宣帝女，華倢伃所生，名施施，于定國子永尚之。後漢光武帝第三女，名紅福，韓光尚之，明帝爲築黄花臺者也。公主爲子求郎，帝以郎官上應列宿難之。一爲唐高祖第十七女，崔宣慶尚之。今衛水渡口猶名駙馬渡。縣令鄭先民詩所謂「月冷沙汀夜，春青岸草時」者，可想見其盛衰之感也。漢章帝元和元年，明珠出館陶，大如李。元成宗天德四年，縣產嘉禾，一莖六穗，縣尹温仲謙有《嘉禾碑》。觀前四尚主，則士宇之繁華可知。觀明珠、嘉禾二事則地之不愛寶也又可知，何獨於人才而疑之？吾願生斯地者，以悦學爲先務也，可徒説詩乎哉。

尊西者何？尊酒之西，有東道主人焉。設尊而賦詩，因詩而有話。有話猶之無話也，則有詩亦猶之無詩也。詩話云乎哉？人之見之者，亦但曰「酒三盞、梅一枝」也已矣。

跋

先君子晚年手删《詩話》一册，銛在髫齡，無能爲役。一日，先君子同冠邑齊又倉師與家蘊山叔坐竹深軒，話及此册，因指銛曰：「此子將來未卜如何，倘能成立，即此具見吾一生所行，無需縷述矣。」銛時方戲膝下，不覺心動。道光癸未冬，從侍兖州黌舍，適李余吾寅伯見此册，擊節歎賞，每勸付梓。先君子未之許也。踰年歸里。越丁亥，膺大故。舊書策藏之篋中，不忍啓視。今一披讀，啜泣何及。爰乞言蓬山夫子校刊存之，庶幾箕裘不墜云。道光乙未小陽月朔日，男維銛謹述。

季父苕山公性聰敏，精人倫鑑，惟不諧於俗，形諸言色。九赴秋闈，累薦不售，以明經終身。工詩善書。七十餘司兖郡鐸，二載告歸。闢閒園，蒔花種樹，藉以自娱。所著《詩話》，銓侍坐時謂曰：「盍付梓乎？」季父曰：「唯唯。不然。」間日又請，則曰：「此即吾自作行述也，令親友目笑存之可矣。」固知季父不欲以詩鳴也。季父殁之七年，堂弟維銛問業冀蓬山先生，出此册質之。先生爲序其緣起，因即壽諸棗梨。蓋季父既不得志於時，所可見者止此，恐久而就湮，後人不得覩先人手澤而考其行誼也。校刊既定，猶子維銓敬書數行於後。時道光十五年十月一日。

先伯父苕山先生生而聰敏，書法文章已臻超詣，而其寤寐嗜好，尤在於詩。半生閱歷所觸喜怒悲愉，悉於詩發之。且以虚受人，凡前輩及同人佳什，恐其失傳，必手爲記録。其樂善之懷具見於是。方鐸侍先君子塾中教讀，時伯父恒以詩相往來。一字一句，皆本性真，非徒矜淹雅者比。迨道光三四年間，兩大人先後司鐸兖、萊二郡，不數年而相繼歸里，旋相繼辭世。迄今讀《詩話》一册，手澤猶新，瞻望何及。惟是筆墨所留，猶屬緒餘。想伯父才識明斷，每遇紛難，屢經排解，德尤有感人深且久者。生平壽世，尚别有在，不僅文字之末已也。道光乙未冬至後三日，堂姪維鐸謹識。

跋

荅山姑丈早年食餼，即以能詩鳴。晚歲以明經司鐸兖州，乃舉其生平所作盡棄之，獨存《詩話》一編，凡若干卷。其用志也專，其蒐詞也雅，殆楊嗣復所謂汰去粃滓，菁華乃出者耶？今刊刻將竣，表弟維銛以跋語見屬。誠於詩無所窺覶，何足解此。獨以我姑丈與先伯父、先君子同歷場屋，殆數十年。計其相與計偕、相與談藝，必多嘲風弄月之趣，而今俱不可以復識，則於《詩話》之刻，誼固不能無言。是以敬綴數語於簡末。道光乙未冬至日，愚姪趙汝誠謹跋。

荅山姑丈詩酒陶情，殆無虚日，所刪定者僅存《詩話》一編。橘曾從游於兖郡黌舍，凡十踰月。嘗經指授，復使與樸甫表弟同學。姑丈愛人以德，靡間晨夕。每憶親炙光儀，見致力於詩之專且久，所謂用功深而收名遠者，實不外此。矧姑丈與先王父少同研席，後聯姻婭，相與觀摩者匪伊朝夕。姑丈晚年猶博一命之榮，先王父殁後始選惠民教職。王父詩多散佚，乃於此册見之。俯仰今昔，不禁黯然。橘是以覩此刻之成，而亟筆之於後也。至謂稍贊一辭焉，夫何敢，夫何敢。愚姪杜若橘謹跋。

世伯又乖先生聰明絶人，迥軼流俗。生平邃於著作，不自收拾，所手定者惟《詩話》一册。職自髫齡師又蒼夫子，附館於世伯家。三四年間得聆緒餘，輒爲起舞。後世伯司鐸魯邦，音問遂疎。洎道光甲申冬解組歸來，又得時親光儀。越二年丙戌，職設帳於世伯別墅。一介寒素，辱荷垂青，俾少君樸甫，與訂忘年交，兼以同伴相觀摩。維時世伯老於詩律，每一請教，訓廸不倦。詎料是冬竟騎箕尾，悵何如之。職管蠡之見，何足以窺高深。惟憶世伯於詩、古文詞及鍾、王書法，種種入妙，雖所長不盡於此，固已具見梗概。《詩話》卷帙無多，率皆名士風流，不假雕飾，活色生香，得未曾有，筆墨間不煩繩削而自合，洵吾鄉詩學之淵藪也。近聞已付剞劂，用傳不朽。昌黎所謂鄉先生歿而可祭於社者，微世伯，其誰與歸？世愚姪戴九職謹跋。

（姚蓉點校）

杜詩話

杜詩話提要

《杜詩話》五卷，據道光十七年家刊《存悔齋集》本點校。撰者劉鳳誥（一七六一——一八三〇），字丞牧，號金門，江西萍鄉人。乾隆五十四年探花，官至吏部侍郎。嘉慶十四年獲罪遣戍，後赦回。有《存悔齋集》。按此書原爲《存悔齋集》卷二十四至卷二十八，後宣統二年掃葉山房抽出單行，不復分卷。實則各卷皆有分際，卷一從先世叙起，祖、父輩，家室成員，行年遭際，性情喜好，思想志趣，次第而下；卷二叙其立朝大節；卷三叙游踪、詠物，以上皆由勾稽杜詩而成，可謂以杜説杜。卷四、卷五録各家評論，其中頗有從仇兆鰲《詳注》轉録者，或以仇注彼時流行，遂不復説明。劉氏有史識，故全書甚有氣象，寥寥數卷，杜詩要篇皆收其中，杜詩要義亦皆得以顯。如卷一駁「昔人謂杜詩長於諷刺，多《小雅》變聲，於頌揚體或不相宜」之説爲非，即與翁方綱同調，頗能預乾嘉盛世詩學之主流。卷五末一則歷舉宋、明以來推杜爲周公、孔子，推杜詩爲詩中之經、史，詩中之神、聖諸論，以重結全書，豈亦自負承其後乎。

杜詩話一

杜爲晉征南將軍預之後。子美《祭遠祖當陽君文》自稱「十三葉孫甫」，其曰「《春秋》主解，稿隸躬親」。述預爲《春秋左傳集解》也。《進鵰賦表》「自先君恕、預以降，奉儒守官，未墜素業」，則其根柢經術，固有自來。詩中援引，如《懷李白》云「更尋嘉樹傳，不忘角弓詩」，以季武不忘韓宣一事，翻成兩語。《兵車行》云「新鬼煩冤舊鬼哭」，化用夏父弗忌「新鬼大，故鬼小」語。《前出塞》云「射人先射馬」，本「樂伯左射馬而右射人」語。《投贈哥舒開府》云「廉頗仍走敵，魏絳已和戎」，以翰年老風疾，比之廉頗，元宗賜音樂田園，比之魏絳賜女樂歌鐘。運用神明，洵爲克承家學者矣。

少陵祖審言，武后朝授著作郎、膳部員外，與宋之問、陳子昂、沈佺期齊名，四人實爲唐律之祖。公有《過宋員外舊莊》、《陳拾遺故宅》詩。之問諂附張易之，人不足道，公於契家前輩不置譏詞。子昂，則盛稱其「終古立忠義，《感遇》有遺篇」，以篇中多感歎武后革命時事，中有激發，不特寓旨神仙而已。又有寄佺期子《沈八丈東美除膳部員外》詩，詩有「膳部默悽傷」句。又《贈蜀僧閭邱師兄》詩有「吾祖詩冠古，同年蒙主恩」句，僧爲太常博士均孫，均以文筆著稱，與審言同侍武后，公因之感思其大父也。沈詩，尊之曰「禮同諸父長」，閭邱詩，親之曰「相遇即諸昆」。公之篤舊敦古處如此。

昔人謂子美父名閑，詩中不用「閑」字；母名海棠，故不作海棠詩。《英華辨證》則謂公不避家諱，兩押「閑」字。不知所押乃「閒暇」之「閒」，與「閑」絶不相犯。顧炎武之言是也。按公父嘗爲兖州司馬，故有「東郡趨庭」之詠。公母崔氏，於十一舅有「今我送舅氏，萬感集清樽」，十七舅有「感深辭舅氏，別後見何人」，十九舅有「吾舅政如此，古人誰復過」，二十三舅有「賢良歸盛族，吾舅盡知名」，又崔十三評事有「舅氏多人物」等句。崔故甲族，公於母鄗常惓惓焉，若世間花卉多矣，東坡云「少陵爲爾牽詩興，豈是無心賦海棠」，最爲有見。

少陵行二，李白有《魯郡東石門送杜二甫》，高適有《人日寄杜二拾遺》，嚴武有《寄題杜二錦江野亭》《巴嶺答杜二見憶》諸詩。任華《雜言》曰：「杜拾遺，名甫第二才甚奇。」「昨日有人誦得數篇黄絹詞，吾怪奇異特借問，果然稱是杜二之所爲。」古人行第不以有兄泥也。四弟穎、觀、豐、占，早年蹤迹分散，屢見吟詠，晚惟占從入蜀，觀亦嘗自中都赴夔。

少陵一妹，嫁韋氏，從夫遠宦。有《元日寄韋氏妹》詩，《同谷歌》「有妹有妹在鐘離」，則已嫠婦寓居時矣。曰「我已無家尋弟妹」，曰「弟妹蕭條各何往」，曰「弟妹悲歌裏」，曰「無由弟妹來」，曰「弟妹各何之」，曰「故鄉有弟妹」，曰「團圓思弟妹」，數數及之，重人骨肉之感。

少陵妻宏農楊氏，司農少卿怡女。公自避賊初歸，《北征》詩但云「瘦妻面復光」，狀一時悲喜交集而已。若鄜州夜月，明明憶閨中獨看，卻用小兒女襯出，遂使雲鬟玉臂，寫髪膚不傷俗艷，淚痕雙照，寫心曲不落癡迷，雅合風人之旨。《秦州》詩乃有「曬藥能無婦」句，《進艇》詩「晝引老妻乘小艇」，至比之蛺蝶相逐，芙蓉自雙，不嫌纖佻。《江村》詩「老妻畫紙爲棊局」，更可想其白頭厮守，優游愉悦意象。

《客夜》詩「老妻書數紙，應悉未歸情」，《孟倉曹遺酒醬》詩「理生那免俗，方法報山妻」，此皆家室中情真而語朴者。後人於憶家寄内詩，知避村氣而漫逞風趣，幾自忘其置閨閫何等，讀此當知立言。

訓子詩忌涉腐氣，大抵幼愛聰明，長期成立，晚暮人望其督家守邱隴，此恒情也。少陵二子：宗文、宗武。世謂宗武定是有才，宗文不過使樹雞柵。然《熟食日》詩，並《示兩兒》，一則曰「汝曹催我老」，一則曰「他時見汝心」。舊解指公先塋在洛，流寓不能展省，故當節日回首邙山，仍囑二子，以毋忘拜掃。其論良是。黄鶴據元稹《係銘》「宗武病不克葬」，斷爲宗文早世。既引《熟食日》詩，以爲明年出峽，二子無恙，意自潭之衡乃喪宗文，又引《舟中伏枕》詩「瘗夭追潘岳」，以爲宗文卒當瘗耒陽，皆臆度之見。樊晃《小集序》明云「君有子宗文、宗武，近知所在，漂寓江陵，冀求其正集，論次之」，則宗文爾日尚存，且並非不能守先業者。宗文，小名熊兒，《得家書》詩「熊兒幸無恙」，可見初無失愛。宗武，小名驥子，特以幼見憐，故「驥子好男兒」、「驥子春猶隔」、「驥子最憐渠」，頻呼而念之。然示宗武詩，以精《文選》、飽經術勸其學，即以「休覓綵衣輕」、「莫羨紫羅囊」，誡其敦行，安得謂公有譽兒癖乎？《雲仙雜記》載：「宗武以詩示阮兵曹，阮答以石斧一具，并詩還之。宗武曰：『斧，父斤也。欲使我呈父斤削耶？』阮聞之曰：『欲令自斷其手，不爾，天下詩名又在杜家。』」説者遂有三世爲將，道家所忌之喻。攷史傳，絶不載宗武詩，毋乃公所謂「失學從兒嬾」，僅解記誦而不能精進者乎？「有子賢與愚，何其挂懷抱」，無怪公之借淵明以自解嘲。

老杜説兒女子態，似嗔實喜，極是入情。如：「平生所嬌兒，顔色白勝雪。見耶背面啼，垢膩脚不襪。妝前兩小女，補綻才過膝。海圖拆波濤，舊繡移曲折。天吴及紫鳳，顛倒在裋褐。」「學母無不爲，曉妝隨手抹。移時施朱鉛，狼籍畫眉闊。」「問事競挽鬚，誰能即嗔喝。」又：「癡女饑咬我，啼畏虎狼聞。懷中掩其口，反側聲愈嗔。小兒强解事，故索苦李餐。」又：「布衾多年冷似鐵，驕兒惡卧踏裏裂。」「癡兒不知父子禮，叫怒索飯啼門東。」想見對童稚驕憨又惱又愛光景，所謂不失赤子之心者也。

少陵家有隸役伯夷、辛秀、信行，行官張望，獠奴阿段，女奴阿稽諸人。自居夔後，屢見於詩。凡脩筒引水、樹柵養雞、補稻種甘、行菜伐木、摘蒼耳、鉏斫果林諸事，一一躬親驅督，而憐其觸熱未餐，鑒其瘴劇作苦，體恤周至，動見民吾同胞之隱。鍾伯敬謂其處家常瑣細，有滿腔化工，全副王政在。靖節云「彼亦人子也」，真仁者有同心歟？

少陵生平所遭，多窮餓困乏境地，殘杯冷炙，到處悲辛，曾不諱言，甚至衾裯換斗米，囊空留一錢，略無顧惜。惟故人孫宰一飯，義重雲天，有「誓將與夫子，永結爲弟昆」之願，與韓侯遇漂母何異？入蜀後，生計全資友朋，王録事不寄草堂貲，以詩致詰，正復無傷大雅。它時具舟出峽，舉瀼西果園四十畝，慨然以贈南卿，實是一大美事。「君莫笑，劉毅從來布衣願，家無儋石輸百萬」，固自其英少已然。

詩評有「許渾千首水，杜甫一生愁」之誚，論公處境宜然，然遂以公不善作愉樂語，則非也。公之寫喜事，專取神會，如「家家賣釵釧，只待獻春醪」，喜官軍之壓賊也。「曉看紅溼處，花重錦官城」，喜好雨之知時也。「暫止飛鳥將數子，頻來語燕定新巢」，喜浣花草堂初成也。「舍南舍北皆春水，但見群鷗日日來」，喜崔明府相過也。「共説總戎雲鳥陣，不妨游子芰荷衣」，喜嚴鄭公再至也。「炙背可以獻天子，美芹由來知野人」，是遷居赤甲之喜。「巡簷索共梅花笑，冷蘂疎枝半不禁」，是寄弟藍田之喜。至《草堂》詩云「舊犬喜我歸，低徊入衣裾。鄰舍喜我歸，沽酒攜葫蘆。大官喜我來，遣騎問所須。城郭喜我來，賓客隘村墟」，雅人深致，隨事生歡，詩家善言喜者，宜莫如此老。

「蕩蕩萬斛船，影若揚白虹」、「自非風動天，莫置大水中」，此是何等洪量。「宫中聖人奏雲門，天下朋友皆膠漆」，此是何等醇誼。「丈夫垂名動萬年，記憶細故非高賢」，此是何等高識。「雞蟲得失無了時，注目寒江倚山閣」，此是何等曠觀。「寄謝悠悠世上兒，不爭好惡莫相疑」，此是何等坦衷。《舊書·文苑傳》斥公「褊躁無器度」，又厚誣嚴武欲殺以實之，抑獨何歟？

少陵性豪，嗜酒，得錢輒沽，自謂「飲酣視八極，俗物都茫茫」，追數交遊，作《飲中八仙歌》，聊寄出塵遐想。歌詞古質似銘贊，句法長短互見，三押「前」字，兩押「天」字、「眠」字、「船」字，蓋人各一段，合之仍爲一章。本係創格，非故押重韵也。偏觀集中，如與鄭虔飲，則云：「清夜沈沈動春酌，燈前細雨簷花落。」與賀蘭楊長史飲，則云：「此身飲罷無歸著，獨立蒼茫自詠詩。」與姪勤飲，則云：「酒盡沙頭雙玉瓶，衆賓皆醉我獨醒」。與蘇端、薛復飲，則云：「古人白骨生青苔，如何不飲令心哀。」與崔戢、李封飲，則云：「上古葛天民，不貽黄屋憂。君看阮籍等，熟醉爲身謀。」無非借濁醪妙理，以抒其嘯歌自適之情。至《留别章使君兼幕府諸公》，則云：「常恐性坦率，失身爲杯酒。近辭痛飲徒，折節萬夫後」。公於此殊有戒心，正是豪傑歸落處，何嘗有酣溺糟丘，因酒失德，爲世詬病形迹。乃《唐書》斥其傲誕無拘檢，終且以啗牛炙白酒，大醉，一夕卒，爲公重身後之謗，史筆誣謬乃爾。吁！可歎哉。

少陵英年伉爽，自是脱略不羈，最快齊趙之遊，爾時春歌叢臺，冬獵青丘，走馬呼鷹，射飛鳴鏑，恣爲豪放，一與高、李把臂，遂成千古文章知己，不特馳騁少年場已也。其他博塞之戲，擊劍之儛，各擅其能。晚在夔府，猶有《醉爲馬墜》一詩，可知此老性喜據鞍，敢爲此皓首驚人之事，興殊不淺。

少陵夙慧天成。《觀公孫大娘弟子舞劍器行》序「開元三載，余尚童穉，記於郾城觀公孫氏舞劍器」云云，「三載」，一作「五載」，時公僅六歲。《壯游》詩云「七齡思即壯」，則六歲觀舞劍器，何不能記之有？少陵不以書名，其詠張旭草圖云「俊拔爲之主」，《李潮八分小篆歌》云「書貴瘦硬方稱神」，《送顧八分文學》云「筆力破餘地」，皆深得書中三昧語。公自述「九齡書大字」，又云「鶩費義之墨」，後《得房相池鵞》，直云：「鳳皇池上作回首，爲報籠隨王右軍。」自命如此。胡儼云：「常於内閣見子美親書《贈衛八處士》詩，字甚怪偉。」知公固善書，特不以是著稱耳。

少陵不學仙，而自有仙氣，如：「蓬萊織女迴雲車，指點虚無是征路。」「洪濤隱語笑，鼓枻蓬萊池。崔嵬扶桑日，照曜珊瑚枝。風帆倚翠蓋，暮把東皇衣。」「恭聞魏夫人，群仙夾翺翔。有時五峰氣，散風如飛霜。」「玉京群帝集北斗，或騎騏驎翳鳳皇。芙蓉旌旗烟霧樂，影動倒景摇瀟湘。星宫之君醉瓊漿，羽人稀少不在傍。」皆極縹緲鏗鏘之致，無一點烟火氣。

少陵不佞佛，抑又深通佛理。如：「楊枝晨在手，豆子雨已熟。是身如浮雲，安可限南北。」「夜闌接軟語，落月如金盆。」「惟有摩尼珠，可照濁水源。」「大珠脱玷翳，白日當空虚。」「願聞第一義，回向心地初。」「如聞龍象泣，足令信者哀。」「吾知多羅樹，卻倚蓮花臺。」「思量入道苦，自哂同嬰孩。」「松根胡僧憩寂寞，龐眉皓首無往著。偏袒右肩露雙脚，葉裹松子僧前落。」絶妙好機鋒，知自有證入處。

唐時士夫遊讌，不廢聲伎，由其風氣使然。少陵《城西陂泛舟》云：「青蛾皓齒在樓船，横笛短簫悲遠天。」《丈八溝納涼》云：「越女紅裙溼，燕姬翠黛愁。」《即事》云：「笑時花近眼，舞罷錦纏頭。」《陪李梓州泛江》云：「使君自有婦，莫學野鴛鴦。」《戲題惱郝使君》云：「願攜王趙兩紅顏，再騁肌膚如素練。」艷而有則，不得以假道學少之。

昔人謂杜詩長於諷刺，多《小雅》變聲，於頌颺體或不相宜。此説非也。集中如「君王自神武，駕馭必英雄。」「鳳歷軒轅紀，龍飛四十春。八荒開壽域，一氣轉洪鈞。」「萬方頻送喜，毋乃聖躬勞。」「晝漏希聞高閣報，天顔有喜近臣知。」「今春喜氣滿乾坤，南北東西拱至尊。大曆三年調玉燭，玄元皇帝聖雲孫。」「寸地尺天皆入貢，奇祥異瑞争來送。不知何國致白環，復道諸山出銀甕。」此等語體大聲宏，粲然盛明景象，非善於立言者，定只一味麤豪氣耳。

少陵志氣恢閎，心存濟世。古詩直攄胸臆，往往於結句作殷殷屬望之詞。《洗兵馬》：「安得壯士挽天河，净洗甲兵長不用。」《石笋行》：「安得壯士擲天外，使人不疑見本根。」《石犀行》：「安得壯士提天綱，再平水土犀奔茫。」《茅屋爲秋風所破歌》：「安得廣厦千萬間，大庇天下寒士皆歡顔，風雨不動安如山。」《王兵馬使二角鷹》：「惡鳥飛飛啄金屋，安得爾輩開其群，驅出六合梟鸞分。」《苦寒行》：「安得春泥補地裂。」《喜雨》：「安得鞭雷公，滂沱洗吴越。」《想其恣情指揮，語語皆令小夫咋舌，不得謂言大而夸也。

宣聖萬古所尊，自蒙莊放語，妄以孔、跖對舉，後世詩家尤效，雖少陵亦蹈其失。如「孔某盜跖俱塵埃」，因慨儒術之衰，謬謂聖狂同盡，題曰《醉時歌》，誠醉語也。又「孔子釋氏親抱送」，亦將孔釋並列，上句「感應吉夢相追隨」，亦誠屬夢語。

杜詩話二

少陵生唐睿宗先天元年，至玄宗天寶元年，年四十矣，始以獻《三大禮賦》受知玄宗，命待制集賢院。《莫相疑行》所謂「集賢學士如堵牆，觀我落筆中書堂」，實生平最得意之遇。十四年，授河西尉，不拜，改右衛率府胄監參軍，故有「不作河西尉，凄涼爲折腰。老夫怕趨走，率府且逍遥」之詠。是年禄山反，故又有「昔罷河西尉，初興薊北師」。十五年，肅宗即位靈武，改元至德，公自鄜州羸服奔行在，遂陷賊中。明年脱賊，謁上鳳翔，拜左拾遺，故有「麻鞋見天子」、「涕淚授拾遺」句。按《杜箋》：《唐授左拾遺誥》：「襄陽杜甫，爾之才德，朕深知之，今特命爲宣義郎、行在左拾遺。授職之後，宜勤是職，毋怠。命中書侍郎楊鎬賫符告諭。至德二載五月十六日行。」敕用黄紙，字大二寸許，年月御寶，方五寸許，藏岳州平江縣後裔杜富家。可證《舊書》稱右拾遺及諸家年譜四月拜官之誤。公到官，未幾，房琯被劾罷相，特疏論救。肅宗怒，命韋陟、崔光遠、顔真卿等按之。陟等奏「甫言雖狂，不失諫臣體」。張鎬並力救，敕放就列。故六月一日有《謝口敕放三司推問狀》。十二日復有《同遺補薦岑參狀》。閏八月，墨制放還鄜州省家，作《北征》詩。十月，扈從還京，作《洗兵馬》詩。乾元元年在朝省，有《紫宸殿退朝》、《宣政殿退朝》、《和賈至早朝大明宮》、《題省中院壁》、《春宿左省》、《晚出左掖》、《端午日賜衣》諸詩，其曰「明朝有封事」，曰「避人焚諫草」，舉職如常，無少摧退。六月出爲華州司功參軍。關輔饑，棄官去。代宗廣德元年，召補京兆功曹，不赴。二年，嚴武表爲節度參謀、檢校尚書工部員外郎，賜緋魚袋。永泰元年，辭幕府。綜計公官朝列僅一年。其惓惓忠愛，每飯不忘，惜乎位不副才，雖以稷契許身，而未登大用，徒託詩歌，爲可歎也。

少陵生平大節，在疏救房琯一事。論者沿唐史之繆，於琯多詆訶，遂謂救琯爲過舉，且疑甫謫官非坐琯黨，更不知爲何事。不知琯以故相融子，負重名，與甫本布衣交。其相玄宗也，建議遣諸王爲都統節度。當日禄山初見分鎮詔書，撫膺歎曰：「吾不得天下矣。」琯之先見善謀若此，以是觸肅宗忌。又入賀蘭進明譖言，使邢延恩等監其軍，致有陳濤斜之敗。史斥琯奪將權，聚浮薄，敗軍旅，以實其罪。試思宰相請討賊，甘以危事自効，何爲「奪將權」？王思禮、嚴武輩俱在行間，何爲「聚浮薄」？既許將兵，復令中人監制促戰，是幸其敗也。又以其敗不即出，假琴工董庭蘭事，俾正衙彈劾，以穢其名，始就罷黜。甫時官左省，疏言「罪細不宜免大臣」，蓋以諫臣舉職之公心，行爲國惜賢之美意。當時賢如李泌，史亦稱其營救甚力，於甫乎何尤？即以庭蘭通賄謝事論之，《詩箋》引朱長文《琴史》云：「薛易簡稱：『庭蘭不事王侯，散髮林壑者六十載，貌古心遠，意閑體和，撫絃韵聲，可感鬼神。天寶中，給事中房琯，好古君子也。庭蘭聞義而來，不遠千里。』予因此説，亦可以觀房公之過而知其仁矣。當房公爲給事中，庭蘭已出其門，後爲相，豈能遽絶？又賕謝之事，殆亦譖琯者之所爲，而庭蘭朽耄，莫能辯釋，遂被惡名耳。房公貶廣漢，庭蘭詣之，無愠色。唐人有詩云：『七條絃上五音寒，此樂求知自古難。惟有開元房太尉，始終留得董庭蘭。』」按「薛易簡以琴待詔翰林，在天寶中，子美同時人也。

其言必信」云云，此皆爲琯雪誣定據。甫坐琯黨，亦在被構之列，莫詳於荆南述懷三十韵，以「昔承推奬分」，敘房公薦引，以「罪戾寬猶活」，指張鎬救免，以「結舌防讒柄，探腸有禍胎」，慨爾時世態嶮巇。通篇皆已與房公始終之，故與元稹《志》明云「以直言失官出華州」相合。《新書》誤謂「從還京師，出爲華州司功參軍」，致作年譜者不識因何事，殊爲失攷。廣德元年，琯卒，甫在閬州爲文以祭。一則曰「致君之誠，在困彌切」，一則曰「伏奏無成，終身愧耻」，於琯猶有歉焉。明年有《别房太尉墓》詩。又明年，有《承聞故房相公歸葬東都》詩，儗之孔明、安石，意謂葛、謝俱躬事兩朝，克殫勤瘁，不徒以相業相比例，甚矣。說詩論史皆貴卓乎有見，惡得承襲增舛，爲古賢重謗乎哉。

《悲陳陶》、《悲青坂》，皆識房琯兵敗詩。東坡曰：「房琯欲持重有所伺，中人邢延恩等促戰，倉皇失據，遂及於敗。」詩云「安得附書與我軍，忍待明年莫倉卒」，即持重意。是不得以志大慮疎爲琯咎明甚。茅元儀曰：「肅宗已入賀蘭進明之謗，而使琯將兵，人主嫌疑於上，小人窺伺於下，持重有伺，焉知非勝機，而中人輒敢促戰，敗師之罪，琯不任受也。若琯幸而勝，則肅宗之疑愈深，進明之謗滋至，豈惟不敢望一州。他日欲如高力士、陳玄禮，亦不可得矣。琯既敗，帝猶未敢即廢，假琴工事發，怒斥之，而朝士多言琯謀包文武，可復用，帝益不能容。由此言之，唐世公議，猶足重也。」斯論極爲允當。

少陵一生學問，無所發洩，略見於議兵。《新書》謂「好論天下大事」，亦即指此。唐自開元十五年王君㚟破吐蕃於青海，明皇益侈邊功。天寶八載，哥舒翰攻拔石城堡，喪卒數萬，《兵車行》所由作也。起五句「車馬」、「弓箭」、「耶孃」、「妻子」、「塵埃」、「橋道」，如見其影，次以人哭貫到篇終鬼哭，如聞其聲中間設爲問答，以「君不聞漢家山東二百州」，敘畊役之勞，後復申明問答，以「君不見青海頭」，述鋒鏑之慘。黷武如此，安史之亂惡得不由斯起乎？曰「君不聞」、「君不見」，詩人呼祈父意也。

哥舒翰，本突騎施別部酋長，以勇略爲王忠嗣所重。説者謂其攻吐蕃，殺人邀功，逢君之惡，乃忠嗣必不肯爲。翰與忠嗣相背若是。少陵以詩投贈，極意推崇，殊非衷語。不知忠嗣就鞫日，翰方入朝，有勸多齎金帛以救者，翰曰：「直道而行，王公必不冤死。」又力陳于上，乃貶之，是即翰不負忠嗣之大義。至石城堡之役，由明皇喜事開邊，不惜驅民鋒刃，翰未敢再逢君怒，故以致此，非逢惡也。觀送高適詩云「請公問主將，焉用窮荒爲」，絶不爲翰迴護，託諷之意自見。或謂潼關之敗，即公昧于知人處。不知翰一意堅守潼關，戒勿輕戰，當崔乾祐在陝，上遣使促翰進兵，翰奏禄山習兵，必羸師誘我，况賊勢日蹙，必有内變，因而乘之，可一戰擒也。此與李、郭北取范陽，覆其巢穴，潼關大軍，唯應固守之議相合。詎國忠懼禍，遣使再趣，翰慟哭而出，已預知必敗，厥後慶緒推刃，果如内變之言。則其能知兵料敵，洵有如杜所稱「論兵邁古風」、「策行遺戰伐」云云者。惜乎翰以年老風痺，功名不終，負此一篇好詩。其篇終惓惓之意，甘欲參翰軍謀，亦因爾時李林甫、陳希烈當國，忌才斥士，不得已欲依翰圖進，如嚴武、吕諲、高適、蕭昕輩，皆由翰奏薦而起，則翰固當時名流歸嚮之人，豈少陵肯與諛詞干謁者比乎？甚矣！成敗之不可以論人也如此。

杜詩最入古者，無如《前後出塞》十四篇，所謂奴隸黄初諸子，自成一家，不受去取者也。公自云「李陵蘇武是吾師」，實能得其真傳，不必泛引《十九首》以等差其高下。《前出塞》爲徵秦隴兵赴交河作。首章提出「君已富境土，開邊一何多」，爲諸章眼目，然後歷敘軍士棄親出門，走馬搴旗，磨刀築壘，備嘗諸苦，及至獲捷論功，又爲邊將營私所奪，首尾章法井然。《後出塞》爲徵東都赴薊門作。是時禄山勢盛，軍士喜功貪賞者樂從之。首章言「及壯當封侯」，何等氣概，次章即言「壯士慘不驕」，以已束於軍令也。三章言「誓開玄冥北」，譏邊將之逢君，由朝廷之好大。四章言「主將位益崇，意氣淩上都」，禄山逆燄張矣。五章寫退軍人不甘從賊，曰「中夜間道歸，故里但空村」，與首章「閭里送我行，親戚擁道周」遥應。曰「惡名幸脱免，窮老無兒孫」，與首章「戰伐有功業，焉能守舊邱」遥應。蓋始望立功，自矢男兒之志，終期全節，恐辜明主之恩，於颯然意盡時大節不墜如此。東坡謂：「將校中有此一人，而不知其姓名，可恨也。」宜讀詩者無不憮然。

《哀江頭》、《哀王孫》二詩，皆紀明皇西狩時事。天寶十五載六月，安禄山反，車駕幸蜀，公感懷曲江宫殿蒲柳依然，追尋禍本，直述貴妃寵幸宴遊，終致血污游魂之變，只「去住彼此無消息」一語，寫盡當日行宫對月，夜雨聞鈴，無限傷慘情事。九月，孫孝哲害霍國長公主、永王妃及駙馬楊朏等八十人，又皇孫等二十餘人。詩故追述王孫路泣之時，先從「寶玦」看出，次從「隆準」看定，姓名既不肯道，交衢又不敢語，偷立斯須，密囑其善保千金，古來播越之危，鮮有如此。亂匪降自天，生自婦人。明皇獨不憶勒兵攻白獸門，斬關而入，彼時所爲何事？此兩詩之所以相爲表裏也。

王荆公選杜詩，以《洗兵馬》壓卷。是篇四轉韵，句兼排律，别成一體。首述河北之捷，欲專任郭子儀，以收戰功。曰「三年笛裏關山月」，憫征士之勞，曰「萬國兵前草木風」，誌會師之喜，此是一篇中關鍵。次述命將得人，故「青春」「紫禁」中，復覩朝儀如舊。曰「鶴駕通宵鳳輦備，雞鳴問寢龍樓曉」，正用肅宗制詔「導鑾輿而反正，朝寢門以問安」語，此是一篇中書法轉筆。「攀龍附鳳勢莫當，天下盡化爲侯王」，蓋因扈從濫恩望，終用張鎬爲相，以復周宣、漢武之業。末紀符瑞迭見，欲及時洗甲，以慰蒼生。通體氣象喬皇，詞旨顯白，大抵玄、肅父子之間，不無可議，此時初聞恢復，臣子欣躍非常，斷不致逆探後日移仗之舉，稍存隱刺。箋解處處附會，非論史之過，乃實説詩之謬，不可以誣杜老也。

「三吏」、「三别」，爲當時鄴城師敗，調兵急切而作。每章設爲問答，本之陳琳《飲馬長城窟行》。《新安》憫中男也，結以「僕射如父兄」慰之。《潼關》勵守將也，結以「慎勿學哥舒」戒之。《石壕》作老婦語，「三男戍、二男死，孫方乳、媳無裙、翁踰牆、嫗泣别，何其慘也。《新婚》作新婦語，「妾身未分明」二句，含羞語也。「婦人在軍中」二句，識見語也。「勿爲新婚念」二句，志氣語也。「羅襦不復施」二句，貞静語也。曰「隨君」，曰「對君」，曰「與君」，頻頻呼君，一聲一淚。《垂老》作老人語。《無家》作孤人語。曲折隱情，揣摩畢肖，真《三百篇》之遺。

何將軍，不知何許人。詩云「將軍不好武」，自是特筆。明皇侈心既萌，諸將開邊啓釁，此之不好武，正與其他貪功喜事者不同，亦非如後世將不知兵，貽誤國家，濫厠兜鍪人物也。濠梁見招之雅，金魚换酒之豪，得毋東陵種瓜客、灞陵射虎人歟？故《重遊何氏》曰「將軍有報書」，曰「頗怪朝參懶」，不以武人夷視之。魏將軍，亦不知何許人。詩敘其立功西陲，歸領禁軍，中云「星纏寶校金盤陀，夜騎天駟超天河。欃槍熒惑不敢動，翠蕤雲旓相蕩摩」，壯哉乎其言矣。末云「鈎陳蒼蒼元武暮，萬歲千秋奉明主」，望其長爲羽林宿衛，蓋亦「天子何不喚取守東都」意。此皆禄山未亂時詩。至《久雨期王將軍不至》，王亦不著其名。詩云「安得突騎只五千，崒然眉骨皆爾曹」，則吐蕃已入寇矣。

《花卿歌》「子璋髑髏血模糊，手提擲還崔大夫」，詠蜀將花驚定攻拔綿州、斬僞梁王段子璋事。崔大夫，謂成都尹光遠。曰「擲還」者，歸功主將也。《唐詩紀事》愈瘧之説，固屬委巷游談，然二語至今讀之，猶凛凛有生氣。

《曲江三章章五句》，少陵學《三百篇》遺貌取神之作，觀其製題自命可知。末章因杜曲而及南山，一時感憤孤衷不自催抑，故以「短衣匹馬隨李廣，看射猛虎終殘年」作結，索性暢其豪氣，激爲古音，雖以七言成句降從今體，實則堂奥獨開，爲集中創格。李空同輩極摹倣之。

《同谷七歌》「有客有客字子美」，以寓居同谷自呼，「有客」用「白馬」詩。二章呼「長鑱長鑱」，已屬奇，致下云「託子以爲命」、「與子空歸來」，乃至呼鑱爲「子」，更奇，然亦本「蘀兮蘀兮，風其吹女」之意。章末七用「嗚乎」，自一歌至七歌，仿張衡《四愁詩》「一思曰」至「四思曰」之例，其句調則蔡女「笳一會兮琴一拍」之遺也。

《杜鵑》詩：「西川有杜鵑，東川無杜鵑。涪萬無杜鵑，雲安有杜鵑。」吴曾《漫録》引樂府古詞「魚戲蓮葉東」四句，謂杜正用此格，不必叶韵。夏竦指前四爲序，本題下公自注，誤矣。《石龕》詩：「熊羆咆我東，虎豹號我西。我後鬼長嘯，我前狨又啼。」疊用四「我」字，本《詩》「有酒醑我」四句句法。疊用東、西、前、後，本《楚辭》「將升兮高山，上有兮猨猴。將入兮深谷，下有兮虺蛇。左見兮鳴鵙，右睹兮呼鶚」，疊用上、下、左、右也。

《衛風》「碩人」美之曰「其頎」，自手而膚，而領，而齒，而首，而眉，而口，而目，一一傳神，此即《洛神賦》藍本。《麗人行》爲刺諸楊作，本寫秦、虢冶容，首段卻泛言游女，以隱括之，曰「態濃意遠淑且真」，狀其丰神之麗也，「肌理細膩骨肉勻」，狀其體貌之麗也，「繡羅衣裳照暮春，蹙金孔雀銀麒麟」，狀其服色之麗也，頭上翠微匐葉，背後珠壓腰衱，通身華麗俱見，較《洛神賦》另樣寫法。若如楊升庵爲本，添出「足下何所著」，尚成何時體耶？

杜詩話三

少陵《壯遊》詩，乃晚年自作小傳。「往者十四五」一段，敘少年之遊；「東下姑蘇臺」一段，敘吴越之遊；「中歲貢舊鄉」一段，敘齊趙之遊；「西歸到咸陽」一段，敘長安之遊；「河朔風塵起」一段，敘奔赴鳳翔及扈從還京事；「老病客殊方」一段，敘貶官後久客巴蜀之故。通首悲涼慷慨，荆卿歌耶？雍門琴耶？高漸離之筑耶？

杜近體詩，有僅以年月日爲題者，皆就客中歲月記其節候土風。如《十二月一日》「今朝臘月春意動」，《大曆二年九月三十日》「悲秋向夕終」，《十月一日》「爲冬亦不難」，即指是日立冬。其顯以節氣命題者，尤瞭然可覩。惟《草堂即事》云「荒村建子月」，本肅宗上元二年建子月壬午朔，受朝賀，如正旦儀，詔以其月爲歲首。至建巳月，代宗即位，改寶應元年，復改正月爲歲首。《贈友二首》云「元年建巳月」，詩作於未改元前，從其本初，故仍稱「建巳月」。此有關紀年，不可不考。又公集《唐興縣客館記》，末署「是日辛丑歲秋分，大餘二，小餘二千一百八十八，杜氏之老記」。姚江黄百家曰：「日法萬分，每刻百分，每日百刻，總得萬分。萬分以上爲大餘，日數也，萬分以下爲小餘，時刻數也。杜記蓋謂秋分後二日之二十餘刻耳。」據此知公之明於曆法。

《漢・地理志》：「杜陵」注：「古杜伯國，漢宣帝葬此，因曰杜陵，在長安南五十里。」按：「長安城東有霸陵，文帝所葬。霸南五里，即樂遊原，宣帝築以爲陵，曰『杜陵』。東南十餘里，又有一陵差小，許后所葬，謂之『少陵』。其東即杜曲，陵西即子美舊宅。自稱『杜陵布衣』、『少陵野老』以此。」《登兖州城樓》詩，公十五歲作。時公父閑爲兖州司馬，故有「東郡趨庭」句，《壯遊》詩所謂「往歲十四五，出游翰墨場」，要是公當家運世風正盛之際云爾。詩之雄傑，與《登岳陽樓》並堪千古。然是時，郭子儀將兵五萬屯奉天，備吐蕃，白元光、李抱玉各出兵擊賊，故「戎馬關山北」一語，不勝隻身漂泊之感。蓋兖無事而弔古，岳即景以傷今，情緒殊判然也。

公嘗遊晉地，曰「悽愴郇瑕邑，差池弱冠年」，曰「往別郇瑕地，於今四十年」，諸家年譜俱失載。《左傳》注：「河南解縣西北有郇城。」即郇伯國，在今平陽府猗氏縣地。公遊晉後乃遊吴越，黄鶴謂在遊齊趙時，則顛倒也。

少陵於岱、華、衡皆有《望嶽》詩。「岱宗夫如何」，本少年放蕩之作。王嗣奭謂「公身在嶽麓，非必再登絶頂」，其説非也。《觀後園山脚》詩云「昔我遊山東，憶戲東嶽陽。窮秋立日觀，矯首望八荒。朱崖著毫髪，碧海吹衣裳」，則公業升其顛，特是詩已爲領要，不必再設專題鋪張遊概耳。「西嶽崚嶒」首，往華州道中作。末欲「高尋白帝問真源」，則實未登而僅望者。「南嶽配朱鳥」首，晚年自潭之衡作。舟中仰眺，五峰如覩，神靈颯爽，故通篇就祀嶽立意。善夫，鍾伯敬所稱有「郊壇登歌氣象者」歟？

廟觀詩，以《禹廟》爲第一，略用「橘柚」「龍蛇」貼禹事，遂覺江聲雲氣中，如對黻冕，來臨一代王者。次則《湘夫人祠》，開口用「肅肅」二字，便知爲帝女、帝妃，誰敢不凛然起敬？視李群玉「二女明妝」、「九疑如黛」，未免文士口角，幾於黷神。此詩之貴尊題也。《洛城謁玄元皇帝廟》，以「碧瓦初寒外，金莖一氣旁。山河扶繡户，日月近雕梁」，寫廟制之閎壯，以「五聖聯龍衮，千官列雁行。冕旒俱秀發，旌旆盡飛揚」，寫廟貌之尊嚴。末收到老子傳經，致疑于谷神不死，蓋是時追祖老子，見像降符者不一，玄宗注《道德經》，置崇玄學，事事矯誣，又於太清像設東刻石爲李林甫、陳希烈之形，後又瘞林甫而製楊國忠像，直是兒戲，公故作此詩極意諷諫，不專是鋪陳瑰麗。此外則《玉臺觀》七律，對起對結，寫得仙官朝帝，如聞簫鼓在空。《玉華宫》、《九成宫》五古，一概金輿既往，不知何王之殿；一概瑶水空巡，荒哉隋家之帝，其寄托幽遠，不妨於土木神鬼間一發其奇。

陵寢詩，頌述功德，闡孝思而致追慕，别具體裁，要當與揚厲生前有間。子美昭陵二詩，格律極嚴重。前首以「舊俗疲庸主，群雄問獨夫」十字，隱括太宗定亂規模，而以「玉衣晨自舉，石馬汗常趨」轉到山陵，確是感想盛時，仰瞻靈迹。後首「風塵三尺劍，社稷一戎衣」十字，是追頌語，末就五雲、松柏，結出「重經」，蓋收京後所作也。其《橋陵三十韵》，前半詳言起陵之勝，次及守陵之虔，次及享陵之祥，次及護陵之固，精神結撰，與其他借玉魚金盌致慨者迥自不同，故是大手。

行役詩，述景寫情，大抵道路艱難，氣候殊異，旅人跋涉况瘁，不免多作悽惋之詞。《朱子語録》謂「杜詩初年甚精細，晚年曠逸不可當。自秦州入蜀詩，分明如畫，乃其少作」。攷是時公年四十八，起句便云「我衰更嬾拙」。公蓋素常自歎早衰者，文公直仍以少年視之。十二詩變化不窮，篇篇可誦。

鍾伯敬謂其於「山川陰霽，雲日朝昏，寫得刻骨，即細草敗葉，破屋垝垣，皆具性情」。此即文公精細入畫之論。中間《鐵堂峽》、《寒峽》、《青陽峽》三首，備極幽奥古邃，又能於極窮困之際，不顧程期，冥探物外，寺遊凭法鏡之檻，官作俛鹽井之車，誠可謂别具胸臆。《龍門鎮》寫到旌竿、白刃，感歎是時史思明東京叛據，移兵戍守之勞。《鳳凰臺》别作比體，或謂爾時李泌已歸衡山，青宫無人調護，故有「西伯今寂寞，鳳聲亦悠悠」句。公欲剖心瀝血，力保藐孤，盡滅群盗，藉此以起中興事業。借時事託諷，辭意顯亡，故有「無母雛」句。肅宗聽張良娣之譖，既去建寧王倓，又欲動摇廣平王俶。俶母吴氏，生子而然。惟其忠愛之忱，固結於中，故雖倥傯，不忘如此。

大山水詩，須有大氣概，方能俯仰八荒，吐納千古。若但搜抉奇奥，作尋常登覽語，猶人工耳。少陵《發同谷縣》十二首，較秦州詩更爲刻劃精詣。《劍門》一首尤極振動峥嶸，以「惟天有設險」喝起地形，以「珠玉走中原」接入物産，以「三皇五帝前」盱衡世運，包舉數千年治亂興亡，而極之於并吞割據，至欲「罪真宰」「鏟疊嶂」，設想太奇，且似預知蜀將有事，忽爲此深憂遠慮者。未幾，段子璋、徐知道、崔旰、楊子琳輩，果據險爲亂，公之料事多中如此。可見其經世偉才矣。造句如「始知五嶽外，别有他山尊」、「迥眺積水外，始知衆星乾」、「歇鞍在地底，始覺所歷高」、「目眩隕雜花，頭風吹過雨」、「初月出不高，衆星尚争光」，的是上下棧程，入天穿水，一月中早行暮宿光景，語皆未經人道，卻處處目想可到。後來方正學入蜀時，對境閣筆，自歎無才，餘子復何望焉。

少陵畫山水詩兩篇，各具一格。題王宰者，山則崑崙、方壺，水則洞庭、日本，皆自極西而極東。

所謂「尤工遠勢」，非真畫是山是水也。「中有雲氣隨飛龍」、「山木盡亞洪濤風」，縮萬里于咫尺，盡髣髴震蕩之致，此格之以空靈勝者。題劉少府，起句「堂上不合生楓樹，怪底江山起烟霧」，將畫作真，奇語驚人。通篇以畫法爲詩法，天姥，山也，瀟湘，水也，滄洲、元圃，仙境也，赤縣、蒲城，州邑也，春氣也，暝色也，風雨也，岸也，島也，溪也，寺也，亭也，舟也，雜花也，斑竹也，老樹也，猿也，漁翁也，山僧也，童子也，湘妃也，真宰也，鬼神也，祁岳、鄭虔也，楊契丹也，劉侯也，大兒、小兒也，字字跳躍，天機盎然，初不覺其煩碎，此格之以精細勝者。他若《嚴公廳詠蜀道畫圖》「華夷山不斷，吴蜀水相通」，直以真形説畫景。《岷山沲江畫圖》一句山，一句水，分寫對寫，或遠或近，或高或下，或虚或實，或大或小，無不形容刻畫。昔人謂此詩開宋人詠畫之祖，誠有如楊誠齋所稱「瓊枝寸寸是玉，旃檀片片皆香」。

《韋偃雙松圖歌》，開口便説「天下幾人畫古松」，便見韋畫絶頂。點明兩株，即狀其皮裂，玩其枝迴，「白摧朽骨龍虎死，黑入太陰雷雨垂」二語，玄構幽思，真有鬼神之助。蓋皮裂則幹已剥蝕，故以龍虎骨朽擬之；枝迴則葉自陰森，故以雷雨下垂擬之。曰「白摧」，摹畫枯淡處，曰「黑入」，摹畫濃潤處。是松是畫松而止，不屑屑於兩株上更作計較。此圖韋以屈曲見奇，恐直便難工，故篇終曰「我有一匹好東絹」、「請公放筆爲直幹」。匹絹幅長，當足盡韋之能事。難之乎？抑進之乎？要之非精畫理者不能道。

馬之爲物最神駿，古詩畫名家多借以托喻。若少陵詠馬詩十餘首，自慨生平，兼及時事，又不專以體物爲工。大抵狀馬之相、種、才、德，《房兵曹胡馬》一律盡之。《高都護驄馬行》，美高仙芝也。只「與人一心成大功」句，人馬夾寫，神采奕然，末以「青絲絡頭爲君老，何由卻向横門道」，寓伏櫪千里之志，自亦占幾許身分。又《驄馬行》，頌李鄧公也。以「天廏真龍此其亞」，敘賜騎矜寵，末以「近聞下詔喧都邑，肯使騏驎地上行」，見奇才當得大用，言外感喟無窮。《李鄠縣丈人胡馬行》，從避賊説起，備言此馬濟難奇功，末云「鳳臆龍鬐未易識，側身注目長風生」，以況相士之難，遭逢非偶。至《瘦馬行》，全是自傷淪落，所謂「當時歷塊誤一蹶，委棄非汝能周防」，隱含救房相謫官事，與「不虞一蹶終損傷，人生快意多所辱」同意。末云「誰家且養願終惠，更試明年春草長」，自是幕府求知語。注家謂專爲房作者，非。其諷切時事，如《沙苑行》，指禄山選健馬驅歸范陽，故篇末云「豈知異物同精氣，雖未成龍亦有神」，患豬龍之僭儗真龍也，與「化作黄長虬」同意。其題畫凡四首，尤爲窮神盡相。如《天育驃騎歌》，首提天子之馬起，中云「當時四十萬匹馬，張公歎其才盡下」，蓋圖起于太僕張景順，故通篇歸重真馬説，而畫馬不必過作形容。《題韋偃畫馬歌》「時危安得真致此，與人同生亦同死」，因畫而冀得其真，欲同生死，所感於身世者尤大。若《丹青引》「斯須九重真龍出，一洗萬古凡馬空」，寫馬之神至矣。曰「玉花卻在御榻上，榻上庭前屹相向」，則畫之神並到。又《韋諷録事宅觀曹將軍畫馬歌》直云「人間又見真乘黄」，將九馬寫得權奇錯落。篇中就馬之盛衰想國之盛衰，不勝其痛，故以「君不見金粟堆前松柏裏，龍媒去盡鳥呼風」終焉。坡公云：「少陵翰墨無形畫，韓幹丹青不語詩。此畫此詩今已矣，人間駑驥漫争馳。」是能相賞於牝牡驪黄之外者。

《畫鷹》一律，首云「素練風霜起」，鷹之猛鷙、畫之神采俱現，與《畫馬》詩「縞素漠漠開風沙」意同。公詩格每因畫及真，故末聯想到擊凡鳥作結。其題《姜楚公畫角鷹歌》直云「卻嗟真骨是虛傳，梁間燕雀休驚怕」，翻説更妙。詠《楊監畫鷹十二扇》，亦因「真骨老崖嶂」，追憶「天寒大羽獵」之雄。又《畫鶻行》，首從「高堂見生鶻」轉到畫鶻，末從粉墨蕭瑟之畫，忽想到雲沙烟霧之真。猶「薛公十一鶴，皆寫青田真」，接云「畫色久欲盡」，又從「豈惟粉墨新」，收到「赤霄有真骨」，自負自慨，處處跌宕生姿，幾令人迷離莫辨。

刀劍詩，以雄麗爲主。少陵《荆南兵馬使太常卿趙公大食刀歌》，連用豪韻十七句，如「鬼物撇捩辭坑壕，蒼水使者捫赤絛，龍伯國人罷釣鼇」，怪怪奇奇，不必曲爲詮解，要自壯厲詭變。後半轉入紙韻十五句，如「賊臣惡子休干紀，魑魅魍魎徒爲耳，妖腰亂領敢欣喜」，讀之可與愈瘧二語争神。末以「丹青宛轉麒麟裏，光芒六合無泥滓」雙收，歸美趙公將才，仍極力爲刀出色，逼真樂府鐃歌化出之作。《蕃劍》四十字，以少勝多，如精金百鍊，亦用「珠玉」、「龍」、「虎」字點染，句句都有蕃字，意卻又借豐城獄中，寓秦州旅次之感，其體格與「胡馬大宛名」四十字同。

《桃竹杖引贈章留後》一詩，乃集中變調。前對主人語，後對竹杖語，忽作一轉，用「重爲告曰：杖兮杖兮」，呼杖而丁寧之，猶楚詞「亂曰」之類。再用「噫」字一歎，曰「風塵澒洞兮豺虎咬人，忽失雙杖兮吾將曷從」，純是騷體。公在東川，與章彝往來最數，他詩嘗以指揮能事、訓練强兵稱美，此既以踴躍化龍戒之，又以忽失雙杖危之，大抵章將略似優，不能乃心王室，其所爲多不法，而遇公特厚，屢諫不悛，託詞避去，此公保身之哲也。其詩竹杖靈奇，「出入爪甲鏗有聲」七字盡之，當與《太子張舍人遺織成褥段》詩「開緘風濤湧，中有掉尾鯨」句同看。彼之卻其贈，以直刺嚴武，此之受其贈，以婉諷章彝。皆朋友責善，一片忠告苦心。其告杖之詞，正謂朋友之不可倚託者，如此杖耳。

《觀打魚歌》二首，皆以襯筆見力量。曰「潛龍無聲老蛟怒，迴風颯颯吹沙塵」，曰「日暮蛟龍改窟穴，山根鱣鮪隨雲雷」，謂蛟龍神物尚避殺機，況衆魚常才乎？前詩爲富貴人下砭，後詩爲貪饞人示警，玩「既飽驩娱亦蕭瑟」及「暴殄天物聖所哀」，語意自明。其形容打魚，只「能者操舟疾若風，撑突波濤挺叉入」，已天然一幅漁人畫景矣。又《閿鄉姜七少府設鱠長歌》，專爲鱠之精美而言。「洗魚磨刀魚眼紅」一語，與《打魚歌》所謂「設網提綱萬魚急」，皆足抵一篇戒殺文。他如詠《白小》曰「生成當拾卵」，以戒盡取，詠《黄魚》曰「長大不容身」，以憫危難，具有萬物一體之懷。至「細雨魚兒出」、「翻藻白魚跳」、「水深魚極樂」，狀魚之天趣。「白魚如切玉」、「河魚不取錢」、「魚知丙穴由來美」、「白白江魚入饌來」，自道嗜好之常，蓋僅取小鮮，無傷仁愛也。

土風詩，宜朴實老到，不入纖俗。《負薪行》詠夔州處女賣薪得錢耳，卻以「野花山葉銀釵並」相形，《最能行》詠峽中丈夫駕船輕死耳，卻以「小兒學問止《論語》」作襯，此善于安放處。收句「若道巫山女麤醜，何得此有昭君村」，應「銀釵」句也，「若道士無英俊才，何得山有屈原宅」，應讀《論語》句也。爲夔人解嘲，兼爲千古兩名人吐氣，游戲中神通乃爾。

時令詩，寫寒易工，寫熱難肖，詩家多不敢拈此爲題。若杜之「雷霆空霹靂，雲雨竟虚無」，開口便如杜之「龍蛇不成蟄，天地劃争迴」，捫紙猶驚異響，故題祇「雷」一字。他如「風過齊萬弩」，極力爲雷傳聲。又《火》詩「河漢騰烟柱」，極力爲火增燄。皆一語勝人千百。雨晴皆易著筆，雷獨不可形容。可作雲漢圖觀，故題祇「熱」一字。

花卉中，梅花最難寫照。「幸不折來傷歲暮，若爲看去亂鄉愁。江邊一樹垂垂發，朝夕催人自白頭」。王元美以爲千古詠梅第一，蓋樸中見雅，方不墮詠物劫也。

春，人所同喜也，而杜曰「江上被花惱不徹」。春，人所同喜也，花，人所共愛也，而杜曰「韋曲花無賴，家家惱殺人」，又曰「江上被花惱不徹」。此翻語見奇之法。夏，無寒也，而杜曰「五月江深草閣寒」。秋，無邊也，而杜曰「秋邊一雁聲」。水，無香也，而杜曰「迴舟一水香」。此借物形容之法。

杜詩話四

劉禹錫《嘉話》曰：「爲詩用僻字，須有來處。常訝杜員外『巨顙拆老拳』，疑『老拳』無據。及覽《石勒傳》『卿既遭孤老拳，孤亦飽卿毒手。』豈虚言哉。後生業詩，即須有據，不可率爾道也。」

又曰：「『茱萸』二字，經三詩人皆已道，亦有能否焉。杜公言『更把茱萸子細看』，王右丞『偏插茱萸少一人』，朱倣『學他年少插茱萸』，杜公爲最優也。」

又曰：「杜少陵過洞庭詩，落句曰：『春去春來洞庭闊，白蘋愁殺白頭翁。』鄙夫之言，有媿杜公也。」

歐陽脩《詩話》曰：「陳舍人從易，當時文方盛之際，獨以醇儒古學見稱。其詩多類白樂天。蓋自楊、劉唱和，《西崑集》行，後進學者争效之，風雅之變，謂之『西崑體』。繇是唐賢諸詩集，幾廢而不行。陳公時偶得杜集舊本，文多脱誤，至《送蔡都尉》詩云『身輕一鳥』，其下脱一字。陳公因與數客各用一字補之，或云『疾』，或云『落』，或云『起』，或云『下』，莫能定。其後得一善本，乃是『身輕一鳥過』。陳公歎服，以爲雖一字，諸君亦莫能到也。

司馬光《迂叟詩話》曰：「『牂羊墳首，三星在罶』，言不可久。古人爲詩，貴於意在言外，使人思而得之。近世詩人，惟杜子美最得詩人之體。如『國破山河在』，明無餘物矣。『城春草木深』，明無人矣。花鳥，平時可娱之物，見之而泣，聞之而恐，則時可知矣。他皆類此，不可偏舉。」

王安石《鍾山語録》曰：「『暝色赴春愁』，下得『赴』字最好。若下『起』字，即小兒語也。『無人覺來往，疎嬾興何長』，下得『覺』字大好。足見吟詩要一字、兩字工夫也。」

蘇軾曰：「子美自許稷與契，人未必許也。然其詩云：『舜舉十六相，身尊道更高。秦時用商鞅，法令如牛毛。』自是稷契輩人口中語也。又云：『知名未足稱，局促商山芝。』又云：『王侯與螻蟻，同盡隨丘墟。願聞第一義，回向心地初。』乃知子美詩外尚有事在也。」

又曰：「司空表聖自論其詩，以爲得味外味。『緑樹連村暗，黄花入麥稀』，此句最善。又云：『棋聲花院閉，幡影石壇高。』吾嘗獨遊五老峰，入白鶴觀，松陰滿地，不見一人，惟聞棋聲，乃知此句之工也，但恨其寒儉有僧態。若杜子美云『暗飛螢自照，水宿鳥相呼』，『四更山吐月，殘夜水明樓』，則才力富健，去表聖之流遠矣。」

蔡絛《西清詩話》曰：「詩之聲律，至唐始成，然亦多原六朝旨意，而造語工夫各有微妙。何遜《入西塞》詩：『薄雲巖際出，初月波中上。』至少陵《江邊小閣》則云：『薄雲巖際宿，孤月浪中飜。』雖因舊而益妍，類獺髓補痕也。」

王彦輔《麈史》曰：「杜審言詩，有『綰霧青條弱，牽風紫蔓長』，又有『寄語洛陽風月道，明年春色倍還人』之句。若子美『林花著雨臙脂溼，水荇牽風翠帶長』，又云『傳語風光共流轉，暫時相賞莫相違』。雖不襲取其意，而語脉益有家法矣。」

葉少藴《石林詩話》曰：「詩語固忌用巧太過，然緣情體物，自有天然工巧，而不見其刻削之痕。老杜『細雨魚兒出，微風燕子斜』，此十字殆無一字虚設。細雨著水面爲漚，魚常上浮而淰。若大雨，則伏而不出。燕體輕弱，風猛則不能勝，惟微風乃受以爲勢，故又有『輕燕受風斜』之句。至若『穿花蛺蝶深深見，點水蜻蜓款款飛』，『深深』字若無『穿』字，『款款』字若無『點』字，皆無以見其精微如此。然讀之渾然，全似未嘗用力，此所以不礙其氣格超勝。唐末諸子爲之，便當入『魚躍練江拋玉尺，鶯穿絲柳擲金梭』體矣。」

又曰：「詩家以一字爲工，世固知之。惟老杜變化開闔，出奇無窮，殆不可以形迹捕詰。如『江山有巴蜀，棟宇自齊梁』，則其遠近數千里，上下數百年，只在『有』與『自』兩字間，而吐吞山水之氣，俯仰古今之懷，皆見於言外。此工妙至到，人力不可及也。」

魏泰《隱居詩話》曰：「唐人詠馬嵬之事者多矣。世所稱者，劉禹錫云：『官軍誅佞幸，天子捨夭姬。群吏伏門屏，貴人牽帝衣。低回轉美目，風日爲無輝。』白居易云：『六軍不發争奈何，婉轉蛾眉馬前死。』此乃歌詠禄山能使官軍叛，逼追明皇，明皇不得已而誅楊妃也。豈特不曉文章體裁，而造語蠢拙，抑亦失臣下事君之禮。老杜則不然。其《北征》詩曰：『憶昨狼狽初，事與古先别。』『不聞夏殷衰，中自誅褒妲。』乃見明皇鑒夏商之敗，畏天悔禍，賜妃子以死，官軍何與焉？《唐闕史》載鄭畋《馬嵬》詩，命意似矣，而詞句凡下，比託無狀，不足道也。」

又曰：「夏鄭公竦評老杜《初月》詩『微升紫塞外，已隱暮雲端』，以爲意主肅宗也，鄭公善評詩也。

吾觀退之『煌煌東方星，奈此衆客醉』，其順宗時作也。『東方』，謂憲宗在儲也。」蘇軾曰：「近世人輕以意改書。杜子美云『白鷗没浩蕩，萬里誰能馴』，蓋滅没於烟波間耳。而宋敏求謂余云『鷗不解没』，改作『波』。改此一字，覺一篇神氣索然也。」

羅大經曰：「太白詩：『剗卻君山好，平鋪湘水流。』子美詩：『斫卻月中桂，清光應更多。』二公所以爲詩人冠冕者，胸襟闊大故也。此皆自然流出，不假安排。」

司馬光《迂叟詩話》曰：「唐曲江，開元、天寶間，旁有殿宇，安史亂後其地盡廢。文宗覽杜甫詩云：『江頭宫殿鎖千門，細柳新蒲爲誰緑。』因建紫雲樓、落霞亭。歲時賜宴，又詔百司於兩岸置亭館焉。」蘇（軾）〔轍〕曰：「杜陷賊時，有《哀江頭》詩。予愛其詞氣，若百金戰馬，注坡驀澗，如履平地，得詩人之遺法。如白樂天，詩詞甚工，然拙於紀事，寸步不遺，猶恐失之，所以望老杜之藩垣而不及也。」又嘗謂其姪在進云：「《哀江頭》即《長恨歌》也。《長恨歌》費數百言而後成，杜言太真被寵，只『昭陽院裏第一人』足矣，言從幸，只『白馬嚼齧黄金勒』足矣，言馬嵬之死，只『血污遊魂歸不得』足矣。」

羅大經曰：「《國風》：『豈無膏沐，誰適爲容？』蓋古之婦人，夫不在家，則不爲容飾，此遠嫌防微之意也。杜詩『羅襦不復施，對君洗紅妝』尤可悲矣。《國風》之後，唯杜陵不可及者，此類是也。」

又曰：「楊子幼以『南山種豆』之句殞其身，此詩禍之始也。至於『空梁落燕泥』，并『庭草無人隨意緑』句，非有所譏刺，徒以琱琢工巧，爲暴君所忌嫉，至賈奇禍，則詩真可畏哉。少陵寄賈至、嚴武詩云：『賈筆論孤憤，嚴詩賦幾篇。定知深意苦，莫使衆人傳。貝錦無停織，朱絲有斷絃。浦鷗防碎首，霜鶻不空拳。』蓋深戒之也。劉禹錫『種桃』之句，不過感歎之詞耳，非甚有所譏刺，然亦不免於遷謫矣。」

又曰：「杜詩『遲日江山麗』四句，或謂此與兒童之屬對何異。余曰：不。上二句，見兩間無非生意，下二句，見萬物莫不適情。於此而涵泳之、體認之，豈不足以感發吾心之真樂乎？大抵古人好詩，在人如何看，在人把做如何用。如『水流心不競，雲在意俱遲』，又『野色更無山隔斷，天光直與水相通』，『樂意相關禽對語，生香不斷樹交花』等句，只把做景物看，亦可把做道理看，其中亦儘有可玩索處。」

蘇軾《東坡詩話》：「參寥子言：『老杜詩云「楚江巫峽半雲雨，清簟疎簾看奕棋。」此句可畫，但恐畫不就耳。』僕言：『公，禪人，亦復愛此綺語耶？』寥云：『譬如不事口腹人，見江珧柱，豈免一朵頤哉？』」

蔡絛曰：「齊梁以來，文士喜爲樂府詞，往往失其命題本意。《烏生八九子》但詠烏，《雉朝飛》但詠雉，《雞鳴高樹巔》但詠雞，大抵類此。甚有併其題而失之者，如《相府蓮》訛爲《想夫憐》，《楊婆兒》訛爲《楊叛兒》之類是也。雖李太白亦不免此。唯老杜《兵車行》、《悲青坂》、《無家别》等篇，皆因時事，自出己意立題，略不更蹈前人陳迹，真豪傑也。」

洪邁《容齋續筆》：「《新唐書・嚴武傳》云：『房琯以故宰相爲巡内刺史，武慢倨不爲禮。最厚杜甫，然欲殺甫數矣。』李白《蜀道難》，爲房、杜危之也。甫《傳》云：甫嘗醉登武牀，瞪視曰：『嚴挺之乃有此兒。』武銜之。一日，欲殺甫，冠鉤於簾者三，左右白其母，奔救，得止。《舊史》但云：『甫性褊躁，嘗憑醉登武牀，斥其父名，武不以爲忤。』初無欲殺之説。蓋唐小説所載，而《新書》信以爲然。按太白《蜀道難》，本譏章仇兼瓊，前人嘗論之矣。子美集中詩，凡爲武者幾三十篇，送還朝曰：『江邨獨歸處，寂寞養殘生。』喜再鎮曰：『得歸茅屋赴成都，直爲文翁再剖符。』此猶武在時語。至哭歸櫬云：『一哀三峽暮，遺後見君情。』《八哀詩》云：『空餘老賓客，身上愧簪纓。』若果有欲殺之怨，不應眷眷如此。好事者但以武詩有『莫倚善題《鸚鵡賦》』之句，故用證前説，引黄祖殺禰衡爲喻，是殆癡人面前不得説夢也。武肯以黄祖自比乎？」

劉克莊《後村詩話》：「故人感知己之遇，季布奏事彭越頭下，臧洪、盧諶皆不以主公成敗而二其心。叔季所謂賓客方翕翕熱時，則趨附恐後，及時移事改，則掉臂而去，至有射羿者。世傳嚴武欲殺子美，殆未必然。觀『老親如宿昔，部曲異平生』之句，極其悽愴。至置武於《八哀詩》中，忠厚藹然，異於『幕府少年今白髮』之作矣。李義山過舊府，有寄諸掾詩云：『莫憑無鬼論，終負托孤心。』猶有門生故吏之情，可以矯薄俗。」

黄徹《䂬溪詩話》：「《孟子》七篇，論君與民者居半，其餘欲得君，皆以安民也。觀杜陵：『窮年憂黎元，歎息腸内熱。』『胡爲將暮年，憂世心力弱。』《宿花石戍》云：『誰能叩君門，下令減征賦。』《寄柏學士》云：『幾時高議排金門，各使蒼生有環堵。』寧令『吾廬獨破受凍死亦足』，而志在『大庇天下寒士』。其仁心廣大，異乎求穴之螻螘輩，真得孟子所存矣。東坡先生問『老杜何如人』，或言似司馬遷，但能名其詩爾。愚謂老杜似孟子，蓋原其心也。」

《陳輔之詩話》：「『明朝有封事，數問夜如何』，是俯而得之、坐以待旦之意。『避人焚諫草，騎馬欲雞栖』，即所謂『嘉謀嘉猷，入告爾后于(外)〔内〕』，曰『斯謀斯猷，惟我后之德』也。」

葛常之《韵語陽秋》：「杜詩『談笑無河北，心肝奉至尊』，蓋用左太沖《詠史》詩『長嘯傲清風，志若無東吴』也。東坡詩云『似聞指揮築上郡，已覺談笑無西戎』，意本於此。」

又云：「老杜寄身於干戈騷屑之中，感時對物，則悲傷係之，如『感時花濺淚』是也。故其作詩多用『自』字。《田父泥飲》云：『步屧隨春風，村村自花柳。』《遣懷》云：『愁眼看霜露，寒城菊自花。』《憶弟》云：『故園花自發，春日鳥還飛。』《日暮》云：『風月自清夜，江山非故園。』《滕王亭子》云：『古牆猶竹色，虚閣自松聲。』《宿白沙驛》云：『萬象皆春氣，孤槎自客星。』古人對景言情，各有悲喜，而自不能累無情之物也。」

又曰：「杜詩以後二句續前二句處甚多。如《喜弟到》詩云：『待爾嗔烏鵲，抛書示鶺鴒。枝間喜不去，原上急曾經。』《晴》詩云：『啼烏争引子，鳴鶴不歸林。下食遭泥去，高飛恨久陰。』《江閣》詩云：『滑憶彫菰飯，香聞錦帶羹。溜匙兼煖腹，誰欲致盃罌？』《寄張山人》詩云：『曹植休前輩，張芝更後身。數篇吟可老，一字買堪貧。』如此之類多矣。此格起於謝靈運，《廬陵王墓下》詩云：『延州協心許，楚老惜蘭芳。解劍竟何及，撫墳徒自傷。』李太白亦時有此格，『毛遂不墮井，曾參寧殺人？虚言誤公子，投杼惑慈親』是也。」

又曰：「《北征》詩云：『經年至茆屋，妻子衣百結。慟哭松聲迴，悲泉共幽咽。』是時方脱身於萬死一生，以得見妻兒爲幸。至秦州，則有『曬藥能無婦，應門亦有兒』之句，已非北征時矣。及成都卜居後，《江村》詩云：『老妻畫紙爲棊局，稚子敲針作釣鉤。』《進艇》詩云：『晝引老妻乘小艇，晴看稚子浴清江。』其優游愉悦之情，見于嬉戲之際，則又異於客秦時矣。」

洪邁《容齋隨筆》：「江山登臨之美，泉石賞翫之勝，世間佳境也，觀者必曰『如畫』。至於丹青之妙，好事君子嗟歎之不足者，則人以逼真目之。如老杜『人間又見真乘黄』、『時危安得真致此』、『悄然坐我天姥下』、『斯須九重真龍出』、『憑軒忽若無丹青』、『高堂見生鶻』、『直訝杉松冷，兼疑菱芡香』之句是也。以真爲假，以假爲真，均之爲妄境耳。人生萬事如是，何特此耶？」

蔡絛《西清詩話》：「梁蕭文奂『能書善畫，於扇上圖山水，咫尺之内，便覺萬里爲遥』。老杜《題山水圖》云：『尤工遠勢古莫比，咫尺應須論萬里。』乍讀似非用事。如『男兒既介胄，長揖别上官』，用『介胄之士不拜』，『婦人在軍中，兵氣恐不揚』，用『軍中豈有女子乎』，皆用事而隱其語。」

劉克莊曰：「唐人遊邊之作，數十篇中間有三數篇，一篇間有一二聯可采。若少陵《秦州》二十篇，山川城郭之異，土地風氣之宜，開卷一覽，盡在是矣。綱山《送蘄師》云：『杜陵詩卷是圖經。』信然。」

葛常之《韵語陽秋》：「少陵《客夜》詩：『客睡何曾著，秋天不肯明。』又《泛江》詩：『山豁何時斷，江平不肯流。』『不肯』二字，含蓄甚佳，與陶淵明所云『日月不肯遲，四時相催逼』同意。」

劉攽曰：「人多取佳句爲句圖，特小巧美麗可喜，皆指詠風景，影似百物者耳，不得見雄才遠思之人也。梅聖俞愛嚴維詩曰：『柳塘春水漫，花塢夕陽遲。』固美矣。細較之，夕陽遲則係花，春水漫何須柳耶？工部詩云：『深山催短景，落木易高風。』此可無瑕纇。又曰：『蕭條九州内，人少豺虎多。人少慎莫投，多虎信所過。飢有易子食，獸猶畏虞羅。』此等句，其含蓄深遠，不可模倣。」

洪邁《容齋續筆》：「前輩謂少陵當流離顛沛之際，一飯不忘君。故詩有云：『萬方頻送喜，無乃聖躬勞。』『至今勞聖主，何以報皇天。』『獨使至尊憂社稷，諸君何以答昇平。』『天子亦憂厭奔走，諸公固合思昇平。』皆是心也。」

葉少藴《石林詩話》：「七言難於氣象雄渾，句中有力，而紆徐不失言外之意。自老杜『錦江春色來天地，玉壘浮雲變古今』，與『五更鼓角聲悲壯，三峽星河影動摇』等句之後，常恨無復繼者。韓退之筆力最爲傑出，然每苦意與語俱盡。《賀裴晉公破蔡州回》詩『將軍舊壓三司貴，相國新兼五等崇』。非不壯也，然意亦盡於此矣。不若劉禹錫《賀晉公留守東都》云：『天子旌旗分一半，八方風雨會中州。』語遠而體大也。」

洪邁《容齋五筆》：「韓公《人物畫記》，其敘馬處：『凡馬之事二十有七，爲馬大小八十有三，而莫有同者焉。』秦少游謂其敘事該而不煩，故倣之而作《羅漢記》。坡公賦《韓幹十四馬》，誦之蓋不待見畫也。詩之與記，其體雖異，其布置鋪寫則同。老杜《觀曹將軍畫馬圖引》，視東坡似不及。至於《丹青引》『斯須九重真龍出，一洗萬古凡馬空』，不妨獨步也。杜又有《畫馬讚》云：『韓幹畫馬，毫端有神。驊騮老大，騕褭清新。』及『四蹄雷電，一日天地』，『瞻彼駿骨，實爲龍媒』之句。坡公《九馬贊》，言薛紹彭家藏曹將軍《九馬圖》，子美所爲作詩者也。其辭云：『牧者萬歲，繪者惟霸。甫爲作頌，偉哉九馬。』讀此詩文數篇，直能使人方寸超然，意氣横出，可謂『妙絶動宫牆』矣。」

劉克莊曰：「子美與房琯善，其爲哀挽，方之孔明、謝安。投贈哥舒翰詩，盛有稱許，比之廉頗、魏絳。然《陳濤斜》、《潼關》二詩，直筆不少恕。或疑與素論相反。愚謂翰未敗，非事前所知。琯雖敗，猶不失爲名相。及二人各敗，又直筆不恕，所以爲『詩史』也。何相反之有？」

洪邁《容齋隨筆》云：「《洞微志》載：『蘇德哥爲徐肇祀其先人，曰：「當夜半鬼宿渡河之後。」』翟公巽作《祭儀》十卷，云：『或祭於昏，或祭於旦。皆非是，當以鬼宿渡河爲候。而鬼宿渡河，常在中夜，必使人仰瞻以俟之。』予按：天上經星，終古不動。鬼宿隨天西行，春昏見於南，夏晨見於東，秋夜半見於東，冬昏見於東，安有所謂渡河及常在中夜之理？織於昏晨與鬼宿正相反，其理則同。杜詩云：『牛女漫愁思，秋期猶渡河。』『牛女年年渡，何曾風浪生。』梁劉孝儀詩云『欲待黄昏至，含嬌淺渡河』。唐人七夕詩皆有此説，此自是牽俗遺詞之過。故老杜又有詩云：『牽牛出河西，織女處其東。萬古永相望，七夕誰見同？神光竟難候，此事終蒙朧。』蓋自洞曉其實非也。」

陳師道曰：「真宗嘗觀子美詩『勳業頻看鏡，行藏獨倚樓』，謂甫之詩，皆不逮此。」

洪邁《容齋續筆》：「子美《存殁絶句》，每篇一存一殁，蓋席謙、曹霸存，畢曜、鄭虔殁也。魯直《荆江亭即事十首》其一云：『閉門覓句陳無己，對客揮毫秦少游。正字不知温飽未，西風吹淚古藤州。』

乃用此體，謂少游殁而無己存也。」

黄徹《䂬溪詩話》：「諸史傳稱名，首尾一律，惟左氏傳《春秋》，千變萬狀。有一人而稱目數異者，族氏、名字、爵邑、謚號，皆密其中，以寓褒貶，此史家祖也。觀少陵詩，亦隱寓此旨。如『杜陵有布衣』、『自爲青城客』、『長安布衣誰比數』、『韋曲幸有桑麻田』、『肯訪浣花老翁無』、『東郭先生住青丘』、『秦城老翁荆揚客』、『杜子將北征』、『臣甫憤所切』、『甫也東西南北人』、『有客有客字子美』，蓋自見其里居、名、字也。『不作河西尉』、『率府且逍遥』、『白頭拾遺徒步歸』、『曾爲掾吏趨三輔』、『幕府初交辟』、『凡才污省郎』，其補官遷徙，歷歷可考。至敘他人亦然。如云『粲粲元道州』，又云『結也實國楨』，凡例森然，誠《春秋》之法也。」

葛常之《韵語陽秋》：「詩人贊美同志詩篇，多比珠璣、璧玉、錦繡、花草之類，至杜公豈肯作此陳腐語。如《寄岑參》詩云：『意愜關飛動，篇終接混茫。』《夜聽許十誦詩》云：『精微穿溟涬，飛動摧霹靂。』《贈盧琚》詩云：『藻翰惟牽率，湖山合動摇。』《贈鄭諫議》詩云：『毫髮無遺憾，波瀾獨老成。』《寄李白》詩云：『筆落驚風雨，詩成泣鬼神。』《贈高適》詩云：『美名人不及，佳句法如何。』皆驚人語也。觀餘子，其神芝之與腐菌哉。」司馬温公曰：「古人爲詩，貴於意在言外，使人思而得之，故言之者無罪，聞之者足以戒。近世惟杜子美最得詩人之體。如《春望》詩：『國破山河在』，明無餘物矣。『城春草木深』，明無人迹矣。花鳥，平時可娱之物，見之而泣，聞之而悲，則時可知矣。他皆類此。」

王彦輔曰：「《曲江對雨》詩題於院壁，『林花著雨燕支溼』，『溼』字爲蝸涎所蝕。蘇長公、黄山谷、秦少游偕僧佛印，因見缺字，各拈一字補之。蘇云『潤』，黄云『老』，秦云『嫩』，佛印云『落』，覓集驗之，乃『滛』字也，出於自然。而四人遂分生老病苦之説。『詩言志』，信矣。」

潘邠老云：「七言詩第五字要響，如『返照入江翻石壁，歸雲擁樹失山村』，『翻』字、『失』字是響字也。五言詩第三字要響，如『圓荷浮小葉，細麥落輕花』，『浮』字、『落』字是響字也。所謂響者，致力處也。」

范元實《詩眼》曰：「山谷謂文章必謹布置，每見後學，多告以《原道》命意曲折。後予以此槩考古人法度，如子美《贈韋左丞》詩云：『紈袴不餓死，儒冠多誤身』，此一篇立意也，故使人静聽而具陳之耳。自『甫昔少年日』至『再使風俗淳』，皆言儒冠事業也。自『此意竟蕭條』至『蹭蹬無縱鱗』，言誤身如此也，則意舉而文已備矣。然必言其所以見韋者，於是有『厚媿』、『真知』之語。而所以真知者，謂傳誦其詩也。然宰相職在薦賢，不當徒愛人而已，故曰『竊效貢公喜，難甘原憲貧』。果不能薦賢，則去之可也，故將『東入海』而『西去秦』。然其去也，必有遲遲不忍之意，故曰『尚憐終南山，回首清渭濱』。然所知不可以不別，故曰『常擬報一飯，況懷辭大臣。』夫如是，可以相忘於江湖之外，雖韋亦不得而見矣，故以『白鷗没浩蕩，萬里誰能馴』終焉。此詩前賢録爲壓卷，其布置最得正體，如官府甲第，廳堂房舍，各有定處，不可亂也。韓文公《原道》與《書》之《堯典》蓋如此，其他皆謂之變體可也。」

許彦周曰：「詩有力量，如弓之鬬力。未挽時，不知其難也，及其挽之，力不及處，分寸不可强。若《出塞曲》云：『落日照大旗，馬鳴風蕭蕭』、『悲笳數聲動，壯士慘不驕』。又《八哀詩》：『汝陽讓帝子，眉宇真天人。虬髯似太宗，色映塞外春。』此等力量，不容他人到。」

趙次公曰：「真宗問近臣：『唐酒價幾何？』衆莫能對，丁渭奏曰：『每斗三百文。』帝問：『何以知之？』丁引杜詩『速宜相就飲一斗，恰有三百青銅錢』以對。帝大喜曰：『子美真可謂一代之史。』」

《朱文公語録》：「杜詩最多誤字，如『風吹蒼江樹，雨灑石壁來』，『樹』字無意思，當作『去』，正對『來』字。又如蜀有漏天，以其西極陰盛常雨，如天之漏也，故云『鼓角漏天東』。後人不曉其義，遂改『漏』爲『滿』。似此類極多。」

范元實云：「詩有形似之語，若詩人賦『蕭蕭馬鳴，悠悠旆旌』是也。有激昂之語，若詩人興『周餘黎民，靡有孑遺』是也。古人形似之語，如鏡取形，燈取影。激昂之語，孟子所謂『不以文害辭，不以辭害意』者。今遊武侯廟，然後知《古柏》詩所謂『柯如青銅根如石』，信然，決不可改，此乃形似之語。『霜皮溜雨四十圍，黛色參天二千尺』。雲來氣接巫峽長，月出寒通雪山白』，此乃激昂之語。不如此，則不見柏之高大也。文章固多端，然警策處往往在此兩體。」

陳輔之曰：「柳遷南荒云：『愁向公筵問重譯，欲投章甫作文身。』李白云：『我似鷓鴣鳥，南遷懶北歸。』皆褊忮躁辭，非畎畝惓惓之義。杜詩：『馮唐雖晚達，終覬在皇都。』又：『愁來有江水，焉得北之朝。』賦張曲江云：『歸老守故林，戀闕悄延頸。』其乃心王室可知。」

楊萬里曰：「杜句有偶似古人者，亦有述古人語者。如武侯廟詩：『映階碧草自春色，隔葉黄鸝空好音。』此本何遜《行孫氏陵》『山鶯空樹響，隴月自秋暉』也。杜云：『薄雲巖際宿，孤月浪中翻。』此本何遜『白雲巖際出，清月波中上』也，比『出』、『上』二字勝矣。杜云：『月明垂葉露，雲逐度溪風。』又云：『野流行地日，江入度山雲。』此一聯更勝。庾信云：『永韜三尺劍，長卷一戎衣。』杜云：『風塵三尺劍，社稷一戎衣。』亦勝於庾矣。」

楊慎曰：「杜云：『不嫁惜娉婷。』此句有妙理。陳後主衍之云：『當年不嫁惜娉婷，敷粉施朱學後生。』『不惜捲簾通一顧，怕君著眼未分明。』深得其解矣。蓋士不可輕於從仕，猶女不可輕於許人。『著眼未分明』，相知之不深也。古人有相知之深，一出而成功者，伊尹、孔明是也。有相知未深，不出以全名者，嚴光、蘇雲卿是也。有相知不深，一出而身名俱敗者，劉歆、荀彧是也。」

杜詩話五

「天闕象緯逼」，「闕」字何等自然。韋應物《龍門遊眺》詩：「鑿山導伊流，中斷若天闕。」的是杜詩注脚。王介甫改「天閲」，蔡興宗改「天闚」，舊千家本改「天闊」、「天闢」，或作「天開」，俱非是。「天子呼來不上船」，范傳正《李白新墓碑》：「玄宗泛白蓮池，召公作序，公已被酒，命高將軍扶以登舟。」注家謂關中呼「衣襟」爲船，是披襟見天子。有是理乎？「王母晝下雲旗翻」，不過寫仙靈髣髴之狀。杜脩可乃曰：「王母，鳥名，故對子規。」引《酉陽雜俎》爲證。不知《雜俎》明云：「鳥名王母使者。」豈可遂徑以王母名鳥乎？又如「林猿爲我啼清晝」，蔡絛遂以崇寧間有貢士自同谷來，籠一禽，大如雀，色正青，善鳴，曰此竹林鳥也。以譌證譌，尤爲附會可笑。

「萬里戎王子」，明是説外國王子入居内地，攜有其土異花，何將軍偶得其種耳。《朱子語録》云「未知何種」，極是。注家謬引《本草》：「獨活，一名戎王使者。」又以爲戎菽、戎葵之類。然則竟以王子爲花名，可乎？

「苔卧緑沈槍」，謂漆飾槍柄，其色深沈，故曰「緑沈」。如「白小群分命」，「白小」，未即是魚名。「紅鮮終日有」，「紅鮮」，未即是稻名。

「闌風伏雨秋紛紛」，王安石作「仗雨」，無考。胡仔謂作「長雨」，如長物之「長」，亦未安。趙子櫟曰：「闌珊之風，沈伏之雨，言其風雨之不已也。」「闌」，如謝靈運「述職期闌暑」之「闌」；「伏」，如《左傳》「夏無伏陰」之「伏」，於理爲當。

「肉駿碨礧連錢動」，作「肉駿」非。東坡云：「予在岐下，見秦州進一馬，駿如牛項下垂胡，側立傾倒，毛生肉端。蕃人云『此肉駿馬也』。乃知《驄馬行》『肉駿碨礧』當作『駿』。」

「行李相攀援」、「行李須相問」，本《左傳》。《西溪叢話》：「唐李濟翁《資暇録》云：『古「使」字作「李」。《左傳》所言「行李」，乃是「行使」，後人誤爲「李」字。』《傳》曰：『行李之往來，供其困乏。』杜預注：『行使，人也。』又『亦不使一介行李，告于寡君。』注：『行李，行人也。』又『行理之命，無月不至。』注：『行李，使人通聘問者。』或言『李』，或言『理』，皆謂行使也。但文其詞則謂之『行李』，亦作『理』耳，知非改古文爲『李』也。濟翁不言『李』出何書。劉孝威《結客少年場》詩：『少年李六郡，遨遊偏五都。』『李』字作『使』音。」亦一證也。

「天棘蔓青絲」，《本草圖經》曰：「天門冬，春生藤蔓，高至丈餘，其葉如絲杉而細散。」《爾雅》：「髦顛蕀。」注曰：「白華，有刺；蔓生。蕀音棘。」《抱朴子》及《神仙服食方》云：「天門冬，一名顛棘。」蔡夢弼云：「顛、天，聲相近也。」許彦周云：「江南徐鉉家本云：『天棘蔓青絲。』」蔓生如青絲，尤見是天門冬也。《冷齋詩話》、鄭漁仲《通志》皆以爲楊柳，非。

「河凍未漁不易得」，一作「味魚」。潘錞《詩話》：「韓玉汝云：『河中府三面是黄河，惟有味魚，似鯽而肥短，味亦美。杜詩「味魚」謂此。』」朱鶴齡注：「《本草》有鮇魚，出黄河口。」按：「未漁」，以北方河涷言，故下云「鑿冰恐侵河伯宫」，與上句「昨日今日皆天風」意貫，若作「味魚」，於義固新，而未免牽合。作「鮇魚」，亦不過傅會黄河而已，不如「未漁」切嚴冬爲正。

「掖垣竹埤梧十尋」，「埤」字解者各異。張綖云：「竹埤，謂掖垣之上，以竹編爲儲胥，若城埤然。」自較作「卑」字解爲優。朱注引王褒《山家詩》「衆林積爲籟，園竹茂成埤」，此的是「竹埤」二字所本。

「歲拾橡栗隨狙公」，《莊子》：「晝拾橡栗。」又：「狙公賦芧。」注：「芧，音序，橡子也。」《後漢・李恂傳》：「歲荒，徙居新安關下，拾橡栗以自資。」注：「橡，櫟實也。」《新書》載公「客秦州，負薪採橡栗自給」。此在同谷亦然。王洙序稱「負薪採梠」。

「榿林礙日吟風葉」，舊注：「韵書無『榿』字，蜀人相傳以爲音。丘宜切。」王荆公詩：「濯錦江邊木有榿，小園封殖伫華滋。」陸放翁亦云：「著書增木品，搜句覓榿栽。」則知讀「欹」音爲是。榿，惟蜀有之，不才木也，或曰即榕也。

「籠竹和烟滴露梢」，宋子京《益部方物記》：「慈竹别有一種，節間容八九(尺)〔寸〕者，曰籠竹。」黄山谷云：「籠竹，蜀人名大竹。」蔡夢弼曰：「蜀有竹名籠鐘。」又寄高岑詩「何太龍鍾甚」，薛蒼舒注：「《廣韵》：『龍鍾，竹名也。謂年老如竹之枝葉，摇曳不自矜持。』」《箋解》駁其杜撰，引《蘇氏演義》：「龍鍾，謂不昌熾，不翹舉，如藍鬖、拉搭之類。」於義亦合。

「嘗果栗皺開」，《集韵》：「皺，側尤切，革文蹙也。」《漢上題襟》周繇詩云：「開栗弋之紫皺。」貫休云：「新蟬避栗皺。」又云：「栗不和皺落。」即栗蓬也。蔡夢弼曰：「皺，當作皱，皮裂也。」則開字爲重出矣。

「家家養烏鬼」，邵伯温《聞見録》：「夔峽之人，歲正月，十百爲曹，設牲酒於田間，已而衆操兵大噪，謂之養烏鬼。長老言地近烏蠻戰場，多與人爲厲，用以禳之。」《蔡寬夫詩話》：「元微之江陵詩：『病賽烏稱鬼，巫占瓦代龜。』自注云：『南人染病，競賽烏鬼，楚巫列肆，悉賣龜卜。』」烏鬼之名見於此。巴楚間，常有殺人祭鬼者，曰「烏野七頭神」，則烏鬼乃所事神名爾。或曰「養」字乃「賽」字之誤，理或然也。按：烏鬼别有三説：《漫叟詩話》以猪爲烏鬼，《夢溪筆談》以鸕鷀爲烏鬼，《山谷别集》以烏雅獻神爲烏鬼。自以邵、蔡二説爲正。蓋題本「戲作俳諧體」，詩明云「異俗吁可怪」，次即有「瓦卜傳神語」之句，皆可助江陵詩爲左證也。

「書成無信將」，司馬相如《諭巴蜀檄》「故遺信使，曉諭百姓」，本言誠信之使。釋寶月詩「有信即寄書，無信長相憶」，此以信爲使也。姜氏考注：「晉宋以還，將信之人，即稱爲信。」又《鮑永傳》引《東觀漢記》：「遣信人馳至長安。」皆「信」字所本。「飛騰無那故人何」，《三國志注》：「文欽與郭淮書曰：『所向全勝，要那後無繼何？』」《宋書·劉敬宣傳》：「牢之曰：『平玄之後，令我那驃騎何？』」六朝人多書「奈」爲「那」，唐人詩多以「無奈」爲「無那」。

劉後村《詩話》：「《草堂》詩『舊犬喜我歸』、『鄰里喜我歸』、『大官喜我來』、『城郭喜我來』云云，其體用《木蘭詩》：『耶孃聞我來，出郭相扶將。阿姊聞妹來，當户理紅妝。小弟聞姊來，磨刀霍霍向豬羊。』」

「劍外官人冷」,「官人」,乃隋唐間常語。《聞斛斯六官未歸》,題稱「六官」,猶今俗呼平人曰幾官,自唐已然也。

「雞棲奈汝何」,皂莢樹一名雞棲,見《急就篇》注。

「坐開桑落酒,來把菊花枝」,本庾信「蒲城桑落酒,灞岸菊花枝」。

張伯復《詩話》:「『春星帶草堂』,古今傳爲佳句。只一『帶』字,便點出空中景象。如『玉繩低建章』,『低』字亦然。」

張耒《明道雜志》:「杜甫之父名閑,而甫詩不諱『閑』。某在館中時,同舍屢論及此。余謂甫天姿篤於忠孝,於父名非不獲已,宜不忍言。試問王仲至討論之,果得其由,大抵本誤也。《寒食》詩云:『田父邀皆去,鄰家閑不違。』仲至家有古寫本杜詩,作『問不違』,作『問』實勝閑。又《諸將》詩云:『見愁汗馬西戎逼,曾閃朱旗北斗閑。』寫本作『殷』字,亦有理,語更雄健。又有『涓涓戲蝶過閑幔,片片鷗下急湍』,本作『開幔』,『開幔』語更工,因開幔見蝶過也。惟《韓幹畫馬贊》有『御者閑敏』,寫本無異説。雖容是『開敏』,而《禮》『卒哭乃諱』,《馬贊》容是父在所爲也。」

又曰:「讀書有義未通而輒改字者,最學者大病也。老杜《同谷》詩有『黄精無苗山雪盛』,後人所改也。其舊乃『黄獨』也。讀者不知其義,因改爲『精』,其實黄獨自一物也。本處謂之土芋,其根只一顆而色黄,故名黄獨耳。饑歲,土人掘食以充糧,故老杜云耳。」

劉後村《詩話》:「故人陳伯霆讀《北征》詩,戲云:『子美善謔,如「粉黛忽解包」、「狼籍畫眉闊」,

雖妻女亦不恕。』余云：『公知其一耳。如《月夜》詩云「香霧雲鬟溼，清輝玉臂寒」，則閨中之髮膚雲濃玉潔可見。又云「何時倚虚幌，雙照淚痕乾」，其篤於伉儷如此。』」

《陪鄭廣文遊何將軍山林十首》第一首「不識南塘路」，起是欲去未去。二首「百頃風潭上」，是初到境。三首「清池」，四首「旁舍」，是入門所見。五首「隨意坐莓苔」，是方坐定。六首「野老來看客」，是坐已久。七首「陰益食單涼」，八首「醉把青荷葉」，是飲酒間情況。九首「醒酒」、「聽詩」，是已至夜分。十首「出門」、「迴首」，是歸時情景。次第章法井然，不似後人作連章，可隨意多寡、顛倒位置也。《重過何氏五首》，一首「重來休沐地」，二首「犬迎曾宿客」，三首「自今幽興熟」，四首就「看君用幽意」推開説，五首將「到此應常宿」合攏説，處處是重遊，確乎不是初到。

曹孟德「碣石觀海」詩「星漢粲爛，若出其裏」，子美詩「迴眺積水外，始知衆星乾」翻用其意，而語更奇。

《示從孫濟》詩：「淘米少汲水，汲多井水渾。刈葵莫放手，放手傷葵根。」是樂府句法，亦本古詩「採葵莫傷根，傷根葵不生」云云。

《東皋雜録》：「或問荆公：『杜詩何故妙絶今古？』公曰：『老杜固嘗言之，「讀書破萬卷，下筆如有神。」』」

黄常明《詩話》曰：「杜詩多用經語，如『車轔轔，馬蕭蕭』，『鱣發發』、『鹿呦呦』，皆渾然嚴重。」《朱子語類》云：「文字好用經語，亦一病。東坡寫杜詩至『路遠思恐泥』，云：『此不足爲法。』」又如「當暑」、「去食」、「不知老將至」、「於我如浮雲」等句，皆隨意拈來，不露痕迹。後人效之，易蹈膚滑，未可以尊杜而奉爲枕秘也。

杜詩「漢使徒空到」，「徒」字、「空」字連用，似犯複。楊升庵云：「古人用字，有不嫌重者。《左傳》『十年尚猶有臭』，『猶』即『尚』也。《書經》『弗遑暇食』，『暇』即『遑』也。」據此，則「徒」、「空」不妨連用矣。然無所本，則斷不可造作，不如不襲其陳之爲愈。

《同諸公登慈恩寺塔》詩，自「仰穿龍蛇窟」以下，皆登高極奇警語。《箋解》謂「譏切天寶時事」，幾于謗訕君父，陷子美爲隱險人。

《百舌》詩起句「百舌來何處」，便有怪駭意。「重重祇報春」，厭其聒耳。「知音兼衆語」，利口百出。「整翮豈多身」，不在多人。「花密藏難見」，隱形有恃。「枝高聽轉新」，聳聽易投。「過時發口」二句，本《逸周書》「反舌有聲，佞人在側」。通首確有指切，勿專作賦物觀。

張説二子均、垍，皆能文。當説在中書，兄弟已掌綸翰。玄宗嘗使均求妙寶真符，往而即獲。故杜《贈太常張卿》詩，首以「方丈」、「崑崙」引喻，刺求仙之妄。繼以相門清議所屬，儒術聞望所歸，謂均之地望才名，不當以求仙得倖，若灼知其人之趨嚮詭僻者。垍尚寧親公主，恩寵冠時，方其供奉翰林，玄宗欲加安禄山同平章事，命垍草制，楊國忠曰「禄山目不知書，豈可爲宰相？」乃改命爲左僕射，命高力士餞歸范陽。上問：「禄山慰意乎？」對曰：「觀其意怏怏，必知欲命爲相而中止也。」上以告國忠，國忠曰：「此議必張垍兄弟告之。」禄山反，玄宗奔蜀，謂高力士曰：「朝臣誰當來，誰不來？」對曰：「均、垍受恩最深，且連戚里，必先來。時論皆謂房琯宜爲相，陛下不用，恐或不來。」已而琯至，上問均、垍兄弟。對曰：「臣帥與偕來，逗遛不進，似有所蓄而不能言。」上顧力士曰：「朕固知之矣。」肅宗即位，制陷賊六等定罪，均、垍律皆應死，肅宗欲免之，上皇不可，肅宗叩頭流涕，曰：「臣非張説父子無有今日，若不能活均、垍，死何面目見説于九泉？」上皇曰：「垍爲汝長流嶺南，均爲賊毁吾家事，斷不可活。」觀杜《贈翰林張四學士》詩，不過敘其恩遇勢分之榮，以「天上公子」、「宫中客星」了之。燕公偉人，致有此背國從僞之子，少陵雖不遇，豈一無知人之鑒，漫爲諛頌以干進者乎？

詩家並尊李杜，兩人交誼，千古所無。世間朋好，合則敦游讌，離則懃書問耳矣。杜與李乃至以夢相通，與魂對語，尤爲奇絶千古。讀《夢李白二首》，前疑其「恐非平生魂」，後憐其「苦負平生志」。前云「魂來楓葉青，魂返關塞黑」，別腸哀楚，得《招魂》、《大招》之遺，後云「千秋萬歲名，寂寞身後事」，非勉其將來，特懸指身後，以聊慰目前耳。是魂是人，是真是夢，長歌當哭，皆以至性發之。他如「涼風天末」之詠，亦有「應共冤魂語，投詩贈汨羅」句。解家或以爲白死後詩，殊屬誤會。其《春日憶白》詩，服其才思無敵，爲之加以定評。《寄白二十韻》詩，痛其抱枉莫伸，爲之敘一小傳。攷白長于甫十三歲，自天寶三年罷翰林，偕遊梁宋、齊魯間，以後遂成長别，故贈白詩衹在東都二首，他皆懷想之作。自白坐永王璘事流夜郎，最後乃有「不見李生久」一詩，望其頭白早歸，生死交情，從此不通消息矣。世或以白才高而狂，昧保身之哲，獨少陵刻意辯之。李陽冰《草堂序》云白乞歸後，「就從祖陳留採訪大使彦允，請北海高天師授道籙於齊州紫極宫」。觀少陵詩，曰「李侯金閨彦，脱身事幽討」，曰「不願論簪笏，悠悠滄海情」，曰「未就丹砂愧葛洪」，曰「還丹日月遲」，曰「若逢李白騎鯨魚，道甫問訊今何如」，亦可信白自有世人不知之故在。

《舊書》：「李白，山東人，父爲任城尉，因家焉。」錢希易《南部新書》亦同。蓋白隱于徂徠，時人皆以山東人稱之，故杜詩亦曰「山東李白」。曾鞏以舊史爲誤，非也。楊慎據李陽冰、魏顥序，欲以爲山東李白。陽冰云「歌詠之際，屢稱山東」，顥云「迹類謝康樂，世號爲李東山」，此亦偶然題目，豈可援據爲稱謂乎。楊好奇曲説，不足取也。

少陵方外交游，唯贊公最款洽。贊亦房相客也，以京師大雲寺主，謫秦州安置。公至，宿其土室，商卜鄰未果，有《西枝邨尋置草堂地》詩。次則蜀僧閭邱師兄，故博士均之孫，世交傾蓋，夜闌軟語，宜其氣誼肫然。他如巳公、文公、旻公、粲、可、大覺高僧、真諦禪師、太易沙門，皆通訪謁，而公初不溺於逃空之學。又是時道教盛行，公與元逸人、董錬師輩，寄懷玄賞，不過偶話烟霞，非真有金□丹砂之慕。或謂高明人狹小塵世，多趨仙佛兩途，是家有荆璧而羨他人之燕石，恐此老當啞然失笑矣。

江寧亦杜公游迹所到，集中《因許八奉寄江寧旻上人》詩，有「袈裟憶上泛湖船」，又有《送許八拾遺歸江寧覲省》詩，題云：「甫昔時嘗客游此縣，於許生處乞瓦棺寺維摩圖樣，志諸篇末。」詩云：「淮陰清夜驛，京口渡江航。」皆述所已經也。

鄭康成説《三百篇》，以箋爲名。箋，標也，識也，謂標其異致，識其易忘者耳。宋方惟道兄弟纂録唐以來評杜詩者，名曰《諸家老杜詩評》，蔡夢弼《草堂詩話》悉摭《韵語陽秋》之類，説杜者病其猥雜。

今之爲詩話者不一，而説杜無專家，澤州陳文端有《杜律詩話》二卷，亦祇言七律，而五律未之及也。

自元微之作序銘，盛稱「詩人以來，未有如子美者」，王介甫選四家，以杜居首，秦少游則推爲孔子大成，鄭尚明則推爲周公制作，黄魯直則推爲詩中之史，羅景綸則推爲詩中之經，楊誠齋則推爲詩中之聖，王元美則推爲詩中之神，崇奉至矣。惟宋楊大年不服杜，詆爲「邨夫子」。明嘉、隆間，有王慎中、鄭繼之、郭子章諸人，起而嚴駁之，楊用脩亦抑揚參半，皆與杜爲敵者，多見其不知量也。

（姚蓉、吕帥棟點校）

蠡莊詩話

蠡莊詩話提要

《蠡莊詩話》十卷，據嘉慶二十年刊巾箱本點校。撰者袁潔（？—一八三二），號玉堂居士、蠡莊主人，江蘇桃源人。嘉慶六年拔貢，歷官樂安、金鄉知縣。道光二年以事謫戍新疆，道光六年戍滿，七年春歸居濟南大明湖畔之蠡莊。有《習静軒偶記》等。按此書自序署嘉慶二十年，版刻亦署是年，然卷五載嘉慶二十四年晤劉鶴津事，則刊行後又有剜板增補之舉，刊定應在嘉慶二十四、五年間。袁氏性情與袁枚近，論詩亦服膺隨園，嘗擬删選《隨園詩話》以代自撰，後爲友人所規，始有是編。故時論每有以「前袁」「後袁」相提並論者。其人詩不甚工，然性好詩，好交遊，所到之處必逢投贈者。又嘗仿法式善，築詩龕以求詩。卷八録友人語云：「君喜結納，然交友之道，莫如蒐詩。君能蒐天下之詩，即不啻交天下之友也。」凡例又云：「《詩話》取其全備。蒙古、八旗、漢軍、十八省之搢紳大夫、文人、閨秀，以及釋道仙鬼之詩，無不采入。」誠能得《隨園詩話》之旨趣。然蒐採實以魯、齊、江、淮間之詩人詩作爲主，聲氣遠不如隨園，識與話之雋快條達，亦遠不及之。

序

余嫌《隨園詩話》太冗，曾爲去其蕪雜，存其精華，另成一帙。將謀付梓，寄書張伯良刺史，伯良以爲不然，來書云：「君不自爲詩話，而欲刊《隨園詩話》，豈非舍己之田，芸人之田耶？」余深韙之，乃就行篋所藏、見聞所及、友朋之所傳述，零箋碎幅，陸續搜羅，編成十卷。一切仍《隨園》體例，不忘所自也。惟是管窺蠡測，遺漏甚多，俟採得再爲續入云。

嘉慶乙亥上元後，桃源玉堂居士袁潔識於濟上之蠡莊。

凡例

一、詩話取其全備。蒙古、八旗、漢軍、十八省之搢紳大夫、文人、閨秀，以及釋道仙鬼之詩，無不采入。

一、詩話與選詩異。選詩則取其格律整齊，詩話以代説部。凡其事可供一笑，其詩句可以豁人心目者，俱采之。故不以浮淺爲嫌。

一、是編隨得隨録。不能遍搜全本。故有同爲詩人，有登其多首者，有摘其一二佳句者，皆就篋笥所藏、耳目所及者録之，非故爲繁簡也。

一、余擬刊《山左同官詩鈔》，今有友人欲倡此舉，無庸複出。然於同官中之能詩者，多寡必爲采入，以誌寅交。

一、《隨園詩話》中凡空空論詩處，罕譬而喻，新穎絶倫。是編録詩多而論詩少，不欲以東施效顰，拾人牙慧。

一、詩話之作，以紀投贈，以闡幽潛，故所采皆近人之句，不敢尚論古人。間有事涉陳迹，附入卷中者，乃友朋持論所及，有聞即登，亦必誌其從來，不敢掩人之善。

一、是編有詩而無詞，其詩餘之佳者，彙附諸十卷之末，以全體格。

蠡莊詩話卷一

玉堂居士著

國朝肇基東土，景運昌隆，一時風雲龍虎之從，旂常竹帛，勳業爛然。自是聖聖相承，重熙累洽。蒙古、滿洲中英才輩出，研《京》鍊《都》，彬彬然與唐、宋名家争勝。顧或覩一二鉅公之集，或見和章一二首暨所傳佳句而已。嘉慶甲子歲，鐵梅庵尚書撫山左時，手輯八旗詩篇進呈。上溯崇德，至乾隆六十年，得詩百三十四卷。蒙賜名《熙朝雅頌集》，並御製序文，頒之中外大吏，洵爲從古未有之大觀。其間天潢勳舊、名公鉅卿、文武庶司、畸人逸士，以及閨媛，無不含英咀華，吟咏成帙。足見國家培養之深、文教之盛，踰於歷代矣。

張伯良敦促余爲詩話，又寄書規余曰：「君爲詩話，宜少采顯貴之詩，多采幽潛之詩。至于辨詩之體、論詩之法、溯詩之派别源流，前人言之綦詳。司空表聖《二十四品》無論已，他如釋皎然之《詩式》、陳繹曾之《詩譜》、釋普聞之《詩論》，國朝漁洋先生之《詩法》、《詩問》，業經層見叠出，若一落窠臼，非老生常談，即大言欺世，奚取焉？」余深服其説，故只輯近人，不論古人。白文公所謂「何以慰飢渴，捧之吟一聲」，此物此志也。答伯良云：「碎幅零箋觸手春，不雷同處不翻新。年來知己天涯徧，展卷朝朝見故人。」

伯良名杰，湖南人，爲張船山先生弟子。工詩善書，方駕船山。由指揮晉秩直州牧，罷官再起，需次保陽，而英氣自勃勃也。甲戌秋，那制府委赴山東，查辦平原祖姓一案。適余自金鄉報罷歸來，訪余于明湖之上，一見遂成莫逆。論詩酌酒，凡四閱晝夜，揮淚而行。時有以盛筵招伯良飲者，屢促不往，與余暨歷下詩人作竟夜談。如伯良者，可謂通我曹之性命矣。自景州寄詩，有句云：「把酒真教腸似海，看花空負妓成圍。」

從來有非常之才者，必有非常之遇。常州吴禮石階有奇才，少年遊幕，當道争延致之。後以知縣分發山左。嘉慶癸酉，金鄉教匪陰謀不軌，上游遴委禮石前往攝篆，偵獲渠魁數十人。其餘黨復起事，禮石又勵兵役戰，敗之。不及半年，賞花翎，晉擢曹州太守，亦奇遇也。禮石在金鄉有句云：「圍棋安石神還暇，伏莽孫恩黨已空。」其自負如此。

浙江陳衛叔先生名鴻賓，著有《學福齋詩稿》，婉秀纏綿，元人勝境。《冬日湖上》云：「野横烟外艇，曉失霧中山。」《題圖》云：「詩愁三月暮，客夢一帆牽。」《寒食湖上》云：「山温水軟春難負，花勸鶯酬酒易消。」《湖上晚歸》云：「柔艣一枝隨月影，晚山千叠戀春烟。」《贈人》云：「懶病陡因佳句起，好風如約故人來。」《秋夜》云：「風輕只訝秋香重，樹少還收月色多。」有《同家簡齋遊平山堂歸舟聯句》一律云：「未卜淮南竟夕遊，回船明月在沙頭。桂花樹遠空聞氣，黄葉聲多尚帶秋。弔古只應懷太守，看山原不到揚州。一尊拚得昏昏醉，歌吹偏來惹暮愁。」可稱合璧矣。

膠州藍小詹刺史嘉言，浙江定海人。由河工縣丞升單縣，到任未久，即值教匪之警。單邑西連曹定，北接金鄉，當教匪起事時，業已潛入城内。余抵金鄉所首獲之楊迪光，即其頭目也。因小詹設備戒嚴，賊乃遁去。與余及王篴樓司馬聯爲犄角之勢，搜拏防禦，轉危爲安，宜其升遷之不次也。著有《且留軒詩鈔》，清新流利。《秦淮泛水》云：「荷花香泛柳纖纖，喜見秦淮水又添。兩岸風廊如畫舫，波光緑到水晶簾。」《答汪履青》云：「桃花潭水碧於藍，誰似汪倫逸興酣。我學桓伊三弄笛，臨風只唱《望江南》。」《喜雨和李宫保》云：「大展爲霖手，隨車沐化工。眼凝秋水闊，人坐緑波中。高閣琴音潤，西窗燭影紅。夜分同擊鉢，花送一簾風。」《送友人歸舟》云：「分飛柔艣劃波開，恰對岧嶢古敵臺。四面好山推畫出，一天涼雨送詩來。順流不借迴風力，競渡還驚作楫才。東望三吴南望楚，依稀多在白雲隈。」《曉望》云：「一天青未了，遠水白纔生。」《題畫》云：「秋何如此瘦，月不放人眠。」《留鬚》云：「回頭但覺人年少，轉眼翻驚我丈夫。」《夏夜》云：「一帶長廊星在水，半天疏柳月當樓。」

王篴樓名朝恩，江蘇人。以在鉅野縣有守城獲賊之功，擢曹州司馬。才情磊落，迴越恒流。《鉅野自題》云：「賴有琴尊消暇日，只譚風月不言公。」想見胸襟之豁達矣。未幾，特放登州太守。

浙江錢塘梁元穎太史，名同書，博學，工文詞，早登翰苑。尤以書擅海内名。嘗得元貫酸齋行楷「山舟」字，揭之軒中，故士林咸稱「山舟先生」。後宜興任禮堂茂才游雲間，於天馬山周氏見石刻「山舟」二字，跡類飛白，甚奇古。其款爲趙孟頫。任手拓一本，畀海寧吴槎客先生。槎客爲録額，以贈太史，並賦七古一章，以紀其事。亦一段翰墨因緣也。

槎客先生名騫，聚書萬卷，寢饋其間，顔所居之樓曰「拜經樓」。所梓詩卷，即以拜經樓名其集，多清雅朗潤之作。其爲人和易，具流露於筆墨間。《陳家渡》云：「野店東頭略彴開，一重沙嶼一蘆灣。

漁歌忽斷清溪暝，秋在蒼烟白鳥間。」《有寄》云：「白頭猶是客天涯，寒勒江城柳未芽。却憶小樓聽雁日，一簾春雨坐梅花。」《春柳》云：「何處輕盈識翠翹，秦淮春染一條條。珠簾玉樹剛三月，暮雨朝烟便六朝。最是勾留如意舞，若爲吹暖賣餳簫。銷魂剩有臺城伎，欲仗丘遲爲我招。」「不須鶯燕語惺忪，無限韶光悵望中。自昔嬌歌徵北里，何時弱絮嫁東風。雕鞍一繫絲猶短，錦纜徐牽浪欲空。莫怪年年依板渚，新烟低處有隋宫。」《寄陳用舟》云：「腰疑歸楚瘦，詩喜入吴清。」《山塘即事》云：「十里無塵地，三春有恨天。」《道中》云：「數摺帆連烟樹出，一痕山斷鼎湖來。」《蘇臺感興》云：「千巖寒色天邊盡，一片簫聲市上來。」《臨津寒食》云：「絳蠟無人傳漢燭，青郊有婦泣桃花。」

山東運河觀察洪石農先生，名範，安徽人。儒雅風流，工於繪事。《題畫》云：「碌碌治官書，苦爲繁鞅縛。安得輞川居，晴雲聳高閣。隨意點層丘，清標見林壑。消得十斛塵，便是鶏群鶴。」

陝西朱稼村客遊吴越，工書善畫。有《咸陽懷古》一律云：「緑苔紅土舊阿房，白草黄沙古戰場。盡日悲風過鳥雀，高原落日下牛羊。神仙未必歸徐福，山鬼何曾悮始皇。惟有終南山色在，青青依舊滿咸陽。」居然唐音。

諸病可醫，俗不可醫。囂塵近市，則其地俗；藻采炫人，則其物俗；藉勢利之聲援，飾衣冠之傀儡，則其人俗。黄澹人《戲成》云：「鄭熏也有干時術，秦緩從無療俗方。」《生日書懷》云：「學仙枉有成金石，醫俗慚無换骨丹。」語頗妙切。澹人名洙，揚州人，爲汶上令。近已作古，亟欲搜其遺稿而補采之。

濟寧李東璧孝廉珣，氣味醇雅，與之相對晤言，如入芝蘭之室。余曾寫蒲萄一幅贈之，東璧答以二律云：「墨雲潑處走龍螭，裂葉風吹大月氏。寫出閒居潘令賦，吟成一縣浣花詩。屈伸公自隨緣寄，清挺人偏讀畫知。怪底香閨詩弟子，原注：東昌譚女史善摹公畫。晴窗日日繡袁絲。」「麗句人争籠碧紗，宰官説法遍天涯。虚心竹有低頭葉，傲骨梅無仰面花。飲墨難邀詩月旦，雌黄猶見晉風華。山公最是衡才切，啓事何年草白麻。」可謂詩如其人。

膠州冷公赫烜，爲金門畫史吉臣先生之孫，現寄籍大興。廩膳生，少年清才。嘗見其《出塞詩》一册，中多佳句，可誦之。《多倫諾爾留别同人》云：「艱難何計是，貧賤此身輕。」《稻黄店》云：「亂流争石罅，雜樹補山凹。」《偶成》云：「黄花黑蝶隊，青草白羊群。」《九日感懷》云：「歸鴻遠度黄花節，飢鶻高盤白草秋。」《赴濟寧》云：「人行白雪新晴路，地有青蓮舊酒樓。」

吴下張淥卿詡幕遊山左，雅善吟哦。後投効曹南軍營，授膠州巡檢，易名禄卿，字六琴。記其有《四秋絶句》，《秋草》云：「王孫芳意漸疏慵，駭緑紛黄滿徑封。何似仙蓂青不改，獨留靈莢報三冬。」《秋蟲》云：「應時也類鳥鳴春，絮絮寒宵意自親。耳熱眼花渾不解，驚心只有感秋人。」《秋蝶》云：「兩翅西風倦影斜，名園芳意剩些些。小娃未解愁滋味，錯認憐花是戀花。」《秋蟬》云：「小院斜陽落葉深，抱枝楚楚作哀音。睡餘一笑抛書卷，且與詩人代苦吟。」

余遊京口，僑寓江干之練光樓。樓下向寓鴻福小部，有句云：「窗外帆檣排巨浪，耳邊笙管出層樓。」蓋實在情景也。有《紀事詩》一册，余自弁數語曰：「八年宦海，半載征帆。跡同難繫之舟，人是不羈之馬。練光樓上，偶駐遊蹤；揚子江頭，頓舒倦眼。望去名山疊疊，何福能消；對茲舞袖翩翩，不觴而醉。或歌或嘯，自成有韵之文；非雅非騷，時發無心之籟。此日雪泥鴻爪，聊記前因；他年酒琖詩筒，競留佳話。」

直隸王麗峰刺史旭昇，工書法，人尤慷爽。由縣佐晉擢濟寧牧，後因公被議，友朋惜之。哲嗣數人，或任司馬，或需次河工，皆能矯矯樹立，想見後起之方隆也。刺史在省寄迪民司馬昆季有句云：「看破浮雲多變態，望將寸草愛春暉。」讀之慨然。

庚午年鄉試，余客金陵，陽湖趙甌北先生、桐城姚姬傳先生俱以耆年名宿，重赴鹿鳴。趙館於秦淮水榭，姚時主講鍾山，余均得瞻謁，仰見前輩丰儀。姬傳先生書《春日漫興》舊作二絶於便面見贈，詩云：「新蕉纔展中心緑，芳杏將殘半樹紅。門掩小庭無客到，呼兒相對立春風。」「几榻塵生坐不知，一燈深夜照書帷。江邊春盡瀟瀟雨，空館花開又落時。」

遼東朱子穎先生孝純，由縣令官至兩淮鹽運，内用告還。詩筆雄偉，嗣響唐音。王夢樓太史謂「讀先生之詩，如與李太白、高達夫一流人相晤語」，信不誣也。梓有《海愚詩鈔》。《次金陵》云：「巨鎮依然指建康，波濤淼淼接天長。千峰木葉吟江雨，萬里雲帆下夕陽。幾處霸才争割據，當年王氣久荒凉。石頭城畔秋風起，吹落寒空雁幾行。」《弔淮陰侯》云：「誰向淮陰覓戰功，將臺一築釣臺空。競傳金鏃千年蹟，虚想牙旗萬里風。漢帝終難留國士，蕭公何事誤英雄。至今鍾室坡前草，猶染當時恨血紅。」先生集中有「一官飄泊累妻孥」之句，余披讀至此，振觸於懷，潸然泣下。

桐城劉海峰先生，名大櫆，詩工各題。《聞歌》云：「月明風細翠娥顰，一曲嬌歌淚滿巾。應是多情自傷別，不知比舍有離人。」在海峰集中最爲清婉之作。又《塞下曲》有云：「一曲未終探騎返，前軍生得谷蠡王。」又云：「桔槔峰下沙如海，時見黄羊一兩群。」較之唐賢邊塞諸作，有過之無不及也。

熊介兹先生，名方受，廣西永康州人。由部曹外用。余宰金鄉時，先生任兖沂觀察，常以屬吏之禮晉謁。温雅之度，如坐春風。詩亦纏綿婉秀，不染塵氛。記其《過金鄉》云：「金鐙盡教酧戰騎，兒郎都解控强弓。」《贈商仲言太守》云：「藉問清官何所有，泰山雲氣海門潮。」

古人所傳如江淹夢得五色筆，劉贊文吞金龜，充宗吞石卵，因之文思聰悟，事近渺茫。趙州師裕亭問忠，以孝廉出仕鹽場。幼質魯易忘，一日具疏告神，自陳苦況，夜夢神捉刀啓胸，取其心洗之，由是慧悟，鬼神竟不誣也。裕亭詩極靈雋，《歸里口占》云：「二十年前宦海遊，歸來依舊理田疇。去時頭黑今頭白，笑看兒孫也白頭。」

人不可爲鄉愿之人，尤不可爲鄉愿之詩。故雄渾之詩，令人驚心動魄；幽折之詩，令人釋躁平矜；新艷之詩，令人怡情悦目。若徒字順句適，平平無奇，套語浮詞，令人望而生厭。嘗見一老學究，久負詩名，及取其詩而讀之，膽小氣促，見淺才迂，絶無動人處，因號之曰「中庸先生」。表兄胡晉軒諷以詩云：「分唐界宋辨纖濃，沉實高華任所宗。最是模棱無取處，誤人千古只中庸。」晉軒名昭，桃源廩生。

乙亥暮春，偕友人遊歷下城東之閔子墓，見壁有小詩，不著名姓。詩云：「兩楹終日對山開，寒食芳尊奠緑苔。笑指南村好風景，杏花紅出破墻來。」筆致輕逸，疑是仙蹟。後詢之，乃邑人翟鱗江筆也。鱗江名凝，甲子孝廉，詩工對仗。有贈余句云：「遊踪海内留鴻爪，宦味年來笑鼠肝。」

廣東拔貢黎簡民簡，才情駿發，狂率不羈。入鄉闈時，以搜檢太嚴，慨然曰：「未試以文，而先以不肖之心待之，吾不願也。」遂擲筆籃而去，從此不復應試。工於繪事，片紙尺幅，重於拱璧。有大腹賈以紙索畫，簡民爲畫洋錢數十元。或問之，簡民曰：「若輩之所識者此耳。」其圭角類如此。詩峻拔清峭，刻意新穎，言人所不能言。如「楊柳西樓懷鬼曲，辭章南俗託《神絃》」、「排闥柳花吹酒店，飛空山影壓漁竿」、「霜粘雁背菰蒲白，村少禽聲穲稏黄」、「溪雲曲曲三篙水，浦樹沉沉一桁山」，皆未經人道語。

吴江汪宜秋女史，父兄夫壻，皆非士人，境遇艱辛，藉十指爲活，依舅氏家。其表弟朱鐵門，吴江詩人也，與宜秋唱和甚多。著有《宜秋詩草》。《題郭頻伽水村第四圖》云：「深閨未識詩人宅，昨夜分明夢水村。却與圖中渾不似，萬梅花擁一柴門。」頻伽摘其落句，繪爲圖。

滋陽尹陳貞白醇，蘇州人。工書法。爲人春容和雅，如坐春風。宰滋十年，於民間毫無所取。以虧帑報入清查，奉命拏問。乙亥除夕日甫被逮，合邑皇皇，舉燈彩付火焚之，鼓樂之音，爆竹之聲，頃刻俱寂。一時倉皇奔走者，幾至數千人。兖州太守宋公亟安慰之，曰：「爾等如能爲陳令完補虧缺，我當力請上官，設法救援耳。」不及旬日，所報虧項萬餘兩，已如其數矣。余在省賦七古一章贈之，中間云：「不知此事誰爲政，霹靂空中下嚴命。命下之日正除夕，鼓樂香花紛絡繹。六街燈火頓無聲，十萬人家全失魄。神前冷落一瓣香，堂上抛棄椒盤肉。使君若去民安依，同聲齊向黄堂哭。」皆紀實語也。時聞衆論推貞白爲正人君子第一人，實之至者名自歸，豈虚語哉！

益都李鄰亭景唐，任南城兵馬司。壯年引退，品格清高，詩亦清矯拔俗。《都中寄子協中》云：「爾業竟何如，歸遲信亦疏。無勞千里念，好把一經鋤。處世寧爲拙，宅心常欲虚。還家應不遠，燈下幾躊躇。」《過文安》云：「急雨投孤驛，濃雲鎖斷城。」《夢醒偶成》云：「誰言長夏夜偏短，千里夢回天未明。」鄰亭又有「庭樹撼秋聲」五字，亦佳。哲嗣協中，字師臯。丙子秋來省鄉試，執贄蠡莊，勤苦力學，洵翩翩佳子弟也。

《海右集》，常州徐雲樵子威稿也。中多佳句，余最賞其《齊河道中》云：「年衰故人少，親老懼時多。」頗近王、孟。

朱君寶麟，常州人。其尊甫畫亭先生，名黼，工詩畫。任沭陽縣廣文，陞四川蘆山縣令，引疾後，遂家於沭。沭去桃源百餘里，與朱向未謀面。丙子夏，託張文聲寄詩蠡莊，並致書曰：「麟生也晚，不獲見新城、商丘諸先達，而猶得與明府同時，麟之幸也。乃咫尺天涯，不獲一親言論丰采，麟之不幸也。然麟不獲見明府，而獲見知明府者，俾雕蟲小技亦呈於大雅之前，則又不幸中之幸也。」其殷殷如此。詩亦多情致語，《無題》云：「簾前絃索住丁東，片晌留春畫閣中。情抱可能如夏熱，笑顔真足破冬烘。却憐中鵠神偏肖，不礙塗鴉字未工。吮筆更描花樣子，墨痕沾上小唇紅。」又云：「緑酒斟來先欲醉，紅毹扶上不勝嬌。」又云：「玉貌更從何處覓，玳筵且趁此宵開。」可以想見其人矣。

張伯良夫人夢仙女史，爲劉雲房先生外孫女，才貌無雙。伯良誦其佳句云：「君心似妾思君切，不讓天邊月獨圓。」其全稿尚未之見。女史與伯良伉儷甚篤，閫令亦嚴。甲戌秋，伯良奉委來東，盤桓累日。於其行也，余及歷下諸友各以詩贈，彙成一帙。伯良曰：「詩俱妙，須得一詩爲閨中相見左券，則更妙矣。」余復成一絶，書諸卷尾，有「十日濟南成小住，只談詩酒不談花」之句。後伯良旋保定，復書曰：「諸君贈行之作，内子一一披讀，亦以尊作爲壓卷。惟『只談詩酒不談花』一語，終不免駁詰耳。」

常熟賢裔言可樵尚焜，任福建閩縣知縣，工詩善書。嘗於友人處見其《題紅梅》云：「尋常一樣占東風，别有丰裁屬化工。莫笑枝頭春意鬧，暗香畢竟異凡紅。」「高撑鐵骨觸雲寒，人世争傳秀可餐。顔色自矜心自冷，憐他桃李一般看。」

「人間亦有癡於我，豈獨傷心是小青」，或曰小青即是「情」字，並無其人。偶見劉儀可《美人結網圖》，内有乩題一絶云：「藕絲衫子藕絲裳，放鶴歸來趁晚涼。借問阿儂忙甚事，結成錦網網鴛鴦。」後署「小青題」，殊不可解。或靈鬼憑藉而爲之歟？

師範號荔扉，雲南趙州人。甲午亞元，任望江令。著述甚多，尤長於七言律，其集中警句，如「萬里辭家無内顧，一身許國正中年」、「孤艇白摇春夜月，暖風黄入菜花天」之類，多爲法梧門先生所採。吴和軒誦其《山左懷古》云：「濟伏終能稱四瀆，魯衰猶不失諸侯。」

泰安尹蔣伯生因培，江蘇常熟人，工詩善謔。少時隨宦山東，遂家汶上。或貸其金而不歸，訟之未決。適常州孫淵如先生觀察兗、沂，遂往愬焉，並獻詩。先生大加賞識，委員至汶，反其金，且爲揄揚不置。其上觀察有句云：「爲我追逋真火速，向人延譽見風流。」

伯生詩專主性靈，涉筆成趣。其佳句多未記録，録其《題孫女史春怨圖》云：「一縷柔情柳不如，殷勤心事託雙魚。達官儘有薑芽手，可解蕭娘一紙書。」《衆香國》云：「小名録就寫蠶眠，不住童初即易遷。笑指妙鬘雲影下，無邊色界有情天。」「被擁黄紬早放衙，淋漓醉墨任攲斜。史才人鑑今無用，檢點群芳進退花。」

江西盧容莽侍御浙，奉使巡視東漕，以查泉至泰安，爲泰山之遊。中途遇雨，駐宿壺天閣，賦五古一章，有句云：「揮手謝山靈，後會倘可卜。」次日晴霽，由壺天閣再往，直至岱頂而返，復得一律云：「曉日上曈曨，千峰一望中。天門欣再入，雲路此仍從。嵐靄蒼冥接，登臨眼界空。今朝真造極，翹首大瀛東。」此詩余於泰安廷曙墀太守席間見之。

曙墀太守名廷鏴，滿洲廂黄旗人，風雅工詩。《題五大夫松》一律云：「秦秩曾鐫五大夫，是松是柏半模糊。何年如數培嘉樹，避雨從誰問舊途。典禮銷沉嗟二世，風霜摧蝕剩三株。我來細訪金泥字，十八公還記得無？」《天台道中》云：「雲封山畔千竿竹，水繞村墟一帶樓。」

太守德配惲珍浦夫人，爲毘陵南田先生族孫，工繪花卉翎毛。尤喜吟咏，著有《紅香館詩草》，佳句甚多。《道中即目》云：「樹深疑礙路，山遠欲撑天。」《渡江》云：「風力一帆飽，山光兩岸明。」《西園》云：「佳卉一庭呈笑靨，好山四面叠新螺。」《雨夜舟中》云：「千里懷人無遠近，夢魂長在浙西東。」

哲嗣麟慶，字見亭，任兵部主政。時由京來東，相遇明湖，以近詩見示。《德州道中》云：「白沉沙漲遠，紅壓火雲低。」《張夏》云：「烟凝深樹紫，雲補斷山青。」《謁元君殿》云：「峰高懸日月，池古鎖烟霞。」《雄縣曉行》云：「樹深遥接千畦緑，麥熟平分一隴黄。」皆晚唐佳句。

太守之弟廷石屏司馬，名鈞，亦工詩。見亭主政誦其《山海關觀海》一律云：「誰瀉東南一勺水，江河歸入大荒流。浪拋今古深無底，氣接雲山不斷頭。澒洞幾回成蜃市，蒼茫何處辨龍湫。奇觀更有真奇境，風雨潮來夜打樓。」雄壯能與題稱。

乙亥冬，清查案内山東被逮者二十餘人，時蔣伯生明府已丁艱回籍，奉文咨提來東。昭文孫子瀟太史贈詩云：「揮手家園馬又東，歸何緩緩去匆匆。樓臺未了如殘畫，花鳥無知道寓公。世事偏多籌算外，人生易老别離中。送君從此詩情懶，一任春光爛漫紅。」「醒亦徒然醉莫辭，玉梅相勸盡餘卮。奇才生爾天多事，息影如余月不知。失馬無端庸轉福，亡羊能補已嫌遲。終期共結湖邊屋，笑入蘆花理釣絲。」子瀟名原湘，以庶常乞假，迄未散館。其清高如此。

滿洲舉人景瑞，字海峰，爲人慷慨重意氣。《放歌》有句云：「出群技藝百不能，却是人間好男子。」其自命可想。惜不得志而没。詩集甚富，《絶句》云：「西風惻惻雨紛紛，秋到人間已十分。燕子竟歸花又落，一城砧杵不堪聞。」《偶成》云：「白髮隨愁長，青春逐水流。難消唯壯氣，易感是深秋。歲月詩千首，乾坤酒一甌。公卿非分事，安用曲如鈎。」他如「桑麻數家屋，楊柳一溪風」、「醉裏詩成和淚寫，夢中書到帶愁開」、「路穿深樹剛容馬，寺枕青谿不見僧」，皆佳。

雲南孝廉吴和軒怡工於詩，丁丑大挑，與乃弟吴寅齋協同以知縣分發。引見時和軒在班中第七，寅齋居第八。《恭紀》云：「甘泉宫殿鎖芳菲，待漏瞻雲入翠微。鷺序屢排仍雁序，鴻飛未卜且鳧飛。從前蕉鹿都成妄，此後蓴鱸敢計歸。太液池邊新柳色，可能再惹小臣衣。」

余到東後，上憲中之工詩者，鐵梅菴中丞、孫淵如觀察，皆卓卓海内矣。他如滿洲和静齋中丞寧《珍珠泉庭前喜雪》云：「天山曾刻玉，泉石更量珠。」又云：「桔槔天地妙，呼吸鬼神知。」江蘇吴蠡濤方伯俊《遊龍洞用李滄溟四首原韵》其二云：「曾探寶藏與珠宫，到此渾疑窟穴同。拔地三峰新畫障，插霄九曲古屏風。鶻盤絶頂精神厲，龍蟄深潭變化工。俄頃雲雷起清晝，逼人陰火洞門中。」

秦相李斯篆二十九字，自明嘉靖時移置泰山碧霞元君廟。乾隆五年，碧霞宫火，秦碑遂失所在。至乙亥歲，蔣君伯生見玉女井中似有殘石，因屬柴秀才蘭皋縋井搜得十字，故有「韓陵更有誰堪語，一個門生半截碑」之句。伯生又爲拓本徵詩，一時題咏者，陳笠帆中丞云：「火餘秦篆失，嗜古得其遺。一十字形在，二千年代垂。臼刓周獵碣，趺鑿漢殘碑。歐趙蒼茫感，斯懷欲證誰？」「昨躡岱宗頂，天風吹我襟。摩挲一片石，鬱勃古人心。眼界此爲闊，胸懷暢到今。披圖意無限，渺渺白雲深。」孫淵如觀察云：「空摹遺篆笑申徐，訪古輸君興不孤。一炬碧霞成瓦礫，千年玉筯未模糊。交稀賸憶韓陵石，政美能還合浦珠。想見賞奇思勝友，先臨日觀望東吴。」翁覃溪閣部、孫子瀟太史俱有詩。

蔣伯生一門能詩。乃弟蔣叔同原培詼諧勝於伯生，《雜咏》有句云：「謙讓固美德，施之貴得當。若對狗周旋，必狺狺相向。」《被竊》云：「窗虚燈暗月簾纖，忽聽偷兒過短簷。惟有青氈蒙特置，但携布被未傷廉。自憐貧病無人問，便越垣墻不汝嫌。可惜去來都悄悄，不然樽酒與同拈。」令人發笑。伯生之子蔣庸，字奇男，生有慧根，《偶成》云：「明知劫火蓮難種，且喜緱山鶴易胎。」《伏生祠》云：「百代帝王尊博士，一家兒女作經師。」奇男娶長洲王月波女史，工詩善畫，年二十二而卒，《北上留别》云：「别緒聊將詩代語，鄉思空有夢還家。」《題董綺琴女士遺稿》云：「有才終究歸無福，寄語蛾眉莫學詩。」伯生之姪蔣成，字再山，氣宇俊偉，《老將》云：「百戰黄沙甘裹革，千秋青史自留名。」《水香别館》云：「寺從斜日明邊出，人向飛泉亂處來。」

姑蘇孟某，少賤工詩，自號小野。或誦其斷句云：「三月落花春病酒，一燈疏雨夜懷人。」又云：「鄰笛數聲隨雁過，秋雲一片帶江飛。」工秀絶倫。

安徽鮑覺生侍郎桂星，有《秦良玉錦袍歌》，起云：「峨嵋山老鵑聲絶，濯錦江寒秋水咽。一領征袍二百年，銷磨不盡英雄血。」中間佳句云：「絡緯燈前敵愾聲，鴛鴦錦背勤王字。」又云：「南渡冠紳又幾人，西川巾幗成孤鳳。」結云：「君看一襲秦娥綺，愧煞千官御賜緋。」較法梧門先生作，更爲色澤新鮮。

諸城劉文清公書法入晉人之室，世争寶之，而不知其詩之風致可愛也。有《觀劇戲成》詩數首，録其《求丹》云：「冒險求丹路渺茫，上真喜怒最難量。心灰氣盡歸來日，夫壻回生妾斷腸。」《山門》云：「强將佛法困英雄，禪版蒲團一掃空。明日清涼山下路，杏花深處酒旗風。」

劉文清公有芾文硯一方，紀曉嵐先生見而愛之，因以相贈，並系以銘云：「石理縝密石骨剛，贈都御史寫奏章，此翁此硯真相當。」桂未谷題云：「劉公清苦佛院僧，紀公冷峭空潭冰。兩公棐几許汝登，汝實外樸中含稜。」蔣師爚題云：「城南多少貴人居，歌舞繁華錦不如。誰向蕭齋評硯史，白頭相對兩尚書。」

余壬戌年朝考，閲卷大臣中，浙江陳春溆副憲嗣龍其一也。考後往謁，先生曰：「詩好，字好，文好。」極口稱許。知己之恩，至今心感。余《誌感》詩内故有「偏教魚目歸珊網，何幸龍門納鬼才」之句。後在山左，先生之壻全丹崖以吏目候補，搜得先生遺詩數章。《梅峰圖》二絶云：「借他高格比天姿，道是東風第一枝。三十六峰都寫遍，玉梅花下話相思。」「真色真香總出塵，花前合有詠花人。依微記得青丘語，看到餘花不是春。」

胡印渚先生長齡督學山左，時甫納妾，即赴兗州試士。道中有句云：「馬蹄得得亂山間，天際芙蓉霧裏看。屋角杏花鳩語鬧，有人翠被怨春寒。」可謂情見乎詞。

題壁詩佳者甚多，以余所見，如河間題壁云：「腕底琵琶珠錯落，枕邊團扇月黄昏。」涿州題壁云：「神京地勢由來壯，易水波聲自古寒。」皆不知何人之作。

余於張伯良夫人夢仙女史曾略舉其概，後詢之伯良，夫人姓丁名玉蟾，字夢仙。幼孤，隨母育於外家，極爲外祖劉雲房先生所鍾愛，口授《毛詩》及《列女傳》。及長，喜讀《史》、《鑑》，過目成誦。于歸後，持家勤儉，井臼親操，暇則與伯良作文字談。伯良詩從不存稿，皆倩其夫人代記，日久不訛一字，蓋賢淑而兼智慧者也。詩不苟作，必有意義。《過姜女廟》云：「考古何須辨假真，傳來節義豈無因。

惟期舉世鬚眉輩，共把心肝學此人。」《登春及亭望長城》云：「萬里長城鎖亂岑，一樓一堞萬黄金。何如少斂修城費，去换民間固主心。」《咏雪》云：「六出花飛夜舉觴，來春麥飯喜生香。笑他柳絮東風裏，無補蒼生只解狂。」《伯良罷官時分讀長慶集》云：「香山句好分燈讀，龍井茶新汲水煎。若是今朝爲刺史，那來清福到君邊。」無不用意忠厚，寄托遥深。

麟見亭主政爲余言滿洲中之工詩者，記其佳句。僖同格云：「野店老狐秋拜月，戰場新鬼夜呼人。」車旺多爾濟云：「三月鶯花傷杜牧，九秋風雨病相如。」車登多爾濟云：「小鳥也憐春色去，枝頭相對罵東風。」

戴己山明府屺爲戴秋厓孝廉胞弟，秋厓客山左最久，與余交善。己山赴禮闈時道經歷下，即相識面，清姿隽骨，望若神仙。後榜下，以知縣分發來東，任繁劇，調首邑。才華卓越，迥不猶人，而仙吏風流，仍不改翩翩雅度也。題蒲萄贈余云：「買山有約亦徒然，滿幅明珠不當錢。處士梅花徵士菊，古來名士早歸田。」其瀟灑胸襟，可以想見。

四川副車王君希曾、孝廉王君希孟，以胞兄弟同榜，均有奇才。惜其詩無從得見。友人僅誦希曾《過秦中》詩，有「平原一片帝王墳」七字，未覩全璧，已令人憑弔蒼茫矣。

余於《静學齋偶誌》見七絶一首，云：「好書堆案經時合，塵事關心逐日多。轉憶阻風情味好，一川烟雨看魚簑。」風調絶佳，爲陽羨儲長源先生所作。先生名國鈞，詩筆矜秀，具唐人風格。集中五言如「雪晴春有態，山活翠難名」，七言如「春衣乍暖飛蝴蝶，緑酒初香薦蛤蜊」、「燈摇旅思風侵幔，蟲語秋心月半牆」，皆佳句也。

余辛酉選拔，學使爲浙江錢黼堂先生，名樾，品端學邃，書法方駕董文敏，一時推重。後以閣學退歸。甲戌年力疾入覲，上問曰：「汝京中有家否？」先生奏以無有，仍予告回里養病，其優渥如此。先生紀恩詩有云：「戀闕還辭闕，無家勝有家。」當先生考淮安，時有蜚語：余及董奕山兩人皆非真才。意在傾陷，先生力持定見，皆得拔取。比及廷試，俱蒙恩以知縣用，先生喜曰：「吾所取果不謬矣。」余誌感詩云：「樗材原不是琳琅，慚愧明公玉尺量。真賞那容淆黑白，浮言早已息荒唐。憐才意重難爲報，知己恩深未易忘。薄宦自嗟飄泊甚，惟將一瓣奉心香。」奕山名粱，任安徽首邑，頗有政聲。

郯城道中有傾蓋亭，事見志乘，爲聖賢古跡。題本嚴正，難於新穎。亭中諸作如林，率多迂滯。張六琴過題云：「桃靨微紅柳眼青，郎當車鐸最愁聽。已成孤旅無同調，羸馬偏過傾蓋亭。」自能置身題外，不受束縛。

云云山在泰山下，故《漢書》載：「封泰山，禪云云。」今多作雲亭，其訛六朝已然。嘉慶己未春，泰安旅店壁上有五言一首，前叙行程風景，皆警策，末云：「攀髯心莫遂，揮淚對云云。」蓋是年值高廟升遐，望岱而思及君父，因地因時，藹然大臣忠悃。詢之，乃西江曾賓谷中丞題也。

王篴樓太守有《傳硯齋詩質》數卷。《劉伶墓》一絶云：「醉睨青山死便埋，幾人作達到泉臺。當時尚有先生婦，未必甘心荷鍤來。」其他佳句如《閒情》云：「漫笑狂夫情太甚，若教大婦見應憐。」《病起》云：「望中荆樹雙株遠，夢裏吴山一幅妍。」《重九登千佛寺》云：「九日相逢落帽客，十年未辦買山錢。」《題畫》云：「添個蹇驢來著我，要馱詩句入囊中。」

山東戊寅科鄉試，倪又鋤明府彤書在闈中用藍筆爲主試馬漁山太史畫水仙一幀，系以詩云：「搜羅到處不遺材，花樣新鮮妙取裁。仙女珊珊飛玉珮，也從海上獻芝來。」一時同分校者多有題咏，黄素峰揚鑣云：「憶昔清夢飛瀛洲，水中仙子排雲斿。湘妃鼓瑟洛神舞，冰姿玉骨神夷猶。縞衣映月淡無色，羅襪凌波翠欲流。自慚墮落塵凡境，到此暫爾心清幽。」「雲林妙筆撫飛瓊，珊珊紙上微聞聲。驚鴻游龍態萬變，百花璀璨筠籃盛。是耶非耶散花女，枯腸搜索無佳評。仙人笑我乏仙骨，一笑乘風上玉京。」蔣軒霞超曾云：「雲裳水珮舞翩翩，綽約凌波絶世仙。 撫罷《十三行》帖後，驚鴻飛到蔚藍天。」「倪迂妙筆碧紗籠，載向京華夢欲通。疑是珊瑚同入網，蕊珠仙捧水雲中。」真棘闈韵事也。

時胡玉樵明府世琦亦在分校之列，有《秋闈即事》二律云：「逐隊文闈且自由，寥寥心跡對清秋。有時位置同倉鼠，無補精神似棘猴。玉尺何曾歸握掌，金針漫擬度從頭。戰場自古銷魂處，憑弔而今淚未收。」「廿年甘苦與誰同，今日看人趁好風。敢擬馬群空冀北，尚憐花信老江東。五陵年少皆天上，百里星多比屋中。誰似中郎清聽者，此間恐已有焦桐。」蔣軒霞明府和云：「矯首瀛洲住末由，槐花黄後已驚秋。論文尚愛翻瀾鳥，鬥捷休矜得木猴。舊雨三年重握手，使星雙拱恰當頭。斲輪幾輩知名士，杞梓應歸大匠收。」「槃槃根柢有誰同，大雅如君學士風。執耳登壇曾冀北，盟心如水又齊東。七襄雲錦新機外，一曲《霓裳》舊夢中。鎩羽當年牢記取，鳳凰合在最高桐。」

僧問心住京江北固山房，《登海嶽樓》有句云：「孫劉無寸土，蘇米有高樓。簾捲半江月，窗開滿目秋。」

常州趙味辛先生懷玉，官山左司馬時偶一相晤，而鞅掌勞薪，匆匆交臂。庚午夏，余客毘陵，小住者數閲月，適司馬引退家居，昕夕過從。偶有所作，必就司馬點竄，揮麈清談，依依如昨。記其《登焦山》詩云：「焦山不見山，積翠天際浮。」又云：「初升繚而曲，漸陟高且修。」又云：「俯視松與寥，下等土一抔。」後余屢宿焦巖，流連竟日，方覺前詩之親切也。

登州蓬萊閣望海最爲豁目，春日尤佳，海市蜃樓，雲烟萬變，洵宇内之奇觀也。有餘杭周生遊登州太守幕中，性愛遊覽。辛未春月，薄暮時獨步蓬萊閣上，遇一古衣冠人，招之曰：「子好遊，盍隨我去。」乃導之至一處，則日方亭午，花香鳥語，夾岸芳菲，目不暇給。迴廊數轉，繡閣香薫，有佳麗雙雙，搴簾延入。座中陳設酒殽，海錯山珍，皆非常品。輪流把盞，酒意微醺，漸入黑甜鄉内矣。詰朝尋覓，卧於海島沙灘之上，呼之方醒，備述所遇如此。或記以詩云：「回頭不是仙源岸，那得飛來一片花。」

王述庵司寇主講敷文書院，以《西湖柳枝詞》課士，因遍徵諸吴越士大夫同作者凡數百人。阮芸臺先生序而行之，其中如吴卓堂傑云：「十里蘇堤半緑條，籃輿宛轉馬蹄驕。折來欲挽同心結，無奈相逢是斷橋。」章巨卿柱云：「西泠吹雨晝冥冥，深淺螺峰叠畫屏。似替蘇孃作寒食，小桃墳畔一枝青。」邵履咸保和云：「無限長條又短條，白蘇堤畔不勝嬌。行人漫唱《驪駒》曲，留得春光住六橋。」

余客京江時，騷人墨客，無不往還。所未得晤者，王柳村豫一人而已。柳村隱居潤州之翠屏洲上，襟懷曠遠，鮮入城市。雖彼此相知，卒未渡江一訪，亦憾事也。詩長五律，記其《秋日寶蓮庵作》

云：「高閣閟寒翠，懸崖入大荒。江光浮樹杪，山色淡斜陽。芳草不成夢，蓮花何處香。寤歌誠足樂，況在水雲鄉。」

僧清恒，字巨超，住焦山，得高旻寺僧照圓衣鉢之傳。劉石庵先生贈聯云：「萬疊江山工絶唱，三秋水月證參禪。」蓋道其實也。胸次高曠，詩亦拔俗，著有《借庵詩鈔》。《落葉》云：「蕭蕭復蕭蕭，可聽不可數。山童睡忽驚，報道窗前雨。」大有禪機。其他佳句如「嘗多世味心方冷，聽到鄉音喜欲顛」、「群鷗暮狎烟中浦，一雁秋涵水底天」、「又卸夕陽帆一片，蘆花如雪捲西風。」

余所見方外之詩，僧多道少，兹得伴霞道士詩於友人處。伴霞名劉敏，青浦人，工琴能畫。邵庭玘、張巨來夢鰲咸與唱和。《寄琴村》一律云：「同具蕭然物外心，清虚轉覺道情深。半窗冷韵梧桐雨，四壁秋聲蟋蟀吟。腕健欲摹新搨帖，指生難問舊傳琴。蒓鱸又復催秋思，漁步西風一釣沉。」

題有極熟而能生新者，王芸岩司馬仲湝《咏書中乾蝴蝶》云：「我有梅花詩百首，養君取作小羅浮。」清新可愛。題有極俗而能雅切者，俞鶴岑先生永斯《咏婦人高底》云：「影借三分勢，人添一寸長。」刻劃甚工。

開封庫吏某，忘其名，詩稿盈册，佳句甚多。《曉過龍眠》云：「萬壑老松疑虎鬪，五更孤客過龍眠。」《登金陵報恩寺寶塔》云：「登高非是無全力，凡事何須到盡頭。」居然寓意深遠。

簡齋先生散館後，曾賦《落花》詩以自況，一時和者甚多。吴和軒到東未久，即以事降秩，亦有《落花》七律十首，佳句云：「滿眼韶光無着落，一場春夢不分明。」「紅兒枉自翻新曲，白髮何曾到美人。」

「未必雲泥真上下，頓教蜂蝶有炎涼。」「三月有情憐倦蝶，一年無賴是春風。」至結句云：「尚有成蹊消息在，後身那肯作浮萍。」則我輩之身分自在，彼貿貿者固未足以語此也。

寫景之句，全在憑虛刻鏤，不落恒蹊。如鄒曉屏先生句云：「林藏兩厓合，樓出一峰高。」何蘭士太守句云：「一徑亂蟬響，數聲清磬來。」沈嵩門明府句云：「樹接斜陽紅有暈，水連芳草緑無痕。」沈方立孝廉句云：「泉飛常見雨，雲合不知山。」陸樹人句云：「亂鴉翻夕照，一犬吠孤村。」金仁趾句云：「萬壑松濤排地起，千重山色過江來。」言情之句，全在恰切世情，不落常套。如許秋巖先生句云：「事到中年多感慨，語因小醉恕荒唐。」孫虛船通政句云：「有情惟酒盞，無分是春光。」楊西蠡部郎句云：「有家頻作客，非病倦登臺。」徐朗齋刺史句云：「醉來世事關心事，人入中年憶少年。」黄仲則句云：「單門餘我在，萬事讓人多。」詹石琴句云：「豪氣難消摧折後，傷心已慣別離中。」即景關情之句，全在低徊往復，神味悠然。如嵇文恭句云：「臨風人萬里，對酒月三更。」彭芝庭尚書句云：「三秋風雨添良會，五字河梁又別離。」葉琴柯待御句云：「薄宦生涯疏酒盞，離人情緒又花朝。」朱詩南孝廉句云：「一聲秋在樹，千里客思鄉。」鍾繩祖明經句云：「疏燈人醉後，細雨客愁中。」

青州太守汪文軒先生彦博，鎮洋人，爲持齋司空文孫，杏江宫尹哲嗣。承其家學，風雅工詩。有《和陸魯望茶具詩》，《煮茶》云：「花乳夜飛泉，松聲午鳴雪。雞蘇與胡蔴，論品抑已末。但得兩腋清，坐使萬想滅。誰扣玉川門，春風送瑶札。」又《荻岡舟中》云：「犬知迎客花源熟，鶴解看丹藥竈開。」

海寧查藥師岐昌，爲查初白先生之孫，詩筆新異。《村居》云：「澤國稻粱肥鼠雀，海天雲雨混龍蛇。」《觀荷》云：「何須解語能傾國，自喜居卑不染泥。」《春柳》云：「可知態好惟春月，贏得風流是少年。」《蒲褐山房詩話》謂其有方寸五岳、隱然難平之概，信然。

歷城尹竹農濟源由庶常改官主政，工書善詩。友人誦其《京都元夕》詩云：「天街玉轡逐朱輪，燈火叢中歌舞新。好景今年空領略，東華門外月如銀。」「囊錢準擬换香醪，携對寒燈慰寂寥。細數年華轉惆悵，過來三十四元宵。」又《城北閒步》云：「數點菜花黄蝶鬧，家家留得一畦春。」《寄友》云：「昨日送人今日醉，一春容得幾蹉跎。」俱見性靈。

張蓉鏡瓚《新燕》云：「生怪杜鵑情大苦，風花如許勸人歸。」又云：「珠簾不隔雙雙入，可識花前舊主人？」張絲園綸《湖上》云：「百花橋外百花洲，樹影山光逐水流。小語夕陽人不見，蘆陰半露釣漁舟。」二君同姓，詩筆亦相似。

丁慎菴孝廉文釗，順天人。五律學《主客圖》，《贈周二南》云：「未拚今日酒，早讀昔年詩。」《訪友不遇》云：「沿路貪聽水，到門翻叩人。」又云：「落日人何處，草堂門自開。」清腴有骨。

濟南西關外有五龍潭，桂未谷曾讀書其中，顔以「潭西精舍」。清流一曲，茅屋數椽，最爲幽静。寺僧研慮工於碁，文人詞客，遊讌於斯者，輒留題咏。余詩弟子劉生承升曾假館焉，有句云：「曲榭恰臨山以外，遊亭宛在水之中。」真能曲肖其地。承升字東高，臨邑諸生。

詩用相形字法，即有意味。如尹文端公句云：「老去情懷笑亦悲。」「笑」與「悲」相形。鐵梅庵先生句云：「中年生女作兒看。」「女」與「兒」相形。法梧門學士句云：「淡花開不濃。」「淡」與「濃」相形。

朱笥河先生句云：「合歡樹底看離席。」「合」與「離」相形。周籀書先生句云：「江從白雪連邊黑，天向黄沙盡處青。」「白」與「黑」相形，「黄」與「青」相形。余曾有句云：「樹近風聲遠，樓高月影低。」方大凡位愈高者氣愈下，其度然也。近來比比者流，一官半秩，得意自鳴，驕諂俱全，譸張萬狀。且自號直躬，妄希能吏，令人發噱。聖人曰：「斗筲之人何足算。」旨哉言乎！蘇州顧小雲《紙鳶》詩云：「纔經一線登天去，便覺千尋離地遥。」可爲若輩寫照。小雲名鶴，幕遊各處，倜儻有才。近以縣尉需次山左，不時相晤，又爲余誦其《餞春》佳句云：「啼遍緑烟鶯語澀，飛殘紅雪蝶魂痴。」

余客京江時，樂陵王炎峰明府大同時宰金壇，常常相見，而未見其詩也。偶於顧小雲處見其殘詩數紙，《春日感懷》云：「已去年華歸夢幻，未來世事等棋枰。」又云：「燕歸春日尋巢易，馬泣秋風識路難。」亦深於閲歷之言。

汾陽李湘木貿易荆、楚間，歸過洞庭湖，遇風舟覆，以救得免。而行囊衣服，盡付波臣，凄楚倍至。登岳陽樓圖一醉，將投水死。樓上先有道人，貌肥多髯，擎杯獨飲，見李，笑問曰：「君非覆舟失物者乎？吾有法爲君籌之。」向袖底取素扇一柄，假酒家秃管，寫螳螂於上，疎落數筆，神彩逼真，轉瞬間已能飛動。謂李曰：「君携此行，資斧無慮也。」李持扇市中，好事者以錢索觀，日博青蚨無算，不及兩月，計得數千金，與所失之數相符。而螳螂亦不復飛動矣。乃買舟返里，從此不作舊業。後村中有乩請吕仙者，見李至，乩即書云：「廿年不見李湘木，今日相逢兩鬢霜。記否岳陽樓上會，爲君一笑寫螳螂。」始悟昔日樓中相遇者爲吕仙云。

清雋之句，出於性靈，不假典實，轉覺天然。余最喜江寧黄星巖之紀詩，如「塔聳始知山有寺，鳥喧方覺樹藏巢」、「竈馬方隨司命至，土牛先傍縣官回」、「好花每喜啣杯賞，明月還思滅燭看」、「身壯喜無經日病，家貧只備隔宵糧」，無不入妙。

名人佳句，摘而存之，如碎玉零珠，合成一處，尤可悦目。程午橋太史夢星句云：「碧流似帶環雙峽，青嶂如屏抱一村。」「軒因惜竹三間小，樓爲看山四面多。」「滿塢雲深紅杏雨，一溪烟澹緑楊風。」「花落尚攜沽酒榼，潮來争泊賣魚船。」查心穀孝廉爲仁句云：「地偏人跡斷，潮定水痕深。」「落花寒食節，飛絮午晴天。」「晚徑黄花開有色，曉程殘月落無聲。」「一榻茶烟留客話，半簾花影枕書眠。」翁朗夫徵君照句云：「青拂河橋風乍轉，緑昏江店雨初來。」「殘月半痕巫峽曉，夕陽一片洞庭秋。」「關塞梅花愁裏曲，池塘芳草夢中詩。」「夾岸緑陰垂柳渡，滿篷紅雨落花天。」沈沃田明經大成句云：「香泥雙屐滑，春草一庭寬。」「夕陽紅在樹，新漲緑平堤。」「微風竹外流清籟，急雨樽前送嫩凉。」「萬事逡巡成白首，一年容易又黄花。」陶夏重明經璉句云：「黄花三徑雨，紅葉一江風。」「墨雲千嶂晚，酥雨一帆春。」「梅花數點春如許，月色三分夜未央。」「把酒但將杯送老，工書苦被墨磨人。」張鴻勳明經棟句云：「客至驚啼鳥，人歸踏落花。」「花邊留客雨，柳外落帆風。」「流水聲中停客舫，夕陽影裏挂漁罾。」「魚穿花影驚初定，鳥亂松聲聽不分。」徐友竹明經堅句云：「山静傳齋磬，林疎出茗烟。」「門低深隱樹，徑仄遍生苔。」「雷殷遠山將送雨，江深高閣欲成秋。」「蕩漾舟行明鏡裏，往來人在畫圖中。」王秋塍明府復句云：「月明漁火全無影，夜静江濤漸有聲。」「草色青迷沽酒處，杏花紅點渡江時。」「吟來詩句清呈佛，老去容顏瘦有神。」「新詞且共歌《鹽角》，舊醖還來撥甕頭。」朱青湖彭句云：「桃花争曉色，湖水識春心。」「霜摧群木瘦，秋放一峰高。」「滿溪梅雨白連郭，一路桑陰緑繞門。」「春當三月原如客，人過中年欲近僧。」翁石瓠春句云：「蓴鱸入夢三間屋，風雨論心一紙書。」「病起自驚寒食雨，花開又負故園春。」「游跡重尋鴻爪外，故人半憶馬蹄間。」「人來山色蒼茫裏，春在梅花淺淡時。」吴胥石孝廉蘭庭句云：「柳痕妝閣翠，花氣酒船香。」「星光寒墮水，樹影遠隨人。」「梅扶老態猶含萼，草釀柔情未破荄。」「愁鬢欲星還作客，長途無日不登高。」殷果園如梅句云：「梵唱微微知寺遠，松陰黯黯覺山深。」「好句有時堪入畫，閒情無日不提壺。」「雨中花鳥都無賴，病後詩文儘放低。」「林卧真堪忘歲月，樓居應不愧神仙。」吴竹橋主政蔚光句云：「半湖流水青通市，十里垂楊緑到城。」「逢花客有流連意，對月人多太息聲。」「千古功名春夜夢，半生交友曉天星。」「夙緣未了時開卷，舊侶無多日掩關。」

常州周保緒進士濟，榜下，以知縣用，改就教職。選淮安教授，旋引疾去。詩酒遨遊，不樂仕進。且精於武事，工長矛擊刺之法。癸酉秋，山東教匪滋事，保緒投効軍營不果。余延至金鄉署中，專演子弟兵，事竣而去。記其《長至》一律云：「笑拈窗外黄梅嗅，知是天心應復來。滿眼干戈消戾氣，一時盤錯見長才。遊踪飄泊親朋遠，歸計遲留節序催。未敢預愁風雪阻，椒花猶及頌新醅。」

雲南張溟洲先生鵬昇由部郎出守，調任濟南太守，明敏多才，吏民推戴。後緣事謫戍吉林，未幾賜環，重至山左。奉太夫人喪歸里，一時輓送者幾數千人，各以詩贈，彙之成帙。其中長篇鉅製，不可勝録。高密王太闓城云：「迎去曾騎竹，臨行莫贈錢。憑將二十字，爲壓鬱林船。」平陰張雲階榮平云：「訟庭蔽芾仰甘棠，政績曾推龔與黄。括取口碑千萬語，三春風日九秋霜。」余弟子鹿春如七律云：「使君何日駐高軒，記我嬉遊海嶼根。迎處未曾騎竹馬，別時偏得識龍門。龔黄以後循良少，齊魯於今雅化存。縱使重來期在即，臨行争忍不攀轅。」春如名澤長，福山拔貢，以知縣需次福建。

歙縣何君學傳見示尊甫數峰先生青《遂初堂詩集》，格律醇雅。佳句如《秋日旅懷》云：「不見美人青玉案，空餘季子黑貂裘。」《登大別山》云：「晴色兩城開楚望，烟波千里接吴天。」《邯鄲道中》云：「祇今山氣連全趙，終古河流入二漳。」《關山》云：「漫向天涯悲失路，暮雲落日度關山。」

劉東高又爲余言，臨邑廩生許瑞堂國麟放曠不羈，有句云：「雙雙紅燕繞梁去，點點青蠅貼壁來。」

余有女弟子數十人，皆到處求詩索畫而來者，並非襲隨園故套也。故有「自是三生緣未了，許多閨閣總知名」之句。其中工詩者，如小秋題余蒲桃云：「儂來也拜春風帳，携得珍珠滿袖歸。」凌雲寄余云：「泰山雲化春潮長，一日蠡莊一寄書。」

蠡莊詩話卷二

玉堂居士著

作詩貴含藴，耐人諷詠，不可説煞； 貴渾厚，深人咀嚼，不可過刻。 此病雖名家、大家難免。 如趙秋谷《田横寨》云：「食客三千兩雞狗，島人五百一頭顱。」失之鑿。 陳恭尹《江都懷古》云：「十年士女河邊骨，一笑君王鏡裏頭。」失之纖。 即李義山「小憐玉體横陳夜，已報周師入晉陽」、「薛王沉醉壽王醒」等句，俱失之刻。 必如王龍標《宫詞》云：「昨夜風開露井桃，未央前殿月輪高。 平陽歌舞新承寵，簾外春寒賜錦袍。」又《春閨詞》云：「行到中庭數花朵，蜻蜓飛上玉搔頭。」乃爲温柔敦厚，含蓄藴藉。

韓理堂先生名夢周，山東濰縣人。 以理學宿儒，出宰安徽來安縣，政績文章，大江左右，至今膾炙人口。 在來安時，有廣文夏某，苦無客廨，謀之先生。 先生曰：「易，易，三日可得。」乃成《陋巷吟》一百韵，差人遍傳合縣生員和之，其不能者罰制錢一千文送學内。 比及三日，得制錢數百千，客廨之資裕如也。 惜其詩失傳，無從采録。 相傳昌樂閻懷庭先生任吏部時，刻苦自甘，勤於公事，常語人曰：「留得本來真面目，好見故人韓理堂。」其爲人所欽重如此。

先嚴性耿介，寡言笑，同輩少年見輒生畏。 平生不樂仕進，嘗爲《田園樂》五古，有句云：「日月覺舒長，天地無關鑰。」想見家食貞吉、俯仰自如景象。

山東廣文王淑虞同之，海豐人，醇雅和平，粹然儒者。 兩子俱登科，長君惟諴、次君惟恂，一任部曹，一入詞館，咸以爲先生厚德之報。記其《送張船山先生去萊》云：「年少英華發，才名達帝天。一麾方出守，三載竟歸田。貧豈因官減，清能以品傳。公餘多著作，歌咏滿瑶編。」《送張溟洲太守歸滇南》云：「使君來，箭張酒趙心膽摧。使君去，風沙萬里黄雲戍。使君還，天子已識平原顔。留不住，歸廬墓側馴烏兔。兔扑朔，烏畢哺。嗟汝有足翼，不肯爲我遮輪輿。歷山之麓，濼水之隩，父老子弟，告戒諄復。士實雍雍，農實董董。工實蒙蒙，賈實融融。勿即頑，勿及誕，使君重來好相見。」居然古意。

癸酉九月，曹南有教匪之警，定陶、曹縣失守，金鄉亦相繼起事。同中丞督師出省，余隨營當差。抵曹營後甫二日，即奉檄之金鄉縣任。中丞派武弁十人，自募鄉勇一百人，星夜馳往。時賊氛正熾，刁斗相聞，枕戈不寐。道中題壁云：「匹馬曹南道，鉦聲徹夜聞。書生不好武，談笑靖妖氛。」

余在金鄉，守城獲賊，晝夜不遑，計三閱月。肅清後，曾成七律六章以紀其事，已另梓矣。時金鄉楊雲亭太守維翮守江西建昌府，寄和云：「貔貅一出净妖氛，掃盡烽烟捷報聞。恰喜鸛鵝兵力勁，遥看壘壁羽書紛。辭家方幸臨江渚，仗劍空懷隔海雲。賴有良籌成上策，請纓不獨屬終軍。」「身衣短後整鞍行，上馬猶嚴夜漏聲。護餉人穿烽火路，會勳詔下鳳凰城。齊擂畫鼓風雲合，并閃朱旗日月明。不是君恩天廣大，幾曾群醜慶餘生。」「勤勞王事簡書馳，保障東緡正此時。梓里城孤欣有託，棠陰村静信無疑。不聞繞屋驚雞犬，況復櫜弓盡虎羆。何幸潁川能借寇，雙鳧一到恨猶遲。」「一封家報數行書，餘匪猖狂説已除。栖宿漸歸梁上燕，流離忍對轍中魚。齋厨故國朝烟起，刁斗鄰邦夜擊疎。遥憶潢池平靖後，更新救敝有誰如。」「胸中的的有奇兵，號令安閒細柳城。旗列五方諸弟子，功高三省一儒生。雕蟲自笑才無用，談虎應知色不驚。漫向鄉關虛悵望，微臣何以答昇平。」「雞黍城邊舊有家，歸期不定夢魂賒。甘棠人倚將軍樹，紫誥恩隨御史車。買犢先當籌稼穡，携鋤便擬種桑麻。年豐次第興文教，栽遍河陽一縣花。」孫竹嶼同年和云：「啼鵑驛館春何限，射虎長亭夜不驚。」又云：「誰向潢池安反側，天符一夜下三軍。」金鄉尋孝廉騰鳳及周生秉鑾、李生逢英皆有和章，詩多，未能全録。

余以稟報匪徒事罷歸，僑居濟上金鄉。同年李愛堂指揮庭禧仍用原韵見寄云：「纔經戎馬蕩塵氛，驀地喧譁駭聽聞。牢恐羊亡思補救，江流蟹斷已奔紛。驚心欲墜鴻濛月，望眼難穿罷亞雲。水底若能犀角照，降妖勇早冠三軍。」「曾遣偏裨按部行，心懸鶴唳與風聲。無端甲棄人來野，浪説庚呼夜縋城。檄草數行情是迫，喙長三尺辯難明。盤根錯節何須慮，畢竟蒼生荷再生。」「旌旄東度使星馳，正是新秋大雨時。醜類潛踪如鳥散，偷兒執訊釋狐疑。但教丘垤全螻蟻，不用鉦鐃振虎羆。莫悔騰書太急遽，爲民請命敢延遲。」「鞅掌頻年領簿書，論功昨歲始官除。鷹揚已分能驅雀，鵠落難防不盜魚。世事誰無忙裏錯，人謀偏向密中疎。長教卧轍攀轅輩，每望棠陰一悵如。」「歎息倉皇各授兵，曾隨防守夜登城。自憐落職還鄉里，偏是多愁遇友生。聞説行田頻兔獲，要知打草也蛇驚。從今魂夢都安穩，好好裁詩詠太平。」「卜鄰欣傍墨泉家，瀟灑琴樽興倍賒。名士軒頭堪作畫，謫仙樓畔好停車。相看舊雨將華髮，轉瞬新恩降白麻。愛雪袁安寧久卧，河陽猶有未栽花。」

愛堂之兄庭芬，字笠厓，詩才敏捷，有贈余全平七律三十首。佳句云：「風廊月榭憑遊覽，翠閣紅樓費品題。」又云：「衣冠隊裏看揮劍，刁斗聲中聽詠詩。」又云：「瀟灑仙兼清浄佛，知公早已薄官階。」又云：「自是多情天付與，衆香國奉一詞人。」笠厓素有目疾，故未能應舉子試，殊可惜也。

李生朝琛，金鄉詩人，余月課所首取也。别後以五律四章來濟上見投，録其二云：「向日停車處，甘棠剩舊陰。雲中瞻去鳥，堂上憶鳴琴。愼重朝廷法，綢繆父母心。誰貽安静福，士女爲沾襟。」「漫道長鯨曝，仍虞駭豕留。生靈關大計，兵馬借前籌。曲突真良策，登陴豈過憂。時清存直道，公論未悠悠。」

大興孝廉舒鐵雲位，工詩善書，僑寓姑蘇城内。相晤溧陽，後遇吴門，遂成莫逆。《贈别》云：「風雨一春寒，扁舟下遠灘。只看圖畫好，不覺别離難。對酒歌三疊，摇毫感百端。相思鯉魚字，努力與加餐。」

世襲輕車都尉永平惠印山昌運，工吟詠，愛交遊，有儒將風。雖屢篆參遊，而意弗屬也。《除夕感懷》云：「揮盡黄金不厭奢，依然清興趁豪華。人生何處求知己，我自年年對井蛙。」「廿載身同不繫舟，韶光倏忽又初周。年來精力都非舊，羨殺桃林欲牧牛。」「每從静夜獨徘徊，爲底愁腸撥不開。我欲呼天憑訴與，絶無人引上雲臺。」「漫説塵寰未有涯，百年瞬息似飛沙。世間名利渾閒事，好向靈山穩駐車。」可想見清高之致。

聞某公子本宦裔，流寓東省，於居宅之旁另營别宅，幽僻絶無人到，顔曰「東園」。園中招致佳麗，豪人貴客，聞風而來，日日花宴。某藉博金錢無算，一時有「大官人」之號。遊人競投以詩，記其二絶云：「勝遊無日不東園，檀板青尊笑語喧。行到此間留不住，休言北轍與南轅。」「重門曲曲鎖紅妝，如此温柔是醉鄉。不到千金揮盡後，人間無復返魂方。」後某以暴疾卒，東園亦屬他人矣。

乾隆十四年，毘陵莊氏致仕居里中，年登壽考者凡九人，因爲南華九老會，各繫以詩。莊君宇逵爲之傳梓《南華九老會倡和詩譜》。一爲省堂郎中清度，時年九十，詩云：「九十春光尚未賒，老人星聚漆園家。遂初同賦歸松徑，卜築新成傍水涯。澹墨再看題蕊榜，軟紅猶記夢東華。朝來準擬籃輿出，看遍郊原桃李花。」二爲藻庭廉訪令翼，時年八十四，詩云：「莫言九老畫圖賒，紫綬龐眉聚一家。水北山南欣共憩，兄酬弟勸樂無涯。三朝杖履逢時泰，十葉科名歷歲華。猶喜此身長健在，扶笻貪看霧中花。」三爲安止太守祖詒，時年八十二，詩云：「茂苑移居覺未賒，欲從少伯便浮家。幾年歸興看山色，一櫂閒情寄水涯。不許塵埃侵面目，長留詩卷謝鉛華。銅坑重訂探梅約，犖角坡頭去看花。」四爲晚菘明府檼，時年六十九，詩云：「九人六百三十歲，林下相逢盡一家。簪祓抛來無掛閡，釣遊隨處足生涯。芙蓉湖畔閒憑眺，棣萼樓頭閱歲華。但使衰年長健飯，未妨問柳更尋花。」五爲爽軒明府歆，時年六十六，詩云：「壺觴彭澤儘堪誇，野老欣看在一家。蟹舍漁莊新活計，棕鞋桐帽舊生涯。迹疎冠蓋音常寂，腹有詩書氣自華。坡句。乞得閒身猶健在，無邊秋月與春花。」六爲艾田刺史學愈，時年六十三，詩云：「朱輪未足向人誇，眉壽還看聚一家。共樂太平真有幸，追思舊德信無涯。山肴譙集惟崇儉，野服游行盡去華。排日規摹娱老計，肩隨遍看未開花。」七爲勁菴明府柏承，時年六十三，詩云：「壽南歲歲稱觴日，覓渡橋西只一家。荏苒秋霜悲木葉，浮沉宦海薄天涯。菊松猶在應嗟晚，紈綺雖存不復華。遥憶畿南鱸膾興，也思同醉落杯花。原注：時伯兄尚官畿南。」八爲髯客明府大椿，時年六十三，詩云：「抽身不俟桑榆晚，五柳今看處士家。自喜數椽同巷北，獨憐一載滯天涯。閒從酒畔傾三雅，好向壺中覓九華。約略歸期秋欲暮，東籬應放幾枝花。」九爲南村觀察柱，時年六十，詩云：「江湖魏闕心常戀，非爲蓴鱸便憶家。自覺衰遲難報稱，却知止足是生涯。杖藜携酒隨吟興，抹月披風亦夢華。敢附香山傳勝事，還同婪尾殿春花。」其宗之年及六十而未與斯會者，復有二十一人，各依韻和之，詩多，未能備録。是不獨里黨宗族之榮，蓋太平僅事矣。

浙江查梅史揆博雅多才，工駢體及填詞，著有《桃花影》傳奇。丁卯年，與余晤於京華。時梅史充實籙館謄録，常相過從。有《題女士黄香冰詩畫便面》二絶云：「粉匳風貌本吴儂，仿佛黄荃擅草蟲。好是碧鮮巖畔路，平沙微軟拒霜紅。」「七字吟成未易才，驚鴻字勢墨光回。簪花畢竟何花似，算遍春風祇玉梅。」

《南堂詩話》云：「白樂天歌行平鋪直叙，而不嫌其拖踏者，氣勝也；張文長樂府急管繁弦，而不覺其踢踏者，趣勝也。」近人既無氣魄，又少意趣，於以言詩，難矣。

黄縣尹周曼亭雋，蘇州人，儒雅工詩。記其《寄懷孫淵如觀察》一律云：「我車東邁使旌西，小别匆匆意惻悽。真是秋蓬隨地捲，非關海燕擇梁棲。將軍善飯終思趙，策士能竽濫適齊。濟上酒痕樓上月，一時回首魯雲低。」

江西樂蓮裳宫譜，余客維揚，曾相見於陳曼生明府席上，以其爲家艾軒兄拔貢同年，故往返頻數。

蓮裳以所著《耳食録》説部見贈。記其《篠園看芍藥》七古一章，起云：「十日春風去無影，花神入夢催人醒。芳信匆忙報使君，留得廣陵花萬頃。」其詩機神流轉，一片清光。

語云：「寧爲百夫長，不作一書生。」故文人而類武夫，最爲韵事。余同門友濟寧李浣泉韞英，由庶常改户部主政，爲人伉爽。時乞假旋濟上，偶於友人處晤某明府，誤以浣泉爲武弁，目爲勁卒，並詢其營所。浣泉姑漫應之，一座囅然。浣泉爲詩自嘲云：「潦倒樽前酒一壺，醉中攬鏡認真吾。狂奴故態頻頻作，學士餘風漸漸無。慷慨從軍原未逮，荒唐改部又何須。與君相見似相識，曾結前緣定不誣。」

浣泉佳句甚多，《舟中》云：「半夜寒濤撞石壁，一鈎斜月挂樓船。」《戲成》云：「無藥可醫心上病，有錢難買意中春。」贈余云：「但使馮唐猶未老，休言李廣不封侯。」

浣泉好爲詼諧，有句云：「芙蓉卸去秋江冷。」蓋憶蔣芙蓉而作也，久未屬對。後過茌平，見歌者張富貴而悦之，乃對云：「富貴移來小院春。」

浣泉尊甫李石林先生，名闊，初仕刑部，有直聲。後緣事西謫，萬里壯遊，故其詩多哀騷之音。《塞上曲》云：「馬嘶紅葉入邊城，塞上秋高起雁聲。最是凄凄荒徑草，朦朧霜月不分明。」《玉門途次》云：「漠漠荒沙磧，瞏瞏盼玉門。山餘千載雪，店止一家村。枵腹充羊酪，羈懷仰酒樽。嗷嗷數聲雁，驚起月黄昏。」《秋日吟》云：「黯黯愁思澹澹秋，一分秋色一分愁。九秋節近催黄葉，一夜愁來欲白頭。鴻雁失群邊塞迥，虚舟不繫海天浮。心隨嗚咽隴頭水，分向東西無定流。」

毘陵徐惕菴先生，名大榕，守萊州時因案拏問，業已身入囹圄，卒能平反大獄，調任濟南太守，亦奇人也。先生工詩善書，著作甚富。僅見其《汶陽途次》七律四章，中有云：「詩情半阻題糕字，逸興全憑送酒人。」「紅葉自應留晚艷，青山何處結芳鄰？」極旖旎之致。先生胞弟徐柳塘太守日簪，前後來守濟南，尤工書法。

蘇州王惕甫廣文芑孫，詩格遒上，是卓犖爲傑者。專工五律，一氣渾成。《登平山頂》云：「平山望不極，山背畫陰陽。斷碉穿雲黑，長城界樹黄。地懸惟鳥道，天盡即龍荒。一眺無中外，空烟點點蒼。」惕甫德配墨琴女史，工詩，善小楷。

漢軍象君，名曾，任户部正郎，《戲贈李浣泉》云：「農情宦況君皆有，開遍葵花又菜花。」蓋浣泉携有俊僕，一名葵，一姓蔡，是以調之也。聞蔡初隨歸某，後爲某友攫去，繼隨浣泉。歸某以是鬱鬱，遂致不起。情之累人也甚矣。

余曾畜一小僕，名黑子，貌雖不颺，而性情孤傲，一笑一嚬皆不苟。余以道學先生目之，極加憐愛。僕善病，屢爲延醫調治，得以不死。余罷官後，以事羈滯省垣，乘余外出，不辭而遁。訪之，已自投於某明府處。余戲爲四絶遺之，録其三云：「新巢舊壘兩徘徊，寂寞蠡莊去不回。王謝堂前春正好，依人玄鳥獨飛來。」「醫和醫緩幾曾經，二豎無權藥有靈。未識病魔同去否，願君早爲備參苓。」「别向深林借一枝，棠陰濃處好栖遲。使君若唱當筵曲，不付紅兒付黑兒。」某得詩後，即以黑子還余，然已不可復用矣。友人或笑余曰：「君所謂道學者固如是乎？」乃知天下之道學先生，皆天下之勢利班頭也，如黑子者，豈少哉？朱松崖贈詩云：「一去竟成千古事，翻教此子得便宜。」

丹徒鮑野雲文逵，與余辛酉拔貢同年。丁卯年，余入都捐復，野雲時館於瑚少寇之家，常相往還。後選山東海陽令，旋引疾歸。適余奉諱回籍，未得相見。著有《舞鶴山房集》，詩筆修潔。王柳村贈詩有「吟詩思飄然，月落梅花村」之句，可以覘其標格。《婺州曉發》云：「野燒明峰背，清霜上馬蹄。」《宿巖泉莊》云：「日暮空山裏，秋深落葉中。」

恩縣張笏軒明府處有余蒲萄横幅，會暹邏國貢使過境，懸之驛館壁上。貢使見之，曰：「此墨寶也。」索而携之去，並問余里居姓氏甚詳。蘇州李臬軒子喬贈詩云：「聞道遐荒亦著名，如公染翰足陶情。一身仙佛都兼到，能使單寒感再生。」臬軒又見示其尊甫雪濤先生《會寧紀事》一編，蓋先生宰會寧時，適遇逆回田五之警，故就當日見聞所及，記録原委。閲之猶令人膽寒心壯也。余於癸酉年赴任金鄉，接吴禮石太守之手，身入危城，備嘗艱苦。今見先生是編，可謂先得我心矣。

蘇州僧鐵舟，灑落工書畫，樹石花卉俱有生趣。記其《題荷花》云：「寄語採蓮人莫折，雨中留得蓋鴛鴦。」《題墨牡丹》云：「十指濃香收不住，潑翻墨汁當燕支。」《題蘭竹》云：「蝴蝶不來黄鳥睡，小窗風捲落花絲。」

張紱山明府正勳，江西鉛山人，長於奏疏。癸酉秋，曹南教匪滋事，紱山時在同中丞戎幕，參贊幃幄，洞中機宜，由縣佐賞藍翎，擢曹縣尹。未幾，又以防河有功，擢司馬。在省時，屢共詩酒之會，曾爲余誦《都中謁松筠庵》舊作十餘首。松筠庵，楊椒山先生祠也。詩極悲壯，惜未記録。僅記《張夫人祠》一首云：「讀到夫人疏，情聲淚暗吞。乞生留義膽，合祀附忠魂。雙節已無愧，數椽今尚存。欷歔千載下，憑弔欲黄昏。」又有句云：「尚方難請劍，東市且償吾。」

紱山胞弟米山孝廉積勳，工於詩，贈余七律二首，有句云：「蠡莊佳話費尋搜，五色江螺不暗投。」聞米山以《秋柳》四首受知於王省厓學使，余索而觀之，真清麗芊綿之作。録其一云：「青青河畔已銷魂，況復斜陽照遠村。羌笛不聞吹古塞，寒蟬猶自噪黄昏。霜侵眉黛多新恨，風瘦腰肢感舊恩。無限離懷誰共訴，漢南司馬漫重論。」又云：「灞岸可能頻繫馬，秦淮何處憶吹簫？」又云：「白門賦就悲今日，青眼垂來盼隔年。」乃弟潤山二尹德勳，工畫山水，題畫云：「竹籬銜樹影，茅屋兩三間。」

惠印山夫人爲山陰唐雪懷太常女孫，字碧映。余過武定，印山時權遊擊，演劇宴客，衆賓畢集。夫人從簾内觀之，各有月旦。余私問印山曰：「謂余何如？」印山曰：「内子以爲玉堂先生才調甚佳，但恐不安分耳。」余聞之大笑，以爲知己。夫人題余蒲萄句云：「寫到蒼茫處，分明欲化龍。」

余宿高蘆橋旅店，見壁間有吴下女子題壁《秋月》四律，有句云：「近水起樓宜住我，遠天如夢忽逢君。」可爲佳絶。

趙秋谷幼女名慈，字雪庭，賦性幽淑，復嫻吟咏。適濟南朱子垣方伯之子崇善。式微後，貧無以居，故其詩多哀怨之音。《夜深》云：「夜深庭院寂無聲，花底微聞蟋蟀鳴。側卧玉床清夢覺，風吹竹影上簾旌。」《雜興》云：「極目銀河漾素暉，滿庭秋影露霏微。西廊月轉無人到，自折荷花帶露歸。」

「露滿香階夜欲分，半牀秋月一簾雲。不知何處砧聲起，斷續隨風枕上聞。」信乎中郎有女，名不虛傳。

寶坻杜硯評霽性情孤傲，善彈琴，尤工繪事。隱居泰山之麓，茅屋數椽，圖書四壁，真高士也。作詩喜爲綺語，製有《岱麓春院竹枝詞》三十首、《十記詞》疊韵三十首，皆青樓瑣屑之事，令人心目俱豁。《咏盆梅》云：「笑爾寒酸真徹骨，此中清味倩誰知？」其自命可想。

桐城姚鐵松中丞，生彌月而孤，母方太夫人爲密之太史玄孫女，教子甚嚴，中丞終身孝敬，官知府時，每值母怒，猶長跪達旦。乾隆甲辰，中丞遷廣東廉使，入覲，以母年八旬，苦節六十載面陳，蒙御書「柏貞萱壽」匾額，暨文綺豐貂之賜，一時以爲異數。中丞謝章有云：「欣此日培萱蒔柏，仰承大造之仁；憶當年茹檗飲茶，誰識小人之母。」都下傳誦之。

小照之奇者，莫如王理堂所畫扳不倒像，令人發笑。俞芑亭明府熊題句云：「時世早知宜縮脚，神仙原不露全身。」又云：「趺坐一空諸色相，分明指點折腰人。」夏君本榮七律云：「鬢眉那更老風塵，趺坐今經七十春。不倒翁傳真傲骨，方平仙本是閒身。江山歷遍誰知己，空色相參自入神。晚節肯教輕著足，一生應不愧完人。」余題像贊云：「相貌堂堂，鬢髮蒼蒼。何方修煉，脚底圓光。能方能圓，不危不顛。千錘百鍊，一個頑仙。」

蠡莊詩話卷三

玉堂居士著

常熟詩人王東溆應奎，與沈歸愚宗伯交善。歸愚先生曰：「海虞之結詩課者四人，侯子秉衡、陳子亦韓、汪子西京、王子東溆，皆以道自重，發爲文辭者也。秉衡詩骨幹開張，亦韓詩清腴近道，西京詩綺麗精深。而穿穴今古，格合氣諧，鏘然而玉應，盎然而春温，不問而知爲東溆之詩也。」余讀先生遺集，《題畫》云：「淡烟疎雨晝冥冥，有客披襟立小亭。一段詩情吟不了，雲和春樹隔江青。」《風鳶》二首云：「聳身一線入雲高，萬里程途儘自豪。漫説春風解擡舉，可憐牽制小兒曹。」「村童牽引走江皋，若個當風路最高。頃刻飛騰定矜詡，半生淹滯笑吾曹。」《秋草》云：「無端碧色变平莎，南浦還輸舊緑波。霜壓銅駝生意少，烟籠金埒敗叢多。荒凉夕照迷青冢，憔悴王孫斷玉珂。曾姤庾郎袍上采，不堪黄落共庭柯。」《秋水》云：「不極空明望裏收，魚龍應覺夜悠悠。青菱紅藕三叉港，碧月金風一葉舟。送客路從溢浦上，採蓮人立越溪頭。最憐八幅烟波闊，展出湘江萬頃秋。」《菊》云：「後來花事偏居上，老去風情不受憐。」《泛舟》云：「可鑑鬚眉惟水碧，堪醫塵俗是山青。」《元旦》云：「春氣着人剛五日，梅花别我又經年。」《題介上人踏雪尋梅小照》云：「了得禪機風雪裏，不妨驢背作蒲團。」

山東道上小車最多，往往梗塞道途，令人聞聲生惡。浙江陶培之《咏推小車者》云：「紛紛是惡聲，推挽乃横行。礙道同荆棘，喧人雜吠鳴。脅肩徒自苦，捷足竟誰争？任爾前途去，崎嶇正不平。」

形容小車頗妙。

浙江王生枝珊增嵩，詩筆甚清。《咏牡丹》有句云：「自幼生來富貴場，沐恩猶記在沉香。至今李白無消息，誰續《清平》第四章？」

余過恩縣訪張笏軒明府，有歌郎喜伶，頗柔膩。或告余曰：「君謂喜伶柔膩，誠然。然不可以私干也。」余未之信。適幕中何春江亦風雅而多情者，與余賞識略同，囑爲試探。春江重幣甘言，屢誘而屢却之。噫！伶人中有此，可謂貞男矣！一時投詩甚夥，余亦和云：「高唐那有陽臺事，雲雨空教説暮朝。」

余過濰縣，王淑虞先生以郭君悦芝詩册見示。《暮秋感懷》云：「家貧詩漸瘦，人老事偏多。」《遣懷》云：「世事如棋難着子，人情似水易生波。」《榆錢》云：「年年散盡東風裏，買得人間幾許春。」其尊甫艮思先生，名千里，梓有《艮思堂遺草》。《湘妃怨》云：「帝子何年降，西風起暮烟。瀟湘一片月，故向別時圓。」《長門怨》云：「長門不勝秋，夜夜西風冷。何處結同心，床前孤月影。」《送張臨川》云：「前途莫嘆無知己，是處青山馬上看。」聞郭氏一門能詩，代有作者。郭書田明府偉基、郭荷亭明府燦、郭秋皋太守守璞、郭柳塘運同守緒、郭汾源明經世爵、郭松濤廪膳炳疇、郭竹圃明經堉、郭文江孝廉方正壇、郭秋麓文生坮，均有詩集。

京江談復庵進士素敦，榜下，以知縣分發來東，濰縣道上，邂逅傾心。見贈云：「英雄兒女情都摯，道學風流趣並厭。」又云：「君才江左連山左，兹事前袁讓後袁。」又題余《閒雲吟草》云：「身經戰馬神猶俊，詩到懷人興更酣。」

濟寧許小村夔臣，倜儻工詩，兼愛度曲。選有《雕華集》一部，皆國朝閨秀之詩，計十卷，得四百餘家，長篇短製，約有千首。較陳其年《婦人集》、毛西河《閨秀詩選》、胡抱一《名媛詩鈔》更爲全備，可謂盛矣。余在濟上，時過寓館談詩。贈余一律，起四句云：「人間争欲繡袁絲，未晤先傳七字詩。才捷何愁分韻險，情深轉恨締交遲。」

《雕華集》中，清詞麗句，美不勝録。如江南金纖纖，名逸，《病中得郭頻伽詩》云：「世上有情春似夢，病來無睡夜如年。」又云：「詩成杜牧三生恨，人在胥江一葉舟。」浙江朱虔齋，名逵，《樓上》云：「山月驚棲鵲，天風落怒潮。」安徽張柔嘉，名令儀，《北郭尋秋》云：「秋隨人意冷，雲共客心閑。」浙江張玉霄，名昂，《悼姊槎雲》云：「淚從今夜盡，别是此番長。」浙江孫碧梧，名雲鳳，《征程》云：「地卑城郭多臨水，縣小人家半住山。」江蘇沈素君，名綺，《江村雜興》云：「潮到將吞岸，雲飛欲動山。」浙江陳繡莊，名淑旂，《晚思》云：「惜花兼惜影，不忍倚闌干。」江蘇席浣雲，名佩蘭，《十五夜月》云：「萬古不磨惟此鏡，百年幾度是今宵。」雲南李蘭貞，名含章，《題李白詩後》一律云：「千仞翔孤鳳，高歌一代中。在天猶被謫，入世豈能容。膽落高驃騎，恩深郭令公。再回唐社稷，諸將莫言功。」一氣渾淪，雖騷壇老宿，亦應却步。李詩已見《隨園詩話》，以詩佳，故再録也。

小村天姿雋逸，酷嗜吟咏。《送戴臛仙之維揚》云：「蘆花蕭瑟渚烟秋，又送行人古渡頭。最是無情東去水，年年江上載離舟。」《菊》云：「秋風秋雨鎮相催，老圃黄花最後開。傲世孤芳應自賞，寄人籬下爲何來?」《答戴矐仙》云:「黑白能分看世眼,淺深難畫入時眉。」《漫成》云:「居猶近市原非隱,院尚栽花不負春。」《放女奴》云:「犬當貧日徒相戀,鷹到飢時亦任飛。」《題紡績圖》云:「心似車輪千萬轉,最無頭緒是情絲。」

小村尊甫許蓼村先生,名迪,詩集甚富,未得披讀,僅見其題壁一律云:「草堂舊築小橋西,弱柳低垂拂碧溪。酒飲甕頭春社散,笛吹牛背夕陽低。籬疏不礙黄花秀,樹密時聞布穀啼。却喜南窗堪寄傲,晴嵐曉翠入詩題。」

朋友居五倫之一,余浪跡天涯幾二十載,每藉良友扶持之力,得以履險如夷,致足感也。贈秦雪香運判云:「最怕臨歧知己贈,受恩多處報恩多。」後見新安胡黄海翔雲有句云:「劇憐客久今將老,祇爲家貧不諱貪。」吾鄉張留山《留别》云:「知己總能容我傲,長貧生恐受人憐。」夏縣閻峴亭明府秉升云:「天下不妨知己少,古來惟有受恩難。」毘陵周伯恬《贈人》云:「不易感恩漂泊慣,每逢知己亦咨嗟。」意不同,而同一寄慨。

吾淮程藹人元吉由中書入詞館,風流藴藉,雅度翩翩。在都見其《紅藥新吟》一册,雖係游戲之作,而風調絶佳。有《和曾賓谷先生人日遊焦山》五律六首,録其二云:「浮空螺一點,勢欲化蒼烟。樹密疑無路,峰迴别有天。大江環寺湧,孤磬出林圓。太傅耽丘壑,幽巖合訪仙。」「第一看山客,真逢人日來。春融初解凍,烟煖欲生苔。石勢争雲出,鷹聲肖馬哀。迴頭城郭近,滚滚但飛埃。」

安徽謝琅林嘉璜,以布理改捐鹽知事,風雅詼諧。工繪事及六壬數,當事争爲延致。余客邗江,同館樂賓園内，時共冶遊。後來山左訪朱吉人方伯，適方伯以事去，遂遊濟上。患病甚劇，李君緒輝、緒庭昆季館之於住雲精舍，供給而調護之，得以無恙。琅林病中詩云：「到此心明眼亦開，相侵二豎一齊回。主人情意勝丹藥，爲語醫和不必來。」記其《夜半開車》有「一鞭殘月數聲鷄」七字，亦極淒冷。

琅林哲嗣謝滌生鰲，任山東臨清州尉。工畫梅。《題畫》云：「疏影横斜筆底來，嶺頭屋角費疑猜。玉梅自有真風力，越到嚴寒越敢開。」《題紅緑梅花贈宜春館主人》云：「也宜清冷也宜春，萬朵梅花賦色新。莫把冰心當桃柳，須知爛漫有天真。」

詩帶諷刺最妙。常州蔣二松嗣曾《詠鼠》云：「終日鑽營常索索，每思傾軋更支支。花陰不少狸奴在，憐爾飛揚得幾時。」《自題二松圖小照》云：「天公派就堪憎樣，白眼看人過一生。」《寄楊斐園》云：「男兒别有千秋業，金紫豪華得幾年。」乃兄松如先生，名承曾，學問淹博，工各體文。曾相晤於曹州郡署，爲余誦其《杭州鴛鴦冢》七古，極爲蒼渾。惜終身未第，以布衣終。

鎮江張樵春振，與余相見於曹州郡署。别後見寄絶句四首，録其一云：「當年摩詰詩中畫，今日看君畫裏詩。寫到十分清絶處，嫌他脂粉合時宜。」

蘇州石琢堂先生韞玉，任山東廉訪。後以事左遷，瀕行時，當道設筵，公餞於明湖之上。先生留别詩云：「十年鞅掌苦勞薪，暫得樽前自在身。無恙雲林應住佛，有情魚鳥尚親人。霜前葉落先辭樹，風際花飛不戀茵。話到故山松菊好，歸心同向五湖濱。」一時和者甚多。孫淵如先生時權方伯篆，和詩有句云：「五雲先後朝天客，一部旬宣假節人。」

側室朱素簪，鎮産也。歸余後，專攻筆墨，初畫蒲萄，既而畫蘭。余爲題詩，有「寫出莫嫌清瘦甚，夫君家計本來貧」之句，一時題咏甚多。蔣伯生因培云：「湘水湘烟望未真，一痕凝碧墨華新。欲看粉本先臨鏡，知是花枝是美人？」王心石德修云：「仙人吹氣本如蘭，又把靈心露筆端。明是現身傳逸韵，等閒莫作畫圖看。」戴秋厓岑云：「堆盤馬乳墨生春，一樣天然妙入神。不是風流趙松雪，有誰消受管夫人。」錢質夫學彬云：「可與蒲萄稱二絶，英雄兒女各成家。」家達堂鴻云：「忝作宗人應詩口，閨中繪事亦推袁。」江秬香鳳彝云：「喜氣含毫得，同心寫意工。」

余以素簪所作《蘭花》卷子質之江君秬香，本係牙籤，江易以碧玉籤還余，來書曰：「牙籤未免有褻國香，故爲易之。」余報以詩云：「國香恐褻太優崇，寸玉居然拱璧同。從此幽蘭重聲價，應教感佩到閨中。」秬香，浙江孝廉，工詩，尤精隸書。

寵辱之際，足以覘器量。器量大者，寵辱無驚。器量小者，失意則戚戚，得意則揚揚，攀援附勢，偶博升階，曩日之降心相從，乞憐於昏暮者，已不復記憶矣。許小村《咏蟬》云：「日向秋風鳴得意，可曾記得轉丸時。」取譬入妙。

人有生而能詩者。儀徵汪君小竹，七歲時過京都右安門外尺五莊，有句云：「笙歌銷歇綺羅塵，金谷當年石季倫。竹屋夕陽剛貰酒，板橋殘雪不逢人。」清雋絶塵，有吐棄一切之概。

聖人不得中行，必也狂狷。故人而能狂，其人必有才可取。金匱黄澹薌炳幕遊山左，以軍功議叙從九，復緣事獲罪。自叙云：「三度梅嶺，成蠻烟瘴雨之詩；七踏軟紅，走趙北燕南之馬。秦淮秋月，洞簫弄愁；庾嶺春雲，梅花入夢。」其狂態可想。《題衆香國》云：「神仙獨種相思樹，不解相思不是仙。我亦京華倦遊客，個中多少舊因緣。」《西湖雜詩》云：「醉來捲片秋蘆葉，吹墮湖心月一丸。」又云：「恨他湖水清如許，不浣詩人半點愁。」俱極清脆。

方潮字鐵門，桐城人。早年屢試不售，以書記歷遊公卿間。嘉慶丙辰歲，入幕襄陽，賊匪猝起，參贊戎幃，前後如汪中丞，畢、景二制府，明永、鄂舒諸將軍，皆引之籌諮策略。畢秋帆制軍贈詩云：「日落轅門鼓角雄，短衣匹馬獨從戎。書生自有封侯骨，不羨陳琳草檄工。」可想見其才矣。後客山右，同覺庵中丞延主晉陽講席，一時從遊者四百餘人，晉中士大夫謂爲數十年未有之盛事。著有《金粟山房詩草》。《武昌舟中》云：「春浪拍天浮，春烟指戍樓。舟行移兩岸，人語下中流。兵革長經眼，風塵會白頭。楚江杜蘅緑，吾意在滄洲。」《畫屏山》云：「雲屏四面曉風開，匹馬尋春處處梅。忽見好山如素識，十年殘夢記曾來。」

余於《雕華集》内摘録道華女史席佩蘭詩數句，兹又見其寄蔣伯生七古，云：「有金須刻未見書，有眼須識未見詩。世間好事誰有此，蔣侯倜儻能兼之。我生頗喜作長句，閨幃匿影安得師。情耽性癖不可易，寒蟬自唱非求知。隨園一見詫奇絶，操選曾登十之一。一自倉山歸道山，世無人賞吟紅筆。蔣侯泰山絶頂來，眼底那有群兒才。蒲菹羊棗有偏嗜，獨見拙詩心目開。天仙一印索我句，原注：以碧霞元君「天仙照鑒」印索題。擊節奇才比謝絮。直謂明珠未足酹，慨然爲我謀千秋。黄金不惜付鋟梓，青眼還勞費校讐。徐陵《玉臺詠》，殷淳《婦人集》，羅列諸家異專刻。張説序婉兒，文昌序薛濤，詩篇雖工品不高。我才敢與古人抗，我志還淩古人上。《漱玉》猶嫌有累辭，《斷腸》每惜非高唱。乞君一序弁簡端，明我志高才力讓。感君德，酧君知，報君一言非我私。願君此去泰山側，霖雨遍爲蒼生施。寒閨準備生花管，遠寄《甘棠》召伯詞。」一氣渾成。女史爲孫子瀟庶常德配。

謝君滁生又誦胡左君刺史題照句云：「羨君一對朦朧眼，覷着如花小婢來。」陶蕊升孝廉《過董仲舒祠》首四句云：「燕趙多名士，風流想漢卿。江都新相國，山左舊書生。」左君名源，歙縣人。精六壬，工楷隸，尤善繪事。山水花卉，均擅其長。曾以鹽知事需次維揚，名噪江左，士大夫爭引重之。蕊升名金榜，蕪湖人。皆滁生胞姊丈也。

王樽亭明府有《百老吟》一卷，每題二首，皆疊韵而成，頗饒妙緒。如《老妓》云：「嗚咽柔腸幾折枯，江州司馬淚痕俱。撩絃暗弄纖纖手，響落琵琶大小珠。」《老幕》云：「書記從戎塞草枯，逢迎到處捉刀俱。邇來率爾操觚者，巧飾魚睛也混珠。」其他佳句，未能多録。明府爲人醇雅，在山左有循吏之目。與余訂交尤摯，有贈余七律一章，起云：「揮金不合辛金鄉，歷下今增風月光。」樽亭名鼎豐，江寧人。

黄澹薌又誦其《倪米樓潮烟袋銘》云：「吹氣如蘭，沁脾似雪。詩酒卅年，琅玕一尺。」題無意致，銘極工整。又嘗偕友人詠鴻門宴，一時長篇鉅製甚多。澹薌詩云：「項羽殺沛公，沛公殺項羽。人定難勝天，可憐范亞父。」題本冗繁，詩極肅括。

滿洲介景庵少宗伯屢掌文柄，凡四主會試，四主鄉試，其他雜試不可縷數。有《恩榮宴》詩云：

「鸚鵡新班宴御園，摧頽老鶴也乘軒。龍津橋上黄金榜，四見門生作狀元。」于文襄贈以聯云：「天下文章同軌轍，門牆桃李半公卿。」可謂儒者之至榮。有日者推公之命，終於一品武階。公笑曰：「信如君言，則將軍不好武矣！」及公卒，特贈都統。日者之言，可云有驗。

齊東尹時香雪銘，江蘇嘉定人。詩主性情，不落陳腐。其《編次舊詩自題》云：「置我應居唐宋外，論詩差喜性靈多。」可以知香雪之詩矣。《聽雨》云：「旅館雨沉沉，悠揚客思侵。孤燈千里夢，杯酒十年心。入夜催殘漏，先秋付短吟。天涯多倦客，莫和帝城砧。」《惆悵》云：「錯落金摇步玉墀，横塘密語水禽知。蘼蕪暮雨銷魂地，豆蔻春風未嫁時。懺佛要修無漏果，爲君甘作有情癡。擬將幾度看花淚，緘入生綃寄所思。」《送朱折鹿南歸》云：「春城梅柳入新年，聽唱《驪駒》便惘然。帽影側吟江岸雪，鞭絲斜拂灞橋烟。鶯花歸路剛三月，風雨懷人又一天。但聽征夫消息好，憑將南羽寄吟箋。」其縣尉陸春舫亦工詩，《秋夜》云：「露凝三徑月，秋碎一天雲。」《柳絮》云：「儘教作雪因風起，莫漫爲萍逐浪飄。」春舫名議，浙江人。

浙江霍維贊，以瘦弱，自號臞仙。工詩，尤好搜羅古今詩人散逸之作。家藏書畫甚富。彭芸楣先生視學浙江，考越中古學。臞仙賦七律六首，内有「杜鵑聲裏將軍樹，蟋蟀堂前宰相燈」之句，大爲芸楣先生所賞，拔置第一。明年應庚子南巡召試，不録。臞仙寓居西湖，賦《落花》詩七律三十首以自遣，未及秋闈而卒。其兄小山亦工詩，有詩哭之云：「臞仙臞絶仙成否，空向人間賦《落花》。」亦可悲矣。

鑄亭山人者，平陰朱道衍茂才也，尊甫渭占先生，以選拔出宰嶺外，有循聲。卒後，家式微。茂才走燕、晉，依劉松嵐觀察，教以詩，專攻五字，得賈長江風骨，人亦肖之。《登獨秀峰晚眺》云：「着我吟秋靄，看僧指落暉。」《湘江舟中》云：「松高霜鶴薄，橘熟嶺猿偷。」《署舍題壁》云：「汲泉醫酒病，對鶴養詩魂。」《雜詩》云：「野菜兼花煮，山柴帶藥燒。」

王昭麟字小莽，江蘇人，工詩。《與朱子敬夜話》云：「江上一爲別，音書悵各天。遥情托明月，三十六回圓。短鋏依人日，千山獨客年。相逢更何處，燕市酒爐邊。」《贈別某歌者》云：「簾櫳明月小遊仙，歌板心情翰墨緣。今日鬢絲禪榻畔，又教人喚杜樊川。」「不道來時即去時，相逢容易得相知。從今細雨孤燈夜，有客重吟《秋草》詩。」

聊城馮雪廬進士瀚，以知縣揀發閩省，後改官豫省，有能吏名。初抵閩時，寄詩都門同年，以告宦味。其《食笋湯作》云：「竹滿山蹊緑不芟，虚心總解味酸鹹。渭川千畝成佳饌，半握平分太守饞。」又爲同官題《鷸蚌相持圖》云：「相争必敗概如斯，鷸蚌漁人個裏知。到手未曾還住手，兩傷容有兩分時。」聞索題之人因此息争，詩之感人也如是。

歌妓王玉軫，常州人，寄居西湖。能度《大江東》諸曲，又能詩，名動一時。某太守贈以詩云：「紅綫詩書稱記室，雪兒歌舞擅梨園。」余遊大江南北，未及一面。友人述其《送人》詩云：「桃花臏錦柳成烟，到處風光好扣舷。寄語行人春水闊，莫因天暖不衣棉。」

湖南彭葯谷明府闓，需次山左時與余交好。殁後，搜其詩而不可得。隔數年，其姪彭丹亭以事來東，携葯谷殘詩數紙見投。《游千佛山寄懷》云：「三千里外浪遊客，百五晨過花信風。」又云：「地不西天偏號佛，山無東岱合爲宗。」丹亭有詩一册，如《黄鶴樓》云：「雲飛天外白，山入座中青。」《明湖雜詠》云：「花外一聲何處落，城頭僧寺打疏鐘。」亦清才也。丹亭名潢，湘鄉廪貢生。

淮安孔西川於詩，爲曹縣姚明府幕友。癸酉秋，曹縣教匪滋事，姚明府全家被難，幕賓僕從，大半遇害。西川居署東偏，聞變，啓户出。有促其踰垣遁者，斥之曰：「食人之食，臨難不顧，非夫也！」方欲號召丁役爲抵禦計，賊已至。時次子立洲相從幕中，亟揮之，使歸報家人。子不肯行，轉挺身鬭，被十餘創，賊斫其半面，乃撲地。次斫西川，揮刀無算。父子僵卧一周，時恍惚若有人曰：「爾誠義士，子復賢孝，今亞聖來救汝矣。」俄有古衣冠人至前，伸指向兩人傷處一一按之，少頃竟甦。適兗沂觀察督兵入城救護，遂獲生還。江左名流，競爲詩以美其事。舒鐵雲孝廉有長歌一篇，中間云：「忽然賊去神乃來，似夢非夢神光開。手撫其皮合其骨，骨者肉之皮者血。血亦不復流，骨亦不復收。伐毛洗髓戴吾頭，陰房鬼火吹髑髏。」

詩爲情至語，最能動人。安徽方友山熙以布經需次山左，風流儒雅，所至多情。《有憶》云：「他時試檢啼痕看，紅袖青衫一樣多。」極見情致。

余在泰安，遇平陰諸生張廣名字鑾卿，詢之，乃同年張步瀛子也。談吐風雅，詩筆清雋。《過故人庄》云：「小橋通竹徑，曲水抱柴門。」居然畫意。他如《秋望》云：「青山斜背水，黄葉亂飛鴉。」《水仙》云：「瓊樓十二春無價，不許東皇賣此花。」又誦其尊甫步瀛《海棠》一絶云：「香國春深雨若絲，好花又上去年枝。水晶簾外飛雙燕，正是東風睡足時。」《登岱》數聯云：「遠水有痕浮白去，遥山無數送青來。」「天晴縹緲吴門練，地老荒涼漢武臺。」「數里白雲聞犬吠，一林紅葉見僧迴。」步瀛名佺，以教習待銓知縣。

諸城瞽者倪在中，六歲而盲，學問由於口授，聰穎能詩。友人誦其《都門重陽訪友》云：「十里青簾燕市酒，一籬黄菊晉人花。」《山行》云：「雲向斷中留鳥道，山從缺處補人家。」《登岱》云：「但覺身來天地外，不知山在有無中。」末二句真瞽者語。

余由金鄉罷官後，接任者爲張南岡京；南岡罷官後，接任者爲邵健菴自鏻。二君俱工詩，張詩以格律見長，邵詩以風調制勝。南岡詩中，如《過安化寺贈常月》一律云：「古寺隱喬木，禪房曲徑通。林飛黄葉雨，門掩緑蘿風。供客茶烟細，翻經石榻空。安心何所在，妙諦問支公。」健菴詩中，如《南陽驛》云：「千頃湖光兩岸明，扁舟風送一帆輕。來船莫訝歸程速，我亦曾經上水行。」《古城查災》云：「遠浦浪添前夜雨，輕舠帆飽一天風。」《懷張節軒》云：「何堪夢覺迷蕉鹿，或恐詩成泣鬼神。」健菴又工書法。

陝西張芥航進士井，才情博贍，爽颯不羈。乙丑歲，以中書乞假，客歷下，與余訂文字交，最爲投洽。後改銓縣令，官豫省，拿獲紅鬍子，加秩，卓卓有聲。詩不多記，記其《岳武穆祠》一律云：「痛飲黄龍反掌間，金牌催唱大刀環。精忠既已邀殊鑒，冤獄何由任老奸。千古傷心三字在，九州空望兩宫還。祇今汴水流嗚咽，風捲靈旗夕照殷。」

作詩各有命意之所在，後人不可輕於改易。《續山左詩鈔》中，盛名諸公之外，餘皆有所點竄。如趙秋谷幼女趙慈詩《立冬前二日雨》云：「换節連宵雨，催寒半夜霜。」或改爲「屋塌經旬雨，衣單半夜霜」。又絶句云：「西廊月轉無人到，自折荷花帶露歸。」妙在「西廊月轉」以起「歸」字意，或改爲「西池」，且言「西廊」何以有「荷」？某友笑曰：「假如汝不居水底，不食魚蝦耶？」因有呈請學使，不欲其先人詩入刻者。學使復加校閲，板多挖補，然真贋已過半矣。

肥城展君瑞兆，字紫垣，博雅好古，藏書最富，自稱家有五萬卷。蘇州吴秋崖宰肥城，丁憂去官，囊橐蕭然，紫垣致賻甚厚，一切扶柩之用，俱出於展。次年，秋崖因交代滯省，展君又助以五千金，令其完繳官項。山左固多巨室，如此之慷慨好義者，能有幾人哉！余與展君無一面交，聞其事而心感焉。未幾展君歿，余弔以詩云：「藏書萬卷譚何易，賻友千金古所難。信是雅人多俠骨，頓教揮淚到袁安。」「柳下風兼鮑叔風，指困高誼氣如虹。何時秣馬鸞臺去，酹酒悲歌拜是翁。」

吴秋崖名錕，余在省垣晤乃弟吴雨村，爲余誦秋崖佳句數聯。《胥江晚泊》云：「香骨一時留禍水，忠魂千古湧悲潮。」《春興》云：「一抹遠山簾外畫，半池芳草夢中詩。」

歷下范寄園李，以優貢任直隸冀州牧。友人誦其一絶云：「月影穿雲碎，風聲入樹高。停杯不復飲，沈醉讀《離騷》。」聞寄園佳製甚多，此殆非其至者也。

聯句詩最難自然，郭頻伽麐與蔣伯生聯句和金纖纖女士原韵云：「臨别殷勤尚寄箋，天涯不分有人憐。況當風雨孤燈夜，説著漂零兩少年。詩是同聲成枕上，情原多事累生前。可知此夕篷窗底，聽盡瀟瀟各未眠。」「一言珍重達妝樓，病起風簾莫上鈎。寫韵也須量氣力，著書只恐要窮愁。不平最是彈碁局，小飲無如藥玉舟。原注：夫人好弈，而不善飲。他日絳紗施步障，未妨久立候梳頭。」一氣清空，毫無痕迹。

余旋濟上，毘陵莊斯才過訪，並出所著《望雲軒詩》二册見示。清詞麗句甚多，尤以五律擅長。《秋日吟》云：「故人一樽酒，明月幾重山。」《秋夜》云：「關河皆入夢，風雨獨成秋。」《次張松山韵》云：「落日下荒渚，春波撼古樓。」《過楚霸王墓》云：「八千新子弟，三户舊山河。」《途次别友》云：「斯須爲我立，此别又經年。」斯才名魯駉。

金鄉詩弟子李生朝琛，又有和余七律二章，録其一云：「才兼靈運更延之，宇内詞人總故知。客路況逢春似海，羈懷那遣鬢成絲。曲傳《白雪》高難和，賦取《緇衣》敝改爲。相望長如天上月，清輝真有再圓時。」

題有絶不可入詩，而寫來却自雅切者。如黄九烟先生别集有《情竇》七律，録其一云：「何愁混沌鑿虚空，竅妙天然在個中。泉泛漁津疑丙穴，山分鳥道想蠶叢。御溝葉小隨波送，桃洞春深有路通。却恨守宫能印臂，花房夜夜擣殘紅。」又云：「縱眠冰簟中偏暖，乍解羅襦别有香。」又云：「火齊吐時傾漢殿，丸泥封處異函關。」皆雅切不露痕迹。

冥誅之説，自古有之。傳聞某貴官天資陰毒，苛刻異常，每害一人，必終日縱飲以自快。《書懷》有句云：「自覺胸藏甲，何須目識丁。」其縱恣可想。後眉際起青紋二道，由腦後繞項數周，醫者皆不能識。未幾中斷而死。噫！皂蓋紅旗，人間顯赫，而冥冥中已伏誅矣。爲善者降祥，厚德者載福，居官可不戒歟？

毘陵女士毛畹芬蘭生，爲楊君曠菴德配，著有《糼菴詩鈔》。時乃郎宣翼客歷下，携母氏詩集過蠡莊見質，中如《寄外》云：「空庭冷月挂清暉，風捲殘花繡地衣。杜宇催歸歸未得，江南江北燕雙飛。」《寄子》云：「樓頭乍見月如鈎，釣起離情爲遠遊。賣賦天涯緣負米，年年誰慰倚閭愁。」俱見丰致。宣翼亦有贈余句云：「謔浪常舒看世眼，蕭閒懶畫入時眉。」宣翼名廷選。

鎮江鄭小康文彬，以貿易居京都，最愛吟咏。友人誦其《得家書》一律云：「接得南來信，臨風拭淚開。雁從今日到，書是去年裁。故老無人在，高堂望子回。團欒知弟妹，待我賞庭梅。」

曹王賓本王雲幢刺史之子，嗣於曹，故以「曹王」冠其姓。年少清才，《題吴南堂手折牡丹美人》云：「燕風鳩雨儘催春，幾日霞飛亂舞茵。却憶酒香紅被夜，捲幃重見衛夫人。」「寫照端宜百種誇，春蘭秋菊自風華。阿儂慣有棲香癖，偷采人間第一花。」「省識春風到畫圖，夢魂賴有玉人扶。酣紅膩緑君看足，芟盡羈愁似草無。」

汪仲洋字少海，四川孝廉，丁丑大挑一等。爲人灑落，常遨遊名公巨卿間，工於詩，豪於酒，長於音律。文筆浩浩落落，倚馬千言，真逸才也。曾有詩云：「驚人有句成詩癖，酌我無多是酒狂。」可以想其梗概。

杭州才女周歸妹，十二齡時即善賦詩。《咏女瞽》句云：「但將忠孝傳今古，不把風流入管絃。」命意最高，其品格亦可概見。時姻戚某宦歸林下，聞其善詩，延之吟咏，女立時賦呈云：「久辭榮禄賦歸田，瀟灑林泉志渺然。一路雲山尋勝景，小園燈火話當年。消寒最好三杯酒，掃雪剛逢二月天。窗外梅花開遍否，草堂今夕卧詩仙。」某以女弱齡，大加贊賞。

皖省周明府鶴立，係明周忠毅公之裔。其弟自粤東購得忠毅公「季侯」小玉印，明府印於册徵詩。是時自王大中丞汝璧以及皖省官寮、文人詞客，靡不有詩。宋華仙有五律二章云：「魏寺滔天甚，驪鱗莫敢攖。惟公先諫草，爲國斮長鯨。力欲回君父，心無計死生。海南遺雪印，古篆鏤蔥珩。」「小印玉温温，因人品倍尊。忠繩恭肅武，業出福清門。名字乾坤震，精英日月存。多應神鬼護，留以待貽孫。」王大中丞見之曰：「驪珠已被宋某探之矣。」華仙其他佳句，如《金陵懷古》云：「六朝王氣看雲盡，九月秋聲入夜多。」《新泰道中》云：「鳥因哺觳歸巢急，人爲看山策馬遲。」《自懺》云：「骨柮成灰猶煥煖，枯藤到死尚糾纏。」華仙名懋和，以刺史需次山左。

蠡莊詩話卷四

玉堂居士著

近體近《風》，宜少年；古體近《雅》、《頌》，宜晚年。此陸湄君之言也。余謂少年之詩易放，須去其浮靡，格律乃能嚴肅；晚年之詩易率，須戒其淺陋，波瀾乃見老成。

《隨園詩話》内録《贈相士》詩云：「相法於今大不倫，我將秘訣告諸君。要看世上公侯相，先取獐頭鼠目人。」此必簡齋有爲言之也。偶過章丘旅店，見壁上題句云：「詎有才華邁等倫，一時顯貴却輸君。我今欲乞封侯骨，也做獐頭鼠目人。」並無名姓，後書「和庵居士」四字，亦不知其何所指。

歷下秀才謝問山焜，雅愛吟咏。有《癸酉曹南紀事詩》數十首，咏余在金鄉云：「旗開白日龍蛇陣，槍舞梨花子弟兵。」亦佳句也。聞問山近輯《山左同官詩鈔》，搜羅處處，頗費苦心。

吾淮盧蓉湖湧，工於詩，著有《讀史雜詠》。《梁書》云：「附鳳攀龍佐帝基，秋風團扇易生悲。馳驅才智縱横日，寂寞腰圍瘦損時。三事未能忘疏栗，四聲空自解談詩。誰憐家令傷心處，樽酒重逢老伎師。」《陳書》云：「結綺臨春樂未終，韓擒千騎下江東。銅駝有夢趨天路，桂棟無因護魯宫。玉樹後庭仍夜月，烟波樵徑幾秋風。凄凉一片邙山土，不是秦淮是洛中。」

山左東三府民氣淳樸，風猶近古。余於嘉慶九年攝樂安篆，抵任，有詩云：「敢説能爲政，只緣曾讀書。況膺民事日，是受主恩初。」一切黽勉爲之，甫逾三月，即以疎脱解犯去官。次年因公返樂安，離城數里，合邑老幼約千餘人迎拜於道，並有泣下者。余《紀事》有句云：「慚無實政留遺愛，偏有虛名博頌聲。」越十餘年，余自金鄉罷歸，以事東遊，重過其地，將入店，有識余者曰：「此袁好官也。」爭爲攀轅假館，供給豐厚，逗留數日而後行。瀕行時，紛紛持紙索詩畫。余留句云：「車中我自儕行客，道畔人猶説好官。」又云：「片紙居然同拱璧，兩餐原不作常賓。」又云：「爲問琴堂諸故吏，新詩吟到幾時休？」

濟寧同年鄭墨泉勉，工書法，尤精於隸。曾以隸書六幅見贈，余許以蒲萄報之，未果。墨泉來書云：「好風惠我，言面參差；快雪懷人，眠餐安善。長安市上，斷無干人之袁安；灞水橋頭，尚有騎驢之鄭綮。猥蒙佳貺，謬許不羈。苔是同岑，萍難逢水。哥哥若喚，慣吟鷓鴣之詩；咄咄書空，虛織蒲萄之錦。梅能止渴，餅不充飢。亦知蕭子雲之春蚓秋蛇，不值温日觀之龍鬚馬乳。顧以此事久推，豈竟斯言可食。我有一盤苜蓿，最宜伴大葉粗枝；君藏百斛珍珠，何必待雙全三喜。」蓋以余畫譜中有贈雙全三喜蒲萄詩句，是以調之也。余得書，亟作蒲萄一幅相報，戲題云：「雙全三喜曾分贈，大葉粗枝特寄來。」

惠印山性詼諧，某鎮帥署多臭蟲，大患之，問印山以辟之之方。印山曰：「有方，但不易行耳。君姑齋宿三日，後當授方。」及期，出紅紙一緘，封甚固，且戒之曰：「詰朝，君當盛服焚香，向牆西北隅拜啓之，依方而行。切勿戲。」及啓視，内書「饒了我罷，一揖」，遂下拜，又啓如前，再啓之，内大書「不饒」二字。始爲恍然，知印山之戲己也。聞者無不囅然。初秋埜孝廉有句云：「真個將軍寬禮數，牆陰今日拜蟲回。」

浙江朱尚齋錦華，敏於詩。辛未春，邂逅京江，一見如故。見贈之作甚夥，記其七律云：「帆移京口暫棲遲，客邸推袁愜所期。曲顧小紅聯雅集，酒浮大白結新知。江南烟月憑雙管，山左絃歌盛一時。名士文章循吏傳，芳蹤到處繫人思。」七絶云：「才人格調美人情，多少名花待品評。管領江南春色好，隨園以後屬先生。」

塞北馮君治文原籍會稽，因其有《菊花》詩三十首，一時傳誦，故别號菊仙。《春柳》云：「眼底韶光又一巡，依然揺曳染風塵。誰翻新譜歌《金縷》，我折柔枝贈玉人。不礙二分明月夜，半遮十里畫橋春。閨中莫倚高樓望，恐惹閒愁上翠顰。」《雪夜枕上偶成》云：「颯颯紙窗響，北風吹不清。青燈照殘夢，寒柝入深更。有客此間卧，新詩頃刻成。明朝貰村釀，踏碎雪花聲。」

濟寧諸生李右亭奉璋，家貧耽吟，性孤介。有小園一弓，竹樹蕭疎，嘯傲其中，雖斷炊弗顧也。作詩好用「鬼」字，五言云：「夜眠來鬼弔，午飯食僧餘。」七言云：「一枕秋風人卧病，半牆殘月鬼吟詩。」又云：「隔岸鬼吟秋雨急，渡橋人唱晚風高。」幽冷逼人，大有鬼氣。未幾瘵亡。

鄭墨泉同年見示《修月集》詩册，蓋賀同人秋捷之作，因而叠韵不已，妙緒紛來。僅録其《會同門》二律云：「天香飄處酒能賒，此地相逢早下車。九日纔成一楮葉，十年又踏幾槐花。勳名漫許文章著，姓氏羞教里巷誇。他日瀛洲圖畫裏，不知若個占清華。」「到來容易望來賒，合轍終須善造車。落墨應知胸有竹，揀金可信眼無花。能傳衣鉢君誰是，早列門牆我自誇。曾向曲江偷著眼，一枝紅杏最繁華。」他如「一時矮屋爭傳草」、「二月長安好看花」、「成行雁寫聯翩字，報喜燈開次第花」、「新鶯出谷能傳語，老樹逢春要著花」，皆佳句也。

浙江布衣陳雨人，名霖，僑居歷下，品格清高，繪事精妙。鐵梅菴中丞撫山左時，常單騎過訪，並載酒偕遊明湖，故有「耽遊性尚依秋水，略跡交還到布衣」之句。先生有贈中丞二絶，極清妙，惜未記録。中丞和云：「浪跡東南興復幽，書生情性總宜秋。等閒不敢探名勝，多恐溪山笑宦遊。」「荷花如錦柳成圍，徙倚孤亭戀夕暉。坐久又生濠濮想，羡他魚鳥任天機。」

時與雨人投贈者甚多。江南林鐵簫李云：「騁懷多古意，潑墨絶纖姿。」浙江徐肖巖刺史霖云：「醉邀白也杯中月，卧傚宗生壁上圖。」滿洲慶晴村先生時爲青州都統，與雨人同名、同字、同年、同月、同居第五，亦奇事也。贈雨人云：「入世誰知有五同，鵲華橋畔遇眉公。疎狂自具山人態，書畫能兼國士風。獨向烟霞成嘯傲，更於詩酒見豪雄。門生又作東牀客，也許傳神阿堵中。」

安徽程雪門紹謙，以監州需次東河，風雅工詩。《淮安至揚州》云：「一日征帆三百里，舟人猶恐西風止。欲寄家書付白雲，白雲悠悠我心駛。雲上青天天上船，人在青天白雲裏。白雲爲我莫消停，我望白雲母望子。」讀之款款動人。又《山居》云：「山深人跡少，樹密鳥聲多。」《渡揚子江》云：「水寬人影瘦，天闊鳥飛遲。」又云：「江闊潮初落，山昏雨欲來。」《柳烟》云：「章臺路杳春無跡，蘇小墳低月到遲。」《白燕》云：「開遍梨花消盡雪，春風門巷不輕來。」雪門《霸王墓》詩有「不殺太公天子度」七字，亦未經人道。

江寧董小狂袖南，年老耽吟，著有《窺園詩鈔》。《題棲霞桃花磵》一律云：「一片溪光宿雨收，天開仙境豁吟眸。不知桃是何人種，每見花從此處流。積蘚緑侵依檻石，夕陽紅上看山樓。問津真比天台近，朝暮還家未白頭。」《聽琴》云：「松花如雨落，山月似潮生。」《郊遊偶成》云：「驢背詩成呼傴解，蠅頭字細倩兒抄。」

老僧妙衍者，字二非，通州人，作怡賢寺方丈。聞姑蘇士人盛作「花魂」、「鳥夢」、「飛絮影」、「落花聲」等題，欣然效顰，率多陋劣。而《落花聲》詩尤令人發噱。二非不服，乃數十易其稿，數日後忽成一詩，頓然改觀。結句云：「總怪心粗聽不見，工夫鍊到自分明。」似悟道語，可知思能通神矣。

濟寧高慊齋如岱，品高學贍，隱於村居，不入城市。曾舉孝廉方正，不就。暮年兩抱西河之痛，境遇潦倒，先生處之淡如也。余居濟上時，耳先生之名，偕友人往訪，慊齋已卧床不起，未幾病卒。詩人多窮，不信然乎！詩多沖和澄澹之音，其人可想。《即景》云：「蒲萄滿架垂，濃陰坐蕭爽。不知秋雨來，但聞衆葉響。」《經東郭》云：「慨自違城郭，於今二十春。言尋往時路，忽似異鄉人。累土增新阜，通流失舊津。平生釣游處，回首一沾巾。」《偶書》云：「六十年來事，窗前一局棋。物情良可見，世味只如斯。晴雨憐鳩婦，春秋笑燕兒。莊周渺千載，吾與汝爲期。」

桐城方宫聲，原名夢松，字松門。詩才綺麗，尤工艷體，姚姬傳先生許爲後起之秀。年三十餘，以拔貢卒於京師，殊爲可惜。著詩六卷，未付梓。《咏露》云：「山河幾代歸金掌，富貴何人悟草頭。」《江行雜咏》云：「草鞋夾裹山青脚，紗帽洲邊浪白頭。」兩押「頭」字俱妙。松門又有《秦淮憐見》四律、《維揚感舊》四律，俱極工艷。

山東畢恬溪孝廉亨，長於考據之學，好讀書，人以「書中八仙」目之。相晤歷下，爲余誦張嘯蘇佳句云：「桃花何苦紅如此，楊柳忽然青可憐。」

胡習亭明府署新泰縣篆，時余攝東阿縣篆，彼此唱和，以郵筒往復。曾記習亭下鄉相驗，至鄧家莊，入一許秀才家。秀才向蓄旨酒，知習亭嗜飲，留飲終日。臨行贈詩，有「車馬胡爲者，風塵竊愧余」之句。余寄和云：「可知閒不得，日日正愁余。」

單縣廣文馬寄園邦玉，魚臺人。少時以《繹山》詩受知於趙鹿泉先生。中段形容山石，連用「如」字，先生以「百十二如山人」目之。著有《懷續堂詩》。好爲長篇，自寫胸臆。曾見其《五十自述》詩一百韵，千字中無一重複，亦巨製也。子星房，字魯人；次星翼，字東泉，同榜登科，皆才華積學之士。魯人詩集，自題爲《〔軨〕〔詅〕癡符》，余未之見。東泉爲錢黼堂師所特賞，與余同門，往還較密。著有《釋惑》一篇，效《客難》、《解嘲》之體，《尚書廣義》十二卷、《詩説》十五卷、《論語集説》二十卷，又有《雜著》二編。爲詩多古體，名《敝帚集》。《鏡詰》云：「美人日對鏡，手拂鏡上塵。醜女不敢照，怕見鏡裏人。明鏡若有意，不知向誰親。」《詠懷》有句云：「東方有佳人，容華耀朝日。左佩明月璫，右秉彤管筆。臨風一巧笑，逌爾中鳳律。深閨十五餘，嬌羞不敢出。」可謂善自寫照。五律如「鳥聽秦吉了，花蒔傅延年」、「子細長庚見，丁東屈戌摇」、「渡馬噓螺甲，藏魚入蓼丁」，皆極工雅。其《雜著》内有可以入《詩話》者甚多，摘録四則於左，以誌一斑。

裁對字眼，始於六朝。如庾信賦「窈窕名燕，逶迤姓秦」，「燕」、「秦」，借用國名。崔融詩「匣氣沖牛斗，山形轉鹿盧」，以「牛」、「鹿」作對，已開近世帖括家纖巧法門。「身輕一鳥過，槍急萬人呼」，此率句也，非杜子美爲之，則觀者鮮不噴飯；「剥苔弔斑林，角飯餌沈塚」，此湊句也，非韓退之爲之，則論者病其聱牙。其所以在古人則不病者，非後學爲二公左袒，以二公之詩妥帖排奡，出神入天，率句湊句，不足爲累也。

嘗見宋人詩話中謂杜詩「天子之馬走千里」句爲悮，當云「天馬之子」。此老豈未見《周穆王傳》乎？人非讀萬卷書，不可持論，況著書乎？近自時藝傳爲正業，人多耳食，不知先儒有王粲者多矣。運用典故，須出以顯豁。如前人詩云「雲中下蔡邑，林際春申君」，觀者不解。余以意釋之，謂雲中葉落、林間黄歇也。作詩如此，與燈謎何異？唐人詩「簷前飛七百」，以「七百」爲鳥，人以爲笑。近人詩内「忘言對七條」，以「七條」爲琴，毋乃類是。

東泉於甲戌春偕父兄公車北上，一時都中有「三蘇」之目。或贈句云：「老蘇家學堪傳子，小宋文章不讓兄。」及揭榜，皆被落。寄園回單縣廣文任，東泉與兄魯人同出都門，口號云：「堪哂世人説兩蘇，欲將薏苡混靈珠，我輩會與古人殊。」

寄園尊甫松谿先生，名呈麟，學問淹博，以明經終。有《松谿詩集》，集中皆古體，名言至理，絡繹不窮。録其一云：「人非鴛與鴦，離别所時有。亦非參與商，宴會豈云偶。今日水上萍，昨日園中柳。飛絮本無根，誰能長相守？良朋歎契闊，夢寐時聚首。樂在心相知，何必一尊酒。」其古淡類如此。寄園胞弟岱陽進士，名邦舉，亦工古體。可謂一門能詩矣。

余乙亥春入省，在寧陽道上聞劉也僑明府攝曲阜縣篆。余向與也僑交最摯，其時也僑服闋再來，尚未相晤，即於途中作札寄賀。比抵省詢之，乃劉君光朝，並非也僑，方知前書之悮。《戲東》云：「尼山不是天台路，前度劉郎竟兩人。」聞者笑之。也僑名東里，直隸慶雲人。梓有《落花》、《秋柳》諸詩，頗見風調。

庸流齷齪，名士風流，此自然之事，不假强勉者。安徽王子卿太守澤由侍御出守江南徐郡，郡署後向有高樓，南眺雲龍山，北瞰黄河，太守自題爲「河聲山色樓」。於重九日會集名流，把酒賦詩，以「海岳山清氣爽九秋天」分韵，亦佳話也。余過徐州，太守贈畫一幅，并書前詩見貽。詩云：「好山圍彭城，衆景一樓彙。看雲送遠目，觀河得奇氣。大書題其楣，實事非無謂。佳辰天宇清，豐歲人意慰。詩侣書畫俱，群賢少長暨。一繩雁來初，半璧月上未。清濁破泥壚，尖團嚼霜味。人皆醉翁誇，我豈饞守諱。高吟把秋英，老米顛髣髴。」

江西黄元軒進士，字華轂，任萊蕪縣令。未及數載，即引疾去。與余相遇泰安，盤桓累月，載酒論詩，情誼甚摯。華轂誦其《抵萊蕪縣任》詩，有「未入官箴早見幾」之句，其高致可想。《都中》云：「春風有約來何晚，多少寒花待爾開。」其餘佳句多未記録。余贈華轂詩云：「年華未老風情在，如此歸山不算遲。」

揚州申佩雅，笏山中丞公子也，長於賦物之作。友人誦其《老鼠嫁女》詩云：「迨吉也如人有禮，于歸誰謂女無家。」或題《墨畫芭蕉》，得二句云：「聽殘秋夜聲聲雨，展盡春風寸寸心。」佩雅曰：「有芭蕉而無墨矣。」因代成云：「自向緑天庵裏種，墨痕狼藉到而今。」

徐冰崖明府爲余言，舊友某豪俠好義，少年揮金如土，後乃貧乏。有句云：「已無青眼誰憐我，再有黄金尚贈人。」後數年，又積金致富，揮霍有加，以其詩絶無窮愁落寞之態故也。冰崖句云：「病中探客病，貧日憫人貧。」余亦有句云：「貧轉添豪氣，閒翻作病夫。」又《題畫蒲萄》云：「寫來滿幅明珠湧，卧起袁安正不貧。」

徐冰崖名秉鑑，漢軍正白旗人。以舉人出宰昌邑，勤於政治，素號廉明。爲人和平醇雅，持己接物，有古君子風。著有《秋蕙軒詩草》。《咏菊》四首云：「野老籬邊處士家，冷香無限鬥妍華。新霜別墅藹三徑，衰柳衡門水一涯。朝市肩來閒對酒，夕陽採處試烹茶。歸思漫謂蓴鱸切，語到秋英興倍賒。」「繁英灼灼殿秋光，雅與幽人意並芳。花事闌珊憐素節，詩情古澹憶柴桑。西風天末深三月，南國籬邊又一霜。寄傲丘園開獨晚，峥嶸鴨緑間鵞黄。」「端知隱逸是前身，每向花間證夙因。三徑月明人共淡，一籬霜冷雁初賓。採香小院情何限，冒雨重陽放欲勻。亦自嫣然鬬紅紫，却標高致出風塵。」「椏杈松徑糝莓苔，剩有殘枝取次開。晚節幽香和老桂，小春淑氣接新梅。餐英好蓄三年藥，泛酒難忘九日盃。知己一生彭澤宰，却拋五斗賦《歸來》。」於菊花套語，刊落殆盡矣。乃郎長僖，號怡園，亦工詩。《漾濞道中》云：「行來千里外，仍在萬山中。」《東昌道中》云：「垂楊夾路深於巷，流水隨人直到城。」

冰崖又誦其舊作數首，如《貴官》云：「禁籞綏乘新賜馬，朝班閒話舊登壇。」《大宅》云：「花氣遞尋深院落，鐘聲清徹幾房櫳。」《即事》云：「情乖故舊惟虚與，年老夫妻轉避嫌。」皆未經前人道及。

山東孔林、泰山、蓬萊閣，謂之「三大」。余需次十餘載，曾兩至曲阜，謁聖廟，瞻聖林，八度泰安，計前後登岱者五十餘次，觀海膠西，梓有《赴膠紀事詩》。而登州竟未一到，海市蜃樓，不知若何景象，真憾事也。後見蔣梯山明府《蓬萊閣觀海》詩云：「不須樓市論真假，但到蓬萊便是仙。」令人心羡。梯山名光琢，廣西全州人。

孝女唐素，毘陵第二泉人，少失怙，鮮兄弟，母老，家貧，無食。孝女承父教，稍識字，工丹青。羽毛百卉，着手成春，藉易升米，供饘粥，承歡膝下，賢於孝子。母死，誓不嫁。時鰲滄來先生守常州，表旌其門。孝女有《百花》手卷，名公鉅卿，各有題詠。《孝女贊》云：「父母未歿，十年不字。父母既歿，百年不字。」又樂府云：「朝啼烏，暮啼烏，啄得一粟滿巢呼。戴清霜，履白石，烏頭黑變烏頭白。昔年爹娘在堂時，爨薪汲水身當之。只今爹娘身已没，桃花誰爲埋霜骨？使君且稍住，聽我宣一言。百年事已矣，一抔土尚存。私心願化杜鵑魂，暮暮朝朝啼墓門。」同時有馬節婦者，雲堤馬孝廉長女，聘吴氏。其婿未娶而夭，節婦抱木主成禮。節婦題《孝女詩》有云：「一牀絮被渾身布，都是三春賣畫錢。」又云：「他日香花橋畔客，阿儂也是勒名人。」惜未記其全璧。

徐肖巖刺史工於詩，余已録其贈陳雨人句矣，又從友人處見肖巖詩集。《過龍山》一律云：「憶昔隨蓮幕，曾看細柳營。登山非落帽，借箸每論兵。駒隙當年事，羊藩此日情。欲尋題壁句，郢曲舊知名。」蓋肖巖曩遊青州郡幕，慶都統以秋閲赴德水，邀肖巖偕行，歸次龍山，適值重九，途中多所唱和故也。他如《登黄樓》云：「黄河千里此環折，鴻雁一聲人遠遊。」《重九登太白樓》云：「泥人風雨重陽節，老我鬚眉太白樓。」《對菊》云：「雙鬢任教添白髮，一樽仍此對黄花。」《過陳仲子墓》云：「矯廉到底廉還在，留與長途熱客看。」俱見清雋。

粲花女史，不知何處人，見其送人詩云：「恨殺團欒天上月，圓時争抵缺時多。」又云：「我是女流難負笈，凝妝望斷翠樓頭。」又《偶成》一絶云：「紅塵小現女郎身，廿載空餘未了因。燈火一檠風四壁，可憐誰是眼中人。」

三原李鹿岡進士，嘗仿安化康方陸作《書中乾蝴蝶》詩平韵三十首。康詩已不可見，李詩頗有佳句。録其一云：「一片花魂萬卷書，終朝相對意何如。五更佐讀聯螢火，六籍深耽學蠹魚。未許心情隨月露，更無形影繞庭除。芳華謝盡容顔老，緑草青苔恨有餘。」他如「魂歸鄴架三千卷，夢斷春城廿四風」、「册府有丹堪换骨，芸編含艷總銷魂」、「一枕遊仙偕脈望，三生妙偈證華嚴」等句，皆有可取。李後仕廣西柳城，絶不言詩。偶一拈弄，音韵全非。蓋一行作吏，此事遂廢矣。

人有不期而遇者。山西延荔浦君壽任萊陽縣令，有詩名，余向未識面。後荔浦以事罷職，捐復待銓。乙亥春，因公至濟南，寓西門内旅店。余以日暮出城，城閉入店投宿，得晤荔浦，挑燈作竟夜談。有句云：「不是金吾禁，何緣信宿來。」别後不復再晤。紀其《贈廖阿閣》云：「幾載不相見，相看眼乍青。地窮春不到，才盡筆無靈。故國歸偏急，浮生夢已醒。海門深夜笛，吹與老龍聽。」《題畫》云：

「青沙白石水粼粼，洗骨秋山雨後新。一片籬笆千个竹，樓頭閑殺讀書人。」

明湖居人門對，好書「地鄰湖水親鷗鷺，人倚春雲望鵲華」，見者輒嘆美。今讀《觀稼樓詩稿》，始知爲朱子青先生句也。先生名緗，以主政退居林下，詩入《山左詩鈔》。

徐藕船銓、徐香垞鑑，順天人。兄弟同於乙卯年入泮，甲子同舉賢書，乙丑同成進士，並入詞館。余與藕船兄弟相友善，曾賀以詩云：「池塘秀發科名草，棣萼聯開及第花。」後戊辰散館，俱改選外任。藕船任河南上蔡令，調任滎澤，以獲盜擢陞直牧。善書工詩，《有感》云：「祇道莊周能化蝶，誰知李耳自猶龍。」《金銀花》云：「不甘附熱清如許，若可醫貧得又難。」香垞官四川遂寧縣，工文墨，填詞度曲，著述甚多。爲詩格律渾成。《黄州》一律云：「江闊天高水漫流，蟬聲蕭瑟送行舟。雲迷赤壁當年鶴，竹隱黄岡舊日樓。柔艣低枝摇夕照，遠山凝黛畫深秋。臨皋風月誰爲主，盍啓蓬窗且卧遊。」

藕船長子徐南岡源溥，丙子三月作《送春詞》云：「蝴蝶不來花信杳，春寒簾幙晝沉沉。」旋於四月初二日疾卒。相傳藕船患病時，南岡禱於神，願以身代。未幾，藕船愈而南岡死矣。不獨詩讖，事亦奇矣。

謝問山夫人周瀛君女史，美而賢，多病。巫者云：「佛山謫來女子也，生死同日。」病亟時，囑家事畢，言輿從到門，餉以湯餅，呼子女至前，起坐而逝，亦奇事也。問山哭以詩云：「佳人從古無長壽，黄土終須葬玉顔。」

詩有神助而成者。元和顧光涵，髫齡時在楚中，其舅氏與同人賦岳陽樓詩，命其與會。辭以不能，頗爲舅氏所訶責，心甚慙。是夜夢古衣冠人爲其代作，成七律一首，天曉録呈。舅氏疑不類童子語，扣得其故，大奇之。中有「萬千氣象涵三楚，八百波濤冠五湖」之句，移置他處不得。

雲南趙石舫明府凝禧，題余《蒲桃》云：「淋漓醉墨日三升，詩客尤兼畫手能。莫道托根無處所，龍珠在握儘飛騰。」

謝滁生州尉自臨清以張君佩蘭詩郵寄蠡莊。《登北固山讀石雷和尚詩册》云：「一徑絶塵囂，探奇未憚勞。嵐光穿户牖，帆影亂波濤。江自西岷遠，山登北固高。逢僧解韵語，倚檻話詩豪。」他如《登金山寺》云：「波翻山脚水，風蕩塔尖雲。」《柳園次韵》云：「小閣窗含千頃荻，輕舟萍點一篙苔。」《大雪》云：「瓊瑶天上來何易，缺陷人間補未難。」皆佳。佩蘭字紉秋，壬子武孝廉，候補運尉。

豫省竇曠廬廣文大田，業山東鹺務，與余交善。每當酒酣耳熱，伉爽之氣，不可遏抑，蓋熱腸而多情者。在山左奉太夫人諱，《旅寓除夕》云：「一朝母子夢，千里弟兄心。」真惻惻動人語也。尊甫青岩先生，名絙，以名進士任四川酉陽州刺史，學問淵深，著作宏富。其全集尚未得見，故未登録。

曠廬又言，有李氏者在伊家服役數十載。少年早寡，家小康。有逼之改節者，勢不可免，携一子一女逃去。時曠廬尚在襁褓，令其撫育，遂止焉。後子亡女嫁，李既無他志，亦無異言，今已白髮蕭然矣。曠廬贈以詩云：「常將松操矢冰心，五十年來淚滿襟。欲寫堅貞無可肖，階前草木亦蕭森。」

張伯良刺史權遵化州篆，善政甚多。李喬雲明府旋自保陽，爲余一一述之，令人神往。聞其去遵化時，士民遮道攀轅，欷歔泣下，竟有議立生祠者。其感召豈偶然歟？伯良有《留别士民》四律云：「一麾權領幞城春，小住名區亦夙因。補拙方期功弗懈，生明敢冀照如神。柳條折贈傷今夕，瓜代倉皇負爾民。漫説使君囊澀甚，曾聞憂道不憂貧。」「由來起化士爲先，立志應如白璧堅。籌國忠貞心不愧，居家孝友政斯傳。鳴謙自見祥和集，息訟從知僞妄捐。最喜此間風俗古，垂髫戴白樂陶然。」「聲聲布穀杏花飛，恰值春歸我亦歸。雨霽郊原晨叱犢，月明村落夜鳴機。看來生計勤勞裕，説到初心去住違。好把贈言常省察，迂儒識見未全非。」「臨歧駐馬更徘徊，暫飲旗亭酒一杯。除弊何分先與後，有緣容許去還來。重關夕照征塵蹴，叠嶂晴烟畫本開。他日相思情不淺，夢魂時復繞燕臺。」

慶迪堂先生惠，爲公相保文端公之仲子，年未三十，即官司空。禮賢下士，儒雅風流，一時罕出其右。張伯良刺史往權遵化州篆，先生相得恨晚。每伯良行一善事，建一善政，先生即多方獎誘，務使有成。伯良瓜代後，貧不能治裝，先生以所着貂裘并夫人珠飾付質庫，得千餘金助之。嗚乎！廉吏如伯良固不可多得，而憐才愛士如先生者尤爲少見，真不愧古大臣之風矣。復於伯良之行作五言長律贈之，詩云：「恨不同舟早，識荆幸有由。通家敦古道，利物展新猷。志氣凌霄漢，詩才貫斗牛。交纔經九月，感足動千秋。泉壤幽光闡，羹牆廟貌修。窮黎乏凍餒，古墓表松楸。原注：伯良到任後，倡修廟宇，並兼祀各墳墓。早聽軍民頌，時欽閭澤流。身家總未計，教養每深籌。文望當年樹，賢聲到處留。好朋難久聚，良吏信無儔。忽報驪歌唱，誰憐宦橐羞。喜君貧可賀，那惜解輕裘。」

涂清渠濟，雲南人，爲慶迪堂先生幕友。有句云：「雨急不成點，風旋多打圈。」可謂狀難顯之景者。

「魚能識字偏稱蠹，雁到離群轉號奴」，友人誦之於余曰：「此吴兼山别駕句也。」兼山名嵰，常熟人。前任東河主簿，後援例晉秩通判，需次浙江。余在濟上相晤於程雪門處，談論高闊，詩亦格律醇正。集中如《晚行》云：「向晚入林薄，懸崖一綫長。孤村帶流水，高樹淡斜陽。過眼新詩境，驚心古戰場。看山行處好，可奈是他鄉。」《病中編近年所作詩》云：「雨窗霧閣榻頻移，歸去名山未有期。久病暫思身後事，無聊重訂客中詩。千秋風雅談何易，一代才人數可知。解脱英雄兒女意，江湖廊廟不同時。」

長白斌笠耕先生良，雅愛吟咏。先任山東兖沂觀察，曾以詩寄余。適余落職浪遊，未得晉謁。後調任江蘇，光儀遂隔。吉光片羽，偶一見之而已。《即席》云：「風傳艷曲來杯面，雨釀輕寒入櫓腰。」又《楓橋舟發》云：「風勁峭帆收有力，波柔枝櫓劃無痕。」觀察之弟法良，字可菴，亦工詩。《盆梅》云：「夢回紙帳情千里，香冷蠡窗月一弓。」《菜花》云：「漫聽村語呼娘子，預喜油花卜小姑。」

謝長民先生仟，江北人，入籍歷下。性剛介，有不可一世之概，以諸生終。詩主性情，不談格調。卒後，門人方坳堂方伯以先生詩乞訂於翁覃溪閣部。余讀其集中《坐觀瀾亭》云：「如何人易老，不及水長流。」《九日登祝阿城》云：「終古遺墟鄰厭次，當時老淚灑牛山。」「厭次」者，東方朔故里城也。

王芸軒明府椝曾，丹徒人，由庶常改官縣令。倜儻多才，與余相遇歷下，誦其佳句，如《書懷》云：「無多骨肉分歧路，有用光陰付轉蓬。」「碁逢高手嫌無敵，酒入愁腸覺有稜。」《過韓侯嶺》云：「國士祠千古，真王土一丘。」《宿龍子祠》云：「采松連月下，移石帶雲歸。」《題齋壁》云：「酒盡仍留月，囊空只貯詩。」激昂慷慨，突過前人。

黄岡少宰李小松先生鈞簡，文章道德，海内傾心。先生每語人曰：「文章之壞，壞於雅俗共賞；官場之壞，壞於名實兼收。」老成格言，真不朽之論也。詩亦高老，未得登録。

近時贈人楹聯，佳者頗少。余最喜劉松嵐觀察贈朱湘霞一聯云：「雪夜庖人蒸鹿尾，晴窗詩婢打烏絲。」雄而且韵。又張伯良刺史贈禧凝齋少司農恩一聯，集成句云：「司馬温公，脚踏實地；大程夫子，人坐春風。」可云工穩。

友人某好狹斜游，流蕩忘返。一日，以紙索張伯良刺史書，伯良題一絶付之。詩云：「名花美醖客中春，一曲高歌酒一巡。如此天寒兼夜永，錦衾愁煞獨眠人。」某知其諷己也，即日遂歸。

自古從軍之作，率多殺伐之音。獨張伯良刺史癸酉冬從軍滑州，有《雜詠》十首，不落窠臼。録其一云：「曾聞湯網開三面，豈有堯天枉一人。十隊紅旗宣聖旨，但投戈即是良民。」蓋由聖德如天，恩詔屢下，而大將那繹堂先生行師一如宋之曹武惠，此詩特實録耳。

梁曉航達榜，福建人。余辛酉拔貢同年，丁卯、戊辰聯捷，榜下，即用官河南汝陽縣。因獲盜，擢知州，又以緝匪，候陞直牧。素有文名，尤精雜作，其風咏詩篇，多得自然之韵。有句云：「小屋苔封惟穴鼠，夕陽門掩但棲鴉。」蓋癸酉兵鐘後有感作也。又《深柳園》詩云：「使君惟種菜，食客不歌魚。」又云：「酒澆千竹醉，簾捲萬花香。」俱得晚唐風致。

建德高士宋梅舫奕勳，負才不遇，老於諸生。工山水，求畫之多，户限爲穿。凡渡丁字江者，以不得梅舫畫爲憾。二十外斷絃，終其身不再娶，故無子。殁後，平生著作俱散失矣。僅記其斷章零句，如「細草踏殘遊客屐，老松撑破度墻雲」、「小犢短簑犁鐵健，曉烟鋤破落花泥」，皆可入畫。又《賦水中雁字》云：「《離騷》賦就瀟湘晚，墮淚碑沉汝漢秋。」亦名句也。時同賦者，陳致齋有「海國波恬傳露布，鮫官機冷織迴文」一聯極精。致齋名曰和，畫翎毛花卉絶工，與梅舫分道揚鑣。平生未嘗應試，亦嚴陵高士也。

臧菊圃伯敬，河南淮寧縣廪生。《咏蘇子亭》云：「詩船載月依紅蓼，酒罣迎風上緑蒲。」《隋堤柳》云：「一從王氣沉黄土，幾度秋光接白門。」

淄川翟伯海濤，以孝廉爲觀城廣文，詩豪縱而口吃。嘗記其《贈宋步武》云：「無上宫高幽夢杳，不其山遠客心同。」《紀夢》云：「天光下照三千界，月色平分十二樓。」

以口授酒，謂之皮杯，最爲昵俗。王樹門之屏曹，王賓之兄也，有《贈人飲皮杯》詩云：「盈盈小立倚紅燈，酒到微醺弱不勝。郎自情深儂量淺，口脂嬌軟印吴綾。」

癸亥冬，河南衡工水溢，灌注山東，由鹽河直趨海口。凡入都者俱紆道濼口渡河，車馬闐塞。金廉訪委余前往稽查，時胡果泉先生以觀察入都陛見，經由濼口，日暮未得渡河。余款留小住，竟夕暢談，極蒙青盼。後累任封疆，年未六十，卒於江蘇巡撫任内。先生工書法，力追鍾、王，與三梁、一王齊名。其《論書》有句云：「樹老藤枯懸腕底，縱横一氣走龍蛇。癡兒不省天工巧，節節枝枝剪綵花。」

朱韞山鳳森，廣西桂林人。辛酉進士，官河南濬縣令。十八年，滑縣逆匪滋事，守城有功，蒙恩加同知銜。爲人有膽氣，性灑落，著有《韞山詩稿》。氣勢雄壯，辟易萬人。《夢中遇仙》一絶云：「跨鶴纔聞入五雲，等閒觀遍洞中春。回頭便是蓬萊岸，應有中流得渡人。」

姑蘇朱君垣相晤歷下，以尊甫朱湘霞參軍《塞外曉行圖》見示，其中題咏甚多。五言之佳者，瀋陽戴君全德云：「朔漠風雲壯，參軍擁騎遊。鞭絲摇霽日，人影漾河流。弓矢前程導，關山宿靄收。曉行留畫本，何必句稱劉。宋人劉一止有《曉行詞》甚佳，時遂稱爲「劉曉行」。」七律之佳者，劉松嵐觀察大觀云：「一舸吴江别酒徒，朋簪不意盍留都。方於海上携君手，又向淮南對此圖。馬勢驍雄人矯健，雞聲斷續月模糊。抽身不飲遼東水，畫裏關山有故吾。」七絶之佳者，顧星橋宗泰云：「繡嶺連雲叠嶂開，秋風吹過李陵臺。不征萬里扶餘路，誰識當今磨盾才？」「曾歷灤陽指木蘭，裌衣扈從塞霜寒。輸君遠到龍江北，千仞間山倚馬看。」

庚午四月，百菊溪先生督師高雷，剿寇克捷，粤洋胥平。天子嘉其功，特晉官銜世職，賞戴雙眼花翎。誠不世之奇勳，非常之盛典也。凱旋振旅，先生賦詩八章，以紀其事。詩云：「戈船西下肅風雷，力破滄溟瘴霧開。掃穴尚虞留夙孽，追奔已報縛渠魁。雙溪港外長歌入，萬里沙邊鼓棹迴。見説先聲寒賊膽，將軍兵是自天來。」「列缺飛光震海涯，火雲紅照羽書馳。已揚兵氣能超距，大快民心欲寢皮。絶島燔林驅虎豹，洪流磨刃斷蛟螭。旗門令肅竿懸首，赫奕天威共凛之。」「憶昨妖氛近逼河，蝟鋒螳斧拒天戈。花田戍鼓驚風鶴，魚浦軍聲集鸛鵞。卧壁條侯威詎損，談天犀首語傳訛。老肩鉅任心如鐵，籌筆宵分遣病魔。」「封關豈借一丸泥，鹽筴漁經次第稽。捍患只愁民力盡，詰奸未許盜糧齎。」「擣虛龍穴夜潮生，大嶼山前巨艦横。填海恨如銜石切，焚舟功可借風成。誰知灞上軍開壁，竟使潢池盜弄兵。詔黜元戎誅懦將，森嚴旗鼓六師驚。」「尚覺披猖虎負嵎，投戈忽見乞降書。貫盈亦畏神明殛，拚死難將骨肉疏。帝有恩言寬斧鑕，臣非忠信格豚魚。更生有幸謀生拙，何計經營奠厥居。」「碧玉山光潑眼新，雨花臺畔雨銷塵。力田好喫豐年飯，失業翻愁瘠土民。兩郡袴襦資召杜，廿年樓櫓逐恩循。而今番舶來無警，海不揚波頌聖人。」「恩叨持節再來慚，軍旅平生本未諳。閫外指揮勞將帥，帷中籌策藉寮參。從知民事原難緩，此是天功詎敢貪。笑指具區明鏡裏，島烟洲雨遍交南。」

一時投贈者，名公鉅卿以及賓寮紳士，美不勝收。如英煦齋先生七律二章云：「儒臣幾輩奏膚功，聖世於今又見公。戰艦周羅瓊島外，征旗出没浪花中。兵能用命原無敵，寇到成擒始信窮。從此海氛飛不起，故應三錫拜恩隆。」「《皇華》高詠到遼東，喜有新詩寄一筒。儒術當時歸藻鑑，文章依舊重黌宫。海翻巨浪今看靖，燈結新花別樣紅。功成三月速，患掃廿年餘。管樂真無忝，孫吴竟不如。雅歌平二章云：「當代曲江相，文能徙鱷魚。功成三月速，患掃廿年餘。管樂真無忝，孫吴竟不如。雅歌平海頌，投贈遍簪裾。」「威懾有先聲，真令破膽驚。籌邊搔白髮，前席問蒼生。喜遂登龍願，才慚附驥名。酬庸叨異數，矢志在寅清。」煦齋先生爲余壬戌年廷試閲卷大臣。耐亭觀察哲嗣名奕勳，任山東冠縣尹，與余同官莫逆。讀之，覺知己之恩、盍簪之誼，怦怦有動也。

浙江張葭村祖望，幕遊山左，工於詩。《憶梅》云：「故園何物最關懷，一樹寒梅應候開。花若有知應笑我，年年不見主人回。」

高達夫五十能詩，爲盛唐之大家，可見學之成者，不在早遲也。嘉祥張石瀾潾，年少未學，十九歲時方就塾讀書，不數年，膺癸酉科選拔。書法之清，詩筆之雋，一時無二。在濟南見贈云：「寫遍蒲桃幾萬枝，又從歷下讀新詩。先生占盡湖山趣，不是尋常老畫師。」

常州莊玉蕃掌教曹州，《晚涼漫興》云：「綠樹清如洗，池塘雨過時。夜涼蟲漸語，秋近客先知。紈扇殊難擲，寒衣又與期。親朋半寥落，竟夕繫相思。」

海陽黄孺人，毛渭石淑璜之母也。年二十餘守節，教子姪讀書，皆補弟子員。家素貧，以故渭石奔走衣食，足跡半天下，爲太夫人徵節壽詩。丁丑夏，渭石遊歷下，屢過蠡莊見訪，卒未一遇。留所梓《節壽詩》二卷而去。其中名句甚多，録吴山尊學士短古一章云：「蒼松無改枝，成陰可十畝。節婦支單門，行成天所佑。冰霜三十年，牢愁不可剖。要之至性存，危難一身糾。正如古忠臣，救國旋乾紐。精氣貫金石，感義到婢婦。芝蘭生庭階，萱堂歲月久。我詩無稗言，請介貞厓酒。」

言爲心聲，詩以言志。人必有心之所觸，志之所在，而後發爲咏歌，自成天籟。得春夏之氣者多風華，得秋冬之氣者多渾樸，學焉各得其性之所近。近温、李者不必其學温、李，近王、孟者不必其學王、孟也。若專主一家，謂其他可以擯而斥之，膠柱鼓瑟，豈不可笑？長洲蔣小鐵笛道人句云：「妙語滿虚空，得心出諸口。痛恨作詩者，動輒宗某某。」旨哉言乎！鐵笛名大鎔，任浙江鹽場。余壬戌年在都，曾相遇於歌郎慶瑞之家，蓋風雅而有情者。著有《日下看花記》。與余《衆香小部》可稱異曲矣。

掖縣尹徐静川如浩，貴州人。余素無一面交。戊寅夏在省，冉君廷封以素箑索余畫貽静川。静川得扇，過蠡莊作竟日談，如舊相識。行時，遣人持白鏹馳寄。余答以詩云：「十七年來知己淚，不逢良友不沾襟。」蓋其時余以清查事將被逮，故可感耳。静川旋署後，以所梓復任掖縣詩一紙見貽，起云：「敢言治化善陶甄，留得書生面目真。」可以想見其爲人。

余録張芥航刺史《過岳武穆祠》七律一首，可謂渾成流利矣。兹又見曹範南明經《弔岳武穆》詩云：「黄龍痛飲竟如何，不復江南奏凱歌。大丈夫原生許國，小朝廷奈死求和。兩宫魂泣南天路，三字冤沈東海波。欲薦蘋蘩無處採，爲憐忠義淚滂沱。」與芥航作工力悉敵。曹又有《偶占》一絶云：「大地陰霾四野昏，連朝風雪擁柴門。中原兄弟惟予拙，除却探梅懶出村。」範南名天翮，安徽太湖人。

楊元梅字羹甫，宿松廪生。才華敏贍，落拓不羈。《雨中憶故園》云：「短髮鬖鬖老莫支，愁絲經雨費芟治。齋頭兀坐形如木，過盡桃花未有詩。」其他佳句如《漫興》云：「四面山光詳甲乙，十年馬足記庚申。」《答張翰川用四豪韵》十律云：「一抹眉痕山小小，半奩花影水滔滔。」「丁日久疏名士酒，庚郵難寄美人糕。」「功名已負鵬千里，聲聞難争鶴九皋。」「而今肝膽徒天指，自古英雄只浪淘。」皆可誦也。惜年未五十而卒，詩稿散佚。

蠡莊詩話卷五

玉堂居士著

紀曉嵐先生嘗曰：「詩用倒裝句法，乃有曲致。」杜工部《秋興》八首中「香稻啄餘鸚鵡粒，碧梧棲老鳳凰枝」，若作「鸚鵡啄餘香稻粒，鳳凰棲老碧梧枝」，便覺平直。又如「蝶來風有致，人去月無聊」，常州趙仁叔一生傳此二句。若作「風來蝶有致，月去人無聊」，便無生趣。

安徽黄左田侍郎鉞，典學山左，覆試登州諸生詩賦。偶以東坡《留别登州舉人》詩令諸生和之，五日而有召還南齋之命，若應讖者。先生有《留别諸生》二律云：「老去難期汗漫遊，者番行盡海東頭。玉堂三入誠何幸，珊網全收也合休。留别偶令賡玉局，召還果復在登州。諸生珍重臨歧路，可有箴言贈我不？」「觀海新從登岱來，雲峰雪浪共崔嵬。愧無許劭人倫鑒，定有夷吾天下才。道茀那能禁翦薙，軍譁休便怨銜枚。原注：教約皆依功令，非過嚴也。蓬萊好讓群仙住，歸綴清班首重回。」

詩有因假成真者。余在京口偕友人遊焦山，預寫家書一函，僞爲内寄詩一首，陰遣人渡江投之，同衆啓視，群信爲真。其詩云：「桃花春水長波濤，有客南遊興正豪。夢裏帆檣猶隱隱，眼前襆被可勞勞。慈親健飯仍三盌，穉子攻書又一遭。鎮日江風吹太急，莫將脱帽擬登高。」余先自和，一時和之者，翟笠山灝云：「年來心悸海門濤，何似元龍興最豪。杖履有緣遊不倦，雲山無夢想徒勞。歡場樂事追佳叙，杯酒交情話者遭。珍重新詩合雙璧，焚香吟到月輪高。」周伯恬儀暐云：「乘興來觀二月濤，元龍未遂昔年豪。空群櫪馬疲猶壯，入爨車薪燼尚勞。客裏詩篇心斷續，夢中鄉國路周遭。璇閨屈指歸期近，看取秋風桂嶺高。」何蕉衫瑞芝云：「一江春水瀉雲濤，洞訪焦仙客興豪。放眼已窮千里遠，息心翻悔十年勞。偶然酬唱皆佳話，不負登臨是此遭。底事刀環偏爽約，虛教魚素託琴高。」丁若士履恒云：「狂踪近海愁精衛，倦客逢春感伯勞。」舒鐵雲位云：「四壁江山觴詠勝，一書懷袖夢魂勞。」裴竹朧鑽云：「江上舟仍歸緩緩，驛前亭本號勞勞。」李静齋周南云：「一鶴横空懷舊蹟，雙鳧偶憩息塵勞。」江聽香步青云：「江北江南渾漫與，名山名士喜相遭。」姚浣江長煦云：「堪慰細君休憶遠，承歡天姥一峰高。」家南溪焯云：「雲烟過眼追前事，風雨連宵慰此遭。」此外李雲帆吳和、劉中受逢禄、劉桐村允升、董小狂袖南、沈芝塘起潛、浦情田承恩、吳石帆金潤、孫蔚堂延、楊肖巖獻弼均有和章，詩多，未能全録。

見人《咏風》詩云：「偶借封姨力，居然太自豪。簾垂偏弄響，波静忽生濤。有勢聲方壯，無形影易逃。幾回頻閉户，久已畏喧嘈。」句句雙關，曲盡勢利小人得意自鳴之態。

又見方石蓮《大風戲作》七古一篇，中有云：「飛騰漫逞大王雄，躁戾全非君子德。」語妙諷刺。

家艾軒兄名淑，緘默寡言，邃於制義。偶爾爲詩，亦不肯苟。後宰安徽鳳臺縣。鳳邑民情强悍，素稱難治之區。兄涖任半載，比户宴如。梓《桃源八景詩》，叙曰：「邑小如邨，民勞思善。五鄉之犁雲鋤雨，大有淳風；百里之柳暗花明，儘堪小隱。況川匯湖河之浸，驛當南北之衝。轍迹儒宗，章臺霸氣。緬前人之歌詠，偕志乘以流傳。在鄉言鄉，乃爲親切有味；惟我知我，敢辭孤陋無文。」《翠柳萬行》云：「無城多種樹，有宅不栽桑。翠罨東西路，晴分千萬行。橋邊風絮絮，隄外水湯湯。最是關情處，離亭送客忙。」《三台霧鎖》云：「傑閣凌虚起，遥分列宿光。烟雲通北極，山岳鎮中央。老樹蟠蒼翠，洪河接混茫。褰衣一登眺，歷歷見耕桑。」《八壘雲屯》云：「節鉞臨江表，西封不到淮。何年傳陸壘，此地得金牌。儼控三吴勢，還如八陣排。桑麻銷戰氣，古蹟付塵埋。」《車馬兩堤》云：「官堤當孔道，車馬接時過。四牡朝辭驛，雙輪晚渡河。客心流水遠，柳眼閱人多。亦有皇華使，高懷發浩歌。」《沙灘漁火》云：「漁火看明暗，沙灘晚繫舟。矴聲喧渡口，燈影出溪頭。汎汎魚蝦侣，蕭蕭荻葦秋。棹歌聽欸乃，一色水天浮。」

吴門葉味三元鈞，天性曠逸，詩亦如之。《九日登南樓》云：「客裏光陰記勝遊，重陽高會上南樓。西風捲葉人横笛，衰草粘天雁唳秋。有興茱萸笑滿把，無端黄菊插盈頭。醉來一曲狂歌發，驚起長空皓月浮。」

濟寧詩人潘雅三呈雅，著有《小秣陵草》。《采蓮曲》云：「采蓮無戕子，蓮子苦復苦。采蓮無戕根，藕絲縮同心。郎心縮不住，妾夢江南樹。」《桃花》三絶句云：「兀兀歸來春暮時，杏花落盡小桃遲。東風一夜武陵覺，近樹人家都未知。」「人家只在小門西，長板橋頭鴨子肥。忽憶蘭陵風景似，桃花時節伯勞飛。」「簇簇烟蹊第幾層，人家也掛打魚罾。懷人一夜添惆悵，紅雨春山小秣陵。」

通州馮晏海雲鵬，學問淹雅，兼工詩詞，著有《紅雪詞》二集。乃弟集軒，名雲鵷，榜下，以知縣分發山左，攝東阿縣篆。晏海亦在署中。時月課諸生，以「東阿古跡」爲題。晏海有擬作七律十二首，格調俱佳。《蒼頡祠》云：「史皇四目怪容顔，邃古神人見一班。北海墓傳疑信裏，東阿祠在莽蒼間。曾聞學士多祈禱，未必靈文付懦頑。我欲擘窠書鳥跡，恐驚雨粟灑天關。」《項王冢》云：「往矣重瞳不可興，誰將片石表荒陵。雄心死不輸韓信，霸業衰由失范增。百二關山空有約，八千子弟已無憑。墓前若灑烏江淚，也有英靈唤得膺。」《魚山碑》云：「開皇石向千秋立，文帝身無寸土留。」《挂劍臺》云：「墓草至今猶負劍，可知感佩到黄壚。」晏海困於場屋，屢薦不售，人争惜之。乃郎爔，癸酉科已膺拔萃矣。

陳君雲峰，山陰人。品端才敏，人亦熱腸。余署東阿，曾延司刑席。後北上時重過其地，適雲峰在馮集軒明府幕中，盤桓累日。瀕行，且爲餽贐。余再三固却，雲峰戲贈云：「燕臺應記舊遨遊，駭緑紛黄卷裏收。敢把戔戔説持贈，願君添補作纏頭。」余笑而受之。

馮集軒明府詩筆恬雅，答余贈《蒲桃》畫幅云：「甘棠濃處帶餘曛，大樹亭前幾望雲。今日袁宏重過此，輿人不誦小馮君。」「百忙行篋趁斜曛，點染虬珠墨化雲。惠我正宜懸座右，蒲桃錦上日思君。」

詩僧燮蓮，松江華亭人。辭净寺方丈不居，遨遊天下，欲訪一真實悟道者爲之師而不得，乃暫作姑蘇怡賢寺記室。嘗曰：「吾三分一日之功，以一分作禪門課誦，以一分參祖師公案，以一分學詩，或臨帖，或就儒生談論，足矣。」其詩多五、七律，亦瑕瑜參半。或使作《治坊浜燈舫行》，辭曰：「艷體非所願也，且不善作古詩。」强之捉筆，頃刻成篇。中有云：「蘭橈桂檝通金閶，火星萬點三里長。誰家女兒珠翠妝，人前纖手擎杯觴。船來未近先聞香。」真艷體入骨語，非冬郎、耆卿不能道。末云：「惟有道人日徜徉，人間天上兩相忘。」一掃而去之，仍是空門吐屬。可見詩在性靈，非關學也。

馮晏海亦有《冶坊浜燈舫行》，中有云：「須臾日落萬燈然，照澈琉璃世界懸。舟中月奪舟前月，水底天明水上天。舟中水底渾難定，眩轉波光粉黛妍。」余於辛未夏赴蘇領咨，曾偕友人爲泛舟之戲，夜闌返棹，燈火如花，方知晏海之詩摹寫盡致。

雪美人詩，最難刻劃。馮晏海有七律八首，記其數聯云：「飛瓊權借封姨力，弄玉重生謝女詩。」「雲母屏開初對影，水晶簾看竟無人。」「竹葉侵將雙鬢緑，梅花送與一身香。」「生嗔天上黄綿襖，可喜人間白練裙。」至末首領聯云：「尋春地欲連天凍，薄命人多徹骨寒。」更見警策。

濟寧拔貢史襄齡，字梅裳，原籍浙江。美丰儀，有潘、衛之目，聞其名而未晤其人。在濟上時，余浪遊未歸，梅裳以書見遺，並贈所著《詩蠡》二册，皆尚論古人，自出眼孔者。閲梅裳之書，梅裳之詩亦可想見矣。録其一則，以傳梅裳之人。卷四中有云：「古人有專工一體，不惟後人莫及，即當時並名者亦莫及；不惟當時並名者莫及，即本人集中别様題亦莫及。曹植工於贈答，阮籍工於感慨，陶潛工於閒情，江淹工於擬古，劉伶工於遁虚，謝靈運工於山水，顔延之工於詠史，李白工於樂府，岑参工於邊塞，王維工於禪理，杜甫工於詠懷，王昌齡工於宫詞，劉禹錫工於懷古，崔國輔工於閨情，李商隱工於詠物，沈佺期工於應制，儲光羲工於田家，蘇軾工於詼諧，陸游工於細瑣。在本人集中爲出色，在當時並名者爲尤出色。在後人視之，不知古人何以便能如此出色也。」此則所論，頗能扼要。

人誤傳家簡齋死，而鄭板橋哭之。故簡齋有「聞死誤抛千點淚」之句，後人以爲佳話。乙亥冬，有誤傳余死者。惠印山都尉、興卜亭明府正謙集，爲之輟飲，均有輓章。印山句云：「詩才横北斗，豪氣壓西秦。」知己之情，令人感泣。余答詩云：「人無取處生翻贅，交到深時死亦靈。」

揚州顧萬峰于觀，與鄭板橋、李復堂稱楚陽三才子，以諸生終。《與宋幼堅》云：「關山月冷南飛夢，總到君前君不知。」真情至語也。後見張船山太守句云：「請君料理今宵夢，我欲南飛載酒來。」意致相同。

紀曉嵐先生家有小樓，爲狐所據，每日必於几榻塵積上畫荷花數朵。先生以詩嘲之云：「仙人本是好樓居，文采風流我不如。新買吴箋三十幅，可能一一畫芙蕖？」自此狐遂絶跡。黔驢之技，原不足登大雅之堂，然能聞風遠竄，此狐可謂有耻矣。

常州丁惺之敬述，與予素不相識。丙子夏，余在省中，惺之持吴南薌書來訪，遂訂交。以後朝夕盤桓，談吐風雅，詩筆清新，乃知惺之固雋才也。初見時，以七律六首見投，有句云：「漫説襟期多度越，者枝筆也掃千軍。」蔣伯生明府見而賞之。贈惠印山云：「情根萌蘖思逃佛，宦海風波欲捲帆。」聯句贈余云：「烽火昔年勞汗馬，江湖何處駐賓鴻。」音節俱佳。惺之又出舊作《落花》六首質之余，内押「瑳」字韵頗牽强。余曰：「詩貴選韵，宜響而不宜啞，宜熟而不宜生，宜新而不宜腐。《隨園詩話》中曾論及之。一韵不擇，全體之累也。」惺之蓋步友人原韵，故不得不爾。然其中佳句，如「芳草有心迎款款，游絲無力挽匆匆」、「縱遇回風重起舞，更無舊雨再添肥」、「自是已經天女散，不須再作美人妝」，皆見意致。惺之並爲余誦其尊甫梧岡先生佳句，如《在湖南過辰溪》云：「蝴蝶春山花女廟，鷓鴣秋雨竹王宫。」可謂色澤鮮新。先生名鳴梧，懷才不售，以遊幕終。

丙子歲杪，余以事逗留，在齊河秦竹虚明府署中度歲。元旦日，彼此酬賀，忽有長跪於余者，狀貌骯髒，衣服藍縷，持素紙一幅，求余作畫。余驚詢其人，署友曰：「此掃地夫劉仁也，事母至孝，性愛筆墨，每遇工於書畫者，必誠求之。所得月錢，悉以裝潢卷軸，是以茅屋數椽，字畫充積。其慕君畫已久，今始得叩求耳。」余肅然起敬，乃就硯中餘墨，草草塗成，并爲題詩，有「知己不易逢，托業何足惜」之句。韋蘭襟、李凫軒、丁惺之均有詩。惺之五古云：「五日畫一水，十日畫一石。從來老畫師，能事不受迫。咄哉掃地夫，一語動詞伯。明珠十萬顆，脱手齊抛擲。我聞作畫時，衙齋正紛賾。元旦集冠裳，賓筵設綺席。方此良讌會，誰暇傾烟液。況我聞之師，蒲萄有畫癖。落紙作龍飛，點墨同金惜。公卿擁篲迎，雲箋不爲擘。交遊日掃門，冰硯不爲炙。何以甫相求，且畫且題額。毋乃非人情，輕貴重賤役。夫子曰不然，斯人當莫逆。事親以孝聞，晨昏中繩尺。性且喜丹青，卷軸常充積。斯人我心儀，托業何必責。乃知真性情，形骸無所隔。乃知大英雄，待人多破格。」

安徽項桐圃立本，任山東滕縣尹，性磊落不羈。吴山尊學士贈句云：「率性忘人怒，多情爲物悲。」真足爲桐圃寫照。曾偕友人小飲蠡莊，誦其《題李白樓紅樓托鉢圖》舊句云：「潦倒西風十載餘，莫嗟書劍老相如。憐才柳亦垂青眼，不向朱門效曳裾。」

汪夢巖刺史汝弼，河南人。少年佐楚蜀戎幕，以叙功賜監生應試。吴兼山詩云：「無聊心事諸侯客，異數功名國子生。」蓋謂此也。後由庶常改知縣，罷官再起，不及數年，已擢臨清州牧，加升秩矣。

豈非有屈者必有伸哉？喜吟咏，詩律清粹。記其《山行即事》云：「一片嵐光映曉霞，小橋流水路三叉。緑雲陰裏垂垂雪，萬樹山楂正作花。」《望三賢祠》云：「碧澗千尋收暮雨，遥峰一角隱斜陽。」《報恩寺題壁》云：「笑我無心求富貴，牡丹開過不曾知。」《贈杜硯評》云：「歸從湖海餘豪氣，到處溪山爲寫生。」聞刺史夫人及令媛俱工詩，惜未之見。

桐城張太傅文端公、太保文和公父子相繼爲宰輔，俱階三公。而文端長子隨齋少詹、三子葯齋宗伯、季子思齋司空，並官卿貳。又自文端而下，入翰林者十一人。乾隆間御賜文和詩，有「便將翰苑登瀛譜，唤作卿家世系圖」之句。方引除觀察贈聯云：「兩世天教作霖雨，一家人住在蓬萊。」可想見其門第之盛。

集唐詩之妙者，如張星谷明府《有贈》云：「星靨笑偎霞臉畔，飛花故落舞觴前。」「横垂寶幄同心結，願得佳人錦字書。」「莫道風流無宋玉，也知情願嫁王昌。」「一種蛾眉明月夜，窄羅衫子薄羅裙。」俱極自然。星谷名應禄，安徽人，任城武縣知縣。

沈默字二香，蘇州人。少時家貧力學，爲舅氏陸朗夫中丞所知。屢試不第，佐胡書巢先生掌記室事。性情慷慨，好交游，能赴人之急。濟南有客死者不能歸葬，乃倡立蘇、常二郡義塚於城外以瘞之。又與桂未谷諸公鳩築精舍於五龍潭上，譚讌其中。善飲，以兩壺爲節，嘗作《兩壺先生傳》，自稱兩壺先生。後以不第，入粟爲浙江縣尉。著有《二香龕詩草》若干卷，余曾於蔣伯生處見之，未及記録。乃郎玉森名基庶，亦工詩。贈余云：「有情纔是真名士，無賴依然俠少年。」玉森並工隸書。

偶於友人處見江西孝廉周君作孚詩。《秋山》云：「秋老一林紅，秋山處處同。嵐光收翠靄，詩思在丹楓。葉落下晴晝，天寒多晚風。幽居巖壑裏，無語莫書空。」

張星谷又有《集唐花月吟》云：「紗窗月影隨花過，月過花西尚未眠。月不長圓花易落，花須終發月須圓。」清妙可入《香屑集》。

靳韜亭明府，漢軍鑲黄旗人。詩頗清雅，如《贈友》云：「五字吟成名士賞，一生到處美人憐。」《題署壁》云：「署冷何妨因酒熱，官閑偏爲看花忙。」《閩南雜咏》云：「六月閩南風景好，素心蘭碧荔支紅。」

江寧陸熗，字且圃，晚年自稱懶叟，以諸生終。著有《秦遊》、《閩游詩草》。《却友人文會》云：「原無妙藥能醫懶，況有雄文不救貧。」《垂絲海棠》云：「想是華清承雨露，不勝恩重倩人扶。」《阻風》云：「蓬窗盡日凝眸處，且讓來船得意時。」俱見意致。

世襲雲騎尉湯貽汾，字雨生，毘陵人。性敏悟，工詩古文辭，兼善書畫。著述繁多，饒有奇氣。僅記其《自牛首歸秣陵與董小狂同作》云：「策馬秣陵關，回頭路幾灣。此遊良得意，何日更偷閒？携客不孤我，題詩足稱山。怪來衫袖冷，帶着白雲還。」以武職而耽風雅，當與惠印山都尉並美一時矣。

崑山徐朗齋刺史鏷慶，原名嵩，墨卷中所刊之「麗六」，即其人也。幼貧窶，育於外家，其姨母顧氏適侯，欲妻以女，因其羸瘦，將中止。女潛告母曰：「徐郎秀在神骨，異日必以文譽起家。」母知女意，遂以字徐。伉儷甚篤，唱和頗多。有句云：「新涼半牀月，殘醉一簾花。」丰韵韶秀，絶似晚唐。具此才復具此識，洵女士中傑出者。

餘姚婁東渡春坊，丁酉副車，官荆州司馬。作詩專尚風調。先時讀書寧郡月湖書院，東湖風景不減杭之西湖。嘗賦《閨情》詩十餘絶，録其二云：「敢怨秋風冷繡牀，爲君添寄舊衣裳。青衫單薄西窗下，誰到書帷問夜涼。」「妾比秋蓮瘦若何，寄君蓮子淚沾羅。剖來莫怪蓮心苦，受得秋風冷淡多。」

歙縣吴朗齋如山，僑寓維陽，爲鱗潭司成之玄孫。先生官祭酒時，文望最重，一時湯西厓、何義門、王樓村皆出其門。朗齋淵源家學，風雅工詩。余曾相晤於汪夢巖刺史署中，朗齋誦其贈夢巖舊句云：「昔時戎馬峨眉雪，此日絃歌泰岱雲。千里裁鴻偏憶我，三年懷刺再逢君。」又《四十自壽》云：「馬齒又看今日長，蛾眉空畫昔時多。」《黄葉》云：「細雨冥濛摇遠岸，夕陽明滅淡孤村。」

朗齋尊甫硯農先生，名光國。少從金川戎幕，與家簡齋及蔣苕生太史文酒至交。在保陽道中有句云：「艣艙秋風纔故國，桃花春水又天涯。」風調絶佳。

余過臨清，汪夢巖刺史見示近作數紙。如《登光嶽樓》云：「干霄樓閣勢崔巍，徙倚憑欄首重回。山影遥從平野出，風聲高自半天來。千帆鴨嘴長河隱，萬瓦魚鱗夕照開。他日更期同弔古，鐵公祠與魯連臺。」《同段寶齋協戎西郊校獵》云：「馬上功名願豈違，相從平野逐雕飛。鳴鞭共試穿楊手，禦雪新裁短後衣。隴畔弓刀排陣肅，草間雉兔入冬肥。將軍智略書生膽，薄暮驅車倚醉歸。」不事繩削，流利自如，「文到妙來無過熟」，信然。

河南沈丘縣尹覃慕陔學海，廣西象州人。詩筆拔俗，不染塵氛。《秋夜聽雨》云：「寂寂不成寐，涼風吹滿樓。纔聽半夜雨，又得一年秋。歲月看青鏡，功名老白頭。才疎知事少，常抱杞人憂。」又《感懷》有句云：「求魚敢説臨淵羨，騎虎方知下背難。」第二語真我輩當頭棒也。

湖北諸生畢蘇橋旦初，性孤介，少鰥，不復娶。屢試未售，遊幕山左，今八十矣。喜寓僧寺，以詩自娱。《濟南秋夕感懷》云：「畫裏江城一釣磯，長年赤壁與心違。遥思耆舊今誰在，昨夢松楸豈當歸。到處仍揮楊子涕，逢人已息漢陰機。買田陽羨何時事，早製山中薜荔衣。」

近人中之喜集唐者，余既録張星谷明府詩矣，近又得常州陸紹文《集唐詩》一册。録其二律云：「寂寞堂前日又曛，看朱成碧思紛紛。蘭釭尚惜連明在，繡被應羞徹夜薰。閒倚屏風笑周昉，欲書花葉寄朝雲。舊來好事今能否，行樂三分減二分。」「織得迴文幾首詩，淚痕點點寄相思。乍啼羅袖嬌遮面，貪弄金梭嬾畫眉。單影可堪明月照，此情惟有落花知。寸心恰似丁香結，結作雙葩合一枝。」紹文名燿遹，屢遊節幕，爾雅温和，爲時輩所推重。

杭州孫碧梧雲鳳，令宜廉訪之閨秀也。工詩善畫，傳作甚多。《閨中宿燕》云：「杏花細雨三春夢，楊柳東風百尺樓。」《田家宿燕》云：「二月園林夢桃李，一生心事託桑麻。」風流旖旎，香口如生。「繡罷頻呼姊妹看，暖風晴日滿闌干。花間打散雙蝴蝶，飛過東牆又作團」，此吴興女郎《春閨》詩也，妙語未經人道。押「團」字韻似生而實穩，非拾人牙慧者所能解也。惜不傳其姓氏。

余在歷下晤周澗東彦，即原名作孚者也。時爲濟南書院主講，不時過從，得見澗東全集。佳句如林，未及多録。聞澗東喪耦十年矣，有悼亡之作十首，思致纏緜；又作《並頭蓮》七律三十首以寄意，伉儷情深，體物工妙。澗東年未四十，矢志不娶。曾作《孤雁》詩以謝媒者，云：「萬里一飛鴻，孤鳴向海東。雲間無舊侶，天際任秋風。烟水菰蘆外，迴翔審顧中。莫將羅網設，未肯下晴空。」此庚午歲所作也。事越八年，忽于戊寅五月夢其夫人，語之曰：「子《孤雁》詩極佳，何不將第三聯改爲『烟水迴翔外，菰蘆審顧中』，則虚實並對矣。」醒而識之，事亦奇矣。

江西金孝廉正儀，詩筆近於太白。有句云：「花落不上樹，絲黑難再紅。」爲汪瑟菴尚書所賞。其同年周澗東孝廉爲余誦之。惜鴻篇鉅製，不復多記。

京江劉春谷茂才輝，爲劉培軒先生之子。培軒與家艾軒兄己酉拔貢同年。余客京江時，春谷常過寓館，以詩見投。後來歷下，訪戴己山明府，重得相晤，情意尤摯。贈余詩云：「錦囊佳句富搜羅，海内詩人入卷多。千里重逢情倍切，十年相別意如何？」春谷又爲余誦尊甫培軒先生詩，如《蘆花》云：「夕陽明滅兩三家，征雁南飛到水涯。怪底漁翁頭易白，年年有夢宿蒹葭。」《簾鈎》云：「夜月樓臺虚弄影，晚風庭院悄聞聲。」《宿焦山》云：「山中不用蓮花漏，自有潮頭報曉昏。」《招隱寺訪桂》云：「桂花不似山僧懶，迎客香先到寺門。」培軒名植，鄉闈六薦未售，潤城名士多出門下。

春谷又爲余言，伊族劉君近仁，天資明敏，才學過人，見賞于學使胡豫堂先生。年未三十而卒。其詩之膾炙人口者，如「僧歸松影外，磬落竹陰中」、「蟲鳴千葉雨，月暗一湖烟」、「洗鉢乍分蕉葉雨，彈琴微動竹林風」，詩筆清雋。又劉君全能文工詩，爲萬浣雲同門所賞，屢拔前茅。年逾弱冠而卒，詩稿散佚。僅記其《咏卧佛閣》云：「世人坐亦卧，老佛卧亦坐。坐卧人不知，夢覺關頭過。」具見微妙。惜乎兩君之均不永年也。

江西貢院桂樹,係錢蘀石先生客香樹先生學幕時所植。後蘀石兩任江西學政,栽桂業已拱把,花葉甚盛,爲詩以記其事,誠佳話也。王簣山觀察有句云:「小山叢樹曲城隈,簾外清風放蕊纔。曾是錢郎親手植,種花人得見花開。」

簣山先生名賡言,山東諸城人,由部郎任江安觀察。哲嗣鷺洲,名履亨,來省應秋闈。與余交最摯,得讀先生《簣山堂全集》。爲詩清和雅正,卓然名家,未及記録。又有咏物詩二卷,名《車中吟》,蓋先生監户部寶泉局時,每日自寓居至公廨往返二十餘里,車行多暇,輒爲詩以自適,故以是名。其中如《鹽》云:「色如飛雪比廉纖,萬竈烟生利海添。不是齊人能忘味,後宫妃子號無鹽。」《慈菰》云:「肯隨菱荇辱泥塗,弄雨欹風不用扶。昨有女郎堤上過,背人小語祝慈姑。」《梅花》云:「暗香拂拂水粼粼,占斷華林第一春。欲向花間三弄笛,不知誰是賞心人。」《老少年》云:「一番霜信一番紅,愛向秋林鬥艷叢。少不如人老愈健,風流合讓白頭翁。」

凡故實有兩歧者,取其近是者用之。如《墨子》謂吴亡,西子自沈香水溪;而王子年《拾遺記》則有范蠡載西施之説,其説兩歧。要之墨去吴亡不遠,王爲晉人,當從《墨子》。吴江楊維箕《南蘇臺懷古》云:「麋鹿荒臺落日斜,行成往事重含嗟。西施一死堪酬國,吴主多情亦破家。香水人歸春見月,錦帆柳暗暮飛鴉。館娃宫殿今何在,只有山僧掃落花。」

詩貴乎真,情真、景真,自語無不真。塗澤泛濫者,無當也。濟寧王古愚刺史詩筆清真,塵氛盡滁。《懷友》云：「世味冷方覺，交情病乃知。」《靈寶道中》云：「路容車一輛，人上嶺千層。」《平涼道中》云：「日沈鴉背重，雲壓馬蹄忙。」《不寐》云：「真友每從貧後見，好詩常自夢中成。」《會寧題壁》云：「積雪凍深渾似石，荒山窮極不生烟。」《琵琶亭》云：「古今不少商人婦，那得青衫淚許多。」古愚名殊渥，直隸人。

浙江平鶴庵元杰，幕遊歷下，與某校書善。後鶴庵客珠泉節署，不得相見。校書寄詩云：「妾是珍珠泉畔水，涓涓只解傍郎流。郎如北極臺邊月，夜夜含情照妾樓。泉清月白相思苦，手拂瑶琴淚如雨。湖上楊枝易感秋，可憐瘦盡同心縷。」深情旖旎，樂府遺音，惜不傳其名。鶴庵固風雅多情者，此詩或即其自爲附會歟？

蔣苕生云：「知己從來勝感恩，故得一知己，可以無憾。」余生平感恩知己，不一其人。曾梓《天涯誌感詩》三十首，其中如胡豫堂、錢黼堂、陳春溆諸先生，或賞識於廣衆之中，或拔取於嫌疑之際，文字中知己也；如張伯良之揄揚余詩，顧丧庵之推許余畫，筆墨中知己也；至若寅交蘭誼，一朝青目，感以終身，其最不可多得者，莫如許家婦之事。余《誌感》詩云：「簡書驀地下匆匆，舉室倉皇竟夕中。白鏹誰能生頃刻，青裙偏自識英雄。激昂應愧鬚眉輩，慷慨全無巾幗風。一飯王孫成底事，千秋漂母敢相同。」

夏禮臣明府儀，楚之竟陵人。以癸酉拔貢分發山左，雖與余前後同科，而情誼最洽。爲人豁達多才，詩亦超軼。曾在朝城署中晤其鄉友周雲門，周固以詩自鳴者也，禮臣即席成五古一章題其集云：

「驅車衛東土，秋風來武陽。入境覩豐洽，訪舊識循良。浮沈悲世事，勤約語官方。搴幕遇畸士，操音辨故鄉。論古薄秦漢，琢句鄙蕭梁。等身饒述作，探篋示琳琅。騁懷無擇語，坦率露肝腸。風塵老鬢眉，家室計稻粱。窮途常痛哭，齷齪面無光。豈知歧路側，從古多亡羊。所貴在澄識，清夜捫干將。歷險愈摧折，磨礱出精芒。湛湛七星匣，寶物寧終藏。臨别還贈言，黽勉淬清霜。」

漢川劉海樹珊以進士出爲安徽天長令，有循聲，愛民好士，風雅工詩。賦《落花》詩二十首，有云：「可能終歲如三月，生怕全開到十分。」《登太白樓》云：「無邊風月誰爲主，如此江山我亦仙。」《贈友》云：「貧能贈友惟文字，賤不因人絶諂譽。」又云：「白帽秋零詞客淚，紅橋春負酒家逋。」此夏禮臣明府爲余誦之。其傑構甚多，未能記憶。

毘陵莊君宇逵，字印三，即梓《南華九老會倡和詩譜》者。工於詩，五言尤佳。如「寒烏依夕照，落葉碎秋聲」、「漏與蟲聲間，人先鳥夢醒」、「風疎木葉下，野曠夕陽多」，清秀絶塵，風致不減小謝。他若「風過不知處，滿林黄葉飛」、「時有幽禽來，空林墮殘雪」，妙語尤可静參也。

大興孫一帆鑑，風雅工書，人尤倜儻。癸酉年，佐同中丞戎幕有功，名登薦牘。著有《琴語樓詩集》。《咏蘆》云：「孤艇泊江鄉，洲前暮色蒼。月臨千頃雪，漁卧滿篷霜。秋水情何極，西風拂更涼。年年沙嶼上，頭白爲誰忙？」《贈友》云：「至愚最是平生福，大巧無如造化奇。」《寫懷》云：「風真似剪知綿薄，事每如棋下子低。」《和戴萃堂留别》云：「迎我青山多有舊，送人秋色不須描。」《春日詠懷》云：「深院游絲慵不起，一枝春雨濕梨花。」

全秋濤太守士潮，江蘇震澤人。著有《望雲小草》。由刑部郎中任福建漳州府經，過嚴郡，爲太守曩日幕遊之地，有《七里隴》一律云：「江上黎明促客行，舊遊踪跡舊時情。帆拖七里青山色，櫓雜千層碧浪聲。自昔携琴留幕府，於今捧檄出嚴城。子陵臺下低頭過，自愧中心繫利名。」

會稽吴好山工詩，著有《橡村詩抄》四卷。五言如「白雲留晚磬，黄葉捲歸樵」、「小雨止復作，片雲行欲還」，七言如「空院落紅中酒後，曉山横碧捲簾初」、「暮雲抱郭霾紅樹，寒雨連江凍白鷗」，皆於研鍊中别具丰神。

漢川李庾清，字雪坪，性崛强，不近時。常使酒駡座，人皆厭賤之。而詩筆蒼勁，落落入古。憶其《武昌雜詩》云：「蒼涼石磴路迂迴，孤塔淩風倦眼開。一種洪山山下草，青青青上楚王臺。」《後遊秦淮》云：「重訪笙歌事已遥，六朝遺跡莽蕭蕭。傷心最是秦淮柳，零落西風舊板橋。」《贈友》云：「學方孺子吾何敢，誼比陳蕃君更優。一榻公然無上下，花時同卧海棠樓。」

宛平李九峰本棨，以事遊歷下，《偶感》云：「小池緑水流如昨，底事重門寂不堪。燕子未知人已去，梁間猶自語呢喃。」其人之多情可想。

粟博坪光化，河南上蔡人。以職貢任中書，改官鹽運副。幼有神童之目，廣讀群書，博覽篇章，一目十行，鴻篇巨製，滔滔皆能成誦。爲文渾浩流轉，大氣淋漓。亦長於詩，《代人賀謝南宫壽》詩有句云：「幕府已催新白髮，家居猶認舊烏衣。」以南宫作幕，故咏及之也。詩句清雋，已見一斑。

吴蘭雪嵩梁，爲江西數十年來繼蔣苕生而起者。王述庵司寇謂其詩如天風海濤，蒼蒼浪浪，足以推倒一世豪傑。有《孤山看未開梅花》詩云：「禁寒獨看未開花，此意定知花痛惜。」一時傳誦。又《瞻園月夜》一絶云：「林塘幽絶似山家，臨水闌干卧影斜。仙鶴一雙都睡着，冷香吹遍緑梅花。」其他長篇巨構甚多，夫人蕙風女士亦工詩，均未記録。

曹縣同年安若石萃礪，工詩及駢體文，懷才早卒，友朋惜之。記其《水仙花》詩云：「不占人間尺寸土，自含生意自開花。」

友人誦劉鶴津孝廉句云：「願教十載磨桑硯，敢憚三秋着祖鞭。」蓋自勉而作也。鶴津名國仲，武進人。

優伶之外，又有所謂當子者。杭州陸君應宿《當子》詩云：「一片氍毹貼地紅，雙鬟妝束内家工。不須曲記相思豆，但看坤靈扇子中。」「此豸分明禁臠看，當筵未許侑杯盤。任教誦遍摩登咒，戒體依然着手難。」蓋當子所歌之曲書之扇上，且度曲而不侑酒。陸詩可謂刻劃入妙。

大興李佛雲鹽場汝璜、李聘齋二尹汝珍昆季皆風雅。佛雲多材藝，工隸書。在揚州咏梅云：「二分月色評花事，兩度風光解客愁。」聘齋由二尹引退，僑寓邗上，著書自娱，尤善詞曲。其「春滿堯天」一闋，大江南北，膾炙人口矣。

佛雲長嗣李書圃徐翺，癸酉孝廉，性情恬静，兼工詩詞。《春苔》云：「緑蘿低繡一園春。」《晚泊》云：「夕陽紅捲一桅烟。」詩筆雅秀，論者謂其得「一」字訣。

京師某酒肆中懸《李白醉歸圖》，畫甚惡劣。或題一絶云：「春風兩袖玉山頽，落魄長安酒肆回。

忙煞中官尋不得，沉香亭北牡丹開。」不署姓名，而詩絶佳。

候補尹陳季淳傅霖，爲商丘望之中丞哲嗣。著詩盈尺，美不勝收。記其《遊小西湖》云：「愔愔庭緑露初團，吹面都成水氣寒。一角青山低髻子，鏡中便當美人看。」「飲緑争來借碧筒，烟光片段入屏風。關心十八年前事，夢落西湖舊釣蓬。」

常州劉芙初太史嗣綰，才華發越，爲詩清新俊逸，兼庾、鮑之長。《出丁沽》一律云：「十里丁沽水，長橋復短橋。一篷今舊雨，雙槳去來潮。市近魚蝦賤，村空鳥雀驕。如何鄉夢便，載不上蘭橈。」《歲暮》云：「如許年光真蔗尾，幾番春信上梅梢。」《飲酒》云：「千愁在眼俱成海，一醉埋頭便是鄉。」《晚憩慈仁寺》云：「身與孤僧同出世，心如遠客乍還家。」《雨窗柬諸同人》云：「客況又寬新帶眼，歸心同折大刀頭。」

武康徐雪廬雄飛，才情博贍，著作等身。阮芸臺先生撫浙江時，最爲推重。友人誦其《題史閣部葬衣冠墓》詩云：「盡瘁何辭埋碧血，全身並不乞黄冠。將軍跋扈勤王少，帝子荒淫建國難。」沉雄直逼少陵。

濟南城西隅吕仙廟久不治，四週鞠爲茂草。嘉慶癸酉，朱吉人方伯捐金倡修，廟貌巍焕。復於西偏穿池叠石，小構亭軒，今爲省城觴客演劇之地。或題詩云：「一夢三年便隔塵，尊前誰與證前因。如雲賓客皆星散，只有何戡是舊人。」「繞遍長廊覓舊題，蛛絲煤尾太凄迷。不知修竹緣何事，彈去甘蕉種蒺藜。」「啁啾小雀語簷牙，填海心情願恐奢。一個金環無覓處，三年何苦飼黄花。」殆當年偏受恩私，未得報者。其詩沉痛凄絶，不減玉溪。

香雪王廷椿，天津諸生。鄉闈屢薦未售，以縣貳分發山東。性耽風雅。《送春》云：「落花片片委蒼苔，幾度鶯聲喚不回。莫怪東君情太促，明年還送好春來。」又《咏罌粟》云：「未誇南國雙弓米，先借東君十日糧。」

七夕詩歷代幾於説盡，無可翻新。近見張六琴《七夕》云：「雲烟歷劫不銷磨，撙節歡娱未是苛。十二萬年年一日，比肩百歲問誰多。」雖類算博士，却佳。所官靈山衛荒遠陋劣，素不知有乞巧事，故其次篇云：「無人乞巧上針樓，碧海銀潢别樣秋。兒本衛生原嫁衛，不知牛女有離愁。」則婉而刻矣。

咏物詩不可空疏無典，然其物絶少徵引，將奈何？江寧張小珊《咏葫蘆》云：「新苗長就便纏籐，一味攀援到上層。」妙於形容。小珊名愷，任山東鹽場。

題小照詩與其人確切，固亦不厭詼諧。吴門王秋厓爲公卿上客，南北奔走。江西李春舫傳君題其《碧山獨眺圖》，末首云：「君患才多日日忙，爲他人作嫁衣裳。而今賴有傳神卷，若要偷閒畫裏藏。」尖薄令人發笑。春舫以少尉需次山左，青年遽卒，惜哉！

江西喻東白宗崙，以優貢待銓縣令。乙丑年來遊歷下，與余詩酒論交，最爲投洽。題余詩集，有「風雲月露總成章，健筆能登作者堂」之句。别來十餘載，不復再晤。東白之詩，亦不復記憶矣。後見其《題王篴樓太守江樓倚笛圖》七律二首云：「鐵笛吹寒天外風，樹聲樓影大江東。壯心本逐黄流遠，逸調争傳《白雪》工。三載隽遊依謝傅，原注：先生曾遊謝中丞幕。十年薄宦比陶公。湖山有夢違前約，記否峰青曲未終。」「我從瓜步泛扁舟，曾上京江北固樓。倚檻簫聲吹月落，插天帆影壓波流。山川未許題佳句，圖畫相看憶昔遊。何日隨君伐羌竹，雙聲引出暮潮秋。」

詩工於窮，而富貴中之工詩者亦復不少。如鄭邸石琴道人風雅愛士，工詩善書。余於周澗東孝廉處見其倡和之作甚多，囑爲抄録，適澗東以會試入都。又闕里衍聖上公冶山先生著作宏富，友人曾以所梓詩集見貽，尚未采登，即爲他友携去。富貴之詩，固未嘗不工也。惜見之而未得登之。高山之仰，中心嚮往而已。

楊兩山紀堂攝河南滎澤縣篆，囑張君隱庵繪梅花二種，以方官況。有句云：「難得滎波清似水，敢將宦況托梅花。」想見高雅之致。兩山，浙江海寧州人。

宜興儲玉琴潤書工於詩，名噪維揚，與家簡齋及王夢樓先生時共倡酬。記其《秋日雨中宿焦山》云：「烟低排雨脚，風急剪潮頭。」又云：「雲凝山氣冷，浪挾樹聲驕。」

女伶吴月痕，姑蘇人。寓邗江之明月揚州第一樓。丰神楚楚，弱不勝衣。工度曲，善詩，《和汪篠園》有「夢雲人倚一燈紅」之句。又云：「花下尚多前世債，病餘留得隔年魂。」

京江汪仰亭廷楷，以舉人出爲金鄉令。工詩，有吏才。後以事謫戍，將出關，留别云：「萬里路從今日始，一年心覺此時寬。」在伊犂時，松將軍引爲幕府上客，贊佐機宜。可見優於才者，是處皆宜也。

王穀原贈徐春書詩云：「十年小别東瓜堰，一夕相逢皂莢橋。大抵詞人慣羈旅，未緣明月戀吹簫。」「幾卷新詩黯淡吟，天涯畢竟有知音。中年偏與饑寒會，典去衣裘又典琴。」「聞道白沙江口住，近携家具夢揚州。腰纏一笑原烏有，鶴背高寒獨耐秋。」「葉落淮南旅夢殘，可知門户故家難。不如歸泛南湖月，占得鷗沙把釣竿。」清脆如霏玉屑。春書名麟趾，秀水人，僑寓邗上，爲盧雅雨先生詩弟子。著有《荔村詩鈔》。

余録王樹門《飲皮杯》詩，乃一時游戲之作。樹門聞之，復以舊詩數紙見投。五律尤勝。如《犢山早發》云：「一綫天分界，雙橋水下灘。」《不寐》云：「柝韵三更夢，鴉聲五夜魂。」《送友北上》云：「爲愛才如命，何妨俗是讐。」俱佳。樹門又見示在都之共倡酬者二人，一爲如皋蔣君汲泉，一爲鄱陽李君遜亭，均有佳句可摘。

奉賢鞠荻村茂才震，《五人墓題壁》云：「蕭蕭松柏秋風幹，凜凜丘山壯士墟。市井獨能伸節義，衣冠應悔讀詩書。」雖未晤其人，殆亦吾鄉之雋也。

在卑位工詩，咸比爲高達夫。近則更夥。山陰婁水心廷法，初爲東阿縣尉，後值過境餉鞘失，咎宜歸令，而委尉肩之，遂去官。其俠氣可想。好爲詩，脱手彈丸，有樂天風味。《咏衾》云：「凉宵賴汝煖，覆蓋已多年。只恨欠寬大，難同民物眠。」《元旦》云：「三千里外客，六十五年人。不信送窮鬼，那知迎喜神。」又「山色遠成低」五字，絶有神味。今以中年尉乞休，惟耽吟咏。

余於徐藕船刺史處録劉鶴津孝廉詩，以爲不識其人。己卯春二月，晤鶴津於歷下，縱談往昔，回首京華，則丁卯夏，余入都捐復時，長安道上曾經相識者也。相與大笑。贈鶴津詩云：「未謀君面采君詩，文字因緣事本奇。今日相逢應一笑，十年前已識袁絲。」「愛蓮周子亦清才，此地曾經載酒來。

絳帳只宜名士設，劉晨所住即天台。」以鶴津時爲濟南書院主講，並携小妻，是以調之。鶴津因誦其憶小妻絶句八首，其一云：「月好每嗔眠去早，日高曾駡起來遲。世間比翼雙飛樂，不到離群總不知。」非身經離别者，莫解此中況味也。

詩至牢騷，固不一種。張六琴《答友人》句云：「袖海填愁精衛石，拄天争日魯陽戈。」獷驁不馴，令人咋舌。

蠡莊詩話卷六

玉堂居士著

詩有比、興、賦三體，惟作長排及五、七古尚有鋪張正面處，外此全在置身題上，寄托遥深。一落呆衍，便成木偶，只須比興，不用賦體也。隨園云：「詩到無題是化工。」旨哉言乎！

吾鄉張留山玉城，以州倅分發東河，升别駕。倜儻有才，詩筆豪宕。余在金鄉，留山見寄七律二章云：「妖氛四起逼孤城，入境頻聞風鶴驚。循吏居然能殺賊，書生誰説不知兵。除官吴質韜鈐富，捧檄袁絲壁壘精。記我單車曾過此，一軍皆甲夜無聲。」「河朔飛騰上將旗，九重廟算策無遺。已除群醜清餘孽，尚有哀鴻望故枝。綏定流民先賑卹，撫循内地異邊陲。治聲喜聽隆隆起，一片丹忱萬姓知。」後不多時，留山竟疾卒濟上，惜哉！

單縣趙墨琴樹屏，事親以孝聞。親没，築室墓旁，獨居三年。有《廬墓詩草》，自抒哀慕之誠。劉寄菴司馬題云：「吟成風樹墓門時，一卷初開淚已垂。自是此身孤易感，《蓼莪》廢後廢君詩。」一時聞其事者，歌詠成帙，曰《廬墓詩草》，孝德之感人也深矣。

詩用反托之筆，最不平直。如隨園《呈望山相公》云：「十畝水田三頃竹，知公且自讓門生。」比鋪張功業更妙。《贈奇方伯》云：「羞把封疆祝賢者，知君心早薄公卿。」比頌禱升遷更佳。余作詩常用此法。《吴門送别曹梅村》云：「此日征帆須小住，江南尚有未看花。」《題譚霽軒有魚圖》云：「鎮日持竿圖上立，何曾釣得一魚來。」和某友云：「消盡窮愁千萬斛，人間那有不平鳴。」

雲南劉春舲太史榮黼，詩才敏捷，下筆千言，倚馬可待。未入詞館時，曾客濟南張溟洲太守幕中。春舲爲余辛酉拔貢同年，故常共詩酒之會。爲製《孫女史春怨圖》，叙其略云：「擘玲瓏之藕，絲斷仍連；剥宛轉之蕉，心多不死。蛾眉懶畫，惟藉夢以尋歡；鴛帳虚懸，時背人而飲恨。春還有幾，能不傷春；怨亦無聊，休嗔多怨。所以芳心耿耿，寫寄恨之迴文；清淚潸潸，緘托情之卍字也。」和原韵云：「好風好雨苦催花，春去翻憐歲月賒。只道詩人纔善怨，情根竟讓女兒家。」「紫陌年年慣踏春，心中只有眼中人。别來音問全無著，多少閒愁壓此身。」「不將才調傲村娃，寫出柔腸字也佳。絶似當年孫阿紫，投書和夢到秦淮。」「如此深情詎有涯，何時盼到六萌車。使君莫學姚都尉，冷落紅顔獨浣紗。」

童篋字勿齋，浙江山陰人，少宰梧岡先生鳳三之子也。善畫工詩。惜其不壽，年三十六而亡。《和友人秋江苦熱》詩云：「溪光嵐影水天長，道近山陰應接忙。風鼓魚龍鱗甲動，詩争鷹隼羽毛强。火雲侵夢烘篷背，空翠撩人整筆牀。橘緑橙黄何處是，和君秋興寄秋陽。」《菜花》佳句云：「布金地暖春無價，奪錦詩成字有香。」勿齋胞兄弟五人，長春厓名賡陽，次揖帆名泰初，四茶莊名泰時，皆工詩，惜未記録。

勿齋之從兄童茂村文清，詩亦蒼勁。記其《過恨者關》一絶云：「危城兀立壓千山，萬古名留恨者關。能使英雄啼血淚，至今衰草色班班。」其弟積躬《途次口占》云：「獨坐危車任所之，鷓鴣啼罷雨絲絲。擔頭行李無多重，半是圖書半是詩。」其弟學清《題掛劍臺》五律云：「掛劍名空在，舟人指點疑。由來然諾重，不以死生移。宿草徐君墓，荒原季子祠。高人千古絶，誰爲薦清卮？」

妓中工詩者甚多。常州衛融香《午日》云：「心隨人共遠，愁與日俱長。」甘泉范雲《答許介壽》云：「惟君細認門前路，多種秋紅是妾家。」江寧鄭如英《春日寄懷》云：「君情莫作花梢露，纔對朝曦濕便乾。」揚州陳素素《送人遊西湖》云：「見説西陵有蘇小，勸君莫過六橋頭。」濟南王麗娟《寄人》云：「蕭條門巷從君去，春色何嘗到妾家。」

張留山別駕故後，余欲爲詩哭之，尚未脱稿。偶得鎮洋畢菊農茂才輓留山七律五首，淋漓深痛，實獲我心。録其一云：「應是蓬萊小謫身，修文幻事恰疑真。副車竟了今生業，別駕依然舊日貧。淮海聲名驚俗子，天涯涕淚哭詩人。錦囊佳句堪重讀，字字聰明筆有神。」

菊農名韞珍，爲秋帆中丞之猶孫，少年英雋，詩筆清新。與余相見濟上，見贈五律四首，録其二云：「倉山不可作，此事又推袁。風雅存吾道，文章息衆喧。眼空群冀野，名重兩隨園。議論縱横處，英雄豈大言。」「眼底論人物，君應第一流。斯才非百里，此日已千秋。海内多寒士，家聲愧故侯。龍門更誰屬，屈指幾荆州？」菊農又有《梅花詩》三十首，細膩風光，以詩多未能全録。余答詩有句云：「不是匆匆還小住，騷壇幾失上將軍。」

菊農尊甫畢硯山別駕，名繼曾。著有《硯山詩稿》。《送友人南還》云：「嘹嚦賓鴻賦遠征，江南消息倍關情。客懷正是連朝惡，無那西風又送行。」《遲蔣春渠劉迂岑不至》云：「分携曾記百花潭，別酒重斟對夕嵐。梧雨聲中人塞北，槐花香裏夢江南。雙魚乍剖眠難穩，兩眼將穿望不堪。今夜月明聞剥啄，料應門外已停驂。」《秋夜聞笛》云：「一聲天外弄長笛，千里月明同此心。」

畢明府名裕曾，爲硯山别駕之堂弟。亦工詩。《送孫淵如觀察之鎮》一律云：「前旌遥指曙雲開，嶽色河聲亦壯哉。東海便應歌惠政，倉山早已嘆奇才。姓名不藉官階重，事業還從經術來。試向天門高處望，文星奕奕傍三台。」

濟寧許雲橋鴻磐，任安徽泗州牧。儒雅恬和，無仕宦陋習。任潁州司馬時，製有《青衫濕》曲，即香山《琵琶行》演之，頗爲悲壯。後以事罷官，入都捐復，道過任城，鄭君墨泉復製《洗衫痕》曲以贈雲橋。一時濟寧詞客，争爲被諸管絃，歌以侑酒。余曾過墨泉處一聆之，誠騷人之韵事也。雲橋學問博贍，著有《方輿考證》一百卷。詩亦諧暢，《九日登樓》云：「四野西風戰不休，羸軀已自攬貂裘。羈鴻旅燕頻經眼，秋水長天一倚樓。吾道悠悠空歲月，當途衮衮自公侯。青氈昨夜霜華重，擬向南池弄釣舟。」《乙亥春旋里醉後題壁》云：「滿面風塵過里門，相逢執手轉銷魂。且將離恨陶絲竹，好趁芳辰聚弟昆。一曲歌殘花歷亂，小窗人醉月黄昏。匆匆又欲分襟去，春草池塘有夢存。」

江南如臯縣有度軍井。相傳宋岳武穆經略通泰時，炎天赤地，軍中噪渴殊甚，武穆掘得一泉，取之不竭，因名「度軍」。井至今亢旱不涸，亦呼爲「聖井欄」。汲水者或不得水，以手擊其欄，泉自涓涓流溢。馮晏海有歌云：「射雉城，似焦土。度軍井，得甘乳。誰與鑿者岳忠武。千乘萬騎排山來，天炎日炙口張弩。此時絶水勝絶糧，浚得靈泉皆起舞。至今呼作聖井欄，他井竭時此井取。人知井水甘，未識臣心苦。精誠動天及九泉，吁嗟乎忠武，吁嗟乎忠武！」

通州保少柏發《九日登千佛山》云：「放開詩思横千里，驚起鄉心又一年。」《題墨竹贈鄉友》云：「寫取一枝清瘦影，要隨風雨到江南。」清脆可喜。

濟寧宋麗泉廣文兆京見寄泰安游孝廉仲辰詩録，其《題畫册》一律云：「始信青山不負吾，舍旁三面水平鋪。依稀烟際人家隱，蕩漾波心塔影孤。偶得路時通彴略，稍分界處認菰蒲。除他幾個漁舟子，更有人踪到此無？」又《菊室》句云：「影淡人俱瘦，詩成字亦香。」

王羲之能爲一筆書，陸探微能爲一筆畫。惟詩亦然，一題到手，必先有精神命脈之所注，然後落墨，一氣呵成，雖旁見側出，仍自滴滴歸源，乃見法律。時朱松崖及家照人俱學詩於余，途中猶以詩寄質。余書數語規之云：「作詩須爲一筆詩，首去浮泛次支離。浮泛徒成牙後慧，支離翻添節外枝。千頭萬緒一以貫，若綱在綱珠探驪。從來作詩如書畫，不見陸探微與王羲之？」

余客金陵，與蔡勤叔孝廉之銘交，因得見其尊甫芷衫先生。時先生年將七旬，身體傴僂，每見猶必與余談詩，娓娓不倦，聲若洪鐘，真幽燕老將也。爲詩格律醇正，張紫峴明府所謂「含英咀華，遺其糟粕」者。著《在山堂詩集》。《古道》云：「九折原通蜀，千盤復向秦。可憐嘶老馬，長此怨離人。冰雪關河氣，風塵豪傑身。年年楊柳發，猶自傍前津。」

豫省聞古芬賓桂，由部員改秩刺史，爲人爽颯不羈。偶過山左大明湖上，日事冶遊，悦某校書，羅致而去，亦豪舉也。嘗以舊作數紙見質，記其《題畫》一絶云：「小廊人静月初斜，窗外蟲聲透緑紗。

一片閒愁吹不散，結成幽夢上梨花。」居然漁洋風味。

安徽孝廉韋蘭襟偉人，儒雅工詩。公車北上時，道過山左，一見成莫逆交。以所著古近體詩數册見質，多清婉之作。《過宿州》一絶云：「青簾紅雨麴塵風，地近江南便不同。一帶垂楊三十里，人家都住杏花中。」贈余云：「北征一賦推袁虎，東國三驚黜展禽。」題余畫譜云：「蒲萄我欲呼君字，黄葉桐花一例香。」

嘗見《揚州竹枝詞》云：「揚州世道當群小，戲子燈籠小亂彈。」俚鄙可笑。今人往往以「小」稱人，如小趙、小錢、小孫、小李之類，被此稱者，其人之卑污鄙賤，不足與談，不問而知。余《題畫戲成》云：「小小蒲萄小小枝，寫來方是合時宜。從今收拾如椽筆，不作人間老畫師。」見者無不發笑。

東阿尹駱蔚亭應炳，江西人。先任長山縣令，喜爲墨筆蘭竹。人亦恬雅，題余畫《蒲萄》云：「畫龍豈必定真龍，妙腕飛騰筆底風。别有驪珠懸顆顆，何年偷下紫霄宫？」「頻年宦轍走西東，時命雖窮興不窮。驅使雲烟供大筆，酸心都在畫圖中。」

作詩堆砌故實，謂之獺祭，大雅弗尚，然亦未可以空拳白戰也。蔣堯農孝廉有《小飲》詩四章，短序曰：「有能爲南、董者，贈以上若四餅。」詩云：「小飲青齊又幾年，偶憑監史話從前。停車争識雲亭字，種米兼分縣令田。有器可成經與雅，其心能辨聖而賢。達人往矣佳言絶，惆悵吟香賦雨天。」「膏馥於今半冷殘，九河不足共嗟歎。緼袍代客償逋去，笮具隨時變味難。豈有新恩吟芍藥，斷無微過責邯鄲。争鯨勵月深深語，獨拜南旗夜炷檀。」「空緣息慮卧糟床，黍熟頭低麥熟昂。五百斛船酣壞法，一千日醒酣嫌狂。不能換馬愁看爾，何處從鶯索與郎。直待神仙開九醖，玉樓消息杏花妝。」「斟酌尊前藍尾春，宜花宜雪久留身。尋常裀褥汙丞相，聊且杯盤累主人。户大不疑今畢卓，令寬每憶老陳遵。奚頭一匊歡源在，溉養蝦蝚樹樹新。」雖無深意，却見腹笥。堯農名瑛，蘇州人。

堯農時主東昌書院講席。余過東昌，盤桓累日。贈詩云：「岑參弓劍一身孤，殺賊歸來官已無。却復吟詩如讀畫，五花旗色練兵圖。」「去官以後得詩多，比似閑雲閑幾何。我語袁絲莫潦倒，元龍湖海尚風波。」

堯農又言，伊客都門七年，曾於半刻中遇兩詩人。一日在慈仁寺看松，覓句未得，有醉而高吟松下者云：「春雲閒撲地，横石卧談經。」左顧一客曰：「速成之。」客云：「不及西泠鶴，飛來湖上聽。」堯農急詣僧房乞筆硯出，而兩人行矣。

平原董香草孝廉芸，詩人董曲江猶子也。與曲江之孫龍光皆以詩鳴。龍光之詩尚未之見，香草之詩清矯拔俗，肖其爲人。集中如「船從天上推篷坐，人向波心倒影來」、「半榻茶烟風定後，一船花影月來初」、「長貧轉覺浮家好，垂老方知行路難」、「捲簾雲向窗中宿，牽犢人從屋上行」、「山下人家多近水，緑楊陰裏透紅霞」，讀之令人心醉。余過城武，香草之壻吕筠浦時任城武廣文，以香草《半隱園詩集》一卷見貽。並告余曰：「香草有所著詩話十二卷，無力付梓，爲伊子肇畛收藏，胡不驅車平原而索觀之？」筠浦名崇修，德州人，亦工詩。《慰聶瑞亭》云：「此日灌夫惟縱酒，由來飛將不封侯。」《輓蕭練江》云：「劇憐懷袖三年字，月夕霜辰忍淚看。」

那嘯崖弱冠時，隨任江寧織造署中，與校書陸月香善。嘯崖赴揚州，月香贈以詩云：「送郎赴揚州，留妾金陵住。郎夢江南來，妾夢江北去。」清妙絶倫。嘯崖名那斯琿，内府人，官知縣，有詩才。《淀津差次》云：「甲帳雲收春淀雨，丁沽浪接海門潮。」

阮芸臺先生視學浙江時，仿《河嶽英靈》之例，徵詩淮海，鏤版流傳，極彰微闡幽之盛事。泰興季廉夫爾慶，時在先生幕下，樂任其役，扁舟淮甸，捆載而歸者以千百家數。廉夫並繪《淮海徵詩圖》，一時題咏，名作如林。丙子夏，廉夫以事來東，過蠡莊見訪。鬢髮俱白，與余昕夕論詩，情誼頗洽。見贈云：「詩天有客皆能詠，灑地無人不盡歡。誰是明湖風月主，主持今日讓袁安。」又以所刊《静思堂詩》卷見貽，頗多佳製。

廉夫出《淮海徵詩圖》見示，其中題詠者，陳理堂燮云：「從知椽燭風流在，移得花磚日影來。」方笠塘本云：「細數姓名憑爾白，幾多心血照人紅。」張友棠本云：「必滿載時纔返棹，有傳人處要停舟。」張海客問簪云：「方干有鬼欣登第，正字無聊慨碎琴。」陸祁生繼輅云：「二分明月裏，一葉載詩航。」錢可廬大昭云：「長風豪氣壯，短棹客心孤。」謝君薌泉、吴君山尊各賦長篇，未能全録。吴縠人先生亦題二絶云：「韓信城邊慣刺篙，文游臺畔飲能豪。詩心一片眼前是，三十六湖烟月高。」「阮公屐齒費旁搜，季布還能一諾酬。無復秋墳聽鬼唱，遺詩已被滿囊收。」

賈君元璧自粤東來，聞余爲《詩話》，索觀之。閲至「人以『小』稱者，其人必卑鄙」一則，拍案大笑，曰：「先生之言是也。」余問其故，賈曰：「璧曾見一明府，本市井無賴之子，以貲爲縣令，舉止輕浮，語言無謂。衆皆惡之，無稱其名號者，但呼爲『某小子』而已。一日升堂收呈詞，判日將『初』字兩邊顛倒寫之，合堂譁然。某孝廉賦《竹枝詞》十章，有句云：『如渠也要爲民牧，輕薄還輸市井兒。』又云：『羨煞聰明賢令尹，壯年猶未識之無。』」余曰：「某小子究竟何如？」賈曰：「後因公出洋，舟遽覆，已葬於魚鱉腹中矣。」

洪洞張温如輝山，初爲山東黄山館巡檢，連丁内外艱。嗣銓浙江河莊巡檢，懷才不遇，隱於下僚。口不言詩，而偶有所作，寄托深遠。《冬夜言懷》云：「詩書再見如生客，筆硯雖荒是故交。」「失去猶尋塞翁馬，得來還只楚人弓。」俱清利可誦。

余於肥城署中，識岑君廷雲。丁丑春，復相見於泰安，出所藏尊甫岑鏡西先生詩集見示。鏡西明敏練達，熟於掌故，隱於幕者幾三十年。爲詩自在流出，不矜才，不使氣。所居與劍南故里相近，故其詩之多，亦幾與劍南等。佳句如《句容道上》云：「樹藏林屋小，草壓女牆平。」《記夢》云：「石壁插天外，溪雲飛屋頭。」《登守山樓》云：「水聲如怒石，雲氣欲移山。」《賞桂》云：「把來酒盞愁先破，結得花緣句亦仙。」《漫吟》云：「婚嫁漸完雙鬢禿，湖山無恙一身忙。」《呈和潛齋觀察》云：「呼向順風聲自遠，坐宜冬日暖方知。」先生名振祖，浙江姚江人。

鄒平李明府復齋文耕，滇南名進士也。其立身居官，一如劉寄菴司馬。吴和軒時在復齋幕中，倡和甚多。和軒贈句云：「城中路似荒村道，縣裏官如老塾師。」可想見其爲人矣。縣西偏有草屋數椽，額曰「看山處」。先是，劉寄菴司馬訪李西圃明府不遇，留句云：「偶來處士廬，號作長官署。不見彈琴人，獨坐看山處。」是一樣傳神之筆。西圃名瓊林，貴州人。宰鄒平，有政聲，卒於官。鄒人留其柩，葬諸境内，春秋祭之。

余過泰安旅店，見張船山先生題壁二絶，有句云：「客窗小閲群芳譜，占盡春光是此花。」後注：「爲贈歌者春林之作。」聞其人旖旎多姿，若輩中尤物也。余亦於壁上題句云：「濕透青衫歌罷曲，酒痕爭抵淚痕多。」又云：「琵琶未撥魂先斷，憶煞宜春館内人。」「宜春館」者，春林所居處也。

昔有人過桐城，詩云：「彌天險手高人筆，如此江山大有人。」注曰：「一指姚廣孝，一指李公麟。」近晤方鐵門，謂姚廣孝非桐城人，當指阮圓海。

仁和黄畹，字小香，詩才清麗，可繼梅村。以不得志，早卒。夫人相繼去世，遺稿散失無存。其佳句，五言如「有雲山容奇，無風柳絲直」、「情孤詩易澀，夢斷境隨忘」，七言如《子夜》有歌愁聽月，丁年爲客易傷春」、「交寡酒成知己物，夢多宵是在家身」，皆友人爲余誦之，惜不能多記。

余過泰安，司理周柳村煜贈余七絶四章，有句云：「筆底龍蛇翻墨海，葡桃落處半甜酸。」又云：「如此名山如此客，風流占盡獨推君。」柳村，江寧人。

浙江蔡鴻燓，字薌延，以副車爲山東鹽大使。余客泰安，尚未識面，即以《宜春館詩》見寄，有「早將心事報春知」之句，其多情如此。旋省後往還頻數，文字訂交。贈余有句云：「驥足才原非百里，虎頭名更擅千秋。鶯花有主春常住，湖海多情客莫愁。」其他佳句甚多，真清才也。

崇川有神童趙姓者，家業賈。七歲時，姚秋巒以「青蚨二十二文」命題，令作律句。神童隨口吟成，有句云：「看來高一寸，數去過三分。」新巧出人意表。

上元明經李榕莊大紳，著有《紅薔軒詩草》。屬纊時，年已七十餘。其詩稿悉交何蕉衫收藏，蕉衫聞余爲《詩話》，以李詩郵寄山左。集中如《感事》云：「殘春風雨嫁桃花，無復濃情戀主家。鸚鵡不知人已去，傳呼猶自喚琵琶。」《遣興》云：「已學逃名客，終朝掩竹籬。防飢先放鶴，玩疾緩延醫。馴鳥歸林早，寒鐘到枕遲。故人知我懶，不訂看山期。」《送王肅菴赴皖》云：「纔返維揚又皖城，一篙春水布帆輕。別離人意悲書劍，貧賤交情勝弟兄。去國更誰憐范叔，著書惟我識虞卿。年來是處文章賤，漫向他鄉説姓名。」

鄭瑶軒女史名珊，廣東人。梓有《三聽樓詩鈔》，多醇雅之作。《初春》云：「芳池如鏡薄烟籠，草色青回夜半風。春到人間無幾日，小桃初放一枝紅。」《新柳》云：「誰把春衣巧剪裁，紆青曳緑映莓苔。輕盈早逐東風長，引得黃鸝出谷來。」女史爲平原尹馮琴溪明府德配，明府固工於詩者也。《過梅嶺寄友》一律云：「誰將寸莛劃山開，聞道元勳手自裁。地險真能雄北粤，天高還欲小南臺。幾回踏盡霜前月，數過偏逢雪後梅。已喜征袍香滿掬，仍留一瓣故人來。」《春日署齋漫興》云：「寶鼎香烟裊，空階日影遲。晝長忙底事，課吏與鈔詩。」其風雅可想。琴溪名德濬，恩平縣舉人。

常州詩人以黃仲則景仁爲最，隨園謂其似太白，信然。仲則《懷李白》詩云：「青天明月下，何處不相思。」《飲太白樓中》詩云：「風流仿佛樓中人，千一百年來此客。」居然以青蓮自命矣。相傳朱公竹君督學安徽，集才士於太白樓賦詩。仲則年最少，著白袷，立日影中，頃刻成數百言，坐客咸輟筆。

時八郡之士以詞賦就試當塗，聞學使高會，畢集樓下，咸從奚童乞白袷少年詩競寫，一日紙爲之貴。

六合杜山甫嵩曾任棲霞令，善詩，工詠物。有《夾竹桃》四律，如「之子却歸饞太守，此君宜伴息夫人。睢園到處花能語，潭水深時箭有筠」、「紅粉飄零猶有節，青霄直上自無言」、「秦淮古渡千篙緑，楚澤靈祠半面紅」、「嶰谷也容漁父問，仙源真有故人來」等句，皆巧切可取。

焦筠軒明府孟竹，直隸人，以事罷官，有句云：「用世無才聊任命，居身多過豈因讒。」可想見存心之忠厚矣。《去博興留別汪竹橋》一律云：「征車漸遠舊官衙，此際綢繆雨意賒。隔日居然分地主，前途誰與話天涯。我尋彭澤籬邊菊，君植河陽縣裏花。試問道旁諸父老，春風幾度到人家。」《伯勞》云：「粱稻謀難得，江湖願未違。」《清明即事》云：「不聞俗煮青精飯，尚有人拋白打錢。」《鐵公祠》云：「爲國身甘作齏粉，微公城已化塵灰。」《别博興父老》云：「留得邑中餘地在，後來人到好栽花。」

乙亥夏秋間，東省病瘧者比户皆然，何岱麓患瘧，《病中自遣》云：「應候來如不速客，閉門難作絶交人。」余病瘧，恍惚中見二鬼侵擾，一男一女，戲紀以詩云：「一夢居然來二妙，方知《左氏》不浮夸。」

浙江諸象齋雷遊幕山左，乙丑冬，邂逅夏津署中，出所著《夢廬詩草》，囑余删定。别已十載餘，重晤濟南，過蠡莊見訪，贈余詩云：「空疎我自慚袁豹，博雅君真似茂先。」又云：「閒搜佳句歸《詩話》，愛集名流樹酒軍。」集中佳句如《歸舟》云：「大江流楚水，春雨滯吴帆。」《江亭秋望》云：「雲間樹擁千重紫，江上山留一線青。」《懷胡九鶴門》云：「萬里同爲三載客，十年曾寄一行書。」

休寧朱賡堂孝廉慶揚，余文字摯交也。以教習知縣分發來東，得見其尊甫香谷先生，名家照。曾任楚省通山尉，因捕盜事罷職被逮。後士民爲之立碑道上，紀先生治績甚詳。通山距省三百餘里，士民不憚遠道，來省祖餞，可見克自樹立者，不在官之大小也。先生有《留别》四絶云：「無限愁雲萬幅開，翩翩送别遠帆來。自知不是南昌尉，他日相逢也姓梅。」「漢江斗水五升沙，此地居民樸未華。一自《召南・行露》後，空嗟遊女似蓮花。」「弭盜翻因盜削名，幾年虚譽愧平生。多慚一片冰心句，歸去吴江憶楚聲。」「世事真成傀儡場，空江樓閣鎖斜陽。一官去就渾閒事，萬里鷗波下楚湘。」

賡堂胞伯祖蝶莊先生，名曰渟，亦工詩。《送友出嘉峪關》云：「已作尋常萬里遊，無妨咫尺是沙州。離觴一擲斑騅遠，寂寂楊花撲酒樓。」《過趙北口》云：「撩亂客心何處甚，十三橋畔賣魚聲。」《送林端木》云：「離情萬種憑君訴，握手依依一字無。」賡堂又見示其先之恒石先生名岐庠詩一册，《花間美人》云：「紅紫繁時日日遊，天然嬌艷屬同儔。花逢解語休懷妬，人老花殘一樣愁。」

吾淮之同官山左而又工詩者有二：一爲堂邑尹汪信村春熙，一爲歷城主簿徐石生鈖。石生之詩僅見其《紅葉》、《黄葉》諸詩，又《重至任城述懷》四律，佳句云：「感時風雨懷人遠，繞郭湖山識面多。」又云：「昔日無魚猶作客，此時有蠏更監州。」蓋石生以主簿攝濟寧尉篆時也。信村詩有《槐陰書屋小草》及《楚游》、《塞上》各詩，清和婉轉，一氣渾成。古體不能備録，近體如《鄂渚晤金佩芬》云：「不解異鄉愁，輕裝作遠遊。一帆飛鳥疾，九派大江流。後會知何日，高談興未休。睨他沽酒旆，敢惜鷫鸘裘。」《望采石磯》云：「巉岩叠叠大江横，倦眼初醒第一程。咫尺風波行不得，舟人指點説開平。」《大觀亭拜余忠宣墓》云：「山色江光拱一亭，登臨健足敢教停。放開眼界窺吴楚，傾出詩腸寫性靈。草爲忠魂留色碧，竹當香骨綴枝青。老臣守廟和州住，愧殺高風百世馨。」他如《聽雨》云：「偶憑酒力愁初洗，但有風吹夢又醒。」《有感》云：「古人郡只娱親戚，我輩官非計稻粱。」《秋海棠》云：「難銷楚雨三更夢，獨占秋風八月涼。」《落葉》云：「趣味可能耽寂寂，年華如此走駸駸。」《雨後》云：「無邊清潤來何處，幾許煩囂去不知。」皆佳。

平陰縣拔貢張春暘之女生而聰慧，通經史，工詩文，有曹大家風。及笄，許字肥城縣李起鳳。已請期矣，起鳳以暴病卒。訃至，女聞之慘然，至夜，將素所爲詩文盡焚之，作《絶命詩》十首，自縊死。以屍歸李氏合葬。録其一云：「悶翠慵紅手自披，火中焚盡篋中詩。人生會有留名處，豈在風雲月露詞。」

會稽王笠舫進士衍梅，詩才富有。僅紀其集中斷句，如《春情》云：「絲絲楊柳魂，飛上桃花枝。」《廢園》云：「樹秃風聲瘦，池乾日氣腥。」《蝴蝶》云：「五夜鞦韆仙子影，六朝金粉美人魂。」《雨後》云：「傍晚人多臨水坐，近秋月漸下堂行。」

張羅山廷枚，餘姚人。少羸弱多病，盛暑不離綿夾。家有東西二園，環植花卉竹石，頗饒幽致，羅山吟詠其中。年僅三十，即築生壙于城東劍江之左，招知己二三人，逢時遊賞，咸稱其曠達。後因久病，遂成良醫，步履轉康。嘉慶元年，已六十餘矣，舉孝廉方正。又十餘年乃卒。著有前後《九秋吟》、《銘西詩草》。手輯《姚江詩存》二十餘卷，單詞片語，無不搜羅。羅山集中佳句云：「夕陽明遠樹，流水抱孤村。」餘不復記憶矣。

歷下自三才子後詩道漸微，鄉塾吟誦，惟試帖而已。乾隆甲午孝廉尹畹階庭蘭，以古近體得詩人名，如《即墨雜詠》云：「地臨東海盡，人到大嶗稀。」《過故人居》云：「村落霽春雨，野風開杏花。」《瘦馬》云：「拳毛成鐵色，敲骨作銅聲。」《夜坐》云：「精靈雙劍語，風雨一燈寒。」畹階尤工五古，未能備録。

武進陸憩園樹棠需次山東，詩筆清婉。《憶族弟祁生》云：「懷人千里夢，愁客五更心。」《山行》云：「林密日初起，山深雲與俱。」《雪夜感懷》云：「紙帳凝寒欺獨客，疎燈半燼怯吟魂。」《揚州生日有感》云：「十上説書新季子，二分明月舊司勳。」《宣城署齋》云：「人行宛水春纔半，天與名山日故遲。」《題扇》云：「持竿閒向柳陰去，人在溪南釣夕陽。」

杭州嚴歷亭司馬守田，由舉人大挑，分發廣東。從兩廣總督孫公士毅征安南，以軍功升同知，賞花翎，發江南，以同知補用，署淮安府知府。性好詩文，尤工牋奏。招致四方名流，如吴蘭雪、袁湘湄、朱鐵門、郭頻伽、蔣伯生諸君，一時畢集。記其和伯生有句云：「客久不來嫌吏俗，君休把我當官看。」其高雅如此。聞歷亭遺集甚多，哲嗣質菴司馬將謀刊之。

蠡莊詩話卷七

玉堂居士著

毘陵莊南村先生引疾歸里後，長公名存與以少宗伯主浙試，次公名培因以學士主閩試，皆便道省親。錢文端公贈聯云：「殿上卿雲傳兩見，膝前天使喜同歸。」一時榮之。相傳先生平日誠慤撝謙，持躬如玉，嘗榜二語云：「常作設身處地想，勿生幸災樂禍心。」以故登第時進呈擬第一，易置二甲第二。厥後長公以第二人及第，次公以第一人及第，則皆從二甲擢置一甲。科名異數，若相報也。

直隸副車王亹，本在某公家傭工，初名王興。主人以其聰慧，乃改「興」爲「亹」，令其讀書。應試中式後，勤苦力學，遂以勞卒。死時，手中猶執書一卷。紀秋水弔以詩云：「姓名傳力作，生死託殘書。」

余攝平原篆，幕友浙江孟君名春，美秀而文。越數年，孟遊荏平尹王禄峰幕中，荏爲南北通衢，向多歌者，有校書松官爲孟所暱，將爲終身之託。孟固多病，時遣人赴浙接眷，眷甫至而病劇，遂卒於荏。松官往哭甚哀，並出私蓄，爲孟治喪，欲與孟妻同守節，爲母阻不果。自此形容枯槁，竟類風顛矣。噫！《柏舟》矢節，生死靡他，閨閣猶難之，況烟花中人哉！余爲詩以紀之云：「青樓何意有情癡，生固相依死不移。心到阿儂清似水，出山還是在山時。」「竟把鉛華一霎收，相思只有死方休。海枯石爛情還在，地下襄陽也淚流。」

惠民李余吾友驥，學邃品醇。余篆樂安時，余吾爲是邑司鐸，情誼恊洽，勝於弟昆。余《留别同城》詩云：「禮從厚處加無已，情到深時感不知。」蓋謂此也。後升兖州府教授，兖向産繭紬，余吾寄子有句云：「差伴緼袍扶酒態，堪同裋褐擁詩狂。頗無紈袴驕人處，勖爾烏衣子弟行。」語諧而意自佳。

惠印山有《狗趣圖》，其中或蹲、或立、或眠、或攫物如鷹隼、或噬物如虎狼，曲盡形容之妙，一時題者甚多。余亦題句云：「别有肺腸真爾輩，全無面目奈渠何。」又云：「馴伏有時甘屈膝，狂鳴且自任昂頭。」

膠州楊雲臺階由諸生晉秩指揮，爲人醇雅。相遇省垣，曾以詩作贄。越二年，余以事過膠西，款洽殷勤，情誼尤摯。見贈云：「屈指相違春復冬，兩開叢菊又相逢。文章愧乏丹青染，桃李欣沾雨露濃。言富五千驚著作，兵藏數萬識心胸。前程未許尋常測，竚見鵬摶上九重。」又云：「梅開臘後香逾遠，詩到窮時句益奇。」楊又有《怡雲小亭紀事詩》云：「半畝園田瀕水近，一間茅屋結亭幽。」亦見情致。

宋君思文，蘇州人。少年從宦，遂家山左。曾以詩册見示，《沂州道》云：「鳥啼紅樹雨，人倚緑楊烟。」《禹城道》云：「夕陽鴉背冷，殘雪馬蹄明。」《入江即景》云：「闊水吞雲連地碧，遠山迎日帶江紅。」《寄程春廬》云：「青山夜雨江南夢，紅樹秋風濟北詩。」《小滄浪歸作》云：「一行樹影穿人影，四面蘆花映雪花。」《武清舟中》云：「還家客夢尋常熟，夜夜雲山度萬重。」他如《新秋野興》之「蟬聲聚夕陽」、《登岱》之「在上須知僅有天」，皆警句也。

李余吾廣文郵寄近詩數紙，《到兖州寄念圃雲升》云：「滿城濃緑麥迎秋，捧檄南來當壯遊。文字頭銜氈未改，池塘春草夢初投。卅年舊雨非新雨，匝月同舟是故舟。花甲已週餘興在，相邀且上嶽雲樓。」《寧陽道中寄家書》云：「轆轤村惹迴腸轉，楊柳風招别緒縈。」又云：「姑留巧婦原無米，勉赴寒齋尚有盤。」

余吾爲棣州世族，代有詩人。胞伯李文木太守名本樟，《早日山行》云：「草光微辨露，客夢已迴鐘。」《白牽牛花》云：「鵲橋漫認何郎粉，星渚遥連素女家。」《春草》云：「夜雨斷連詩夢淺，春風冷煖寸心知。」《白桃花》云：「崔護幾曾逢碧玉，劉郎可衹憶紅霞？」胞兄李味初明府，名衍孫，《採紅花曲·過新鄉作》云：「采采野田中，此花顔色好。染作歌舞衣，朱門壓素縞。朱門紅紫何紛紛，新鄉婦女無完裙。」堂兄李在輿明府，名佩鸞，《江行欲雨》云：「風輕一帆疾，雲重半江陰。」《南昌舟次》云：「暮雲籠鸛垤，春水没魚牀。」《過永光寺訪友不遇》云：「不捲珠簾晝掩扉，到來古刹市塵稀。菜花鋪地香風軟，蝴蝶一雙顛倒飛。」

浙江黄小松易，任山東運河司馬，詩畫俱佳，尤專金石之學。見其《介圃飲歸題櫟岑詞鈔》二絶云：「宦歸静似無波水，病起居然有髮僧。只有緑毫閒不得，梵經詞卷共龕燈。」「勝地傳杯醉不辭，花邊争唱櫟岑詞。莫嫌借稿經年看，羨煞江南載酒時。」

山西賀壽源敦仁遨遊齊魯，與耿春泉明經結金石交。春泉誦其《山行見梅》云：「嶺外古梅三兩枝，滿山風雪更相思。似君真有淩寒骨，占盡百花未放時。」

阮芸臺先生督學山左，名流畢集，一時馬秋葯比部、武虛谷進士、桂未谷廣文、顏運生博士、朱朗齋文學並在歷下。時明湖小滄浪亭荷花盛開，遲孫淵如觀察不至，先生作詩速之云：「濟南亭館傍湖開，湖上西風且漫催。萬朵荷花五名士，一時齊望使君來。」

潘虛白女史名素心，浙江汪西園潤之德配也。西園以教習居京師，夫婦守歲，虛白有句云：「竹葉漫傾今夜酒，杏花待折隔年枝。」西園次年果成進士，入詞館。吉人之辭，竟成詩讖，一時都中傳爲佳話。他如《過龍泉道中》云：「霜信催紅葉，歸心赴白鷗。」《新秋》云：「暮蟬收暑去，新雁送秋來。」《冬日懷父》云：「白髮衝寒行萬里，計程應到夜郎西。」音調高華，不減龍標。

濟寧劉衛園先生淇，其先河南人，晚居任城。學問淵博，與弟魯田齊名。魯田深於禪理，不好詩詞。衛園《紀水災》云：「聖世未嘗無水旱，有司不用諱災荒。」其他佳句如「貧士偷安身上葛，薄寒騰貴市中綿」、「銜當驛路官皆賤，教設孤城道亦荒。」

江南通州與日本國僅一海之隔，船隻往往失風入海口。相傳曾有颶風吹至一船，形製殊異，留詩云：「渤海滔滔浪接空，蒲帆十幅不禁風。此身若葬江魚腹，萬里孤臣一夢中。」聞者驚訝，細詢之，乃日本國主試官也。又一次吹至一船，土人問之，不言姓名，以筆書云：「望斗氣以乘槎，初離下國；指桃源而迷路，誤入仙鄉。」

河南楊魯生嗣曾，負瑰奇倜儻之才。以進士出宰山左，獲渠盜，卓卓有政聲，晉擢臨清州牧。直隸有白姓者，往來東省，素行詭秘。時方嚴教匪之禁，經武弁出首，弋獲送案。訊供解省，由省解京，白姓死於刑部，魯生以是獲咎。後入奏蒙恩，免軍台之行，且留於河工効力，仰見聖明之燭照也。魯生罷官後，戲作喻體詩四章以自嘲。録其《妓女從人》云：「舞榭歌臺迹已陳，繁華如夢試曾親。梳妝改作良家樣，清白難還昔日身。賣笑當場羞故態，憐香舉世更無人。旗亭願假髯公劍，不負從郎一段因。」《尼僧换俗》云：「黄冠摘去舊時妝，檢點殘經只自傷。浄土難留佛弟子，中途另作嫁衣裳。乍親姑姊同師侣，偶聽笙歌當道場。色即是空空即色，任他白眼笑行藏。」語語雙關入妙。

魯生尊甫俊儀年伯，名文騤，以名諸生屢試不第，中年而歿。有《風筝》一律云：「渺渺復綿綿，空中曳錦箋。人争當日立，線喜逆風牽。低繫非無地，高吟欲問天。出身超衆籟，世事付蒼烟。」格律極爲渾成。邑乘中載先生天性純孝，其封翁以噎疾終，先生當舉箸時輒爲流涕，因之廢食，積久成疾。每見魯生與乃兄又溪相對怡怡，蓋孝友之風，得於庭訓者深也。

又溪名嗣濂，魯生刺史胞兄。性情恬退，不樂仕進，以附貢請五品封。曾繪《家園觀栽秧圖》小照，其清高可想。魯生題詩云：「烟舍平疇擁激湍，插秧人亂夕陽灘。田園欣賞情無厭，私意圖來阿弟看。」「十年鄉夢憶秋蓴，讀畫翻嫌我不倫。好待歸耕酹夙約，就中添個宦遊人。」

喻體詩之妙者，鄭墨泉《將赴禮闈戲呈諸同人》云：「慙愧多情姊妹行，殷勤催促嫁衣裳。金針不惜分明度，玉尺憑教子細量。深淺眉痕問夫壻，酸醎羹味試姑嫜。十年寂寞笙簫冷，未信天邊有鳳凰。」墨泉以此詩爲孫論贍式翰書扇。論贍持以入闈，同號皖湖劉湘圃國筠瞥見之，擊節稱賞。詢知爲甲子同年，有詩云：「賦到《無題》第幾篇，情懷棖觸五更前。論妝詎落諸姨後，奪壻偏輸小妹先。原

注：是科分校官汪小竹、謝駿生，皆甲子同年也。或有明珠貽未嫁，休將錦瑟怨流年。臨風自把菱花照，尚覺徐娘半面妍。」出闈後訪墨泉於大慧寺，相見握手大笑。

鬼神之事，渺茫難憑，乃竟有可信者。余至利津，幕友沈雪齋言，利津有神何公，爲順治年間利津縣尹，靈爽尚在，已授冥中監察司。往往請至，乩書生前事甚詳。余未之信，乃爲七律一首，中間云：「此日棠陰還小住，當年蓮幕認前身。想來丰采幽明隔，話到滄桑涕淚頻。」封而焚諸火，人未之知也。乩即和云：「筆端觸處自生神，寫到靈根悟夙因。不用穠華誇富麗，慣將翰墨畫龍身。數枝鐵幹風前立，幾點冰丸紙上頻。里句未工休取笑，勉成贈與有心人。」余因詩内有見譽余畫之意，乃畫蒲萄一幅，焚而獻之。

道士中工詩者，江寧隱仙庵道士王樸山有句云：「生憎雲外山初起，攔住江光不上樓。」濟南北極閣道士李醉琴《偶成》云：「白雲邀我住深山，相與同居屋半間。昨日雲隨風雨去，看來不及我心閒。」俱清雋有味。

常州惲星階燮品格風流，才華富有。由部曹外任滇南刺史。記其《題丁君梧岡觀海圖小照》云：「萬點浮漚一葉蘋，詩中眼界畫中身。誰從天地無垠處，寫出蒼茫獨立人。」其餘著作甚多，惜未之見。

族兄逵堂鴻分支吴江，任福建政和令，慕之而未見之也。丙子春，逵堂奉檄至東昌採辦營硝，湖干握手，樽酒言歡，風雅恬和，令人忘倦。贈余云：「豈因屈抑廢長吟，意氣仍豪酒滿斟。塵世功名庸福耳，莫從名士論升沉。」「束縛何嘗肯受人，興來寓意筆通神。披圖莫作蒲萄看，此是人龍自寫真。」

其他佳句如《春風》云：「落絮作團無力起，賣花隔巷捲聲來。」《春雪》云：「庭梅有信花偏小，楊柳無風絮亦狂。」其夫人王秋卿女史名蕙芬，亦工詩。《秋蝶》有句云：「多謝西風扶病翅，只餘衰草憶春情。」

作詩移步换形，本無一定。故同一題也，今日用之則爲佳句，明日用之則爲陳言；此處用之則爲佳句，彼處用之則爲陳言。全在有人有我、因地因時，情景既真，斯立言不泛。余宦遊十餘載，每逢佳節，多在異鄉，或署中，或道上，室家團聚時極少。庚午年余客金陵，館家南溪太守處。《中秋》云：「八載中秋常作客，今宵又向客中過。」辛未年請咨赴東，小住京江，置側室朱素簪。《中秋》云：「此夜月明星亦朗，不團欒處却團欒。」至壬申之秋，眷屬僑寓東昌。中秋節，余由省星夜馳回東昌寓館，得七律一首，起四句云：「十年今始快團圞，畢竟家庭樂地寬。但得晨昏供菽水，何須珍錯滿杯盤。」詩俱不佳，却不落通套。

家逵堂爲余言，伊宰政和時，有秀才馮景椿素不謹，逵堂將褫革之，馮當堂獻詩云：「願公不惜擎天手，攔住飛來落帽風。」乃釋之。後赴山東採辦營硝，秀才楊春臺有送行七律十餘首，佳句云：「傳列循良今漢吏，照無隱遁古秦銅。」「執法莫嫌官面冷，濟人直與佛心同。」「已典朝衫餘破繖，忽來飛檄促花驄。」

吴江蘆墟村有縫工吴鯤，字獨游，工於詩。嘗爲人成衣，貪吟詩卷，燈花誤落，致焚衣，大爲主人所訶責，弗顧也。其酷嗜如此。送家逵堂之任福建云：「兒女成行慈母老，憐君已是得官遲。」

詩能醒世最有味。魏鶴皋明府言，嘗見一畫幅，畫來往船二隻，題詩云：「一船西去一船東，順逆風波各不同。寄語順風船上客，明朝未必是東風。」可謂當頭棒喝。

歷下何苹野，住近趵突泉，故名鄰泉。善書，尤工八分，詩筆輕倩。《和周二南夜歸》云：「路曲循城轉，星高射水明。」《宴聶茂承宅》云：「梁鴻未必因人熱，王猛徒爲捫蝨談。」「梅詩本自慚何遜，月賦由他毁謝莊。」蓋有所指也。又有諸生鄭萍史雲龍《柳絮》云：「欲飄復定游人夢，乍合旋離思婦心。」思致雋永，耐人尋味。

《隨園詩話》擇焉不精者甚夥。如方問亭制府謚恪敏，而各卷中稱爲「敏恪」，又或易「恪」爲「慤」，皆隨意記載，略不加詳。恪敏公家桐城，寓居金陵已久，隨園同處一方，兼與公子葆巖制軍往還，何致率忽若此！又如桐城方公扶南自幼工詩，朱竹垞太史嘗稱之，有《春及草堂詩集》行世。《過周公瑾墓》云：「周郎年少領元戎，談笑能收赤壁功。大帝君臣同骨肉，小喬夫壻是英雄。行間老將醇皆醉，坐上清歌曲未終。何事不如張子布，墓前飛過白頭翁。」通首穩稱，前後名流，推爲絶唱。《隨園詩話》謂其中年改爲「大帝誓師江水緑，小喬卸甲晚妝紅」，晚年又改爲「小喬妝罷胭脂濕，大帝謀成翡翠通」，愈改愈謬，直不成文理。初學略知吟咏者尚不至此，而謂扶南爲之乎？今《春及草堂集》中原詩具在，何嘗改易，不知此語奚自而來？隨園遽信爲實，居然載之《詩話》，可謂聽言不以理察也。

詩用「老」字，易於得趣。前人「老至居人下」、「兒童欺我老」、「人老更離家」、「老病人扶再拜難」、「老去悲秋强自寬」、「老年花似霧中看」、「老見異書猶眼明」，皆自然流出。近日漢軍王綺書「老婦持家絮語多」句，直過前人。徐冰崖「老覺逢人羡少年」、「老後衣冠不愛時」、「老來待僕似兒孫」，亦頗有趣。

郝一亭別駕寧安，漢軍厢黄旗人。爲人落落不苟合，一言一動，務中規矩，雖閒曹需次，支絀時形，別駕處之自若也。書學顔魯公，詩不多見。記其有詠物七律九首，《詠扇》云：「世上炎涼嗟變幻，篋中捐棄忍離分。願教熱客人人執，滿袖清風總仗君。」

滿洲繼蓮龕方伯昌，早歲工詩，援筆如宿構。如《寒夜》云：「霜高漏點遲，香盡烟絲歇。猶有未眠人，開窗就寒月。」《鴛鴦湖歌》云：「鴛鴦湖水淺且清，鴛鴦湖上鴛鴦生。雙槳送郎過湖去，願郎莫忘此湖名。」《湖樓夜坐》云：「卧聽艫聲窗外過，遥看燈影樹間來。」《烟雨樓》云：「遠水碧浮市，斜陽紅過橋。」方伯爲伊耐園先生長公子，先生官方文望，蔚爲國華。所至以儒術飾吏治，每公暇與諸生圍坐講藝，恂恂有古人風。詩長五古，正始遺音；近體亦從覺道中來。如《園中杏花已落感賦》云：「紅褪枝稀子漸成，小園寂寞冷鶯聲。殘花落地如飛雪，到了餘妍尚有情。」他如「千古此山色，十年幾宦場」、「破寺經年僧亦少，荒城十月草還生」、「四面青山秋意早，一城紅葉市聲稀」，皆佳句也。

方伯之弟鍾昌汝毓，聰穎絶倫。髫歲遊牛首山，有句云：「山風吹我不知處，松樹蒼蒼松子多。」《詠梅》云：「生小不知離別恨，隔牆何處笛吹風。」《詠秋蝶》云：「憶爾江南好時節，慣隨人去賣花天。」

「吴雲淡欲落，明月孤舟開。江上碧山轉，南朝春色來」，此真州施鐵如先生《江上春夜》詩。先生自定其稿，業已删去此首。伊公耐園寓書先生，深歎此十字語妙，何以不存？先生乃復收録集中。可見詩人無定見也。鐵如先生論詩以温柔敦厚爲先，好盡貪多爲累。近時作者，競尚考據，動輒百韵，了無餘味，謂之無詩也可。先生詩如《聞琵琶》云：「琵琶絃急調逾清，彈作關山久别情。借問黄河東去水，幾時流盡斷腸聲？」《淮安城頭覽古》云：「但倚一隄爲鐵壁，直將百雉捧觚宫。」《弔項王》云：「異代浮雲屯老樹，大河飛雨見危旌。」

詩有他人之句，一經借用，轉勝原題者。如「更無人到處，祇有月來時」，爲吴澹川《秋夜》詩，繼蓮龕方伯喜誦之，後作《早梅》詩，即用此二句續成。其詩云：「一朵先偷放，春風知未知？更無人到處，祇有月來時。暖意回深谷，寒香逗故枝。去年驢背上，曾見獨尋詩。」較原詩更爲親切。

梅花詩最多，難於見長。嘗見桂林朱埜塘客融溪時所賦梅花七律百首，天然清麗，絶去雕飾。佳句云：「不怯春寒閒弄影，如聞香語夜開門。」「花下何人雙闔掩，雪中猶有一山孤。」「樹迷夜色霜千片，影弄寒溪月一雙。」「一冬客裏閒雙屐，十日湖頭共小舠。」「香因和雪吹來冷，月到無人賞處佳。」

寧波諸生周世緒，字小匡，善詩詞，尤工篆刻及隸古書。録其《始覺》四首云：「始覺年來錯，休將鐵鑄遲。任狂才亦累，荒學俗難醫。蒼鬢潘郎省，青山謝傅宜。此間分得失，容易一枰棋。」「始覺勞勞意，依然事事非。細綸魚慣餌，畫棟燕終歸。少拙福能滿，久貧愁漸稀。門前車馬過，一笑盡癡肥。」「始覺古人少，深將世味嘗。相頻蒼狗幻，機只白鷗忘。非醴尚成水，太炎難免涼。暮雲翹首遠，閉户送斜陽。」「始覺著身處，樂郊唯醉鄉。恨多仍夢穩，花少也襟香。天地尚卑窄，古今無短長。我偏低酒户，那敢醒猶狂。」

山西汾州郡城西二十里，有于清端公匯清園，中多古木，一二人合抱者甚多。有人字柏尤奇，兩根相距五六尺，上合爲一，高矗數丈，蒼鬱可愛。陳貞白明府有句云：「拔地側撐雙積鐵，入雲高蓋獨擎青。」

常熟席世楷，號也樵，少年雋才，長歌學李太白，有奇氣。與陳貞白爲總角交，嘗誦其古樂府句云：「三峽猿啼女兒悲，三湘雲合郎未歸。」其餘名篇甚多。年二十四，夫婦偕亡，無子，稿遂佚不傳。貞白又嘗稱其女兄之夫張古香詩，初學温、李，頗多艷製；三十後病於酒，蹇步頹放，喜學楊誠齋。《春日郊遊》有句云：「青衣竹婢扶脚軟，白玉酒孃到口涼。」謂可擬「秋盤堆鴨脚，春味薦貓頭」，頗以自喜。古香名屺，蘇州諸生。

余已録安徽孝廉劉湘圃《闈中答鄭墨泉》詩矣，嗣於泰安桂杏農明府署中得晤湘圃。知其以優貢受知於吾淮汪琵菴先生，甲子舉於鄉，屢薦春闈未售，以教習候選知縣。詩學韋、柳，嘗從乃兄宦蜀，撰《蜀遊草》一百首。其中《七盤嶺》云：「靈岫生晴雲，一線向空直。微風從西來，繚白落巖側。烟嵐無定姿，草木有寒色。恍見絶壁上，蒼苔字如刻。歐陽今不作，太息不能識。」他如「路經平地少，山比亂雲多」、「四圍山勢合，終日水聲喧」、「石怪疑蹲虎，溪寒不産魚」、「谷口石泉喧野碓，店前爐火聚行人」，於棧道中情景摹寫殆盡。

湖北鍾祥縣胡楓舲孝廉，名宗簡，以軍功授六品銜，候選明府。天才縱肆，經過燕、趙，多題壁之作。《過邯鄲》云：「艷福總歸廝養卒，霸圖空説武陵王。」《甲戌歲儉過河南》云：「民如有色何嫌菜，樹已無皮莫問花。」二十年載酒江湖，嘗畫《青衫紅淚圖》，自題五律四章，一時和者皆莫之及。劉湘圃題七律四首，有句云：「虚名到手成何益，絶世如卿亦可憐。」「落魄由來才子慣，傷心難得美人同。」楓舲極爲傾倒。

姚問松進士喬齡，桐城人，寓都門，屬意某郎。郎善畫蘭，後往歸化城。問松思之甚切，作七律二章甚工，一時和者數百人。劉湘圃亦和二詩，録其一云：「餞花弔月總傷情，況送佳人出塞行。畫幰留將新别恨，琴絲彈出可憐聲。何緣一笑成知己，便隔三生亦憶卿。赢得新詞追白傅，更無芳訊達楊瓊。」

陽湖同年莊芬倍穎曾，其女弟蓮佩女史名盤珠，工詩詞，適吴上舍軾，年二十五而卒。所著有《紫薇軒詩》五卷。録其《咏晉史》云：「鐵鎖消兵後，羊車縱樂時。兒癡原果報，婦毒竟流離。荆棘銅駝泣，風沙石虎移。百年征戰裏，何地不瘡痍。」「偏安東晉業，吴蜀舊封疆。骨肉皆梟獍，王侯半虎狼。風流諸葛盡，經術鄭玄荒。一代推王謝，空留姓氏香。」氣骨居然沉雄。

蠡莊詩話卷八

玉堂居士著

詩人窮而益工，蓋窮則嗜慾少而攻苦多，故能思微律細。唐人如少陵、太白、昌黎、柳州，宋人如東坡、石湖、永叔，皆遭遇坎坷，詩名最著。國朝漁洋先生境遇既順，功名亦達，雖才博學富，鼓吹休明，巍然一代巨手，終不免後人獺祭之譏。

文人遇合，自有因緣，不可强也。余童年即仰四川張船山先生之才，見其字，讀其詩，心竊慕之。辛未年，余由江左服闋來東，時先生任萊州太守，以爲可常相見，比至，而先生已引疾去，爲之悵悵。嗣於友人處見先生殘詩數紙，亟爲携歸。《題照》云：「虚室生妙光，默坐忘昏曉。大地安如山，蒲團不嫌小。」《偶成》云：「出門無所營，閉門閒不得。一筆用十年，消磨幾斗墨。」《觀海》云：「到海心無際，人天太渺茫。波濤原有岸，雲物彼何方。島近神仙小，龍多雨露長。麻姑真狡獪，游戲説滄桑。」《遊匯泉寺》云：「皂蓋紅旗苦送迎，獨來湖寺聽秋聲。如何四面蓮花水，支枕禪窗夢不清。」又斷句云：「魚飛輕似鳥，牛渡穩如船。」「鈎窗通竹氣，補石助花情。」「近樹軒窗清似水，界花籬落矮於人。」「怪石古於尊者相，老籐纏作獻之書。」「抽簪易了功名局，托鉢難消骨肉緣。」「如此零星花數點，虧他蛺蝶會尋來。」不知何題，俱妙。後先生浪跡吴門，遂殁於蘇。余哭以詩云：「人間留大筆，海内失仙才。」

又見先生出守萊郡時留别都友詩云：「一門四世宦山東，曾爲趨庭念祖風。生小齊人慣齊語，此方原在夢魂中。原注：予家五世宦遊，惟先曾祖未官山東。先高祖守兖州，先祖守登州，予生時，先大夫爲館陶令。」「草草輕裝不諱貧，敝車羸馬向風塵。憑他舊典翻新樣，路鬼揶揄作郡人。」「東萊東望海雲開，琴鶴隨身破酒顔。畢竟蓬壺仙籍在，一麾猶得領三山。」「蓮燈驄馬舊輝光，甕側經年吏部郎。打疊官身學鷗鳥，宦途全任海茫茫。」「名場小閲幾升沉，風雨宣南歲月深。二十七年鬚鬢改，荒寒猶是布衣心。」「深燈小宴語團欒，多少詩盟結歲寒。豈獨故人難話别，并州已作故鄉看。」又見題友人扇上詩云：「窈窕文窗緑漸遮，新篁無力受風斜。今年小院春光活，飛出一枝蝴蝶花。」「雨後新苔長緑塵，一庭松石倍精神。過門車馬忙何事，可惜曾無看竹人。」俱極風趣。

簡齋先生云：「英雄第一開心事，撒手千金報德時。」吾鄉汪静林檍秀才云：「顯來報德千金易，冷處逢人一飯難。」同一寄慨。

常熟王藝齋家相，詩有唐音，爲家艾軒兄己酉拔貢同年。乙丑年，遊山左學使萬和圃先生幕中，相見湖干。時余方以疎脱解犯事去官，藝齋贈詩云：「臨風玉樹是宗之，如此才應集鳳池。不道少陵登岱日，已爲潘岳種花時。途曾失馬行宜慎，牢有亡羊補未遲。羨爾新年披髮服，春濃常蔭大椿枝。」後藝齋於己巳科入詞館。

江神有西涼王最靈顯，内一俞老龜尤爲祟。凡渡江者，必用錢肉等物投江祭賽，無不平安；否則波瀾大興，能爲人害。有狂生張某，剛而智，一日過江，聞其事，攘臂大呼曰：「何物老龜，敢藉神之靈混索錢物耶?」乃爲詩,焚投江中,其略云:「腐鼠嚇人極無味,索錢索肉尤荒唐。我等酒人一生死,便投水火殊平常。南過洞庭北河曲,東渡滄海西瞿塘。腰間大劍白如雪,我舟一過蛟龍藏。爾神雖暴無猖狂。」是夜,狂生泊舟江岸,夢神語曰:「此龜供職多年,向頗安謹。今老憒妄爲,業已罷斥不用,並永遠禁錮之,縮頭不許再出矣。」至今江上猶稱「縮頭俞老龜」云。

利津署中,友人見示《解佩别集》一册,乃前利津尹鄭琴軒所著。中多離恨之辭,蓋有所約而未諧,是以永嘆長言,不離乎此,亦我輩之鍾情者歟?詩無可録,録其《屺店望海》一絶云:「何處茫茫望卞洲,掀天巨浪劇生愁。獨憐身世浮沉客,萬里烟波一小舟。」琴軒名紹書,福建侯官人。

張家灣有李夢白題壁詩云:「天邊缺月尚微明,有客登車觸曉行。十里五里見村落,三灣四灣聞水聲。雞鳴犬吠破殘夢,樹色波光含太清。多少閉門人盡睡,嗟予何事太勞生。」

北人乘車,南人乘舟,地勢然也。然乘車究不若乘舟之逸。余在江南時,當車殆馬煩,一經登舟,神情俱爽,樂不可言。《毘陵舟次》句云:「風纔來半面,船已到中流。」

陸路之苦,余閲歷備至,每晚將入店時,望眼欲穿,心愈急而行若愈緩。入店後,甫經就枕,困憊未蘇,而征車又駕矣。後見歷下曲伊人孝廉江湄詩云:「鷄鳴催夜短,日暮覺途長。」真乃先得我心。曲又有《匯波樓觀雨》句云:「樓高風入笛,雨滿樹歸雲。」亦妙。

陸路寫風景最難。嘗見吴山尊學士鼒《途次》詩,中有云:「官道多風塵作雨,童山無樹石爲花。車聲漸緩知沙軟,酒旆難逢已日斜。」非身歷其境者,不知其詩之切也。

崔少山太史《陸行》句云：「馬遲疑日短，心急恨途長。」較曲伊人詩更警醒。少山名問余，陝西人。

壽光尉范蘭坡錦，順天人，原籍浙江。詩筆清遒。《晚泊》云：「一葉舟中坐，蒼茫四顧賒。波間驚宿鷺，天半落飛霞。殘杵兩三處，疎籬八九家。遥聞人語響，知是話桑麻。」他如《郊行》云：「暮雲寒古堞，征雁没平沙。」《贈行》云：「匝地寒光衝不散，滿身風雪向長安。」皆佳。

孫淵如先生由山東糧道引疾歸里，詩酒遨遊。先生向營別墅於金陵城北，曰五松園，歸後復營一樹園於蘇州虎丘之上，扁舟一葉，往來廣陵、吴、會間。或贈以詩云：「五松第宅長干里，一樹園林短簿祠。」真巧而切矣。癸酉九月，曹南有教匪之警，先生寄吴禮石太守句云：「山居不省干戈事，猶向曹南乞牡丹。」林下優游之樂，幾如海上神山，可望而不可即也。

齊河妓侯雙齡色藝俱佳，名噪明湖。後以不容於當路，遣之歸，鬱鬱自經死。時江南汪子經客齊河，爲之醵金致祭，并弔以詩云：「兒女輕生事可悲，泉臺應悔太情癡。明湖不少名花影，若個思量結局時。」適杭州黄笑癡來遊其地，爲之立碑道上，曰「齊河雙齡之墓」。汪、黄兩君，皆可謂有情人矣。余過其地，題詩云：「剪紙招魂奠緑醽，諸君真是護花鈴。至今策馬齊河路，苦雨凄風不忍聽。」

山東壽光李堯農太守世治，著有《怡堂六草》。《六草》者，《西園》、《雲安》、《蠶叢》、《巴西》、《出峽》、《河北》也。其詩渾成流利，一派性靈，雅近劍南。《古意》云：「月夜送郎行，郎行比月遠。夜夜月還來，月來郎不返。」《採蓮曲》云：「採蓮入深塘，花明亂曉妝。翻愁盪槳去，驚起睡鴛鴦。」又云：

「不願作蓮花，只願作蓮葉。顔色不驚人，俯仰得安貼。」《夢題漁翁倦眠圖》云：「不把長竿傍釣磯，倦眠寒葉落人衣。江邊一任秋風起，淺水蘆花夢亦稀。」《夜泊巫峽》云：「盡日看山倦欲眠，閒吟冷醉一燈前。巫山十二峰頭雨，亂打詩人夜半船。」《友人歸里》云：「劍外寄清秋，同爲萬里遊。不聽巫峽雨，忽買楚江舟。白帝懷君去，黄花笑我留。寸心逐流水，先到海西頭。」《載酒錦屏山蘭若》云：「雲高突兀倚天開，眼底山城抱水隈。勝地多爲僧占去，好詩時與酒同來。江書檻外千年字，雨點屏中萬古苔。我醉還能凌絶頂，啼猿飛鳥莫相猜。」他如「客夢猿啼斷，鄉心雁帶來」、「不行千里遠，那覺一書難」、「溪水驅沙走，山花抱石開」、「人到溪邊惟見竹，鳥啼花下不知門」、「人從落葉鐏邊去，秋自寒山雁外來」、「家在五千餘里外，人過三十九重陽」，皆可誦也。

鎮江張寄槎孝廉學仁，詩主格調。與余相晤京口之亦樂窩中，次日即以所梓詩卷見投。贈余云：「津亭楊柳緑毿毿，風閃寒燈酒半酣，最是離懷易棖觸，一篷細雨夢江南。」

許小蘇學穎，浙江杭州人。性醇，雅愛吟咏。部選章丘二尹，缺本清苦，小蘇《自嘲》云：「犬卧空堂緣客少，官吟舊稿覺身閒。」又云：「書差老去臀膚厚，奴僕閒時口舌多。」令人頤解。

浙江陳英白明府文述需次吴門，與陳曼生同年並負詩名，人以「二陳」目之。余在姑蘇時，英白見贈云：「獨向空山談劍術，無人知是白猿公。」惜返棹匆匆，未能多晤。

江寧何蕉衫端芝，遊幕工詩。以曾受業于吾鄉胡勿厓先生，有同門之誼，故情意尤密。在白下見贈云：「不道苔岑契，銷魂一例深。相逢纔匝月，欲别幾驚心。歌歇紅牙拍，詩留《白雪》吟。他年遊渤海，定訪召棠陰。」别後，以近作一册見寄，《詠懷》有句云：「風塵雙鬢短，貧賤一身多。」蓋感慨繫之矣。

京江唐花城培士喜吟詠，余客鎮江郡署時，花城猶應童子試，常以詩相質。别後音訊頻通，抵任金鄉後，花城寄詩云：「莫道書生殺賊難，居然兵法讓袁安。雲沉戰壘旌旗暗，月落孤城鼓角寒。别後風塵憑短劍，者番踪跡半征鞍。遥知軍政森嚴日，挾策頻登上將壇。」「襟期磊落氣飛揚，讀罷新詩喜欲狂。絶世才名尊雅望，關情朋輩隔他鄉。依人我亦今王粲，愛客君原古孟嘗。料得桃花栽正滿，可容假館到河陽？」

庚午夏，余住京口之練光樓作避熱計，維時詩畫名流，接踵而至，極友朋之樂。及返棹，維揚練光樓主人范敬言道士暨諸同人祖餞江干，曹君沂爲作《西津送别圖》以誌其事，題之者張君玉璘云：「去歲盼君來，今年悵君去。柳絲千萬條，行舟綰不住。」家廷桂云：「緑楊絲裊西津口，欲綰離人莫分手。石尤風起練光樓，欲阻征人暫繫舟。」「羨君惜花如惜命，衆香評定留題詠。東去愛民當如花，德遍千家更萬家。」唐君培士云：「秋江如練渾無際，相送西津别恨多。一抹行雲隨畫舫，二分明月醉紅螺。詩吟鶴背閒敲句，座擁蛾眉夜聽歌。此後名山應減色，金焦孤負好烟波。」

余自金鄉罷歸，僦居湖畔，顔其室曰「詩龕」，用翁覃溪閣部贈法梧門學士舊本也。一時投詩者紛集，余故有「博得珠璣千萬斛，一齊珍重入詩龕」之句。張伯良贈詩云：「一個詩龕面面通，無人不喜説登龍。濟南自是多名士，難得搜羅盡屬公。」

山西張水屋道渥，工詩善畫。性任達不羈，常跨一黑驢，人呼之爲「黑驢張」。丁卯年余入都，時水屋亦在部，待銓州牧。一見莫逆，論詩讀畫，相得甚歡。記其《畫山水寄湖北喻石農先生》云：「爲寫雲山寄所知，好將畫意答新詩。小窗夜雨鷄鳴後，是我三湘入夢時。」《諷人》云：「意中此局人人有，無那斯人總不知。」語亦深婉。後余再至山左，水屋亦赴任直隸霸州，宦轍分馳，久疎良晤矣。

金鄉周秉鈞字誠夫，癸酉秋教匪之變，守城有功，奉旨賞七品銜。以係余宰金鄉時所保薦，故執弟子禮，情誼周摯。題余所畫蒲萄詩十章，俱極靈妙。佳句云：「先生領取龍眠意，處處探來自得珠。」又云：「恨我未能同象罔，當前赤水不知求。」

山東鄒平李葛峰明府景嶧，訂交歷下。後葛峰出宰江蘇溧陽，適余奉諱旋里，馳書招余入幕。在署數閱月，以事去溧。已解纜矣，忽署中馳寄一書，追至雙橋，則葛峰囑宜興周君應華所作《半舫懷人圖》也。繫以詩云：「冒雨催歸棹，鄉思已太深。不忘尋雅興，猶是濟時心。香國邀清賞，好詩應續吟。放衙更漏歇，剪燭對花陰。」時同在署中者，翟笠山參軍灝、繆依嵐廣文增福、姚浣江孝廉長煦、曲剡溪星、沈潤菴德元、史叔惠茂才迪均有詩，未能全録。

一時題《半舫懷人圖》者，于君克家云：「銜盃聆緒論，刻燭聽高吟。」李君周南云：「纏緜結幽契，慷慨發高吟。」丁君履恒云：「遲我移仙棹，從君續舊吟。」唐君潔云：「阿誰憑尺幅，寫出故人心。」裴君鐄云：「訪戴他年事，推袁此日心。」韓君炎云：「底事雙橋路，偏縈《半舫》心。」金君玠云：「我抱天涯寂，君耽江上吟。」陳君師濂云：「過江欣握手，揮麈見清心。」

惠印山權戎東萊，一日宴客，豪興飛觴。客尚醒而主人已醉，入内少憩。未幾復出，踉蹌入座，竟忘其爲己署也，大呼曰：「諸君雅集，何遠鄙人，今僕作不速之客矣！」衆賓故揶揄之，扶印山居首坐，即命酌，並請舉箸。印山贊肴酒不絶口，客轉遜謝。食頃，客各散去，而印山轉無所歸，顧謂僕從曰：「今日主人何賢也，當爲我謝。」僕唯唯。次晨酒醒方悟，不禁大笑。或嘲之云：「醉來主客全顛倒，盛饌翻教自改容。」

濰縣廩膳生劉志仁，爲詩人劉滄嵐先生之孫。有《咏月》三十首，《初四》云：「驀見廣寒宫裏客，三朝纔過尚含羞。」《二十七》云：「分明不肯人間住，鳳眼緣何看未休。」頗有意致。嘗誦滄嵐先生《石門懷古》警句云：「嘗膽越峰青，酣酒吴沼黑。」

物鍾於所好。余不工詩，而性好詩，故行輒携詩，且到處多投詩者。即墨譚杏航明府性好琴，行輒携之，座旁森列，有明琴、宋琴、唐琴各一，真舊物也。余贈以詩云：「使君纔是清如水，鶴不相隨只有琴。」杏航名文謨，江西人。

毘陵高羅岑孝廉荃邃於學。先是，會試榜發後即出中正榜，庚戌科業已出榜，和相奏撤之。高即所取中書第五名也，出爲含山司鐸。遠近從遊，詩文甚富，余欲搜其稿而未得。後過利津，晤哲嗣慎庵，出尊甫《花影詞》一册見示。其序云：「詩之有謎，猶花之有影也。理寓色空，義兼比興。文仲羊裘之句，大類猜枚；中郎虀臼之詞，還同射覆。爰師遺意，藉遣閒愁，率成三十二絶。或搜羅藥物，提入葫蘆；或籠罩古人，收來夾袋。非非涉想，仿惠子之觀魚；栩栩生春，儷莊生之夢蝶。嗟乎！羊叔子不如銅雀伎，古已云然；王摩詰好唱《鬱輪袍》，吾知免矣。世無知己，願索解於杜家；文莫猶人，聊效颦於曼倩。欲求一得，試請三思。」其中《孝子吟》云：「刻木難酧罔極恩，芸瓜聊竭服勞心。闈中嚙指兒先覺，莫羡王尊叱馭行。」《弔古》云：「縹緲蓬萊泛蔚藍，秦皇何處覓金丹？千年遺蜕成抔土，散作青燐點點寒。」《獨坐》云：「碧落無雲卵色勻，坐看鶉火上初昏。忽聞廣樂天邊奏，我欲携舟入洞庭。」以上每句一藥名。《焦桐引》云：「閒把焦桐理玉徽，分明彈出《㡛㢆》悲。朝歌自古繁華地，憔悴楊妃減帶圍。」《有女》云：「有女嬉春姊共携，半疑鄭旦半楊妃。山梁偶集無人侶，王謝門衰又別離。」《鐃歌》云：「鬱金堂外月鉤斜，細柳星明絢落霞。整旅安邊憑一怒，降藩款塞貢名騧。」以上每句一古人名。其他類推。雖係游戲文章，居然入妙。

浙江屠生基棠成婚最早，妻返母家，屠寄詩云：「屈指歸寧思有餘，妝臺眠食近何如？燈殘寂寞詩成後，酒冷微茫月上初。最好涼秋偏值病，剛逢長夜又離居。知卿愛我情猶我，悔不携卿伴讀書。」屠時年十六，而情致絶佳。

江西蔣知節孝廉，字秋竹，心餘先生之子也。填詞綽有家風。庚午夏，余客邗江，秋竹主廣陵書院講席，時相往還。贈余有句云：「題襟欣把臂，索句許知心。」瀕行時，以所梓填詞二册及乃弟知讓詩集見遺，俱爲友人携去，無從采録。

毘陵趙甌北先生《隨園詩題辭》七律二首云：「其人與筆兩風流，紅粉青山伴白頭。作宦不曾逾十載，及身早自定千秋。群兒漫撼蚍蜉樹，此老能翻鸚鵡洲。相對不禁慚飯顆，少陵詩句只牢愁。」

「舒卷閒雲在絳霄，平生出處亦超超。曾遊閬苑輕三島，愛住金陵爲六朝。富貴豈如閒有味，聰明也要福能消。不須伯道愁無子，此集人間已不祧。」句句新艷，足爲隨園寫照。

金鄉孀婦周戴氏通文墨，嫻騎射。癸酉秋，教匪起事城南葦子坑，氏號召鄉勇數百人，給器械，結團營以守，賊不敢近。又親詣縣堂，獻沃田二頃，爲守城費。余請於上官，許爲陳奏，不果，僅給匾額表其門，曰「巾幗偉人」。聞之者競歌詩以紀其事，曹君應旭云：「郊外争看飛戰騎，閨中先已請長纓。」梁君玉振云：「纔是么麽風有信，已聞閨閣髮衝冠。」謝君焜云：「未必將軍皆武惠，居然巾幗有鬚眉。」宋君兆京云：「草中狐鼠驚先遁，隊裏貔貅望轉猜。」惠君昌運云：「帳下兒郎人似海，至今猶唱《木蘭》詩。」夏君祖煒云：「論功此亦秦良玉，何日輶軒採異聞。」范君坰爲製七古一章，詩長，未能備録，有句云：「娘子軍，夫人城，秦家石柱女總兵。自古間氣不擇人，雄鷄無聲雌則鳴。」余賦一律云：「閨中慷慨説興師，太息妖氛四起時。久已克家同令子，更將報國傲男兒。一門清節愁風雨，千畝腴田勞虎羆。如此偉人巾幗少，却教未達聖明知。」

偶於藍小詹刺史壁上，見唐君名以封者《贈人》詩云：「橋邊纔接令君香，又聽離亭唱短長。十里杏花新燕子，一春芳草舊池塘。人來研北輕分手，詩到城南别有腸。好寄相思與明月，舉頭休問是他鄉。」詩筆婉秀可喜。

錢鶴山孝廉之鼎，丹徒人，與余同出玉硯農先生門下。在京口見贈云：「浪跡天涯復水涯，騷人容易起相思。銀燈風雨蕭蕭夜，酒醒孤吟不寐時。」「桃李争懷種植恩，春風同傍狄公門。江城斜日相逢後，又向篷窗感别魂。」

濟寧戴石坪鑑工於畫，閉户自娱，不輕與人接見。余僑居濟上時，往往過訪。石坪亦時至寓館，以詩見投。有句云：「僕愧山陰戴，公真江左袁。」又云：「案無留牘堪題畫，官有餘閒不廢詩。」又云：「輪困畫膽從天落，澹泊襟懷獨酒知。」

伶人蔡三寶，揚州人。向隸京都春臺部，長安道上，曾經相識。後余遊邗江，假館樂賓園，時蔡已自都旋揚。聞余至，屢過園中，並具酒筵饋余，殽饌豐盛。余招畫友吴近宸、丁夢庵、耿竹溪來作竟夜之飲。次日即放棹金陵，行囊羞澀，無可贈酧，乃以素扇題七律一首予之，後四句云：「三年小别同浮梗，半日清談勝佩蘭。莫忘故園風景好，二分明月正團欒。」以三寶次年又將入都，是以規之也。蔡得扇喜甚，遍以示人。

金陵承恩寺詩僧定志，别號鷹巢，好客工詩，伉爽有奇氣。余遊白下，屢下榻其處，詩酒之會，無日無之。余故有「座中客敢誇袁虎，方外人原有孟嘗」之句，一時彼此贈投，不可勝記。記其題余《半舫懷人圖》五律云：「好是袁臨汝，香山契最深。别離前日事，憂樂古人心。畫向歸時寄，詩從去後吟。已聞花滿縣，桃李頌成陰。」

浙江曹米菴應旭，在山東候補縣丞，爲人真摯，與余訂文字交。余贈句云：「只因君坦白，故愛我迂疎。」米菴和云：「形骸容放浪，筆墨寫蕭疎。」

夢中得句，往往有之，大約醒後不復記憶，乃竟有居然入妙者。余遊武定，與惠印山、初秋埜日相過從，昕夕無間。一日余偕秋埜過訪印山，適印山午睡初覺，自言適晝寢時，夢中題興卜亭明府《繞花集》後七絶一首，係余限八庚韵，且要三押「青」傍。其詩云：「《繞花》詩引曉風清，咏史偏饒不世情。筆底雲烟驚歷代，知君身是太陰精。」題畢，余爲易其尾句云：「江南江北雨初晴。」秋埜以爲「江南江北」北四字不若改爲「江天萬里」四字，未定而寤。夢，幻境也，而真切如是，真不可解。其尾句用意無情無理，一易再易，更不可解。

漢軍正藍旗興卜亭明府昌，字惠民。著有《繞花書屋詩集》，内一卷專論史事，格正詞醇，美不勝録。如《張九齡》云：「一從天寶醉難醒，金鑑空呈禍亂形。到蜀方將風度憶，三郎怕聽《雨淋鈴》。」《寇準》云：「決策澶淵似等閒，最傷孤注假權奸。十年嶺海消磨甚，却向天書覓賜環。」《韓蘄王》云：「豈料放梟先逐鳳，早知騎馬不如驢。」《信陵君》云：「轉旆不投飢虎肉，弄兵先報美人頭。」《漢高帝》云：「玉碎君臣原寡略，羹分父子已無恩。」他卷中如《燕》云：「掠開花徑纔三月，抛得韶光又一年。」《武侯故里》云：「到底鞠躬終死漢，從來名士祇推君。」《夜坐》云：「月暈沙窺屋，風喧海到城。」《遇雪》云：「不争天在上，常似月當前。」皆驚句也。

無錫黄素峰揚鑣，丁卯年京華同寓，朝夕論詩。記其《偶題》云：「敢將薄倖怨檀郎，迴首東風事渺茫。無力楊花空惹恨，有心葵藿自傾陽。三生杜牧緣何淺，一卷崔徽意正長。極目天涯芳草緑，鶯啼燕語總凄涼。」通首音節清蒼。素峰近選山東定陶縣，故人重晤，爲之狂喜。

鎮江楊子堅鑄，倜儻不羈，詩有奇氣。《太白樓》一律云：「高樓此日爲公來，明月依然照酒杯。

賀監不逢誰可薦，湘纍而後有餘哀。功名耻獻淩雲賦，供奉難酬濟世才。獨立磯頭歌古調，滿江風露雁飛迴。」子堅尤長於七古，惜未采録。

濟寧霍葆彝慎德，爲余在濟上所延友，極爲相得。嘗謂余曰：「君喜結納，然交友之道，莫如蒐詩。君能蒐天下之詩，即不啻交天下之友也。」余深韙之。見贈云：「海内鴻文都到手，天涯名士盡低頭。」

湖河江海，各有形勢，不可不見。余家洪澤湖之濱，習見爲常，其勢平衍，與天一色。少作云：「家住洪湖最上游，居然身世任沉浮。不才只合漁翁老，擬把生涯付釣鈎。」童時屢過黄河，洶涌可畏，有句云：「奔流滚滚亘東西，如此驚濤望欲迷。行到浪翻舟駛處，不須三峽聽猿啼。」大江雄秀，無風則浪静波恬，有風則驚心駭目，《京口練光樓曉望》云：「曈曨曉日耀中流，江北江南一覽收。滚滚波濤生脚底，不知身在最高樓。」余因公至膠州，曾乘小舟出大洋，登鳥船一望，萬里烟波，心目俱豁，《觀海》詩云：「盛世居然水不波，蒼茫無際鏡新磨。一從觀海歸來後，腕底奔濤分外多。」

吾淮蒲快亭進士忭，爲蘇州教授。蘇州學署，即宋時錢氏南園也。王禹偁有句云：「他年我若成功後，乞取南園作醉鄉。」其欣羡若此。今雖八百餘年，而學之西偏，清流崇阜，遺址猶存。快亭到任後，又修葺而點綴之，圖書四壁，修潔天然。余客吴門，每至學舍，必縱談快飲，竟日流連。比旋京口，接快亭來書云：「忭閲人數十年，豪爽解脱，無有如足下者，願訂蘭譜。」贈詩云：「燕臺曾共醉離筵，十載重逢快欲仙。祇恐河梁又回首，更無名手畫南園。」又云：「未種河陽滿縣春，春光先趁馬蹄塵。

使君侍從真都雅，仙鶴瑶琴共美人。」

浙江胡七因壽芝，負超軼之才，以拔貢分發州佐。不數年，賞藍翎，升州牧。後罷官復起，任河南夏邑縣，又以事落職。才優遇絀，殊不可解。記其《吴門即事》云：「一曲雲璈徹九霄，飛觥豪舉暈紅潮。書生本是箏琶耳，耳福無多一旦消。」又云：「我與東風曾有約，隴頭驛使幾時來？」

百菊溪先生在兩江制府時，有《夜坐》七律四首，詩云：「淮甸雲沉月上遲，夜寒孤坐夢醒時。霜欺短鬢愁低首，花放長檠笑展眉。棋局定難淆黑白，蛙聲那復問公私。路人萬口驚相告，鼠穴牛車事亦奇。」「狂花滿眼鬧沉醺，説鬼談禪異所聞。鏡裏無形難覓影，峰頭有石易生雲。服輳老馬愁前路，鎩羽秋鴻感舊群。箕斗插簷天尺五，自扶笻杖看星文。」「膠漆雷陳托舊盟，相逢一笑素心傾。平生自詡汪汪度，宇宙曾傳矯矯名。海市幻成樓有象，并刀剪處水無聲。著書辯謗渾多事，付與千秋月旦評。」「懶從龜策問行藏，尺短何能較寸長。祇恐聲名終碌碌，空令歲月去堂堂。忘家久作離塵想，多病難尋辟穀方。昨夢遊仙心鏡朗，五雲樓閣氣蒼茫。」通體氣韵沉雄，想見先生之風骨稜稜，不肯脂韋隨俗矣。

湖北黄梅喻石農先生，名文鏊。豪於詩，宕軼奇肆，不名一家。劉金門學士謂其有昌黎之雄，無長吉之苦。梓有《紅蕉山館詩鈔》，共古今體詩十卷，鴻篇鉅製，美不勝收，令人望洋而嘆。略登一二首，以見大凡。《憶家》云：「三十六陂秋水明，寒汀疎柳晚烟生。長江淼淼東流去，落日棲鴉無數聲。」《墩子湖弔賀文忠公》云：「丞相家居日，中原鼎沸秋。一門能仗節，千古迴含愁。殺氣來關右，悲風撼鄂州。青塘無限淚，迸入大江流。」《大梁》云：「放眼中原萬里平，夷門誰不問侯生。屠沽莫識公卿貴，將相空高戰伐名。客走齊梁羞霸業，河來天地變秋聲。短衣爛醉吹臺晚，縹緲仙風傍古城。」先生之弟名文鑾，字典掖，大挑分發直隸，以迴避來山東。亦工詩，其全稿未得記録，記其到省詩云：「名山空負千秋業，仕路終慚百里才。」又云：「調羹新婦廚初下，入學村童禮尚粗。」亦莊亦謔，妙於語言。

溧陽史叔惠迪，少年雋才，與乃兄仲仁俱工詩。余去溧陽時，叔惠贈句云：「季真身世伯陽名，到眼河山萬里迎。遥指夕陽天外路，鞭絲帆影總多情。」

安徽唐紳甫縉良，原名善良。先任萊蕪令，以事罷官，後因軍功開復。工於筆墨，人亦倜儻風流。在濟上見贈云：「升沉何必更疑猜，我亦黄粱夢醒來。老驥幾曾甘伏櫪，焦桐終古是良材。縱横豪氣餘詩膽，夭矯龍鱗即畫胎。萬斛明珠隨處擲，酸心只是落塵埃。」未及一載，紳甫以事謫戍，末句竟成詩讖。

歷下周二南樂，言語詼諧，詩筆清雋。與余詩酒論交，十數年如一日。集中如《項王》云：「帝業經營獨戰場，拔山有力氣堂堂。重瞳至竟興三户，一炬差堪慰六王。鉅鹿功名真蓋世，沐猴籌策失歸鄉。范增不殺虞姬死，翻覺英雄勝漢皇。」《風箏》云：「尚留一線青雲路，未免群兒白眼看。」《弔淮陰侯》云：「帝或有謀商吕雉，侯原無語到陳豨。」《初雪》云：「半天兼雨落，到地一花無。」贈余云：「慮長身竟累，官罷氣逾豪。」

題余蒲萄之詩甚多,《畫譜集》中已梓數十首,兹又得霍葆彝句云:「無限精神無限意,個中滋味個中嘗。」與張笏軒明府「十載蹉跎成放浪,粗枝大葉寫蒲萄」二句,同一意味深長。

《衆香國》小部,係擇京都伶人之佳者,綴以品題,有《艷香》、《媚香》、《幽香》、《慧香》、《小有香》、《别有香》名色。《艷香》詩云:「便勞染盡胭脂筆,活色生香畫不來。」《慧香》詩云:「一點靈犀心欲訴,人人分去作相思。」《小有香》詩云:「便教菊婢爲新婦,也是花中好女兒。」《别有香》詩云:「路轉溪灣山更好,絶無人處一花開。」題詞之佳者,左仲甫輔云:「芙蓉結隊錦添袍,法曲新翻點拍勞。月地雲階遍歌舞,教人看煞鄭櫻桃。」黄東隖旭云:「千回稿易始開雕,未肯輕將甲乙標。寄語百花知道否,主人心似剥春蕉。」戴秋崖岑云:「緑酒紅氍夜夜春,東風染盡素衣塵。燈前今日重摩眼,零落何戡尚幾人?」

鎮江族兄斗南,名渭鍾,拔貢同年。朝考分吏部,一家能詩。已録乃兄廷桂題余《西津送别圖》詩矣,其尊甫雲峰年伯名亨,詩筆清新拔俗,不染塵氛。《同李冠仙遊焦山》云:「海水兼天白,山雲壓樹蒼。」又《携京口酒同訪贊公房》:「爾我雙青眼,乾坤一醉鄉。沙鷗應笑客,塵俗未全忘。」《秋草》云:「春時芳草此時秋,轉眼驚心歲月流。三徑又添憔悴感,一年兩管别離愁。鳴蟲唧唧荒階下,逝水滔滔古渡頭。曉起更看含白露,向人如淚不能收。」《早春》云:「白消殘歲雪,青入早春山。」《清寧道院》云:「烟籠秋浦樹,雨洗夕陽山。」《秋遊》云:「黄飛三徑葉,青擁一樓山。」三押「山」字俱佳。他如《杭州舟中》云:「柳色翠摇無力水,桃花紅襯有情人。」《新柳》云:「已抛舊恨三秋笛,剛舞東風二月腰。」

無一腐句。乃弟燮和字書臺，早歿。詩有家風。《蓼花》云：「岸迴秋水白，船帶夕陽紅。」《春柳》云：「夢裏喚春春未醒，小蠻昨已嫁東風。」《秋草》云：「自從春雨懷人後，又是秋風送别時。」

常州周伯恬孝廉儀暐，訂交歷下。後余客毘陵，伯恬招飲於城東延陵别墅，余扶病前往。次日即有京口之行，伯恬贈詩云：「不載離愁載宿酲，桃根雙槳浪花生。怪他酒思濃於病，孤負蕭蕭暮雨聲。」「此行幾日得來還，小别花前夢未删。可倚寒江開草閣，憑欄飽看潤州山。」

浙江同年陳曼生明府鴻壽，擅鄭虔三絶之長，風流儒雅，少負重名。辛未年，余由江左再之山東，時曼生抵任溧陽，送余詩云：「不借天風駕海濤，詩人肯讓酒人豪。投竿自惜千絲密，伏櫪還嗤九折勞。日下壺觴曾未共，江南花月漫相遭。重携琴鶴翛然去，期爾聲名岱嶽高。」

余居濟上，逼近學廨，滿地皆諸葛菜，屢遣人采而食之，深喜其味之清而苦也。適閲鐵梅菴制府集，内有《諸葛菜》詩云：「一掬行軍菜，移根瑣院深。花猶懷葛亮，人孰繼韓擒。得飽同清味，含酸識苦心。膽瓶無别種，留伴短長吟。」可謂實獲我心矣。

山東孝廉李勺洋兆元，以縣令分發豫省，詩工古體。《題劉儀可結網圖》云：「先生德比蓮花馨，先生神似蓮花清。老去仍依蓮花幕，對花聊與花相盟。尚嫌花終不解語，池邊添個如花女。桐陰結網藉芳茵，小試經綸傳阿堵。先生原是此花身，花香化作美人魂。花耶人耶兩不分，是一是二徒紛紜。掀髯一笑開芳尊。」

《元詩選・總論》云：「昔人訾元詩，謂其煩縟穠麗。然必以麗縟爲病，則有魏晉，可廢六朝；有王、孟，可廢四傑也。少陵詩云：『王楊盧駱當時體，輕薄爲文哂未休。爾曹身與名俱滅，不廢江河萬古流。』何嘗不極推重乎！元詩流弊，乃在家數小，格調低。其古詩連篇累幅，但解實砌平鋪，而不知開合變化、伸縮轉换之妙。此綺麗而乏飛騰者也。律詩學晚唐，多秀句可摘，所謂貪看翡翠蘭苕，未掣鯨魚碧海。然其佳處則藴藉纏縣，工緻婉秀，足以肖難狀之景，發難顯之情。與其如宋人以生硬拗拙爲工，至於聱牙折嗓，何若緣情綺靡，體物瀏亮，尚不失唐人風致乎！」余素喜元詩，故録之。

《隨園詩話》中録陶篁村題壁詩，後來和者皆不能及。惟浙江布衣童開先次其原韵云：「不爲功名不爲貧，客中何事久羈身。迴思故國三千里，孤負寒梅幾度春。夢裏宛然聚骨肉，醒來依舊隔風塵。他年歸買山陰棹，願作烟波一釣人。」又《舟過臨清》云：「帆移柳岸連雲碧，水映桅燈帶月明。」又云：「曉色長堤千樹合，夕陽古渡幾人行。」俱極清雋。開先名鴻業，山陰人。

山東滋陽廣文劉少菴汝嬰，郯城人。詩近中、晚。《重過黎吉寨有感》云：「重來黎吉寨，再憶旅行心。歲月催人老，風塵歷事深。春花猶自發，鬢雪不禁侵。慷慨男兒志，馳驅已到今。」《甲戌科北上不果》云：「甲第科名重，衰年志已休。遊僧説佛懶，老女見花羞。梁灝人何在，馮唐姓僅留。吁嗟此生願，異世或能酬。」

張開先，不知何處人，落魄濟寧，衣不被體，爲人代寫春聯。《感懷》云：「雪舞迴風滿目愁，筆花凝凍硯池頭。天心何苦貧原憲，世道寧應病伯牛。畫荻昔年承母教，塗鴉今日對人羞。他鄉落拓增多感，一死鴻毛未肯休。」五言云：「愁憑詩當酒，寒仗火爲衣。」七言云：「家似杏花隨雨敗，身如柳絮遂風飄。」後許小村見之，招之飲，并遍告諸同人，助以資斧而去。

吴門錢子霞瑶鶴，酷嗜吟咏。有《咏游絲》七律四首，頗覺細膩風光，録其一云：「綺懷與爾似相牽，知繫愁邊繫夢邊？三月傷春添短鬢，五陵送客駐輕鞭。無從着力難黏蝶，不礙行踪任掣鳶。祇此纖毫便撩亂，惱人頭緒自年年。」

戴石坪尊甫仰籛先生彭年，曾任河南少府，有句云：「道直心如水，官貧鬢有霜。」又云：「淡月有情來曲院，疎林無處着秋聲。」有《夏陽懷古》一律，格調蒼渾，詩云：「凉雲輕快正新秋，渺渺長河萬壑流。白浪千層奔下相，青山幾叠撲徐州。漢家雉雒同秦鹿，沛上旌旗亦沐猴。豎子英雄堪一噱，臨風彈劍意悠悠。」

詩不可平，張船山先生《題孫淵如觀察雨粟樓》詩云：「大聲疑捲怒濤來，愈我頭風一卷開。直使天驚真快事，能遭人駡是奇才。異書讀盡讐秦政，凡馬搜空愛郭隗。十二瓊樓無定所，神仙何必住蓬萊。」詩不可俗，趙甌北先生《題曾賓谷方伯邗上題襟集》云：「禊飲紅橋事久無，使君重把雅輪扶。詩聯陳起《江湖集》，句入張爲《主客圖》。人本玉堂工授簡，官閒鈴閣愛投壺。却憐我昔揚州住，旅館清吟興太孤。」同一題詞，一則兀傲不群，一則恬稚可喜。

於官尹兼集中見舒鐵雲題詞五律四首，録其二云：「前輩三條燭，中州七品官。酒邊叉手易，花裏折腰難。讀曲青衫濕，幽居翠袖寒。吟成佳句子，不厭百回看。」「萬里半天下，三生大石頭。癡人聽説夢，名士始言愁。香火緣中晤，酸鹹味外求。峨嵋山上月，曾見阿儂不？」

尹兼名懋斌，大興人。出宰豫省，遂引疾歸，僑居吴會，以詩酒自娱。著有《自怡齋吟稿》。《陰平題壁》云：「窄窄青簾柳外斜，霜楓紅醉亂飛花。行人空抱文園渴，典盡征袍酒不賒。」《漫興》云：「地僻門無客，巢新燕有家。一春惟雨好，三徑任苔斜。詩拙難留草，情閒偶種花。忘機即是佛，底用學趺跏。」《題舒鐵雲西湖近稿》云：「分得陳王八斗才，新詩千首絶纖埃。無人不願黄金鑄，對客頻將白雪裁。爽挹湖山同比秀，緣深風月兩忘猜。區區一第何輕重，自有香名遍九垓。」

官蕚峰懋弼太守，爲尹兼胞兄，工於詩。有《赴京捐復留别尹兼》七律二首云：「别意何如雨意酣，蕭蕭垂白更難堪。齒衰讓我三年長，家近煩君一力擔。此去未能空冀北，再來祇是望江南。遥知岱麓經過處，障眼停雲又駐驂。」「此身那得似雲閒，才放還山又出山。雙雁有聲聯野浦，一帆無恙掛重關。車迎馮婦貽長笑，丹問童奴覓大還。寄到回春好消息，梅花餞臘定開顔。」

蔣伯生明府又有《上孫淵如先生》二律云：「夜占紫氣滿層臺，曉起衡門闢草萊。十里烟霞凝望遠，一聲叱撥隔花來。招要野老看天使，慚媿高軒過鬼才。好是東風知雅意，玉梅一樹斬新開。」「井中車轄敢輕投，花底金鞍願少休。笑我此濱真寂寞，得公一過也傳流。叢殘詩卷論今雨，撩亂茶烟話舊遊。問到春耕先色喜，土膏初動雨初收。」蓋伯生僑居汶上，先生過訪時也。

濟寧朱于勤墉家有别墅曰襲翠軒。軒中室宇精潔，四座陳設花卉，極幽雅之致。曾邀余及張理堂、費韵圃、謝滌生、洪雪崕、杜村竹林、朱時齋絛生昆季爲書畫雅集，并以「仙」字爲韵，即席賦詩。余成一絶云：「賓嘉逾見主人賢，如坐春風二月天。四面花香名士集，不須高會羡群仙。」次日于勤以詩來，有句云：「窗前一幅長相對，未到蓬萊已是仙。」時李同山舍人見余畫而愛之，見贈云：「不將蹊徑襲前賢，墨瀋淋漓寫性天。似此清狂應小謫，那容富貴更神仙。」

同山名大峒，濟寧人。以孝廉晉秩中書，耄而好學，詩筆不凡。記其《偶感》云：「文能憎命青衫舊，臣不如人白髮新。」

高密李達夫詒瑋，少鶴先生仲子也。承其家學，詩多奇氣，律句亦復清拔。記其《書李松甫詩集後》云：「越嶺極天峙，清湘到底寒。中留此卷在，千古合同看。」《歲暮書感寄都門歷下諸友》云：「幾處不堪回首地，一函無可告人書。」

無錫雙修庵尼韻香，號清微道人。工畫墨蘭，寫《靈飛經》小楷。往來名流，争欲識面。余過無錫時，韻香以素册數幅見投，囑題《空山聽雨圖》小照。圖中名作如林，無體不備。余由蘇而之常鎮，碌碌征帆，迄未落筆。後寄韻香詩，有句云：「江郎未免慚才盡，尺幅真成不繫舟。」蓋自嘲也。韻香詩多不記憶，僅記其《自題畫蘭》云：「一種幽香留不住，又隨少女出空山。」《題梅》云：「梅花千百樹，朵朵爲君開。」

楊子堅古體詩，余喜其有英鷙之氣，以遺失故未録入。偶於友人處見其《張鐵槍歌》一篇，有云：「平生獨具好身手，慣入賊營梟賊首。淋漓血漬團花袍，殺賊輕如殺雞狗。」中云：「遠挑近打氣無敵，出入賊叢似空壁。刺死者少壓死多，風火隨槍飛霹靂。」末云：「酒罷看君色飛舞，胸中熱血難傾吐。豹死留皮名萬古，張侯張侯心自苦。」張名景福，中州人。從軍川、楚有功，未受賞。繼隨阮芸臺中丞巡勦海盜，又辭功歸隱。儀徵尹居君琴塢邀入幕，爲掌書記。張頎白玉立，吐屬風雅，善飲能詩，有古儒將風。

余年來宦遊落拓，僕僕道途者居多。然閒中之趣，亦自不少。乙亥春宿肥城之義陽村，店主人胡姓，以蒔花爲業，蓄名花百餘種，索余題詩壁上，有「入室驚看滿座花」之句。胡姓欣感，贈小石一方，玲瓏可愛。余紀以詩云：「浪遊無日不塵纓，博得山人識姓名。一首新詩一卷石，携來兩袖更風清。」乙亥冬偶憩東平州某村，時有寫春聯者，余爲代寫數聯，有句云：「有客當如吴季札，無人知是杜司勳。」衆喜，飲余以酒。余紀以詩云：「百忙中作數行書，那識今吾即故吾。贏得村農三五輩，大家携酒酌狂夫。」

桐城姚花龕孝廉興㮣，少負重名。以《七夕賦》受知於梁階平相國，一時有「姚七夕」之稱。余曾於張稼軒别駕處晤哲嗣木卿，得一披讀。歌散兼行，古致歷落，誠傑構也。詩筆亦極矜嚴。《安豐九日》云：「霍叔城邊野色開，蒼蒼千里赴高臺。清霜影送淮山出，落葉聲隨塞雁來。佳節要從歡處賞，壯心休向酒邊灰。思鄉懷古悲秋氣，終古詞人枉費才。」他如《秋夜》云：「竹深微見月，風定緩傳更。」《秋蟬》云：「五更將斷風初冷，一樹無情葉欲飛。」皆琅然可誦。先生以拔貢就職州倅，後登順天鄉薦，没於京師。病中自輓，有句云：「少有新篇動開府，壯無微禄博監州。」才優遇絀，亦可慨矣。

木卿名培樟，桐城諸生，並以所著詩册見示。有「到處雲山一杖頭」之句，余極爲贊賞，乃戲謂之曰：「君可稱『姚一杖』。」木卿有贈余五律二首，録其一云：「冰雪嚴寒日，相逢歷下時。傾心如舊識，撫掌得新知。筆掃千人陣,胸羅十萬師。堪憐蕞爾邑,翻累士元奇。」木卿又見示其族之先人别峰刺史名士陛《空明閣詩集》,專長綺體,清麗芊綿之作居多。聞先生以《西泠感舊》七律四首傳誦一時,詩名大噪。其詞云:「江南蕩子恨無家,錦字坊西問狹邪。燕館宵燈留蝙蝠,荒陵春水没蝦蟇。路人尚指樓頭柳,漁父空迷洞口花。辜負沙棠舟上客,酒尊書卷到天涯。」「窈窕文窗映碧軒,美人家近苧蘿村。芳珮結繙經樣,杏子衫嬌潑酒痕。鬥草人歸春綽約,賣花聲破夢温存。争知舊日青驄客,哭過枇杷白板門。」「樓間别語太凄清,乍似長生七夕盟。絶代可憐人早死,十年未見我成名。春雲淺土埋蘇小,殘月香詞唱柳卿。安得並驂瑶島鶴,蒼烟吹破嶺頭笙。」「西泠碧水漾輕沙,橋上黄昏聽暮鴉。榆樹洲邊新鬼火,桃花門裏舊兒家。玉魚葬合肌猶暖,環珮魂歸月已斜。知否蕭郎重到此,短詩和淚泣琵琶。」

常州徐厚渠銘,東河需次,詩學晚唐。《春遊村店》云:「槿籬曲曲俯山潭,彴略横連小市南。遥認青簾風外影,杏花時節記停驂。」《夜雨》云:「燈前寒燄薄,門外落花深。」《抵黄溢》云:「草痕枯夕照,湖氣濕春雲。」他如「客愁如草雨中生」、「一痕山入酒樓青」、「花窺過客出牆頭」,俱極新穎。

厚渠尊甫徐芸恬先生,名均,有《停雲閣稿》,詩筆恬和。《贈林鐵簫》云:「楓林纖月景偏饒,知己相逢不待招。對酒難除名士氣,青山吹老一枝簫。」《清明》云:「榆火烟回千竈白,桃源水泛一村紅。」

吾淮胡南莊一鴻,以進士出爲縣令,喜爲詩。《書寂》云:「幽院夕陽下,好風高樹生。披襟時小立,繞徑復徐行。蝶粉粘深草,蛛絲絡斷楹。官齋清似洗,遥聽放衙聲。」《題畫》云:「偃蓋驚看太古松,鬱盤千尺舞虬龍。濤聲清絶誰相和,山頂遥聞野寺鐘。」

蠡莊詩話卷九

玉堂居士著

作詩不外理法、格調四字，四者具備，又要有性靈以貫注之。譬諸作室，院落分明，丈尺井然，理法也；牆垣户牖，鳥革翬飛，格調也；作室既成，必須有人以居之，方不是空空一所房子，既有理法、格調，又要性靈之謂也。此中甘苦，良非易易。簡齋先生全集編成，自題絶句云：「不負人間過一回，編成六十卷書開。莫嫌覆甕些些物，多少功勳换得來。」

戴秋匡曰：「余以爲作詩先要有性靈，然後講求理法、格調。譬之先有人，而後可以作室也。」反轉言之，其理自一。

東阿之舊縣，向有楚霸王墓。余攝東阿縣篆，過其地，見壁上題句云：「苦雨凄風泣墓門，行人駐馬欲銷魂。英雄到此真無奈，成敗如公可不論。」不知爲何人所作，何言之慷慨也！

山左李石桐輯《中晚唐詩主客圖》，分張水部、賈浪仙爲兩派。登、萊一帶言詩者多宗之，謂之高密派。余所相識者，廣文宋君繩先、王君寧延，及福山秀才鹿雪樵林松。鹿在省城，常下榻寓館，與余相處最久。余在都，鹿《春夜感懷》詩云：「抱琴坐遥夜，露下濕蒼苔。春思深何許，美人殊未來。移燈就孤影，無語對殘杯。離别非爲惜，感懷霜鬢催。」頗有浪仙風味。

族兄承福，字歉竹，分支東臺縣。儒雅多情，詩才最敏。《維揚》有句云：「自昔繁華天下甲，祇今憔悴眼中多。」可以想其胸次。

辛酉科，余拔貢同年科名最盛，狀元則江蘇吴公名信中，榜眼則江蘇李公名宗昉，探花則湖南何公名凌漢。此外入詞垣、登甲乙榜者，指不勝屈。李公爲吾淮同鄉，更爲熟善。丙寅年，余入都捐復，贈先生有句云：「姓字我方慚驥尾，風雲君已占龍頭。」曾幾何時，已以大司成典試東南矣。

司馬頫庵高，江寧人，司馬河帥之猶子，爲豫省主簿。詩極藴藉。《寄友》詩云：「對月惟將濁酒邀，别來情味薄雲霄。閑中獨厭淚容易，忙處轉憐心寂寥。小院鶯花春事晚，隔江風雨故人遥。昔年作客君曾記，同看錢塘四月潮。」「關河險阻幾經行，想見勞勞百感生。有恨方能成事業，不癡安得近人情。才如可恃遭逢易，命到難憑去就輕。寫罷相思一高望，暮霞紅繞萬山横。」頫菴又工填詞，惜未之見。

余喜畫水墨蒲萄，因遍搜古之善畫蒲萄者，如宋釋子温，字仲言，號日觀，作水墨蒲萄，自成一家法。又號知歸子。陳天民幼隨父遊泰山，學知歸子蒲萄，盡得其妙。元則毛楚哲，善畫蒲萄。明則岳正字秀方，號蒙泉，嘗戲畫蒲萄，遂稱絶品。戴文進喜作蒲萄，以配鈎勒竹蟹瓜草，奇甚。陳堅遠、胡大年、徐夢節俱善畫蒲萄。陶賀，樂平人，嘉靖初以歲貢爲揚州府訓導。嘗用泥金畫蒲萄巨幅，獻上官，獲薦爲紹興府教授。徐蘭字秀夫，善水墨蒲萄，風烟晴雨，曲盡其妙。周珽字青羊，隱居硤川，吟詩工畫，以蒲萄擅名，蜿蜒生動，尺寸有尋丈之勢。釋笑印、釋曉庵、釋常瑩、釋可浩先後俱以蒲萄得名。王養濛畫蒲萄，乘醉着新履亂步絹上，就以爲葉，布籐綴實，天趣宛然。然總以温日觀爲擅場。

眉公跋謂其似破袈裟。余《題畫》句云：「欲寫蒲萄遍天下，一枝可肖破袈裟。」

貴香莽别駕言，有小梅女史者工於詩，不能記憶全作，誦其斷句云：「重門深鎖海棠春。」又云：「不剪燈花取吉祥。」頗爲香艷。

濟陽尹王霽堂東林，河南人。豪爽磊落，無仕宦習氣，不常爲詩，偶爾得句，迥不猶人。《觀罘之潮》云：「清秋萬里海潮開，無數魚龍鼓鬣來。雪浪銀濤風勢險，客船安穩泊山隈。」蓋癸酉九月，曹南教匪滋事，霽堂署福山篆時也。

常州管孝逸繩萊，爲管韞山御史之孫，不羈才也。余遊毘陵時往還最密，唱和頻多。後應順天試過歷下，《留别》云：「久因長者識袁絲，最愛逢人説項斯。花下青樽留客早，雨中烏榜渡江遲。道塗争買平原繡，慷慨重談歷下詩。莫惜匆匆分手速，來聽五袴頌成時。」

李鴻飛鵠，山東進士，作宦滇南。著有《盧樵詩集》，格調醇正。《懷董濟川進士》云：「古調知音少，交情我輩真。每從得句後，遥憶著書人。湖海天隨子，朝廷草莽臣。一竿常在手，獨釣燕溪濱。」《回任馬龍》云：「年光逝水去潺潺，勞攘泥塗又抱關。廿載壯遊家萬里，數椽古屋雪千山。養成大鶴增緡算，手種寒梅記往還。堪笑此身如落絮，任風吹送百蠻間。」《留題雲濤寺》云：「簿書卸却免勞形，無那輪蹄未得停。姤爾長眠終日醉，問君大夢幾時醒。寺有睡石、醉石、醒石。滔滔逝水因人熱，寺北有温泉。面面踈峰照眼青。手種新蕉和夜雨，誰來支枕隔窗聽？」《江陽客樓》云：「文字官微兩鬢斑，悠悠塵夢幾年閒。長途有伴書千卷，孤館無人月一彎。隨分烟霞聊自遣，稱身簑笠且偷閒。前生疑是烟波叟，依舊蘆花作侍班。」《秋日登超然臺》云：「高臺幾廢遺風在，好趁身閒續舊遊。幾片殘碑埋古堞，數間老屋枕寒流。山光遠近皆環郭，樹色高低半映樓。蘆荻花開斜照冷，一行征雁海天秋。」哲嗣李震亭名裕隨，嘉慶丁卯科孝廉。

山東臨邑尹胡習亭卿，浙江人，爲童二樹先生之壻。性情恬退，惟以詩酒自娯。在省需次時，屢攝簾缺，習亭有詩自嘲云：「自笑此身同舉子，三年一度望槐花。」後一次未得簾缺，又自嘲云：「朝來一紙名單出，也算秋風毾㲪回。」其詼諧如此。全稿余不復記憶，僅記其七言佳句云：「詞客飄零杯作活，美人老去鏡成讐。」

詩能動人自佳。張伯良《無題》云：「嬌小未容人畫眉，畫眉人去又相思。來青館裏春如海，教領虛情到幾時？」讀之令人神往。

簡齋先生旋杭時，有二三友人欲招先生飲。以先生素講烹調，自爲之恐不適其意，乃謀諸先生之庖人，議值六十金，以爲必有非常之品。及登筵後，菜只六味，尋常鷄肉而外，別無所有，而主客俱飽餐盡興矣。今之宴客者誇多鬥博，刺刺不休，口腹困憊。飲食之場，直成桎梏，亦安知少許之足勝多許哉？余曾有句云：「從來菜味如兵力，只在精良不在多。」

桐城姚名川遊幕豫省，有小僕徐興，姿容絕世。姚極爲鍾愛，情好之篤，跬步不離。逾數年，姚以去館，落拓中州。又因家事遄歸，不能與徐偕。有高明府素涎徐，乞姚割愛，姚乃再三婉言，强而後可。高得徐後，如獲珍寶，一切務適其意，然語偶及私，則拂袖去。高以愛徐故，姑忍之。未幾名川復返豫，徐得信，盡封高物，着舊時衣，暮夜歸姚，蕭條旅館，茹苦如飴。嗚呼！趨炎附勢，貧富易心，士君子且不能免，如徐興者，不但情種，真可謂豪傑之士矣。余爲四絶，以紀其事。詩云：「休艷徐郎絶代姿，一心如鐵事真奇。劇憐貧賤相依日，腸斷秋風夜雨時。」「珠玉精神鐵石腸，眼中早已忘炎涼。名花自有真風骨，多少遊蜂不敢狂。」「依舊明珠合浦還，如渠真個破愁顔。從今焚却評香譜，姹紫嫣紅一笑删。」「情海茫茫幾問津，三生石上悟前因。天涯灑遍青衫淚，要把黄金鑄此人。」一時題咏者，夏愛吾云：「委身一意向寒儒，風雨間關志不渝。客館獨教留玉樹，使君空自遺明珠。認巢舊燕歸來早，泛水浮萍用意殊。多少窮途知己淚，爲伊棖觸感榮枯。」耿芝亭云：「情絲一縷鎖春蠶，客館清虚別趣諳。假作野花閒草論，閨中不合插宜男。」「珍餐艷服苦沉吟，鑒面何如更鑒心。舉世難期逢伯樂，敢羞措大負知音。」

海陽李籐岩性高尚，雖係世族，詩畫之外，他無所樂。有句云：「月色吹燈後，詩情入被時。」二語雋永有味。

肥城尹曾雲峰冠英，廣東人。以庶常改官知縣，風雅工書。余攝東阿篆時，鄰封接壤，而相見甚疎，彼此傾慕。越二年，余過肥城，雲峰款洽備至。贈余有句云：「此日軒車臨野吏，當年雲樹望神仙。」

嘗於某書中見七絶一首，云：「金馬何曾半步行，碧雞那解五更鳴。儂家夫婿久離别，恰似兩山空得名。」不事雕琢，自見高超，故録之。「金馬」、「碧雞」，俱山名。

説部中亦有所本，即如《後西遊記》所謂「造化小兒」，見《唐書》本傳。又《景龍文館記》：「杜審言好大言，臨終，宋之問往候之，乃曰：『甚被造化小兒所苦，僕在世久壓公等，今死，固當慰人心，但恨不見替人耳。』」東坡詩云：「老人大父識君久，造物小兒如子何。」説部且然，談詩者顧可以枵腹從事乎？

上海閨秀歸佩珊工於詩，孫少迂明府誦其佳句云：「愁多天地窄，情重死生輕。」惜未見全稿。廣文陳古愚學淦，浙江海寧人。曾爲上海觀察幕友，與佩珊最熟。余偶晤於利津署中，古愚出示所藏詩箋數紙，始悉佩珊名懋儀，其女爲古愚寄女。佩珊《致古愚書》云：「風雨無情，微聞花嘆；燕鶯有恨，催送春歸。詞客耽吟，旅人多病，其如之何？儀偶拈銀管，未識金針。頻叨月旦之評，許附風人之席。復以弱蘿徑尺，托蔭椿林；小草一枝，幸栽蘭砌。賡酬訂文字之緣，兒女附神仙之眷。豈意飄風忽來，浮萍頓散。恨隨流水，猶繞申江；跡逐閒雲，暫棲吴苑。會逢羽便，幸惠素書；倘艤仙舟，願臨茆舍。」詩云：「長亭折盡緑楊枝，恰值芳園花落時。念我瀕行還走送，感君扶病又裁詩。風前萍聚原無定，壑裏雲歸未可知。一曲青琴一回首，滿窗明月漏遲遲。」又《柬古愚》云：「征途念風雪，珍重尺書裁。愧我無新句，知君最愛才。病中携藥到，道遠索詩來。消受難爲報，思量感極哀。」「天涯逢歲晚，客子感何如。落葉知愁積，西風掃病除。徐娘裁錦字，驥子讀藏書。處士高風好，梅花放故廬。」他如「詩因呵凍吟還少，梅爲經寒放也遲」、「酒爲送春須痛飲，花因惜别也消魂」、「三生文字緣還淺，一霎山林日易昏」、「濛濛細雨船頭坐，莫把詩翁認釣翁」，皆佳。

或謂人遇逆折之事而能履險如夷，其人必有後福。其逆折之者，正其玉成之也。又謂凡子女俱無之人，其人居心必陰險。試之果然。翟笠山有句云：「山有峰巒方有致，樹無枝葉必無情。」可爲二語作一印證。

笠山名灝，山東人，爲福建藩參軍，屢篆繁缺。工書法，詩有雄壯之氣。曾誦其在濟南送友人之官湖南一絶云：「服官南去三千里，約略重陽過洞庭。秋色滿船人獨坐，君山應比佛山青。」

鄆城尹張柳溪鵬程，直隸人。與余相晤省垣，一見即蒙推許，至今德之。偶過濟陽署，見其《自題小照》五古一首云：「行年五十九，自問何所有。科第愧無成，微名附丁酉。勤勞四庫書，一命恩榮厚。寒氈十二年，題章邀薦首。本非百里才，濫竽食五斗。公餘遣我懷，癖性耽花柳。有子甫髫齡，杏花拈在手。願成折桂兒，願爲林下叟。頤養樂天倫，與圖共悠久。丹青是解人，可能如願否？」録之以誌知己之感。

揚州諸生耿芝亭言，庚申年與同邑史壽莊椿齡赴試金陵，過棲霞，宿千佛崖。芝亭已酣睡，忽聞壽莊大呼，驚醒，問之，壽莊曰：「適聞一鬼吟詩窗外，聲甚凄切，其句云：『獨向荒山結草亭，簷前隱約數峰青。夜深萬壑松濤響，和我《黄庭》一卷經。』」燭之，杳無踪跡。

滕縣尹汪粟園桂林，浙江人。詩有纏綿之致。《雜咏》云：「陰晴天氣似江南，花事頻教月月探。最是北堂新雨後，半簾斜月放宜男。」「花影重重日午時，一雙燕子羽差池。江南消息憑君報，已放東風第一枝。」「何人解唱《鬱輪袍》，出塞琵琶調自高。天半落霞仙子笑，倚樓看煞鄭櫻桃。」「半是歌樓半酒家，酒旗歌扇影横斜。春風吹墮相思種，開作人間紅豆花。」其風情可想。

東昌傅經田明經來，言有譚閨秀字擬玉，直隸南宫人，寄籍東昌，工詩善畫，且專仿余墨筆葡萄。余甚異之，畫蒲萄一幅寄贈，題詩云：「宛約柔枝摹豈易，紛披老幹肖逾難。畫成一幅葫蘆樣，寄與深閨着意看。」閲半載，閨秀忽以書來，執弟子之禮，並寄所畫墨葡萄四幀。余答以詩云：「深閨傳韵事，宛轉寫龍鬚。妙筆余將愧，清才古所無。寄書緘短幅，執贄到迂儒。作畫如文字，須知法不殊。」其所畫葡萄亦題三絶云：「寫出柔條氣味清，尺書遥寄認分明。龍鬚馬乳真何幸，竟得佳人爲寫生。」「弱質纖纖腕力多，果然閨閣擅餘波。閨秀有「閨閣餘波」四字圖章。名媛忽下袁絲拜，此後青藍定若何？」「小謫塵凡十四年，麝臍磨盡嘆華顛。誰知滿幅明珠湧，輸與深閨筆似椽。」後余至東昌過訪之，適閨秀於一月前已嫁運糧千總曾君，竟未得見，僅寄余詩云：「麗句清詞讀幾回，先生真是軼群才。莫愁不到盧家去，也向名山問字來。」

大興孝廉高石琴以本，人極瀟灑。《題騎驢圖》云：「清明有約屢携尊，得得蹄聲款鹿門。指點前途人不見，蹇驢行過緑楊邨。」頗有畫意。

詩有兩人絶不相似，而可以合發者，如家簡齋與阿廣庭公相，舉乾隆戊午孝廉，同出西川鄧通政之門。張伯良有詩云：「山下清泉山上雲，隨園君與廣庭君。文章勳業千秋事，廊廟江湖兩局分。牛渚晴波春泛釣，巴山蠻雨夜從軍。銀臺雅抱知人鑑，一顧能空冀北群。」

吴穀人先生爲海内宗工，著作宏富，而接待後學，雅度謙沖，虚懷若谷，尤不可及。庚午夏，余由溧陽之邗江，時先生主安定書院講席，執贄相見，呈五律二首。其一云：「記得吟哦日，心傾五字詩。神仙勞想望，滄海測迷離。絳帳瞻初近，名山拜已遲。謭材愧樗櫟，可許就工師？」

濟南鵲山向有黄狐仙居其中。一日，歷下文人扶乩，狐忽至，自書姓字，且言：「喜吟咏，諸君如有雅集，但向牆陰低吟『木落秀峰高』五字，我即至矣。」後屢試果然。記其佳句云：「緑楊村裏客沽酒，明月橋邊人釣魚。」

秦耐圃觀察家多園亭，有南園，素多狐，人莫敢入。其甥惠印山時居外家，年幼膽壯，必欲登樓一觀。止之不可，乃令健僕持械尾之。印山上樓，見樓板積灰厚數寸，灰面畫梅蘭竹各色花卉，并書截句甚多。録其一聯云：「馬上看山山有色，橋頭望月月無魂。」了無他異。狐愛風雅，尚且如此。

庚午科鄉試後，余在京江見劉桐村允升落卷，爲儀徵屠琴隖明府所薦。卷面以藍筆綴一律云：「剔殘燭淚數更罷，珊網終疎一目羅。紙上朱疑成碧看，眼中青已出藍多。祖生鞭只分先後，季子書曾費揣摹。剩有憐才真意在，仰天休問夜如何。」以詩代批，誠韵事也。琴隖名倬，浙江人。余曾相遇於陳曼生同年席上。工詩善畫，有名士風。

有數人以「白髮」爲題，將賦詩。尚未落稿，有挑水夫某過而聞之，立吟云：「人見白髮愁，我見白髮喜。父母生我時，惟恐不及此。」自然真摯，合座爲之失色。某平日粗解文意，並不甚通。詩由天籟，信然。

余遊毘陵，住范雙河客寓。其時趙味辛司馬及劉申受、周伯恬、丁若士、管孝逸諸君日相過從，而大江南北詩畫名家往來其間者，殆無虚日。有陽羡吴君訪余未遇，題壁而去，詩云：「招賢館舍此間開，多少勞人往復回。今日洞天成福地，江南名士一齊來。」

張船山先生以絶世清才，出守山東萊郡，旋引疾而去。《交印》云：「印牀灑掃吏人稀，春正平分我欲歸。匣底重尋新筆硯，馬前長謝舊旌旗。即看縱壑魚能舞，始笑乘軒鶴不肥。僂指自慚蘧伯玉，已成四十九年非。」《待發即事》云：「征車難買辦裝遲，且爲桃花住少時。有興儘教官索畫，無權轉得吏鈔詩。升沉日月誰長守，變化魚龍我盡知。安石當年原憒憒，此情留與後人思。」聞先生去萊時，求詩索字者遮道攀轅，先生倚馬吟詩，隨手揮灑，有「何止形骸容放浪，到無官日夢俱清」之句，可謂名士風流矣。

浙江盛春谷先生，名復初，騷壇老宿。乙丑夏，先生遊山左，訪孫淵如觀察，遇於東阿道上，傾談竟夕，相得甚歡。余贈先生七律一首，中二聯云：「聞道江南推巨手，却從山左遇先生。雲依九島神俱遠，月印千潭跡共明。」先生臨行留贈五律一首云：「青眼高歌客，平生遇最奇。論交朋友信，爲宰吏民思。逆折寧無意，康莊會有期。相逢即須别，翻恨識君遲。」悵悵而别，時先生年已七十餘。後於友人處見春谷所梓《且種樹齋詩鈔》，《江上送人》云：「江上一聲笛，天涯萬里秋。西風吹落葉，南浦送行舟。有夢雲俱遠，無心水自流。近來歸思切，不盡别離愁。」《柬何紅藥》云：「若個能知天意來，眼前得失漫疑猜。璞猶未剖重冤卞，劍不終沉且待雷。世事空忙棋滿局，人生真樂酒盈杯。相期好向林間飲，莫遣愁腸日九迴。」《得酒》云：「愁驅千里外，興在一樽前。」《池上閒卧》云：「雨濃寒到席，雲濕静依山。」《登飛來閣》云：「乾坤初放眼，風雨一登山。」《登識舟亭》云：「遠水半依秋樹外，好山都在夕陽中。」《冬夜不寐》云：「更長有客難成寐，歲暮無人不憶家。」

山左齊河茌平道上，向多歌者。行客入店，抱琵琶而來者踵相接也。其所唱，謂之《馬頭調》。余《戲成》有句云：「詩慚狗尾續，調聽《馬頭》多。」

貴州陳心齋孝廉懷仁，工於詩賦，常授生徒於外。《歸家贈内》云：「妻貧原是爲夫貧，嫁與黔婁百事辛。我本以家爲客舍，教卿真個敬如賓。」此趙來軒明府爲余誦之。

江寧王心石德修，爲山東聊城尹。丁憂回籍。甲戌秋，以公事復來山左，與余時共唱酬。贈余有句云：「久抱丹心思杜老，誰開青眼認山公？」心石與余有《西郊聯句》七律四首，另梓他集。

心石之兄春臺德宜，博學工詩。以諸生客遊閩、浙、荆、楚間，所過輒留題詠。曾有《春日雜興詩》八首，蓋仿少陵《秋興》而作也。録其四云：「漂泊身如一葉舟，隨風吹去在中流。花前强策尋芳杖，月下頻登眺遠樓。載筆好題《鸚鵡賦》，行酤早典鷫鸘裘。及時尋樂休惆悵，世上何人不白頭。」「睡起頻將皓首搔，狂歌獨步儘牢騷。東風已緑王孫草，寒氣猶侵范叔袍。楚館漫迎金勒馬，秦淮初放木蘭橈。衝波擬泛蓬萊島，不網珊瑚只釣鰲。」「年來色相兩相忘，蝸角蠅頭盡渺茫。垂柳雨餘含别淚，小桃春晚媚斜陽。黄粱夢斷家千里，白社人遥水一方。底事去留難自決，每從詹尹卜行藏。」「瘦減紅芳緑漸肥，行歌風浴趁春衣。晴郊載酒聽鶯去，深院開簾待燕歸。芳草夕陽無限思，落花流水兩忘機。千秋獨有披裘客，甘守江邊一釣磯。」後來歷下，余月夜過訪春臺，口占相贈云：「正欲尋君去，君先踏月來。幽情同未已，皓魄信佳哉。敲句燒殘燭，談兵索舊醅。花陰最深處，歸路莫徘徊。」

閨秀歸佩珊之詩，余已録得數首。陳古愚在天津以書來，又寄佩珊詩數紙，囑爲採入。《菊影》云：「烏帽客來簪不起，白衣人到襲無香。」《聽雨》云：「小院落花春欲暮，幽窗微雨夢生涼。」《徐香沙新室落成》云：「草長勻鋪三徑翠，花深長裹一樓紅。」《贈浣香夫人》云：「仙貌不嫌妝束素，瓊花一朵月中看。」《吴門》云：「金閶自古繁華地，黯淡人來未許遊。」

揚州某富商最好古，一日遊燕，見市有古銅器，高約四尺餘，非鼎非彝，黝然而黑，信爲舊物，破價而得，如獲奇珍。於是日事摩挲，不忍釋手，冀其有大用也。越數載，銅物忽通身裂縫，細如牛毛，隱隱出黄水，着手臭欲徹骨，濯之不去，知爲廢物，深悔無及。乃入爐鎔化之，無他異，惟糞汁數斗而已。家道因之中落。或嘲以詩云：「數載摩挲心力盡，奈渠原是臭銅何。」

湖北劉學山明經上進，性嚴正，最愛招致名流，人多德之。後偕友赴省鄉試，舟次漢口，有句云：「人情話盡三更月，爐火燒殘五夜燈。」試竣而卒，竟成詩讖。

伶人魏三以技擅名。余壬戌入都，朝考猶及晤之，時年將半百，而風致宛然。不數日病故，一時文人競爲詩以弔之。有句云：「一代聲歌傾雅俗，千秋辨論失雌雄。」又云：「枝頭杜宇啼三月，花底秦宫過一生。」又云：「我欲婉卿歌一曲，他生容易此生難。」婉卿，魏三小字也。

郝秋岩女史名蘁，齊河人，爲齊東縣張醒堂之繼室。著有《碧梧窗小草》及《蘊香閣詩抄》。《夏日》云：「斜風細雨送微涼，簾幕沉沉夏日長。碁本怡情輸亦喜，詩惟寫意拙何妨。翠篁聲裏琴三疊，紅芰香中酒一觴。逸興無窮天欲暮，更看霽月下迴廊。」《讀史》云：「鄴架牙籤信手開，英雄竹帛半塵埃。時來屠狗亦王佐，事去卧龍非將才。金馬功名託諧謔，長沙心力寄悲哀。悠悠得失休重論，千古昆明有刧灰。」《贈醒堂》云：「一結同牢義，相期百歲歡。菲葑君不棄，藜藿妾能安。奉侍慚身薄，優憐托母寛。膝前雙弱女，共作掌珠看。」女史尤工古體，《大風霧歌》云：「乍覺堂中寒氣驕，忽驚屋角狂風號。大木傾斜屋瓦墜，平地如聞滄海濤。撲面驚沙兼黄霧，廣庭黯黯如昏暮。聖代應無孝婦冤，新春何事陰陽怒。聞道西南猶戰征，烽烟斷絶衡襄路。雲外縱横蚩尤旗，陣中蕭索將軍樹。造物威靈那可知，霧消風定會有時。即看皓月當空照，玉宇無塵天四垂。」其《楊花詩》、《陳烈女詩》俱極悲壯，未能備録。他如《早發平原》云：「車聲撼月影，馬跡破霜痕。」《示子》云：「襟抱狹宇宙，形骸束閨閣。」《硯》云：「惟兹一片石，知我萬重心。」皆佳。詩筆軒昂，一洗巾幗之氣。

隨園句云：「他生願作司香尉，十萬金鈴護落花。」可謂情至之語，然嫌其太露。余仿其意題畫蒲萄云：「願把霜丸化紅豆，天涯隨處種相思。」

江寧楊存齋宣之明府，由長清尹引疾歸里。余遊金陵時，曾與董小狂過訪之。越數年，存齋起病，復來山左，公餘之暇，雅愛吟哦。贈余詩云：「傾蓋相逢便久離，風流倜儻想襟期。淡於仕宦濃於友，夢裏鶯花畫裏詩。白下青山君別路，歷亭秋水我來時。從今再入芝蘭室，玩味新題絶妙詞。」

京江包雲農禮，身短而多才，與余交好。曾爲余賦五言長排數十韵，工穩流利，詩長，未能備録。僅録其和余有句云：「高懷雲出岫，朗抱月當秋。」

夏津尹劉植圃世培，廣東人。與余同年摯好，人極恬雅，喜外寵。有僕穆姓者，薙鬚以自薦，植圃怒而逐之。或戲以詩云：「愛根割斷仙緣盡，君亦情天薄倖人。」嘗燕集，某明府携俊僕來，植圃假爇烟以挑之。某忿然而去，詬詈其僕，至於達旦。或戲以詩云：「祇許良宵花帶露，那容晴日柳含烟。」一時傳爲佳話。植圃不常爲詩，而詩頗清麗。曾記其有「一年辛苦盡逢迎」七字，何等深痛。

直隸崔曉林旭，爲張船山先生弟子，所梓《念堂小草》詩筆清腴。七言名句云：「身如無累貧原好，事到因人易亦難。」五律勝於七律。《書院秋夜》云：「院静蟲聲大，宵深露氣涼。一牀人未寢，滿地月如霜。夙志貧多負，中年慮漸長。早知生計拙，只合學耕桑。」《接家書》云：「今朝書在手，昨夜夢歸家。」《陳官屯早發》云：「雪堤尋有路，河水凍無聲。」《早行》云：「路歧頻駐馬，村近又聞雞。」《自笑》云：「衣因留客典，債爲買書多。」

四川秦雪香爲品，以鹽運分司候補山左，彈琴作畫，儒雅風流。其夫人許仙霞女史亦風雅工詩，鴛鴦社中，時相唱和。《秋夜聯句》云：「白雲縹緲望中賒，海角離思各自嗟。湘水蒼茫魚信杳，環山迢遞雁行斜。西風碎剪三秋葉，細雨輕含九月花。回首郵亭經歲别，尺書何日寄天涯？」「湘水」、「環山」者，彼此思親處也。其他佳句，未能備録。後仙霞卒，雪香數載神傷，鸞膠未續，蓋伉儷之情深矣。

廣文劉子肅遵夔，山東沂水人，兼工詩詞。題余《畫譜》云：「他日蒲萄詞譜出，使君名定號猶龍。」余爲梓入集中。後見其和王馥蘭詩，内有「才高作賦爭傳勃，年少何人不識融」之句，押「融」字頗工。

詩有逾真逾妙者。同里俞載賡孝廉欽，少年婚娶時，其外舅某翁送女詩云：「汝年十八去從夫，數語丁寧要聽吾。常把弟兄看妯娌，還同父母敬翁姑。層層親眷原非泛，薄薄妝奩勝似無。一個人家好媳婦，千金難買這稱呼。」

歷下范伯野坰，遊幕工詩，啓鷗社於明湖之上。著《新齊音風淪集》一百首，皆平陵古蹟，亦覽勝尋幽之一助也。《酈生祠》云：「酒徒抵掌下齊城，事變甘心就鼎烹。千載滄桑祠廟改，秋風何處弔先生？」《千佛山》云：「年年遷祓寺中遊，城影湖光一望收。聞道修真須面壁，如何石佛不回頭？」《王沔》云：「春明門外柳條新，櫻筍筵開上苑春。讀卷但逢王楚望，捷書先報倚樓人。」《南珍珠泉》云：「南泉的的漾真珠，九館癡龍睡醒無？百斛自傾明月下，免教赤水誤離珠。」《釣磯》云：「明湖爲主釣磯閒，宦海驚波半載還。似比嚴陵高一着，不留名字在人間。」《董大來》云：「董生畫雁滿寒汀，品共韓蘭醉墨馨。茅屋秋霖眠不得，洞簫吹與細君聽。」

浙江孫拜石瑞泉，爲昌邑尹，孫湘帆瑞穀之兄。友人以其所著《山左紀遊詩》見示，書味盎然，望而知爲汲古之士。《媒河》一絶云：「東西溝水不相侵，通得微波一片心。莫遣膠翁與濰母，浪華風裏白頭吟。」則居然雅趣矣。

丙子春，予以事入省，時湘帆亦以事罷官，僑居歷下，常常相見。乃知其一門能詩，昆季皆有題余《蒲萄》絶句數首。拜石詩云：「滿腔磈磊鬱難開，漫把千秋托麝煤。我當醇醪心已醉，此中元有夜光杯。」湘帆詩云：「勻紅暈緑媚時流，一瞥風光不耐秋。悟得個中清意味，熱官端不換涼州。」湘帆從兄孫芸莊明經詩云：「柘彈桐丸酷肖無，墨花咳唾總成珠。清新寫出空中色，摩詰詩原有畫圖。」芸莊名瑞禾，爲辛酉拔貢同年。

簡齋先生云：「文字之緣，較骨肉妻孥更爲真切。」誠哉是言。四川同年孫竹嶼宗煐與張伯良素不相識，因時客濟上運河觀察幕中，見伯良所寄余詩，依韵和之，郵寄保定，詩云：「郵來佳句自征騑，邂逅争教失所依。詩國競傳標慧眼，原注：聞與玉堂同年，結社歷下。酒兵容易解愁圍。奚囊摘艷兼春買，驛路看花帶冷歸。惜少鵲華三日住，與君撥蘚咏斜暉。」「繡節曾停刺史騑，鞭絲猶帶柳依依。未逢青眼甘尋約，漫説紅裙會解圍。研北雲荒因客去，畿南花老盼春歸。信陵得士知多少，莫使夷門悵落暉。」後伯良書來，亦傾慕竹嶼不置，殆所謂神交歟？

浙江孝廉潘禹川濬，見示嘉興王澂之鴻宇《蕉園集》，詩筆澹遠。《七夕同李耕雨有懷》云：「卷幔同閒坐，天高露氣横。晚凉庭樹入，秋水夜階明。把酒風前語，懷人江上情。漏深愁轉劇，最是洞簫聲。」《採蓮曲》云：「横塘十里晚烟消，兩岸風來蘸緑潮。江北江南花正好，斜陽何處木蘭橈。」又《多病》有云：「絶憐昨夜風兼雨，落盡紅梨一樹花。」乃郎王文也炳虎，綽有家風，梓《秋坪詩鈔》。《夜渡秦谿》云：「迢遞横塘路，扁舟夜正長。白蘋兩岸月，紅葉一林霜。何準村仍在，施延亭已荒。秦山殊不遠，烟水極蒼茫。」《過江上西石山廟》云：「西石山峰落日遲，西石山廟晚風吹。江頭一望浪初白，知是寒潮欲上時。」《渡錢塘江》云：「抽帆直向大江開，海色冥濛落日頽。兩岸潮聲聽不盡，吴山已過越山來。」又《種菜》有句云：「不嫌生計貧逾拙，自覺栽培老更工。」《對菊》有句云：「年年寢跡衡門下，惟有黄花不笑窮。」

有人掘地得一小古銅牌，上鎸「詩仙」二字，下鎸一絶云：「價重篇篇玉，聲傳字字金。江山爲我助，無日不高吟。」不知爲何時之物。惠印山都尉以重價購得，曾以示余，斑爛可愛。又醉琴道士得一牌曰「琴仙」，范伯野得一牌曰「拔宅仙」，俱一面鑄人，一面鑄詩。或係同時之物。

甘肅蘭州俞平臺孝廉衡文，大挑分發山左。蘭州爲明七子李崆峒故里，代有詩人。平臺學詩於吴音崖太守，爲詩格律森嚴。後署海陽篆，以事降秩，臨行有《留别同人》七律四首云：「喜覲天顔赴帝州，途窮猶沐主恩優。尹何製錦才原短，斯立哦松興自幽。仕宦爲貧宜掾吏，江黄雖小亦諸侯。壯懷老去消磨盡，不向斜陽嘆素秋。」「亡羊失馬兩難知，漂泊飛蓬任轉移。祇愧安仁政成拙，非緣李廣數逢奇。齊封魯甸雲山渺，隴水秦關道路遲。惆悵伴琴唯有鶴，飄然携去亦啼饑。」「趵突泉邊鵲華傍，此間幽勝足徜徉。臨歧爲語雷陳侶，遊宦難逢孔孟鄉。名士人文今上國，封山表海古巖疆。勾留更有明湖好，蓮子花開幾泛航。」「往事曹南踪始合，原注：辛酉到省後，與譚羡門諸人奉委曹州。一時佳話譽還嘲。原注：時有四大金剛之謡。陶公官罷應長往，鮑叔情親詎忍抛。萬里星河縈旅夢，十年風雨憶知交。水光山色猶難割，況是同心比漆膠。」頗有温柔敦厚之音。

浙江汪筆山如淵侍御，在都有十才子之目。《咏月》云：「一雁翔寥廓，繁星映翠微。山川雲不共，容鬢鏡同飛。漢渚沉珠淚，秦關隔玉輝。梨花如昨夢，坐久駐爐霏。」凝鍊處居然唐音。

順天曹訥菴先生名恒，少時備歷艱辛，在南河由佐貳晉擢淮揚觀察，遂引疾歸。後奉特旨赴工，仍以疾辭，就養山左。余於先生爲姻親晚輩，時得瞻謁。雖年踰八旬，而丰裁雄偉，令人生敬畏心。所言皆識見宏遠，非時流所能企及，真奇人哉！工於墨筆牡丹，《題畫》有句云：「富貴行吾素，春風艷不爭。從來薄脂粉，非是傲花情。」

偶於友人卷中見陶丹山一絶云：「窮巷春回病乍蘇，飢來驅我敢踟躕。翻因兒女情難割，拔劍登程一語無。」詩頗拔俗。丹山名璜，浙江人。

常州吴松岑明府喬年，在京相識，分發山左，又訂蘭交。常以詩見示，未能記録。後松岑丁憂歸，以本掣江西，服闋後，遂不復來東，相思日切。偶閲劉儀可《結網圖》畫册，有松岑所題四絶，頗清妙。録其一云：「倚枕科頭夢已醒，早將世事等浮萍。買山那得錢如許，且倩丹青寫性靈。」

松岑夫人亦工詩，嘗爲余誦其《寄外》佳句云：「恐添遊子淚，不敢寄衣裳。」時松岑僑寓沂州，余過沂時曾呈其夫人七律一章，另梓他集。

道學、風流本是一事，其不風流者，乃僞道學也。雲南劉寄庵大紳兩仕山左，有清鯁名。時省中詩妓高碧枝以所藏古鏡贈吴和軒，繫以詩云：「幾年相對畫蛾眉，淚灑飄零月一規。此日妝臺成小别，團欒萬里伴郎歸。」和軒戲繪《贈鏡圖》，題咏成帙。寄菴時爲武定司馬，見而愛之，偕和軒過訪，挑燈酌酒，竟宿流連，並題其册。有句云：「蛾眉畫就休相視，省得憐他鏡裏人。」又云：「此物無情如止水，不曾留住可兒顔。」何等情致。

寄庵著詩盈尺，其全稿余曾見之，不復記憶。僅録其爲余題《秋夜讀書圖》四絶云：「樹底清虚月影來，置身只在讀書臺。堂前老吏私相語，猶是當年一秀才。」「放衙何異小神仙，老樹生香几席前。不少樗蒲了公事，雞聲喔喔五更天。」「幾載青燈對草廬，良宵把卷尚唏噓。致身通顯終無地，恐有平生未見書。」「官貧半是買書癡，歸去無船可載之。寄鶴留琴同一笑，不曾夢作擁錢兒。」

萊陽初秋墅鶚齡孝廉，爲頤園尚書之堂弟，掌教武定敬業書院。余過棣州，時相過從。誦其《欲雨》詩，有句云：「電流閃窗影，雲重滯雷聲。」下五字極得密雲不雨之神。

左松石，桐城人，爲汶上尹葉君春樹之德配。年老耽吟，著有《松石軒詩集》。余在恩縣晤其壻夏愛吾，爲余誦松石《贈史湘霞女史》五古一首云：「鎮日誦君詩，老淚何曾止。憶昔初相交，一見無彼此。愛君詠絮才，何幸得知己。深情見肝膈，相憐骨肉視。一旦長別離，睽隔三百里。寂寥冷室中，共語誰人是？惟有夢相尋，消息憑雙鯉。爾我金石交，牽腸曷能已。只爲愛根長，失巢無依倚。我年七十三，死期亦近矣。愛我莫如君，常寄書一紙。」愛吾名祖煒，江陰人。

史湘霞，史雨田先生之女也。喜吟咏，工填詞。《病中思親》云：「霜雪頭顱猶作客，英雄兒女莫須論。自憐嫁得黔婁壻，寸草難酧烏鳥恩。」《病中懷松石寄母》云：「無端幻影寄蜉蝣，劫外難抛一字愁。漫道才華天不忌，白頭猶是嘆飄流。」

吾鄉張笏軒明府恒詩筆清瘦，不肯落人窠臼。在京時，冬夜偕友人各賦憶内詩。笏軒得七絶云：「撲窗風雪漏聲微，想見含愁掩故幃。燈下不嫌刀尺冷，應爲兒女補寒衣。」讀之惻惻動人。又《無題》云：「玉燭燒殘真有淚，紅蕉剥盡總無心。」《送人》云：「秋林處處飄黃葉，滿地西風一雁南。」

笏軒與余均在山左多年，需次之苦，彼此同之。其贈劉松泉詩，内有「自悲作宦成孤注」之句，亦酸心語也。

不肖者之服官也，祝其富；賢者之服官也，望其貧。常州莊爽軒《寄子榕亭年之臺灣觀察》詩云：「家世傳清白，蠻荒職撫循。所期酬聖主，便是慰衰親。止足桑榆景，優游雲水身。旨甘吾自具，願汝以官貧。」四十字可垂家誡。

史竹吾積筠，不知何省人，余素不相識。甲戌冬，史雪崖縣丞自都中差旋，爲竹吾寄來《墨竹》一幅，又素紙數張索余畫，並附二絶云：「爲讀《蒲萄畫譜》詩，天涯從此惹相思。相思猶恨未相識，想到彈丸脱手時。」「抛磚引玉興偏豪，不禁臨池湧翠濤。翰墨有緣君信否，欲將墨竹换蒲萄。」想亦風雅中人也。

嘗謂做官之人只要無負此官，至惟正之供、自然之利，原聖人所不禁。今之從政者陰享其實，往往陽避其名，殊不可解。所謂「君子疾夫舍曰欲之，而必爲之辭」也。夏愛吾《和周宜亭司馬》有句云：「畏人知道是真清。」真透到語。

梁山舟先生八十五歲時，蒙恩加秩。《重赴丁卯科鹿鳴宴即事》詩云：「姓名何意達天閶，白髮重新拜寵光。使者並修前輩禮，阿婆又入少年行。三杯婪尾陪燒尾，一番去登場等戲場。可惜弟兄雙折桂，北枝今日不同芳。原注：余弟沖泉亦於是年登順天榜。」「自分西湖作釣徒，帽箱綬笥總糢糊。公裳檢點煩朋舊，藍舉蕭疎笑僕奴。流水再經人面改，夕陽縱好日輪徂。怪他市上人如蟻，不看郎君看老夫。」「詔許歸來五十年，此身早荷主恩偏。不圖舊籍蓬山上，又領新班閬苑先。天上謫仙宮錦貴，山中宰相白衣傳。臣今耄矣難言報，一炷心香祝聖虔。」「前賢六度賦嘉賓，我占人間分外榮。老婦喜叨加命服，衰翁且博上銘旌。比還九轉纔初轉，若話三生又一生。養就百年無用物，要將歌嘯答昇平。」後庚午科江南趙甌北先生重赴鹿鳴，亦有《紀恩》七律四首，惜未記録。皆熙朝盛事也。

數友人夜坐聯句，以「孤」字爲韵。候補縣丞金君名鑾云：「鴻飛天上還成偶，月到人間不厭孤。」押「孤」字極妙。名鑾，浙江人。

凡事以有癖而後成，惟官則不可有癖。生當有道之時，無官，耻也；戀戀於官，亦耻也。若明日蓋棺，今日解組，生人之趣，全未領略。隨園句云：「書外本無長戀物，世間儘有耐官人。」讀之慨然。

桐城秀才姚紹蘇淦詩筆清澈，《題果老騎驢》云：「數載深嘗世路艱，短驢風雪度關山。仙人應自無奔走，此老如何也不閒？」《夢遊龍眠山》云：「絶壁掛飛雨，斷橋横野烟。」《海上》云：「波勢欲浮山島去，濤聲還挾雨雲來。」皆佳。紹蘇工於古體，詩長，未能備録。贈余輯《詩話》七古一章，末云：「先生此舉則大矣，先生之功其無疆。」

詩有翻轉言之，各見意致者。胡乳泉《別友》云：「聚時不厭詩千首，偏到臨行一字無。」余《別京江友人》有句云：「詩到別離多。」兩意相反，俱有味。

海豐巡檢朱觀瀾澐，奉天人，原籍浙江。有《鑑泉詩草》一卷。《窑屋》云：「屋上人耕烟雨緑，簷前燕蹴土花香。」《和王沛源》云：「幾度看山欣有市，六年觀水喜無瀾。」他如「柳花春事晚，鐘鼓夕陽沉」、「關山連嶽色，城郭抱河流」、「月照沙灘看似水，鴉飛樹杪聽如風」、「萬樹霜催黄葉下，數聲雁帶碧雲飛」，皆警句也。觀瀾隱於下寮，酷嗜吟詠，凡往來名流，無不優禮而厚贈之。噫，難矣！

毘陵詩妓吴素雲，文秀善歌。《題秦淮花略》云：「絶妙群芳譜，開編照眼賒。君才真似海，妾命不如花。附驥慚時輩，登龍羨副車。秋風歸棹近，何日到儂家？」居然清妙。

《秦淮花略》擇金陵佳麗，各繫以詩。詩無可采，題詞之佳者，唐雪江云：「酒闌燈灺韓潮湧，流遍清溪九曲家。」何蕉衫云：「烏絲寫罷紅兒唱，贏得新聲遍白門。」

安徽許春池進士躍鯉，爲京江教授。工於時文，詩有風趣。《贈吴素雲》云：「最是此情難遣處，百花榜下有劉蕡。」蓋以《秦淮花略》中素雲未入品題故也。可謂善謔。

余宰金鄉時，茂才周如岱負逋被訟。或告余曰：「周生，詩人也，胡不援之？」比至限，則周以詞求緩。余招之入，令即事賦詩，以「詩」字爲韵。周成七律一章，三、四云：「虎帳烟消人感涕，琴堂花放雨催詩。」結句云：「一個蒼生獨慚愧，侯嬴説報竟何時。」余令再賦，周依韵立成，中二聯云：「歐公愛士真如命，杜牧銜恩但詠詩。法網並將三面闢，冰心早令萬人知。」余徑釋之使去。一時署中諸友競爲詩以紀之，有句云：「從今特啓詩人例，吟社翻成避債臺。」又云：「下盡天涯寒士淚，買絲誰不繡平原。」

後以周生事告之張伯良，極蒙許可。見贈云：「莫爾嗟窮苦，誰教工在詩。曾聞吟社客，幾見富家兒。何幸逢賢宰，頓令緩獄詞。古人如可作，應亦感袁絲。」清瘦頗近郊、島。

拔貢有前後三科同年之説，相傳自前明已然。王藝齋贈余句云：「科名與我稱同輩，客路逢君又隔年。」余《題蒲萄贈王桐岡》云：「願君記取連枝意，蘭譜遥通十二年。」藝齋己酉拔貢，桐岡癸酉拔貢。

蔚州魏敏果公自題一聯云：「欺人如欺天，毋自欺也；負民即負國，何忍負之。」可以爲居官者警。先生清操峻節，功業巍然。閩中劉瑞生爲寫小照，先生題句云：「劉生果是傳神手，再把心肝寫一通。」想見先生之正氣凛然矣。有《寒松堂全集》行世。

堂邑尹王致甫廷元，安徽人，工時文。與余訂交數載，彼此從未談詩。後相遇於濟陽署中，致甫出近作數册，觀之，頗多見道之語。致甫肫誠古樸，經術湛深，是以形諸咏歌，亦不肯苟。最後出其少作一卷，清詞麗句，風調翩翩，乃知致甫固兼工於詩者也。《山西道中》云：「不憚西行遠，雲山迤邐攀。天門横四塞，地險出三關。陶復人烟聚，林深鳥語閒。莫愁書劍老，登眺一開顔。」《旅夜》云：「陰雲寂寂鎖樓臺，永夜愁聞畫角哀。旅思惱人眠不得，凄風苦雨一齊來。」《黄河渡口》云：「千里黄河勢渺漫，彭城渡口見安瀾。扁舟一棹横流去，回首夕陽烟霧寒。」

致甫太翁保園先生亦工詩。《贈别胡碧園明府》云：「始愛十奇留十載，重欣三異住三年。」又云：「經義齋中慚弟子，徽猷閣下憶先生。」俱極工穩。翁名占魁，以明經終。

趙甌北先生重赴鹿鳴，寓秦淮水榭校書朱玉官之家。興致豪邁，贈玉官云：「憐卿初種宜男草，笑我重開及第花。」蓋先生赴宴之日，正玉官生子之時也。一時見者，傳爲佳話。

余在京江，遊焦山最多。松寥閣、自然庵、文殊閣、海若庵等處，南北名流，屢爲詩酒之約。《題畫》云：「峭壁驚濤一望遥，天然圖畫絶塵囂。山僧不管人間事，爲寫冰丸佐酒瓢。」此即寫贈山僧句也。瀕行時，文殊閣僧朗鑑出詩卷索題，卷首絶句三首，乃王夢樓太史原唱，和者佳作如林。余亦依韵爲之，有句云：「要與山僧尋後約，風塵還有再來人。」

漢軍貴香莽格部選沂州别駕，才貌翩翩，迥出塵表。與余訂交濟上，後由金鄉旋省，昕夕往還。余寓館中爲歷下詩人會聚之所，香莽一見，即樂與之遊，蓋天生風雅也。詩不多見，僅記其《送張伯良》句云：「我原無俗骨，君本不凡人。」

迴文詩見之最少，胡聽齋《即景迴文》云：「聞多客到每開門，路有新苔嫩破痕。雲染碧光山外屋，樹封青影雨中村。紛紛氣暖花沾袖，冉冉香濃酒泛樽。分韵好將隨處是，欣欣即景對齋軒。」他詩亦多佳句，如《春日過趵突泉》云：「苔痕三徑雨，花影一簾風。」《晚步》云：「雲影鳥歸樹，笛聲人在樓。」《落葉》云：「斜陽影淡空穿樹，明月光寒自到門。」《偶成》云：「午枕夢回人寂寂，緑陰濃處半垂簾。」聽齋名思聰，浙江人，幕遊山左。

毘陵惲哲長先生名源濬，得古鐵簫一枝，吹之響入雲霄，故自號鐵簫。工繪事，豪於詩。壯遊燕北，名動公卿。爲詩才氣發越，逼近義山。有《無雙譜詩》，譜中本四十人，先生補以十人，得詩一百首。佳句不可勝録。《諸葛武侯》云：「天付衰劉漢局收，前知分鼎罄勞憂。發揮管樂猶糟粕，駕御孫曹直馬牛。功輔百王豐共信，才兼三傑大誰侔。君臣幾輩終魚水，仰止尼山出處優。」《西楚霸王》

《明妃》云：「騅馬悲嘶寒玉帳，美人血淚熱春風。」《緑珠》云：「紫絲帳冷春無主，滄海珠空蚌不愁。」《明妃》云：「青冢尚能榮白骨，黄金何事誤紅顏。」《林處士》云：「不磨一片孤山石，轉見千秋處士心。」他卷中如《登城隍山閣》云：「窗外梅花竹外山，西山半面滅明間。我來日日題新句，不醉春風總不還。」《憶孤山》云：「南渡烟霞天獨睨，一家梅鶴骨同清。」《冷泉亭》云：「絶塵青嶂憑欄静，醒醉春風脱帽便。」《十姊妹花》云：「燕女何心酧壯士，美人完體謝奸雄。」又云：「明月有珠俱是淚，連環無玉不同心。」皆警。

作書以筆爲主，用指、用箸，皆非正軌。余平日嘗爲箸書，後乃深惡而痛絶之。數年來友朋聚會，偶一爲之而已。曾戲題云：「戲作當筵借箸籌，不師羅趙與鍾繇。衹因翰墨知音少，懶向人間橐筆遊。」

直隸紀秋水明府淦，需次東省，恬淡自甘，時與歷下詩人相唱和。後遇於武定，誦其《清江浦有贈》云：「一笑樽前舊恨新，十年同是可憐身。春風多少《楊枝曲》，又向江南作酒人。」《過某妓墓》云：「年來春恨細難分，腸斷城南易夕曛。好買相如壚畔酒，小桃花下拜孤墳。」乃知秋水固深於情者也。贈余七律一首，有句云：「鶯花江上三春遠，烽火曹南百戰孤。」

毘陵惲蓉坡廷煒，爲惲鐵簫先生之從姪。狀貌古樸，喜爲詩，著有《百花詩草》一册，多清妙之句。《杏花》云：「小樓夢醒驚殘雨，深巷烟籠聽賣花。」《桃花》云：「一天香雨開三徑，十里寒烟鎖六朝。」《梨花》云：「夢醒午窗人似玉，笛吹深院月如霜。」《玉蘂》云：「此日相逢秦弄玉，前身合是許飛瓊。」

《牡丹》云：「三月鶯花甘北面，六朝金粉認前身。」《紅蓼花》云：「三秋夜雨抛紅淚，十里西風捲緑烟。」《楊花》云：「孤館月明寒食夜，小樓人倚夕陽天。」俱能不着迹相。

蓉坡又有《春草》詩云：「東風吹緑依漁艇，夜雨浮青上板橋。」又云：「遊子不歸春滿地，六朝何處碧連天。」亦佳。

雲南曲靖等處有種蠱之説，相傳於五月五日，置各毒蟲於罈内埋之，令其相噬。閲日啓視，擇其獨存者，不知以何藥飼之，若干日而後成。能於暮夜暗入人家，吐涎於嬰兒身上，即成蠱。男則蠱可下金，女則蠱可下銀。種蠱之家，因以爲利，大爲人患。彼惟知利己，不顧害人者，皆蠱之類也。史曉亭有詩云：「射影含沙暗裏過，皿蟲底事此間多。任他攫得金銀去，豈奈人家性命何。」恰與此事吻合。

胡習亭明府詩，余已摘入《詩話》。兹見其所梓《煮茶亭學吟》及《東遊草》二册。時《習亭》方以計典去官，病故臨邑，亟爲登録，以誌故人之慟。《小院》云：「小院寂無人，花影閒清晝。何處錦鴛鴦，飛來啄紅豆。」《改詩》云：「一卷新詩着意删，取材容易運斤難。古人見到還能到，只覺吟來總未安。」《對柳有感》云：「真覺年華逐逝波，手栽楊柳拂嵯峨。樹猶如此愁何極，髮不饒人白漸多。豈有風流同娜婀，不勝憔悴共婆娑。棲鴉似解羈人恨，作意啞啞對寤歌。」《秋霽登觀音閣》云：「打頭木葉風初北，放眼雲山雁正南。」《和鐵中丞》云：「屬吏何期皆舊雨，門生況復是同舟。」《送友還金陵》云：「一千里半水，三五月當窗。」《柬姚夢香》云：「雨過秋初爽，門閒月倍多。」《不寐》云：「旅夢斷寒雁，鄉心落遠砧。」俱見性靈。

浙江范鑑堂德銓，在山左候補二尹，賦《蝴蝶》詩有句云：「芳草落花無限恨，只今總入寫愁詩。」未幾遂歿。乃知作詩固不可過於衰颯也。

江寧凌芝泉霄，家有園亭，常邀集名流，爲詩酒之會。相遇姑蘇，一見如故。後余請咨赴山左，復相遇於維揚旅次。贈余詩云：「纔經胥水聚鷗群，又共揚州月二分。自遇袁絲甘作弟，得從東野便爲雲。顛狂投轄應嗤我，風雅扶輪正待君。他日翹材高館建，天涯定憶杜司勳。」

余過壽光，壽光尹陶寶香鈛出示《揚芬集》，蓋其太夫人紀事詩也。太夫人氏陳，才德兼全，艱辛備歷，其事跡卓然可傳。故大興石君相公爲之傳，一時賢士大夫又歌詩以記之。其中各體俱備，不能多録。吴君慈鶴云：「遺世蛾眉遇每難，潯陽節義獨巑岏。紛披子舍芙蓉幕，凄咽先生苜蓿盤。黄鵠不勝今古怨，白華常耐雪霜寒。青裙縞袂尚書筆，補入姬姜傳裏看。」謝方端女史云：「返棹鴛湖隻影單，白楊蕭瑟壟頭寒。成墳負土勞千里，課子丸熊得二難。梅綻山陰皆有韵，水歸珠海不生瀾。莫言巾幗稀英烈，試把鬚眉比例看。」他如馮君立中云：「光榮無命黔婁逝，機杼勞心孟母賢。」張君之霱云：「萱帷慈淚留衣線，蓮幕清光照海湄。」徐君本義云：「正嘆姑無齒，俄稱人未亡。」王君源浩云：「三生勁節誓，百鍊此心堅。」劉君統基云：「不圖女流輩，大有丈夫風。」

益都秀才姚价亭維藩，以宦裔寄籍山左。與余相遇壽光，見贈五律四首，録其一云：「猶是一書生，胸中富甲兵。東緡曾借寇，群醜正環城。匹馬衝雲陣，荒衙結柳營。至今談往事，豪氣尚縱横。」

嘉慶九年，余奉方伯之委，赴歷城東南山中捕蝗，宿龍洞，遊佛峪，重山層叠，足跡遍經。計住山村一月，餘暇則與父老子弟遊，渾渾噩噩，相處如家人然。有記事詩一册，名曰《捕蝗吟》。後爲友人借閲遺失。臨行，留别鄉民五絶云：「爾輩真勞矣，無煩送道周。餘蝗如蠢動，還仗細搜求。」

江西譚羡門之遂，爲蔣心餘先生高足，以縣令需次山左。工於詩，《梯雲嶺》云：「上嶺嶺吐雲，梯雲雲冒嶺。不見嶺旁人，但見白雲影。嶺上白雲深，暗襲衣裳冷。」《楊林渡》云：「楊林渡口水東流，楊葉楊花水面浮。我昔經過折楊柳，春江遥上木蘭舟。」極清妙。《南臺山》云：「如此江山似畫屏，南山山勢擬臺形。東流盱水無邊白，西望軍峰一帶青。樓上何人方賣酒，渡頭有客正揚舲。斬蛟劍説旌陽事，多恐潛龍出壑聽。」《寧王府》云：「内徙由來棄大寧，南昌故郡久維屏。宫闈夢墮驚天狗，江漢宵明誤帝星。藩服分甘從此絶，婦言枉悔不曾聽。西風彭蠡盤渦水，怒起蛟龍戰血腥。」極雄渾。亦有風情者，《齊河旅店聞琵琶》云：「不曾見面幸聞聲，絲肉相和隔院清。最是玉盤珠落處，緑楊枝上囀雛鶯。」「手撥琵琶口自歌，凄凉天寶淚痕多。吴儂本是知音者，一往情深唤奈何。」

歷下諸生周范墅奕黌，清才曠達，與余訂詩酒交。後竟夭亡，余深惜之，欲搜其詩稿而不可得。偶於范伯野《風淪集》内見其題詞七律二首，録之以志故人。詩云：「一鄉文獻探根源，花外樓臺水外軒。新社君隨巢燕至，餘生我仗捕蛇存。清詞罷拂王公麈，謂季木。美景慵窺董子園。謂書農。自愧土音遺忘盡，喜披新製細窮論。」「齊歌百轉費縈紆，小譜宫商韵自殊。續帙重裁蔚宗紙，長吟勝覽弁陽圖。荒榛斷棘踪常遍，賸錦零香句就逋。他日平陵誰輯志，搜尋那復悵遺珠。」

偶於惠印山都尉便面見沈栗仲孝廉詩,《定州書懷》云:「跋馬中山去,朝暉開遠林。路延官柳曲,沙擁女牆深。尊酒三年夢,壺飧兩士心。酬恩兼涉世,回首一沉吟。」《寄友》云:「二十五亭路,高風初送涼。樓臺千里月,砧杵萬家霜。候已更鶗鴂,衣仍典鷫鷞。作金寧有術,我欲問王陽。」詩極渾成,惜未晤其人。孝廉名道寬,寄籍順天。

安徽胡乳泉台,有詩才,以卑官需次山左。《卸即墨尉留別》云:「歲月沉豪氣,疎狂恕小官。」《夏日》云:「芙蓉映日紅臨水,楊柳牽風緑過橋。」《觀海》云:「小艇大船燈萬點,春雷聲共海潮來。」贈余一律云:「嶔崎磊落久推袁,風雨名山著萬言。人盡有緣攀驥尾,我偏無福立程門。」

蠡莊詩話卷十

玉堂居士著

偶過淄河店，見壁上題句云：「雲山分作四時看，五馬紛馳太不難。三伏炎風三九雪，笑人無路守金丹。」後注：「一年之中，八次往返於此，歲已將除，題詩而去。船山居士題壁。」蓋先生引疾後作也。余就壁上和云：「久把浮雲富貴看，出山容易入山難。西湖烟水吴門舫，方是人間不老丹。」

浙江史槎圃積託，幕遊山左，耽於吟詠，常以詩筒往復，佳句甚多。記其《黄葉》云：「管絃送老無情碧，風雨吟餘落照黄。」《紅葉》云：「遊客車停三徑晚，賣壚人醉夕陽紅。」

江都朱二亭篔品高學邃，名動公卿。以山水怡情，不樂仕進，以布衣終。姚姬傳先生謂其詩氣清神逸，多沉澹空遠之趣。其佳多在五言，以尚未搜得，僅録其《賣牛歌》七古云：「去年苦旱秋無禾，今年夏熟飛蝗多。三時降雨欣滂沱，四野插秧聞農歌。自夏徂秋無點雨，禾苗枯槁成焦土。去秋苦旱尚有草，人雖忍饑牛可飽。今秋苦旱草亦無，賣牛易米炊麋餔。牛無草食諒難活，牛死未必怨屠割。牽牛紛紛入市廛，壯碩牛價錢三千。屠兒軒昂牛觳觫，農人掩面牛後哭。戴勝飛鳴青草生，明年有田無牛耕。」

蘇州孫少迂銓，善畫工書，曾與家艾軒兄同充覺羅教習。余弱冠時即耳其名，後授山東陽信尹，時相過從。余贈詩云：「宗黌曾共伯兄遊，想望丰裁二十秋。」少迂和詩有「到處烟雲供宦遊，才敷春藻氣淩秋」之句。少迂《題山水畫幛》二絶云：「清閟風流絶代傳，浦城春色淡於烟。拈花索共維摩笑，不是詩禪是畫禪。」「小小杉皮屋數間，開軒終日對青山。如何紅豆秋江上，不見天邊一棹還。」《題柳陰刺船圖》云：「曲徑茅堂到處宜，柳梢深處染千絲。何人更棹扁舟去，爲補溪山畫裏詩。」《太行道中即事》云：「太行山色映斜暉，得得籃輿入翠微。足底亂峰隨地涌，天邊一雁向人飛。雲連白草迷烟堞，風引緇塵上客衣。獨計歸途二千里，春來新柳故依依。」

鎮江顧彂庵鶴慶，工於繪事，而性情孤冷，不合於時，故有「顧瘋子」之目。獨余小住江干，往還最密，登山載酒，情誼之篤，終始不渝，洵所謂文字因緣也。記初晤秣陵，見贈云：「看君爛熳出天真，傾蓋從知白首新。仙侣同舟纔幾日，相思如此畫中人。」時彂庵正索觀余《半舫懷人》及《西津送别》二圖，故詩内及之耳。

陶寶香明府熟於《西廂》詞曲，能通體背誦。一日，余偕王桐岡明府小集壽光署中，陰雨無事，桐岡欲覓《西廂》閲之未得。寶香曰：「不必，我爲君誦之。」乃從頭徹尾，朗吟數過，一字不訛，亦韵事也。桐岡口占云：「先生吟到情濃處，勝把《西廂》演一回。」桐岡名鳳鳴，雲南人。

壽光縣試有小童段生，甫十齡，能背誦《五經》。陶寶香明府賚予有加，招之入見，禮數楚楚。余贈以七律一首，起四句云：「居然干木有遺風，如此髫齡已不同。識禮竟能成跪拜，研經久已辨魚蟲。」

余在江南繪《舟車遨遊圖》小照，常州吴伯新庶常孝銘賦駢體文以弁之，有云：「萬里胸襟，不帶不簪之概；千秋懷抱，非夷非惠之間。」蔣秋竹知節、洪薪客爲光各題七古一章，蔣云：「壯懷肯落盧敖後，水陸舟車欣輻輳。笑傲滄洲極遠思，歸來五岳誇親舊。」洪云：「昔聞雲間陸魯望，舟載圖史恣豪放。又聞襄陽米元章，船裝書畫供徜徉。是誰高風邁前哲，飄然鼓枻凌蒼茫。」

詩本性情，有不期其然而然者，故前人有「三分人事七分天」之説。王馥蘭爲王致甫明府之孫，王漪泉爲王治堂二尹之子，皆翩翩年少，余不知其能詩也。偶於友人案頭見詩二册。馥蘭册内《春草》云：「馬蹄待騁花間轡，鴻爪難尋雪後痕。」《夜成》云：「慣賊難偷明月去，不妨推出畫堂前。」《遊藥山》云：「老僧逃俗久，古木閲年多。」漪泉册内《送平漪川》云：「琥珀漫傾今日酒，琵琶憐取舊時人。」《開化道中》云：「遥看一縷炊烟起，知有人家住水西。」《晚眺》云：「人家黄葉裏，僧寺夕陽邊。」漪泉又有「天空垂海盡，山遠接雲高」十字，尤極雄渾。二君俱是雋才。

李松潭農部繪《觀姬人繡詩圖》，歸佩珊女史題句云：「青蓮詞采五雲蒸，洛下徒誇紙價增。昨夜新詩初脱稿，看人早繡上吴綾。」又云：「繡到錦囊得意句，停針低誦兩三聲。」又云：「從此香閨忙不了，題詩還贈繡詩人。」俱妙。

驕、諂二字本相因，其驕人者，未有不諂人者也。嘗見某需次省會，循謹謙抑，衆皆悦之。後忽見喜於方伯，晉見之時，留以一飯。某從此詡詡自得，日事矜張，不復知天地高厚矣。故一時有「長官一飯小人狂」之説。余《題畫》云：「笑他一朵纔開放，便欲臨風亂點頭。」《贈許小蘇》詩云：「達官情況君知否，能諂能驕只一人。」亦此意也。

唐時舉子以所業贄投公卿，謂之「行卷」；既報罷，次年復取前卷，另繕更投，謂之「温卷」。余《偶感》有云：「愧我無温卷，憑何謁相公？」

張船山先生引疾後，同人餞之於道士谷。先生醉後，留鐵如意一枝而去，題壁云：「道士谷中謀一醉，道人笑我辭官易。眼前僚友總神仙，不數離情數靈異。是時紅杏猶未花，濛濛千樹含春氣。岩石奔騰大斧劈，盤松夭矯游龍戲。時有仙雲落酒杯，真人或亦來天際。莫將紅旆惱山林，合喚青猿充僕隸。浮世功名爲誰設，此身進退原無例。斜陽溟溟暗西嶺，道人秉燭攀歸騎。東坡玉帶鎮金山，我亦迴鞭留法器。乘風他日過東萊，還我錚錚鐵如意。」後掖縣翟文泉孝廉雙鈎石刻，至今遊人往往搨以携歸，亦佳話也。文泉名云升，工隸書。

浙江陳仲魚鱣《偕同人集湖舫》一律云：「閒携尊酒上輕舟，幽意真堪共狎鷗。四海交情猶有客，重湖烟景正宜秋。山分黃葉歸吟卷，水漾紅霞入畫樓。好與風光流賞遍，人間何必更丹丘。」

候選主政順天曹牗雲廷棟，豪蕩不羈，詩多警句。題余《蒲萄》一絶云：「金戈鐵馬靖圻烽，長展鮫綃淚滿胸。揮灑珍珠十萬斛，知君袖裏有驪龍。」又贈余云：「男兒自信丹心熱，寶劍頻爲報國鳴。」

濟寧寓館中，平地忽成有一小穴，如鵝卵大，初亦不之覺也。後大雨時行，院中積水尺許，盡入穴內，勢若旋螺。群驚訝之，乃以水灌注至數十石而不滿，真不可解，因名之曰「神泉穴」。余有句云：「如此一點穴，混混流不絶。我欲問根原，春光誰漏洩？」

余既采金陵承恩寺僧鷹巢詩矣，兹又得鷹巢及寺僧止菴合輯《承恩寺詩存》一卷，皆歷來寺僧之能詩者也。行犖詩内《寄王青山司馬》云：「山勢平分雙練白，天光倒浴一螺青。」普謙詩内《浸月泉》云：「地上一勺泉，天上一輪月。天上雲不生，地上長皎潔。」傳諾詩内《送方爾止》云：「一詩三易草，萬事九迴腸。」傳彝詩内《項王廟》云：「半世英雄三尺劍，八千子弟一聲歌。」慈舟詩内《送棲碧還山》云：「習静一樓月，看山四壁雲。」緒宏詩内《春陰登清涼山》云：「孤帆幾點望疑近，小鳥數聲飛不停。」宏法詩内《懷彭湘南》云：「猿聲三峽月，客夢一江秋。」化霖詩内《秋夕登翠微亭》云：「掃葉僧歸紅樹院，看山人在夕陽樓。」自如詩内《聽琴》云：「碧水落空谷，清風生遠林。」崇元詩内《人物風箏》云：「眼看世路通天路，只在操持一線中。」

李愛堂指揮又有題余《墨蒲萄》二律云：「墨情醖釀自成家，鸞翼龍鬚舞妙華。乘醉養濛新草履，隨緣日觀破袈裟。携來岱嶽如椽筆，差勝河陽滿縣花。珍重新詩同樾蔭，却教僧壁遍籠紗。」「輝映山家薜荔牆，筆垂甘露欲零漿。曾隨苜蓿來邊塞，不共枇杷入畫堂。世味酸甜誰領略，胸懷磊落自騰驤。願將吟詠偕周斑，坐對西風一舉觴。」

史湘霞女史詩，已采二絶入《詩話》。晤東昌同年耿君應宸，始知湘霞爲其女弟子，復以湘霞詩一册見投。《秋夜懷松石夫人》云：「砌多蟋蟀花無夢，窗近芭蕉秋有聲。」《懷王秋宜姊》云：「夢從北雁聲中斷，詩向東籬菊裏裁。」《春日口占》云：「久病不知春幾許，落花偏入繡簾中。」

李仲恂倜，歷下人，詩筆秀勁。《送馮菊仙之兖州》云：「行李只琴書，緑槐蟬噪初。喜鳴公子馬，得近聖人居。衣濕杏壇雨，釜烹汶水魚。菊花應手種，官舍冒霜鋤。」又《雨後登北極閣》有「雲欲挾山來」五字，亦佳。

浙江汪鞠友聖清，性愛飲，如長鯨吸海，其量甚豪。客遊濟上，與詩人戴石坪、許小村交。《題小村看劍引杯長圖》五律四首，其一云：「不使騰霄去，終年伴酒尊。寧懸徐子墓，肯入孟嘗門。世有難平路，交無可報恩。此懷常抑鬱，宜與美人論。」《贈石坪》五律一首，起四句云：「客遊如象戲，老矣過河兵。步步窮前路，迢迢失舊營。」《述懷》云：「問世自憐高髻少，掃門惟恨屈腰難。」

余所録張船山先生詩，大都出守萊郡及引疾後之作。又見崑山杜君群玉所選《五家詩鈔》，先生與焉。内如《戲和杜海溪》云：「尺書才到一樽開，始信朱提是雅材。難得長安風雪夜，故人常送酒錢來。」《得弟壽門書》云：「歲暮懷吾弟，書來怨遂州。貧無千古敵，債有萬人讎。田賣成孤注，官閒當遠遊。最憐天萬里，忍凍索羊裘。」《戲謝友人》云：「飛來綺語太纏綿，不獨青娥愛少年。人盡願爲夫子妾，天教多結再生緣。累他名士皆求死，引我癡情欲放顛。爲告山妻須料理，典衣早蓄買花錢。」「名流争現女郎身，一笑殘冬四座春。擊壁此時無妬婦，傾城他日盡詩人。祇愁隔世紅裙小，未免先生白髮新。宋玉年來傷積毁，登牆何事苦闚臣。時以友人有「我願來生作君婦」之語，故云。」《偶成》云：「一領朝衫瘦不支，忍寒無語下簾時。居能避俗功歸佛，憂竟傷人罪坐詩。浩蕩雄心孤月見，崎嶇歸夢故山知。盛年可惜如流水，坐聽殘鴉噪古祠。」《與吴穀人先生飲酒作》云：「通儒飲食皆風雅，狂客詼諧總性情。」又云：「身到人間除是醉，世非我輩不能窮。」又云：「各有歸心勞日夜，空摩倦眼看塵埃。」《秋懷》云：「窮極方知身是累，悲來常覺夢如真。」《王戇》云：「假手便能恢掃蕩，托根原自起蒿萊。」

此外尚有江南許穆堂實善、江南吴竹橋蔚光、浙江陳梅垞萬全、廣東李載園符清，并船山爲五家。穆堂之詩瘦硬，竹橋之詩清折，梅垞之詩恬和，載園之詩雄渾。各録一二首，以見大凡。許詩内如《夜登燕子磯》云：「蒼茫烟樹昏，峻嶺聳毛骨。大風天上來，吹碎一江月。」《東平道中夜發》云：「山斷似無路，陰崖闢此門。風霜欺病骨，燈火辨孤村。石出熊羆鬥，宵長盗賊尊。故鄉歸未得，愁絶向黄昏。」吴詩内如《固山道中》云：「到此山疑盡，如何復有山。車盤危石上，馬插斷冰間。烟火荒村落，風霜變旅顔。辛劬慰徒御，前路尚多艱。」陳詩内如《崇效寺看菊》云：「菊天景色謝穠纖，栽傍雲林瘦不嫌。半晌情移僧讓榻，一房秋凈樹窺簾。霜中花信如官冷，松下茶烟爲客添。看取轆轤澆溉法，幾回鄉井憶茆檐。」李詩内如《南陽題壁》云：「投宿孤城夜寂寥，栖鷄穀穀馬蕭蕭。他年若話風塵事，暮雨寒燈博望橋。」《喜晤楊雲珊》云：「王後盧前不世才，春風聯榻五花臺。誰知嶺嶠三年别，恰向臨淮萬里來。舊事重論留我坐，新詩半卷待君裁。濠梁又灑河梁淚，共盡關門酒一杯。」

李同山舍人家有婢名倩如，性愛吟詩。《紀夢》云：「孤燈欲燼夢分明，雨雪聲中夜四更。一縷心旌無着處，人間天上兩愁城。」《對菊》云：「心肝具有即愁根，冷雨能銷怨女魂。舊夢難尋秋又老，黄花仍發去年盆。」誠青衣中之清才也。

廣文宋松澗繩先，膠州人。由嘉祥寄來詩一册，《送歐陽潤之歸覲彭澤》云：「讀書巖下路，處處繞松杉。幾載看齊岫，前宵夢楚帆。榴花明别酒，麥氣上征衫。倘有相思句，還應致一函。」《送劉寄菴行不及》云：「送行過吟舍，已是出城時。猶見曉燈暗，空餘孤石奇。原注：寓舍中有鳳石。壁留新灑墨，袖有未看詩。驅馬秋山路，此情寧得知。」《天井山》云：「混沌有竅始開闢，斧鑿不見神禹迹。𡼏如下裂無屈回，地底應漏日光赤。四壁剗削石斕斑，中涵積水沉沉碧。蟄龍睡起雲氣騰，直上虚空飛霹靂。農家禱雨憂麥田，焚香拜跪龍祠前。上山午日曬兩肩，下山撲面來颯然。」

登州歲貢岳載臣賡廷學《主客圖》詩法，刻苦專一，不移於俗。詩甚富，僅記其《丹崖題蘇文忠祠壁》云：「海市詩成後，先生不更留。千秋拜遺像，一月住登州。檻外停蕃舶，窗邊叫渚鷗。雷藤與儋耳，況味却同不？」《秋夜》云：「心以閒逾曠，庭當晚更空。浩然生遠想，此際與誰同？雁去雲千里，蛬吟菊一叢。月明渾不寐，徙倚遍階桐。」

葉楚薌刺史擢濟寧牧，史槎圃偕來濟上，復以詩册見示。《歸阻口占》云：「歸夢鵲華傍，歸心滯嶧陽。臨風莫惆悵，歸去亦他鄉。」《探龍洞》云：「洞自何年闢，千山窈窕中。兩崖驚削立，一徑破洪濛。雲濕長疑雨，巖虚欲御風。何當鞭蟄起，長嘯海天東。」《送潘小檀回吴興》五古結句云：「看君解纜行，風飽一帆去。」一「飽」字得風順船速之神。一時同在幕中者，山陰陳宗彝寶有《遂得山居願》五律十餘首，録其二云：「遂得山居願，家庭樂有餘。親嘗新歲酒，弟讀舊時書。園果憑摇落，畦蔬自剪鋤。薄田堪供粥，淡泊愛吾廬。」「遂得山居願，門庭遠市囂。微風敲野竹，疏雨滴芭蕉。却有僧堪語，從無客可邀。偶尋東浦月，雲鎖化龍橋。」其高淡可想。又嘗著有《東海記》傳奇，爲時所賞。

槎圃又見示所存友人詩，内乃弟積鑑字可夫《題半堂巖》云：「到此始知身是俗，登高争羡我如仙。」會稽謝封字省菴，《聞蟋蟀》云：「林催深夜雨，月落一天霜。」山陰傅德涵字友康，《答友》云：「未遇鍾期子，空彈流水琴。十年京洛客，千里故人心。鄉夢青山隔，高堂白髮侵。飄零不自惜，爲爾發愁吟。」山陰章大邦字牧庵，《與槎圃小飲志感》云：「馭馬出軍門，腰懸寶劍鳴。無心投短刺，有路請長纓。壯志悲花落，愁懷對月明。獨從窗下飲，彈鋏話平生。」牧庵尤工七古，惜未記録。

浙江秀才沈秋湖炯，受業於陳君宗彝，詩筆娟秀。《登飛來峰》云：「人家藏樹緑，僧院露牆紅。」《步海塘》云：「隔岸有村叢樹密，半灘無水一沙平。」《代恨詞》云：「十里紅樓春雨隔，終宵難斷一絲情。」

秋湖又見示其曾伯祖梅川先生《寒玉軒詩集》，《古別離》云：「春蕊滿芳枝，郎今欲遠去。妾心君自知，思君渺無處。」集中五言如「鳥起如驚客，魚游不避人」、「瓶小留春少，花乾插水凉」，七言如「山非嘗膽還餘緑，水是流脂竟不紅」，皆警句也。先生名燡燔，以進士選授江西德興令，尋擢司馬，卒。

安徽績溪方石蓮元泰，爲方茶山廉訪哲嗣，以運判分發山東。余素不相識。丙子正月，聞余有急，石蓮自携白鏹一襲見遺，真豪士也。既而讀石蓮之詩，洋洋灑灑，下筆千言，其縱横排奡之勢，如天馬行空，不可羈勒，蓋學太白而得其神髓者，方知石蓮之兼豪於詩也。著有《緑雨山房詩草》。古體居多，《醉歌》九首，以《離騷》之神，運青蓮之筆，直堪方駕古人。其餘鉅構甚多，詩長，未能全録。紀其《寒夜偶吟》云：「凍筆呵不開，書紙聲戢戢。挑燈坐未久，孤吟愁轉劇。沉沉月影斜，凄凄露華白。鷄鳴夜五更，寒風吹四壁。」《看梅》云：「寒江萬里破春來，風雨凄然獨舉杯。長笛聲聲魂欲斷，梅花今日爲誰開？」他如《春日庾樓即事》云：「遠山缺處雲銜月，春水深時客到門。」《到濟》云：「佛頂西風千嶺月，明湖秋水半城烟。」《答友》云：「但使相逢無俗客，看花何必是揚州。」風調俱佳。近見石蓮有《檢舊詩有感》三律，中有云：「百年只恐無多日，萬卷終愁未盡書。李杜之前空寂寞，蘇韓而後好芟除。」其自命可想矣。

浙江吴秋鶴友松，工於詩，幕遊山左，落拓不羈。假館城外五龍潭，題壁有句云：「半間從佛借，一飯與僧分。」阿雨窗都轉見而賞之，因之得名。後江畹香方伯延入幕中。

塞爾登，蒙古人，工詩，善鎸圖章。嘗有《詠菊花》詩云：「遍地野菊開，黄白兼紅紫。可惜陶淵明，當年未到此。」語極自然，不事雕鑿。

歷下周東木刺史振甲，由豫省乞養歸里，余曾相晤於李喬雲處。學問淹博，議論風生，兼工詩。《擬子夜春歌》云：「春花初吐紅，春葉已含緑。春柳復無情，絲絲亂心曲。」「階前多春草，草上春風早。落日蝴蝶來，雙雙粉翅老。」「朝日鏡臺前，歡笑理妝久。妝罷褰珠簾，春意濃於酒。」「郎今一何癡，春夜眠時少。夜夜如春雲，抱日不知曉。」「郎起出門去，囑别何草草。明燈照空帷，悠然夢遠道。」《送人北遊》云：「霧樹青簾寒貰酒，畫欄紅袖夜留人。」《柳絮》云：「偶因羈絆皆成懶，倘得吹嘘便解飛。」

張船山先生爲其夫人寫小照，畫成後，夫人自題云：「愛君筆底有烟霞，自拔金釵付酒家。修到人間才子婦，不辭清瘦比梅花。」先生和詩云：「梅妻許我癖烟霞，仿佛孤山處士家。畫意詩情兩清絶，夜深同夢筆生花。」

沈璋，蘇州人，攝東阿篆時爲余司僉押。性喜文墨，每當公事既畢之後，夜闌人静，吟哦之聲不輟也。有詩二册，余索觀之，頗有清腴之氣。《途中見新月》云：「尋常一樣蛾眉月，照到征人便可憐。」

丙子秋杪，張伯良奉委赴東明一帶緝匪，馳書招余。寄詩云：「人間齷齪誰知己，天下英雄只使君。」余答云：「在昔論詩頻載酒，祗今知我獨推君。」十月初二日，陳笠帆中丞委余前往會緝，一時同斯役者，尚有遊擊余君春帆名國柄，雲南人。弱冠時由武舉投効川楚軍營，屢立戰功。癸酉九月，教匪據滑縣城，春帆偕諸將士環攻。夜半，賊衆數千將襲營，春帆以十餘騎擊走之，復安設地雷，城遂破。真儒將也。余贈春帆詩云：「照人肝膽三冬暖，蓋世勳勞百戰雄。」

余緝匪曹南，途遇金鄉尋君騰鳳，出近作《無題》七律六首見質。中有云：「叢棘枉思巢翡翠，情波只許護鴛鴦。仙漿未解文園渴，密樹全遮宋玉牆。」又云：「仙液但逢羊脯酒，心香獨叩女郎祠。畫眉誰似張京兆，薄倖寧爲杜牧之。」余笑曰：「君本道學人，何忽作此綺語？」尋曰：「公不知鳳來意乎？鳳今春病瘧，潛避城隍廟中，疾大作，煩渴昏憒，左右無知者。有校書胡翠玉，本定陶人，流寓金鄉，入廟賽神，見之，使人取被一具，茶湯各一器飲鳳。扶至其家，守至夜半鳳方醒。由是輒往過之，待鳳獨厚。一日泣謂鳳曰：『玉本良家女，悮入風塵，久欲脱此火坑，無與援手者。君固肝膽人，願以終身相託，妾不日歸定陶，君其圖之。不成，有死而已。』鳳之來爲此也。」後以囊澀事未諧，胡姬終日涕泣，尋亦若癡若狂，不堪名狀矣。余戲贈云：「點石有方春易買，相思無路債難償。」尋君字筠浦，以軍功議敘知縣。

殷撝齋明府長福，揚州人，京華舊雨也，與家艾軒兄尤爲莫逆。余緝匪過考城時，撝齋爲考城令，余未之知。及入署相見，乃知其爲撝齋，相與大笑。撝齋固工詩，于役匆匆，未暇搜及。旋省後，晤楚南王曉樓，曾在撝齋幕中，爲余誦其《題美人畫幅》詩云：「秋風秋雨倍銷魂，扇底輕鈎玉一痕。願化來生雙燕子，王家舊榭伴黄昏。」「珊珊環佩有無中，五色迷離著色工。燈火一檠人半醉，梅花紙帳坐春風。」詩情旖旎。

韓城旅店有題壁詩云：「故人獻賦日邊來，雲氣霏霏下玉臺。十日臨邛樽酒盡，天涯閒煞長卿才。」友人録以寄余，不知爲何人所作。丙子秋，周伯恬來歷下，談及此詩，伯恬曰：「此暐少時到洛中訪友，永寧令魏君送暐句也。」伯恬又出示近作一册，中有句云：「流年欲挽雙丸住，生計渾如百戰難。綵服依依遊子倦，綈袍寂寂故人寒。」世路艱辛，爲之三歎。

蒙古達春布刺史字鐵侯，詩才甚佳。贈張伯良云：「詠史膽如斗，談兵聲若雷。」伯良狂態，刻畫殆盡矣。

范君伯野之詩，余已録其《新齊音》數首矣。兹復閲伯野全集，其五言之佳者，如《明湖泛舟》云：「并剪裁春水，吴綾叠晚霞。」《晚晴》云：「歸鳥雲中没，斜陽葉底明。」《七夕》云：「人間重衣食，天上有夫妻。」《普照寺》云：「花圍禪榻放，水抱寺門流。」七言之佳者，如《漫興》云：「蠅適何來遽集此，塵緣底事會污人。」《柳絮》云：「已經著地還思起，不得升天祇自狂。」《觀演傳奇》云：「衣冠未可輕優孟，事業終須讓古人。」《和李仲恂原韵》云：「不登鳳閣終凡鳥，得過龍門即好魚。」俱見意致。其五、七絶及古體不及備録。伯野於七十二泉品題殆遍，故自號品泉生云。

伯野尊甫諱麗光，乙酉明經，除商河令，以忤上官去職，卒於歷下。伯野誦其《夜集聽琴》詩云：「虚堂屬良夜，月色松篁裏。徘徊風露清，幽人彈緑綺。歸鴻響天末，寥寥間宫徵。我心素閒静，及此聞妙理。曲罷欲忘言，悠然念無始。」伯野之詩，蓋有家傳也。

余既録佩珊女史詩，兹又得佩珊之母李一銘女史詩一卷。録其《寄外》云：「秋山春樹幾晴陰，病思離情兩不禁。好景每從愁裏度，新詩半向夢中吟。曾無閒緒添青黛，賸有遥情托素琴。極目燕臺雲縹緲，藥爐茗椀伴宵深。」頗近劍南。

余在歷下，假館湖干，境幽地僻，水草縈迴，天然雅趣。時與二三知己，論詩酌酒於其中，致足樂也。浙江殳君山雙贈詩云：「卜得幽居避世譁，文窗近水又依花。春風座滿吟詩客，緑柳門停問字車。」謝問山云：「但使西園常有主，何妨東國竟無官。」邱北泉云：「如此詩天兼酒地，那容門外俗人來。」北泉名大觀，爲平度刺史，邱楚芷先生哲嗣。

曹米莽之弟曹偉夫應杰，翩翩年少，需次來東，以素紙一幅索余畫。人事匆匆，未及捉筆。丁丑七夕日，偉夫寄七律一首促之，中有云：「人乞天孫機上巧，我貪才子筆頭珠。枯腸勉索償詩債，妙手應須畢畫逋。」余亟畫以報，題詩云：「我愧天孫無妙手，織來雲錦不成章。」

滿洲某，遺其名字，有《春柳十咏》。記其佳句云：「花飛紫陌烟霞表，人在朱樓霧雨中。」「愁生翠黛春深淺，人去離亭路短長。」「夕陽人別春山外，暮雨魂銷玉笛中。」皆有神韵。

《隨園詩話》中録王夢樓太史出使琉球國七律二首，極爲新艷。後趙介山修撰文楷出使册封琉球，由閩登海船，不數百里，有大魚數尾，長數丈，浮沈水際，夾舟而行，抵琉球界始不見。舟人謂是海神差來護舟者。又船行迷路竟夜，及晨誤抵外洋，陷急流中，猝難返棹。倉皇間風起船回，忽見雲霧四合，中有形狀怪奇隱現，近對船頭。舟人云帝詔在船，海神來朝。以免朝牌懸出，移時乃散。船隨水勢，晝夜行數萬里，已抵琉球矣。李堯農太守贈詩云：「絶島魚龍歸版籍，聖朝山海識君臣。」

余既録陽湖同年莊芬倍女弟蓮佩女史詩，而於芬倍之詩未之見也。芬倍爲常州詩人趙味辛先生之壻，學問醇粹。後過濟南，爲余誦其舊作數首。如《塞下曲》云：「明月高懸大漠空，將軍深夜宴群雄。索郎瀉入生番血，比似蒲桃酒更紅。」《居庸道中》云：「日寒人影短，月黑鬼燐多。」《夜泊》云：「醉撈江月呼黿坐，吟繞秋墳索鬼聽。」《龍潭阻風》云：「遥天雨角一山白，古樹神燈半夜紅。」

芬倍又云，其鄉閨秀有適董姓者，家貧早寡，工詩，憔悴以歿，稿亦散落。僅記其《姑蘇懷古》云：「隔江烏喙方嘗膽，别院蛾眉正捧心。」工切不減義山。

蠡莊本在湖干，余自題曰「近水依花之館」。後移至菜園地方，菜園者，明湖花影舊址也。余戲爲四絶以紀之，有句云：「如何柳暗花明處，又許狂奴下榻來。」又云：「此身只合江湖老，料理花枝過一生。」一時投詩者紛集，焦筠軒云：「别有詩腸能避俗，何嫌洞口號迷香。」周二南云：「妓窺琢句争磨墨，客爲論文久駐車。」吴和軒云：「東巷琵琶西肆酒，閉門也領幾分春。」孫拜石云：「若寫移家入圖畫，萬花谷是玉堂春。」孫湘帆云：「目不窺園緣底事，新詩常自當花看。」莊芬倍云：「絶似儂家漆園吏，夢爲蝴蝶也尋花。」張銘一云：「閒情若譜《湖干曲》，《金縷衣》翻四座春。」何岱麓云：「清夢定遊香國裏，萬花圍住一先生。」傅友康云：「安得夜同三徑月，飛觴時作醉鄉遊。」朱松崖一律云：「紅塵竟許住神仙，酒虎詩龍欲上天。萬斛珍珠都在手，一時名士敢隨肩。明湖遊讌供吟屐，佛嶺雲烟滯客鞭。借得數椽茅屋好，好將冷艷傲花前。」

范伯野有《論詩絶句》數十首，余及友人中之常共唱酬者，皆論及焉。論張銘一詩云：「清河公子貌清臞，骨節玲瓏隱智珠。得句不沾烟火氣，遠山濃淡着工夫。」銘一名恕，陝西人，有過人之才，性喜爲詩，偶爾落筆，吐屬清新，字亦秀勁可愛，蓋天授也。記其《和人遊湖》云：「我正階前坐明月，人從花外望仙舟。」贈余云：「前有隨園後蠡莊，海内由來推袁久。」

陳宗彝乃郎陳樹庭正榮，任雲南巡檢。告病來東省親，與余共緝匪之役。見贈云：「交道有緣在，停車喜一時。愛才真似渴，効命願分馳。麗句傳香國，豪談倒玉巵。濼源重識面，秋樹動遐思。」

桐城劉明東開，少年負奇才。爲詩汪洋恣肆，逸氣凌雲。古體尤勝，最爲蔣礪堂先生所推許。陳笠帆中丞贈詩云：「海闊天空任所之，蛟龍鬱律鳳鸞姿。江山有助供行卷，花鳥多情騁妙詞。」其見重如此。明東有《贈聞古芬刺史》七古一章，中有云：「造化苦之不受束，窮來氣却千熊羆。才鋒勁利用無敵，芙蓉劍鍔無顔色。太阿未出寒先生，千里一步留不得。」此古芬過歷下時爲余誦之。

博平秀才侯兆鰲《秋夜》云：「月邊留雁影，寺外響鐘聲。」《遊龍居寺》云：「泉鳴深澗底，月掛老峰頭。」

譚君朝賓爲譚杏航明府之弟，詩工刻劃。《白菊》云：「玉柱欄前霜一片，珍珠露下月三更。」《青蝶》云：「舞處乍疑梅點額，棲時長覺柳侵衣。」

畫中有詩固佳，而畫家工詩者少。歷下鄭柳田士芳每作畫，先有詩，爲士大夫所傾慕。《題風雨歸來圖》有句云：「濃雲携雨去，落葉帶霜飛。」《題山水》云：「只因一飯走風塵，四十年來苦此身。安得買山如畫裏，疏林茅屋作閒人。」嘗作《雪丐圖》，題云：「雪滿千山道路寒，猶携瓢杖走江干。當年漂母無尋處，説與王孫一飯難。」一時題者甚多。劉君春舲云：「獨立蒼茫雪色昏，芒鞋不忍踏朱門。飢寒鍊到身如鐵，免得逢人説感恩。」

余録挑水夫《白髮》詩，取其真摯也。又見楊怡園廣文《白髮》詩云：「白髮年來亦世情，窮居頭上轉分明。何當遍起蒼黎色，不放華顛到衆生。」意致亦佳。怡園名澥，長清人。

諺以鐵樹開花爲異事，古來形諸吟咏者，更屬寥寥。桐廬圓通寺舊栽鐵樹二本，甲子夏，忽放一花，形如寶塔，高尺許，從地湧出，作黃金色，碧葉四圍如環，觀者雲集。孫拜石尊甫六皆先生鴻吉五律云：「靈山栽異卉，黃面稱僧家。是樹偏稱鐵，非春亦放花。點金成色相，聚塔現光華。藝苑傳佳事，娑羅未足誇。」鄭曠園孝廉華和云：「豈是青蓮湧，菩提證一家。化柔非繞指，點汁倏成花。寶聚布金地，光舒若木華。中央諧正色，俗眼漫相誇。」

余有哭張船山先生詩，後又見彭湘涵輓先生七律二章，録其一云：「分明星月負衣裳，峨嶺仙人謫大荒。百態新詩珠欬唾，兩間清氣雪肝腸。窮逃酒國原無賴，病買花枝轉自妨。原注：時新納姬。一曲當筵人一世，燭痕和淚共淋浪。」湘涵名兆蓀，江蘇鎮洋人，著作甚多。詩才博贍，梓有《小謨觴館詩集》。

題畫詩要活動，不可呆板。舊傳王右軍爲山陰道士寫《道德經》，籠鵝而歸。太白詩有「山陰道士如相遇，日寫《黄庭》换白鵝」之句。《仙傳拾遺》又有管霄霞以紅鵝餽右軍，乞書《道德經》事。余藏有唐六如所繪《右軍换鵝圖》，乞題於盛春谷。春谷走筆以應，詩云：「莫問紅鵝與白鵝，乞書畢竟是誰何。人生嗜好成佳話，千載傳聞附會多。」

壽詩、輓詩易於落套，而難於蹈空。周澗東《壽高司馬澤履》云：「遲我看花春影緑，幾時吹笛故山青。」余《輓葉明府晟》云：「不入火坑纔極樂，能歸仙界竟何修？」庶幾陳言務去矣。

詩之有關風俗人心者，自能流傳。周澗東《茌平縣題壁》云：「昨日街頭賣人肉，今宵忍抱枯髏宿。且惜纏頭束臂金，來聽千家萬家哭。」讀之令人心動。

宋麗泉廣文没後，在濟上頗著靈異。乩詩云：「黄沙撲面人何處，世事都成過眼雲。」贈余云：「十載故交三日别，幾多清淚滴塵埃。」又云：「却憐明夜康莊路，吹落人間萬點埃。」一時和之者，貴州冉君廷封云：「個個珠璣盤上落，清光原不受纖埃。」余云：「吟罷望空揮别淚，夜深風冷怯飛埃。」

癸酉曹南之役，余及兖鎮陳公、張君禄卿均有紀事詩。後金小坡由茌平以曩日《軍營紀事詩》郵寄蠡莊，中有云：「霜氣沾衣潛沁骨，罡風捲地漸連天。女牆徹夜明燈火，月帳屯雲隱竈烟。」於軍營情形摹寫殆盡，而從軍之辛苦亦可想矣。小坡即金君，名鑾。

好名之癖，不獨文人，即仙狐亦然。余《詩話》中録鵲山黄狐仙詩後，偕友人延之，響應而至。問「木落秀峰高」五字之義，黄曰：「『霜寒孤月小，木落秀峰高』，吾舊句也。」題余《校詩圖》一律云：「久向騷壇仰大名，憑將圖畫認分明。廿年作宰周齊魯，一卷論詩見性情。絳帳人多稱弟子，空山我欲拜先生。蠡莊許布雷門鼓，應愧蟲聲嘖嘖鳴。」

題余《校詩圖》者甚多，直隸高曉霞廷魁云：「萬幅蒲桃萬首詩，先生詩畫盡人知。即今兀坐攤書意，猶是吟詩讀畫時。」詩極清妙。他如女弟子肖卿云：「柳陰春覆緑遲遲，微雨香凝畫閣時。捲起珠簾趨絳帳，細翻紅袖寫烏絲。」焦筠軒云：「不嫌門外無車馬，多少詩人附驥來。」孫拜石云：「願君小歇丹鉛手，乞我蒲桃顆顆圓。」孫湘帆云：「坐來遮莫無人到，却有新編《主客圖》。」李居堂云：「偶以閒情吟柳下，每將豪興憶樽前。」李笠厓云：「騷壇猶屬舊先生，絳帳兼多新女士。」

陳士竹明府珄，江西人。任閩省縣令，以辨硝來東，訪余於明湖之上。彼此相左，爲之悵悵。士竹詩未及多記，記其《題韵香空山聽雨圖》一絶云：「三絶由來海内傳，畫蘭詠絮浣花箋。不須天女殷勤問，原是蟾宫謫降仙。」

韵香聞余爲《詩話》，以近詩一册見寄。有《自題畫蘭絶句》十二首，録其三云：「含毫點染緑窗前，不展芳情倍黯然。料得有人清夢裏，琴心飛滿七條絃。」「倚欄無事拓蠻箋，花氣薰人已破禪。抛却菩提閒吮墨，金仙禮罷寫嬋娟。」「十分珍重護芳叢，意在忘言淡蕩中。塵外天然見標格，肯隨桃李嫁東風。」《次查夢月原韵》云：「却喜芙蓉傳密字，漫勞風雨到空山。」《次李載園原韵》云：「心臨冰鑑彌形肅，人坐春風不覺寒。」其寄余書函，竟爲寄書人易去，字跡甚劣，並非韵香原本，爲可笑耳。

楊魯生刺史復職後篆登州太守，歸來得詩一册。《登蓬萊閣觀海》五律云：「海氣吞人面，潮寒山欲陰。天風摧客膽，險句入詩心。島遠帆檣緩，城高鼓角沉。頓忘塵世界，空闊此登臨。」

良朋唱和，不必在覿面也。濰縣旅店舊有余題壁七律一首，楊魯生刺史過而見之，和詩云：「鴻爪痕留濰水涯，何期舊友誦新詩。東邦紙共蒲萄貴，日下名從香國馳。金殿揮毫思往昔，風塵落魄感今時。慚予攘臂仍馮婦，贏得星星兩鬢絲。」文字之緣，殆有心心相印者與？

本朝文武異途，故文臣而轉武職，漢人中從未有之。有之，自劉松齋先生始。先生貴州人，名清，以拔貢分發在川楚軍營中，有「青天」之號。旌旗所到，拉朽摧枯，戰無不克。不數年間，擢廉訪，任方伯。後以事左遷，復簡放山東都轉。適值癸酉曹南教匪之警，先生總理行營，身先士卒，立靖妖氛，厥功甚偉。一時紀事詩云：「中丞機略朝廷重，都轉威名草木知。」又云：「見虜智如唐節度，據鞍勇是漢將軍。」想見人心之愛戴矣。功成之後，引疾還朝，奉旨特放登州鎮總兵，真曠典也。聞先生在登鎮時，取兵丁子弟年幼聰慧者，課讀《聖諭廣訓》，并授以弓刀步武之法，名曰「稚子兵」。其風雅如此。楊魯生刺史有句云：「幾見文臣爲武將，最難俗吏號青天。」又云：「將軍兼任村師職，戰隊新添稚子兵。」又云：「帝眷綸褒三黜後，軍書墨耐十年磨。」

濟寧城外有李太白浣筆泉，壁間鐫木蘭山人原韵及名公鉅卿各和詩，《隨園詩話》已録之矣。後余偕戴石坪、孫竹嶼同遊其地，各和原韵一章。石坪云：「幾曲清泉漾緑池，芒鞋竹杖謁荒祠。草間白露凝霜候，樹杪西風落葉時。人縱飲乾一斗酒，誰能和盡百篇詩。吟魂縹緲高千古，獨有秋宵皓月知。」竹嶼云：「墨花猶似繞清池，暗水潺湲響廢祠。可惜玉環承幸日，難同金鑑上書時。勾留風月惟耽飲，睥睨乾坤但有詩。更採蕉黄酬賀監，解貂千古佩心知。」余亦和云：「酹酒曾經工部池，長吟又拜謫仙祠。劇憐賀監推賢日，未是明皇悔過時。蜀道天低空有恨，夜郎秋老漸無詩。一泓浣筆盈盈水，萬丈靈源過客知。」

雨花閣爲同人讌集之地。余在歷下曾偕曹梅村明府、陸春舫少尹諸君飲於其處，以「開」、「來」爲韵，即席賦詩。大約皆風情旖旎之作，因而叠韵不已。春舫計二十餘叠，余計六十餘叠，一時壁上箋頭，抄寫殆遍。肖卿女史寄春舫句云：「從此瑶編傳海内，開來可以敵尖叉。」

長垣廩生張春田先生，於十八年教匪滋事時，號召宗族子弟數百人爲禦賊計，賊不敢近。後兵敗王堤口地方，春田死難，其事湮没不彰。丙子秋杪，張伯良刺史赴東明、長垣一帶緝匪，訪知其事，致祭於春田之墓，并弔以文，哭以詩，以白鏹恤其家，爲之請於上官，請旌入祠，可謂發潛德之幽光矣。

墨琴女史曹貞秀《題朱湘霞塞外曉行卷子》一絶云：「邊月隨人共入關，胡笳聲裏賦刀環。此行還比文姬近，不度祁連山外山。」洵閨閣中之幽燕老將也。其詩極悲壯，惜未記録。

周生如岱，余宰金鄉時所手援者，後戊寅科舉於鄉。揭曉之日，余喜而不寐，喜寒士有吐氣之時，且以見賞識之不虛也。闈後來謁，投詩云：「曾被慈雲蔭下方，私恩公義幾迴腸。劇憐白傅成高閣，竟許彭宣到後堂。天外烟霞供嘯傲，山中猿鶴感滄桑。若人不出成何事，知否蒼生望正長。」余亦贈周生句云：「焦尾祇今音共賞，干霄當日氣誰知？」

韋蘭襟孝廉於戊寅春重遊山左，出近詩一册見示。有《論詩絶句》若干首，自弁云：「閒居仿得隨園例，半是懷人半論詩。」其中如《方君宫聲》云：「摘艷薰香薄命才，江東未第玉樓催。飄零六卷《嫏嬛集》，合取珊瑚架筆來。」《楊君元梅》云：「楊葉梅花我姓名，楊手鎸印章，有此七字。襟懷落拓憶平生。黄金揮盡才人死，斷句殘篇記不清。」《范君坰》云：「聲希味澹擬陶韋，甑釜蕭然物外機。好倩元嬰重寫照，一聯山蝶近人飛。」余云：「筆下龍蛇競吐珠，手揮心咏口胡盧。能教千幅葡萄錦，頓化風雲萬變圖。」較范伯野論詩諸絶句，殆有過之。

齊河郝餐霞茂才簪，爲秋岩女史之弟。余素不相識，託友人以詩一册寄質蠡莊。詩筆清麗，《採蓮曲》云：「郎情如蓮房，妾意如蓮子。蓮子本苦心，常結蓮房裏。」《麗春詞》云：「偶折一枝簪帽底，騎驢客帶早春回。」

本朝榷關使者唐公名英，置紙筆於關外，船過留題，閲其佳者，不索税銀，一時推爲風雅。王簣山先生《戲柬伊静亭觀察》云：「嚴關莫怪船來少，生怕先生又税詩。」

余録汪粟園明府《雜咏》數首，係於友人篋頭見之。後粟園因公來省，爲余誦其近作。如《宿二疏故里》云：「霜天月冷夜窗虚，楓葉蘆花伴客居。儘有清風堪掃榻，可無濁酒試澆書。少年意氣輕三陸，晚歲功名重二疏。非不欲歸歸未得，黑甜一枕夢何如。」《曉渡韓莊》云：「曉日晴烘萬樹霜，軟輿飛輓渡韓莊。功期濟衆談何易，器許逢時願未償。關吏津梁鞅掌慣，督郵供帳折腰忙。淪漣千頃微湖水，肯與臣心共較量。」噫！言爲心聲，即粟園之詩，其心之不爲官囿亦可知矣。

事有極粗豪而極風雅者。韋蘭襟孝廉以素紙丈餘索余畫，并投詩四章。來書曰：「求君蒲桃橫幅，恐君惜墨如金，以詩劫之。袁簡齋自稱詩中馮婦，我則成詩中曹沫矣。」其詩云：「能事無容相促迫，騷壇詩伯況相推。今朝曹沫拚生死，欲把桓公生劫來。」後余《柬蘭襟》詩云：「詩中曹沫近何如，不見應教感索居。」

桐廬九里洲梅花最盛，孫拜石繪爲册，昆季皆有看梅詩，以寄台州楊心田。楊題詩有句云：「渾欲移來無健步，商量看去待明年。」可謂善於蹈虛。心田名淪，爲余辛酉拔貢同年。

余竊取法梧門先生「詩龕」二字懸之壁間，同人多投詩者。後見劉芙初太史《題詩龕圖》七古一章，清妙絶倫，於心戚戚。詩云：「先生嗜佛兼嗜詩，以詩奉佛佛不知。先生奉詩如奉佛，成詩一龕佛一國。龕中見詩不見龕，爲龕作詩佛亦甘。先生日日下詩拜，詩人到此皆和南。楊枝灑出詩五色，色色都歸龕月白。須知詩好貴無詩，强向詩中圖主客。以圖索詩詩入圖，人説我詩圖所無。我詩恰合詩龕旨，詩龕主人佛弟子。」

京都城外有小有餘芳，爲遊人雲集之所，載酒徵歌者，接踵而至。壁間題七絶二首甚佳，有句云：「一霎柳塘新雨歇，藕花紅過鷺鷥肩。」孫湘帆與應雨香同遊其地，均有和章。湘帆詩云：「籬圍麂眼草鋪烟，尺五城南別有天。我自風前貪小立，楊花無數撲吟肩。」雨香詩云：「纔隔嚴城似隔天，軟紅吹盡滿蒼烟。此身未是山林客，便想洪厓共拍肩。」雨香名培，浙江人。

黄素峰明府調任棲霞，以事入省，重晤於明湖之上，并索余畫數紙。見贈云：「正是雲停月落時，忽傳妙筆與新詩。毫端本有元龍氣，淡墨揮來也陸離。」

劉松齋都督以文臣而轉武職，爲今之偉人。人皆知其性好武，文字不多見。余於其門下士張六琴處見先生《送行詩》中一聯云：「且收高興安卑位，差喜儒生具將才。」不獨屬對工緻，而引王伯安「儒者有大將才」爲勉，其胸襟期望不同委瑣，乃知公極工帖括，精熟性理。今年逾七旬，簡蒐之餘，課孫不倦，蓋文武全材也。

嘉慶戊寅科，山東貢院鳳字號中乙舍磚壁上或題一絶云：「光頭赤脚求高第，竪目横眉唤小官。此是吾儕狂放日，一叨爵禄欠平安。」其言極有味，不署姓名，大書「己卯解元」四字。

余和船山先生《淄河店題壁》詩，嗣重過其地，或又和云：「摩挲粉壁幾回看，太息名韁退步難。我已烟霞成痼癖，先生可有大還丹？」聞先生引疾後自號藥庵，退守有「四海墨花飛不盡，又留千紙在萊州」之句。後孫湘帆明府路過淄河，壁間舊題俱已漫滅，先生亦歸道山。湘帆於壁上和句云：「重來已作斷碑看，鴻爪糢糊欲辨難。可惜墨花飛已盡，藥庵誰覓返魂丹？」

山西王奇玉茂才琦，業鹾務而能詩。友人誦其《即席贈某女伶》云：「天真爛漫正垂髫，小立人前分外嬌。似覺含情偏不語，却將纖指點郎腰。」摹寫情態絶妙。

余録李堯農先生詩後，先生以觀察引退家居。由壽光寄書一函，詞意肫懇，并附二絶云：「聞道搜才樂且耽，思從夢寐接雄談。推依未識袁夫子，知是山陰陸劍南。」「上古空螯論不同，孟郊詩，李觀評爲「高處在古無上」，蘇軾譏爲「竟日嚼空螯」。今從月下識文公。人間四百餘年後，將見寒號第二蟲。」

北方之風門，冬日以代帟幕，疏櫺明朗，朔風難欺，《蒓鱸詩話》所謂「花户油窗」是也。張銘一更創大槅，糊以高麗紙，雜加書畫。孫拜石題詩云：「任爾尖風透骨涼，消寒座上不知霜。主人本是睢陽後，補闕無須傳一張。」蓋用前人見以《張巡傳》羃窗有「猶障西風一面寒」之咏，切人切物，脱化巧絶。

余録趙石舫明府題余《蒲桃》詩，後見石舫所著詩一册，頗多佳句。五言如「響敲三徑雨，坐冷一亭秋」、「客瘦僕求去，囊空詩酌留」，七言如「長貧尚買千金笑，既倦猶輕萬里遊」、「清磬一聲天乍曉，群峰清到竹簷前」，俱見意致。

同官中之工詩者，美不勝録。以余所見，如聊城尹胡敬堂朝倫《秋日即景》云：「萬里晴空雲似錦，一灣秋水月如燈。」又云：「秋月圓時連水白，晚雲缺處漏天藍。」濟南司馬章雨薌埏明《港驛題壁》云：「高柳遠遮藏曉月，小溪送響咽寒橋。荒村儉樸人猶古，山路崎嶇馬不驕。」鹽分轉孫接堂堯城《梅花》云：「賞從臘雪和春雪，開過南枝又北枝。明月素娥相共夜，空山羽客獨來時。」萊陽尹王芑泉恩注《春草》云：「小苑花陰眠醉蝶，大堤鞭影落斜陽。」《贈王雲幢》云：「心如竹箭虚還直，骨是梅花冷更香。」臨邑尹胡調齋興邦《清江八景》中《鵝峰皓月》云：「南來皓月數鵝峰，占得清光分外融。銀界玉田天似洗，秋毫都在水波中。」候補尹李淇篔若琳《春日即事》云：「吾道將行原有命，人情自冷不闢秋。」《王右軍故宅》云：「祠外惟餘松舞鶴，眼前無復客籠鵝。」候補尹黄信齋安懷《博興晚眺》云：「牧笛近時歸犢亂，柳陰深處釣船横。詩無好句花應笑，酒入愁腸夢轉清。」鹽經歷郭榮階庭煇《送春》云：「但願重留寒食雨，莫教輕發楝花風。」和余《紀事詩》云：「軍容自整神偏暇，國法雖寬網不疏。」候補鹽經饒蒼竹文震《接家書》云：「愁病日多雙淚迸，家鄉夢遠一燈孤。」《舟中》云：「水村有客犬皆吠，烟浦無人犢自耕。」陽穀二尹林東麓寬《無題》云：「蝴蝶夢回人去後，海棠心醉月明時。」《咏梅》云：「惟愛芳卿清在骨，越經霜雪越精神。」候補二尹吴金門孫吉《留别》云：「半鉤新月天涯夢，一路梅花馬上詩。」《龍眠山别業》云：「風來簾外紅垂地，雨過花陰緑滿窗。」候補二尹徐粹卿瓚《寫懷》云：「文章得意多無稿，風雨關心却有人。」《别業》云：「爲留月色疏栽竹，欲引濤聲廣種松。」至同人中工詩者，如肥城李怡園廣文基熙《登岱》云：「洞口泉飛晴亦雨，松梢風起夏如秋。」《超然臺》云：「雨後呼朋邀月駐，春前携酒趁花來。」嘉興馮柳東登府《拂水山莊》云：「生死難逃窮鬼駡，文章枉受美人憐。」《重過無錫》云：「自笑不曾還脚債，西神山下認重來。」常州屠貞士履坦《碧筒盃》云：「欲使參軍饒意趣，還憑君子味清和。」《客中有感》云：「三十年來風過眼，三千里外月當頭。」姑蘇宋鐵卿流炘《登漁陽觀音閣》云：「千里河光排闥入，四圍嵐翠撲人來。」福建孝廉李雲裳卌章《自賦》云：「仙材詎敢詩金粟，詩體何妨溯玉溪。」河南孝廉黄梓園百福《偶成》云：「青山自有孫登嘯，白眼何妨阮籍狂。」浙江周蓮友映垣《六月菊》云：「却暑預舒三徑艷，含風先報一枝秋。」順天曹楓階廷珪《梅影》云：「精神淡處真無跡，色相空時别有姿。」江蘇譚霽軒曦《折梅》云：「爲他春信瓊林早，到手人間第一花。」

有至好之人，而其詩不可得見者。如安徽龔西園太守文虎、江西萬浣雲明府臺、貴州王竹村明府道行、武定司馬高初亭澤履、德州刺史馮旭林春暉、蒲臺尹王晴皋元輔、新城尹朱虛山溶、肥城尹桂杏農莒、魚臺尹潘麗槎尚楫、諸城尹周蓮西宗華、陽穀尹郝琢菴兆鈺，皆未得登録。文字因緣，殆有數存乎其間耶？

章丘劉東瞻爾尚，少年家式微，未多讀書。充藩署掾吏，善持籌，家漸裕。於父兄子弟之貧乏者，必波及之，不以自私。才情天授，深通《易》理。不工詩，而喜吟咏。章丘舊有八景，以危山聖井爲第一。東瞻爲文以紀之，并繫以詩。又《遊康氏竹園》有句云：「月上竹梢冷，鴉飛夜半多。」居然高古。余刊《詩話》未竣，梨棗之資缺如，東瞻爲之多方稱貸，俾得有成，豈非風雅多情者哉！余故曰：《詩話》之作，始於張伯良，終於劉東瞻也。

詩餘之佳者，蘇州孫湘雲宗樸，工奏疏，爲山左歷任中丞上客。詞極清妙，記其《題秀珍校書小像·浣溪沙》云：「百尺高樓近絳河，卷簾還聽雪兒歌，龍香撥子奈愁何。　舊雨頻年魚信少，新霜昨夜雁聲多，不須彈到《定風波》。」

吴門石鈞，字遠梅，性耽於詩，詞則偶一爲之。著有《梅青閣詞》一卷。憶其（生查子）〔《卜算子》〕調云：「君住南山南，妾住北山北。只隔恩情不隔愁，恨煞山山色。　新藕出池邊，舊蠶抛路側。若把蠶絲比藕絲，試看當窗織。」居然古樂府氣格。

臨清刺史張成齋光熙，工於詞。記其（滿湘夜雨）〔《醉落魄》〕云：「畫眉纔歇，檀郎笑傍妝臺説。手兒携著腸兒熱，臉兒印著心兒貼。多情應是天生別。花光不及儂雙靨。儂比花枝，郎是花間蝶。暗地思量，珠淚翻盈睫。」

馮宴海雲鵬題余側室朱素簪《墨蘭·青玉案》云：「美人無不憐香草，付紙筆，誰知道。惟有素簪心敏妙。紗窗想見吟魂小，要與夫君角奇巧。生成蘭質，吹成蘭氣，畫出蘭能好。一葉一華俱嫋嫋。蒲桃風味，幽蘭風韵，合作傳家寶。」

余過茌平，見壁上《踏莎行》一闋云：「艷冶丰姿，輕盈態度。無情正是關情處。琵琶一曲怨阿誰，聲聲似把柔腸訴。翠歛蛾眉，紅啼巾素。金雞抵死催人去。情絲千里繫迢迢，纏綿掛在相思樹。」末署「周靄亭題」。後詢之尋君騰鳳，乃知爲尋所作。「靄亭」其託名也。復爲余誦雄縣題壁《江城子》一調云：「滿湖春水逗輕陰，月沉沉，夜深深。旅館蕭條，客意恐難禁。多少相思多少淚，從別後，到而今。從來一諾等千金。幾追尋，幾沉吟。記得臨歧，猶自囑同心。此日紅樓應悵望，千里外，盼佳音。」

（吴忱、楊焄點校）

出戍詩話

出戍詩話提要

《出戍詩話》四卷，據道光初刊巾箱本點校。撰者袁潔，生平見《蠡莊詩話》提要。按道光二年袁潔緣事謫戍烏魯木齊，次年春由濟南起程，途經豫、秦、隴，出嘉峪關後，繼沿哈密、巴里坤、古城（今奇台）一路西行，而於冬杪抵烏，再轉至謫戍地昌吉。六年戍滿，又由原路返歸，七年春始抵原籍。前後四年餘，所歷大漠風光，邊地習俗，迥異中原，誠所謂「未能讀萬卷書，轉得行萬里路，不可謂非平生之幸也」（自序）。沿途吟哦采風，每至一地，投贈、酬唱之役不斷，往往經旬累月而後行。《詩話》詳記始末，大抵前兩卷記去程，後兩卷記返程，西域風雅之接於中原，竟得盡録於筆底，轉較其《蠡莊詩話》爲有特色，亦爲《隨園詩話》、《梧門詩話》等所不及，而差可與此前紀昀之《烏魯木齊雜詩》同趣。

自序

余曩梓《蠡莊詩話》十卷，頗爲友人所謬許，業已不脛而走矣。連年浪迹江湖，薄遊燕市，小住淀津，采輯近人之詩，幾溢行篋。方擬續梓之，以公同好，壬午夏，緣事謫烏魯木齊。行李倉皇，賸幅零箋，束之高閣而已。顧是役也，由齊魯而豫，而秦，而伊涼，而蒲海，而輪臺，風沙朔漠，豁目蕩胸。竊念服官以來，奔走飢驅，學殖荒落，未能讀萬卷書，轉得行萬里路，不可謂非平生之幸也。爰就整裝之日始，記事，記人，記地，偶有吟哦及友朋投贈佳句，隨時登入，仍以詩話名之。至《蠡莊詩話》，續諸異日可耳。時道光二年中秋節，蠡莊主人袁潔識。

出戍詩話卷一

玉堂居士誌

歸安葉芸潭先生紹本都轉長蘆，宏奬風流，延訪名士，與鹺商郭君小陶以詩常相接見。小陶，余同譜至交也。先生每見之，必詢余踪迹。小陶偶誦余舊作一二聯，先生擊節歎賞，以爲才人之筆。壬午四月杪，囑小陶馳書招余。人至三日後，而訟累起矣。余《偶感》詩云：「孤負憐才葉都轉，津門剛到尺書招。」亦可見文字因緣，見面遲速，有數存乎其間矣。旋於友人處讀先生詩集，格律醇正，且温厚和平，深得風人之旨。其中五律如《涿州》云：「嚴城當赤緊，車馬萬方通。寺古簷棲鴿，橋長石跨虹。野塘荷葉雨，官路柳絲風。却望西山近，層嵐翠掃空。」七律如《登報恩寺塔》云：「高標雄建斗杓旁，佳日登臨俯大荒。千里山川同漠漠，一身湖海正茫茫。晴空樹色連江表，終古鈴聲語夕陽。我欲臨風呵畫壁，排雲直恐近天閶。」《苕溪道中》云：「水光吞月小，霜氣逼星明。」《春日泛舟》云：「十里桃花林外鳥，一堤芳草水邊人。」《夜渡鶯脰湖》云：「重露滴船涼勝雨，暝雲壓岸遠疑山。」《聞友人罷官》云：「樽前竟爲添蛇誤，塞上誰知失馬因。」

小陶名汝驄，山西人。待銓別駕。性嗜詩，每遇詩人，必推誠相待。其爲詩清新俊逸，不染塵氛，直一代儁才也。辛巳秋，余客天津，一見成莫逆交。別後寄詩甚夥，有句云：「天涯多少金蘭契，數到蠡莊讓一籌。」其傾心如此。猶憶余去津門時，小陶《贈別》詩云：「高懷雅抱天邊月，短髮還驚塞外霜。」「天邊」、「塞外」，當時以爲不切，今竟有烏魯木齊之行，詩能成讖，信然。

余素性颯爽，輕於然諾，朋友咸知。曩以從幕友何鄰泉之請，偶爲落筆，致罹於訟，亦數定也。余自朝至暮，徘徊公廨，饑火如焚。得句云：「也似官衙聽鼓來，傳宣無信鎮疑猜。」詩未成，呼之使入，遂中止。

余在歷城署中，得七律三十首，名之曰《蝸廬吟》。録其一云：「滄桑變態本無端，斗室如棲枳棘鸞。相馬何人空北冀，亡羊有客盡南冠。世間傀儡留真相，天外波濤湧急湍。笑煞化工成底事，忙忙鎮日走雙丸。」又云：「從來湖海飄零易，大抵英雄患難多。」又云：「平時只道居官好，今日方知聽訟難。」又云：「從今不震騷壇鼓，學到庸庸福恐遲。」又云：「嬌羞不是如花女，萬喚千呼總未應。」

相士謂余爲猴精轉世。適將成塞外，或戲余曰：「君可謂孫悟空往西天取經矣。」余即題畫蒲桃云：「當年曾作幻形人，火眼金睛本相真。到底西天還有分，五行山下會翻身。」「觔斗雲高任我遊，群妖處處識猿猴。而今要取真經去，佛法無邊在擔頭。」「豪氣峻嶒薄九霄，靈山有路不嫌遥。老猿自問無他術，仗着山僧棒一條。」「毫毛十萬有餘千，拔下誰將變化傳。一縷毫毛珠一粒，變來變去一般圓。」

旁妻乙意蘭，工製像生花卉，亦解吟咏。余將行，意蘭爲剪雙雞，題詩云：「何妨雌伏忽雄飛，裁剪雙雞寓意微。有志四方男子事，要郎早日策征騑。」余亦題云：「塒塖原來任所栖，飯鐘無那聽闍黎。憚犧斷尾千秋恨，若大雄雞不敢啼。」

「三年便許朝金闕，萬里何辭出玉門」，嚴海珊句也。浙江吕九芸時客歷下，仿其意送余云：「男兒豪氣别離輕，匹馬何妨萬里行。幾處棠陰餘頌禱，三年瓜代亦功名。玉關秋老添詩話，銅漏宵涼笑宦情。把袂太遲分袂速，吟魂猶自繞先生。」九芸名善報，候銓刑部司理。著《六紅詩話》，梓有《九芸詩略》一小册，多佳句可采。

一時送行之作甚多，如李笠厓庭芬云：「數去難消書畫癖，看來還是友朋真。」又云：「寄語男兒應自健，東山原不負蒼生。」彭雲峰兆麟云：「海内久聞三絶士，邊疆新得一才人。」又云：「子細吟鞭休浪擲，雞林紙比洛陽昂。」范伯野垌云：「多少詩人出玉門，如何此事亦推袁。」原注云：「蔣伯生明府、汪夢巖刺史、袁玉堂明府，皆山左之以詩著名者。今相繼遠戍，可謂並張旗鼓矣。」伯野之詩，較諸君尤爲諧謔。然非鋪張之詞，即慰藉之語，總不如張伯良太守杰七古一章，以責備勸勉爲主，咎其已往，望其將來，既見朋友忠告之心，亦得詩人温厚之旨。詩太長，未能全録，録其起句云：「昨日作詩送范五，今朝作詩送袁虎。二子均擅挾天才，一令燕山一令魯。」中間云：「吾輩豈復患無才，正爲才多將禍賈。」結句云：「男兒立志事四方，萬里猶如在牖户。豈效尋常兒女情，但到臨歧泣如雨。」將送行套語一掃而空之，真傑作也。其夫人丁夢仙女史有用香山《出守杭州初出城》原韵五古一章，佳句云：「既覺昨日非，會有回時路。」

吴人顧燦，素不識面，聞余事，仗劍來投，欲從出關。投詩有句云：「欲躍龍門長聲價，甘從虎穴負囊書。」朱春樵明府奕勳有詩美之云：「瘦怯書生喜壯遊，玉門關外唱《涼州》。此君自有真豪氣，萬里西風一劍秋。」

蕪湖王愚泉潤，年少工詩，有和余《蝸廬吟》及送行詩多首。録其一云：「忽向天涯賦遠征，征騑未駕問歸程。胸無城府神偏暇，筆走龍蛇氣不平。億萬人中曾幟樹，七千里外早心傾。此行更得青山助，多少新詩入品評。」

余事定後，琦中丞謂余曰：「汝如此學問，如此手筆，若作幕友，當值一千二百兩。」並於寮屬謁見時，逢人説項，是執法之中仍寓憐才之意，藹然古大臣休休有容氣度。余雖萬里遠戍，而知己之感，時切於中。《蝸廬吟》有句云：「駒當轅下敢言才，感極生慚轉自猜。」即謂此也。曹米莽二尹應旭贈詩云：「袁絲豪邁本超群，筆墨輕於擘絮雲。畢竟憐才嚴僕射，杜陵千載孰如君。」

米莽性耽詩酒，吐屬詼諧，有東方曼倩之風。又有送余一律云：「羌笛聲聲莫暗催，一行寬大詔書來。共言自侮招人侮，始信生才又忌才。萬里艱辛詩世界，半生灑脱禍胚胎。願君惜墨如金貴，五色雲箋漫剪裁。」規戒之意，亦若張伯良太守矣。

濟南廣文于泉南書佃，狀貌古樸。工於書法，其蒼勁處，直入晉人之室，一時寶之。余將行，泉南書楹句見貽云：「捨却半邊存佛性，留將一點作仙胎。」

余有《留别同人》七律四章，已另梓矣。一時和之者，以孫少迂明府銓之詩爲最穩洽，録其二云：「憑將詩話策詩勳，客舍愁多似酒醺。莫羡元瑜能橐筆，却憐王粲又從軍。九秋雁迹迷邊草，萬里龍沙卷塞雲。指點榆關星歷歷，不堪回首對斜曛。」「明湖賦别兩悽然，衰柳依依思渺綿。書筴南樓成昨夢，蒲桃西域證前緣。春風隔嶺歸何日，夜雨聯床憶昔年。原注：曩與令兄艾軒論交最深，因得與玉堂結契。今由京都至山左，屈指三十年矣。望切賜環承巽命，平陵月色幾回圓。」他如李笠厓云：「板屋閒居遊足遠，萊衣罷舞客身輕。」余弟子朱霞城錦標云：「未必目真空一世，直教筆可掃千軍。」皆佳句也。

梅兒，賈姓，長清十三齡童子也。欲從余出關，爲母阻，不果行。持灰鼠一個贈余，以作煖手之用。金壇于三友宗浩詩云：「幾生修得到袁絲，真個人間婦孺知。嶺上梅花春到早，一心要傍最高枝。」「薑芽老手骨原清，煖手貽來壯此行。萬幅吴綾塗未了，朔風珍重護先生。」

吾淮邱北泉少府大觀，少時隨尊甫楚茳先生牧平度州，凡十餘年，留心申、韓會計之學。後遂遊幕山左，辦事詳細，古道熱腸。聞余將之塞外，北泉時客高苑，以白鏹一襲，馳寄省垣。余致書稱謝，北泉答書曰：「如先生者，可以毁家以報，況區區身外物耶！」並贈七古一章，一氣流轉，清光大來，中間云：「只今先生戍遠方，多少騷人争執轡。獨我橐筆愧依人，翹首雲天難奮翅。湖干昨夜秋風起，想見匆匆戒行李。雁足東來書遞傳，馬首西瞻情曷已。」

常州鄒丹泉匯精岐黄之術，人尤温雅。有贈余七律二章，起四句云：「三絶才名震大東，一朝遠別悵秋風。沉淪不久豐城劍，得失何關塞上翁。」餘亦穩貼。傳聞濟南曾有請乩問母病者，乩書曰：「欲得安然，須問丹泉。」遂訪延鄒丹泉往胗之，疾果愈。醫名從此大噪，事亦奇矣。

慶雲詩人崔曉林孝廉旭，余《蠡莊詩話》中曾梓其佳句數聯。曉林由滄州寄七律一首送余云：「意外風波覆手間，仙才真悔落塵寰。事於奴輩輕金諾，天遺詩人出玉關。宦橐空餘三寸管，邊程應過萬重山。貧交至此全無用，但祝皇恩早賜環。」猶憶辛巳秋，余過滄州，曉林時在潘雲留刺史幕中，屢相接見，投贈甚多。有「林泉知己少，淮海異人多」之句。曉林又出所著《念堂詩草》質之余，余取其《欹壺》五古一首。曉林曰：「旭曩以詩質張船山先生，船山取《欹壺》一首。今君所取亦然，可謂高人所見，大略相同矣。」其詩云：「制器奪天工，陶人巧合土。形類塞口瓶，狀倖細腰鼓。鋭上長比檠，豐下圓如醽。豕腹脹且團，鵝項直難俯。頂疑混沌鑿，心訝比干剖。有如藕出泥，中斷竅可數。又若剥蓮蓬，子抽空見腑。孔露蜂仰窠，穴攢蟻開户。一口能翕受，衆竅恣噴吐。欹器注方盈，漏巵洩難杜。盛夏天氣熱，赤日燒園圃。花苗旱欲枯，蔬芽屈未努。舉瓢猛易傷，抱甕拙尤苦。園丁揵水來，持柄爲酌取。滿腹貯清泉，覆手成甘雨。高傾細濺珠，密灑膩潑乳。挹注桶兩三，沾濡畦四五。坐看醍醐灌，頓使沉疴愈。參差掩映間，新緑争媚嫵。膏澤天縱屯，造化器能補。俯仰暫隨人，出納終自主。勺合不自私，盆盎羞爲伍。功成身且退，待用澤仍普。此物足珍重，圖形續博古。」

曲阜孔峻峰孝廉昭辰，任長蘆大使，乃郎憲彝，字秉齋，年十四，聰穎能詩，兼工石刻繪事。從余學畫蒲桃十餘日，而得其妙。余《寄温東川孝廉》詩云：「更有移情事，蒲桃得替人。」即謂秉齋也。余將行，秉齋寄詩云：「聞道先生行萬里，不禁孺子淚千行。」其兄憲階亦能詩，有送余五律二章。

余罷官以後，不但金盡，而且裘敝。王璞夫明府士銘慮余單寒，以所藏狐裘一襲見贈，爲長途禦寒之具。情殊可感。余答以二律，有句云：「添温如挾三軍纊，戴德常銘萬里心。從此玉門關外路，單車不怕曉寒侵。」日照尹唐紫峰慧吟有寄和七律四首，録其數句云：「東緡曾記建奇勳，未飲葡萄酒亦醺。空有雄心藏萬甲，誰憐大筆掃千軍。」

日照爲海濱偏僻之地，紫峰蒞任數載，民情愛戴，有循吏稱。可見克自樹立者，不在缺之大小也。

紫峰最篤友誼，余將行，又寄二律，録其一云：「昨日重開尺一鱗，琳琅滿目倍清新。同心於我情偏摯，知己惟君誼最親。原注：曩與玉堂及周桐岡刺史等七人聯交湖上，今俱雲散風流矣。落日青山空際雁，白雲明月夢中人。何時再貰平陵酒，咫尺湖山話夙因。」

天津劉韵湖錫，不羈才也。余客津門，屢共唱酬。會七夕，韵湖爲啓徵詩，招集名流，爲雙星作慶，梓《七夕雅集詩》一册。余詩句云：「緑窗夜雨三生夢，紅豆秋風七月天。」津人書爲楹帖，一時稱韵事焉。壬午秋，韵湖寄七律四首送行，有句云：「此日無人憐失馬，去年可記詠牽牛？」即指七夕聯吟往事而言。又云：「瀚海之東雪嶺西，天教健筆偏題詩。陳雷交誼窮方見，李杜文章放後奇。」末一律云：「萬里投荒匹馬艱，緇塵應改舊朱顔。酒隨別淚都成血，人與秋風並度關。嘆我空彈長劍鋏，祝君早賜大刀環。歸來重整黄花社，珍重霜華兩鬢班。」

天津諸友送行詩，郭小陶以小病，因循到之最後，七絶云：「邊笳聲斷朔風寒，絶代才人出玉關。羸馬一鞭殘雪裏，好詩吟過萬重山。」七律云：「驚聞袁虎成西謫，淚眼將枯笑口開。可對人言原小過，不教天忌豈奇才。山河滿目添詩興，經史填胸轉禍胎。七二烟沽齊頌禱，願君指日即歸來。」

近來論詩者，多以家簡齋與余相提並論。名實難副，未免自慚。如黄潁畬上公嘉謨云：「吟得新詩千萬首，風流端合繼隨園。」熊介兹觀察方受云：「自是君家詩話好，蠡莊應不讓隨園。」高寄泉孝廉濬璜云：「豈爲隨園作替人，瑶編仍舊却翻新。」《蠡莊詩話》中所梓，如談君素敦、朱君錦華、畢君韞珍，各詩句意亦相同。王晉逸之屏有《送行》四絶，其一云：「謫戍翻成避債臺，蒲桃滿引夜光杯。蠡莊更傲隨園處，贏得吟身出塞來。」以簡齋先生遊踪半天下，而塞外竟未一到，是以集中無出塞之作，亦是缺憾。是翻進一層寫法。

詩用《四書》中語，易落腐氣。周二南明經樂有和余四律，佳句云：「便存從井仁人願，究失懷刑君子心。」轉以用《四書》語見刻辣，言婉多風，可見詩貴清真也。

張伯良太守寄七古一章送行，余並其夫人夢仙女史詩合裝卷子，陳君醇爲之弁首，張君廼輯爲之跋尾，一時題咏甚夥，誠筆墨韵事也。嗣烏什大臣慶迪堂先生惠之關外，路過深州，伯良復和《留別》原韵四首，緘封寄余，不知余之尚未行也。余聞之，馳書亟索其稿。有句云：「已教人盡呼才子，何事名偏隸戍軍。」又云：「桑榆晚景猶堪補，莫便頹唐了此生。」良朋期望之殷，殊可感耳。

郭小陶專人來東致贐，並言將有《海内兼才集》之刻，囑余搜詩以寄。大意接王述庵先生《湖海詩傳》之後，所采皆數十年以内近人，不拘名位存没，隨得隨刊。以選詩爲主，或工詩而兼工書，或工詩而兼工畫，或工詩而兼工書畫，俱爲載明，故曰「兼才」也。蓋長蘆葉芸潭都轉主持風雅，而梨棗之資，小陶又力足以副之，故得成此盛舉，良可欣羡。余答小陶詩云：「誰把《兼才》大集開，一編竟欲攬群材。多錢善賈矧風雅，天使文星照命來。」

比丘尼静一，聰穎喜爲詩，執贄蠡莊久矣。瀕行，送余云：「悟透過來因，循環一轉輪。西方原極樂，公是佛心人。」居然微妙。因憶無錫雙修庵尼韵香，詩畫雙絶。己卯冬，寄余自畫墨蘭一幀，並附一律云：「琅函成帙付郵筒，重疊封題字字工。八表誰如雲最捷，千山惟有月相同。分房蓮子心皆苦，隔樹春禽語暫通。何幸珍珠擁魚目，遥從濟上達江東。」尤尼中之矯矯者歟！

沂水劉子中主政遵和，爲余辛酉選拔同年，乃弟子如廣文遵侃司鐸平陵，子寄孝廉遵僑公車北上，路過省垣，同來送余。見示尊甫若時年伯《詠舜井》詩云：「七十二名泉，有泉皆勝境。獨兹水一渠，令人發深省。大孝舜已往，誰與施汲綆。俯窺明鏡中，不見重瞳影。呵護有神靈，能錫爾類永。往來汲水人，香火猶未冷。在昔孝彰聞，祇今名彪炳。井養惠不窮，飲之心耿耿。標名歷山前，天下第一井。」先生之敦篤倫常，克昌厥後，於此詩見之矣。子寄送余有句云：「意氣君能增磊落，風霜天使閱艱辛。」

若時先生名文翔，好學耽吟。時子中主政，迎養入都，行色匆匆，猶過見訪。言論丰采，有古人風。送余云：「琴遇知音非浪鳴，高山流水話平生。西天萬里風雲際，添個詩人寫性情。」

濟南布衣張雪林梅，年老工畫，品格清高，不輕與人接見。繪《鷗社餞别圖》以送余，題詩云：「曲奏《陽關》不忍聽，餞君還上水西亭。圖中繪出懷歸意，看取鵲華兩點青。」蓋用松雪寫鵲華秋色，望公瑾速歸意也。切地言情，可云工穩。一時歷下諸詩人均有詩。朱虚山明府溶題其册尾云：「一幅新圖别緒增，暮雲春樹寫層層。從來出戍人多少，似此風流得未曾。」

從來操選家選唐人詩者多，選宋人詩者少。時香雪明府銘選有《全宋詩》一部，極其醇備，尚未付梓。其送余詩云：「日射潼關四扇開，簡書敦迫費驚猜。明湖花柳尊前恨，絶域河山笛裏哀。如此離筵愁握手，連朝病酒强登臺。清時邊吏應相識，又見詩人出塞來。」

濟南諺云：「山不高，水不深。」是以人貧地瘠，室如懸磬者，比户皆然。余將行，囊橐蕭然，偶作稱貸，如蜀道之難。故臨行口占云：「壯遊萬里渾閒事，愧作臨歧托鉢人。」王尹東廣文嘉猷送行詩云：「天教得生路，人豈感離群。」蓋感慨繫之矣。

李復齋先生文耕，曩宰鄒平時，闇淡無華，不求表見，而學醇品正，有古循吏風。余獨心矜式之，曾於《蠡莊詩話》中略舉梗概。不數年間，調冠縣，擢膠州，晉濟寧，直州牧。上考之書，同官却步。故余贈先生詩，内有「一代循良真落落，三遷旌節轉匆匆」之句。比入都引見，奉命特放泰安太守，蓋循聲所溢，上達天聰矣。先生送余詩云：「萬斛珠璣墨暈圓，一枝一葉一詩篇。而今聽徹《伊》《涼》曲，始信丹青是夙緣。」

何君鄰泉，工八分書，與余訂筆墨交十有餘年矣。余獲咎後，何每語人曰：「我以無心之事，致悮玉堂先生，誠終身之憾也。」《題鷗社餞别圖》云：「回思前事心如醉，未話離情淚已彈。」一時題圖者，七言如謝問山焜云：「歧路一番新别恨，騷壇十載舊交情。」李仲恂倜云：「詩到杜陵宜出塞，才如王粲慣從軍。」五言如謝乙青照云：「離情憑劍割，苦志豈天窮。」謝鎮甫嘉墅云：「但使襟懷壯，何妨鬢髮斑。」皆佳。

送行者詩多詞少，戴巳山刺史屺有《沁園春》一闋，録其半云：「吾儕潦倒風塵，總五嶽難招未了身。儘登高弔古，有書撐腹；排空染翰，有筆凌雲。絶塞聽笳，平沙驟馬，真個蒲桃逐漢臣。歸來後，料明珠滿幅，倍覺丰神。」

將行時，旁妻乙意蘭欲送余之途。其母從中阻之，將奪其志。意蘭毅然自矢，爲駢體文以陳情，有句云：「非將就木，漫憂二十五年；即類飄蓬，遑計八千餘里。」一時傳誦。馮君雪廬句云：「從戍從軍原一例，木蘭不獨傲男兒。」周君伯恬句云：「嫁得才人貧亦願，不妨漂泊似浮萍。」

余過聊城郵館，向爲曠宅，傳言有鬼爲祟，人莫敢居，未之信也。比夜半，方夢寐間，隱隱有男女一雙，携手偕行，向余下拜曰：「我情魂也，生前比鄰居，私訂終身之約，已四載餘。後爲父母所阻，事將不諧，乃同投於井。數十年來，無有知之者。今先生與委員史公皆深於情者，故含羞自陳。乞先生以粲花之舌，爲我傳之，感且不朽。」余亟呼史君醒，夢境亦同。乃挑燈成七古一章，中間云：「話到別離共悲哽，從此爲好難言永。惟將一死了情緣，不願同衾願同井。爲郎破涕對菱花，潦草尚把花容整。携手雙雙入井中，百尺清泉墜無影。有梁安得燕雙棲，無夢却作鴛交頸。至今井掩不可尋，梟梟情絲如汲綆。」詩成，誦而焚諸火，始膜拜去。史君漱六有句云：「生花筆譜如花傳，地下幽魂喜不禁。」漱六名積潤，浙江人。

聊城傅山有廷椿，相交十餘年，行時餽食物多種，贈詩云：「聚首匆匆又整裝，幾回惆悵魯連鄉。邊關若有懷人句，好引離絲百丈長。」

濬縣尹朱韞山鳳森，以軍功加同知銜。工於詩，浩浩落落，各體俱佳。余至濬，一見如故，餽問有加。贈余云：「僕本抱關人，問客何由至？客云作宦難，鯁直爲時棄。時棄古所許，作宦豈任智。黄塵眯眼睛，誰復容傲吏。西出玉門關，此事等兒戲。」韞山又以所著六種曲見貽，内如《才人福》、《十二釵》，皆佳製也。

黔南陳秋坪爲獲嘉縣司閽，喜筆墨。聞余至，兩次來謁，索詩畫而去，殆亦性耽風雅者歟？途中復以詩寄余，有句云：「人似芝蘭堪服媚，才如碑碣費觀摩。」

家蘭村通，簡齋先生哲嗣也。詩詞兼擅，綽有家風。時宰河内，得相見焉。贈余四絶，録其二云：「麴塵如霧灑征袍，不減當時意氣豪。海内久推温日觀，又從絶域寫蒲桃。」「榆塞休教壯志摧，聖朝終藉濟時才。賜環示我新詩本，定挾邊風塞雨來。」蘭村又索余舊作，將有《中州新雨集》之刻，可謂煌煌盛舉矣。余贈蘭村詩云：「絶妙新詞傳海内，等身大作紹隨園。文章本是吾家物，此事推袁敢讓袁？」

臨潼縣城南驪山之下有温泉，因之建爲館驛。内有浴塘數處，有貴妃塘、太子塘名目。相傳貴妃塘即當時楊太真賜浴處也。余過時已傾圮，浴於太子塘内。清泉汩汩，冷煖得宜，天然有趣。欲成小詩以誌之，苦無思義。適閲李勺洋所著《十二筆舫雜録》，内録臨潼題壁詩，有句云：「腦不冬烘腸不熱，温泉浴罷也清涼。」實獲我心，遂爲輟筆。勺洋名兆元，山東人，作宰豫省。《雜録》中徵引余《蠡莊詩話》者甚多，惜無從一晤耳。

《十二筆舫雜録》一帙，係河南道中李勺洋明府託友人轉寄於余者。録内謂余出爲縣令，所至有聲，殊堪自愧。紀以詩云：「尺書通兩地，入手未能拋。論已千秋定，人無半面交。詩兼唐與宋，情勝漆投膠。知己天涯是，徘徊空自嘲。」

余至長安，晤常州詩人王菱江慶瀾，時以二尹，需次秦中。詩工古體，喜填詞，有手批《紅樓夢》，涉筆成趣。甫相見，贈余七古云：「紫色水晶鑿作珠，千顆萬顆摇清虚。詩人兩手握造化，離離繪入酸心圖。自古磊落多抑塞，青蓮仙人竟淪謫。寫生縱復翠可滴，從此休將璧棄璧。《蠡莊詩話》余未見，翻因遠戍同謀面。殆信吾曹性命通，自有天公與除算。玉關萬里應回首，滞迹原知不容久。一尊更釀葡萄酒，歸來痛酌狂生某。」菱江聯有存存吟社，唱和成帙。一時同社諸人各有贈余詩。陳笠夫璠句云：「紅袖傾心忘作客，青山低首欲留人。」程子衡應權句云：「美人竟有憐才膽，名士須添出塞詩。」蔣安谷坊云：「一綫風鳶易轉蓬，休將落魄計途窮。玉關出入尋常事，最好班超老更雄。」費子敷開榮云：「一天風雨灞河濱，暫洗征鞍瑟瑟塵。我輩因緣憑翰墨，詩人壇裏到詩人。」

詩有不謀而同者。余將之塞外，《留别同人》詩有句云：「有懷此去暫投筆，赴敵當年憶請纓。」過長安時，王菱江見示高邑令范今雨澍《出關留别》詩云：「不鳴則已一鳴驚，特許馳驅萬里行。徼外蒼茫開眼界，酒邊磊塊鬱胸兵。縱教壯志輸投筆，尚抱雄心願請纓。爲誦蘇詩長揖去，兹遊奇絶冠平生。」彼此俱用「投筆」、「請纓」字樣，可謂奇矣。

余《留贈存存吟社》七律一章，有「决射無弓不挽强」之句，同社均有和章。王菱江云：「詩成贈别千言少，愁縱能量百斛强。」陳笠夫云：「鞭揮萬里看山飽，筆掃千人屈鐵强。」程子衡云：「詩天放眼肩重聳，宦海回頭項尚强。」蔣安谷云：「歸心佇看刀頭折，壯志休嗟弩末强。」費子敷云：「山出玉門看不盡，夢仍金屋意差强。」

出戍詩話卷二

玉堂居士誌

余在長安，以張伯良《送行》卷子索題於咸陽尹吴蔗卿鳴捷，王雲門明府見而贈詩云：「三仕輒三已，問君喜愠無。淚抛求治譜，戲把餞行圖。聖代竿雞快，才人磨蝎俱。相於期歲晚，一笑再尋予。」雲門名履基，需次陝西。匆匆未能一晤。

吴蔗卿明府亦有七絶二首，其一云：「未曾覿面早知名，珍重神交已蓋傾。俗吏勞勞無雅語，仍將斯語贈先生。」首句即余贈蔗鄉原句也。

乾州道中，檢得夏愛吾少府祖煒在東昌所贈送行詩扇，有句云：「贏得望塵酋長拜，使君詩久織弓衣。」

乾州刺史何蘭庭承薰，善畫工詩。余過時，蘭庭贈詩云：「滯迹郵亭幾度春，年年風雨送行人。往來冠蓋知多少，得見袁絲氣味親。」「男兒策馬玉關馳，萬里烟雲助藻思。他日賜環歸故里，好從行篋讀新詩。」

過長安以後，山徑漸多，雖起伏無常，多係土山。由涇州之白水驛，迤西至平凉縣，則山石嵯峨，水流湍湧，風景改觀。過瓦亭至隆德，上六盤山，曲蟠數十里，上接雲霄，洵甘省之一大結構矣。余途中有句云：「酒連青海都成國，路到蘭州未斷山。」又云：「從此置身最高處，西來曾度六盤山。」

將至會寧，兩面山勢，壁立如削。中間一水縈紆，蔓延數十里，向有「七十二道脚不乾」之名。往往山水暴發，行人避之不及，又無歧徑可通，遂致人馬俱溺，最爲可畏。余過時，成七古一章，起云：「七十二道脚不乾，涉水更比登山難。輿人驅車不敢進，泥沙一片何漫漫。」

將至安定，有青嵐山，土多石少。其高較六盤山稍遜，而綿亘過之。行時適值微雨，口占云：「青嵐山與六盤同，人力雖通馬力窮。我正摳衣登絶頂，一天細雨亂峰中。」過此又有車道嶺，亦極高峻。甘肅諺云：「合水真喝水，兩當不可當。莫言崇信苦，還有聳昌漳。」蓋甘省地近邊陲，民貧地瘠，故有此説。余過蘭州，適那繹堂先生總督陝甘，培養元氣，整飭官方。一時同官，無不彬彬穆穆，有恊恭之風，真目所未見也。先生爲余廷試閲卷大臣，呈自畫蒲桃一紙爲贄，並題二律云：「文章勳業兩兼之，萬里巖疆隻手持。一代星雲天下仰，三朝韓范聖人知。龍門拂拭量才尺，虎帳飛騰上將旗。自愧珊瑚歸鐵網，銜恩廿載到今兹。」「恩威並用事親裁，簡閲從容按部回。萬户番夷瞻化日，一犁春雨走輕雷。虚堂鏡本無私照，大匠門偏有棄材。滿架珍珠盡魚目，不堪持獻戟轅來。」

安徽謝素亭先生麟書，任甘肅貴德司馬，以邊功晉秩太守。余至蘭州，先生先爲過訪，餽問殷勤。年已七十，而精神矍鑠，言論有條。乍見之，若五十許人。時陳情引退，大憲留之不可，其高致可想。趙霽園刺史贈以詩云：「詩囊劍佩出湟中，堪羨書生立塞功。蘭契久教聯舊雨，蓴思忽又動秋風。安排松菊消清福，嘯傲桑榆作醉翁。慕煞平涼賢太守，吾今亦欲問漁筒。」霽園名宜暄，工於書法。

余最喜四川張船山先生之詩，清新拔俗，自成一家。《蠡莊詩話》中采録甚多。在蘭州時，偶見常州丁念薌二尹棻詩，雋骨清姿，絶無塵俗氣。及晤時，詢之知爲船山先生之甥。余戲謂念薌曰：「何酷似其舅耶？」卷中如《赴補留别》云：「不爲名牽方是福，暫輕官累即如仙。」《中途感賦》云：「半輪新月窺裝冷，數點寒梅入夢澄。」《題雲貞女史詩册》云：「十年淚眼啼紅血，九折迴腸繞白頭。」《飲酒作》云：「雄心久向塵中減，好月都從悟後圓。」皆佳。念薌與余素昧生平，匆匆一見，訂莫逆交，且愛余尤摯。可見工於詩者，未有不深於情者也。

紅水二尹董海楠友善，籍隸安徽天長縣，與桃源只一湖之隔。工詩善畫，品學兼優。在蘭州時，日相過從。余以《送行詩》卷子索題，海楠爲作《河干握别小圖》於上，題詩云：「名士紛紛賦别離，琳琅搜盡已無遺。那甘更拾人牙慧，數筆丹青且代詩。」適余旁妻乙意蘭追至蘭州，海楠奇其事，復作《隴西策蹇圖》，題七律二章，有句云：「自古疾風知勁草，於今情海出才人。」

漳縣尹張勖園敏求，以目疾引退，工於詩，有筆有書，卓犖爲傑。余一見即爲心折。見贈二律云：「萬里投荒去，偏忘行路難。壯懷輕絶域，詩思壓征鞍。塞草三春白，邊風六月寒。將軍容揖客，那用泣南冠。」「嘉峪關前路，平沙晝慘悽。中原一回首，落日萬山低。文字銷兵氣，冰霜健馬蹄。定聞寬大詔，早晚下金雞。」又有題《隴西策蹇圖》七古一章，極爲流轉，結句云：「木蘭代父操戈殳，意蘭出塞思從夫。兩蘭流芳千載俱，人間俠女何代無。」勖園詩集甚富，余爲序而梓之。

蘇九齋明府履吉，性耽吟咏，著有《友竹山房詩稿》四卷。時權貴德司馬，專人賫赴蘭州，囑余點定。其篤嗜如此。余題其集云：「挑燈連夜讀君詩，想見吟髭欲斷時。絶以香山《長慶集》，世間老嫗總能知。」又有寧州刺史黄嘯村文炳，亦工詩。

徐阮鄰明府保字，詩筆清新。曩在山左爲東昌府主講，耳其名久矣。相見蘭州，題《策蹇圖》云：「鏡中顧影枕邊吟，好鳥雙棲柳岸陰。一尺明湖橋下水，波心可似妾心深？」「詩人名半在紅裙，還謫東坡手又分。安得鑾花江雨裏，荔枝山外伴朝雲。」「自訴琴堂覓壻鄉，蹇驢背上女兒箱。蛾眉獨對隴山月，不到陽關已斷腸。」

甘肅婦女多游手好閑，不解女紅紡織之法，大爲民患。周又溪明府濂初宰高臺，繼調皋蘭，俱立公局，設機數千張，教民織布，洵善政也。聞高臺歌謡云：「高邑人民寡力田，鶉衣百結實堪憐。而今天降神明宰，脱却羊毛盡着綿。」又溪近已擢洮州司馬。

余將抵蘭州時，是日擬住猪嘴驛，忽半途遇雨。行至金縣所屬之連搭溝，天晚雨甚，道路難行，乃假館於郜姓。郜家婦殺鷄爲黍，款洽殷勤。越日雨霽方行，酬以金，堅不受。抵省後，適王琢堂二尹奉委赴金縣勘道，余以玉物一包，囑寄於郜，以答前情。嗣接金縣李明府來書云：「與琢堂同往連搭溝，面交玉物，並將郜家婦加以奬勵矣。」余答以詩云：「匆匆鷄黍款勞人，婦女居然見性真。不是鄉閭風獨厚，多因教化俗能醇。追維夜雨倉皇候，惆悵天涯落拓身。他日賜環歸故里，桃源可許再尋津？」越數日，郜家婦携子女，牽羊載酒，來省致謝，並頌李明府之德，囑余爲書，代達下情。明府曰：「婦女如此好義，豈可多得哉！」乃製「好義之門」四字匾額，具鼓樂，親表其閭。余聞之，復寄以詩云：「巨筆親標好義門，紛紛佳話播鄉村。醇儒作宰方能雅，愚婦傳名定感恩。五夜雞聲人有夢，一時鴻爪雪留痕。多情羨煞賢明府，俗吏喧闐未足論。」此事不獨李明府之善善從長，而甘省民風淳樸，亦可概見矣。明府名焜，四川人。

「天下黄河一道橋」，在蘭州北關外，以大舟數十隻，用鐵索巨纜聯之，波濤洶湧之中，如履平地。尤可異者，每至冬月，冰結成橋，至春始解。相傳冰結時，制軍率官僚致祭於神，然後敢行。冰解亦然。余過橋得七律一章，有句云：「鎖鑰有神成勝蹟，輪蹄無恙履平川。寒冰更把長虹駕，第一驚人臘月天。」

過黄河迤西，風景改觀，村墟樹木漸多，與東路之亂山叢石迥不相侔。余贈平番尹季敬堂詩云：「匆匆策馬過花封，四境桑麻大不同。」

涼州太守英弁群先生名啓，以軍功加觀察銜，撝謙下士，宏奬風流。余從未得見，至涼州時，先生又因公出郡，展謁無由，爲之悵悵。比入寓，則府署遣人問訊，餽遺多物，云係先生留信署中，如余至，當格外照應，無失禮也。並以素紙二張索余畫。余題句云：「萬里風沙倦眼開，一枝繚曲寫將來。太平時節公卿雅，容得清狂到散材。」時梁企雲明府直繩宰武威，爲梁相國之孫，山舟先生之猶子，温文爾雅，綽有家風。

家千之英，籍隸山右，爲高臺縣幕友，余過時相得甚歡，共筆墨者累日。所畫山水松竹俱佳。詩專古體，頗有奇氣，近體則非所長。緣千之之詩得於天者居多，古體可以縱筆爲之，近體則斂才就範，爲所束縛故耳。記其《行階州道中》云：「一峰橋外忽飛來，不從地起從天下。」《畫松歌》云：「頓覺此屋欲飛去，恍惚飛在黄山之嶺崆峒谷。」其清超類如此。千之又言高臺有兵科吏薛静溪，工書法，善篆刻。千之曾贈以詩云：「一語訟君還自訟，此身不合在官衙。」殆胥役中之奇人也。

題《隴西策塞圖》者甚多，抵肅州後，質之刺史蓋健園先生名運長。先生曰：「詩貴相題，此體一涉情致語，非纖則輕。蓋策塞之本意，原爲氣節起見，臣不忘君，自妻不忘夫，綱常名教所係，豈可以婉媚出之？」遂援筆立題云：「臣罪難寬猶戀闕，妾心不轉願從征。循良列女應同傳，付與千秋月旦評。」氣骨沉雄，包掃一切，真斵輪老手也。先生由詞館外用知縣，曩宰臯蘭，實心實政，不可枚舉。余經過省會，小住酒泉，俱嘖嘖聞頌聲。經術吏治，固二而一者也。

肅州白仲彝孝廉瑞彩，爲人豪爽，有詩才。送余云：「自古山川雄塞北，詩人幾個上燕然。特教袁虎騁豪興，吟到中華以外天。」

嘉峪關在肅州西七十里，爲中外鎖鑰，有「天下第一雄關」題額。余出關時，成一律云：「衝寒草拂征鞍，到此誰言淚不乾。諺有「出了嘉峪關，兩眼淚不乾」之説。萬里邊關彈指過，一天沙漠舉頭看。頓教胸次雄千古，那有離愁感百端。雪嶺迢遥連絶塞，竟堪隨處卧袁安。」

出關以後，已十月終，而天氣融和，勝於内地。途中口占云：「無端僕僕作征人，衰草斜陽滿塞塵。前路竟忘風雪冷，玉關天暖已回春。」

余過玉門縣時，曲阜孔喆峰進士昭佶由隆德調任玉門，招飲論詩。誦其和丁念薌二尹有「愁城堅壘破難攻」之句，余亟賛其穩妥。喆峰復出舊作數紙見示，如《消夏》云：「清涼几簟夢初醒，竹影分青上畫屏。半榻茶烟一簾雨，小窗静坐寫《黄庭》。」《題繡琴女史奩餘集》云：「詩思翩翩擬謫仙，慧心澄澈界三千。飛瓊小劫真彈指，只住人間二十年。」俱見風調。

余行道時，往往遺失物件。曩入都，過德州，失落烟筒一支。余成題壁七律二章，有句云：「人忙方覺閒逾好，物失從教得更難。」又云：「補牢不作亡羊慨，轉福還從失馬知。」後西戍宿布隆吉地方，車行駛速，失錢一貫。戲占小詩，有句云：「小往大來如有兆，願將杯酒酹財神。」未幾復尋得之，又有句云：「旋失復旋得，循環只頃刻。乃知青蚨飛，來去不可測。」

抵安西州，城市蕭條，飛沙叢積，其崇如墉。晤州倅李桂苑步蟾，言州民之編入赤籍者，約二千餘户，今除却逃亡，實存一千八百數十户矣。余題壁句云：「山有千秋雪，人無半畝田。」

過安西至哈密，相去千餘里，並無城郭村市，惟住宿處所，荒店數家而已。行客須帶米菜等物，藉以果腹，且有須帶水者。其沙磧荒灘，水草不生，呼爲「戈壁」，所謂「苦八站」是也。余戲成《竹枝詞》云：「戈壁荒涼寸草無，從來八站苦征夫。油鹽米菜須籌備，莫漫匆匆便戒途。」「腰站無多住站遥，到來店舍太寥寥。可憐漆黑烟薰屋，苦雨凄風度此宵。」「又無棹椅又無床，入户尖風透骨涼。枵腹更兼愁内冷，熬茶先要著生薑。」「塵沙填塞客腸枯，到處源泉問有無。格子烟墩真没水，囑君早早製葫蘆。」

過星星硤，見壁上五律一首，款署「小滄浪主人」，不知誰何。中有云：「土燥都成赤，山枯不見青。惟看塵滚滚，已過硤星星。」寫戈壁苦站情形頗確切。「星星」一作「猩猩」。

余《黄蘆岡途中》句云：「四圍一望真空闊，雪白天青塞草黄。」蓋自過戈壁以來，塵沙漠漠，枯草迷離，南北雪山遥聳，堆積如雲，有海闊天空、目窮千里之勢。故「雪白天青」七字，自以爲刻畫殆盡也。

東樂二尹陸雨香一濂，風雅工詩。余過時未得相見，嗣至高臺、肅州，兩接來書，索余詩集。余爲《蒲桃》四幀，題詩以報之。比至哈密，佛静夫别駕又轉交雨香郵寄書函。啓視之，則步余原韻二絶也。詩云：「造物何曾不愛名，名人到處覺多情。雄關欲覩如椽筆，巧使先生西塞行。」「銜杯且莫羡蒲桃，惆悵披圖見染毫。如是伊人如是月，未曾相對飲醇醪。」如雨香者，可謂多情矣。

哈密爲關外總口，且爲東西畫界分疆之處。哈密以東，事歸制軍；哈密以西，事歸都統。哈密以東爲近口，哈密以西爲遠口。有欽差、辦事大臣二人駐扎城内。距城二里許有回城，内有回王爲之長。回民呼爲「纏頭」，以種瓜爲業，其味鮮美，歲時入貢，曰「哈密瓜」。余過時已屆隆冬，只有乾瓜，並無鮮者。宿哈密得七律一章，結句云：「我是人間饞太守，到來偏值没瓜時。」

余又有句云：「匆匆征戍客，不敢聽秧歌。」蓋回婦歌以侑酒，持鼓着綵衣，且舞且歌。所歌詞句了不可解，謂之「秧歌」。余過哈密，署友侯潤之爲余言之。

由哈密至巴里坤，須北踰雪山。先一日，宿山之南口。次日穿山而入，石徑紆迴，却不甚險。然山頭積雪，終年不化，有風則隨之而墮，鋪滿道途。至三冬雨雪，往往深至數尺及丈餘不等。有額設兵丁數十名，專管開除，以通車路。若值風雪交加之時，人力難施，行客稽留，動經累日。其下山打坂，尤爲高峻。一路蜿蜒而下，勢若盤蛇，乃出關後第一奇險處所。打坂者，番語也。余過時得詩數首，有句云：「山多積雪寒逾重，車到懸崖路轉奇。」又云：「關山風雪征人苦，多少崎嶇不易行。」

余至巴里坤，晤張蘿山司馬，見其《由羊圈溝至松樹塘》一律，中四句云：「卅里橋連微認路，四山雪積始疑雲。闌干曲護危坡穩，綽楔高標野廟尊。」蓋下坂處所，俱設闌干，以護行人。山之絶頂有關帝廟一座，祠宇巍然，皆余詩所未及。蘿山又有句云：「雲擁山頭連雪色，水流冰下作風聲。」真足以狀難顯之景者。蘿山名懿田，任雲南中甸司馬，以軍功賞戴花翎，卓卓有聲。嗣因權篆永北司馬失察，所管夷民滋事，謫戍輪台。時客宜禾縣幕中，邂逅論詩，極爲投洽，以所著詩集囑余編次。

巴里坤，即今鎮西府，古月支舊地也。相連滿漢兩城，勢極雄闊。惟城在雪山之陰，又與蒲海相近，故嚴寒最甚。余小住數日，叠承宜禾常徵堂明府久招飲署中，圍爐把盞，飽飫醇醪，如置辟寒犀也。徵堂邃於制義，詩不多作，偶有吟咏，絶不落人窠臼。記其《題畫》云：「只爲騎驢貪覓句，忽隨流水過溪橋。」又云：「楓林雲磴百千叠，竹閣茅簷三兩家。」又云：「回首千峰萬峰外，白雲纔出便知還。」聞令媛蘭芳女史善騎射，精於書法，且有詩句可采。余贈徵堂有句云：「承歡膝下有名媛。」蓋紀實語也。

巴里坤迤西，木壘河迤東，多係亂山。由白山子相連小石頭、大石頭，最難行走。若遇風雪，率多阻滯。張蘿山司馬赴戍時，曾阻風數日而後行。有《白山子風雪歌》一章，神肖太白。以詩長，未得記録。其中摹寫奇險之狀，幾於乾坤失色，駭目驚心矣。余行時頗惴惴，比至，則天色晴霽如常，喜占七絶一首，將以郵寄蘿山。詩云：「石頭大小接西東，過此居然道路通。爲報有情張水部，白山咋日竟無風。」詰朝就道，行二十餘里，忽爾狂風大作，雪霧彌漫，幾迷所往。急投荒店止宿，復占一絶云：「蚩尤霧趁石尤風，雪擁雲横徑不通。回首白山重覓句，吟鞭遥指月支東。」亦可見蘿山之言爲不謬，而塞外風雲，頃刻萬變也。

過木壘河以後，戈壁漸少，村舍漸多。鑿井耕田，亦若内地，是以有「富八站」之説。余由木壘而奇臺，而古城，而濟木薩，雖漸入佳境，而天氣寒冷，呵凍維艱，迄未捉筆。在吴景雲二尹龍光署中，凴雪廬轉交范今雨明府見寄七絶四章，末一首云：「帶得《蒲桃》出塞遊，興酣落筆不能休。青藤已死無人識，莫把明珠向暗投。」可謂心心相印矣。

太白詩云：「天若不愛酒，酒星不在天。地若不愛酒，地應無酒泉。」余過肅州東門外，見有「古酒泉郡」四字題額，而尋覓遺址，杳不可得。嗣過濟木薩，有山右任純嘏以釀酒爲業，味甲遠邇。詢之，係於距城數十里掘得一井，其泉自饒酒味，略加醖釀，遂成旨酒。故即以「湧泉」爲店號。殆所謂「酒泉」歟？余贈以詩云：「試把青蓮遺句誦，前身合是酒中仙。」

余於癸未冬杪抵烏魯木齊，即古之輪台，今之迪化州也。有滿漢二城，滿城都統駐之，漢城提督駐之。二城相去十里，往來車馬絡繹，轂擊肩摩，居然都會。其中合抱之樹，不可計數，俗呼爲「樹窩子」。任丘邊芸坪有《竹枝詞》五十首，其一云：「淺水盈盈漾綺紋，中間十里兩城分。參天大樹千章合，一抹遥空拖緑雲。」可以想見。芸坪名士圻，曾任知縣。

詩有以和韵見佳者。甲申正初，爲范今雨明府壽辰，余以詩致祝。中四句云：「萬里論交無白眼，一時介壽有紅妝。友逢風雅纔真樂，酒到醇醪覺倍香。」范今雨和「香」字云：「才子應推蕭祭酒，老兵可認趙焚香。」黄書舫明府和「妝」字云：「藜燄正炊天禄閣，梅花恰點壽陽妝。」俱極工整，勝原作多矣。書舫名家紳，江西人。

烏魯木齊都統有印房、粮餉處、駝馬處，每處均有司官及行走人員。於廢員中奏派總辦一人，其餘隨都統選擇，分派各處當差。余到戍後，即蒙都統諭派印房，每逢二、五、八日，隨衆至公廨畫稿回堂，如京部司員體制，旅進旅退，與現任官無異。戲成句云：「已經不是烏紗客，又向官衙聽鼓來。」余在印房當差未久，昌吉覺羅致培軒明府福招余入幕，佐理公事。乞假前往，署齋中有亭曰「四宜」，且流水彎環，樹木茂蔭，頗爲雅静。有句云：「三秋風雨陳蕃榻，四壁窮愁杜甫詩。」蓋謂此也。東人致培軒，醇正古道，與余極爲相得，贈以詩云：「一腔善氣物皆春，靄靄慈雲覆兆人。能吏易逢循吏少，從來萬事不如真。」

昌吉學博劉培園田殖，陝西華州人。温雅可親，時相晤接。亦間有投贈之句，惜未記録。培園見示其同里王公名志湉詩多首，録其《遊龍門山》之一云：「汗漫探奇境，捫蘿最上頭。鷩濤浮峻閣，峭壁落輕舟。棧道潮風響，家山曉霧收。憑高西望遠，鄉思逐沙鷗。」

昌吉縣明經李雲麾秉鉞，學問淹雅，腹笥便便，詩亦頗見力量，洵邊塞中通才也。又有秀才王延之，字晴山，年老耽吟，設館於迪化之漢城，與昌吉相隔百里。常以詩寄旁妻乙意蘭，策蹇送余。中途以格於功令，留住高臺縣。曾以詩寄昌吉云：「記得長途策蹇行，天涯相見訴衷情。畫工莫繪征塵影，看到雲山淚欲傾。」「小春離别又陽春，九折迴腸付尺鱗。兒女不知功令事，癡心日日望歸人。」

滿洲達鐵侯春布，余梓《蠡莊詩話》時曾登録其佳句。十餘年來，並不識其人也。甲申八月，鐵侯之伊犁駝馬處主政，道出昌吉，相見於致培軒席上。叙述前情，遂相歡洽。贈余詩云：「十載心傾一瓣香，匆匆客路快飛觴。蠡莊風月留班管，烏壘山川待錦囊。《白燕》今仍推海叟，青籐生已遇中郎。袁絲擬合乾坤繡，不使隨園擅小倉。」時張蘿山亦來遊昌吉，相與暢聚，累日而後行。蘿山《贈别》有云：「乾坤老大吾徒在，詩酒顛狂我輩親。」又云：「祇今同醉關山月，猶是飛騰七尺身。」

陳湘帆主政緣事謫伊犁，以工詩聞。達鐵侯自伊寄其佳句云：「車駕快牛馳易破，櫪悲老驥伏無聲。」又：「紅豆無多難記淚，青梅有恨未成陰。」何其淒婉歟！

方濂舫大守士淦，安徽定遠人。任浙江湖州府知府，謫戍伊江。過昌吉時入署談詩，甚爲投洽。行後由綏來寄余五律二首，有「畫筆堪千古，青籐後二人」之句。又見寄舊作多首，《登祁連山》云：「到此方知宇宙寬，中原真覺小如丸。邊城東望連青海，星宿西來泛紫瀾。風捲寥天霜鶚健，雪飛陰嶺玉龍寒。驅車正值深秋裏，松樹蕭蕭夕照殘。」「故壘傳聞古戰場，風烟萬里控遐荒。天山自昔捫星斗，雄鎮於今軼漢唐。五夜獨懷鄉夢遠，千家遥聽暮砧涼。請纓自分非吾事，劍匣深宵尚吐芒。」

烏魯木齊提督達瑞庵凌阿以巨紙寄昌吉，索余《葡萄》大幅。來書婉摯，余寫成後，爲題七律三首以呈之。録其一云：「士逢知己始銜恩，尺素傳來語太温。北冀馬群誰顧影，西天鴻爪要留痕。揚風扢雅人應少，説禮敦詩帥乃尊。願把蒲桃當細柳，枝枝親爲插軍門。」提督喜甚，酬余多物。

都統英公名惠，字海槎，禮賢下士，坐鎮從容，如羊叔子之輕裘緩帶也。每見余，格外優待，體恤之情，無微不至。余由昌吉呈《葡萄》一幅，並附二律云：「自分投荒作棄材，敢將樗櫟望栽培。春風久共甘棠拂，青眼偏於苦李開。萬里金湯歸秉鉞，一時羊杜總憐才。龍門百尺同山峻，容得雕蟲獻技來。」「一領香山萬丈裘，無邊德意覆庭州。能教草木知名遍，要把珊瑚盡網收。魚目敢云珠在握，蟬鳴更愧筆非秋。何緣敝帚榮華衮，從此千金價莫酬。」都統來書曰：「懸之蓬蓽，當看一室輝騰；襲以錦囊，應作千年寶貴。」可謂宏獎風流矣。

呈都護詩内「羊杜總憐才」之句，兼指富蘭滕上公而言。上公名勒琿凝珠，以世襲忠勇公奉命領隊烏垣。余素不相識，到任三日後，即專人持書來昌吉，道達傾慕之意，云未出口時即耳余名，「從來佳士只神交」，正我兩人之謂。其謙光如此。益以素紙二張、素箑一柄，索余畫。余答上公詩，有句云：「不圖佳士目，轉勝故交情。」又云：「渾忘分隔雲泥外，頓覺榮生几席中。」後赴迪城晉謁，一見關情，饋贈有加，逢人説項，殊可感也。上公書法董文敏，詩亦古勁。記其《夏日即事》云：「樹樹盡蟬鳴，清齋無俗事。新花冒雨紅，細草通簾翠。客至烹香茗，消閑適雅意。日暮晚烟横，鐘聲來遠寺。」

豫省郭敬亭青山，以生員投効軍營有功，任甘肅典史，調任昌吉。喜吟咏，自顔其室曰「詩龕」，四壁皆友人投贈之作。余不時過之，觴咏其中。記其祝余壽云：「初度欣開五秩筵，鶴南飛奏祝延年。西方佛在人難老，東閣梅舒句欲仙。自有聲聞堪作壽，得來歡喜祇隨緣。蒲桃萬幅詩千首，傳遍中華以外天。」

昌吉縣城内有閒宅一所，主人爲監生李雲亭起龍。年逾七十，而熱腸好友，頗深於情，有「風流白髮翁」之號。余與友人常常假以讌集，顔其額曰「詩天酒地」，並題詩多首。有句云：「果到側生方有味，海翻情浪竟無邊。鶯花世界春常在，歌舞樓臺月倍圓。」又云：「栽遍世間紅豆子，通天徹地總相思。」又云：「此是人天歡喜處，遊蜂浪蝶漫相猜。」後偕同人在此爲七夕乞巧雅集，有句云：「朋簪何意盍邊關，爛醉詩天酒地間。」

出戍詩話卷三

玉堂居士誌

紅山歌者張寶寶，能登場演劇，且絃索歌喉，兼擅其妙。過昌吉時，適值午節，友人招以度曲。未幾，患病甚危，遣人乞援於余。余爲詩以寄范今雨。今雨復書曰：「先生此詩非爲寶寶哭，乃爲玉堂哭，且爲天下才人哭也。」録詩遍告同人，醵金二百餘兩予之，遂得存活。詩能感人，信然。其詩云：「玉樹亭亭忽欲欹，一身材技付誰知。芳菲委地花無主，生死憑天命若絲。才子尚留紅豆恨，美人難與白頭期。可憐十載風流夢，竟到懸崖撒手時。」「變態風雲太不常，因卿使我感茫茫。飄零地角新羅襪，惆悵天中舊羽觴。世上本無長命縷，人間空覓返魂香。千金駿骨誰能買，憑弔尊前淚滿裳。」

余於丙戌嘉平月戍滿，都護具奏，丁亥三月，奉批准回。余恭賦《紀恩》詩，有云：「臣罪非關天作孽，君恩原與海同深。」一時黄書舫、張粟園、戎柳衙、李雲麾、王晴山均有和章。

余辭致培軒明府，赴烏城將作歸計。三載棲遲，諸多惆悵。留詩云：「四宜亭畔月如鈎，每到更深坐未休。望着庭榆飛片片，青蚨滿地没人收。」「客窗風雨墨頻濡，幾度聯吟興不孤。最是明經誇博雅，一樽旨酒解槃弧。」「題滿新詩大佛傍，登高曾記醉重陽。風流韵事滄桑感，留得天涯别恨長。」「執來牛耳我何堪，吟興顛狂酒興酣。咫尺芳鄰情最切，未能拋却是詩龕。」

余由昌吉起身赴迪，一時營伍紳士以及商賈，載酒郊送者幾數百人。謝以詩云：「傾城相率送袁絲，情到深時感不支。記得廿年爲邑宰，攀轅遮道未如斯。」

張蓮舫河帥文浩，工書善詩，人尤藴藉。在烏垣時，屢共觴詠。題余旁妻《朱素簪蘭册》云：「幅幅幽蘭筆，離離芳草心。春風與秋月，莫作等閒吟。」「繪素出天然，含香不鬥妍。無煩君采擷，幽思自綿綿。」

余在迪城，生員王晴山、宋千之，梅道士，通參僧公招余飲，余笑謂之曰：「今日可謂三教相會矣。」通參尤爲灑落，余贈詩云：「翩翩風致佛兼仙，愛結人間翰墨緣。不向蓬萊方丈住，紅山原是有情天。」

《書所見》詩云：「穿來没面光光襖，戴遍無纓芨芨頭。」蓋口外羊皮最賤，縫以爲襖，不著面者十之八九。又産芨芨草，編以爲帽，曰「芨芨頭」，戴者甚多。

余抵烏垣後，曾爲《紅山花影》小部，未竣而焚其稿。嗣張蘿山來昌吉小住，爲足成之。又有富蘭塍上公、沈理田太守從而鑒定。《花影》原本所存無幾，是以另撰《紅山瑣言》一册，並編《天涯知己》、《出塞吟草》各一册。自題云：「巴里無文信口吟，行踪落拓到而今。劇憐邊塞荒涼地，流水高山孰賞音？」

余將行，同人各以詩送。時張蘿山司馬同寓一室，恐余歸後又動名心，再三勸阻。見贈七古一章，起云：「人不到天涯與地角，一堂聚首何足樂。別不經千里更萬里，傾蓋相逢何足喜。」中間云：「歸來重整舊蠡莊，定與隨園傳不朽。」結云：「不願出山願入山，玉堂以爲然乎否？」又書楹句云：

「萬斛珠璣爲世寶，千秋壇坫比官高。」又云：「赤手豈爲名士累，黄金翻受美人憐。」次句蓋指温貓䰧贖事也。

總辦張粟園金，浙江人，送余七律四首。其一云：「忍向長亭折柳枝，重圖後會更何時。葡萄紫塞珍珠品，花影紅山錦繡詩。緣重三生叨贈縞，願留十日好傾卮。天涯知己如韓孟，化作雲龍免索離。」

黄書舫明府送余七律四首，其一云：「天邊飛鳥倦知還，檢點征裝手自删。旅夢依稀逢策蹇，家書潦草印連環。原注：玉堂有自製連環箋。重添好友皆張范，羅得新詩半謝顔。我亦祖生鞭可著，輸君先過六盤山。」

楊質庵成勳茂才，蘭州人，時遊幕烏垣。有送余一律云：「天邊謫下大峨仙，婦孺都將姓字傳。駿骨身寧羈戍校，雞竿詔許值丁年。是空是色歸詩句，飛去飛來有畫錢。卅載無家家亦客，一生到處只隨緣。」

此外如戎柳衙繼祖云：「生涯恃有江淹筆，羈旅誰分季子金。」李雲麾秉鉞云：「筆債何時纔得了，詩腸到老總難枯。」王晴山延之云：「紅妝争賦瓊琚贈，紫塞常留杖履思。」

余在烏垣三載，英海槎都護培植之恩，逾於常泛。每一念及，感激涕零。暇則與友人爲詩酒之會，飛觴醉月，吟咏聯編，幾忘客況矣。《留别》詩有句云：「最是將軍寬禮數，三年孤負愛才心。」又云：「堪笑蒙莊多蝶夢，臨歧回首認紅山。」

距迪城東北二十餘里，有水磨溝。置水磨六處，以六協領分管之，磨麵以供給滿兵。其地山明水秀，曲折迴環。迆東又有温泉，近則添建亭臺樓榭，橋梁點綴，陳設色色俱全，爲騷人觴咏之地。一交夏令，遊客如雲，乃邊塞第一名勝處所。遊其地者，莫不賦詩以誌之。余所見者，張蓮舫河帥文浩、沈理田太守琮、張蘿山司馬慤田、范今雨明府澍、張粟園總辦金均有七律，黄書舫明府家紳、金桐軒明府惪榮均有五律，佳句不可勝紀。余曰：「所有水磨風景，俱爲諸君寫盡，無可再寫，擬用《竹枝詞》體，層層節節而言之，何如？」乃搜羅未遍，已唱驪歌，竟成虚語。留詩云：「三載投荒却四秋，果然奇絶是兹遊。紅山處處都題遍，未了詩逋水磨溝。」

余戍烏垣三載，友朋中承青目而荷隆情者，指不勝屈。《詩話》所已録者無論已，如鳳岐峰、海宴庵、定詩可諸刺史，福炳齋司馬，白遐峰、訥蘊亭兩主政，陳儷棠、盧貢甫、周雲巖諸明府，劉仙舟參戎，惠潤齋、李秋實兩守禦，張嶸亭把戎，周以暄、梁水南兩少府。他如田碧山鄉飲珍、潘水如少府智、張君墨香、王君超然，無不意摯情真，始終如一，令人可感。《留别》有句云：「任教邊塞荒凉甚，整到征裝感别離。」

余由烏城起身，在黑溝題壁云：「衰草斜陽正暮秋，行行無復再勾留。紅山紫塞都遊倦，却向邊城看黑溝。」

行至阜康，適有曾任刑部主政崇慶，字笑禪，以事戍伊江，在途中墜馬傷足，小住阜康調治，一見訂莫逆交。笑禪工書法，喜誦佛書，與余唱和聯吟，題滿店壁。别後懷以詩云：「折足偏成握手緣，銜寒人竟去西天。不知清淺伊江水，對誦《南華》第幾篇。」

余過紫泥泉，又名白洋河。甫入店，即有常秀發茂才暨街友數家援而止之者。次早具酒饌邀余。余曰：「諸君相留之意，無非欲索筆墨，何不以紙來一揮毫乎？」乃再三覓紙而不可得，僅得劣紙數張。余爲書而分贈之，再宿而行。紀以詩云：「下筆能成字萬行，又臨池處又飛觴。却愁紙貴無從買，竟把荒村當洛陽。」「衝寒底事發狂歌，是處鴻泥印爪多。兩日逗留三宿酒，教人回首白洋河。」

傅静巖松齡，阜康之三台人。援例從九，雖托業懋遷，而性愛筆墨。繪各種花卉，俱極生動，常仿余《蒲桃》，爲私淑弟子。每語人曰：「我袁玉堂先生門下士也。」抵濟木薩，静巖已先余而至，執贄來謁，歡聚數日，情意肫懇。别時留詩云：「别緒縈迴未穩眠，春風遥領已三年。歡場未幾偏分袂，孤負程門立雪天。」又有七律二首，起云：「千秋能有幾蠡莊，得坐春風夙願償。」

在濟木薩訪任純嘏，已作古人。其所掘甘井，亦非曩味，竟至式微，不勝今昔之感。誌以詩云：「湧泉不是湧泉時，消長方徵造化奇。我欲吟詩兼貰酒，此中滋味少人知。」

古城永盛店李君鶴齡，山右人，工擘窠書，兼顔筋柳骨之勝。余抵古城，彼此傾慕，遂常相見。李君謂余曰：「古城明正元夕，張燈慶賀，太平燈上須紀以詩。聞君詩最工，通街欲公乞五律八首、七律十六首，大書之，以垂永久。」余從其請。五律未録，録七律云：「皇仁沾被訖三邊，玉燭均調候不愆。天子當陽逢泰運，小民樂業屢豐年。欃槍已靖南疆肅，星月齊輝北斗懸。却喜上元佳節近，同張燈火頌堯天。」「此地争傳八景新，鬱葱佳氣滿城闉。萬家櫛比春如海，百貨雲屯富有鄰。纔聽迎年催臘鼓，又看結綵慶良辰。月光皎潔燈光燦，天上人間分外真。」「間架憑誰布置成，千條如炬照分明。一街陡覺翻花樣，七寶何須門艷名。影幻樓臺多富麗，人娛歌舞是昇平。雪飛六出山疑玉，瑞靄祥雲覆古城。」「光明如錦看平鋪，九陌千門肖也無。火樹重重成一色，琪花簇簇綴三珠。庚新鮑逸題應遍，鐵畫銀鈎墨未枯。雜沓任教狂舉國，者番豈復禁金吾。」「渠犁市上踏歌來，鐵鎖星橋次第開。此夜再休催玉漏，有人都欲醉金罍。笛翻宮譜雲先住，途溢香車畫更猜。待續影燈新紀録，不知誰是謫仙才。」「南油西漆望中收，崔掖當年説夜遊。三市同將燈焰結，千家争仰月華浮。暗香隨處頻馳馬，濃李開時正倚樓。多少峥嶸看不盡，珊鞭玉勒又何求。」「笙歌頓起晏時間，引得遊人往復還。豈是仙臺來鳳輦，若從海嶠駕鰲山。世逢清晏纔真樂，人逐鶯花未肯閒。休向洛陽誇勝事，而今熙皞到邊關。」「兩城相隔鎖燈橋，龍蠟齊燃路不遥。朗朗玉山明雪巘，花花世界接雲霄。非關酒琖詩筒洽，只爲邊風塞雨調。好把金錢買餘閏，勝遊還要續連宵。」「浪遊南北記吾曾，回首萍踪百感興。元夕共携燕市酒，春光又放廣陵燈。吟哦舊已紅塵遍，聞見新從紫塞增。不是行行還小住，欲逢嘉會竟何能。」「印來鴻爪總泥痕，最好時光值上元。邂逅相逢欣御李，逡巡此事竟推袁。欲求戛戛無陳語，轉愧詹詹盡小言。自笑年來遊戲慣，觀燈也似愛窺園。」「喬皇豈必定中華，中外原來是一家。照眼綺羅皆入畫，傾城士女看如麻。相携蘭友分新韵，共聽鶯聲唱落花。料得休明資鼓吹，此身忘却寄天涯。」「題燈詩當看燈歌，巴里其如和者何。囊内酒錢誰摒擋，客中吟興未消磨。吉祥諺語争書繭，艷麗新詞記鬧蛾。如此風光如此景，他年襆被擬重過。」「玉門東去迪城西，地處衝途色色齊。五夜魚龍驚絢彩，一天星斗望全低。祈年競酬迎神粥，照讀曾分太乙藜。似放武陵源裏棹，桃花深處路應迷。」「春風拂拂鎮消寒，擊轂摩肩興未闌。萬里飽看花爛漫，一年初見月團圞。酒逢樂事飛觴易，詩雜仙心下筆難。選勝不妨連曉夜，城頭鼓角漏聲殘。」「從此增華信有期，雲霞五色望迷離。最難人事歡娛日，便是天和感召時。史册更書年大有，嘉祥還秀麥雙歧。燈花簇就團團彩，吉兆彰明知未知。」「西陲風月果無邊，一遇歡場便放顛。萬姓謳歌聲動地，九重雨露澤從天。輶軒定採羲皇俗，遐邇紛摹錦繡篇。我亦田園歸可樂，含飴擊壤過年年。」

余行踪遲緩，每遇風雅之人，往往流連詩酒，經旬累月而後行。是以自秋徂冬，尚未入關。在古城友人處，見殘詩一册，中有句云：「閒中一刻千金值，盼到歸期又懶歸。」可謂先得我心矣。詢之，爲巴里坤滿營納爾胡善之詩，爲詩格調整齊，根柢深厚，洵邊塞中作手也。録其《得家信》云：「夜闌山雨打窗囂，舊事新聞話百條。想得家中詢旅況，也應絮絮似今宵。」自跋詩後云：「白草黄雲阻笑歌，光陰六月任蹉跎。閒情幸把羊毛筆，詩債還清一半多。」聞其近已雙瞽重聽，不可復訪，惜哉！

古城爲四達通衢，商賈雲集，車馬喧闐，烏魯木齊迤東第一繁會處所。奇台秀才張瑞齋百祥來遊其地，撰《古城八景》，各系以詩，有《磨河長春》、《地窩嵐波》、《蘆湖飛白》、《沙磧幻市》、《孚遠祥烟》、《雪峰獻瑞》、《荒城堅壁》、《渠邊檉柳》名目，亦有心人也。余與俞儀林、張韓拙均有和章。住古城多日，瑞齋不時過從，屢共唱酬。詩未多録，記其送余句云：「春光一入才人眼，錦繡全收掌握中。」

俞儀林名振鷺，浙江人。隨尊甫益齋少府古城巡廳任，天姿清雋，性愛余詩。余過古城日，至客館談詩，娓娓不已。詩亦日有進境。三分人事七分天，不信然乎？瀕行，執弟子禮，送余七古二章，流利圓轉。有句云：「來時應作飛仙看，去後望窮千里目。」又云：「先生才名天下聞，造物忌之花不妬。」

張韓拙名誠，家古城，遊鎮西府庠。温雅工詩，出筆婉秀。余題其詩，有「秀麗句真同玉潤，纏綿體更近奩香」之句。爲詩甚富，如《蘆花》云：「夔府蘿陰秋渺渺，潯陽楓葉夜漫漫。」《落葉》云：「向夜如何經冷露，隨風能不舞斜陽。」《殘雪》云：「偏宜冬日知相愛，不耐春風恨太嬌。」《有贈》云：「穩垂翠袖無言處，斜送横波半笑時。」送余云：「得逢玉尺生何幸，分寸還求爲細量。」俱風致可愛。又有韓拙之戚廩生李瑶圃毓琪，亦能詩。

楊豫春永泰，山右人。在古城北估衣業，性愛詩，貿易時，常手一卷以自娱。余到後，以舊詩二册乞爲改政。贈余云：「詩吟歌館心花粲，酒泛輪臺月色高。」又云：「花月有情人共仰，文章無分我先慚。」

古城陳可卿女史工畫蘭，名噪一時。余至，執贄門牆，每畫一幀，必送余題之。有云：「臨風妙筆看紛披，自寫亭亭絶世姿。」又云：「就裏清標誰得似，馬湘蘭定是前身。」

余由古城東行，俞儀林、張翼庭、傅静巖、張瑞齋暨朱生智齋、趙生舞庭諸人，皆郊送數十里，戀戀而別。余途中題壁云：「祖道久經爲客慣，關心還是及門多。」

至奇臺，晤何時達泉裕，何少府次子也。少年美材，相見後，以師禮事余。投詩云：「胸懷灑落色飛揚，詩畫文章總擅場。筆陣有鋒皆活潑，詞源無處不汪洋。千秋壇坫誰能並，三絕神奇世所藏。恨我追隨未幾日，此情應逐路同長。」

黄威堂明經維鉞，住家古城，主講奇臺，深於制義，遠邇多從學者，一時有宗工之稱。贈余七律二首，有句云：「鴻爪逢人留畫譜，龍門到處結詩緣。栽來桃李都成蔭，賞遍鶯花不礙禪。」

善芹泉孝廉祺、李曉園河帥之子。曉園先生督東河，余時宰金鄉，常以屬吏之禮接見，即聞芹泉有才名。後緣事西遣伊犁，遂未由相晤。余過奇臺，適芹泉由伊旋京，一見傾心，歡然道故，快談竟日，不知時之移也。留别五律二首，其一云：「先生未識面，心契久相知。兩世交情重，三生遇合奇。紅山追驥尾，絳帳列蛾眉。慣寫秋邊色，葡萄贈一枝。」

伊犁有余《蒲桃》二幅，一係德將軍遣人至昌吉索去，一係余寄贈達鐵侯司馬。芹泉談及伊犁參贊容静止先生到任後，將達鐵侯處《蒲桃》一幅携歸，挖去雙款，裱而張之壁。余曰：「既參贊賞識，胡不另作一幅，以寄伊犁乎？」芹泉以爲然。余畫成，題句云：「當空卿月仰彌高，幾載雲天夢想勞。馬乳龍鬚真有幸，西飛先得侍旌旄。」静止先生名安，爲那繹堂制軍哲嗣。

過奇臺一站，爲木壘河。相傳木壘河水謂之淫水，出口之人，一飲此水，往往流蕩忘返。諺云：「喝了木壘茶，再也不思家。」余癸未冬過其地，題壁云：「思家依舊是思家，此事何關木壘茶。我已廿年成浪子，夢魂日日繞天涯。」東歸時重過之，復題云：「看來春一色，行遍路三叉。木壘形如故，淫河味不差。狂踪周地角，遊興倦天涯。我已東歸去，何妨飽飲茶。」

余抵巴里坤，謁總鎮德瑞亭先生，極蒙青目。呈七絶四首，其一云：「緩帶輕裘雅度超，我來先仰霍嫖姚。陽和久挾三軍纊，蒲海寒龍不敢驕。」巴里坤城北有蒲海，海底有寒龍，是以嚴寒特甚。向來起更以後，只放頭炮，不放二炮。俗傳二炮一響，則寒龍蠢動矣。

曩在昌吉，曾爲顧姓作畫一幀，題七絶一首，有「蚌裹明珠湧出來」之句。或見之，戲曰：「蚌珠湧出，如婦人生産。」然適顧婦難産，即以此幀張之壁上，立時分娩。遂附會可以催生，争來索，余照樣寫題。昌吉、迪化、古城一帶，家諭户曉，無不立應，事亦奇矣。在巴里坤，與常徵堂明府、金桐軒明府、談季良少府諸君偶談及之，群以爲異。徵堂書楹句見贈云：「桃李有人皆執贄，葡萄無處不催生。」

宜禾學廣文吴蓮峰瑞年，人極多情，又重以蘇九齋刺史之囑，余到坤後，款洽備至。行時贈詩多首，録其二云：「長途緩轡豈愆期，到處歡迎有故知。酒破愁城詩破寂，風流誰得似袁絲。」

又有明經李維城，字固堂，與余選拔先後同年。贈余詩云：「子才去後風流歇，一瓣心香又屬君。」又云：「羨君家在桃源住，縱謫人間也是仙。」

由巴里坤至哈密，須南逾打坂，即天山絶頂也。余出關時，係自上而下，其勢較順，歸時則自下而上。又值雪水融化之時，山凹泥滑，馬力難施。窮日之力，始到山頂，宿於關帝廟中。見壁上遍貼詩箋，皆往來詞人泥痕鴻爪。余亦得五律一首，起四句云：「奇險南山路，登高若上天。千尋凌絶頂，萬樹起蒼烟。」

關帝廟傍有小室一所，封固甚密。傳説内藏古碑碣，不可啓看。偶一啓之，則風雪大至。有某貴官過此，不之信，必欲開拆。方啓視間，狂飈頓作，急乘馬馳奔前途，而隨行車輛俱迷漫大雪中矣。真不可解。方濂舫太守《登天山》詩云：「室有靈碑奠風雨，山留古雪守蛟龍。」

恩蘭士先生銘曾任侍郎，兩典順天鄉試，風雅下士。余至哈密，先生時任辦事大臣。甫經晉謁，即贈余詩云：「逢人到處盡推袁，政績詩名海内存。乍接清談春滿座，快聆佳什玉無痕。風塵屢挫青田鶴，霄漢曾搏碧海鯤。儋耳坡仙難久屈，喜從花裏送歸轅。」「豈徒佳句敵枚皋，更有迴文比竇滔。賦罷紫雲香未散，歌來《白雪》曲彌高。篇章已自名於世，坎壈何須慨所遭。陌上幾經楊柳緑，歸鞭早著莫辭勞。」

先生學問雅贍，梓有《雙篠書屋試帖詩》，公餘之暇，猶復爲之選《和聲集》律詩一部，又自著《古今通俗字考》。余每至，必傾談竟日。得讀先生全集，其中佳句如《擬白香山放言》云：「楚狂過處徒歌鳳，齊相微時只飯牛。」《春雪》云：「灑階半作廉纖雨，映户能生料峭寒。」《鶴》云：「孤山放處人稱子，遼海歸來客姓丁。」《鹿》云：「覆來蕉葉三生幻，妝就梅花竟體芳。」《西施》云：「豁進胥殘成底事，亡吴原不在西施。」又有題沈理田太守《恒州迎養》、《蕭寺晨鐘》兩圖詩，俱佳。詩多，未能全録。

旁妻乙意蘭《策蹇圖》，一時題咏成帙，大約皆褒美之詞。比抵烏垣，沈暘谷太守華旭見之，意頗不然，作歌力詆其非。金桐軒明府復爲詩以剖辯之。後見蘭士先生，告以原委曰：「沈、金二君相持不已，請公仍以詩斷，以成定案也。」沈暘谷云：「嗚呼意蘭所遭非木蘭，胡爲策蹇來秦關？豈無大婦足依倚，亦有衡堵供盤餐。不爾便作望夫石，朝朝蓬首歌刀環。一騎公然出門去，誓將西邁追所歡。道旁觀者雜徒旅，厭浥多露嗟何堪。出必蒙面古所訓，將無《女誡》皆應删？隴水嗚咽不得渡，天山崒嵂不可攀。畫圖者誰貿貿耳，作歌奚又揚狂瀾。俠烈閨秀兩無取，曹娥緹縈恐不然。鋪叙艷體戾名教，嗚呼吾意其闌珊。」金桐軒云：「古無其人今則有，尋夫萬里風沙走。褰裳朝涉水波清，策蹇宵凌山路陡。想像藏嬌金屋時，争羨袁絲得佳偶。錦字含將脈脈情，芳蘭畫出纖纖手。挽髻羞爲墮馬妝，倚聲寧學章臺柳。誓將羅帶綰同心，甘作小星隨大婦。無端夫壻謫輪臺，柔腸九轉愁難剖。代整琴囊與劍囊，背人一騎從而後。東齊迢遞入西秦，風雪關山忘蓬首。夫壻矜憐爲作圖，茂先佳句貽瓊玖。原注：題圖詩以張蘿山七古爲最壯。徵詩忽到沈東陽，先生曰吁予獨否。女子從來重守貞，名教胡爲棄芻狗。作歌力詆褒者非，古音清越蒲牢吼。我道此女劇艱辛，矢志隨夫良足取。佳話傳遍玉關西，意蘭兩字在人口。若以正論勘蛾眉，先生此詩自不朽。」恩蘭士先生云：「吁嗟乎，悲莫悲兮生别離，江郎作賦曾言之。況是鶼鶼比翼鳥，一朝分背東西馳。臨歧攬袂不忍别，喑嗚泣問郎歸期。官程限迫留不得，玉關西望悽心脾。郎去尚未遠，妾心不自持。河漢隔牛女，兩地長相思。與其他年化作望夫石，何如此際相追隨故爾。策蹇萬里向長道，風塵跋涉甘如飴。深情俠舉兩稱絶，舉世自應憐其癡。繪圖亦可勵薄俗，播之歌詠原非私。或曰女事不逾閾，廢閑蕩檢何如斯。予曰否否君誤矣，處常處變因其時。不原其心以其迹，往往行事皆可疑。君不見蘇子謫戍南遷日，朝雲請從遠不辭。行乎心之所安耳，古人未嘗有貶詞。又不見伯姬待姆不下堂，女而不婦人皆嗤。得者尋丈失者寸，苛禮詎可繩蛾眉。徒取所短爲口實，是非俱在將誰欺。豈不聞風人之旨在忠厚，胡爲纖芥求其疵。與人爲善貴節取，於戲其他吾不知。」

出戍詩話卷四

玉堂居士誌

哈密協鎮倭勝奇，人最古道，愛余尤摯。屢次招飲，且有脱驂之贈。余答以詩云：「冷眼已空前度事，熱心且看後來因。專城暫領三軍戴，大纛宏開萬里春。」

苦八站中猩猩峽内，亦有打坂。相傳其中有怪藏匿，往往孤行之人，被其所攫，杳無踪迹。余過時約二鼓後，前車已過打坂，後車尚憩山坳，忽聞人語嘖嘖，燭之烏有。塞外諺云：「呼圖壁多鬼，猩猩峽多妖。」斯言信矣。有句云：「直教人可噬，豈但石能言。」

行至大泉，途中遇方濂舫太守自伊犁歸來，遂相與入店暢談。濂舫誦其《去伊江》詩云：「榮悴皆春夢，關山實壯遊。來時千嶂雪，歸去五湖秋。」可云宏整。余贈以詩云：「忽忽此相見，半途喜可知。兩番離合感，萬里友朋思。幕府杯中酒，天山頂上詩。奇文容我賞，共話夜闌時。」

蘇九齋履吉《友竹山房詩草》，余過蘭州時匆匆披閲，旋即歸璧，其中佳句多未記録。東歸後，路過安西州，時九齋以軍功擢州牧，攝安西篆。流連多日，重閲其集，又增數卷之多。集内大約言孝、言友、言慈惠，語摯情真，不假雕琢，是能不落前人窠臼，自成一家言者。如送其夫人淑芳云：「當年作客喜余歸，無限離懷故故依。路遠但言勞跋涉，家貧不説苦寒飢。一官如繫情何恝，萬里相隨願未違。莫向浮雲怨夫壻，金閨人到玉關稀。」後遣人接眷云：「又報平安遣遠回，春風轉眼送人來。十年暫作邊陲吏，三載憐違内助才。去日樽傾蒲酒熟，到時家喜菊花開。高堂如遂深閨意，行信先傳嶺上梅。」《古意》云：「郎似芙蓉花，妾是花中子。難得花常開，願抱花心死。」《留别敦煌士民》中有云：「未聞爲父母，不自愛其兒。未聞爲赤子，不以母是依。但願吾父老，持此告庭幃。」《戒王青厓明府少飲》中有云：「勸君欲飲時，飲以少爲貴。勸君將醉時，醉當先自避。莫以醉後人，供人作酒戲。」真白描高手也。

張同莊明府珍臬任山西縣令，以事謫戍伊犂，與余相遇安西州，傾談甚洽。誦其西湖詠古舊作，骨韵甚秀。如《西泠橋懷蘇簡簡》云：「東風吹袂薄寒侵，水佩雲裳不可尋。三月桃花兒女命，一隄香草美人心。多情裙屐仍來往，無恙湖山自古今。試向藏鴉門外望，淡烟凄緑鎖春陰。」《放鶴亭懷林和靖》云：「花底相思七百年，鶴歸何處認寒烟。倚松嘯石三生福，夜月春風一笑緣。絶代湖山留逸老，全家眷屬盡神仙。黄昏疎影傳香字，草稿曾無《封禪》篇。」

抵玉門縣，晤孔喆峰昭信，時亦以軍功擢州牧，杯酒言歡，流連道故。贈余云：「秋水冰壺迥絶塵，詩狂畫癖兩清新。風流也只尋常事，君是隨園後一人。」

嘉峪關爲中外鎖鑰，一出關門，沙漠連天，不堪目擊。本朝自得新疆以來，至今數十載，關外空空，毫無題咏，非所以鼓吹休明也。余入關時，於門外題詩云：「長揖玉關去，征夫自此回。魚書千里滯，蝶夢幾番催。天拓窮荒地，人馳跋扈才。遥遥西一笑，花影御空來。」

余至肅州，劉石渠墨莊由廣文待銓縣令，主講金泉書院，一見如故。贈余詩云：「去思碑向魯邦開，聞道聲名耳貫雷。宦海廿年經渤谷，謫仙萬里到輪臺。驅雲喝月催紅燭，潑墨揮毫飽緑醅。澄不清兮摇不濁，風華遥入玉關來。」又云：「才驚碧水汪汪注，思亘青雲縷縷長。」又云：「人到不羈真似馬，賓從後至是爲鴻。」

吾鄉管二如鈺工繪事，館於迪化瑞刺史處多年。時刺史入都未回，眷屬僑寓肅州。得晤二如暨刺史哲嗣毓夔、毓山，均有贈余詩。二如句云：「詞壇久已推宏道，四海才人拜下風。」毓夔七律起云：「三載邊庭姓字香，才名端不愧中郎。重逢酒郡情方洽，再別金泉恨更長。」毓山五律中云：「斗山原在望，師事恨無由。玉陲親猶未，金針度肯不？」

高松厓明府峽雲由雲南謫戍烏魯木齊，相遇肅州，盤桓累日，諄諄以出山相勸。贈詩云：「迢遞烏垣戍，邊庭孰與親。我爲初去客，君是過來人。萍水欣逢故，風雲利見新。桃源雖可隱，朝市却非秦。」

抵高臺，館建康書院之傍，時本處王翰飛明經廷翼主講於此，贈余云：「賓鴻帶得新秋至，寫入蒲桃分外涼。」

在東樂吴德圃二尹處晤李聽松明經濤，贈余七絶四首，録其一云：「萬幅蒲桃萬首詩，雄才倚馬是吾師。蠻箋濡染濃陰遍，如見甘棠萬樹時。」時德圃建義學，籌卷資，善政甚多。余贈以詩云：「百里絃歌千古事，笑他斯立只哦松。」

抵甘州，時寶璽堂司馬鍈攝甘州太守篆，熱腸重友，有古人風。余至後，屢以盛筵相招，且留余入幕，不令前行。余因赴省垣，欲圖機遇，姑辭之，訂以異日。瀕行，餽貽多物，情意諄諄。余留詩云：「真個公門同御李，人人多欲遂登龍。」

過甘州以後，經山丹，踰硤口，循長城而行。亂石嵯峨，車聲喧耳，極爲難走。余道中題壁云：「人穿山徑却，馬踏石稜忙。故壘開新陌，長城剩短牆。」

武威縣孝廉趙鞠坡可屋，工於詩。余抵涼州訪之，屢相過從，投贈亦夥。有句云：「見説古今才一石，如公全具有誰分？」又云：「君詩確比媧皇石，補得西天去復來。」又七古中有云：「玉堂先生天下才，天下盡是知名處。」又云：「我今雖乏束脩羊，從公不斷尋詩路。」偶與趙鞠坡談及，曩過長安，王菱江諸君聯有存存吟社，余曾相與贈答。鞠坡曰：「存存吟社詩梓本，藏之行篋久矣。」余亟索觀，曩所贈詩及和詩、送行詩，均已梓入，並梓張勖園明府七律四首，有句云：「灞岸烟波愁遠别，玉關風雪念西征。」次句注明指余而言。雖數千里而遥，仍有念念不忘之意。吾曹通性命，不其然乎！

余在山左，計前後登岱五十餘次。於泰山之奇險聳峭，無不遍覽，以爲極天下之大觀矣。後西戍過華麓，見其雄奇縹緲，峻極於天，聞山上第一關，壁鎸「寰中第一山」五字，乃知泰山爲五岳之長者，以其地處東方耳。余匆匆經過，後數年來，心嚮往之。在涼州晤王徵卿孝廉于獻，見示乃兄王西泉進士于烈所梓《華山紀遊》一册。蓋西泉設教華陰，曾窮數日之力，陟其巔而探其奥，故能言之歷歷，令人驚心駭目，恍若卧遊其中。詩句如《白雲峰》云：「仙人乘白雲，冉冉隨風往。雲去還復來，仙人空有掌。」《南天門》云：「晨遊閶闔外，飄飄直欲仙。臨風一昂首，還有天上天。」《落雁峰》云：「敻絶冠諸峰，靈源淘衆慮。有詩未敢吟，太白留題處。」《三公山》云：「鼎立天池外，岧嶤幾萬重。如何稱秀削，人只説三峰。」徵鄉孝廉亦有倣曹子建《贈白馬王彪》體贈余絶句七首。

涼州同年馬洪厓應選，性耽高尚，選拔後迄未應廷試。家食自娱，真不可及。晤時以孫雲房《秋燕巢詩存》見示，爲詩天骨開張，力能透紙，一掃浮光掠影之習。余肅然曰：「此作手也。」絶句云：「渺渺炊烟小小村，半塘秋水長新痕。西風斜照下墻脚，一路菜花黄到門。」《沙堰阻風》云：「泬寥秋氣肅，洶湧大江寒。但覺中流險，纔知到岸難。風濤諸境幻，忠信一心安。水色山光裹，圖書盡日攤。」《拜狄梁公墓》云：「陪葬乾陵事渺茫，梁公墓草未全荒。即今馬鬣猶封洛，在昔蛾眉幾革唐。鸜鵒大風思兩翼，蓮花小隊笑諸郎。重泉牝主應相笑，配食年年祔廟堂。」雲房名揆章，武威人，待銓廣文。

余索馬洪厓詩句，以不工詩辭。適閲《策蹇圖》册子，洪厓題一絶云：「愧余生不善吟哦，巾幗鬚眉感慨多。塞草邊雲都入夢，爲君重譜《木蘭歌》。」居然穩老。

肅州某，善戲謔，過涼州，相見於友人席上。云及温日觀蒲桃似破袈裟，某曰：「温日觀以釋子稱『破袈裟』；君以仕宦，當稱『爛紗帽』矣。」合座爲之絶倒。余即題畫以贈云：「昔爲破袈裟，今爲爛紗帽。慙愧非知歸，空負蒲桃號。」温日觀别號知歸子，人多呼余爲「袁蒲桃」，故云。

富平朱廉泉，時爲武威縣幕友，得相晤識。誦其尊甫朱崑山廩膳生五《過六盤山》一絶云：「六盤奇狀昔曾聞，今到靈山正夕曛。從此登天真有路，層層足下已生雲。」非曾上六盤山者，不知其詩之切也。

白香山詩平易自然，老嫗能解。然如「正色摧强禦，剛腸嫉喔咿」二語，又未嘗不生辣也。余《宿大河驛旅夜有懷蘇九齋刺史題壁》一律，結句云：「君詩恰與香山似，正色剛腸兩不慙。」可想見九齋之人矣。

涼州孝廉于芝房光九，曩過高臺，曾經相識。抵古浪縣，適芝房爲書院主講，聞余搜詩，以試帖詩一册見質。余曰：「《詩話》所採，大約皆詼諧清新之作，試帖則不録也。」芝房亟爲余誦其《書院即景》句云：「夜來欹枕聽流水，曉起當門看遠山。」

到蘭州晤朱甑山聲亭，以湖南進士任清水令，學問淹雅，傾盖暢談。誦其《弔武侯》句云：「天亡後主三分國，人弔先生五丈原。」又誦陝西黄刺史名景略《乾州南屏寺》詩云：「高皇開國貽謀遠，選得高僧入帝京。」又云：「報恩自有姚和尚，寂寂南屏早已歸。」又云：「沙彌不識西來意，艷説袈裟后手裁。」

蘭州旅夜，遍檢行篋，得蘇九齋刺史曩寄手書，云其妹如蘭亦能詩，年二十，未適人而卒。著有《紉蕙山房詩草》。内有《刺繡》詩云：「静處深閨習女紅，翻來舊譜恨相同。從頭重訂新花樣，繡折金針恐未工。」真閨中之秀也。

又檢得陝西葉芷林沅詩《遣懷》云：「畫虎畫龍誰辨别，呼牛呼馬儘朦朧。」又云：「閉眼新嬌生綽約，撑腸險韵出楂枒。」又云：「携來蠟屐雲猶清，歸去菜衣日正長。」又云：「戲滌銅瓶延季女，坐移金井門王孫。」具見工力。「季女」，玉簪名；「王孫」，蟋蟀名，用來尤爲新雋。

丁念薌明府自都引見歸來，重晤蘭州。見示所梓《悼亡詩》一册。情致纏綿，讀之心惻。蓋念薌伉儷最篤，其夫人没後，誓將不娶，以迫於母命，爲鸞膠之續。《秋日病中感懷》云：「塞外雁聲驚旅夢，鏡中鸞影惜空花。」其寄慨深矣。

念薌又言，其妹芝仙女史，才貌俱佳，工《靈飛經》小楷，亦能詩。適楊子宣庫大使。《寄外》云：「最憶殷勤代卸妝，良宵厚意抑何長。偶纏薄病親調藥，乍覺新寒促换裳。五載微吟情脈脈，連朝别緒夢茫茫。囑君一語才宜斂，傾軋由來屬宦場。」子宣名炳，江西人。殆亦才貌翩翩者歟！

黄書舫明府歸自烏垣，相見蘭州旅次。誦其《登天山頂》詩云：「伊吾西北月支東，一嶺摩天氣象雄。三十六盤登絶頂，始知身已出雲中。」

沈禮田太守擅繪事，工著色，詩亦静細。在烏垣屢共觴詠，未及記録。相晤蘭州，重閲其集，如《畫牡丹有贈》云：「幾回蘸筆寫穠華，艷絶風神果不差。富貴難移情萬斛，玉堂春已到卿家。」《畫竹有贈》云：「風前月下總相宜，一日無君即繫思。勁節莫教紅淚灑，恐成斑點累情癡。」古體中奇警之句，如《紅山雪夜》云：「紅山原與巫山同，神女高展靈旗風。爲雲爲雨復爲雪，能使下界都迷踪。」他如《迪化登樓》云：「當年荒草全無路，此日風光别有天。」《老吏》云：「就中取事機偏捷，笑裏藏刀色不華。」《和邊芸坪》云：「投轄陳遵名士習，登樓王粲故鄉情。」皆佳。

古浪尹張治堂績，粤東人，工書法，名重一時。余過古浪，款洽備至。抵蘭州後，治堂以書來，並寄舊作數紙。《黄鶴樓即事》云：「萬家鱗次爨烟稠，江水無情鎮日流。黄鶴亦知人世險，不馱仙客再來遊。」《金陵懷古》句云：「千年草木猶王氣，六代君臣自霸才。」

曹米莾之弟曹偉夫少府應杰，山左舊雨也。西謫數載，音訊闕如。適偉夫轉餉蘭州，一見狂喜，贈詩云：「相思六載隔風塵，意外相逢分外親。喜極反流知己淚，願君且莫話酸辛。」「通天絶地擅奇才，深感君恩萬里回。塞外風沙關外月，一齊都赴筆端來。」

陸雨香一濂，余到蘭州後始得謀面。時雨香以軍功晉秩司馬，晤時贈余七律二首，有句云：「三年卧看天山雪，萬首狂揮塞域詩。」

黄嘯村刺史，曩多所唱和，均未記録。抵蘭州後，適嘯村奉諱，行將旋里，甫相見，即爲余誦其近句云：「一官落拓無如我，十載清貧不讓人。」又云：「回首江南好風景，龍眠山裏是吾家。」廉吏風規，可以想見。因索觀嘯村舊作，如《狄道謁楊忠愍公祠》一律云：「巍巍祠宇靄松楸，一代郎官勝列侯。鋤惡定教寒賊膽，全忠豈昔惜吾頭。天顔震怒生何敢，臣罪當誅死不尤。嚴氏威權空赫奕，那如名節振千秋。」他如《任寧州牧謁狄梁公祠》云：「隻手能扶唐社稷，豐碑尚見宋文章。原注：祠有范文正公碑。」《任慶陽守謁范文正公祠》云：「輔政同心儔富弼，驚軍破膽匹韓琦。」《任階州郡拜杜工部草堂》云：「唐室祇今無寸土，草堂終古屬先生。」《登五泉山》云：「紫塞西連沙漠遠，黄河東折海雲迷。」《登黄鶴樓》云：「萬里長江飛匹練，數聲征雁破殘秋。」俱見雄整。

嘯村又言階州有萬象洞，其洞幽邃奇險，昔張三丰曾修煉於此。一入洞中，隨手持石，從心所欲，石即肖之，故曰「萬象」。有枯木橋一根，俗傳過此即可成仙。嘯村曾偕父老往遊之，得詩云：「一帶晴江萬仞峰，山光駘宕水溶溶。眼前幻象隨心現，洞口閒雲鎮日封。玉柱儼教撑五嶽，仙翁畢竟讓三丰。茫茫宦海曾經慣，橋險何妨進一重。」

嘯村爲桐城望族，代有詩人。爲余誦其曾祖直隸滄州刺史黄晉仙良棟句云：「磴高懷月上，山近放雲來。」祖博士黄冷亭桂句云：「竹書千个緑，楓染一林紅。」伯祖雲南迤西觀察黄左亭輔《咏竹》云：「一日豈能忘勁節，半生常自抱虚心。」叔祖四川江津明府黄繩庵楷《文會》云：「文就精粗分甲乙，詩從雅俗定雌雄。」尊甫湖北沔陽刺史黄香巖安泰《春耕》云：「兩脚踏開紅杏雨，一犁翻起緑楊烟。」胞伯貴州仁懷明府黄亦香安瀾《即景》云：「柳眼青窺金勒馬，桃腮紅襯玉樓人。」乃弟茂才黄笠夫文淵《書懷》云：「松老終當化龍去，泉清莫怪出山遲。」

嘯村又言其堂叔祖景州刺史黄春波瀚，在直隸著有廉聲，嘗自箴云：「飲德人傾金谷酒，礪廉心凜玉壺冰。服官却喜天顔近，欲報涓埃愧未曾。」

又聞桐城左氏詩人最多，如左耐庵茂才奎《白雁》云：「蘆花何處一聲笛，秋水無邊數點雲。」左恒齋茂才世翼《秋日遠眺》云：「經霜楓葉紅燒樹，敗雨蘆花白醮川。」左然齋茂才其哲《階州》詩云：「崖懸峭壁千尋直，路裊游絲一縷横。」左芝圃茂才德泰《採蓮》一絶云：「花光人面兩嬋娟，嚦嚦歌聲滴露圓。唱罷忽聽齊拍手，大家争摘並頭蓮。」又有方石伍明經于穀，高尚耽吟，著作甚富，《書懷》云：「交遊京洛倦，心迹水雲忙。」《山居》云：「山上桃花山下柳，教人怎不住龍灣。」

秦州刺史李春生清傑，同鄉而未晤面。黄嘯村誦其《無題》一絶云：「灃水橋西石徑斜，日高猶未到君家。村圍門巷多相似，處處春風枳殼花。」風調翩翩，可以想見。

滿洲聯玉農璧，曾任江南司馬，工詩善書。時以事來蘭州，未得相晤。在友人處見其佳句云：「案成真似鐵，律細過於詩。」

西寧武孝廉吴雲超仲驤，意氣豪邁，而性愛筆墨，不樂仕進。余笑謂之曰：「可謂將軍不好武矣。」雲超即口占云：「封侯無骨相，報國有毛錐。」

豫省李韞山輝玉，工隸書，曾爲曹儷笙相國之記室。余在烏垣，適韞山設帳鎮迪湯和齋觀察處，遂訂交，屢共筆墨。先後旋抵蘭州，見余編輯《詩話》，誦其太夫人詩多首。録《題明妃出塞圖》一絶云：「馬上琵琶欲斷腸，分明曲裏怨昭陽。漢家絶少籌邊法，竟把和番仗女郎。」

「長笛一聲人倚樓」，趙嘏佳句也，後遂呼爲「趙倚樓」。李韞山爲余誦西寧陳佑亭啓新「人倚闌干正暮秋」之句，余贊其似趙倚樓，遂索觀佑亭之詩。蘊藉處，雅近晚唐。如《登高》云：「黄花秋影瘦，白雁雨聲寒。」《河橋道中》云：「浮生增馬齒，歧路認鴻泥。」《飲南樓》云：「夕陽影外寒山暮，落葉聲中野水秋。」《題壁》云：「清溪水帶潮聲下，蕭寺雲隨雁影來。」《友人别墅》云：「帶露拈花珠在掌，臨溪走馬月隨蹄。」《春暮即事》云：「一雙啼鳥穿林過，帶得殘花片片飛。」聞乃弟春巖孝廉亦工詩。

吾鄉陳秋竹士楨，以名進士任甘省首邑，人品政績，卓越一時。未幾晉擢太守。余到蘭後，適秋竹攝蘭州府篆，曾於許數九《秋江泛月圖》畫卷見所題七律一首，筆力健拔，音調鏗鏘，爲圖中傑作。

惜數九携之返里，無從登録。嗣於友人處見其題某夫人行樂絶句云：「懶拈紅豆譜清歌，林下風高壓綺羅。五馬未歸亭午後，佳兒問字到鷗波。」得一斑，如窺全豹矣。

余與金桐軒明府在蘭州合梓出塞舊作，爲朱敬亭觀察棫所選訂，是以昕夕論詩。桐軒見示同鄉戴惜初明府凝之吟箋數紙，《題曉妝春意畫扇》云：「曉鐘初動暗香含，驚起鴛鴦睡正酣。獨坐窗前理雲鬟，怕教春色侍兒諳。」「花底雙棲夜漏迢，泥郎辛苦殢奴嬌。停梳漫憶咋宵事，淡淡春山未肯描。」風趣絶妙。他如《登五泉山閣》云：「山色昔隨鞭影去，河聲今逐鎧歌來。」《重九》云：「晚香黄菊花忘老，新釀朱萸酒耐寒。」《觀劇》云：「登場若個能忘我，借徑曾誰不負人。」俱佳。惜初時以待銓縣令投効顔方伯報銷局内，聞與顔宫保惺甫先生暨李君朗如、顔君松鄰多所唱和，未得全録。

余在塞外，即耳廉訪薩湘林先生迎阿名。每見先生書法，蒼老生動，位置在歐、蘇之間，心竊欽之。比抵蘭州晉謁，春風和藹，雅度春容，望之如神仙中人。繼得讀先生《湖南道中雜詩》，五律尤爲矜嚴，如《度白水嶺》云：「一徑細而曲，四圍皆水田。更無餘地接，只有亂山連。廿里升雲磴，千重湧雪泉。不知天路近，已到萬峰顛。」《度石梯嶺》云：「蒼秀松杉聚，山陰亂起雲。曉行人不見，下望路難分。絶頂平疇闊，成形怪石紛。停輿聊緩步，蹊徑濕苔紋。」《重至祁陽》云：「明月渡湘水，祁陽今又來。帆檣寒岸立，燈火夜城開。入館起詩草，話遊銜酒杯。詰朝有公事，不復問峿臺。」真五字長城也。噫，公卿風雅，恒不數見。余編《出戍詩話》，弁之以葉芸潭先生，殿之以薩湘林先生，洵如家隨園所謂「海内龍門兩扇開」矣。

余《詩話》中所録，數載以來，多半升遷。如葉芸潭先生已擢方伯，李復齋先生已擢廉訪，英弁群、何蘭庭、盖健園諸先生俱升觀察。他如周又溪司馬、趙霽園刺史，蘇九齋、孔喆峰、徐阮鄰諸明府，陸雨香、丁念鄉、吴景雲諸二尹，無不官階特晉。偶一繙閲，雖不能至，心嚮往之。有詩云：「故人多半是騰驤，《詩話》重繙喜欲狂。我本胸中無點翳，不從宦海感滄桑。」「感恩知己兩堪誇，衮衮諸公望正賖。自分衰殘成棄物，他時懷刺遍天涯。」

《詩話》中友人，惟張伯良太守之情爲最久而最摯。方擬言旋以後，良晤有期，詎入關時詢之，伯良已歸道山。且其死也，因子以痘亡，伯良拘痘神責之，遂得顛狂之疾，與其夫人暨女同日俱没。可謂奇而慘矣。余聞信，爲詩痛哭以弔之，有句云：「熱腸待友風原古，狂態驚人死亦奇。」又云：「豈是英雄皆數短，只緣兒女太情長。」結云：「我欲望空頻酹酒，吟魂安得到遐荒。」

余歸後不敢再爲馮婦，擬呈請降捐教職，或不失書生之本業。未審廢棄之材，能上邀恩准否。紀以詩云：「慣寫蒲桃本是酸，名心動處太無端。輸人趫捷稱能吏，如我疏狂合冷官。十載可憐常橐筆，六旬將届又彈冠。望風遥把君恩乞，容飽江南苜蓿盤。」

《詩話》編竣，呈質友人，一時題之者，如古城張韓拙茂才云：「離合悲歡件件全，如將一齣演當筵。從頭徹尾須臾畢，已向人間過五年。」「尋幽底用踏芒鞋，萬里猶如在户齋。笑煞猿精真狡獪，文星常有小星偕。」巴里坤遇李史如州倅書勛南歸，題云：「迢迢紫塞不虚行，半是懷人半紀程。怪底歸踪太濡滯，名花名士囿先生。」「朔漠風沙望裏收，歸鞭遥指秣陵秋。郵筒他日先相寄，萬里關山好卧遊。」過肅州，劉石渠明府題云：「等身著作比球琳，原注：玉堂爨梓《衆香國秦淮花略》、《江上新吟》諸小部暨《蒲桃畫譜》、《閒雲吟草》、《蠡莊詩話》諸大著。萬里旁搜見匠心。冀野群曾空一顧，雞林價又重千金。按程應補方輿誌，展卷如操絶域音。應接教人真不暇，遊踪我已到山陰。」過涼州，趙鞠坡孝廉題云：「曾隨弱水向西流，底事身如不繫舟。卷裏衙官呼屈宋，祁連山色亦低頭。」「玉關兩扇爲誰開，天遣生還著作才。昨日中秋親覓句，手招明月照詩來。」「劍南而後復逢公，一代詩翁即放翁。深樹坐題多艷體，滿林秋色葉初紅。」「得入搜羅豈偶然，量來玉尺别媸妍。敦煌樂府西涼伎，鼓吹騷壇送謫仙。」

（吴忱、楊焄點校）

鈍吟雜録·樂府論

鈍吟雜録・樂府論 提要

《鈍吟雜録樂府論》一卷，據雪北山樵（張承綸）輯《花薰閣詩述》本點校。按馮班《鈍吟雜録》十卷，原非專論詩，其中《嚴氏糾謬》一卷，已收入内編順治期。此卷仍題「鈍吟雜録」則不確，四篇中，惟《正俗》一篇三則摘録自《鈍吟雜録》，其餘三篇録自《鈍吟文稿》。雪北山樵以「樂府」爲題，輯爲一卷，載於其《花薰閣詩述》卷五。其人本名張承綸，字錫三，後改幼文，號西軒，又號雪北山樵，以號行。山西高平人。有《西軒遺詩》。《花薰閣詩述》有嘉慶二十二年吴錫麒序。馮鈍吟曾稱「滄浪一生學問最得意處，是分諸體制」，此語亦可謂自況。其論樂府沿革，有七階段，大抵漢魏前以入樂不入樂分，六朝至初唐猶不離樂或不離古題，老杜新樂府以後則自製新題而不必合樂矣。論甚清晰，一掃明人之紛雜。論歌行亦從「晉、宋時所奏樂府」入手，既「多是漢時歌謡」，又「指事詠物，或無古題」，出於樂府而又有不同，故於《文苑英華》之分樂府、歌行爲二，亦不輕議。何焯曾稱其辨齊梁體，乃「定老專門之學，當終身服膺之」。此卷樂府之論，實亦足當之。後又收入丁福保《清詩話》，頗廣流傳。二本題下之「馮定遠原本」，郭紹虞《清詩話前言》曾駁之，今予删去。

鈍吟雜録・樂府論

樂府至有明而叢雜，出奴入主，三百年來迄無定論。《鈍吟雜録》中樂府諸論，折衷群言，歸於一是。果有别裁僞體者，將不河漢斯言也。録其醇無疵者六則，與錢木菴《唐音審體》互參，時俗謬誤，其知所返乎？雪樵識。

古今樂府論

古詩皆樂也。文士爲之辭曰詩，樂工協之於鐘呂爲樂。自後世文士或不閑樂律，言志之文乃有不可施於樂者，故詩與樂畫境。文士所造樂府，如陳思王、陸士衡，於時謂之乖調。劉彦和以爲「無詔伶人，故事謝絲管」，則是文人樂府，亦有不諧鐘呂，直自爲詩者矣。樂府題目，有可以賦詠者，文士爲之詞，如《鐃歌》諸篇是矣。樂府之詞，有詞體可愛，文士擬之，如《東飛伯勞》、《相逢行》、《青青河畔草》之類，皆樂府之别支也。七言創於漢代，魏文帝有《燕歌行》，古詩有《東飛伯勞》。至梁末，而七言盛於時，詩賦多有七言。或有雜五七言者，唐人歌行之祖也。聲成文謂之歌。曰「行」者，字不可解，見於《宋書・樂志》所載魏晉樂府，蓋始於漢人也。至唐有七言長歌，不用樂題，直自作七言，亦謂之歌行。故《文苑英華》歌行與樂府又分兩類。今人歌行，題曰「古風」，不知始於何時。唐人殊不然，故宋人有七言無古詩之論。予按：齊梁已前，七言古詩有《東飛伯勞》、《盧家少婦》二篇，不知其人、代，故題曰古詩也。或以爲梁武，蓋誤也。如唐初盧、駱諸篇，有聲病者，自是齊梁體。若李杜歌行，不用聲病者，自是古調。如沈佺期《盧家少婦》，今人以爲律詩，唐樂府亦用律詩。唐人李義山有轉韵律詩。白樂天、杜牧之集中所載律詩，多與今人不同。《瀛奎律髓》有仄韵律詩。嚴滄浪云：「有古律詩。」則古、律之分，今人亦不能全别矣。《才調集》卷前題云：「古律雜歌詩一百首。」古者，五言古也；律者，五七言律也；雜者，雜體也；歌者，歌行也。此是五代時書，故所題如此，最得之，今亦鮮知者矣。大略歌行出於樂府，曰「行」者，猶仍樂府之名也。杜子美作新題樂府，此是樂府之變。蓋漢人歌謡，後樂工采以入樂府，其詞多歌當時事，如《上留田》、《霍家奴》、《羅敷行》之類是也。子美自咏唐時事，以俟采詩者，異於古人而深得古人之理。元白以後，此體紛紛而作。總而言之，製詩以協於樂，一也；采詩入樂，二也；古有此曲，倚其聲爲詩，三也；自製新曲，四也；擬古，五也；詠古題，六也；并杜陵之新題樂府，七也。古樂府無出此七者矣。唐末有長短句，宋有詞，金有北曲，元有南曲，今則有北人之小曲、南人之吴歌，皆樂府之餘也。樂府本易知，如李西涯、鍾伯敬輩都不解，請具言之。李太白之歌行，祖述《騷》、《雅》，下迄梁陳七言，無所不包，奇中又奇，而字字有本，諷刺沈切，自古未有也。後之儗古樂府，如是焉可已。近代李于鱗取晉、宋、齊、隋《樂志》所載，章截而句摘之，生吞活剥，曰「儗樂府」。至於宗子相之樂府，全不可通。今松江陳子龍輩效之，使人讀之笑來。王司寇

《卮言》論歌行云：「有奇句奪人魄者。」直以爲歌行，而不言此即是儗古樂府。夫樂府本詞多平典，晉、魏、宋、齊樂府取奏，多聱牙不可通。蓋樂人采詩合樂，不合宫商者，增損其文，或有聲無文，聲詞混填，至有不可通者，皆樂工所爲，非本詩如此也。漢代歌謡，承《離騷》之後，故多奇語。魏武文體，悲涼慷慨，與詩人不同。然史志所稱，自有平美者，其體亦不一。如班婕妤《團扇》，樂府也。《青青河畔草》，樂府也。《文選注》引古詩多云枚乘樂府，則《十九首》亦樂府也。伯敬承于鱗之後，遂謂奇詭聱牙者爲樂府，平美者爲詩。其評詩至云某篇某句似樂府，樂府某篇某句似詩，謬之極矣。樂府之名本於漢。至《三百篇》用之鄉人，用之邦國。樂之大者，正以郊祀爲本。伯敬乃曰樂府之有郊祀，猶詩之有應制。何耶？又李西涯作詩三卷，次第詠古，自謂樂府。此文既不諧於金石，則非樂也；又不取古題，則不應附於樂府也；又不詠時事如漢人歌謡及杜陵新題樂府，直是有韵史論，自可題曰史讚，或曰詠史詩，則可矣，不應曰樂府也。詩之爲文，一出一入，有切言者，有微言者，輕重無準，唯在達其志耳。故孟子曰：「不以文害詞，不以詞害志。以意逆志，是爲得之。」西涯之詞，引繩切墨，議論太重，文無比興，非詩之體也。乃其叙語譏太白用古體，謬矣。西涯筆端高，其集中詩多可觀。惜哉，無是可也。古書叙樂府，唯《宋書》最詳整，其次則《隋書》及《南齊書》，《晉書・樂志》皆不如也。郭茂倩《樂府詩集》爲詩而作，删諸家《樂志》作序，甚明而無遺誤，作歌行樂府者不可不讀。左克明《樂府》只取堪作詩料者，可便童蒙學詩者讀之。楊鐵老作樂府，其源出於二李、杜陵，有古題者，有新題者，其文字自是「鐵體」，頗傷於怪。然篤而論之，自是近代高手，太白之後亦是一家，在作者擇之。今太常樂府，其文用詩。黄心甫作《扶輪集序》云：「今不用詩。」非也。余尚及聞前輩有歌絶句者，三十年來亦絶矣。宋人長短句，今亦不能歌。然嘉靖中善胡琴者，猶能彈宋詞。至於今，則元人北詞亦不知矣，而詞亦漸失本調矣。樂其亡乎！詩之不合於古人，余能正之也。樂之亡，如之何哉？

論樂府與錢頤仲

「詩言志，歌永言。」「言之不足，故詠歌之。」然後協之金石絲管，詩莫非樂也。樂府之名，始於漢惠。至武帝立樂府之官，以李延年爲協律都尉，採詩夜誦，有趙、代、齊、魏之歌，又使司馬長卿等造十九章之歌，此樂府之始也。迨魏有三調歌詩，多取漢代歌謡協之鐘律，其辭多經樂工增損，故有本辭與所奏不同，《宋書・樂志》所載是也。陳王、陸機所製，時稱「乖調」。劉彦和以爲「無詔伶人，事謝絲管」，則疑當時樂府有不能歌者，然不能明也。漢時有蘇李五言、枚乘諸作，然吴兢《樂録》有古詩，而李善注《文選》多引枚乘樂府，詩文皆在古詩中，疑五言諸作皆可歌也。大略歌詩分界，疑在漢魏之間。伶倫所奏，謂之樂府；文人所製，不妨有不合樂之詩。樂之所用，在郊廟宴享諸大禮，或有民間私造，用之宴飲者。唐之五七言律、長短句，以及今之南北詞，皆樂也。其體亦何常之有？樂府中又有灼然不可歌者，如後人賦《横吹》諸題，及用古題而自出新意，或直賦題事，及杜甫、元白新樂府是也。歌行之名，本之樂章。其文句長短不同，或有擬古樂府爲之。今所見如鮑明遠集中有之，至唐天寶以後而大盛，如李太白其尤也。太白多效三祖及鮑明遠，其語尤近古耳。酷擬之風，起於近代。李于鱗取魏晉樂府古異難通者，句摘而字效之，學者始以艱澀遒壯者爲樂府，而以平典者爲詩。吠聲譁然，殆不可止。但取樂府詩集中所載讀之，了然可見。蓋晉魏樂章，既由伶人協律，聲有短長損益，以文就之，往往合二爲一，首尾都不貫，文亦有不盡可通者。如《鐃歌》聲詞混填，豈可更擬耶？樂工務配其聲，文士宜正其文。今日作文，止效三祖，已爲古而難行矣。若更爲其不可解者，既不入樂，何取於伶人語耶？亦古人所不爲也。漢詩之無疑者，唯《文選》班姬一章，亦樂府也。興深文典，與蘇李諸作何異？總之，今日作樂府，賦古題，一也；自出新題，二也。捨此而曰某篇似樂府語，某篇似詩語，皆于鱗、仲默之敝法也。選詩者至汲汲取其難通以爲古妙，此又伯敬、友夏之謬也。所知止此而已。

論歌行與葉祖德

晉宋時所奏樂府，多是漢時歌謡，其名有《放歌行》、《艷歌行》之屬，又有單題某歌、某行，則歌行者，樂府之名也。魏文帝作《燕歌行》，以七字斷句，七言歌行之濫觴也。沿至於梁元帝，有《燕歌行集》，其書不傳。今可見者，猶有三數篇。於時南北詩集，盧思道有《從軍行》，江總持有《雜曲文》，皆純七言，似唐人歌行之體矣。徐庾諸賦，其體亦大略相近。詩賦七言，自此盛也。迨及唐初盧駱王楊大篇詩賦，其文視陳隋有加矣。迤於天寶，其體漸變。然王摩詰諸作，或通篇麗偶，猶古體也。李太白倔起，奄古人而有之，根於《離騷》，雜以魏三祖樂府，近法鮑明遠，梁陳流麗亦時時間出，譎辭雲構，奇文鬱起。後世作者，無以加矣。歌行變格，自此定也。子美獨構新格，自製題目，元白輩祖述之，後人遂爲新例。陳、隋、初唐諸家，漸漸滅矣。今之歌行，凡有四例：詠古題，一也；自造新題，二也；賦一物詠一事，三也；用古題而別出新意，四也。太白、子美二家之外，後人蔑以加矣。

正俗

古人之詩，皆樂也。文人或不閑音律，所作篇什不協於絲管，故但謂之詩。詩與樂府，從此分區。又樂府須伶人知音增損，然後合調。陳王、士衡多有佳篇，劉彦和以爲「無詔伶人，事謝絲管」，則於時樂府已有不歌者矣。後代擬樂府以代古詞，亦同此例也。文人賦樂府古題，或不與本詞相應，吴兢譏之，此不足以爲嫌，唐人歌行皆如此。蓋詩人寓興，文無定例，率隨所感。吴兢史才，長於考證，昧於文外比興之旨，其言若此，有似鼓瑟者之記其柱也。必如所云，則樂府之文，所謂床上安床、屋上架屋，古人已具，何煩贅賸耶？又樂府採詩以配聲律，出於伶人增損併合，剪截改竄，亦多自不應題目，豈可以爲例也。杜子美創爲新題樂府，至元白而盛，指論時事，頌美刺惡，合於詩人之旨，忠志遠謀，方爲百代鑒戒，誠傑作絶思也。李長吉歌詩，雲韶工人皆取以協金石。杜陵詩史，不知當時何不採取？《文苑英華》又分歌行與樂府爲二。歌行之名，不知始於何時。晉魏所奏樂府，如《艷歌行》、《長歌行》、《短歌行》之類，大略是漢時歌謡，謂之曰「行」，本不知何解。宋人云「體如行書」，真可掩口也。既謂之歌行，則自然出於樂府，但指事、詠物之文，或無古題。《英華》分別，亦有旨也。

伶工所奏，樂也；詩人所造，詩也。詩乃樂之詞耳，本無定體，唐人律詩亦是樂府也。今人不解，往往求詩與樂府之別。鍾伯敬至云某詩似樂府，某樂府似詩，不知何以判之。祇如西漢人爲五言者二家，班婕妤《怨詩》，亦樂府也。吾亦不知李陵之詞可歌與否，如《文選》注引古詩，多云枚乘樂府詩，知《十九首》亦是樂府也。漢世歌謡，當騷人之後，文多遒古。魏祖慷慨悲涼，自是此公文體如斯，非樂府應爾。文、明二祖，仰而不迨，大略古直。樂工採歌謡以配聲，文多不可通，鐃歌聲詞混填，不可復解是也。李于鱗之流，便謂樂府當如此作。今之詞人，多造詭異不可通之語，題爲樂府。集中無此輩語，則以爲闕。《樂志》所載五言、四言，自有雅則可誦者，豈未之讀耶？

陸士衡《擬古詩》、江淹《擬古三十首》，如搏猛虎、捉生龍，急與之較力不暇，氣格悉敵。今人擬詩，如床上安床，但覺怯處種種不逮耳。然前人擬詩，往往只取其大意，亦不盡如江、陸也。

（姚蓉點校）

蓉峰詩話

蓉峰詩話提要

《蓉峰詩話》十二卷，據嘉慶間文德堂刊本點校。撰者聶銑敏，字晉光，號蓉峰，湖南衡山人。嘉慶十年進士，改庶吉士，授編修，歷官紹興知府。試帖有名於時。有《寄嶽雲齋初稿》、《墨香樓時文》。按聶氏生當乾嘉盛世，崇奉乾隆朝爲超邁千古，故其詩話表彰幽隱，網羅散佚，設譽甚寬，以符聖朝。卷一略評國初詩壇王、朱、施、宋諸大家，繼而揭明此意，故卷二以下備録同時之詩人詩篇，往往於一人、一題，連篇累牘，不厭其詳。大旨以名教爲重，詩藝則服膺漁洋神韵説，録詩雖夥，尚不嫌板重。所録以湖湘詩人爲主，尤詳於衡山一邑宗親、士庶之能詩者，蓋其父母之邦也。卷五即專録聶氏先人詩篇事跡。全書富於篇幅，乾嘉兩湖詩壇之况，頗賴以存。兩湖外如滇詩初興，袁、蔣、王夢樓、張船山等大家、名家之逸事名篇，亦間有著録，固非盡爲鄉邑詩話也。

蓉峰詩話卷一

衡山聶銑敏蓉峰晉光甫著
周光霽頤堂偉章甫校

詩者，思也。《三百篇》中，忠臣孝子，勞人思婦，大抵皆各寫其心之所思。極之鄭、衛之詩，貞淫雜出，存而不刪，亦以垂戒。聖人論《詩》，斷以「思無邪」一言，實能括全詩之要。學者不能得性情之正，而徒習爲淫哇艷曲，自矜風流，與無邪之旨大相背謬，吾無取焉。作詩固不可有理學習氣，亦不可有才人習氣，以能得風雅正旨者爲宗。

詩話之作，不必揄揚後進、詆毁前人，大抵表彰幽隱、網羅散軼之意爲多。以吾所見，如《全唐詩話》、《蓉塘詩話》、《王直方詩話》、《後村詩話》、《解頤詩話》、《南溪詩話》、《夢蕉詩話》、《庚溪詩話》、《劉攽詩話》、《永叔詩話》、《許彦周詩話》、《吕大有詩話》、《砦溪詩話》、《南濠詩話》、《麓堂詩話》、《歸田詩話》、《臨漢詩話》，多主此意；唯王若虚《滹南詩話》專與黄山谷爲難，豈山谷集中一無可取，而世人竟妄宗以爲西江初祖歟？此所謂論甘忌辛，是丹非素也，烏可據爲定論？

本朝詩話，如王漁洋、朱竹垞兩公，各有所作。王則意主超妙，朱則意主典麗，論者有蜀庖、越庖之分。若杭堇浦《榕城詩話》，爲典試閩省時所作，以之存一省之詩人可耳。

近今多傳袁簡齋《隨園詩話》。先生天才亮拔，持論亦新，惜其淫詞過多，不可爲訓。如某弟子以詩受業，即有「似此瓊枝來立雪，一時愁殺後庭花」之句；某女弟子爲國色，即擕張香巖同觀；有秀水金筠泉、無錫馬雲《題願許來生作妾》，即有「若學房星兼二體，心期何必待來生」之句。此在許者固想入非非，而調之者更覺非禮矣。集内、《詩話》内，似此者甚多，終貽後人口實。意稍暇爲删除之，以成其名。他如李童山先生有《雨村詩話》，檀默齋先生有《草堂詩話》，均可資藝林流覽也。

國朝詩人，自以王漁洋先生爲第一。先生諱士正，字貽上，一字阮亭，别號漁洋山人。幼負聖童之稱，六七歲入塾時，誦《詩》至《緑衣》、《燕燕》等篇，即潸然出涕。從叔祖洞庭公嗜酒，善草書，一日醉墨淋漓，祖方伯公顧諸孫命對云：「醉愛羲之蹟。」先生年十一，即應聲曰：「閒吟白也詩。」髫時作《落葉》詩，有云：「已共寒江潮上下，況逢歸燕影差池。」又云：「年年摇落吴江思，忍向烟波問板橋。」兄西樵爲刊《落箋堂初稿》傳於世，蓋其夙慧然也。順治乙未成進士，時年二十有二。自是因棄帖括弗事，專肆力于詩。由漢、魏以及元、明，靡不窮其派别，而析其指歸，大要見於《論詩三十六絶句》。其爲詩囊括衆有，尤侵淫於陶、孟、王、韋諸家，猶得象外之旨、絃外之音，其風調不可及。一時天下士被其獎藉者，多成名家，誠卓然詩學大宗也。雖趙秋谷輩别立門户，争相牴牾，又安能損其盛名哉。

漁洋詩集各體精妙，風味超雋。予尤愛其五七絶句，真能得味外味。五絶如《即目》云：「蕭條秋雨夕，蒼茫楚江晦。時見一舟行，濛濛水雲外。」《焦山曉送崑崙還京口》云：「山堂振法鼓，江月挂寒樹。遥送江南人，雞鳴峭帆去。」《雨後至天寧寺》云：「凌晨出西郭，招提過微雨。日出不逢人，滿院風鈴語。」《青山》云：「微雨過青山，漠漠寒烟織。不見秣陵城，坐愛秋江色。」《惠山鄒流綺過訪》云：

「雨後明月來，照見山下路。人語隔溪烟，借問停舟處。」《雪後懷家兄西樵》云：「竹林上斜照，陋巷無車轍。千里暮相思，獨對空庭雪。」《青暘道中》云：「修竹被晴川，淪漣映空曲。日夕雪初消，人家在寒緑。」七言絶如《江上》云：「吴頭楚尾路如何，烟雨秋深暗白波。好趁寒潮渡江去，滿林黄葉雁聲多。」《夜雨題寒山寺寄西樵禮吉》云：「日暮東塘正落潮，孤篷泊處雨瀟瀟。疎鐘夜火寒山寺，記過吴楓第幾橋？」《絶句》云：「波遶雷塘一帶流，至今《水調》怨揚州。年來慣聽吴孃曲，暮雨瀟瀟水閣頭。」《寄陳伯璣金陵》云：「東風作意吹楊柳，緑到蕪城第幾橋？欲折一枝寄相憶，隔江殘笛雨瀟瀟。」《真州》云：「江干多是釣人居，柳陌菱塘一帶疎。好是日斜風定後，半江紅樹賣鱸魚。」《題畫》云：「山氣化雲雲作烟，幽人蓑笠不知年。清溪曲逐楓林轉，紅葉無風落滿船。」《自沙河至唐婆嶺》云：「皖公山色望迢遥，皖水清泠不上潮。青笠紅衫風雪裏，一林楓桕馬蕭蕭。」《下五祖山》云：「雪滿空山下翠微，娱人十里盡清暉。野梅香破半谿水，翠羽一雙相背飛。」《清流關》云：「瀟瀟寒雨渡清流，苦竹雲陰特地愁。回首南唐風景盡，青山無數繞滁州。」《秦淮雜詩》云：「三月秦淮新漲遲，千株楊柳盡垂絲，可憐一樣西川景，不是靈和殿裏時。」「傅壽清歌沙嫩簫，紅牙紫玉夜相邀。而今明月空流水，不見清溪長板橋。」《秦郵雜詩》云：「夾岸人家短竹籬，鴨頭新緑雨如絲。十年寒食秦郵路，拂面楊花被酒時。」《雨宿山家》云：「鬱岡山下雨瀟瀟，山店寒更斷麗譙。遥憶青溪楊柳岸，一篙新緑漲江潮。」諸詩風味異常，摘録之以資諷詠，令人不致有望洋之歎。

漁洋而外，首推施愚山。先生諱閏章，字上白，江南宣城人。順治己丑進士，官江西參議，康熙己未，召試博學宏辭，官翰林侍講。爲部郎時，提學山左。課士以通經學古爲先，風氣大變。奉命分守湖西，轄吉、臨、袁三府。值兵戎之後，民多逋賦，追呼急，輒相聚爲盜。作《勸民急公歌》，又作《彈子嶺》、《竹源阬》諸篇，以告長吏，讀者感泣。數平寃獄，案牘一簡。築愚亭，對閤皂山，與過客觴詠其中。未幾，先生以裁缺歸，民争送至臨江，嘆曰：「是江如使君清。」因改名「使君江」。至是民送至江不能別，復送至湖。會湖漲，所乘舟輕不能渡，民争買石膏填之，已渡乏食，賣舟而歸。後膺三相國之薦，得入侍講，而文名遍天下矣。其爲詩體格高妙，詞氣醇雅，得詩家正宗。王阮亭先生録其佳句，倣張爲《主客圖》之例，爲《摘句圖》。尤愛其「秋風一夕起，庭樹葉皆飛。孤宦百憂集，故人千里歸。嶽雲寒不散，江雁去還稀。遲暮兼離別，愁君雪滿衣」。謂昔人論《古詩十九首》「驚心動魄，一字千金」，此雖近體，豈愧《十九首》耶？

漁洋又云：門人洪昉思問詩法於愚山，愚山曰：「子師言詩，如華嚴樓閣，彈指即現；又如五城十二樓，縹緲俱在天際。余則譬作室者，瓴甓木石，一一俱就平地築起。」洪曰：「此禪宗頓、漸義也。」噫，知此語者，可以讀兩家之詩。

愚山先生五言佳句，漁洋翁既爲之入摘句圖矣，尚有可增入者。如「有官真似水，無夢不還家」、「陰雲沉岸草，急雨亂灘舟」、「路長催老易，家近恨歸難」、「高柳不藏閣，流鶯解就人」、「風帆争落日，佛火亂寒星」、「嵐浮晴作雨，樹老晚成花」、「暮雲依樹宿，殘雪照江流」、「數峰明霽雪，一棹下寒雲」、「微雨洗山月，白雲生客衣」、「涼風生昨夜，秋色渡長河」、「暮雲來海色，涼雨送經聲」，《觀濤》云：「聲驅千騎疾，氣挾萬山來。」其七言佳者，予嘗略爲摘出，如「竹葉翻風喧夜雨，桃花流水帶春星」、「林陰晝入熊羆窟，石險宵懸虎豹關」、「水國風雷虚岫出，炎方冰雪半巖封」、「雨氣直從天目至，潮聲遥送海門來」、「萬户砧聲霜下急，一庭梧葉雨中深」、「過嶺丹黄楓萬樹，渡江虚白雨千山」、「地連朔雪孤城白，天入齊烟一帶青」、「野寺泉聲清客夢，江梅老氣撲青衣」、「曲磴寒烟真鳥道，滿城芳草幾人家」、「川原雪積雲皆凍，海國天低路不分」、「庭橘自移疎雨後，官梅争放早春前」、「孤亭寒引雙流瀑，五老晴飛衆壑雲」、「晴日峽飛千嶂雨，秋空潭見數峰青」、「秋曉雲霞天目見，夜深風雨太湖寒」、「九州積氣峰前合，萬里浮雲杖底來」，此種風骨，何減少陵。

同時與愚山齊名者有宋荔裳先生琬，字玉叔，萊陽人。世稱南施北宋，施以温柔敦厚勝，宋以雄健磊落勝。先生少負異才，年十八九即以詩古文詞屈其曹。順治丁亥成進士，嗣出備兵秦州，晉兩浙憲長。會族無賴子以夙憾飛章八告，一門繫獄，凡浹月而獲湔祓，遂流寓吴、越間。天子察其冤抑，起補蜀臬，留京師。而吴逆告變，成都失守。妻子皆在蜀，卒鬱鬱以死。悲夫！其爲詩天才儁朗，逸思雕華，風力既遒，丹彩彌潤。其浙江後詩，頗擬放翁，五言歌行，時闖杜、韓之室。漁洋云：「荔裳以《入蜀集》相示，古選歌行，氣格深穩。余多補入《感舊集》。」《次黄州》云：「賦成《赤壁》人無夢，江到黄州夜有聲。」《題督郵争界石》云：「蜀國至今悲杜宇，楚人終是戀鴻溝。」可謂精切着題。宋蒙泉弼又云：「《安雅堂集》刻於康熙己卯，殊多漏略，亦無《入蜀》一集，是非漁洋所見公子思勃原本。」近日其族人邦憲搜輯補刻爲續集，前後共一百餘首，而《海錯》二絶句亦不載。問其家有全集，徵之不得，不勝惋歎云。

荔裳先生全集，長篇佳什，如泛珠湖玉海，令人游覽不盡。余嘗就五七律中稍爲摘録，以見一斑。五言如《拜子美草堂》云：「峭壁星辰上，驚濤風雨來。」《雨後湖亭》云：「柳重低烟色，荷枯碎雨聲。」《宿五峰山》云：「松光青不定，海氣白成圍。」《宿涇陽驛》云：「亂蟲催髮白，疎雨逼燈青。」《宿雞山寺》云：「振衣霑石色，高枕納泉聲。」《喜表弟董樵書至》云：「憐予常作客，知汝尚依人。」七言如《送人督餉寧夏》云：「三輔征輸何日盡，二陵風雨至今多。」《登華山》云：「少華西來朝白帝，太行東望走黄河。」《登西嶽廟》云：「檻外河山三輔少，巖前觴豆百靈朝。」《登慧光閣》云：「山色淺深隨夕照，江流日夜變秋聲。」《過淇留》云：「瓠子寒沙天外盡，太行秋色雨中多。」《生日秦州作》云：「白髮來如不速客，青山應笑未歸人。」《小讌玉泉》云：「對爾一尊驚病減，别來三月覺愁多。」

其時與阮亭、愚山、荔裳諸公稱四大家者，又有朱竹垞先生，名彝尊，字錫鬯，秀水人。少聰慧絶人，書過眼，覆誦不遺一字，爲文千言立就。童時便工詩古，崇禎寇亂後，家産蕩然，益肆力于古。年十七，作贅壻於嘉興馮氏。華亭名宿王鹿柴一見大奇之，曰：「此必以詩名世。」自是聲名益盛。康熙己未，以布衣召試鴻博，官翰林檢討。著《曝書亭集》。纂述如《經義考》、《日下舊聞》、《詩綜》、《詞綜》，其最著者。又嘗集唐詩爲填詞，名《蕃錦》，均極工巧。顧寧人先生不肯讓人，亦以博雅許之。若以匹敵漁洋，可與並參。彼濟河、海岱間，每以山薑田氏並舉；而江南人士，亦有漁洋、棉津二家詩之刻，殆未爲定論矣。

竹垞先生學問極博，而詩筆清蒼，不以典實汩没性靈。五言如「星含兵氣動，月傍曉烟昏」、「歲暮飢寒逼，荒城雨雪多」、「秋風空日夜，歧路渺關河」、「到門千樹合，登閣一峰孤」、「明霞飛不落，獨鳥去還歸」、「回船沙岸火，驟雨石門松」、「陰巖深樹緑，斜日亂峰黄」，七言「陰洞蛟龍晴有氣，虚堂神鬼晝無聲」、「瘴雨不開烟樹黑，驚濤直下海門青」、「絶壁暗愁風雨至，陰崖深護鬼神朝」、「近海魚龍吹宿霧，中天日月轉浮瀾」、「遠烟歸鳥忽雙下，法鼓空林時一鳴」、「城晚角聲通雁塞，天寒馬色上龍堆」。

作詩原不拘一格，使必欲持門户異同之見，亦可不必。益都趙秋谷執信以詩名，同時王漁洋先生方爲騷壇主盟，海内工吟詠者，争出其門。秋谷先生以同里故人子，岸然自異，不肯爲之下，間出其意見相異同。漁洋初爲延譽，後乃銜之。先生著《談龍録》以見意，其言亦未必盡當。於是兩家子弟，互相訾謷，遂引是書以爲口實，抑亦過矣。嘗考秋谷先生少負異才，弱冠時即擢高科，入翰苑。會是科徵鴻博五十人，諸公皆雄文績學，睥睨一世，秋谷獨與之旗鼓相當，未肯稍避。繼遷宫贊，晉闈試，而恃才傲物，卒爲同朝所忌，遂一蹶不振。退老山林垂五十年，年踰大耄始卒。爲詩多簡淡高遠，寄興微妙。性嗜酒，喜諧謔。士人以詩文贄者，合則忘分訂交，不合則揮手謝去，是以大得狂名。然其言動則有卓識堅操，爲詩則能大含細入，亦不病其爲狂也。有《飴山集》，多自寫性真之作。兹摘其新警之句，以當一臠之嘗。五言如「遠海高於岸，輕烟聚作雲」、「邊聲催月曉，山氣壓城秋」、「久客嫌宵永，初寒覺醉遲」、「近山風轉急，臨水月逾明」、「窗虚聞雨細，人静覺秋深」、「野水浮烟遠，空山落照遲」、「江沉寒雨浄，山入暝烟齊」、「高處雲封屋，秋來草没門」、「遠樹猶藏雨，高城半出烟」、「湖翻遥海勢，雨挾晚秋聲」，皆戛戛生新之句。

《施注蘇詩》流傳已久，查初白先生慎行爲之補其不及，兼多駁正，蓋其平生得力於坡仙者深也。先生少日仗策從軍，出入牂牁、夜郎間，厥後遍遊天下，尤能得江山之助。癸未入翰林，召入内廷供奉。歲西巡，賡歌載筆，盪胸駭目之境，悉發於詩。每奏一篇，上未嘗不動容稱善。方上幸海子，捕魚賜群臣，命賦詩。先生云：「笠簷蓑袂平生夢，臣本烟波一釣徒。」稱旨。内侍傳「烟波釣徒查翰林」，以别於聲山學士昇，亦佳話也。顧年未當致仕，即決計引退。賦閒二十餘年，忽遭家難赴獄，放歸乃卒。先生繼長水、新城，主盟詩壇。嘗謂詩之厚，在意不在詞；詩之靈，在空不在巧；詩之淡，在脱不在易。學者宗之。嘗有句云：「座中放論歸長悔，醉裏題詩醒自嫌。」又「人來絶域原拚命，事到傷心每怕真」。蓋感慨係之矣。

高宗純皇帝七旬萬壽時，彭芸楣先生進《古稀頌》九章，言四十五年中，無事不超邁前古，實唯古者所稀。進呈特蒙睿賞，惜篇長難録。尤愛其紀其《闢土開疆》一頌云：「茫茫坤輿，天覆中外。視德大小，爲地廣隘。畫爲九州，肇自軒轅。横章縱亥，邈矣莫傳。自虞迄周，五服十二州。《禹貢》、《職方》，可考而求。漢不滿西南，唐疆圉西蹙。宋更偏據，明鮮外服。我大朝受命，奄有九有。朝鮮比内臣，内扎薩克，四十有九。中山交南，封貢奔走。我皇受之，增其式廓。一尉一候，逮乎廣漠。古者所稀，請言疆索。上塞畿北，甌脱在明。爲我苑囿，爲我膠黌。迪化、惠遠，限於玉關。置爲郡縣，户闔往還。崑崙我阜，濛汜我池。二萬餘里，始達京師。普爾輪賦，騰格鑄號。闐璧入懸，宛拘服皁。暨安集延，痕都斯坦。精鏐磨玉，入貢自遠。土爾扈特，歸自窮邊。傾心向日，仰首見天。籌以游牧，活以衣糧。慰以黄教，膜拜都綱。自我朝肇興，蒙古先服。越百三十年，盡其族屬。尺土我版章，一民我臣僕。象胥不及通，職貢不能繪。極天覆幬，咸襲冠帶。即今方來，西極化人。累歲始達，丹書貝文。持無量福，獻有道君。猗歟盛事，懿古未聞。」通首考核精詳，而筆陣尤極雄肆。

聖朝優待大臣，殊恩異數，有加無已。在前如蔡葛山先生新，年老告歸，得邀褒榮。近今如韓城相國王偉人先生，尤爲光寵倍至。先生歷相兩朝，廉潔自矢，猶守寒素家風。晚年精力稍衰，屢懇賜歸。上屢留之，恩諭扶杖入宫門，至養心殿召見，爲從來所未有。後以其情詞懇切，命之歸。歸里後，夫婦年届八旬，恩賜諸珍。因同來京申祝，時值嚴寒，上命於春和後起程旋里。未幾先生没，没後紀曉嵐亞相輓以聯云：「位望重如山，調鼎無慚真宰相；門庭清似水，蓋棺猶是舊書生。」蓋道其實也。方恩許扶杖至殿時，朱石君師紀以詩，諸名公卿互相唱和，極一時之盛。録之以見太平遭際之隆，且以見前輩典型，俱足動人欽仰也。朱石君師云：「引年憲乞國老崇，詔許扶杖入紫宫。彭觥玉版拜前席，清問眠食康疆窮。咨俞經國大謨畫，軒皇訪道后牧鴻。臣今八秩竊少二，策鳩歸話桑麻豐。知止知足老氏誡，杖朝杖國天光隆。明年春山蔓繡野，桃竹左右旋河潼。平生志不在温飽，立廷沂國標清風。兩朝元老足矜式，廉耻節讓端群工。珪也幸托在婣婭，假年勇退敢後公。吾衰久矣恐不逮，願以白水明厥衷。珪儻重值戊辰年，亦七旬有八，是吾退休期也。」偉人先生和云：「杖朝未逮恩已崇，前旬召見，蒙詢及難於步履，因命以後可扶杖至宫門前，已爲榮幸。扶鳩兼許躋温宫。皇仁優老感同列，前席敷陳慚臣躬。我聞孔光卓茂並淑德，叨承嘉賜榮鵷鴻。又聞龍頭杖授石天麟，元憲宗以御用金龍頭杖賜石天麟曰：「卿年老出入宮掖，杖此可也。」出入宮掖福滋豐。歸田下悃邀宸鑒，駢蕃錫賚彌優隆。宮銜載晉仍禄食，未幾傳説過嶠潼。若兹異數播里井，村氓動色敦醇風。虔思五旬聖壽節，盈廷獻頌争攄工。爾時靈壽應俱賜，孱軀冀勉隨群公。葭莩誼切頻過訪，酌我爲話桑麻衷。」洎偉人先生告歸，同時耆碩俱餞以詩。石君師《送偉人先生歸韓城》云：「關西夫子志節崇，冠雀銜鱣翔講宫。起家高甲洊台輔，正直蹇蹇勵厥躬。力辭樞密介于石，屢告休沐翩如鴻。七年功竣快洗甲，元日雪厚徵綏豐。扶筇兩足健且駛，渥綸三錫恩方隆。歸軒桃林散戰馬，望氣紫蓋連關潼。同朝鏗奇詩滿册，老彭椽筆争雄風。吾衰技癢力不勁，欲罄情話難爲工。大賢推讓孰叨竊，晝錦獨樂真鉅公。慙無硬腕鬥斟雉，吉甫爾雅言由衷。」彭芸楣先生其一云：「我讀《戴記》儒行崇，環堵之室一畝宫。去亦不得爲勇退，留亦不得爲匪躬。適留未是戀秣馬，適去未是避弋鴻。陳力就列不能止，老農務穡隨歉豐。臣身不繫争進退，臣道何敢言汙隆。方今神聖致平治，全定隴蜀沔漢潼。江湖魏闕可自効，相與努力揚皇風。留者勿謂去者拙，去者勿謂留者工。旁觀軒輊别有意，議論轇轕非不公。不如静待二三策，此時且各行吾衷。」其二云：「洪河比潤華比崇，樓臺無地先人宫。少年親炙兩賢相，尹文端、陳文恭。後來視昔於其躬。暮猶潁濱師和仲，老有德曜賓梁鴻。買車賣宅自兹去，兼貨狐白貂裘豐。嚴氣正性有不可，面頳鼻縮聲隆隆。五科著録滿天下，不私禄籍如梓潼。十年秉樞作宰相，廣文先生仍舊風。狀元及第士素艷，自謂詩拙本不工。讀書所得《近思録》，論兵唯舉韓文公。名臣言行撮其大，謂予不信曒月衷。」其三云：「初定拔萃科制崇，君與我偕貢澤宮。豈知功臣貌褒鄂，豈知舊學尊榮躬。我先君立門外鵠，君先我奮雲中鴻。辰朝同直西同退，小飲舉觶大舉豐。順城米市不半至，驢車過從牽殷隆。金經祝聖夾寫竺，字書干祿碑繙潼。交承每連左右手，遷次輒拜上下風。兒登南宮孫京兆，策名再幸依宗工。邇年衰病亦相似，以跛御跛兩習公。有過誰爲予藥石，有疑誰爲予折衷。」其四云：「杖朝八十禮所崇，給扶矧乃詔入宮。觀者賢哉或竊嘆，榮厭五等桓信躬。危持顛扶取類大，用行舍藏樹錫鴻。飾鳩祝汝哽噎廢，荷蓧勤我禾黍豐。一條椰栗三尺耳，臣今得此君恩隆。歸山幸有濟勝具，暇或選勝登華潼。撰屨執柬鄉後輩，爲道優老求舊風。不然孔光亦靈壽，媕婀徒具行步工。不足舉以爲公頌，即此賜杖責備公。輔之翼之使自得，敬思放勳垂訓衷。」自跋云：「作昆弟交五十年，所欲説者何限，特恐事雜言龐，不白所懷耳。不得已爲攟章法，首明出處之義，次表言行之懿，次叙交契之厚，而以杖朝紀事殿末。辭各指所之，非求多也。友朋離别之言，自以爲應爾。太傅其教之。」董蔗林師云：「瑯琊公堂逾璟崇，賜告猶詔趨玉宮。前席垂詢及步武，許持靈壽扶其躬。平生忠謨契睿鑒，襄贊上理蹐昭鴻。國之基杖古所式，詎羡洛社圖元豐。即今策笻赴殿對，龍頭麟角孰比隆。安車欲發待春暖，異數早已傳河潼。壽俊作朋倡雅什，吉甫肆好揚清風。鵷班同時誦高唱，並推初寫《黄庭》工。新詩傳看遞賡和，睢陽留守酬祁公。勉附杖頌效祝悃，藉誌曩昔寅恭衷。」戴蓮士太老師云：「紫光圖繪儒冠崇，玉鳩兩度頒軒宮。輔臣恩遇重黄髮，不數更老榮與躬。中流砥柱任端揆，贊襄密勿躋龐鴻。引年未逮杖朝日，願偕田叟歌綏豐。温俞時賜便殿對，扶携典較耆英隆。正逢捷書奏洗甲，江沱漢表連川潼。先生緑野拂青竹，某丘某水娱春風。岫雲早出慰時望，霖雨已施收神工。同志賡吟式群輩，一時佳話傳三公。門生撰杖志欣慕，天褒清節酬丹衷。」劉雲房師云：「立身介節清譽崇，引年戀闕朝神宫。天子優禮重元老，特許鳩杖扶厥躬。王臣蹇蹇終匪懈，豈羨高翥冥冥鴻。桑梓況兼賊竄伏，望歲求瘼籌歉豐。留待功成身始退，何怪連番恩遇隆。忠心炯炯天亦鑒，捷書果早來峭潼。渭水秦山春色遍，祖帳披襟桃李風。樂志林泉更頤養，結社聯吟詩益工。莫笑買山資斧缺，不在温飽凛在公。呼嵩重來入宫掖，載錫靈壽酬丹衷。」戴可亭先生云：「熙朝碩輔禮遇崇，特詔扶笻趨玉宫。天語温渥眷前席，引年善保耆英躬。篤顧憲乞重惇史，進規退矩儀鸞鴻。宫銜榮晉更詔禄，晝接賜賚何蕃豐。叟筵齒杖已異數，榮鳩殿陛恩尤隆。壽車逶遲待春暖，會溯黄巷西濟潼。賜笏賜几艷史册，介節邁古元臣風。小子追隨撰杖列，扇蘭開玉承宗工。卅年饘席範懿誨，敢忘敬慎勤在公。太華千仞日仰止，景行勉矢純白衷。」陳伯恭太老師云：「光順册禮天家崇，元老拜慶明光宫。帝優齒德許扶杖，鼎銘載誦彌循躬。同朝燕許走詩賀，勇退却羡高天鴻。盍簪屢約話京國，耆會後日思岐豐。想携榔栗問暘雨，野老聽説君恩隆。吾師忠愛常在國，待看捷奏穿蒲潼。時平主聖歸願愜，國門嘉餞遲春風。惟余立雪近卅載，如以散木煩良工。執末而獻弟子職，所願出入隨温公。傻期祝嘏到日下，民艱入告宣葵衷。」趙謙士先生云：「巖巖西華孰比崇，儕於四嶽神所宫。篤生甫申傳自古，景行何幸逢當躬。好是正直潓者厚，致身台輔襄龐鴻。是爲蒼生作霖雨，應嗤穀玉論年豐。巾天際會太平宇，轉遜赫赫隆名隆。乞身非矯出處節，偶然鄉夢飛臨潼。群公作詩盛祖帳，鉅製抗雅兼揚風。山林廊廟各有説，大抵異曲誇同工。敢持瓦缶儷金石，小言何足譽我公。從遊廿稔弟子列，於公之去攄離衷。」劉石庵先生《和韵送歸里》云：「金天嶽拱皇都崇，篤生申甫趨瑶宫。其來有自出有爲，昇平巘巘臣匪躬。當年五雲飛殿角，如虎如鳳如儀鴻。訏謨仰贊聖心契，德意宣布詞條豐。七十又八未云憊，耳根壽骨堅隆隆。平生服飾狎金石，髦欲歸卧懷峭潼。皇曰俞哉春可爾，時清義氣融仁風。東方三大是吾土，九仙棟宇非人工。待我乘雲一招手，蓬萊之閣還逢公。霞珮頡頏到金闕，天子萬壽抒微衷。」《疊韵再賦》云：「秦山連延楚蜀崇，牛羊芻牧群甿宫。鳥驚獸駭紛獝狘，由吏朘削私肥躬。天威一驚大澤沛，狂猘既剪安飛鴻。綸扉老人忽西笑，欲偕人樂歌年豐。杖扶日接臣步穩，春和旋返皇恩隆。慈光加被發畿甸，台星照耀臨河潼。周原築室考《周雅》，秦庭擊缶諧《秦風》。我歸相訪尚有待，作韵頻寄詩同工。五雲多處一回首，京華舊雨懷群公。小陽春月定握手，夜闌軟語論其衷。」又次石君師七律原韵云：「疏請歸田臣步蹇，恩教榮杖聖慈周。羨公遐舉清如鶴，愧我勤趨拙似鳩。落落出塵心自逸，桓桓許國力還優。春風一看耕桑樂，祝慶適來贊大猷。」陳春溆師云：「尊賢尚齒天眷崇，予告仍謁明光宫。内右門許策杖入，安此篤樂王臣躬。先生勇退屢懇請，羽儀高潔占逵鴻。一夔一契舊同志，新篇特紀恩禮豐。樞廷大政久襄贊，況值景運中天隆。樓臺本自無地起，豈戀泉石華與潼。澹泊寧静素所尚，書之史册流淳風。玉堂賡和粲成帙，興酣疊韵詞逾工。叨沐化雨卅餘載，請業請益常從公。佇公祝鼇來日下，扶鳩輕健怡宸衷。」戴東山先生云：「漢之魏丙唐璟崇，百年翊運瑶華宫。吾師立身首誠篤，洪河泰華環於躬。沉機宅揆決大政，一十七載襄帝鴻。圖形淩烟策勳再，出入紫籞嘉謨豐。曰惟正己以飭物，不蘄蹇諤乃益隆。八旬致政邁典禮，功成翩然思渭潼。欽賢優老俞厥請，渥被泉石三古風。追惟巍科歟歷始，鴻恩如昨答化工。如綺如黻艷陽月，烹魚西歸頌我公。期頤善保副私祝，護養元氣惟醇衷。」

嘉慶九年仲春月，上幸翰林院，賡詩錫宴，一遵舊章，仍用《東壁圖書府》五律字分韵賦詩。御製「東」字、「音」字韵二首，親王以下大臣等，分賦三十八字韵，其爲字數限者，復作《柏梁》體聯句，徧及群臣。御書「清華勵品」、「天禄儲才」二額賜院，樂奏《文物京華盛》、《玉署延英》、《延閣雲濃》之章，演唐十八學士登瀛洲故事。掌院協辦朱侍郎英俱加銜晉秩，詔賜群臣御製《味餘書室全集》、《九家詩》、《杜詩》及茶綺硯牋有差。群臣恭備詩册，宣揚美盛，敦崇文教，實爲從來所未有。上特賞編修臣蔣祥墀《回文詩》云：「咸臨叶化大文同，紀甲重開紹運隆。函鏡留輝離繼照，唱鐃傳令巽宣風。諴和象驗歸辰牡，焕炳書瞻聚璧東。緘鳳五雲祥捧日，缪旍繞瑞效呼嵩。」「謙沖仰訓式温恭，瑞應文昌際治醲。拈藻韵篇裁月露，講筵經義豁鐘鏞。漸摩廣學崇丁祀，覲聽環雍在戊逢。添額榜恩鴻選博，翹瞻共頌起儒宗。」「覃恩錫寵迓旌幢，縉葺重輝玉映窗。嵐彩倒涵洲渺渺，井波回瀉水淙淙。三廳起秀誇松竹，《四庫》儲珍擷茝茳。簪盍衆賢承德諭，驂鸞舞聽韵琤瑽。」「金盤掌上日輝遲，月紀陽春令協時。深柳拂梢旗蔭桂，落花吹影蓋飛芝。臨河玉鑑涵文藻，接島瓊山映綵楣。林鵲噪聲先報喜，駸駸駕備馭虯螭。」「洲盈草緑引風微，簇筍班聯駐蹕騑。球戛珮聲鈴動索，扇移雲影鳥飛翬。彪彪綵仗排旌羽，嬝嬝香烟曳衮衣。優遇禮門金燭撤，櫄薪萃慶有光輝。」「冰條署迥璧藏書，古制尊師謁禮初。黴鼓聽同陳策篋，奉璋環共擁簪裾。興文翼道崇儀展，佑國酬勳祝悃攄。仍典持嚴箴一敬，承明有碣舊傳廬。」「庭中榜額絢丹塗，序繼皇謨聖合符。星日燦題褎並㮰，霧烟霏篆楷兼模。銘珍勵品敦琮璧，訓寶儲才毓櫝梧。型典式瞻欽諭炳，青錢選重禮文敷。」「瓊瑶滿架入籤題，贍雅資深測管蠡。成集考圖觀璧左，彙文傳本校園西。英莖製萃亭儲寶，漢魏碑頌室聚奎。瀛嶠積書藏院秘，清華露湛夜然藜。」「芳春賞讌列庭階，縵紣雲蒸鬱氣佳。潢漢譜輝麟定角，葦萋鳴葉鳳鳴喈。香觥泛露仙莖挹，翠脯摇風瑞箑排。光寵荷恩天禄接，堂東蔭徧緑陰槐。」「紗籠艷曲綺筵開，妙舞更番幾溯洄。霞絢海瀛登陸褚，雪霏粱館集鄒枚。花甎五度人趨院，藥砌層翻影上臺。嘉宴禮成軒樂奏，沙堤重望寄鹽梅。」「柯亭盼賞艷擒春，藻黼聯輝接席珍。歌再起歌賡集富，詠原依詠發聲醇。和衷勖治期懸鼓，見道徵文屏飾輪。珂振集賢群聽竦，哦吟寫意寓陶甄。」「毫烟落紙拂香芸，愷樂陳詩賦韵分。高曲叠聲金振玉，衆竽環立海垂雲。操歌漢讌臺聯詠，仿律唐詩殿徹聞。叨坐末員微技展，璈琅繼響附仙群。」「坳堂玉映澈心源，賚予頻施廣樂尊。苞絡闉醇含至味，瀼溪傳派溯源真。蛟蟠墨影池含潤，鳳組縑函軸紀恩。交泰誌庥揚盛美，抄增典實載輶軒。」「僚官衆集喜隨鑾，抃舞同時獻悃丹。謡進《壤歌》儒播化，頌傳輿論士騰歡。翹翹秀發華林杏，冉冉香披晝省蘭。遥望景星文運應，霄雲絢采振鵷鸞。」「天中日麗景斕斒，遠軫文覃廣澤頒。躔映斗輝連漢倬，律調風化洽瀛寰。年豐報瑞孚壇坎，地益徵圖貢海山。平蕩會逢時皡皡，編摩職忝豹窺斑。」諸什回環讀之，成上下平三十首，而意義各別，亦可謂錦心繡口，極才人之能事矣。

十年秋，聖駕東巡，展謁三陵，還至盛京大朝會，中外親賢，咸沾渥澤。由舊章焕新猷，推恩錫類，孝之至也。禮成回鑾，群臣咸進詩册，以紀鉅典。時胞兄鎬敏爲編修臣，呈七律百首，幸邀睿鑒，得叨賞錫。兹爲摘録十五首云：「寶籙凝禧億載綿，聖能繼聖道同天。烈文典肅求章日，繩武情深受祜年。丙御争迎山徼外，寅衷直溯水源先。邰封事業初基重，載詠《生民》后稷篇。」「長白山高勢鬱盤，扶輿王氣得雄觀。半空風雨三神亘，下界烟雲五嶽寬。箕尾分躔占鶴降，青營接壤護龍蟠。真人自有真符在，留取金泥玉檢看。」「何須鳥外訪崑崙，勝境紆回埒火敦。放出螺青淩迥漢，翻成鴨緑濬真源。仙葩日暖紅滋蕚，瑞草春深碧浸根。此路雲漿呼吸近，闉門潭口是天門。」「靈鵲翩然報發祥，從知天亂兆生商。娥池映月澄千頃，仙佩飛霞耀九光。應識銜書將集社，特教吞果卜宜王。神人誕育標奇迹，不獨郊禖事異常。」「雲駢空際引琅璈，岐嶷天男付一舠。紅影壓波蓮葉瓣，緑痕圍坐柳絲縧。犬牙壤錯歸依切，蝸角争平締構牢。萬姓就瞻三姓啓，鄂多城裏據神皋。」「從古遷都重遠謀，爲争形勝費前籌。天心已向城遼協，地望何如駐瀋收。朝日岐山懷亶父，夕陽豳野憶公劉。難忘三載居初定，議到頻勞慮更周。」「指點元勳墓尚存，當年佐命闢乾坤。秬卣屢醉先皇德，椒奠新銜奕世恩。褒鄂丰姿深想像，彭韓事業細量論。酬庸不忘旂常舊，帶礪盟書永後昆。」「早過寒露漸凝霜，秋老陪京萬木黄。山色清奇生薄旭，水波明瑟入斜陽。鑿開砥道輕飛騎，鏡徹環瀛穩載航。玉壘錦江陳迹冷，總輸勝槩據神鄉。」「萬丈長虹貫紫都，閣開文溯復崇謨。琅函《四庫》皆珍秘，玉牒千編總寶符。書法龜龍新義類，篆翻蟲鳥古形謨。聖人制作超軒頡，永焕天章被八區。」「最是登高闊遠眸，至尊身在鳳皇樓。晶瑩日放三霄霽，霮䨴雲平萬里秋。爽氣家家澄玉宇，清時處處聳金甌。皇心追憶神功懋，恰向憑欄一望收。」「南望遼陽認舊基，紅雲曾此拂征麾。芒飛玉弩能搜窟，險據金墉漫守陴。四面水乾開閘後，一隅城陷奪橋時。通宵列炬連朝克，勝算全操豈易窺。」「薩爾滸山東北出，瀋遼威勢此先開。即看鳥道千盤擁，猶憶狼烽四路催。火礮空隨風力捲，天戈直遣日光回。奇兵廿萬匆匆破，終古驚傳聖武恢。」「清河南去水溶溶，路隔朝鮮復幾重。玉璽方歸真主握，金戈先定外臣封。十行檄勅回心嚮，一片碑銘革面從。見説臨津飛渡日，滿天冰雪助英鋒。」「重瞳偏覽舊山河，文祖神宗慨慕多。彝訓昭昭原日朗，鉅功歷歷恰星羅。頻飛宸翰扛龍鼎，競仰天章織鳳梭。述德紀徽吟詠富，豪情遠軼《大風歌》。」「桃花寺外拂霜花，屈指燕郊路未賒。扈蹕馳驅千騎擁，迎鑾笑語萬人譁。早移北斗回冬日，恰放西山峙晚霞。香篆細焚塵浄掃，歡扶瑚輦入東華。」其麗句如「千尋鐵嶺旗揮日，百堵金城鼓動雷」、「襟收一海鹽堆外，笏拱群山米點中」、「《蠱》説未容誇鹿逐，乾符本自象龍飛」、「壇廟自修霜露裏，室家猶念雨風餘」、「茅檐初遂瞻雲望，楓陛彌深愛日懷」、「楊柳拂旗新緑淺，杏花飄笠暖紅酣」、「環循甲子星回候，馭捧寅賓日出初」、「辰水洗兵衣鐵晃，酉山銘績柱銅標」、「露布連番飛凱奏，星弧萬古靖妖氛」、「偏輪廩粟充孱餓，更發宮衣禦峭寒」、「秋風瓠子千珠捧，春雨桃花一鏡揩」、「珠阜寒芒驚舞雀，鼎湖遠勢悵攀龍」、「羹傳翠釜駝峰聳，酒泛金尊蟻浪添」、「輦路風飛黄葉響，寺門日射緑苔陰」、「梵刹祇今千佛相，御園當日百花香」、「三萬兵曾來九部，廿餘年已掃群雄」、「於今函夏傳烽静，憶昔深秋接戰酣」、「要歷星霜堅勝算，直回風雨壯征鼙」、「晨排甲仗千軍送，暮指庚郵萬騎屯」、「香烟氣裏騰蒼蜃，浪雪光中舞翠蛟」、「《華黍》入笙新節奏，《楚茨》歛籥舊篇章」，皆工力悉敵。

蓉峰詩話卷二

衡山聶銑敏蓉峰晉光甫著
周光霽頤堂偉章甫校

自漁洋以後，有風調者，又得長洲褚筠心前輩。惜其詩稿散失，未見全集。余嘗留心蒐輯，僅得十餘首。《圓明園》詩云：「人在紅雲碧樹間，宫莎逕軟步初還。遥天魚尾烘晴影，殘雪微明一角山。」「鴨頭新漲澗泉清，宫樹流雲照眼明。好是穠春三月暮，麴塵風裏聽啼鶯。」《過琉璃河》云：「琉璃河水晝生寒，南北浮雲馬上看。流盡長途冠蓋影，西風閒煞石闌干。」「幾處烟波幾疊嵐，雨餘清景認纖南。垂楊似惜三年别，一路蟬聲送客驂。」《舟過衡山》云：「緑到春山兩岸濃，市帘梵刹隱重重。推篷不遣螺痕斷，飽看雲烟九面容。」「危灘激石勢憑陵，漫説横江氣概增。輸與罟舡閒自在，水烟深處放魚鷹。」《紅梅》云：「空山落日暮寒時，誰把猩穠綴好枝。不倚東風倚冰雪，錯將紅豆説相思。」《秋柳和漁洋》末首云：「江北江南事可憐，露華濃處遠含烟。相看落日横隋渚，幾度臨春憶楚綿。客裏依人驚晚歲，風前繫馬惜流年。青旗紅板王孫路，祇在寒沙落葉邊。」《大佛寺早發》云：「天涯催騎赴明光，纔聽鐘聲出上方。塔頂高涵初日澹，寺門濃覆野雲涼。馬嘶楓柳秋連陌，雁語蒹葭水半塘。稍喜塵心消昨夜，松風蘿月夢難忘。」各詩俱風流藴藉，情寄遥深，置之《漁洋集》中，幾無以辨。

先生以乾隆壬辰視學楚南，厥後還京，猶留戀不置。丙午秋重過長沙，適值秋賦，舊時門下士雲集。先生正丁内艱，《留别諸同學》詩云：「天末苔岑記舊儔，朝來吟共楚江秋。難忘湖岳英靈聚，祗訝風花歲月遒。發篋名山青眼寄，剪燈良夜素心酬。相逢破涕須公等，恰值仙槎泛斗牛。」「四千里外倦遊人，雁語當窗住浹旬。同氣真能憐素韠，頹齡尚許接文茵。情懷烟月愁難展，事業雲霄望最真。蟋蟀西堂留别夢，湘波終古碧于鱗。」其京邸聯云：「半生宦裏祗多愧，四載湘南無限情。」則先生之眷戀於楚南可知矣。其他佳句，如《贈孫蘅皋》云：「雲烟過眼春無迹，星宿羅胸夜有芒。」孫精天文，故云。《湘中叠寒字韵》句云：「靈洞日斜芳草縟，蒸湘風急暮濤寒。」「青草淡烟魚䑿淺，黄陵細雨鷓哥寒。」《感懷》云：「豈獨神仙難撒手，從來菩薩易低眉。」俱有風韵。

裴孝廉掄賦性豪邁，雖家貧旅食，有翛然自得之致。嘗過九里關，得句云：「南國山從關後盡，中原雪向馬前消。」其風概可見。

東坡詩：「天涯已慣逢人日，歸路猶欣過鬼門。」國朝高述明《塞外人日》詩：「只謂此身常近鬼，豈知今日又逢人。」二詩皆以「人」、「鬼」相對，各成妙句。近得文丈蓄齋《過曉岳山房》句云：「往時曾到此，物候不經春。堪嘆年如客，相逢日是人。」以「人」對「客」，又見新穎。

作詩固須鍊字，然亦不可過於雕琢。如「圓荷浮小葉，細麥落輕花」、「海日生殘夜，江春入舊年」、「大漠孤烟直，長河落日圓」之類，雖經錘鍊，却不失渾成語氣。至於「孤燈然客夢，寒杵擣鄉愁」，豈夢亦可然，愁亦可擣乎？此種鍊法，未免過火，而後人乃以爲佳，殊不可解。

余以十二齡補弟子員，十三齡食廩餼，俱受知於仁和忍齋張師。後石琢堂師以優行首貢成均，旋膺宋小坡、章葆庸兩夫子之知，得登賢書，其時僅十九齡。諸先生均以第一流人相期許，乃五上公車，始得遂登瀛之願。計賦鹿鳴之日，相距已十年。信乎科名遲速之有定分也。方余應童試，張忍齋師考詩古，以《合江亭賦》、《燕睇》、《有鳴倉庚》、《衡南夕望》諸詩命題。衡屬童軍近千人，張所取者銑一人而已。初忍齋師見詩賦草稿，已大驚賞。交卷時，復叠數首，張抵掌大笑曰：「真天才也。」今詩賦稿俱刻入試卷中，但録《衡南夕望》詩四首云：「衡南山水窟，夕望接雲沙。幾叠遥峰曲，雙干野樹斜。雁回縈塔影，鴉返帶江霞。記得曾遊處，橋頭舊酒家。」「清絶衡南地，乘舟入望賒。白沙明晚霽，紅樹寫春華。漁子烟爲宅，鼂翁水作家。一聲長笛起，帆帶夕陽斜。」「迢遞衡南遠，前村夕照斜。一竿懸落日，雙槳蕩流霞。鄂渚渾無際，湘波未有涯。嵐光連嶽岫，望處幾人家。」「向夕延清賞，衡南景正賒。橋分青雀舫，寺接白鷗家。草暖遲歸屐，林陰繫釣槎。鷓鴣啼未斷，吟望遶溪斜。」他如《燕睇》有「畫棟遥相識，珠簾近若迷」之句，《有鳴倉庚》有「一村紅雨歇，三逕翠烟横」句，均蒙激賞。念爾時僅十二齡耳，而鉅公獎藉，即以館閣中人目之。今忍齋師已歸道山矣，感懷知遇，爲之憮然。

凡人有天才者，往往於年少時聰穎便爾流露，不必於長壯後始知其爲不凡也。湘潭張度西先生九鉞，幼時應經、古試。《湘中吟》云：「三十六灣雲作屏，君山遥點一螺青。岳陽樓上誰人笛，又引波聲下洞庭。」「鼓榇洲前沙似雪，建江河口月如銀。分明蘆葦漁歌起，行到前汀不見人。」「蕭公祠下嶽雲浮，賈傅祠前湘水流。麥飯一杯原壠上，家家解祭李潭洲。」其《登太白樓放歌》警句云：「乾坤浩蕩日月白，中有斯人容不得。空携駿馬五花裘，調笑風塵二千石。自從大雅久沉淪，獨立寥寥今古春。

待公不來我亦去，樓影蕭蕭愁殺人。」觀者稱其有青蓮風味。噫，此豈無夙慧者所能！

邗江楊青來，倜儻不群，有玉樹臨風之目。余偶於客座獲晤，詢其家世，乃知爲楊公開鼎之姪孫也。出其令先祖《呼牛圖》示余，筆墨蕭淡，題咏甚佳。其自題云：「畫作農夫看著牛，任人呼我我爲儔。年年睡足簑衣夢，村落一聲天下秋。」鄭板橋題云：「紗帽其如箬笠何，破簑衣上沒風波。相逢且話農家事，唯有呼牛喫飯多。」又有《長江萬里圖》，上題云：「扶胥灣口放歸舡，路入東南水接天。兩岸蒹葭晴亦雨，孤篷獨立勢飄然。」「參差雲樹認模糊，萬里空江一棹孤。如此風流如此貌，旁人應道是髯蘇。」數首俱風神栩栩。余於己未秋自京歸，喜其得登仕籍，贈以詩。楊和云：「去後風帆幾度遊，壯年鬢髮已驚秋。碧雲紅樹家千里，白舫青簾酒數甌。憶我經年多夢別，知君幾日爲詩留。故人應識迂疏性，祇恐他時未許儔。」饒有風韵。

吾鄉布衣工詩，以攸邑彭湘南先生爲最著。先生爲陳恪懃公舊交，素客陳幕中。陳没後，流寓金陵，以選詩爲業。今傳其《將至邯鄲》一絶云：「十里垂楊映水流，行人畫裏出磁州。我生未了天涯夢，來抱黄粱舊枕頭。」又有「春去雨中人不惜，杜鵑啼與落花聽」之句，可以想其情致。後歸楚南，見其同邑陳蘭莊珪年少多才，有句云：「自憐負郭生涯少，從此陽關别路多。」先生嘆賞曰：「此子詩則佳矣，其如貧累何。」後蘭莊往來湖湘數十年，終以文字爲生涯，而詩名大震。

蘭莊久客長沙，喜居濯錦坊賈太傅祠。己未冬，余謁沈筠堂太守，於官廨獲晤，因與稱忘年交。僑居岑寂，彼此往來最爲稠密。贈以詩，蘭莊和云：「投刺豈干人，逢君喜動神。爲儒成冷宦，下馬接英塵。河漢孤鴻翮，江湖一劍身。東陽賢太守，岑鼎别來真。」「生天才不易，曾否記恒沙。十里看花晚，孤吟側帽斜。簾深書氣静，門鎖市聲譁。興恰新知樂，渾忘兩鬢華。」「廿年才子宅，旅處向來安。茗就清泉瀹，梅先小雪看。城尖供睥睨，天宇極高寒。太息風騷事，誰登屈宋壇。」「一柱撑南極，風帆九面前。禹碑遲我讀，鄴架讓君傳。古縣留清夢，名山托勝緣。他時登絶頂，東道藉吾賢。」「舉舉邦之彦，人憐水部何。清門黄卷重，高第黑頭多。老作劉琨舞，春酬郢客歌。僑居幸鄰近，秉燭夜相過。」數首皆一氣呵成，老筆紛披，無和詩勉强遷就之習。其《登岳陽樓》詩云：「月好宜秋泛，人如渡海來。城邊方艤楫，天土共揮杯。山水真無恙，登臨自有才。神仙更何事，只解醉三回。」《詠楚霸王》云：「百戰英風掃地無，鴻溝回首失雄圖。楚歌聲裏三軍盡，亭長舟前一騎孤。父老竟羞生面目，故人寧惜死頭顱。何因腸斷虞姬别，淚洒重瞳碧血枯。」其佳句如《舟中》云：「出谷樵夫歸路急，到家舟子上船遲。」「臨水漸忘當世事，看花忽憶少年時。」《秋闈後登城樓》云：「浩氣似波平不得，好秋如客送將歸。」「情話那能尊裏盡，才名真怕世間聞。」俱有深意，似未經人道。

客中岑寂，地主周旋，最爲難得。吾邑有文柳村先生名太和者，爲邑名諸生，豪俠好義，有古人風節。蘭莊向客衡時，慰藉倍至。陳感其意，因與訂交。後重訪，贈詩云：「舟從納湖來，烟林秋隱隱。好峰看轉多，知是衡山近。」「君家城之南，門前青芙蓉。秀色麗其目，元氣含其胸。文心紓以折，窈然山萬重。」「往時少年場，千金輕劍俠。公瑾逢歌筵，心賞未易愜。」「邇來息世機，閉關樂何如。納楹齊相語，懸市吕公書。」「艤舫叩君扉，黄花香我衣。談餘揮手别，舡載嶽雲歸。」

有湘潭賈客某，入蜀頗得財貲，娶婦余姓甚美。後賈客卒，有一惡少强欲娶之，婦佯應以爲送吾夫至湘，覩其葬，即以身從矣。少年以爲寔，隨之行。及至楚，爲之買地營葬，葬畢，刎而死。人以其故告蘭莊，屬爲詩以表彰之，蘭莊應聲曰：「吾已得四語矣：『青春送白骨，萬里一身單。知有湘妃怨，寧辭蜀道難。』」厥後欲續成之不得，倩同人代續之，終不佳。

劉墨樵玉，精畫人物山水，詩字均有可觀。嘗畫《青山獨嘯圖》，蘭莊題云：「曾向蒸湘畫裏遊，山邊城郭水邊樓。煎膠我本無麟角，潑墨人曾説虎頭。十載相思蝴蝶夢，一尊閒典鸛鷞裘。濂溪閣在青天上，暇日憑君闊兩眸。」「幕府紅蓮色不枯，天涯知己在吾徒。何因空館清吟夜，自寫青山獨嘯圖。松色滿身三逕緑，雁聲回首一峰孤。他時書畫舡歸去，還向花陰置酒壺。」

老友劉雋園善畫山水，有荆、關遺意，字寫《争坐位》，亦極蒼勁。其令先祖丹崖先生與余先大父爲同窗至好，故雋園與余往來最密，集中題詠最夥。雋園常以一琴一劍往來湖湘間，因筆墨甚高，知者頗少，故嘗繪《琴劍蕭然圖》。其中佳詠甚多，余最愛蘭莊題云：「足繭天涯客，張琴手自停。好將流水曲，彈與美人聽。長劍吾空老，悲歌酒不靈。披圖同一笑，相對眼俱青。」

雋園氣象偉岸，有落落難合之概。嘗於秋夜獨坐，得句云：「寒月清詩骨，秋風老客心。」此其自命高潔，不與時宜也。嘗客陳古華前輩辰州郡署，有瀘溪令牛稼軒餽太守白菜十餘顆，因分以餉賓友。雋園畫而謝之，陳題詩轉贈牛令。雋園於醉後重畫以謝，陳再題云：「看君醒時筆，不及醉時真。醉時蓬勃指間出，一根一葉皆清新。豈是昨宵飽食菜，胸中蕩掃無纖穢。生機充腹盎然流，自道傾膠作灌溉。君不見右軍《蘭亭序》，醒復書之十失五。又不見長史草、供奉書，三杯淋漓足揮灑，斗酒敏捷無留遲。詩書與畫共三昧，靈心妙腕往往偶得之。得亦不足喜，失亦不足愁。世間萬事皆如此，安得解衣磅礴動悉與天游。不如當前滿引黄金盞，脱我紫綺裘。擺落悠悠毁譽口，歸尋蔬圃理瓜疇。餘杭十千恣歡謔，庾郎三九逾珍饈。世人徒榮列鼎食，豹胎雞距嘗填塞。忘却民間有飢色，紛紛賣菜何求益。借君此圖勵臣職，勿輕游戲視醉墨。噫吁兮，勿輕游戲視醉墨。」通首清雄奔放似李太白，寄托高遠，不徒能傳醉後潑墨之神。自是劉畫名益盛，人常戲呼爲「劉白菜」云。

《明詩别裁》載袁景文凱《題李陵泣别圖》云：「上林木落雁南飛，萬里蕭條使節歸。猶有交情兩行淚，西風吹上漢臣衣。」佳矣。近於王坦堂寓齋見壁間懸《李陵泣别》畫幅，上題云：「白頭風雪牧羊人，别淚同君灑塞塵。有雁尚知南北路，無家難定死生臣。青山皓月歸來夢，碧草寒烟去後春。一十九年共甘苦，不須重與説酸辛。」音節清蒼，亦能曲傳當日情事。惜忘其名。

憶余己未春應禮部試，詩題係《鳴鳩拂其羽》。於二場晤浙江桐鄉蔡浣霞鑾揚同號，以首場試帖示余。余曰：「即此一詩，已足奪魁，不必言文也。」録其警句云：「翠舒春影薄，紅掠野花輕。」「翼未堪蒙雨，音纔叶賣餳。」字字工細，知其體物功深。因與之談詩竟夕，於闈中口占三絶贈之。榜發後果列第八，旋官儀曹。余卷爲石君師所賞，詩内有「緑楊三月雨，紅杏一村晴。小立緣求椹，頻來似勸耕」之句，尤蒙稱贊，竟以得卷稍後見遺。乙丑仍登石君先生之門，可知遇合遲速，均有前定。

浣霞篤於氣誼，詩酒唱酬無暇日，往來者半江浙知名士。壬戌夏，諸同人失意南歸，浣霞怏怏不樂，分袂時贈詩云：「草草天涯悔别辰，《大隄》一曲盡沾巾。牽衣中夜燈如夢，罷酒空堂雨似塵。淮海書來仍見雁，汝陽客散竟無人。南朝詞賦飄零甚，珍重江關去後身。」

浣霞有《烟雨倚樓圖》，一時題者甚衆，披閱之下，美不勝收。余最喜許藕舲《百字令》調云：「思量舊事，問斜陽、樓上幾番同醉。小艇重過無限恨，都在墨痕濃際。烟檻吟秋，雨簾尋夢，愁憶登臨地。闌干倚遍，渺然身世如寄。　無寐輸與鴛鴦，碧湖波暖，兩兩同游戲。雲樹蒼茫歸未得，雪夜重門深閉。高柳紅亭，落花青笠，何日尋歸計。青山同訪，東風吹冷雙髻。」深情婀娜，幾於成讖。余題七律六首云：「水雲深處峙岑樓，詞客乘春放遠眸。塔影恰從簷外落，濤聲常向檻邊流。傍湖島嶼迎新謁，繞郭亭臺記舊遊。自是登臨詩界闊，無邊風景一簾收。」「雉堞參差緑四圍，春江烟雨晝霏霏。風回極浦瀾初起，霧鎖遥山翠不飛。酒旆迷離花外隱，估帆摇曳柳邊歸。野塘幾日添新漲，指點潮痕上釣磯。」「春來春去鎮堪憐，愁倚闌干意渺然。送盡落花紅似雨，添將新草碧如烟。誰家度曲吹長笛，有客登樓憶少年。輸與鴛鴦閒自在，一湖菡萏快清眠。」「誰矜妙筆繪模糊，潑墨淋漓逸興殊。欸乃一聲招去雁，空濛數點認歸鳬。青縈野色濃於染，緑蘸波光淡欲無。怪底幽人頻徙倚，此中風味近西湖。」「多年射策列朝班，魏闕瞻依别故關。樓閣宛然真在望，溪山如此不能閒。高情欲寄雲千疊，清夢應歸水一灣。他日政成歸錦里，羨君身入畫圖間。」「儂家居近洞庭旁，曾學飛仙醉岳陽。捲地風濤驚汩没，連天雲樹辨微茫。游踪幾遍關河道，勝跡常虚水木鄉。爲展君圖思故里，淡烟微雨似瀟湘。」數詩浣霞常稱其未到烟雨樓，酷肖斯樓景云。

鍾伯敬嘗稱董玄宰詩爲當代所稱，獨喜其「烟迷楊柳洲，水泊芙蓉岸。我憶南湖秋，西山暮雲亂」，清遠閒放，出當代所稱之外。余家藏玄宰先生小字一幀，書《江村夜泊》句云：「小橋流水竹疏疎，舟過時聞夜讀書。姓字未知何必問，料應不是俗人居。」楊子安鸞又於蘇溪人家見玄宰一絶云：「蘇溪亭上草漫漫，誰倚東風十二闌。燕子不歸春欲晚，一汀烟雨杏花寒。」亦淡逸有致。

偶於僧寺見壁間懸羅洪先先生字一軸，詩云：「江風索我吟，山月邀我飲。醉倒落花前，天地爲衾枕。」奇氣飈舉，似仙家筆意。未知即先生句否也？

紀曉嵐先生云：偶於逆旅壁間，見有人題云：「一水漲喧人語外，亂山青到馬蹄前。」因識其名，爲之心賞不置。嘗取其意作江行絶句云：「濃似春雲淡似烟，參差緑到大江邊。斜陽流水推篷坐，山色隨人欲上舡。」後分房得門人姓名相符，詢之，始知爲斯人所作。謂人以爲青出於藍，而不知藍出於青。可稱趣絶。

有孫玉崖名琪者，善詩工書，過衡山見訪，録近作數首。佳句云：「馬嘶千嶂雨，人語一村烟。」頗有情景。惜其人流落不傳。

嘗見客舍壁間有人題云：「天半跨飛虹，一笠波心起。白雲何處來，亭下化流水。飛鳥忽驚過，對影顧未已。安得木蘭舡，中流采芳芷。」絶似東坡筆意。

漢陽有石榴花塔，爲某孝女所建。孝女常殺雞奉姑，姑食而没，訟於上獲罪。臨刑時，取頭所戴石榴花插地，誓云：「我冤不昧，此花當生。」後花果活，竟成大樹，土人爲之建石榴花塔。吴白華前輩視學楚北時，作歌云：「塔非塔，孝婦骨。花非花，孝婦血。婦獲事姑，婦不獲事姑。爲殺雞奉姑，爲奉雞殺姑。嗚呼！婦殺雞兮，婦未已嘗。雞殺姑兮，官無與明。榴花如火然，照我寸心折。插地花生根，落地花成魄。婦恨賫九泉，萬古不磨滅。吁，婦姑二命懸一雞，官乎官乎封此花根泥。」語意古勁，可入樂府。

凡人性情疎放者，多不耐居官，以廊廟、山林，性情原各別也。李君樹穀作宰楚南，以詩酒自豪，間及筆墨，屢欲告休未果。後繪水鴨一幅，作破浪飛鳴之致，呈之上憲。題詩云：「本與清流是夙緣，十年闌内苦拘牽。而今水遠山長處，萬里烟波去杳然。」上憲感其意，命之歸。

桐城光立聲實君，光滁亭師之從兄也。刻《丁青居詩抄》，清潔蒼秀，有唐人風味。《瓜洲渡口》云：「淮流盡處見青山，山外孤雲杳靄間。好趁東風渡江去，夕陽金碧亂烟鬟。」《山塘》云：「寂寂横塘緑漲時，幾年折柳寄相思。如何七里春風路，又過青山短簿祠。」《和州聞雁》云：「溪雲漠漠雨濛濛，盡日舟行料峭風。向夕推篷閒一望，客懷都入雁聲中。」《金陵舟中》云：「鯉魚風急大江流，千里波翻一葉舟。岸闊楓連楊子驛，天空波接海門秋。烟從遠樹迷前浦，帆到寒汀起宿鷗。最是舊遊難别處，三山回首幾夷猶。」其他佳句，五言如《黄埠江中》云：「海色兼天浄，星芒入漢流。」《袁浦夜望》云：「蒹葭一片水，楊柳五更風。」《贈人歸金陵》云：「葉下淮南樹，人歸建業舡。」《晚渡黄河》云：「晚雲開夕照，風色急河流。」《舟中晚眺》云：「雁聲歸別溆，人語接寒潮。」《小集浄居寺》云：「江水流鴻影，松風作雨聲。」《暮春》云：「野花隨曲逕，流水自成溪。」《芭蕉》云：「未秋懷暮雨，先月占清泉。」

《晚歸》云:「亂鴉争夕照,清磬破寒雲。」《宿山寺》云:「潮聲渾夜雨,曉夢落松風。」七言如《重陽後郊行》云:「山從萬籟聲中静,水到重陽節後清。」《早春平山堂》云:「水環花市新添緑,山隔江南遠送青。」《河北望太行》云:「兩戒中分拔河内,千盤一折走遼東。」《感懷》云:「舊雨幾人悲宿草,西風一夜冷吟蛩。」《彭門懷古》云:「中原一劍收秦鹿,垓下重圍笑楚猿。」「故宫秋老霜前葉,霸氣春銷雨外聲。」「英雄一去餘啼鳥,烟月全銷寄柳條。」「搴簾滿目多風雨,吹笛何人更唱酬。」《和徐滄洲》云:「春色南來江上雨,河聲東下海門濤。」《喜友自秣陵歸》云:「風高白下吟殘葉,秋老黄河出遠山。」《秣陵舡》云:「兩行岸柳催行色,一路飛花在客先。」《寄友》云:「白下楓凋秋已去,吴門霜老鬢先侵。」《舟中》云:「笛殘淮浦波聲静,秋入江南夜氣清。」《春郊》云:「東風乍向前村至,春水疑從昨夜生。」《九日登觀野巖》云:「秋入萬山盤鸖鶴,風生千澗冷菰蒲。」《太行山》云:「萬壑晴雲鵰鶚影,四山寒色馬蹄霜。」又有「山空雲不飛」五字,亦佳。

余求滁亭師之詩而不得,喜得令嗣次婁兄名丙奎近作,風格清超,不染塵俗,知過庭之訓爲最先也。《過湖口》五言云:「鷗鷺立蒼茫,孤帆入大荒。胸開廬阜壯,目接蠡湖長。遠岸迷秋荻,殘雲斷夕陽。扁舟重回首,作客到瀟湘。」《讀離騷》云:「屈子猶謡諑,何人與目成。此心指西海,而憶郢東城。芳草皆爲艾,靈氛未索蔓。誰如女嬃詈,當日得余情。」七言《送友赴都》云:「人生閲歷成真賞,我輩功名及盛年。」《家居》云:「却病劇憐茶是藥,斷愁差喜酒如刀。」其從名光、名昌没後,托夢友人,有「杏花春暖雨如絲」之句,友人因爲之唱和成篇,惜其稿不存。

次妻有令表伯馬雨畊名春田者，貌最古樸，而談笑詼諧，有曼倩風。刻《勸存草》。次妻不能記憶，唯記其五言云：「人情恒畏勞，客子但畏逸。勞時但匆匆，逸時恒鬱鬱。」此四語視「客子常畏人」之句，尤爲懇至。

凡天下才女，往往適非其人，有明珠暗投之慨，求其矢命不尤者蓋鮮。漢陽閨秀江半颯，字梅谷，所適夫爲衡郡羅姓，市米爲業。女士自稱出身爲貧家婦，絶不厭薄其夫。居常日耽吟詠，案頭置香山、漁洋二集。詩詞渾雅，秀韵天成，有《蝶香閣詩抄》一卷。汪制軍諱新觀察衡永時，配君方夫人延入唱和，人始知有梅谷名。雪門學使觀風衡屬，有用其《登回雁峰》七律入《遊鐵拂寺》詩者，特邀鑒賞，而閨秀之名益著。乃青年早逝，遺集不克梓行，甚可惜也。七言絶句有《楊柳枝詞》四首，風神婀娜，幾如成讖。其一云：「遊絲香暖麴塵天，陌上花飛似去年。殘月曉風人未起，栖鴉啼破一林烟。」其二云：「至今水調怨歌頭，玉笛無聲客倚樓。白傅退閒樊素老，東風曾綰小蠻不？」其三云：「君從蘇小門前住，我昔真娘墓上行。若過酒旗檀板地，誰家不解唱新聲？」其四云：「上馬空折楊柳枝，出門但歌《楊柳》詞。出門馬上兩行淚，直到河橋渡水時。」《新萍》云：「天涯飃泊任乾坤，萍水相逢兩斷魂。凡遇春風皆得意，獨憐弱質不生根。」《昭君怨》云：「雙鬟憔悴苦零丁，一騎沙塵换舊形。解識紅顔多薄命，莫教含淚怨丹青。」《折柳曲》云：「纔向河梁恨斂眉，又牽金縷鬪腰肢。憑誰唱盡《陽關曲》，未必多於一樹絲。」《絶命詞十二首》，録五首云：「自從漂泊嘆離居，十載家門音問疎。何事秋鴻消息斷，來時不寄一封書。」「梗斷蓬飛夢未甘，浮雲幻跡我曾諳。年來愁絶湘江水，衹送離魂到漢南。」「二十辭家感式微，篋中留得嫁時衣。傷心欲問垂楊樹，幾度逢春作絮飛？」「相思兩地淚沾衣，夢裏還家覺後非。自嘆不如梁上燕，年年秋社別人歸。」「碧城深處是吾家，無數浮雲上下遮。何待仙靈勤致語，方知面壁九年差。」《思白帖》云：「晴窗小試硬黄新，鳳翥鸞翔信有神。莫道閨門無妙腕，論書先讓衛夫人。」《端溪硯》云：「筆端辛苦祇君知，幾載研磨不暫離。應笑娥眉汙翰墨，他年歸向鳳凰池。」《崑山石》云：「愛爾温香絶點塵，傍予閒咏愧儒珍。何如穩卧烟霞裏，自有殷勤拂拭人。」諸詩可謂怨而不怒。七律如《白燕》云：「冰肌亂蹴粉牆低，誤入珠簾亦自迷。雲淡幾回遊閬苑，月明何處認金閨。啄殘柳絮輕盈舞，影混梨花下上啼。青塚堆邊添血淚，再來仍傍故巢栖。」《詠雪》云：「怪底瀟疎竹影斜，朔風嚴緊透窗紗。沾衣點碎輕飄絮，留客從容待煮茶。暮色高樓迷淡月，空江釣罷繫輕槎。詩人若問梅消息，昨夜新開一樹花。」《戍婦》云：「楊花如雪送君行，又值秋蛩應候鳴。古驛霜華悲曉角，斷垣草色動邊城。聽砧空有還鄉夢，化石猶留望遠情。製得寒衣填篋笥，可憐馬革慟西征。」《秋曉登回雁峰》云：「秋高回雁曙光寒，曉日曈曨入望寬。塔鎖江心抽玉笋，雲封岳頂篆青鸞。萬家烟火凌晨遠，一幅溪山帶霧看。更上層巔吟眺久，數聲清磬出林端。」

梅谷吊古詩沉雄悲壯，絶不似閨秀口吻。如《詠張中丞巡許侍御遠》絶句云：「血戰艱難據上游，過江名義動中州。投鞭一鼓摧勁敵，水到長淮逝不流。」《青陵臺何氏》云：「烏鵲南飛恨未平，青陵臺館夢魂驚。惟餘塚畔相思樹，好結連枝傍女貞。」《李忠節公芾》云：「烽烟鼙鼓震潭州，抗節孤城死運籌。目斷青燐氛楚變，魂歸朱鳥陣雲收。徒勞嚼齒埋殘壘，却愧降幡事小讐。若過昔年通隱地，蘆花風急野塘秋。」《史閣部可法》云：「大老神仙未肯降，毅然持節鎮維揚。何緣甲第連宸宇，終古衣冠裏戰場。握爪尚依王室近，枕戈遺憾倖臣張。至今梅嶺青青草，披拂孤魂映夕陽。」《劉巡按熙祚》云：「瞻岳城頭火夜然，敢辭碧血洒湘川。來宣聖主憂勤日，死別鄉關夢想年。萬里窮荒悲馬勒，幾人潦倒觸狼烟。題詩字字千行淚，堅此丹心映楚天。」其《和吴梅村十美詩》，意言之外，每有餘韵。《一舸》云：「曾邀歌舞媚宸游，月擁蓮花夜放舟。誰似若耶溪畔好，五湖烟水總銜愁。」《虞兮》云：「天將烈女匹英雄，意氣相從見始終。子弟八千同日死，香魂應不過江東。」《當壚》云：「眉蹙春山畫不如，文園醉後伴看書。當時錦里繁華地，誰道携琴學釣魚。」《留仙》云：「珊珊環珮舞裙紆，秀骨擎來掌上珠。正欲臨風歌一曲，任教縹緲曳輕裾。」《駕舟》云：「香蛾影裏畫眉來，堤柳迎風面面開。二十四橋簫管歇，争看仙子下瑶臺。」《幸蜀》云：「沉香亭畔樂寬閒，舞罷《霓裳》識聖顔。但願君王長帶笑，肯隨雲雨駐巫山。」

衡郡石鼓山有合江亭，舊題八景，殊多未安。梅谷改題之，有序云：「石鼓爲衡郡名勝之最，考亭稱爲一郡佳處，良有以也。好事者目爲八景，而僅及『藏雪之尊』、『占兵之鼓』，殊荒唐不經。至於『水底老藤』、『夜月枯枝』，不幾小覷此中境界耶？余登合江亭，見夫風帆沙鳥，竹樹雲烟，蕩胸豁目。因口占八章，各爲標目，非敢自命能詩，聊以賀兹丘之遭也。」《東巖曉日》云：「巖端曉色近曈曨，日射鯨波吸水紅。更上層樓堪縱目，乘潮早吸海門東。」《開軒待月》云：「曲檻疏欞四扇開，座中有客破雲來。停琴久竚空山裏，直待圓光頂上回。」《塔影凌空》云：「懸巖塔影勢玲瓏，萬頃洪流砥柱中。會看淩雲題雁字，一枝文筆插天空。」《湘帆夕照》云：「江村返照映巉巖，極目風烟送客帆。半抹遠分鴉背色，歸來片片夕陽銜。」《漁歌唱晚》云：「漁人網集掠清波，落照溪邊聽棹歌。長笛一聲明月上，數枝柔櫓剪江過。」《古壁留題》云：「絶壁空青乳竇流，攀崖獨自費冥搜。苔深印出高人跡，刺史猶餘姓字留。」《仙洞尋幽》云：「花開花落幾春秋，石逕陰陰碧蘚幽。一自仙成丹竈後，洞門無復見韓休。」《長橋烟雨》云：「輕烟漠漠雨瀟瀟，一幅江城淡墨描。得遇昇仙從此去，且容騎馬坐題橋。」

梅谷有《夢中和韵記》一篇，詞甚婉約，記云：「歲丁酉三月朔，少倦就寐，夢乘小舟，順流而下。因風吹泊，緩步登岸，憩大樹下。忽有二青衣出云：『君至此，良非易，欲遍觀風景乎？』余唯唯，隨之入。乍覺林巒翠聳，俄而樓閣蟬聯，風鬟霧鬢，接踵來前，相視而笑，若相識者。然行至後軒，上題『紫虚飛碧』四大字，其時女樂十數輩，清歌妙舞，盡態極妍。惟唐人樂府居多。有頃，請入席坐，但見琥珀光浮，珍錯羅列，余亦飄飄乎有神仙之樂矣。酒數巡，因指女樂中最少者曰：『爾所知者，乃前人古調耳，近日佳製頗多，豈無一二可以動聽乎？』於是諸伶皆罷曲，半晌，少者始發聲，唱余《楊柳詞》四章。余方驚疑，欲詢其詳，旁一人告曰：『此即所謂近日佳製也。』若不知爲余作者。嘻，異矣。曲闌席散，携手芳園，惟聞香氣一林，古洞烟青，果垂丹寔，舉手可得。有圍碁坐石上者，有玄鶴眠松間者。余猶樂此不疲，二青衣云：『可以返矣。』回到軒中，衆知余欲歸，皆依依弗舍，倚檻竚立，明璫翠羽，從屏後出，顧同列謂余曰：『君知某某爲列班仙子乎？上帝不忍其飄零，今得聚首於此，此皆生不同時，時不數覯，而偶然比肩一室，得從容而盡識之，不可謂非千載奇遇也！』乃拂彩箋，走霜毫，成絶句一首贈余。余時亦興會淋漓，操紙濡墨，連得二首，雖無翥鳳翔鸞之筆，而洋洋洒洒，大異平生。和畢，支頤歡笑，已而嘆曰：『今日紅閨之妙手，他年紫府之班頭矣。』遂持所贈詩，復携手出。方下階，猶囑以明年中秋來會。語未竟，忽狂風一陣，衆俱不見，余亦驚醒而起。已而夕陽西墜，月上簾鈎矣。追憶之餘，歷歷如繪，因援筆記之。原唱云：『千里辭家汗漫遊，偶乘烟水駐輕舟。此間便是神仙路，何必天邊問女牛。』夢中和韵云：『不信靈源是舊遊，何因許泛木蘭舟。從兹乞得長生術，欲挾飛仙宿斗牛。』『笙歌隊裏喜同遊，恰是漁郎一葉舟。我亦他年來借榻，風薰甲帳卧青牛。』醒後《紀夢》七律云：『香薰晝永小遊仙，路入蓬壺别有天。洞口雲深無犬吠，山頭鶴懶伴松眠。棋閒静對餘花落，果熟新偷異味鮮。恰喜靈丹换凡骨，驚回仍在竹樓前。』」余謂梅谷詩才清絶，具有夙根，非尋常閨秀所可及。其遊仙一夢，雖有寄托，未必全屬寓言也。惜其遺稿未梓，世罕有知者，故多載數十首以表彰之。其他佳句如《田家四時春》云：「望杏人耕隴，提筐月挂梢。」《夏》云：「鳥喧籬荳雨，人喂稻花雞。」《秋》云：「水臼春香粒，炊烟破午晴。」《冬》云：「雪消暄背暖，犬静抱花偎。」《詠白榴花》云：「玉骨不沾凡雨露，冰盤齊剖細珠璣。」《石鼓山》云：「帆帶夕陽漁浦遠，鳥啼春樹暮雲還。」《朱陵洞》云：「苔封瘦壁嵌奇字，月枕荒碑抱老藤。」《青草橋》云：「兩岸疏燈漁艇小，半江寒雪酒旗斜。」

忠臣孝子，但求自盡其心而止，非爲名也，然非有人以爲之表彰，則其忠孝不傳。有易徵君公申者，湖南湘鄉人，事親以孝著，母没，廬墓三年，哀毁倍至。雍正乙卯，慎郡王聘致幕中，引爲上賓，命如臯丁君爲繪《廬墓圖》，親爲題贊。一時諸名士題詩甚多，舉其尤者録之。五言如保雨村録云：「披圖餘恨在，觸目倍心驚。屋老人孤坐，天高秋不清。白雲千古色，涼雨五更聲。積案空書史，何堪賦此情。」李嘯村葂云：「結廬傍親墓，圖畫見深情。捧檄不成喜，聞雷應有驚。空山來鶴弔，殘月到猿聲。我亦悲風木，飢驅愧此生。」洪月航元聲云：「秋野望靡蕪，秋山叫夜烏。霜日墮如鏡，照此淚痕枯。一椽泉石裏，共指孝子廬。襆被卧冰雪，老樹走鼪鼯。哀哀泉下人，臨風時再呼。」七絕如鄭璣尺江云：「何處能安孝子心，一林松柏寫哀情。春來也學啼鵑鳥，夜夜空山泣到明。」王孫同祖庚云：「日落烟寒秋氣深，商聲瑟瑟度長林。孤猿啼斷千山外，獨坐思親淚滿襟。」全紹衣祖望云：「辛木新抽第幾枝，一杯長自酹寒卮。白雲疎影交橫處，仿佛陔南定省時。」吴大春喬齡云：「把茅蓋屋傍佳城，晨夕相依見至情。忍對西風展圖畫，白楊猶似作秋聲。」觀組玉寶云：「妙繪能傳孝子心，茅檐枯坐思沉沉。披圖怪底聲如泣，黄葉滿山風在林。」袁簡齋枚云：「銅駝石馬半凋殘，烏鳥情深夢欲闌。三載《蓼莪》吟未畢，空山流水足承歡。」諸公敏云：「風木蕭蕭種白楊，百年孺慕詎能忘。一椽不爲看山構，月照寒門淚滿床。」「滿林落木與雲浮，一種傷心不爲秋。幾度徵車催就道，料應魂夢守山丘。」德公寶云：「四面雲山一逕斜，秋風秋葉總堪嗟。攤書不語知何意，要爲人間補《白華》。」張蓮洲勤望云：「猶是依依膝下時，白雲縹緲竟何之。三年廬墓情通理，此病悠悠無盡期。」汪惇士祚云：「結契天涯至性聞，啼痕墨瀋總難分。傷心萬里松楸路，但見孤兒不見墳。」方謙山嶟云：「竹韻泉聲入墓寒，空山猿鶴助悲酸。只今風骨多憔悴，猶作當年讀禮觀。」「説《禮》敦《詩》見一斑，三年廬墓動天顔。

我生亦有思親淚，慙愧徵君屋半間。」劉耕南大槐云：「霜風烈烈動麻衣，讀罷遺經晝掩扉。多少金臺未歸客，想應至性似君稀。」汪師李澄云：「丙舍霜風撼撼吹，麻衣如雪鬢如絲。寒宵一幢松楸影，尚見孤兒灑淚時。」沈申培樹德云：「淚灑荒郊眼欲枯，蒼涼獨坐對松楸。父書手執不能讀，滿地緑陰啼孝烏。」陸在東鏞云：「望斷長空夜月孤，匝廬時復聽啼烏。三年吾正悲風木，忍向新秋展畫圖。」胡道涵師孟云：「結廬人伴墓門孤，坐對青楸淚欲枯。爲憶空山誰是主，月明遥伴一巢烏。」陶毅齋士潢云：「望雲出恨雪霜身，五十煢煢一棘人。林樹幾番更歲月，草廬天地不曾春。」其斷句如韋君肇基云：「月白烏啼樹，霜清鶴唳天。」鈕公汝騏句云：「白雲何處室廬遠，明月滿林松柏高。」郭公焌云：「木憶空山多已拱，草疑荒塚不曾春。」

癸亥夏，京圃大兄返江右，吾鄉周君素夫世錦隨侍令祖糧使署中。京圃兄喜其人品高秀，詩筆清遠，因與訂交。歸携《十旬小草》一卷，乃素夫百日之遊，途中所作。讀之亦足以窺見一斑。五言如《舟次上游縣》云：「遠遠見村市，停橈問去程。人家多傍水，山縣每無城。波動亂雲影，沙平宜鳥行。堤邊逢野老，指點數峰名。」《寄范扶桑茂才》云：「迢迢路不窮，終日櫓聲中。水落餘沙白，霜過見蓼紅。月華明遠浦，山影壓孤篷。可惜好風景，清吟未與同。」《舟夜懷陶君季壽》云：「倚櫂更回首，迢遥千里行。疎烟臨水亂，涼月繞舡明。獨夜不成寐，懷人空復情。雲山杳湘口，惆悵坐寒更。」《漁燈》云：「蘆花秋欲白，漁火十分青。樹底飛寒燄，江頭訝落星。野航人寂寂，深夜雨冥冥。欲枕東流卧，篙聲唤不醒。」《灌嬰城》云：「日落灌嬰城，沙場舊訓兵。海雲飛欲斷，天末朔風生。垓下人何在，鴻溝浪不平。凴虚望樓堞，愁聽賣餳聲。」其佳句如《舟行》云：「經旬詩作伴，入夜月爲朋。」「浮水日華淡，參天塔影高。」《贈譚光祚》云：「却憐携手處，已是别君時。」俱楚楚有致。

吾邑先達官詞垣者，才華之盛，首推歐陽瑶岡前輩正焕。先生以辛酉領解額，乙丑館選，官至侍御。詩字文才調均超越群倫，館中有三絶之譽。以親老陳情歸養，講學嶽麓。旋丁外艱，哀毁成疾，遂爾物故。其詩文不克親爲定稿，仁和趙鹿泉前輩爲先生門下士，曾刊其遺文以行，尚有詩稿待梓。余記其七絶十餘首，饒有丰神。如《麓山十詠・禹碑》云：「驟聽風雨怒淙淙，倒薤迷離萬象降。莫怪山靈呵護密，由來神物本無雙。」《碧虚山》云：「玉屏縹緲互逶迤，翠蒨修篁剩幾枝。雪觀已沉天籟寂，何人解唱《步虚詞》。」《飛來湖》云：「藻荇千畦浮月净，鳧鷖幾點破烟飛。夕陽山外桃花塢，小艇人閒罷釣歸。」《白鶴泉》云：「萬斛明珠價孰如，攙烟和霧濺襟裾。人間莫問山中鶴，鶴只看泉不附書。」《清風峽》云：「一束山腰展畫圖，青烟翠岫影平鋪。從教溽暑都消盡，贏得清風似舞雩。」《射蛟臺》云：「荆州刺史濟時才，短劍長弓志壯哉。一代功名人不識，相逢只説射蛟臺。」《三絶碑》云：「北海書名天下滿，此碑雕刻獨精神。千年不識黄仙鶴，都是陳州蝶化身。」《道鄉臺》云：「高臺屹屹飽烟霞，列炬風標望裏賒。不是守臣能逐客，道鄉元只在長沙。」《詠歸橋》云：「夾岸寒條堆白玉，一灣新月浸銀鈎。江干暮靄長歌發，橋畔花飛碎影流。」《飲馬池》云：「平開一鑑傍幽林，照澈人人向道心。此日池頭重飲馬，夕陽山外亂鳴禽。」《橘洲泛月》六絶云：「柳沿渡口草連隄，一葉輕舟傍水西。桂櫂欲摇還脈脈，恐驚沙際宿鳧鷖。」「風吹細浪碧鱗鱗，小坐舡頭採緑蘋。上下天光都一色，個中魚鳥自相親。」「南臺北去是江村，粉壁青帘闢小軒。乍映金蓋光一片，不知山市久黄昏。」「疎籬短栅曲闌干，石磴横斜逼淺灘。盡啓柴門呼玩月，空舟猶插釣魚竿。」「中流一柱砥瀾狂，消盡炎熇逗晚涼。最是憐秋秋易老，憑將清夢溯瀟湘。」「人生合自惜分陰，準擬登樓盡夜吟。戍角一聲江樹静，回看靈麓暮雲深。」

憶余癸亥冬，於省垣旅舍晤新安孝廉朱約齋霈，讀所著《經學質疑》，愛其説經鏗鏗，令人頤解。近於劉隽園處又見其《望嶽樓詩集》，益嘆温柔敦厚，其得詩教尤深也。古體沉鬱頓挫，近體刻露清秀，饒有丰神。五言如《登焦山》云：「焦先今不見，石室舊常留。水氣涼山骨，江聲抱佛樓。亂帆京口渡，片雨秣陵秋。亦有巖栖志，勞勞感白頭。」《重九後登龍泉寺》云：「絶無登眺意，忽至翠微間。一逕幽篁入，孤村野自閒。到門聞鳥語，回首見青山。纔過重陽日，霜林葉早斑。」七言如《即事呈鮑質人》云：「急起開門雪正晴，老梅新發數枝榮。書因借得抄彌疾，酒爲賒來缶不盈。秃樹撑空翻雀影，斷橋閣岸裂冰聲。羌村杜老歸猶昔，一夕談諧似隔生。時有飛語相謗者。」其佳句，五言如「樹色四時碧，泉聲萬古秋」、「自緣爲客慣，翻悔别家遲」、「夕陽紅過岸，芳草緑侵門」、「疾風回野水，殘照戀平沙」、「烟沙千里暮，風雪九河冰」、「一旗沽酒處，雙槳渡河舡」、「緑回三月雨，紅護一峰霞」、「水氣蒸亭角，風聲聚樹頭」、「晴灘三歲犢，午市一聲雞」、「蹇驢行嗅地，寒犬吠依門」，七言如「雙松齊出平林上，一鷺孤明野水中」、「滿山月出白連屋，一水冰開緑到門」、「千年舊事歸漁笛，六代飛花上釣舟」、「暮雨白懸飛鳥外，好山青到酒尊前」、「野外青粘三面樹，山根白劃一條江」、「竹逕雨晴雙鳥至，寺門雲净一僧歸」，其斷句如「白蘋風裏到江南」、「無數青山是潤州」、「一抹寒烟鎖六橋」、「馬蹄踏破夕陽烟」，均不愧古人名句。

庚戌夏，家大人静養山房，忽有客款門，鬚鬢蒼然，若舊相識者。詢之，乃同里陳君韵泉思泮也。中年入蜀，遂爾成家，晚歲回衡，而相識者寡矣。旋出其詩一卷，喜其能得江山之助。五言如《放魚》云：「買得盆中魚，殷勤爲魚告。休覓夜珠來，小恩何足道。」《歸家》云：「妻孥怪林鵲，昨朝叫不誣。又來住家客，甕中有酒無。」佳句如《觀農》云：「蛙聲占水旱，鳩唤驗陰晴。」《野興》云：「金風寒橘柚，秋日上芙蓉。」《渡江》云：「江流回古渡，帆影挂秋風。」「暮潮秋帶雨，古樹曉經風。」「人來沙渚上，鷗避蓼花中。」《成都道中》云：「小橋流水行人少，野店斜陽醉客多。」《初夏》云：「黄匝隴頭秋到麥，緑濃溪畔雨肥梅。」《夜半聞鐘》云：「驚回客夢三更後，打碎人心五鼓先。」《過別墅》云：「一逕花關全傍水，數椽茅屋半依山。」「極浦雁拖秋色出，荒村鴉負夕陽歸。」《遊山》云：「峭壁飛泉晴亦雨，危亭涼氣夏如秋。」《秀山道中》云：「鸝囀垂楊鷺牧笛，鷺眠淺水避漁舟。」俱有風致。

士人需銓解組時，大抵以硯田爲生涯，所望不奢，得之亦足爲仰事俯畜計。而世之爲大人先生者，身都貴盛，輒忘貧賤，見投刺輒拒弗晤，吝一札之薦。嗚呼，安得萬間廣厦，大庇天下寒士皆歡顔也！余有老友何麓門啓贊，湘潭人，自山左濟寧主講歸。刻《飲河草》，蓋感希齋侍御之盛德而作。有《答友人勸於鄉間就館》詩云：「石火敲來不禦寒，鄉間就館最艱難。因從館字思其義，謀食終須傍著官。」趣甚，亦悲甚也。佳句如「名賢過後難爲客，古蹟當前易詠詩」、「詩常逸稿傳聲妓，酒不空尊少醉顔」、「峻宇每嫌遲得月，貧家偏慣早然燈」之句。其《詠落梅》有「竹外乍驚春色老，水邊猶覺暗香浮」之句，亦耐人尋味。阿雨窗中丞見之，題句云：「似此璠璵才，合爲侍御客。讀罷寂無人，一蝶飛脈脈。」亦可謂憐才者矣。

蓉峰詩話卷三

衡山聶銑敏蓉峰晉光甫著
周光霽頤堂偉章甫校

江左詩人俱擅風流，王夢樓前輩文治又別開一派，有修潔自喜之致。余嘗讀其《快雨堂詩翰》一帙，係由楚南告歸而作。如《謝陳望之畫梅花》云：「未春香已透，臨風枝更斜。山人多少福，消受此梅花。」《登六合塔》云：「海氣共山翠，微茫不可分。遥空歸雁見，隔岸野鐘聞。誰假風前翮，疑生足下雲。赭龕青一點，萬里接斜曛。」《黄鶴樓》云：「江漢交流地，荆吴四望通。雲濤來足下，樓閣出空中。鸚鵡千秋恨，《梅花》一笛風。病歸殊遠謫，未肯怨飄蓬。」七言如《初至洞庭》云：「扁舟遥下武陵南，明月隨人到枕函。却望粘天春水碧，行人今挂洞庭帆。」《題畫》云：「村塢無人曳杖藜，衡門畫掩草萋萋。午雞啼罷睡初覺，紅日照到葵花西。」《辰州舟中度歲》云：「退歸真學舊桃符，歲暮江空一棹孤。雪好更宜晴後看，山遥却映水痕無。頻年官牘催晨夜，此夕漁舟到畫圖。休笑天涯成濩落，屠蘇猶得共妻孥。」《再過桃源》云：「自是紅塵客太忙，桃源未必盡荒唐。即看流水琅玕色，尚覺空林草露香。黔蜀殘山從此斷，羲皇化日至今長。年來初會陶潛意，歸去扁舟入醉鄉。」《洞庭阻風》云：「一夜陽侯忽放顛，居然軒樂奏繁絃。阻風中酒饒閒味，憶事懷人觸舊緣。故國關情江脈接，新寒入夢雨聲懸。湖心三宿殊非惡，飽看烟波萬里天。」《芷江道中》云：「一條寒玉瀉青岑，兩槳雙飛似浴禽。卧月不嫌舟局促，下灘漸愛水寬深。回看棘詔蠻烟遠，遥指荆吴暮靄沉。漫道五溪曾站墮，歸人長半慰鄉心。」《赤壁》二首云：「臨江千仞斷霞紅，檣艣依稀在眼中。不爲三分開蜀帝，誰能一戰走曹公。沈戈折戟荒苔没，亂石驚濤故壘空。苦爲荆州忘漢寇，思量吕陸漫英雄。」「江潮衮衮來荆益，岸柳青青接武昌。年少登壇人似玉，天涯懷古鬢如霜。銷沉霸業留山色，歷亂征帆背夕陽。千載三分多俊傑，風流吾獨愛周郎。」七古《如過黄州懷東坡先生》云：「東坡先生謫黄州，到處嬉遊成樂土。勝地頻與季常俱，佳節還同子由數。筍香魚美固稱快，葦濕庖空亦無忤。出處規模似樂天，文章格律追工部。我想昔人胸次間，浩然直與造物伍。古今上下隨雲烟，富貴窮通一寒暑。並未思量身後名，況復計較腰間組。豈云遷逐反便美，須信升沉無樂苦。暮年海上益孤冷，却向蠻荒啓聾瞽。戲論猶堪百世師，寓公翻作名山主。我尋墜緒惜生晚，幸讀公詩如面語。適從戎馬抽身來，過此徘徊不能去。」

畢秋帆尚書節制兩湖時，袁簡齋、王夢樓、洪稚存諸前輩俱客署中，一時風雅特盛。先生公餘吟詠，大雅不群，奄有漁洋風味。刻《靈巖山人詩集》。予嘗讀其《硯山怡雲》一卷，五言如《山塘泛舟》云：「桃花三月水，雙槳蕩波輕。落日山更麗，亂萍風自生。旗亭名士酒，畫閣美人箏。我欲圖屏幛，繁華染不成。」《寒夜》云：「風緊火無力，圍爐夜坐時。月高人影小，天遠雁聲遲。寒犬吠街柝，微冰合凍池。蠟梅消息近，庭角有新枝。」《秋夜西樓有貽》云：「漏下已三更，登樓望太清。不知雲急去，翻怪月東行。竹露有時滴，池螢忽自明。長吟懷彼美，迢遞隔層城。」《萬峰寺看梅花》云：「古佛眉長低，寒梅笑不已。即此證禪參，空色了終始。境寂祛萬緣，坐憑獨木几。破殿兩三僧，龕燈小如米。

微風引暗香，攙入磬聲裏。」《中秋山館夜坐》云：「風涼覺體輕，露下知花重。湘簾不上鈎，疎星墮窗空。竹柏影交翠，一横又一縱。烏鵲忽驚飛，予亦悄然恐。一年幾度圓，一月幾回玩。況復秋之中，況復夜之半。明鏡飛精光，鑒人意歷亂。芙蓉抱香心，冷落金塘畔。」七言如《清明後看桃花》云：「偷閒補作踏青行，日暖風柔春正晴。遥望桃花香聚處，紅雲欲傍樹頭生。」「一灣水碧數山青，不爲逢花也小停。何況石湖烟寺外，幾枝紅露壞牆亭。」「緑楊垂處小妝樓，簾爲人來上玉鈎。多少尋芳經過客，不因花好亦回頭。」《小祇園對雨》云：「聲喧蕉葉雨絲絲，索莫情懷睡起遲。伏枕翻欣幽夢斷，五更改遍一春詩。」《春遊西崦》云：「繞園劈竹結籬笆，門對青山落照斜。最愛溪灣村複處，一層樓閣一層花。」「金縷鶯黄漾麴塵，好風吹過踏青晨。桃花傳艷鶯傳語，只見秋千不見人。」《春陰行》云：「濕雲堆絮東風緊，啼鳥唤春春不醒。繡閣空凝玉鼎香，雕窗失卻珠簾影。僂指明朝值采蘭，裌衣重御不勝寒。壁間著潤琴絲緩，庭際含滋蘚暈寬。何心獨酌開瑶甕，繡晝春風憐斷送。行向林塘看水紋，林烟漠漠花如夢。」《燒香曲》云：「玉腕蕩蘭橈，風波暮又朝。緑情霜剪草，紅暈月生潮。潮生復潮落，蕩子天涯泊。兩兩紫鴛鴦，雙飛背人樂。水爲佩，雲爲裳。白蘋冷，碧藕香。妾心不盡江上流，郎心不定波上舟。羅衾闌曉夢，珠露滴殘秋。一秋心，一江水。芙蓉花，抱香死。」其佳句如《冬夜》云：「寒驟嫌衣重，琴疎覺手生。」《春晚》云：「萍生曲水魚苗長，花落新巢鳥夢香。」《過太平寺》云：「背樹樓高迎月早，臨湖窗小占山多。」《遊小桃源》云：「幽禽隔葉但聞語，古樹無心也著花。」《酒旗》云：「牽引輕狂鏖拇戰，指揮紅友破愁城。」《歌板》云：「肯受人間呼散木，曾經天上和新聲。」《花幡》云：

「輕陰已足消紅日，餘蔭猶堪護好春。」《書檠》云：「非汝誰能光簡策，伴予自足焕文章。」《贈羅慎齋先生》云：「名山久占關清福，舊雨重逢要夙緣。」《戲咏泥美人》云：「問以方言應土語，卿宜小謫有塵心。」「獨守空帷如畫地，每求佳耦類摶沙。」「心猶磐石貞難轉，眉學春山淡不分。」「知與地官何眷屬，恍從后土見夫人。」諸什均可謂風思霞想，縹緲欲仙。

先生留心民瘼，非徒以放懷詩酒，獨擅風流。方節制全楚時，荆襄正遭水患，先生撫卹之餘，俯仰憑吊，發爲悲吟。有七律八首，備載《隨園詩話》中，兹不復録。唯録其《田家雜興》十首云：「避喧厭近市，屏跡幽期久。予非學稼人，農事亦心究。江村屋數椽，柴扉面南畝。後植百本桑，前栽五株柳。疎籬帶石塘，小閣瞰沙阜。門絶車馬塵，交密漁樵友。日夕稻場間，行歌時負手。興盡獨還家，月出斷山口。」「曙光猶未白，鄰翁起飯牛。遠村連近巷，棲雞啼不休。披衣倚柴門，露草翠欲流。負耒誰家婦，逐隊向田疇。斯時錦衾人，香夢魘紅樓。」「一晴春驟暖，彌望開桃花。好風扇川原，靄靄蒸紅霞。誰道武陵原，遠在天之涯。即此曲溪曲，茅茨數十家。籬落散雞犬，町疃足桑麻。絶無俗累擾，但聞鳥聲譁。不見問津人，知被白雲遮。」「清明纔數朝，茗芽綴金縷。銀釵小村娃，家到販茶賈。客從何方來，自蜀更經楚。屨黏棧道雲，衣濕潯陽雨。祇緣末利求，備歷長途苦。卻羡力田人，足不離鄉土。」「麥秋候已至，兹晨喜快晴。處處築場圃，連耞響不停。村婦習勞慣，力作勝健丁。牧豎吹竹笛，倒騎牛背行。菜花黄斷處，半塢夕陽明。已有催耕鳥，烟林一兩聲。」「數陣分龍雨，陂塘新水足。行行隴畝間，禾黍連雲緑。牆脚卧桔槔，蘚痕侵碡碌。老農未慣閒，入室檢�

課兒讀。坐聽咿唔聲，不異《無愁曲》。」「沙村晚餐罷，月出大于盆。農人三五輩，追涼楸樹根。或自叙筋力，或獨誇兒孫。一叟稍知古，因述幼所聞。前代輕民瘼，租庸甲令繁。青苗未出土，朱帖已登門。難望全婦豎，矧冀餘雞豚。清時薄租税，倉箱比屋屯。兒女尚髫齔，茶果已論婚。蕃植非爾力，須念昊天恩。」「霜降稻盡穫，賦税亟輸官。所幸時暘雨，衣食克苟完。問訊舊親友，富歲有餘歡。東鄰居嫠婦，垂髫一子單。秋末曳纍葛，蕭瑟風聲乾。自顧心力薄，難拯汝飢寒。殷勤諭家人，早晚餉一簞。孤鴻遠天際，下上振霜翰。日暮靡所託，哀唳同辛酸。」「江鄉小雪天，風景真樂土。村塾小兒童，書聲出環堵。煖房壁新泥，夫婦相爾汝。連囷堆黄粱，巨甕釀清酤。牛醫庸已酬，驢券質方取。夜來夢亦清，眼前瘡盡補。會須具黍雞，叢祠賽田祖。」「歲晚務乍閒，遣兒速賓客。木脱草堂明，堊乾板屋白。火煨榾柮爐，座設蒲蘆席。池魚及園蔬，自有不煩索。盡歡雜醉醒，招手較雙隻。吾儕今不樂，東作時且迫。請看山橋頭，數點寒梅坼。」諸詩摹繪入微，宛然田家景象。先生又有《捉雞行》一首，情詞懇切，不減工部《石壕村》詩。詩云：「荒雞喔喔，柴扉剥啄。有吏索租，朱符火速。三日斷爨，那有餘粟。吏怒如虎，磨牙叵叵。雞栖于塒，呼童我捉。老翁叩頭，妻孥觳觫。抱雞出門，免爾鞭撲。寒更殘月，低照破屋。不聞雞鳴，但聞人哭。」

宇宙崎嶇之境，非親歷不能知；親歷之，非有妙筆亦不能達。清江楊養齋觀察有涵，懃恪公之令子也，有《遠香亭詩抄》一卷，大約多道滇黔山水之勝，讀之令人劌目怵心，儼如親歷其境。五言如《打鐵關》云：「絶頂聞猿嘯，晴天見鳥還。長松時抱石，飛瀑暗分山。足下懸千仞，黔西此一關。何時容築舍，小隱翠微間。」《拉邦》云：「暗壑常蒸雨，疎籬却補花。石危蹲巨虎，路細躡飛蛇。久客惟思卧，吾生亦有涯。子雲空嗜酒，奇字賺侯芭。」《老鷹巖》云：「峭壁緣無極，青天竟可梯。五丁開不盡，七聖路俱迷。宦況成雞肋，詩情信馬蹄。關山行未已，愁絶鷓鴣啼。」《松山驛》云：「嶺樹萬重關，孤村半嶺間。笮橋斜渡馬，石屋静專山。適意花能笑，忘機鳥倦還。緑陰容小憩，猶得片時閑。」《霧至那當》云：「登陟忽無路，高低了不分。亂山添午瘴，惡石鬥昏雲。勒騎衣衫濕，停鐘梵吹聞。蠻荒多鴂舌，聊亦學參軍。」七言絶句亦有風韵，如《楊林》云：「傍海樓臺景色幽，片帆將去暫遲留。桃花忽向東風笑，無限春心逐水流。」《板橋》云：「湖海元龍氣未消，青山送我馬蹄遥。不知何事輕離别，又逐飛花過板橋。」《碧雞關》云：「滇城西望嶺雲迷，有客乘秋問碧雞。如此關山如此雨，鷓鴣何事盡情啼。」《老鴉關》云：「廉纖細雨暗前山，錦障泥汙只等閒。日暮荒村人跡少，濕雲如夢老鴉關。」《秋海棠》云：「一枝緑錦簇明霞，腸斷山巔復水涯。誰向西風頻剪燭，照人紅淚濕窗紗。」《湖山草堂》二首云：「深院無人報曉晴，蒼苔屐齒轉分明。柳條踠地濃陰合，時有幽禽自在鳴。」「一湖春水緑於苔，無數游鱗撥刺來。獨有先生把湘竹，曉風斜倚畫舡開。」五言佳句如「山高猿落石，樹密鳥銜人」、「急流能轉石，驟雨欲沉山」、「山寒猿月苦，石裂虎風腥」、「病常嫌早月，貧不耐秋風」、「花深孤犬吠，竹密亂螢流」、「人聲幽峽響，馬足亂雲高」、「月臨千嶂静，星壓百蠻低」、「水簾高瀉月，石竇時生雲」、「鯨波懸碧嶂，鳥道掛青天」、「峻峰遲吐月，曲磴細盤雲」、「半坡思歇馬，絶頂竟懸泉」、「孤燈經雨暗，殘夢出雲遲」、「白昏千嶂雨，緑漲一犁烟」、「雞鳴巖樹静，人語石樓深」、「鳥啼青嶂夕，僧度碧溪雲」、「殘年秋後葉，老眼霧中花」、「雨止林猶滴，月閒人未眠」、「衆鴉争老樹，一雁入寒雲」、「鳥宿連雲氣，灘高落雨聲」、「樓明今夜月，秋老幾家砧」，七言佳句如《詠雪》云：「天上有花真頃刻，人間無地可塵埃。」《元旦和韵》云：「甕頭春熟神先醉，磬口梅開影亦香。」《憶梅》云：「性冷冰霜皆鍊骨，歲寒天地亦關心。」《九日讌集》云：「夜猶乘燭歡嫌短，老不如人氣已平。」「匣鏡久憐雙鬢短，家書何止萬金難。」《木筆花》云：「有地可栽宜即墨，一官耐久是中書。」《小年》云：「坐見爾曹催我老，不妨佳興與人同。」「夢裏蕉枝先覆鹿，杯中弓影漫驚蛇。」「與我朱顔唯竹葉，依人清影是梅花。」《詠懷》云：「幾家樓敞堆書廣，四面窗開得月多。」「世上浮名争鄭鹿，田家生計問商羊。」「老圃黄花經雨瘦，空階落葉趁人飛。」《九日》云：「寒雲北雁還成字，黄葉西風正倚樓。」《贈珩姪》云：「桂嶺瘴深榕葉雨，吴江秋冷柚林霜。」《湖山草堂》云：「到來我自談風月，别後伊誰課子孫。」「甕無餘滴空謀婦，袖有殘飴且弄孫。」《即事》云：「竹下烹茶驚鶴夢，松間掃雪損苔錢。」「春前韭剪根先脆，雪後梅開影故疎。」《新春》云：「春渚緑莎眠雁鶩，篳門斜日數雞豚。」「桐葉剪圭栖小鳳，桃花流水拜江豚。」又有「滿城風雨菊花寒，一簾秋雨夢江南」之句，亦佳。

先生五古亦饒有别意，爲摘四首。《芷江》云：「空江不見人，啞軋櫓聲響。冥濛烟水昏，雪花大如掌。」《仙人屋》云：「我笑此仙人，亦未能免俗。勞勞千丈巖，構此三尺屋。」《桃源》云：「世自遺淵明，淵明非避世。本是羲皇人，何必知晉魏。」「桃花依舊開，春水年年到。此中人語云，勿爲外人道。」

茶陵地界江右，爲長郡所屬極遼遠處。然文人學士，代不乏人。在明如李西涯、張龍湖輩，寔爲一代名儒；近今則有彭餘山尚書維新，足以接武前輩。餘山先生性耽古籍，構墨香閣，萬軸牙籤，媲美鄴架。先大父授學洣江時，曾載酒讀之。所居石壠，距城七十餘里，烟火萬家，岡溪環叠，山無不樹，水無不石，無童山奴水。其南北巖洞，尤多靈幻。先生乞假歸里時，追憶童時聞見，紀爲八韵，録之亦足見其繪景之工。《皇雩泉》云：「匼匝山容複，玲瓏地液通。七星開窾竅，萬斛沸笙鏞。鵝説空王偈，龍依佛子宫。唐蕭師乘鵝至大明爲謝媪勅龍處。大田徵舊事，霖雨出林叢。」《書堂山》云：「黄卷勝丹砂，仙期應菊花。絳帷騰若士，縞帶悵侯芭。足躡三秋影，衣攢五色霞。至今山殿上，春雨掣金蛇。」《擂鉢》云：「四時濃翠滴，殊特此山光。誰擅丹青寫，還饒草木香。池心迎曉日，廟脊枕平岡。頻覺吟聲近，書樓萬竹傍。」《石窩潭》云：「匡廬懸瀑峽，衡岳絡絲潭。勝跡寧唯偶，神工此可三。石鼯聯甕盎，巖沫幻烟嵐。爲補圖經闕，標奇夢澤南。」《馬潭》云：「碧石紛矜峭，清溪此匯流。岸容低渴驥，潭氣媚潛虬。噴雪寒銷夏，轟雷響劇秋。路回横略彴，碧漢一溪浮。」《龍堀》云：「靈物棲人境，衢邊舊户庭。溝塍攢蜃氣，風雨帶龍腥。前代遥流潤，凌晨幻示形。行人無敢唾，葭葦日青青。」《安磵》云：「一逕蒼青裏，回環别有天。來衡雲霧窟，行近虎䖘泉。農舍依巖樹，齋鐘度澗烟。瀧岡猶未表，淚涕望崇阡。」《善和沖》云：「丹山回合外，誰信有園林。叢篠迷來逕，危杉作晝陰。池含清鏡影，寺送午鐘音。應是鵞飛處，花香散近岑。」其他著作甚富，惜多散佚，行當於雲陽諸君子求之。

先大父童試時，受知於上元孫公元，拔爲郡首。召入署中，得親見其太翁雷溪先生珽，丰致軒爽，詩畫亦異樣風流，雅近宋元名家，弄墨燃脂，至老不倦。聞畫山水一幅，題詩甫竟，置印於上，跌地而没，真雅人也。余生也晚，不及見，猶得當年贈畫數幅，想見其爲人。《題春湖歸棹》云：「湖上人家水蘸扉，湖邊老樹緑成圍。數聲柔櫓蒼茫外，知是高人罷釣歸。」《題山居》云：「茅檐面面抱山開，樹底幽禽去復回。簾外忽驚人語應，柳陰誰過小橋來？」《題夏景》云：「柳陰四月花飛盡，雨後池塘境似秋。携得杖頭隨步去，溪山佳景待吾收。」《題石鼓書院圖贈李雁嶼》云：「前唐迄今幾春秋，書院名因石鼓留。衆山環抱相拱揖，盤旋磴道如丹丘。我來時值冬將盡，木落扶疎清且幽。昔人碑刻多奇古，苔蘚剥蝕仍可求。俯視合江亭下水，清兮濁兮誰分流。朱翁跨鶴不復返，古洞雲封空嘆愁。何年我曾書大字，高標韓句顔鴟頭。歌聲朗朗出木末，知有高賢閉户修。明春載酒一百斛，醉睨青天狎海鷗。」昔人云「詩中有畫，畫中有詩」，讀公詩畫，始信斯言。

其令子孫公元有《曉發衡山過觀湘洲》，寄懷先大父環溪公云：「孤塔湘中起，文星水面浮。此邦多俊彦，之子自儒修。楓樹紅漁舍，烟墩白戍樓。思君不可見，長嘯下潭州。」又有令孫濟光受謙，己未秋贈環溪公五絶四首云：「思君魂夢瘁，昨夜尚相親。報道故人至，還疑夢是真。」「交深常少聚，氣合每多離。君勿輕言别，相逢未可期。」「聞説歸期迫，新愁續舊愁。月明同此夜，盡是楚江秋。」「楓葉紅於火，秋江遍櫓聲。征帆隨雁遠，衹見數峰横。」

同時有葛聞橋先生祖亮，爲名進士，客孫公元署中。心契先大父倍至，别衡州憶環溪公詩云：「隽才寧易見，一郡得斯人。自有烟霞契，相期臭味真。源尋新水活，花暖舊江春。握手悠然别，思君採緑蘋。」祝先太祖壽辰云：「知子因知父，於今十九年。楚雲一信宿，燕樹幾盤旋。注云：亮遊湖南，雍正戊申歸舟，止衡。乾隆丙辰，又晤喬梓於京師。種藥丹丘下，觀魚緑水前。皤皤此平格，天壽竟如仙。」惓惓念舊，存之以見當年先輩文字交情久而彌篤，非以聲氣相往來者可比。

先大父受業師，以彭衡陬先生爲第一。先生諱士商，衡山人。登進士第，就黄州教授，門下士從者如雲，黄人至今思慕之。著有《恒農堂稿》、《曉松吟》、《鞭後集》數卷。爲文不加思索，精鋭之氣，辟易萬人。詩詞亦古雅可誦。五言如《送陳梅亭自衡歸蕭山》云：「梅亭慷慨士，入幕何翩翩。作客三千里，思鄉八九年。一辭登嶽屐，重上泛湖舡。送爾難爲别，還當摇落天。」《次家湘南歸途值雨見寄韵》云：「蒼苔猶印屐，之子去何之。相見一尊酒，别離兩鬢絲。馬蹄衝雨驟，雁羽入雲疲。索寞中秋近，無由對所思。」《望嶽》云：「遠望祝融峰，近望忽不見。群峰拱其前，深居殊清晏。朝霽白雲升，蒼穹懸匹練。更疑雲是山，雲動山亦變。」《祝融即目》云：「嶽忽變爲海，稽天白浪發。身在蓬島中，性情俱超越。須臾下方霽，雲浄海亦竭。境幻絶言詮，奈何徒恍惚。」七言如《大崎山道遇雨》云：「馬蹄蹭磴入山危，山路崎嶇過客遲。可惜山靈如拒客，山花困雨一枝枝。」《對月》云：「富想豪家月倍明，桑樞甕牖若爲情。露濃風細花香過，祗恐王孫未解酲。」《旅病》云：「病身無伴强支持，藥餌茶鐺待付誰。一夜西風黄葉亂，旅情如酒鬢如絲。」《遊方廣》云：「瞥見幽奇訝古初，洪鈞位置定何如。當年尚聽山僧説，此地曾經水族居。萬壑風雲藏石窟，半天雷電走階除。讀經欲證無生話，恐惹神龍攫太虚。」《赤壁懷古》云：「鄂渚之南三百里，周郎曾此破曹兵。却從北宋東坡後，别有黄州赤壁名。屐齒喧闐才子興，亭臺高下縣官營。將軍自古稱英發，未抵流連兩賦情。」《河北道中》云：「四州凝凍滯崑崙，水斲長河撼禹門。此去逢人應慷慨，誰家鼓瑟最温存。遥山嵐翠亥西北，大地風霾暗早昏。見説從來風土異，荆卿舊里一招魂。」其佳句，五言如「飛禽還戀舊，鄰樹各懷新」、「山花爲歷日，雲鳥紀官寮」，七言如《九仙觀記先嚴題詠》云：「溪山不記經行處，猿鳥猶懷著屐年。」《鐵佛寺》云：「烟嵐怗勢山藏虎，蘿蔦凝神樹化龍。」「雲起遠空疑水立，星懸林莽訝天垂。」《祁陽舟次》云：「山連粤嶺彌旬雨，水到湘源逐處灘。」「峰外描雲看雁字，江隈縷髮見魚苗。」《滹沱河》云：「王霸豈知冰乍合，漢家應得火重然。」《赤壁》云：「天圍極浦黄州斷，秋老危樓赤壁孤。」「别有亭臺蹲石壁，更無水月侵山根。」又有「青秧擔出竹籬笆」之句，寫景亦真。

嶽廟東有朱陵洞，石刻「朱陵太虚」四字，爲道家第三洞天。有泉懸若垂簾，白練劈天，遠翠如劃，轟豗怒號，莫可名狀。亦名水簾洞。朱子詩云：「詩成天柱峰頭月，酒醒朱陵洞裏風。」李元輔云：「野燕飛難入，山風捲不開。」真奇景也。衡陬先生題云：「巨靈贔屭鴻濛闢，萬斛泉眼通地脈。何年海鰍化龍飛，最高之峰吼潮汐。暮汐朝潮十二時，雹掣雷轟四千尺。天光日影隨瀑下，鋪作羅紋匹練白。木葉聲高洞風起，驚猿失墜巢鳥徙。風狂瀑怒兩不平，森森寒氣砭肌髓。噫嘻乎，瞿塘激瀨，廬岳飛湍，未若斯之幽奇俶詭。千載陵谷意何如，活潑潑機長似此。俗士競看江河流，不辨源頭何處是。」讀之亦覺目眩心驚，瀑聲盈耳矣。

重賦鹿鳴，非登鄉科時年最少者不能待。有徐輔卿先生世佐，湖南湘陰人，雍正乙卯，年方十八，與先太父同登賢書。乾隆乙卯，銑又獲雋，公與銑祖孫兩番與宴，鬚眉矍鑠，共談六十年事，亦佳話也。方雍正鄉舉時，與先大父同出管芝秀先生房。先大父愛其年少多才，以弟相待。在京師時，連床風雨，致爲相得。己未秋，同舟南旋，徐方病重，嘔血數升，先大父因訪舊金陵，屬雷公廷珪挈歸，自此不通音問，聞病且死。庚午七月，奉檄入闈，忽於途次一見，驚爲鬼物。徐公下馬握手大笑，曰：「非鬼也，人也。」忽忽數語，各趲程去。後先大父以分校未歸，徐公以試期迫謀去，臨行手詩稿一卷，嘆曰：「數千里遠來，欲以此事相訂耳。途中一晤，如在夢中。」留《古風》一首於壁以去。詩云：「四山蕭蕭西風急，出門一嘯曉天碧。太華東南四千里，欲行不行馬勃窣。憶昔京華袖手歸，賤子抱病君皺皺。燕子磯邊黃葉飛，石頭城外秋雲立。一別未知今生死，夜夜江山冷殘月。回首離情十二年，洞庭衡嶽何阻絶。君今作宰南山中，山立寒空排萬戟。我來訪君險且遠，鬼嘯猿啼虎狼駢首而累跡。每登石栖礙日層層之危峰，又入泉響無天冥冥之深窟。危峰深窟道路迷，猛地逢君駭君魄。問我何來握我手，我不能言但於邑。瞥然君過不見君，如夢如寤神恍惚。行行日暮聞鴉聲，一城如斗茅屋仄。蒲帽破鞋自報名，君有令子能迎客。貧署無塵足瀟灑，倏忽兼旬又五日。君不遽歸我欲去，人生會合真難得。舉杖擊石石欲鳴，感君纏綿書中意。卓犖孫夫子，謂孫鄰初同年，時任安化，同事闈中。各在天一隅。生平意氣傾江海，昂首人間一丈夫。夢中猶識舊顏色，馳驅王路今何如。噫歔乎哉！君不見漢水日夜赴東流，行人歸去一扁舟。此後相思人易老，莫向春風訴離愁。」此詩先大父修《鎮安誌》時，載入《流寓傳》中。讀之可想見其抑塞磊落之概。其摹寫山谷形狀及兩人交情，可謂曲至矣。

湘潭張氏科名最盛，有新、老張之分。二家俱多詩人，其風流瀟灑者，橘洲前輩爲尤著。先生諱九鎰，官至宫詹，觀察關東，於先大父爲同年至好。晚年告歸林下，觴詠唱酬，有茶村、阮亭諸公風流。刻《香桂園詩集》一卷，歸愚先生序之。五言如《閲虛堂上人集》云：「靈扃不可叩，此趣竟誰知。似爾空虛意，真成澹遠詩。幽花然砌外，涼月入杯時。渺渺無絃曲，清音賞在兹。」《題錢嶼沙編修小照》云：「抗手蓬山客，飄然物外蹤。有時馴白鹿，隨意伴青松。怪石欹千片，閒雲掩萬重。知君拾瑤草，踏遍玉芙蓉。」《九日過環溪同年館齋》云：「秋色高齋裏，清空菊亦仙。會逢重九日，款話老同年。禮數茱觴引，文章絳席傳。賞心歌未竟，遥岫暮蒼然。」「城南軒兩接，一半露疎楊。門逕尋師熟，壺樽問字香。有時過竹墅，隨意步荷塘。高嘯生風雨，蕭蕭落葉黄。」《僉圖九兄招飲用環溪同年原韵》云：「良會逢秋爽，往來落葉聲。花存三逕好，友有五人并。醉醒杯中趣，贏輸局外情。百年同作達，莫遣鬢華生。」七言如《過曉岳山房訪環溪同年》云：「秋净山房景不同，楓林葉葉畫圖中。天開霞岫雙峰碧，人醉湘江一笑紅。歲月承歡追杖履，詩書隨意課兒童。年來休話勞勞客，大半愁心負菊叢。」「軋軋籃輿趁夕暉，嶽靈容我學忘機。松間屋影舒青眼，竹裏書聲出翠微。樂境自宜名士得，豪情不厭俗人非。秋風小别無多語，一枕漁燈泛棹歸。」《謝環溪惠詩》云：「春信梅花入夢思，山房絶好畫中詩。來詩有「春信山房近，梅花夢裏生」之句。未逢孟蹇停鞭處，已近程門立雪時。白雁風高紛掠影，丹楓樹老醉含姿。相期上盡衡雲路，踏看扶桑酒一卮。」《九日與環溪晚步城南並答惠詩》云：「憶看西山爽氣澄，偶吟餘事意飛騰。惠詩用《餘事小集》「年年負却登高興」作首句。黄花應笑年年换，白鬢從嘲日日增。秋染湘流波蕩漾，雲浮岳色勢崚嶒。與君晚步城南逕，木落疎籬見苑燈。」《晚興》云：「緑楊陰裏漾微風，樓閣參差似畫中。窺客鳥聲呼曲隝，浄人苔色上疎櫳。官無別況清爲福，詩有餘情淡自工。且喜訟庭群吏散，一杯傾向夕陽紅。」《棠灣八景》録二，《棠灣春湍》云：「杉皮艇子蓼花灣，春漲茅扉晝不關。看竹人從幽徑入，談文客拄短筇還。亂泉聲裏花扶屐，垂柳門前水映山。細雨半竿持釣穩，野塘草緑蘚痕斑。」《木陵夕照》云：「亂峰缺處置茅亭，木落天空駐曜靈。當檻鳥飛孤嶂遠，停杯人立晚風醒。雲深斷岸穿林白，嵐染溪光潑眼青。牧笛一聲何處去，村頭個個點流螢。」《重九前夕半舫葺成》云：「悵別村居舊竹欄，幾回棋局話長安。放開眼界無多事，忘却頭銜是冷官。鴻雁一聲秋忽老，菊花千點夜初寒。分明茅屋松窗裏，半盞辛勤課子看。」七言絶句如《銅山》云：「銅山青青雲氣遮，銅山山下野人家。秋來滿地飛如雪，開盡村頭蕎麥花。」《題瑶岡侍御耕養圖》：「平田滑滑濕春泥，竹浦叢中叫竹雞。一抹烟疇好風景，山頭笠子水邊犁。」《山梅》云：「略彴回谿剩幾枝，銷魂多在晚烟時。一從别却林逋面，憔悴空山夜月知。」《上蔡雨行》云：「細雨朝朝踏淺莎，凄清上蔡怯經過。殷勤剩有官橋柳，一種含情可奈何。」《漁舟》云：「鴉頭三五髪鬅鬙，生長漁村處處諳。欸乃一聲何處去，烟波遥指洞庭南。」五言佳句如「天向平蕪碧，山銜落日紅」、「短牆寒照月，老樹夜呼風」、「亂楊千髪秃，遠塔一峰尖」、「肖人奇樹立，啄雪老鴉啼」、「雪深燈定後，春逼歲寒時」、「白鷺拳風立，烏犍渡水浮」、「眼隨孤岫遠，心逐片雲浮」、「角吹殘夜月，波侵一天星」、「老耽書作友，病怯酒爲兵」。《九日登陶然亭》云：「興來無六月，佳處有孤亭。」「乾坤雙去鳥，離合一浮雲。」「鴉聲喧獨樹，樓影卧平池。」七言如「天寒書恨來鴻斷，夜静香餘睡鴨温」、「寒月杯停殘臘夜，老梅香斷故園枝」、「深林怪石蹲如虎，老樹蒼藤曲似蛇」、「燈明竹塢深林碧，月潑松峰一髮青」、「夜雨青燈連夕坐，曉風黄葉故人歸」、「座招明月成三友，節老黄花餞九秋」、「春能醉我閒時領，詩不窮人達者工」、「小閣梅花藏雪影，半天鶴唳破烟痕」、「狂拚歲月看花好，老剩鬚眉對友真」、「有竹可居原不俗，無絃入曲是真閒」、「詞章後輩誰青眼，杖履先生自白頭」、「酒痕衣上添秋碧，苔色庭中着雨斑」、「楓丹葉響空林月，菊白花枝野圃霜」、「衫屋緑垂雲一角，茅堂紅上日三竿」、「籬落燈明驚吠犬，野塘水落鬧操魚」、「亂山一抹看頭白，野水千重照眼明」、「小逕梅花沽酒店，晚風楊柳賣魚家」。《望小姑》云：「獨撑峭壁諸峰外，突出蓬萊一水間。」《曉鐘》云：「殘月逕穿樵谷客，晨雞夢唤雪村農。」《夢中獨酌看梅》云：「知其趣爾非關酒，若有人兮不在山。」《花影》云：「望去有姿清入夢，尋來無跡黯銷魂。」《竹聲》云：「獨標梅雪松雲外，可在風軒雨榭間。」《五十初度避人三覺寺》云：「萬事回看雙鬢雪，百年夢醒一聲鐘。」《晚興》云：「心清似水平生足，事大如山一笑揮。」《移寓通老館》云：「十年天假東西館，一夕人分内外城。」「未妨城堞當前面，大有雲霄在上頭。」

凡人文名盛者，詩名遂因以稍掩。國初風氣，開於熊、劉，然熊、劉之能文，人知之；熊、劉之能詩，人未必知之。近見京山易君履泰纂輯《熊劉詩集》，讀之始嘆前輩雖專精制藝，不廢詠吟，非若子固能文而不能詩也。熊鍾陵先生伯龍，漢陽人，順治己丑以第二人及第，與劉克猷先生同榜，官至學士。仕宦二十年，不妄交遊徵逐。又温厚和平，弗立崖岸。初典浙試，繼視學畿輔，得人最盛，登巍科者多出其門。易簀時以不能澤及民生爲憾，無一語及私。使天假以年，其勳業必有可觀。其令子元獻不忍使公遺文散失，收合詩古文詞彙爲一卷。其詩意真摯，能别裁僞體，蓋公生平不輕以示人，人亦罕有知者。五言如《得家書知朱開子應恩拔》云：「西風吹不斷，只此數行書。老友人猶識，憐才古弗如。半生多病後，萬里致身初。好與高堂道，時平莫引裾。」《送李灄水先輩分巡建南》云：「南國兵方劇，王程馬不停。菊花垂驛路，荔子落公庭。地入吴山盡，天連海氣青。到時鴻欲北，應許好音聽。」《施愚山督學山東》云：「送客秋風裏，踟躕起夕礁。聲華開道路，海岱入登臨。把卷長年事，掄才一寸心。靈光高詠罷，回首憶知音。」《清明郊遊》云：「出郭宜今日，東風肯放晴。萬山當户碧，一水過橋清。携酒尋溪樹，停歌聽遠鶯。暫時抛故國，社鼓亦同聲。」《贈揚州守蕭五雲》云：「藉甚爲郎日，何慚千騎侯。故人真雨散，太守自風流。詩有梅花癖，時當木葉秋。相看俱楚客，同賦不同愁。」《吴山獨眺》云：「不見杭州好，登臨眼一開。海潮吞岸去，山勢抱湖來。豪舉存秦望，南有秦望山，始皇望海處。偏安失宋臺。風塵聊獨立，歌舞又相催。」《九日夜飲示蕭秀三》云：「高館西風夜，心傷旅伴稀。敢辭漳水濁，未息漢陰機。負我非黄菊，何人是白衣。明年如共健，可得賦將歸。」七言如《彭澤道中懷二舅氏舟行未至》云：「險絶江頭是馬當，且迂騆路向潯陽。前山細草吹初轉，下水蒲帆勢已狂。霜滿板橋遵虎跡，川流竹箭向羊腸。同舟一夜難堪别，地北天南詎可忘。」《朱遂初給諫備兵固原便道歸里步何省齋原韻》云：「中外論才廑至尊，忍因襆被遂高騫。行藏淡蕩飛蓬轉，心跡分明諫草存。遠塞弓刀天下計，掖垣花鳥十年恩。即今供奉多英俊，報國何須戀國門。」「祖帳東門事已稀，江鄉空羡稻魚肥。寧知四牡搴帷出，更許三山取道歸。白鹿夢酬黄綺願，青牛氣接紫雲飛。涇原老父思招討，穿眼帆開燕子磯。」《壽甘叟七十》云：「梅巖春雨坐芳菲，十載重逢事已非。畏老忽從今日到，問年不信古人稀。酒經未著終須補，碁局難捐尚有機。若使爲儒牽世網，精神龍馬幾荷衣。」五言如「周旋唯我久，懷抱向誰深」、「豈無天下士，喜見故人名」、「人難支永夜，秋不爽歸期」、「濕烟出户晚，流水入鄰多」、「貧添羈旅合，歲逼主賓分」、「乍見真難辨，論交自有神」、「可憐多病日，正值暮春天」、「碁能消短日，酒不敵深寒」、「江城常帶雨，冰署易爲秋」、「長遊忘我貴，失勢覺人驕」、「十年營一夢，萬感入三更」、「苔痕侵蠟屐，花氣入香篝」。《初雪》云：「敵破青山色，飢驅倦鳥飛。」七言如「萬里豈期今日聚，一尊喜出故人庖」、「地當赤縣塵千里，人在黄州雪一堂」、「别後酒人拋作吏，重來風物却驚秋」、「襟期可指中天月，事業真如出岫雲」、「飛揚事過如秋老，拱揖人疎與病宜」、「文章自有回瀾日，師友真如欲曙星」、「僧有薄田頻見吏，鉢無餘粒罷呼禽」、「伴客一春唯有病，移家萬里始知貧」、「鶯轉新歌流綺席，鳥銜殘紙點莓苔」、「斷續雁聲濤外治，參差漁火雪中遥」。《贈唐明府》云：「携將上苑三陽暖，去放江城萬樹花。」俱佳句也。

劉雅川先生子壯，黄岡人，九歲失恃。初出繼叔父，叔父置媵，舉二子，乃歸。登賢書，垂二十年，始成進士，大魁天下。先生丁勝國擾攘，所奔竄山菁水涘，所遇黄巾銅馬，所歷芒鞵卉服，殘盃冷炙中，有槑兀輒筆之於詩。嘗遊吴門，有小吏坐法繫獄，言於令得脱。吏鬻愛女，得金爲壽，急諭止之。同鄉有難婦流落長安者，捐百金贖之，令與夫婦完。偶假寐，恍惚見神人呼：「劉狀元官不過五品，壽不及五十。」後壬辰禮闈分校畢，告歸果卒。亦奇事也。聞先生仁孝性成，每念太孺人，輒潸潸孺子泣。所爲家傳，纏綿悱惻，令人不忍多讀。終其身以「屺思」名堂云。詩清雄奔放，洞澈光明，以其才與熊鍾陵先生校，則鍾陵爲唐之少陵，而黄岡則唐之太白也。五言如《雨泊》云：「夜宿踈蒲裏，空濛碧一灣。舟中風又雨，江上水如山。别浦聞橈過，歸漁載火還。客心真欲滴，幾點到鄉關。」《黄鶴樓》云：「晴川與黄鶴，氣勢遥縱横。静見水聲合，空疑山意争。三洲秋色遠，萬樹午烟晴。帆影中流處，遥遥江漢情。」《送白章歸》云：「相知已廿年，相見各倏然。嘗共吾儒語，唯君天下賢。文章千古在，風節一身懸。臨别何爲贈，遺詩未值錢。」《晚集懷上人精舍》云：「文子藏經處，三椽背水東。池陰低月照，樹色補山空。菜甲新抽雨，茶香故倚風。何當一下榻，夜宿磬聲中。」《故書》云：「亂後得故書，快然如素友。慚愧流離餘，復此能聚首。杯茗慰勞之，念其事我久。契闊幾歲月，遊歷阿誰手？傷心感夙昔，骨肉且無有。怪君猶然在，何以脱踐蹂。合散數固然，神物亮不偶。慎勿更棄捐，盟以長相守。」《雜詠》云：「飲酒不在多，在得酒之意。飲之亦無時，要知心有寄。良友趁閒來，適與佳興值。明月入我懷，花氣風中至。移坐放庭前，有時或席地。爲餚何必工，取足倉卒備。起視坐中人，各各無厭忌。詩書既不拈，亦不關時事。持盃各自引，緩急莫相伺。當歌不待强，屬和隨所恣。勿限多與少，意盡相將出。醉者暢情懷，醒者獲安寐。」其二云：「古之作詩人，其詩自有情。今之讀詩人，其情乃在評。若復學詩作，我心何所著。若復從詩尋，評者惑我心。昔亦有何韵，今人坐相因。況乃限其聲，何以發高論。我心洒然起，天地不敢止。且不知風雅，何況諸君子。父子不同貌，帝王不襲禮。」《冬春》云：「冬春宜晏起，酣情享昏夢。初日喚我窗，破懶纔一動。人事豈能厭，遲遲庶有中。神足自多爽，天閑志亦洞。」《崑山夜泊二首》云：「孤月欲中天，衆星不敢明。微波攬其光，樹影生遥情。水烟深萬户，飛梁動簷楹。北風引江末，清寒浸孤城。城門夜不息，稍聞歌吹聲。幽響渺無所，天際與之并。」《世事》云：「意氣許爲友，緩急通有無。一朝少蹉足，引手誰相扶？始知談俠者，意在巧取吾。小小未如意，責備不遺餘。生平負樸直，一介義寧拘。安能匿所有，向人訴窶虚。天地大仁者，不顧疾聲呼。男兒豈卒貧，仰面喪廉隅。咄咄險詖子，左詞相揶揄。使人不得語，謂之爲所愚。聖人思世治，天意不謂爾。視民若園蔬，刈之未云止。却憶先皇初，井廬接萬里。此輩多厭人，風俗成黠侈。地方不能養，會須付火水。褊邑空墟烟，大城纔數齒。兵興若猶動，豈忍復下視。薄言往恕之，好生諒如此。」七言如《送楊似公巡粤東》云：「便殿躬承天語諄，臨軒手付粤東民。正逢闢國初將命，且喜過門一拜親。萬里海荒新雨露，一身忠孝古鄉鄰。絲綸世業君家事，館閣於今屬直臣。」《喜雨》云：「枕簟微涼欲向晨，夢回初覺雨來真。滄江夜静魚龍變，禁苑春回草木新。望裏雲帆過海岳，澤中賊盗總臣民。一官所望唯年歲，遥指東菑慰客貧。」「風静天高落木悲，輕車羸馬望南馳。槐深玉署曾連轡，夕照師門憶共危。近日文章誰與語，别來期許慎相思。經過倘遇真英駿，莫惜音書報我知。」絶句如《雪堂》云：「四壁泠泠畫雪圖，到來應有古心俱。未知堂上登臨者，得似當年二客無？」《夜泊》云：「暗雨飛飛入夜降，江流活活上虚窗。小孤山下潮初到，欲送愁心過九江。」《花園鋪》云：「舊有園亭列石茵，尚書曾此樂芳春。即今花草都無在，何況當時遊賞人？」其佳句如「下鳥窺高樹，開窗入遠峰」、「樹影隨雲杳，波聲共路長」。《霧》云：「真疑天地合，微見水雲平。」《失路》云：「川原渾欲似，雲樹試相欺。」七言如「別浦荷香風裏度，滿湖菱唱渡頭回」、「昨夜庭前風落木，一秋花下雨餘香」、「疲騎穿城晴晝静，春林巢鳥路人稀」、「三月茗香初穀雨，一湖春水滿帆風」、「海口隔烟潮夜入，人家夾岸水中流」、「客中相見渾如昨，別後多懷未可言」，俱有秀韵。

易君履泰又自刊《果能堂集》，余最喜「修竹能迎客，飛泉自到門」，絶似古人名句。

衡陽縣署後有池一區，渟泓清澈，鬚眉可鑑。前邑令以事去官，池遂爲闤闠所有。文登陶晦軒明府易捐俸錢購歸，作軒其上，顔曰「買池」。一時諸名士唱和甚多，刊爲一帙。仁和吴雲巖前輩鴻云：「誰作閒田棄，重煩問水濱。樓臺新得月，魚鳥舊親人。璧假原非主，珠還合有神。澄清俱治理，不爲狎垂綸。」「運甓朝多暇，重門設亦關。碧添新漲水，青入隔城山。枕檻羲皇上，分流廉讓間。何如山簡馬，空醉習家還。」「聞有池塘句，風流屬謝家。空明閒苑月，澄淡晚秋花。湖色浮杯闊，樓光蘸筆斜。東偏新建崇文閣。便應題緑净，留伴合江誇。」衡山林半霞前輩學易步韵云：「買歸官署地，邀客集池濱。對座魚驚影，開軒鷺近人。連城今幸返，治譜夙稱神。不是耽幽趣，閒心寄釣綸。」「楚弓雖楚得，政體本相關。此意真如水，何心更買山。清光簾箔裏，野趣畫圖間。我欲乘秋月，扁舟共往還。」「添緡歸故物，風景屬官家。緑蔭新栽柳，紅摇舊種花。水紋浮簟冷，堞影倒波斜。岸遶塘邊築，蘇堤好共誇。」曠峋嶁前輩敏本云：「璧假自何日，因循卅二年。齊應歸魯地，晉已返周田。似水臣心静，開軒法令蠲。還宜登傑閣，山色落樽前。」晦軒《感賦》云：「林塘三十載，失去復歸來。逕已緣籬改，門須面水開。本無多布置，却喜絶塵埃。公暇頻耽句，池邊到幾回？」「每抱素餐耻，寧爲丘壑營。三間成小築，一水足平生。豈戀烟霞趣，聊教心跡清。凭欄感興廢，一往有深情。」「退食時移座，涼生小檻邊。魚浮瓜蔓水，鳧泛藕花天。嘯詠無虚日，風光勝去年。偶然分薄俸，慙愧頌聲傳。」「直似野人居，臨流草結廬。客來花放後，賦就酒香初。風雅情偏遠，林泉景不虚。彩雲箋滿壁，一一是瓊琚。」青浦張慧川宏燧云：「盈盈一帶碧溪灣，小築天然濠濮間。地割汶陽曾久假，珠圓合浦得重還。共知飲水心同潔，恰好栽花課亦閒。許我過從池上住，芰荷深處作魚蠻。」桐城石聞涿文成云：「買得烟波緑滿塘，玻璃一片漾清光。蛙鳴私地爲官地，人愛仙鄉是水鄉。此日初栽陶令柳，他年都是召公棠。散衙乘興來相訪，宛對春風泛野航。」湘潭周綏汝世宅云：「買池費盡買山錢，三十餘年尹獨賢。官舍頓開彭澤逕，民情欣返汶陽田。篁浮細浪冰壺映，簾捲清光寶鑑懸。却羡漁人來不禁，緑蓑坐釣一灣烟。」石希曼文明云：「買回一池水，五畝寒流清。臨流結高軒，水月生空明。一賣三十載，賣者固足駭。中間賢侯多，直待君來買。積俸不買山，烟波占一灣。偶來池邊坐，澹然相對閒。」其佳句如江君洵云：「簾影不驚魚鳥樂，水聲遥伴簿書閒。」邵君坦云：「鶴睡蛩吟知夜静，蓼紅蘋白認秋還。」李杏浦前輩綬云：「緑蕉弄影摇窗格，碧柳垂條侵水痕。」豐城饒君泰云：「買來不是民間地，樂處偏依物外身。」晦軒明府又於署中建崇文閣，落成，偕同人遊眺，亦有佳句可摘。岣嶁前輩云：「但願是邦變鄒魯，不愁無地起樓臺。」沈君維基云：「登閣最宜風月裏，看山遥在有無間。」席君綺云：「羅綺乍移山色静，管絃纔歇鳥聲幽。」石君文成云：「萬里風雲堪極目，四時賓從好銜杯。」石君文明云：「城環蒸水雙流合，帆轉衡山九面通。」江君德堅云：「城頭叠巘通蠻粤，樹杪雙流入洞庭。」石君爾年云：

「每逢雨霽看山色，恰喜秋晴坐月明。」

安化署有看山亭，群峰拱揖，森若列眉。晦軒明府修葺之，石君文成於役偶過，題詩云：「梅山看山來，深入烟霞窟。一峰雲中過，一峰雨中出。到峰不見峰，但見雲盤鬱。出雲復入雲，縱步穿蒙密。已歷梯百仞，不數坂九折。地平忽聞雞，山盡乃見日。到邑復有山，參差屏嶂列。上下看山亭，數峰如排闥。使君勤民事，判牘無暇逸。却留幽境在，不爲遊人設。知我夙嗜山，登臨手共挈。忽發長嘯聲，四山都欲裂。朝看白雲生，暮看白雲滅。僕夫催出山，草草與山別。回首看山亭，白雲白一抹。」

國初南嶽每多高僧，詩字均卓然可傳。大抵係有明達官所逃竄。有釋破門，吴人，棲衡嶽凡二十年，字學懷素，飛動之致，如奔蛇走虺，令人捉摸不定。絶句甚佳，有幽深似劉隨州者，有淡泊似韋蘇州者，衝口而出，無僧習，並無詩人習。嘗渡灕水，眺龍城，與粤西諸公卿唱酬，而詩名大著，固不讓唐齊己、九僧輩專美於前矣。有《山居集》一卷，取其尤者録之。《晚望》云：「一村深樹一村烟，村樹深烟斷欲連。不斷不連分野色，濃濃淡淡夕陽邊。」《步月》云：「紅霞遠散夕陽殘，策杖歸來鳥語寒。茆屋半間雲外出，梅花一樹月中看。」《雨後看山》云：「沿門竹外種芭蕉，嫩緑分陰過小橋。乍得一番新雨後，明朝色定勝今朝。」《過九龍庵》云：「踏斷雲根問路忙，春風陣陣野花香。無心石上觀流水，不覺穿雲到草堂。」《春深苦雨》云：「十日春無一日晴，山山林雨病黄鶯。不知何處飛來鳥，夾雨連陰叫一聲。」《山中讀和尚寄東》云：「寄來消息問來僧，住在青山第幾層。茆屋半間依水岸，門前石上長粗藤。」《送彭禹峰》云：「集賢院裏樹陰多，好挂征袍聽鳥歌。秋色不肥香稻熟，亂雲拖雨過山坡。」「朦朦月色浸征衣，冷寺鐘聲出翠微。話別不成今夜夢，衡陽道上雨霏霏。」《草堂》云：「一色桃花十里餘，老僧遥在白雲居。門前間種芭蕉樹，日日推窗看道書。」《秋江送茅刺史》云：「石鼓山前望眼開，江聲夜半碾如雷。與君聊作連床夢，無數青山入檻來。」《出岳至星沙》云：「偶隨黄葉出柴關，望入潭州縹緲間。買得歸帆摇夜月，滿江烟浪起沙灘。」《山中》云：「不説詩書不説禪，雲林深處竹雞眠。茅蓬揞向春光裏，石老空山不記年。」《晚秋》云：「一林秋色抹山腰，半隱人間半隱橋。葉落平鋪花外路，寒巖寂寂鳥聲驕。」《除夕》云：「蒼藤古木小橋連，幾度寒巖宿冷烟。山裏人家無歷日，梅花開處是新年。」《和彭禹峰石舡飛去》云：「潑天烟霧送行舟，無限青山未敢留。霹靂一聲驚雨散，乘風撑出亂雲頭。」《遊栖霞寺》云：「山容野色正秋肥，結友尋詩入翠微。滿脚行來黄葉路，不知衣上帶雲歸。」《别姚以式》云：「夕陽影裏路高低，故買扁舟暫一栖。因欠祝融詩未了，别君此去凍猿啼。」《别桂林口餘社諸公》云：「鳥啼花落不知春，細草含烟别有因。南嶽路隨湘水上，扁舟輕載祝融人。」「欲别回溪返舊關，詩情難盡雨中山。交州兩岸春烟合，一片糢糊遠望間。」「灘江一棹别離時，兩岸青山未得知。寫得湘烟春水上，鏡寧明月照花枝。」「桃花兩岸粤江春，喚醒長來嶺外人。歸夢不知烟火闊，輕舟三月宿沙濱。」諸詩俱天機清妙，得未曾有。

蓉峰詩話卷四

衡山聶銑敏蓉峰晉光甫著
周光霽頤堂偉章甫校

先大父丁巳進士同年，外省中最契者，有楊子安先生鸞。先生陝西潼關人，宰長沙，楮墨往還，篤於年好。爲詩多清遠閒放，刻《邈雲集》一卷。《磁州道中》云：「恍然身在水雲鄉，處處蒹葭帶緑楊。五月磁州好風景，荳苗香裏芰荷香。」《臨洛》云：「雨晴沙路净無泥，西望洛山高復低。何處人家烟樹裏，夕陽籬落一聲雞。」《舟夜》云：「飽挂輕帆盡日行，餘霞落去晚烟生。五更欹枕不成寐，漁唱一聲江月明。」先生又有《悼亡詩》，多至百首，纏綿悱惻，一往而深，可謂伉儷情篤。録二首云：「曉風吹月曙燈殘，取次香閨話别難。每到良宵倍惆悵，一天霜露逼人寒。」「風簾自捲影交加，披拂殘燈舞焰斜。怪底夜來頻夢覺，甎階落盡石榴花。」其佳句如「林静鳥聲寂，山深僧意孤」、「路疑雲際斷，身自雨邊歸」、「滿院苔痕合，重門樹影深」、「霜林風起葉初下，露菊雲深花自開」，讀之但覺静氣迎人。

天下寒士無福，多不宜官。罷官後放廢無聊，往往仍借硯田爲生涯，甚或一氈客死，旅櫬難歸，良可憫也。有沈健庵先生繩，字規宇，爲滇南太和縣人，雍正壬子舉人。出宰湖南安仁，清風兩袖，因公解組，主講南嶽集賢書院。初來時，其令子長元偕。越明年，令子歸。又明年庚辰，先生病，其子亦不復來。臨卒時，尚賦七律一首，遺書致邑令高瀛海先生應述。厝集賢院後，同人以其餘金置田，爲春秋祭掃之資，今碑墓尚存，祀典無缺。沈公以生前舌耕爲身後血食，後之仁人君子，又何忍膜視乎？近日先生門下士曠公大鵬爲之刊其遺詩，饒有情韵。五言如《花朝》云：「聞道花生日，春分二月中。問花花不語，含笑倚東風。」《登石景山》云：「佳氣鬱長安，神皋畫亦難。頻登山頂望，愈覺地形寬。沃野千疇錯，渾河一綫單。金臺何足慕，盡改舊時觀。」《中秋夜登西山聽村謳》云：「萬國共中秋，行藏各不謀。空山千古月，假我一時遊。雲净天如洗，林疎地欲浮。長安簫鼓競，誰此聽村謳。」七言如《諸葛洞舟行》云：「水嚙山根石自浮，土人謬説武鄉侯。想因南伐勳名重，古洞猶將姓氏留。」「急瀑飛烟畫不成，巉巖直向艇前生。一聲欸乃乘風轉，又見長江似練平。」《送許友之官粵西》云：「灕水盈盈照眼明，澄懷如鑒好同清。萬言萬里多暌隔，五嶺人來聽政聲。」《次襄陽感事》云：「五載憑城戰血枯，平章日夜醉西湖。江山亦解興亡事，漢渚全更舊畫圖。」《元夕渾河冰開歌》云：「渾河昨夜東風來，空明一片琉璃開。群蟄未驚龍已醒，卧聽冰窟如奔雷。重重玉石憑空裂，化作瓊山飛岸立。市童走告訝聲喧，野老舌撟驚神速。豈知太簇鼓幽陰，化工鎔鑄原無心。元宵燈火成鼎沸，此水錚鉉奏石金。河身西來萬餘里，一朝凍解無渣滓。人生泮釋在何時，欲問千秋讀書子。」其佳句如《秋海棠》云：「乍看紅影膩，錯認艷陽辰。」《賞芍藥》云：「酒因香泛渾忘醉，詩爲花挑不待催。」《午睡苦熱》云：「澒他趙盾蒸三伏，假我羲皇卧一窗。」《送人南歸》云：「秋風柳葉催殘照，晴雪梅花鬬早妍。」《感懷》云：「天上有星憑送巧，人間無藥可療迂。」《登祝融峰》云：「九千丈洩南宫秘，七一峰皆北面旋。」運意均極沉摯，存之以質滇南諸君子，俾得入選刻，以存其人。

近日衙官中能詩者甚衆，不可忽視。有涇上吴君位三者，著《百繪詩》，題多典雅，詩亦吐屬名貴。如《雁字》云：「水際因風初帶草，天邊倚月恰成鈎。」《雨脚》云：「六月時行來及望，萬峰狂走履如平。」《松濤》云：「雲吐斷巖冰岸裂，鶴翻空谷素車回。」《稻孫》云：「貽謀愛説雲千頃，肯穫争誇玉一門。」《鴉舅》云：「翁緣頭白多呼老，壻識衣烏尚戀雌。」《鳩婦》云：「茸母草晴纔共宿，孟婆風惡又分房。」《蜂衙》云：「同聲相應如傳諾，萬事無争只爲花。」《鷗盟》云：「碧水春風初許日，紅蕖古石又尋秋。」《冰筋》云：「春若可回籌欲借，雷今不作失何曾。」《燕剪》云：「雲幕剪開春雨細，水衣掠破夕陽虚。」《露珠》云：「濃凝柳線纍成串，清點荷心碎走盤。」《鷺拳》云：「間停曲渚支高岸，獨立寒汀打暮潮。」《簷馬》云：「霜侵榆莢連錢重，月照梧桐落葉輕。」《柳眼》云：「曉露含時凝淚濕，春風望斷黯魂銷。」《梅魂》云：「十月夢先逢嶺上，一枝春已返江南。」《鶴夢》云：「月明瑶島方中夜，神出青田第幾峰？」《禽言》云：「一番春雨呼泥滑，幾處炊烟唤餅焦。」《蝶舞》云：「裙沾露點嬌無力，衣拂花枝暖有香。」吴君曾遵例分發來楚南，而詩詞典贍如是，録之以公同好，并質貴游，知衙官中亦有是人也。

余於甲子歲主講郴州東山書院。楊秋田少府相邦與余交好，嘗以詩詞相贈答。《感遇》云：「大隱隱山林，小隱隱城市。林寂市大囂，不如隱於仕。」可以想其胸襟。嘗月夜偕友人登花藥山，有「長空萬里秋，一白千山旦」之句，余戲評以似仙似鬼。又有「夢到江南也當歸」之句，七字亦佳。秋田有友人贈句云：「窗前詩詠千篇易，堂上硃批一字難。留得書生真面目，歸來好耐故人看。」此友雖自命甚高，要不失爲端人正士之言。

衡郡城南有白蠟橋，郭外有黄茶嶺，地近囂塵，遊者罕至。有某友晚歸得句云：「争栖雀噪黄茶嶺，扶醉人歸白蠟橋。」尋常風景，一經點綴，便饒畫意。

滇南雖居天末，近日文學極盛，士多以風節自重。前輩中赫赫照人耳目者，唯昆明錢南園先生澧。先生以乾隆辛巳入詞垣，歷官至通政司副使，賦性耿介，守正不阿。官侍御時，嘗奏山東撫藩貪黷，得伸國法。連督湖南學政，毅然以師道自任。字法點畫，必遵《正韵》，稍不遵，則取手心擊之，甚則笞之。楚南人雖愛公，寔畏公也。歲己酉，丁内艱回里，連丁太翁訃。又以湖北鹽政有失鐫級，服闋，襆被走京師，銓所降官，除部主事。引見日，再四詢問，温霽逾格，晉員外郎。未赴，擢御史，以劾軍機大臣私宿外寓，致有宣洩，上是之，即命稽查軍機處。早入晏出，備極勤劬。未幾卒於位。法時帆學士暨滇南師君荔扉爲之刊其遺詩。蒼欲勁厚，得杜陵遺意。公固不藉詩傳，然即詩亦足見公矣。五言如《自隨州至江陵》云：「鄉愁言不盡，卒卒去隨州。重與故人别，相將清淚流。關山憑馬鞅，風雪有羊裘。記取臨歧貌，輸君並黑頭。」「澤國山多處，寒宵月晦時。燈昏如燐碧，狐走與人隨。濡足逢殘淖，鈎衣突朽枝。故鄉天一角，到日亦何遲。」「柝盡江城啓，客來山路長。鴉翎刷殘霧，馬首戴餘霜。溯往嗟何及，懷忠耿不忘。觚棱高切漢，未没大洪坊。」「江流漫無數，屢渡不知名。馬倦登船怯，鷗閒避棹輕。枯楊風意疾，廢寺水痕明。此宿知誰託，飄蕭暮笛聲。」「天門望不到，寒日易爲晡。破屋蓋茅竹，主人唯婦姑。肯容留一飯，曲與説前途。惜絶飢疲馬，風燈自翦芻。」「野彴低寒港，江波漾曉雲。一林檣影集，數里市聲聞。膾芥魚抛枕，羹菘鱉腿裙。殊鄉風味極，杯酒借餘曛。」「遥接荆南境，潛江路向西。緣村家有竹，帶郭水連堤。寒渚一孤雁，烟村五母雞。漁航挂片席，流蕩未應迷。」「江陵城外望，江外望公安。萬古滔天水，孤城一彈丸。風連巫峽動，烟入洞庭寬。去住嗟今昔，斜陽更倚欄。」《題怪石》云：「我行不如石，心解慕石介。石即無奇姿，遇之亦揖拜。重彼粗醜質，中寔如其外。山顛及水滸，索寞隨蒿艾。風日歲摧剥，磦然立不敗。何必言觸雲，爲霖遍宇内。」《還家》云：「代馬不忘北，越禽欣南栖。遊子乍還鄉，悦悦意翻迷。入門見父母，惜我顔黑黧。長跪進致詞，行李寔慘悽。爲言不足憂，吾腸便藿藜。諸弟出營食，顧見蓬頭妻。弟婦拜且却，小妹嬌還啼。阿長將米歸，黑鹽手並齎。喜傳豆角熟，不但食黄虀。堂堂七尺軀，壯齒生久齊。飢寒上累親，不如跪乳羝。」《還京詩》云：「細月光隱隱，照我敝床席。瘦妻中夜嘆，十載九爲客。更知幾何歲，復得同安宅。昔日兩鬢髮，今一已見白。從此盥匜中，何堪照顔色。」其二云：「明日具晨飯，盎已無粒米。堂上倘復知，分責逮諸弟。弟壯各能力，茹荼甘如薺。時命有利鈍，此意久所體。遠行堪代耕，私情復何啓。獨有涓涓淚，沾胸臆若洗。」七言如《夜泊》云：「篷背風欹夜泊遲，暗鐙虚照鬢如絲。平生夜雨聽多少，江闊春寒正此時。」《滇南勝境坊》云：「春山稠叠眼迷茫，未到家時已到鄉。解帶石虬亭畔坐，別來階樹幾枝長。」《遊太華寺》云：「半壁蒼烟擁薜蘿，江禽啼處晚船過。樹交危蹬盤青靄，天縱飛樓納白波。夜不分明花氣冷，春將狼藉雨聲多。愁中不暇耽幽興，佳水佳山奈爾何。」《荆州》云：「渺渺龍山放眼回，層城高倚夕陽開。空聞棄艦浮江去，誰信更衣駕櫓來。沙際忽添巫峽雨，烟中遥認楚王臺。清時四境無豺虎，公子登樓不用哀。」《送彭南池並寄蘇端樹》云：「廣寧門外雨連天，貧病無悰又去燕。誰信退之真怪物，可應方叔是癯仙。蘆溝沙長今年樹，竹圃苔沉舊銼烟。垂涕若逢蘇叔黨，道余宦況亦堪憐。」《題柳溪書屋》云：「合沓清溪萬柳深，溪堂面面有清陰。曉簾纔卷燕交入，午睡欲終蟬一吟。不掃落花常滿地，偶添新竹亦成林。酒船自掉浮明月，溪水還同不住心。」《病起西郊閒步》云：「行藥城西步履長，連山巘巘海茫茫。深溝孤鷺窺清水，高樹群鴉噪夕陽。老圃瓜稀憐不摘，殘僧芋熟許分嘗。何堪吹鬢秋風緊，踏破新烟過芰塘。」《再哭陳再馮》云：「有文不可干當道，有酒即應招朋好。君言猶自懸白日，君軀頓爾埋荒草。八年久別意豈惜，一旦傷心顔遂老。天道茫茫不可期，自古無從辨蹠夷。我生曾未滿百歲，歲歲坐閲賢者逝。」其佳句五言如「白鷗回露渚，黄蝶颺風枝」、「牛眠烟外逕，雀啅雨中枝」、「修篁通别逕，流水自前村」，七言如「江魚日入千夫膳，峽鳥寒窺逕夜燈」、「酒傾百谷齊趨海，詩鬥雙珠共走盤」、「櫪馬卧窺殘月起，鞲鷹側向野雲豪」、「一雪齊封韓趙地，萬山交送濁清漳」、「門接山光來異縣，牆分花氣到芳鄰」、「氣候熟便疎藥裹，性靈陶冶在詩篇」、「水落沙洲相次長，冬深木葉未全凋」、「半尊濁酒禁清夜，八月新寒滿舊袍」。《敬亭宗室留飲》云：「王孫好客同青眼，祖席吟詩半黑頭。」《宿黔地》云：「一街亂滴晚秋雨，黔地果無三日晴。」《滇南渡江》云：「舟人熟視猶知我，擔僕孤隨又去家。」

南園前輩與江右王岷軒先生堂開交好，督湖南學六年，愛其爲人厚重質直，常偕之遊。厥後岷軒先生以太母壽辰，歸里介祝，南園前輩以斑竹杖奉王岷軒歸，爲節母歐陽太儒人壽，作歌云：「斑竹生於君山湖上之青峰，高潔無物堪比蹤。古來惟有伊耆帝二女，神靈彷佛常相從。洞庭廣兮八百里，波濤淡漱無春冬。有時帝軒轅，來戛柷敔鏗磬鐘。伶倫十二管，龢鳴比鳳雝。歲久或泐請更製，帝曰其可精銅鎔。不然仍往截嶰谷，此宜愛護加培壅。山祇水伯，受命不敢偷傭。到今四千二百八十有餘載，新柯舊葉何葱蘢。猗余亦何幸，一航適與逢。精心致禱乞一束，兩莖爲我扶老供。或云梓潼江心桃竹如紫玉，又言西極藤杖長鬚拔赤龍。襄陽南陽兩老子，夸奇飾麗張詞鋒。無徵不信豈比此，摩天鉅筆空橫縱。我友王岷軒，奉身孝且恭。同遊五六載，愛我真率胸。今將歸爲老母壽，挂帆凌突秋芙蓉。家有一株桂樹，是曾王母三十餘載堅德淑操之所鍾。其下同根柢，上交枝葉青翠重。再世嗣音在老母，節亨匪一柏舟共。服田不懈有黍稷，皇天意豈私一農。八月金粟黄，天香一何濃。躋堂再拜奉觴壽，賓親宗黨來肅雍。泰和之姚南匯吴，於今海内爲詞宗。紀徽述德意不盡，薄劣如我復何庸。就我皮閣，啓我緘封。餘此一莖黛文琉璃色，拜跪寄奉申情悰。匪唯少效扶持力，庶與德之清高正固相形容。君山青兮湖水白，送君千里兮雲溶溶。相看膝下身，誰慙後凋松。」此詩奇横之氣絶似太白，惜其遺稿見逸。又有《郴江》五律云：「郴江漲不已，雲雨又崇朝。赴壑波旋面，蟠堤樹没腰。舟航徒致力，竹石轉無聊。幸得芳醽醉，狂吟耐此宵。」《石燕》云：「石燕甚麽脣，楚童閒取携。蛤完微陷背，菱槁半沾泥。荒野春同蟄，誰家暮與栖。號空生噫氣，汝起翼飛齊。」此二詩亦未載稿中，因並録之。

南園先生居官嚴正，論者或苦其過剛。乃母憂回滇後，有清江同鄉傅君長澤，隨合祖任執經南園先生門，朝夕請業，跬步不離，三載中未見其疾言厲色。封君年逾八十，起居飲食，動必親承，溺器亦自滌之。兩弟目不知書，性頗傲僻，而低顔將順，惟恐牴牾。常語傅君云：「弟輩以家貧失學至此，殊堪憫恤。今老矣，相聚又無幾時，性情自難變，一語參差，皆吾之罪也。」故有《贈人》一聯云：「無家豈便悲吟雉，有弟還堪慨質羊。」蓋有感言之。如先生者，在朝則清風亮節，有古大臣風；在鄉則色笑怡怡，作儒子慕，誠一代名儒也。字學顔魯公，寫《争坐位》尤爲酷肖。工白描，經年不一作。耽吟詠，每不輕以示人。

傅君長澤詩學南園先生，亦有肖處。如《移居津市寄清化友人》云：「五斗勞親久折腰，故園松菊已蕭條。抽簪未覺林泉近，負米徒嗟關塞遥。一室暫供諸弟讀，群山新阻舊朋招。茫茫身世何堪問，獨卧江津詠寂寥。」《沅江重泊》云：「篷窗曾此倚曾郎，畫舫春流醉碧觴。一樣洞庭湖畔月，今宵雲水倍蒼涼。」

其大女弟瀟綺，許適清江同縣曾鴻翥茂才。甲子十月，畢姻於澧州椽署。催妝題詠，膾炙一時。瀟綺於三朝後補和其韵云：「衝寒東閣早梅開，蕭史欣看跨鳳來。從此機聲鳴夜月，一燈長伴讀書臺。」

偶於友人箑頭見詩三首，未著姓名，其詩絶似宋元人筆意，録之。《過桃源》云：「聞歌疑有避秦人，欸乃輕摇擬問津。兩岸桃花紅不見，畫船滿載一江春。」《野望》云：「西風刮刮草萋萋，獨倚柴門聽曉雞。秋色滿畦人跡少，鷺鷥飛過水田西。」《泛舟》云：「我有謀生計，松陰泛釣船。老妻能結網，稚子總忘筌。篷底堆詩草，囊中剩酒錢。夜來山月上，舟載一江烟。」

瀟湘八景詩自米南宮作後，代不乏人。余嘗擇其可傳者録之。五言如揭傒斯《瀟湘夜雨》云：「涔涔湘江樹，荒荒楚天路。穩繫渡頭船，莫教流下去。」《洞庭秋月》云：「灝氣自澄穆，碧波還蕩漾。應有淩風人，吹笛君山上。」《遠浦歸帆》云：「冥冥何處來，小樓江上開。長恨風帆色，日日誤郎回。」《平沙落雁》云：「天寒關塞遠，水落洲渚闊。已逐夕陽低，還向黄蘆没。」《烟寺晚鐘》云：「朝送山僧去，暮唤山僧歸。相唤復相送，山露沾人衣。」《江天暮雪》云：「孤舟三日住，不見有人家。紛紛竹籬處，却恐是梅花。」李夢陽《瀟湘夜雨》云：「夜響起秋竹，浩浩楚雲白。曉來看沙嘴，新水添一尺。」《漁村夕照》云：「夕陽下洞庭，網集清潭上。一丈黄金鱗，可見不可網。」《山市晴嵐》云：「峰晴堆夜嵐，晨炊翠猶濕。但聞山鳥鳴，不見鳥出入。」《江天暮雪》云：「長江滚浪雪，烟黑花争飛。可怪横流者，孤舟一笠歸。」陳孚《瀟湘夜雨》云：「昭潭黑雲起，橘洲風捲沙。亂雨灑篷急，驚墜檣上鴉。黿鼉時出没，暗浪鳴櫓牙。漁燈半明滅，濕光穿蘆花。」《洞庭秋月》云：「月明水無痕，冷光炫清露。微風一披拂，金影散無數。天地浩茫茫，渚白獨有鷺。鷺去月不摇，一鏡澄如故。」《遠浦歸帆》云：「日落牛羊歸，渡頭動津鼓。烟昏不見人，隱隱數聲櫓。水波忽驚摇，大魚紛跳舞。北風一何勁，帆飛過南浦。」《平沙落雁》云：「十里黄晶瑩，菰蒲映原隰。亂鴻爾何來，影墜西風急。嘹嚦三四行，欲起又飛立。水寒夜無魚，離離爪痕濕。」《山市晴嵐》云：「茅屋八九家，小橋跨流水。市上何所有，寒蒲縛江鯉。犬吠樵翁歸，家家炊烟起。共喜宿雨收，霞明亂山紫。」《漁村夕照》云：「雨來君山昏，雨過湘水滿。夕陽一縷紅，醉眠草茵暖。漁網曬石上，腥氣吹不斷。野鳧沉更浮，沙洲荻芽短。」《烟寺晚鐘》云：

「山深不見寺，藤陰鏁修竹。忽聞疎鐘聲，白雲滿空谷。老僧汲水歸，松露墮衣緑。鐘殘寺門掩，山鳥自争宿。」《江天暮雪》云：「長江捲玉花，汀洲白浩浩。雁影不復見，千巖暮如曉。漁翁寒欲歸，不記巴陵道。坐睡船自流，雲深一蓑小。」薛瑄《瀟湘夜雨》云：「兩岸叢篁濕，何夕波浪生。孤燈借漁火，江雨篷背鳴。南來北往客，同聽不同情。」《洞庭秋月》云：「西風浄晚烟，天水遠相接。瓊樓玉女深，炯炯涵虚白。夜深風露寒，一鼓湘靈瑟。」《遠浦歸帆》云：「翩翩投極浦，漠漠背殘照。水栅歌《竹枝》，清風激幽調。歸舟漸覺稀，錯莫尚凝眺。」《平沙落雁》云：「霜清秋水落，風過人跡平。飛飛隨陽鳥，相呼下寒汀。向夕聚儔侶，月映蘆花明。」《山市晴嵐》云：「雨來萬壑昏，雨過千岫沐。晴旭楚人家，蛾眉畫生緑。望望如有情，餘光遠相逐。」《漁村夕照》云：「釣艇收晚罾，歸鴉集疎柳。天風吹彤雲，明月映江口。孤村一笛横，萬慮復何有？」《江天暮雪》云：「落落漁樵家，蒼蒼起烟霧。岸滑移釣舟，沙平失歸路。似有凌波人，盈盈月中去。」《烟寺晚鐘》云：「夕照下山門，清音出烟霧。暝壑一僧還，側佇尋歸路。月上楚天寒，霜落洞庭樹。」楊基《山市晴嵐》云：「藹藹復霏霏，横霄曳夕暉。巴人與湘女，相逐買鹽歸。歸望墟烟處，蒼茫接翠微。」《漁村夕照》云：「今朝罷漁早，挂網堤邊樹。雲斷落花飛，斜陽在坳處。癡兒晚睡醒，却訝東方曙。」石琢堂師《瀟湘夜雨》云：「淼淼清湘遠，西風泛畫橈。四垂雲漠漠，一夕雨瀟瀟。地勢雙江合，天心五日要。平沙微辨路，甘澤自聞謡。鼓想譙樓濕，燈知釣艇招。雁飛秋在水，人語夜生潮。窸窣篷窗聽，糢糊紙障描。詰朝簑笠客，飛渡岳陽遥。」《遠浦歸帆》云：「南浦三年别，西風一夜歸。迢迢雲路遠，款款布帆飛。桃水紅千尺，山城緑四圍。渡知行處有，潮記去時非。柔櫓乘新漲，衡茆認故扉。榜歌聽欸乃，社樹認依稀。雁信期先至，鱸香願未違。舊家無恙在。繫纜上漁磯。」《漁村夕照》云：「瀟洒漁家市，斜陽江上村。茅檐環壓水，小艇繫當門。桃墅紅千樹，蘋洲緑一痕。飯香炊屋角，鴨漲逼籬根。枕席烟波闊，鄉鄰笑語温。蓴鱸安素業，燈火近黄昏。風俗辰溪好，生涯丙穴存。濠梁相賞處，應悟道之源。」《江天暮雪》云：「平野江流遠，迴風雪勢雄。八方相照耀，一氣接空濛。暈晷三餘短，瞻雲萬里同。輿圖銀海外，世界玉壺中。樵逕微分碧，漁燈漸露紅。珠聯星在罶，碧散霰飄篷。林響時争鵲，沙痕或印鴻。湖湘徵瑞應，田畯卜和豐。」七言如唐寅《漁村夕照》云：「鷓鴣啼斷雨初晴，渡口飛來水氣腥。村北村南齊曬網，釣船閑在夕陽汀。」《江天暮雪》云：「簑笠無踪失釣舡，彤雲黯淡暗江天。湘妃獨對君山老，鏡裏鬢眉已皓然。」沈明臣《漁村夕照》云：「不知誰唱《白銅鞮》，楊柳村通即大堤。欸乃一聲風斷續，打魚人背夕陽西。」文璧《山市晴嵐》云：「小橋依市官柳疎，旗亭酒熟笑客沽。雞飛出村犬吠栅，舍南舍北相追呼。山人相呼起朝日，山色滿空晴欲滴。日高人散市聲稀，長林靄靄墟烟白。」佳句如顧開雍《夕照》云：「蓼花迎槳入，黄葉補衣歸。」《晚鐘》云：「天寒沉水遠，風定出山遲。」釋續燈《秋月》云：「風動波千頃，霜高雁一聲。」《夕照》云：「江添春水闊，網帶夕陽收。」《晴嵐》云：「似隔仙凡界，猶聞雞犬聲。」《落雁》云：「宿殘潭渚月，叫破楚天霜。」諸詩生氣遠出，如讀名畫。

琢堂師又嘗以《瀟湘八景》題觀風衡屬，家大兄京圃詩尤蒙激賞。《瀟湘夜雨》云：「九嶷雲影鎖層霄，湘雨空濛颯暮潮。遥夜孤篷聽瑟瑟，隔江殘笛助瀟瀟。青楓浦上情無限，斑竹叢中思更饒。明日應添新漲水，好乘烟景撥蘭橈。」《洞庭秋月》云：「湖水平時望杳冥，忽看冰鏡湧圓靈。光浮夢澤千潭碧，影譙君山一點青。幾處疎燈黄葉寺，數聲柔櫓白蘋汀。分明樓上聞吹笛，又引微波下洞庭。」《遠浦歸帆》云：「一葉沙棠遠送歸，布帆無恙挂烟霏。千林夕照開前浦，兩岸鄉音話落暉。有客舡頭閒指點，何人樓上認依稀。衡峰九面如相待，好泊扁舟住翠微。」《平沙落雁》云：「來雁追飛趁晚晴，瀟湘兩岸白沙明。夕陽槲葉投秋影，夜月蘆花斷遠聲。幾片歸帆和陣落，一行新篆帶風平。衡陽鄉信回應早，每向苔磯驗旅情。」《山市晴嵐》云：「數家山市傍前山，門外浮嵐盡日閒。野店開時朝爽淡，鄰炊起處暖烟還。青摇酒旆空濛裏，翠濕人衣杳靄間。擬結茅居餐岳色，四圍晴黛映紫關。」《漁村夕照》云：「仿佛江南黄葉村，老漁三兩坐槐根。船頭曬網翻殘照，浦口停橈數漲痕。晚飯幾家炊荻火，春風有路入花源。憑誰唱取滄浪曲，一抹斜陽半掩門。」《烟寺晚鐘》云：「深林何處響疎鐘，知在遥山第幾重。路入寒烟喧梵唄，僧歸古寺半雲封。漁燈坐聽來孤棹，鶴夢微驚度遠松。欸乃一聲人不見，數峰江上黛痕濃。」《江天暮雪》云：「密霰霏霏載小艭，新圖粉本出寒江。巴陵道遠天連水，鄂渚雲封雪打窗。木末帆飛隨雁影，蘆中人起釣魚舡。移船試向前汀泊，暮景微濛聽郢腔。」此八首琢堂師曾評以「天機清妙，描繪入微」云。

楚南風雅之盛，莫盛於琢堂師視學時。師嘗以校士餘閒，刻《湖湘采風録》，取予《刻石經于辟雍頌》弁首。詩不過三十餘頁，而近日楚南能詩之士半列其中。五言如曾君淩雲《愚溪》云：「聰明善誤人，始信愚爲貴。水本無情物，得名亦可畏。紛紛曰予智，那識此中味。」佳句如楚君光璨《禹碑》云：

「常留千載跡，如見八年思。」《緑天庵》云：「捲簾微雨後，潑墨夕陽天。」郭君世偁《湘妃墓》云：「斑竹猶餘恨，蒼梧自落暉。」《柳毅井》云：「龍宫天不夜，玉女户常扃。」黄君崇光《湘妃墓》云：「竹環三楚翠，山對九疑青。」京圃大兄《江干多是釣人居》云：「路緣雙岸蓼，門掩半扉柴。黄葉連村遠，青山向闔排。夕陽紅曬網，新漲緑平階。」余前題云：「簑堆紅蓼岸，網曬緑苔階。明月時歸艇，斜陽偶上街。一竿成世業，數里聚朋儕。」曠君農賢前題云：「我屋桃千樹，伊人水一涯。」袁君玉堂前題云：「近水烟雲足，連村笑語諧。」康君樹之前題云：「然竹烟通户，堆簑雨近階。」李君正雄《瀟湘夜雨》云：「野岸天如漆，漁舟火尚燎。」《烟寺晚鐘》云：「一枕驚殘夢，三生證夙緣。」《漁村夕照》云：「夕陽高挂樹，秋水遠圍村。」《山市晴嵐》云：「千家芳樹合，列肆午烟平。」《天江暮雪》云：「無聲籠夜月，有跡淡晴烟。」七言如京圃兄《雁字》云：「墨痕濃淡烟光迥，書意横斜暮色迷。」彭寶臣同年《雁字》云：「萬里鄉心書不斷，五湖秋思寫偏多。」陳君常泰前題云：「衡浦陣高先作檄，薊門行斷總成文。」余《雁字》云：「盡日書空雲裏過，幾回呵凍雪中歸。」「一行映月成飛白，幾陣衝烟寫蔚藍。」「風斜慣作回文體，雨驟頻催急就章。」京圃兄《琴薦》云：「周旋與我憑焦尾，俯仰隨人想素心。」《菊影》云：「屏影參差迷淡月，籬痕歷亂入疎燈。」《詩牌》云：「石闌斜點當春暖，山閣留題對夕佳。」唐君方錦云：「倚馬原堪供嘯傲，携筒猶似費安排。」余作《釣竿》云：「試當小雨絲難見，插向斜陽影未安。」康君曾階云：「溪曲微風三逕碧，扁舟新月一竿春。」心如二兄《苔紋》云：「上階欲混簾波碧，滿院還黏屐齒青。」李君冠賢前題云：「屐齒乍來粘欲斷，草根微露密難開。」李君潮《花影》云：「一簾春色描難似，滿地香痕蝶未知。」蕭君世中云：「露滴無聲春宛在，風摇有態妙難傳。」朱君怡鎡《麥浪》云：「湧宜桃漲千重縠，剪比松江一幅秋。」劉君高甲《瀟湘夜雨》云：「白蘋洲冷人初散，黄葉聲多夢亦涼。」《烟寺晚鐘》云：「隔岸烟迷歸鳥路，數椽寺隱夕陽峰。」《漁村夕照》云：「芳草渡邊時曬網，緑楊洲外自成村。幾家倒影烟波晚，一帶風圍笑語温。」《江天暮雪》云：「流水聲空湘浦裏，冷雲影重酒樓前。半江柳絮無情雨，兩岸梅花欲暮天。」周君開雲《簾鈎》云：「四角微含新樣月，雙扉仍納舊時秋。」李君在青《賈誼祠》云：「痛哭陳書干主少，少年論事似君難。」胡君與齡云：「日斜竟使悲庚子，夜半徒勞問鬼神。」劉君教五《愚溪》云：「故家村巷猶名冉，是處風流祇似吾。」「大知自應同水性，如愚偏喜共溪盟。」《緑天庵》云：「隔院樵風迷鹿夢，到階梅雨亂鐘聲。」唐同年業謙《銅柱》云：「成敗千端皆氣數，山河一帶是功名。」劉君錫昀《緑天庵》云：「滿院松風涼到鬢，一溪石溜碧於天。」張同年光曾云：「蕉葉有心還卷雨，墨池無水自生寒。」王君德簧《延籬荳》云：「半圃秋容開麂眼，二分涼月映蛾眉。」京圃兄云：「編成緑竹憑滋蔓，留伴黄花莫落箕。」黄理堂同年云：「是處柴門秋夜雨，誰家晚圃夕陽烟。」朱君遠翼云：「籬落有情人自遠，園扉無事日常扃。」王君萬年云：「極知老圃秋無税，更聽村農話有年。」李君延芳《桃花流水》云：「仙源有路芳隨棹，玉洞無人翠滿蹊。」歐陽同年驤云：「花横隔岸疑無路，水近前村别有溪。」心如兄《深巷明朝賣杏花》詩云：「向曉摘來衣并濕，侵晨踏去步無塵。夢回綺閣簾初捲，艷帶筠筐喚漸親。」彭寶臣同年云：「誰家酒熟帘邊近，幾處泥沾屐齒頻。庭院乍驚風似剪，筠籃猶帶月如銀。」七古有唐同年業謙《湘妃墓》、羅同年綏祖《禹碑歌》，皆佳，容當另選。

乾隆丁未，有客從郴州來，携郭青來先生詩稿見贈。展閲之下，佳什甚多。先生郴州之桂陽人，爲諸生三十餘年，始登賢書。於經史子集，用功特深。詩骨格清奇，别開生面。以計偕卒京師。後嗣刊其遺稿。五言如《登蘇仙飛昇亭》云：「白日懸如墜，青天尺五看。群山皆下拜，一鶴自登壇。道在堪忘己，功成不問丹。可憐嵇叔夜，太息悵泥丸。」《過百尺嶺》云：「古樹摩天起，新花撲地開。一聲飛鳥過，幾處暮雲來。絶壁緣初笋，空山落早梅。征魂驚不定，風雨漫相催。」《送友人還京》云：「落葉蕭蕭下，平原一望秋。捲蘆吹曉月，舉酒屬江樓。天遠輕鴻翮，雲深促馬頭。獨憐留滯者，風雨自生愁。」七言如《長沙》云：「積雨空林失翠微，亂啼鴉處燕飛飛。殷勤爲寫湘妃怨，夢斷長沙恨不歸。」《漁家》云：「微風轉棹過長灘，酒到床頭月到船。唱罷幾聲高睡去，起來早是蓼花天。」五言佳句如「興隨長夜盡，月共故人携」、「石透泉香洌，天傾鳥夢欹」，七言如「青回不斷他山雨，緑浄常屯隔岸風」、「白露漸將叢菊泠，青山應共野人逋」。《送人》云：「行李半肩霜旅雁，關山幾處夜啼猿。」《野興》云：「海上春潮餘蚌蠃，江南秋熟足鱸蓴。」「秋高天闊浮雲浄，日暮霜寒雁路長。」《秋夜》云：「兩岸秋聲纔定夜，一輪月影正當天。」《弔三閭祠》云：「杜鵑月淚皆成血，湘水無情亦作波。」《湘君》云：「江天漠漠迷芳草，風雨凄凄聽鷓鴣。」《孤舟》云：「鴻雁可堪愁裏聽，魚龍空復戲中看。」運意俱新，不屑寄人籬下。

青來先生同里有范君秉秀字伊璜者，亦一時名士也。與青來逐隊京師，名重燕臺，爲阮亭先生所引重。刻《蘇溪後集》行世。五言如《樟木市》云：「棹破瀟湘雨，行聯舴艋船。寒鴉號獨樹，飛燕掠孤烟。送客灘聲遠，迎人嶽色前。離離沙際柳，初日照猶妍。」《桂署得友人書》云：「絶域愁鴻雁，遥天致鯉魚。故鄉千里夢，新堡數行書。擁妓離亭夜，留詩别路餘。粵山曾有約，相憶駕輕車。」《渡黄河》云：「一水自天來，排空濁浪回。舟從王屋出，帆向太行開。雨後沙猶漲，風前岸忽摧。中流堪擊楫，誰是濟川才。」《遂平曉發》云：「驅車出遂平，呼隷啓嚴城。家夢懸千里，王程促五更。星前分路影，霧裏走河聲。見説鄉關近，難留汗漫情。」七言如《偶吟》云：「書田聊許老榆枌，枯坐山窩懶似雲。多種秫苗辭市酒，細勻朱墨閲兒文。燕雛争哺群相接，鴨子知家隊自分。却笑年來爲詩瘦，孤吟未穩送斜曛。」《鄴都懷古》云：「老瞞瀕死計無休，鼎勢雖成鬢已秋。銅雀春寒餘細草，連城日落見荒丘。巧施繐帳誰相憶，恨入漳江不斷流。賣履分香空有淚，西陵風雨至今愁。」《旅舍題壁》云：「長年客況寄吟鞍，不計崎嶇行路難。每向夕陽題野店，聊將詩作紀程單。」五言佳句如「荷香紅十里，柳浪夾雙流」、「閲世情原淡，遊山興轉濃」、「石路難催馬，山行好看花」、「水禽啼夜月，山犬吠朝陽」、「落葉敲殘夢，秋風撼故鄉」、「炬紅連野燒，髮白犯蠻霜」、「山色連天嶂，江聲入夜潮」、「廬舍唯餘筏，魚蝦欲上樓」、「暮雨號姑惡，朝烟咽鷓鴣」、「置榻夢常遠，攤書愁欲來」、「倚檻憐飛鳥，開窗放宿雲」，七言如「蒼梧秋冷啼猿狖，斑竹春殘泣杜鵑」、「風翻翠幄榕陰亂，雨歇青崖瀑影明」、「《本草》病中披覽遍，親朋貧後往來稀」、「片紙音書催返棹，一帆烟雨送歸舟」、「萬里乾坤忙老馬，五更風雨唱荒雞」、「犬知客到迎幽徑，鳥爲春闌唱晚霞」、「高枕乍欹應有夢，短牆慵補了無遮」、「蒼茫河漢三更月，凄切琵琶萬里聲」、「柳浪風前迎麥浪，菜花香裏看桃花」、「倦鳥愁聞春去了，閒花喜種老來紅」。又有《潯署偶吟》古體云：「春禽時喚不如歸，又道哥哥行不得。」俱佳。

吾衡彭氏代有高人，有彭公儀岳坊，爲衡陬先生次子。乾隆甲子登賢書，出宰浦江，有循聲。歸田後，舌織心耕，仍理舊業。與先大父以孔李之交而締朱陳之好，晚年詩酒唱酬，極林下優游之樂。刻《瓦缶集》，清灑自然，有香山遺意。五言如《送友人》云：「卻憶前時別，參差近十年。來朝江上路，相對各凄然。」「萬古滕王閣，江流直向東。故人千里去，歸夢與誰同？」七言如《過仙華山》云：「山靈怪我不遊山，自愧塵封面目頑。却笑名山三百座，許多山志在胸間。」《詠櫓次韵》云：「南山老樹死不折，巧匠手斵指不血。平摇細浪波紋翻，力破洪濤天地裂。蓬萊三山那可到，淩風擬向仇池穴。驚醒驪龍夜不眠，獨擊空明泝流月。」五言佳句如「天連山霧暗，風逐水聲流」、「睡魔濃似酒，愁緒亂於蓬」、「危巖依老樹，石壁削青天」、「徧地春風暖，一泓浦水清」，七言佳句如《感懷》云：「半世艱難皆玉汝，何人仕宦作金吾？」《贈王九溪先生》云：「廿年宦冷囊猶昔，萬卷書成鬢已秋。」《過洞庭水落》云：「平沙望入孤雲盡，遠岫横來一髮單。」《送賓雪圃鴻官學博》云：「百年事業饒官冷，半世剛稜到老馴。」

先姑母小字清，適彭門，爲先生第三子仍珦之室。自幼克通經史，曉大義。詩古文詞迥不由俗，爲家大人幼時受業師。惜享年不永，聞者惜之。其詩稿零落無存，唯記其送夫君隨任浦江句云：「晏起最宜朝雨候，加衣莫待晚寒時。」

粵東夙多詩人，有南城鄧君士錦字太初者，曾薦舉鴻博，以瓊州廣文授縣令，歷任楚南。著《來園集》，佳句如霏金擲玉。五言如「楊花回夕照，燕子度春陰」、「水腥龍出峽，雲爛月當樓」、「斷橋咽流水，老樹撼寒山」，七言如「半嶺斜陽鴉背落，滿天秋色雁來初」、「茶於回後香偏永，詩入秋來句轉清」、「楊柳村莊沙磧軟，杏花風雨酒旗寒」、「愛酒月隨更漏轉，看花天放夕陽遲」、「春塢一犁牛背雨，水田雙劃鷺鷥天」、「柳向眠時偏作態，花逢僻處轉生香」、「游蜂逐絮還多事，好鳥啼山不認名」。

乾隆丙辰，詔舉鴻博，得人最盛。仁和杭堇浦世駿、天台齊息園召南兩前輩，尤爲一時瑜亮。齊雜作甚富，詩集罕傳。杭刊《道古堂集》，分卷二十有六，近體清麗芊綿，古體陸離斑剥。其《秋柳》四首，直逼漁洋。詩云：「秋色兼旬到灞橋，無端消息女兒腰。永豐東角荒涼雨，鄴水西頭上下潮。社燕不來迷舊夢，暮鴉飛盡見長條。一盃細酹屯田土，月冷魂殘不可招。」「西風昨夜拍堤吹，綰綰條條慘淡垂。渡口祇今餘白水，酒邊何處覓黄鸝。搨來衰草殘荷岸，怕見啼烟泣露時。策馬不堪尋舊繫，赤闌橋外冷鞭絲。」「數株零亂酒簾邊，無復毿毿貯翠烟。斷岸冷圍殘夜月，小樓寒咽夕陽蟬。空持舊帶攀行客，難弄衰姿伴少年。回首武昌飛絮盡，一篙撑過藕花船。」「留得長條伴白蘋，鯉魚風起掠纖鱗。飄零水驛來時路，憔悴江潭别後人。隄遠漸遮鴻背影，天高愁拂馬蹄塵。可憐冷落華林射，不見春旗一色新。」《萬柳堂》云：「清梵三時響粥魚，亂花空發老僧居。危欄曲處青山露，一桁斜陽曬佛書。」「溪風掠過打魚磯，匝地春陰緑正肥。頭白僧伽破禪寂，柳花吹點水田衣。」《夏日雜詩》云：「儵然深巷净苔痕，棗樹花開半似村。乞與一間杉屋住，緑愔愔處晝關門。」「晴巖日日露孱顔，一夕西風失髻鬟。幾片黑雲遮雨脚，墨痕濃似虎兒山。」「緑痕涼上酒人衣，密樹翳翳蔭十圍。不及南鄰雙老伴，一瓻紅友送斜暉。」《東皋雜詩》云：「東陽幾日焙春荄，綠野浮光刺眼來。近水許多黄蛺蝶，菜花先背小桃開。」「苦雨凄風感百端，平原處處釀春寒。斜陽一桁忽如抹，紅上酒家青竹竿。」《憶梅》云：「買得梅花手自栽，清嚴標格共徘徊。荒城古驛人千里，一段生香拗不來。」《舟次》云：「帆回溪轉見漁家，老樹當門噪晚鴉。酒熟呼兒挂笭箵，一灘開徧水葓花。」《桐江》云：「浙河東去一條江，才過桐廬便作雙。七里瀧邊山勢束，亂潮飛沫打篷窗。」「山頭塔影兩相望，中有寒流玉帶長。繞過龍丘三十里，水花如繡不聞香。」《濟寧竹枝詞》云：「石佛寺前秋水平，石佛寺後秋草生。老僧只愛貪秋色，夜夜登樓看月明。」「丁字簾前郎賣茶，三叉灣口妾撈蝦。日暮得錢同取酒，牆頭紅壓佛桑花。」《江干竹枝詞》云：「五月開頭醉不醒，吴山更較越山青。販鮮船到齊泊岸，水面南風盡日腥。」「三郎廟前社鼓催，三郎廟外江水回。真個居人太煩聒，村巫日日賽神來。」佳句如「遠水初迎棹，春寒欲上衣」、「浮雲不與深山隔，獨鳥還尋老樹巢」、「蝶將曬午先垂翅，荷爲延秋早褪衣」、「天蒸鬱氣爲淫雨，波轉秋聲作晚潮」、「湖山待我看秋色，驛路從頭數舊名」、「秋到酒邊頻作達，涼生鷗外各尋盟」、「白舫紅鐙同此夕，綠波青嶂入初秋」、「此中大有烟霞趣，我輩偏宜淡蕩人」、「野船泊岸綠萍散，山屐到門紅葉深」、「卷裏溪山得真意，静中雞犬有僊緣」、「烟際有船呼戍柵，蘆中無路問漁人」、「山寺曉鐘隨霧散，谿田香稻帶雲春」。

詩有别趣，不可以理求之。有人誦湘潭王君嘉謨「老盡無枝樹，枯留挂月藤」、「江平風作浪，山遠樹爲城」、「稚子皆天性，漁人不世情」之句，對仗俱有别趣，惜未見其全稿。

偶檢舊書，得《雪聲軒詩集》，爲高密高薑田先生剛所作。先生由兵曹出守漢陽，祖忠烈公爲建昌守，以康熙甲寅耿精忠逆命，兵犯建昌，率衆禦賊被害。難平後，恩卹贈太僕卿。乙酉歲，翠華南幸江浙，薑田先生尊人方秉臬於越，繕摺具奏，晉贈禮部尚書，得邀賜謚，亦異數也。薑田先生詩饒有孳甲新意，五言如《南召阻雨》云：「千峰一夜雨，茅店水聲中。怒漲幾沉樹，頑雲不受風。孤城斷來往，客思入溟濛。昨夜停鞭晚，前山落照紅。」《除夕》云：「孤燈明雪屋，爆竹響空山。此夕歲云盡，如何遊未還。擁爐仍縮手，把酒强開顔。千里高堂隔，征衣淚點斑。」《夜過衡山》云：「殘臈逼修程，扁舟午夜行。岳雲飛不散，湘水汩無聲。戍角忽孤起，漁燈時一明。天涯客歸盡，翻得此幽情。」七言如《泊嘉善》云：「鶴湖淼淼雨濛濛，愁絶歸心對北風。遠岸何人帆腹飽，貼波飛過一燈紅。」《自金陵至武陵雜詠》云：「水雲空闊興如何，魚脱萍池鳥脱羅。吴楚青山相對出，秋風江上峭帆多。」「蘆荻蕭蕭夜景清，桅燈一串映江明。漁舟歸晚不知處，但聽烟中打槳聲。」「大孤相望鬱蒼蒼，咫尺情牽萬里長。不是中流有停泊，好風一霎到潯陽。」「霧散霜天翠黛浮，遠招五老入扁舟。何年直上匡廬頂，俯視長江一線流。」「獵獵西風响荻蘆，雁飛雲外一聲孤。不知江畔疎燈影，可有人家賣酒無？」「江山勝跡想雄圖，折戟沉沙問有無。截得黄岡數竿竹，月明吹笛洞庭湖。」《收蜂》云：「割蜜分甘樂事賒，鄰家今亦不多花。主人宦興如冰冷，看爾朝昏放兩衙。」五言佳句如「野水吞天静，叢山近日高」、「夜寒雞唱早，地暖燕飛遲」、「山色平羌水，猿聲入峽船」、「孤燈花落處，寒葉雨來時」、「亂山低入塞，深柳翠圍城」，七言如「馹路遠衝秧水緑，村林斜抹夕陽紅」、「烟岫晴堆湖岸翠，風潮秋捲海門銀」、「墨水一條通絶徽，青山萬點出秋光」、「水色遠浮山色去，蟬聲忽住雨聲來」，俱有別致。

楚地素多文學之士，洞庭、衡嶽間，樵夫牧豎，皆嫻吟詠。「帆隨湘轉，望衡九面」，寔爲罟人漁歌。「湘中老人讀黃老，手按紫蕌坐碧草。春至不知湘水深，日暮忘却巴陵道」，乃洞庭賈客遇父老所吟。「野鶴灘西一棹孤，月光遥接洞庭湖。堪憎回雁峰頭過，望斷家山一字無」，乃廣州幕客遇舟子所吟。《風》、《雅》而降，《騷》體代興，意其人尚能得風騷之遺歟？

陶謝風格清超，學之者每難得其近似。近見二詩，尚有遺意。沅江吴君俊異《游衡山清惠寺》云：「駕言出山郭，展睞延清眺。叠峰遠參差，環林深窈窕。偶來古寺遊，頗愜平生好。禪房不知處，山僧屢前導。片雲池上浮，白日窗間照。脩篁交遠風，時有幽禽噪。境寂亦何言，心融乃知妙。尚期葆微尚，冥情觀法要。」陶季壽章潙《秋日與同人遊岳麓寺》云：「松林行更深，已愛山庵趣。不知倚危欄，曠然得周顧。遥天列秋嶺，孤飄入烟樹。空際聞樵歌，沙邊見雲度。延賞得自怡，同人亦忘慮。空談索妙解，欹坐無禮數。曠歲期良遊，今始酬初素。此樂何能多，誰肯遂歸去。」

姚雪門學使校士楚南時，招致湘中名士讀書署中。有湘鄉舒君東，於經史子集，均能留心記憶，學使詫爲奇才。常云區區目前科名，不足爲生祝。乃屢躓場屋，不得一遇。意學使所言者，别有在歟？劉雋園曾誦其見贈詩云：「一笑看無恙，相知十載真。客中誰骨肉，門外即風塵。面好疑非我，形孤欲附人。元龍湖海士，終是不凋身。」偶然贈答，不落尋常蹊逕。

戊午夏，湞城余蕃皋肇錫爲衡郡參軍，出其所徵《大樹山房詩》一卷，爲尊人習園先生而作。先生以名孝廉筮仕滇、蜀，值西南用兵之時，運籌帷幄，有賢聲。事平後，退老林泉，歸構大樹山房，蓂莢參天，花飛緑雪。日以丹鉛爲業，著書二十四種。蕃臯以其事徵詩，佳者有鄭公家鏊云：「皂角樹子千尺青，蟠根漢東連洞庭。老柏枯桑世難比，架巖鑿谷翁所經。黄茅小縛三間屋，讀書聲起風泠泠。白雲出岫還入岫，老向楚江稱耆舊。六籍散亡京山死，丹墨縱横紛雜糅。人言此日濟南生，我識當年北平守。國家囊急西南夷，書生袴褶習鼓鼙。朝聚馬援籌虜米，夜吟王粲從軍詩。長揖掀髯論幕府，虎頭龍頷皆嗟咨。功成拂衣不肯住，回首空山愁日暮。太保南荒尚有棠，將軍西徼偏無樹。婆娑中庭舊物存，寒雨飄風如往素。翁未識我我知翁，循跡昨自查侯通。篆仙觀察。歎息平生廉叔度，蹉跎當代黄次公。我未識翁翁知我，楓落吴江誰所播。敢與項斯論標楄，聊從郭泰望許可。翁今歸老桃花巖，我猶白首逐青山。千里遥遥不相見，安得春江十幅帆。華陽館外逢伯子，舊雨十年隔江水。要我爲作山房詩，示我李侯《大樹記》。我家遠在繡林江，南園老柞青幢幢。已知憔悴經百歲，曾見峥嶸開八窗。與《玄》揚烏合已老，龍拏虎攫餘空腔。翁家大樹我青蓋，共向滄波閲人代。江邊拔地畏雪霜，漢上排雲留竽籟。何時從翁遊汗漫，獨爲龐公桑下拜。」陳鍾溪前輩云：「投紱歸來賦遂初，急流勇退意何如。龍鱗老處跏趺坐，一縷茶烟一卷書。」「幾度從軍細柳營，鄉園大樹十圍成。至今風雨蕭騷夜，猶帶金戈鐵馬聲。」蔣丹林前輩祥墀云：「弓挂扶桑影，軍屯細柳營。」「座少同寅侣，家藏小酉書。」羅君世材云：「緑雪一尊酒，黄花三逕陰。」「詩成新月白，檄下陣雲紅。」譚君光祐云：「籌筆上紆天史策，軍書頻喝陣雲開。」

雋園嘗繪《淵明飲酒圖》，湘潭陳賓谷本陽題云：「心遠地益僻，閒閒且放歌。讀書豈必解，識字無須多。杯影龍蛇動，吟聲劍戟磨。悠悠人境外，此樂復如何？」能傳靖節澹逸之神。

英夢堂相國嘗對朝士亟稱桐城石曉堂文成「宦久翻成强弩末，歸遲空夢大刀頭」之句，自是而石之詩名益著。曉堂由衡陽邑丞擢至別駕，詩才清絶，秀韻天成。嘗由楚北至楚南，舟中口占云：「擊汰過篺洲，人在烟中語。中流一舟來，空濛數聲櫓。」「少婦善操舟，小兒能盪槳。漁翁不捕魚，船頭坐補網。」「亂石城陵磯，烟昏不見路。隔林人語喧，借問停舟處。」「湘妃古廟前，白浪遠連天。岸上幾叢竹，日暮寒生烟。」「泛泛水中鷗，風前理毛羽。我欲結寒盟，船到復飛去。」「守風集于檣，順逆焉能料。日暮上下舟，都拜湘妃廟。」《自京歸衡陽任》云：「別後風光夢不忘，又隨征雁到衡陽。一囊滿載金臺月，兩鬢新粘紫塞霜。回憶來時迎竹馬，却慙去日少甘棠。昔原非主今非客，聊把他鄉作故鄉。」《憶家》詩云：「一官匏繫正堪嗟，千里難歸兩鬢華。苦憶舊栽三逕菊，背人開過五回花。」他如「雲開鴻雁路，雨漲鷺鷥天」、「危橋横卧柳，峭壁倒生松」、「對面看人帆力飽，回頭笑我櫓聲遲」，皆名句也。

蓉峰詩話卷五

衡山聶銑敏蓉峰晉光甫著
周光霽頤堂偉章甫校

近日精操琴者甚衆，而彈琵琶者往往失傳。余嘗僑寓星沙，晤閩中吴君仰夜彈琵琶，高下抗墜，如怨如怒，始知憔悴專壹之士尚不乏也。出册子示余悉載歷代精彈琵琶故實，未有祖舫齋大前輩七古一章，宛轉傳神，蓋聞聲而作者。詩云：「與君别來幾日耳，翩然駕鶴渡江水。閑把琵琶訴羈愁，楊柳陰中風日美。是時黄鳥正飛鳴，一聲兩聲聲相似。婉若繅車曳輕絲，冷如水樂奏清泚。忽然促節變激昂，雁群叫野天繁霜。馬踏層冰山石裂，萬人渡隴車徒忙。急霰驚飈易消歇，哀蛩繞砌泣秋月。深閨怨語不分明，一抹烟空寒蟬咽。眼前欣戚復何有，造化慘舒在君手。莫教兒女亂柔腸，由來名士此爲友。何時携上鳳皇山，萬里青天一搔首。」聞吴公爲舫齋大前輩内弟兄，相知最悉，故言之甚親切云。

憶余以丙辰秋自京歸江右，晤臨江太守邱東河先生學敏，接其言論丰采，宛然古人。愛珍藏名人手蹟，裝池精整。於近人筆墨，另加函護，籤題「舊雨瑶華」，出數十册示余。披閲間，令人應接不暇。尤心醉鄒曉屏師詩册，以爲坡仙復生，因默識之。五言如《曉行》云：「三年住東國，未向嶧山行。出郭見陰嶺，秋容馬首生。林巒餘岳色，沙磧上河聲。已遂看山興，霜花作意迎。」《過照陽湖》云：「絡日並湖去，人行烟水間。語分滕嶧近，巒入柏楓斑。雲斷郭君墓，秋深微子山。停車問前路，日暮犢初還。」七言《大風渡江望庾樓》云：「使程初喜駐江干，路入雄關倚檻看。十月濤聲溢浦合，大江風色庾樓寒。賓僚後約空舒嘯，山閣新圖記勝觀。明日匡廬真在望，雨椶蕭瑟夜將闌。」《宿圓通寺》云：「峰峰過雨暮雲涼，到面匡廬不可望。欲訪上人來石耳，山名。去尋遺墓拜柴桑。山中幽興經秋足，客裏新愁入夜長。莫問蘇公遺蹟在，昔賢留處總難忘。」《渡河沿徐州望黄樓》云：「我昔一夢來黄樓，涼蟾欲落爲我留。座間不見羽服客，夜山無色聲颼颼。有客告我君莫尤，黄茅岡下來尋幽。摩挲石刻長公蹟，欲讀未意風生秋。驚起龍山隱巖鶴，夜半亂捲春雲浮。追思此事十餘載，空憶遺句增煩憂。我來欲上踐前約，軺車宵半咄不休。回望城隅慘不樂，身無仙骨誰與儔。對床風雨我何有，豈獨賦手真難述。小山北望堪戲馬，心期後會何年酬。」《陰雨連朝望廬山不見》云：「見山不遊信癡絶，有山不見還生愁。我生何幸到廬阜，苦雨十日無時休。屢顧僕夫問何處，僕夫告我此即是。小山千叠列山足，白雲滃出飛不止。虎溪小憩貯雲掃，欲上峰頭拜五老。山雲濕盡爐峰烟，倒瀉簾泉雨未了。我聞匡廬高萬尋，今來乃是山之陰。山行三日不得見，意者真面尤難親。」

東河先生家甬江之東皋，舊宅有三樹，一柏、兩松，爭相鼎峙，自南宋迄今六百餘年。國初有詩人玉册先生居此堂，嘗作詩，遍徵同社和之。李杲堂爲之記，杜茶村、鄭高州、鄧孝威皆有題詠。乾隆丁丑，東河先生至京師，出杲堂記遍示諸人，一時唱和甚衆，裒然成集。表彰先澤，亦盛舉也。侯君學詩以「樹從何代有，人與此堂高」分韵云：「銅人説滄海，閲世亦多故。偉哉白石壇，卓立三古樹。天地與歲月，鬼神職呵護。回首六百年，倏忽一朝暮。」「天目垂兩乳，矯若鳳與龍。鐘簴既播遷，衣冠亦雲從。君家茂根木，枝葉相葱蘢。以塗以丹雘，以崇其垣墉。」「垣墉世勿替，高堂鬱嵯峨。故老指梁棟，典型存已多。時俗偭規矩，奈彼工巧何。保此蔭嘉樹，返僕歸太和。」「幻境隨妄緣，彈指已破碎。真氣塞宇宙，乃亦無不在。物固久爲貴，法氣凛四代。倬彼歲寒心，萬古静相對。」「松齊聊可偕，柏立乃得友。浩劫徒紛紛，雹掃不容帚。金石虚語耳，貞静乃長久。因之悟生理，請事無何有。」「嘉樹百禩傳，手澤一日新。風雲會層霄，想見正直人。經過或再拜，正直如有神。垂蔭我弈葉，蹴踏蛟龍鱗。」「平泉一草石，反覆戒他與。豈知異朝市，轉盼成逆旅。君家信多賢，巧豪兩能拒。祇應老令威，華表時對語。」「仲子抱淳質，得味籤軸裏。視我猶弟昆，請從而後耳。長安一蹇衛，答策仍落此。豫章期七年，外炫豈材美。」「材美不足炫，識子先澤長。何時尋虬枝，幅巾登古堂。凛然對尊宿，解我形諜光。滿城聞龍吟，詎知風雨鄉。」「孝侯讀書處，古柏參天高。訖尋瓦官寺，松沸萬斛濤。遺逸或可訪，耒耜何當操。因君話古樹，使我懷江臯。鄉中孝侯臺柏及瓦官寺側吴氏園松，皆六代時物。」盧君鎬云：「東郊有喬木，舊事吾能數。握手與君交，十年不得句。秋風吹薊門，燈暗蕭如雨。感我故鄉人，正題故鄉樹。」「故鄉富山水，古樹多蘢蓯。太白既有柏，典午尚有松。惜哉金石幹，而乃異教從。曷若託世家，正直生敬恭。」「先世有敝廬，與君隔江渚。雖鮮松竹林，亦足蔽寒暑。我欲偕君歸，晨夕一樓與。樓上安書史，樓前種禾黍。」「禾黍正芃芃，時序忽如此。與君作客來，年年去鄉里。舊植益荒落，逢迎深可耻。翹首望典型，南雲冠桑梓。」「篇章孰繼美，侯生今詩豪。擺落時俗調，勖君陳義高。頗思大江東，六朝多松濤。我亦經婆娑，因之心鬱陶。」七言如吴小谷玉墀云：「園林從古易銷沉，爲有神明擁護深。觴詠一椽沿伏臘，子孫亘古抱冬心。石壇曾歷紅羊劫，鐵幹難移司馬金。聞説東皋風雨裏，横空時作老龍吟。」吴彀人前輩錫麒題云：「南望躊躕嶺，東眺金莪山。長松舊柏難紀數，中有白雲千古閑。君家舊物五百年，風氣乃在羲皇間。堂前石壇廣十丈，覆以珍木無丣菅。彼三丈夫髯似戟，風雨突現蒼虬顔。濤聲瀉壑古釵墮，蟲族齧體霜皮頑。有時落日横畫格，滿地亂點青苔斑。三株鼎峙洵不偶，繞以群鶴飛翾翾。傳聞東沙老司馬，亦如宣子曾請環。黄金可擲志不奪，白璧永保性非慳。至今尚剩宋時月，樹頭斜挂蛾眉彎。主人行當綰綬去，肯使剥蝕枝柯删。琴堂無人公事了，定有清夢歸鄉關。天邊咫尺接雲水，望裏八九羅烟鬟。相思此樹應無恙，磨鍊久閲冰霜艱。風流舊事緬前輩，惜我道阻無由攀。何年乞身抽朝班，青鞋布襪同往還。層陰踏遍不歸去，高歌横渡賀家灣。」吴白華前輩省欽云：「甬東東皋邱氏堂，一柏挺峙壇中央。兩松左右出壇罅，下與壇石争青蒼。種松種柏昧時代，傳説堂成樹先在。南宋遺民觴詠間，東崖少尹裝資外。君先世長汀丞仲賴夢神賜東崖石，明旦得於巳河倉，載歸東皋。影拏嵐彩樊樹晴，響撼風濤堇江晦。赤日怒炙冰霜皴，三幹横蹙爲一身。上枝下葉互虧蔽，天遺夾宅雄漳濱。冬青花開黑龍哭，銅狄摩挲劫塵黷。杜家榿樹韓家桐，能使百年蔭喬木。吾欲遷萬牛，東沙問值人掉頭。吾欲享敝帚，杲堂作記衆脱口。息陰過客長歔唏，望氣賈胡空决剖。古來桑梓生敬恭，手澤況拜壇前封。五湖三畝宅無恙，幾家車厩摧烟烽。班荆遇子洛陽道，室邇人遐罄懷抱。夜闌忽夢三丈夫，滿地月波迹如掃。」

合江亭在衡郡石鼓山，一拳挺秀，二水合流，水色山光，娱人心目。昌黎韓公題詩，張南軒書之。東崖、西雞，壁間和詩甚衆。因原韵太窄，每不能舒卷自如。佳者有潘書源前輩宗洛云：「危亭倚朱陵，湘流納蒸左。千古傳絶唱，緑净不可唾。我思貞元朝，嶽降中興佐。胡爲竄炎荒，遷逐隨賈貨。廟廊心事違，此地高軒過。吟詠何激昂，泉石爲頓挫。南軒書其詩，拱手未敢和。後人好題名，刻竹逾萬個。極目俯浩淼，攀蘿歷坎坷。帆檣落風湍，衣裳冷雲卧。步武凌滄洲，流沫媿清課。泰山誠難撼，棄甲奔則那。嗟哉昌黎公，名節勵頑懦。詩篇特餘事，到處獲揚播。石鼓諸書生，志勿患窮餓。誰當爲張籍，誰當爲李賀。焚膏以繼晷，學業荒於墮。不見七賢祠，首列公高坐。模稜誠足悲，刻方亦易破。學韓期如韓，拂拭《韓碑》涴。」吴雲巖前輩鴻云：「虚亭倚江皋，泉源别在左。樗蒲鏡春流，紺碧漱清唾。傳聞南岳君，羅侯遠輔佐。穿江導靈脉，光怪聚百貨。石鼓象偶成，酈元注已過。本非桐魚音，誰與發頓挫。卓哉昌黎公，絶調寡群和。拂壁二百字，錯落珠千個。上言興廢由，名山亦坎坷。下言風景别，雲樹供餐卧。異代萃儒流，燕閒理清課。深碑重剜剔，健筆含婀那。繼聲賴吾儕，摛詞幸無懦。懷賢心仰止，詎等柳與播。南陽久寂寥，杜陵老寒餓。斯文星斗垂，應爲兹丘賀。清輝紛滿眼，絃誦亦未惰。即今住山人，長擁皋比坐。雨過春蘚滋，月上江烟破。題名看幾輩，惜此蒼崖涴。」

姚雪門學使以合江亭詩用昌黎《謁岳廟》韵試衡屬，首選家大人作，以爲筆力遒勁，大有韓意。詩云：「石鼓疏鑿自韓公，兩江合抱亭居中。名蹟流衍二百字，千載詩筆良稱雄。憶昔公來自衡嶽，手擲盃珓嗟途窮。登亭刺史敞高座，髣髴破浪乘長風。樹蘭九畹竹萬個，淹滯坎坷纔能通。下俯滄溟澈潭底，上探碧落凌虛空。靈奇險峻妙刻劃，手書巖上常照融。我來拜謁兼憑眺，七賢祠祀侔仙宮。茲宇結構增巨麗，緑净無改亭猶紅。紫陽續遊記書院，諸生講解得折衷。南軒敬紀武侯迹，蹇蹇亮節明匪躬。載書公詩屹亭内，儕輩唱和無能同。坐卧臨摹搨鈎勒，五字剥落詞難終。猗嗟形勝甲南服，巨刃斧劈勞天工。公之斯文若元氣，遂使萬古開朣朧。我登公亭用公韵，滔滔誰障百川東。」

雪門學使過衡山值雨，不得登嶽，范明府元颺以嶽圖見貽，欣然有作，因用昌黎《謁岳廟》韵，氣雄語壯，亦絶似韓公筆意。詩云：「我誠不如退之正直感天公，三日雨坐篷窗中。又不如杜陵老叟賦朱鳥，詩筆岳色争清雄。天其巧藏魏收拙，我亦甘比阮籍窮。衡山大令好事者，全圖示我開晨風。乍看盤互烟蘿莽，中有徑路風雲通。卷端雲麓訖回雁，七十二峰紛插空。高處想見日初出，春寒定知雪未融。天門蜿蜒一逕達，鐵瓦迴蟠赤帝宫。傳聞土人至亦少，但覩岳廟牆垣紅。我今放眼直到頂，豈不衆山一覽愜素衷。平生五岳未登一，要自蛙井慙微躬。此行有願不我遂，當年望岱情略同。客言足藹氣屢喘，未若披圖窮始終。擁窗環几互指點，交口畫師争策功。我爲還與山靈約，扣舷歌徹月朦朧。明年終擬按圖一相訪，胸盪雲海紫蓋之西東。」

黄天益學謙詩丰骨娟秀，惜不多見。有人誦其《看梅》詩云：「門掩蓬蒿裏，瓊枝照眼新。詩因憐水部，花亦愛山人。徑細香難散，寒多色未匀。羅浮今夜夢，清與月爲鄰。」《燈下菊影》云：「誰寫秋容好，翻疑墨本移。但憑明滅燄，幻作淡濃枝。月上花重見，香來蝶未知。風流看不定，瀟灑出東籬。」

偶於書肆見《聞孝女詩抄》一卷，竊嘆才德兼優而不蒙福，爲可悲也。閨秀爲浙江石門人，幼從父仕滇。諸兄俱没，父母倚以侍養，守貞不嫁，歸里時年四十餘。迨父没，家益窘，紡績訓蒙以養母，暇則談野史以爲樂，母亦不知其貧也。年七十餘，病癱卒。臨卒貧病異常，亦理之不可解者矣。其詩品格幽秀，雅稱其人。《梅花》云：「籬落何年共托根，倏然相對伴黄昏。一從省識春風面，十載留連夜月魂。瘦影何人憐病骨，冷懷空自泣殘痕。清詩今夕逢何遜，留取寒香撲酒尊。」「偶來小院駐孤根，歸去清霜隔曉昏。塵世何須留玉骨，瑶臺應已返冰魂。春風圖畫空殘影，淡墨池塘亦夢痕。他日花時尋舊跡，寂寥辜負幾芳尊。」二詩自寫懷抱，情寄遥深。又有《書感》詩云：「十年塵掩老萊衣，忍看凄凉萬事非。顧影自驚鴻雁斷，傷心猶望脊令飛。支離空惜微軀在，寂寞誰憐白髮稀。唯有牽衣兩行淚，夢中灑向夜臺歸。」《暮春》云：「桃花落盡柳花飛，鵖鳩聲中緑又肥。愁絶新來雙燕子，簷前對坐説春歸。」

竟陵張迪貞用六詩多刻意求工，著《麓影軒詩集》，意味清雋。《南樓小集》云：「遠碧籠春晝，烟江渺不開。雲昏愁鳥度，帆急覺風來。野色依僧磬，佳山落酒杯。湘南頻滯客，才子不須哀。」《春居》云：「春老不言中，淺深問落紅。書堆嫌作答，詩嬾畏招窮。種竹因添韵，編籬亦是功。一杯聊晚酌，座客有龐翁。」《九日寓集》云：「漫作題糕會，詞人楚俗同。萸房增釀緑，薑片點盤紅。節逼催花雨，天寒落帽風。自搔頭上髮，不在少年中。」他如「偶睡書相引，多愁醉是恩」、「蜀雨蛟吹至，滇雲驛帶來」、「春老草深雲臥穩，雨餘花落客來稀」、「趺坐素心皆酒侶，滿蹊黃葉有山情」，俱有作意。

石君文成有《生子誌喜》詩云：「論年原是抱孫時，此日生兒已較遲。却笑人間容易事，我因遲得轉稱奇。」「穉女紛紛繞榻前，一時襁抱各争先。半生我爲風塵悮，蓬矢桑弧不敢懸。」「待他婚嫁我成翁，且喜明珠在掌中。千里裁書傳兩妹，三人兒女太雷同。二妹皆七女後舉子。」「好友書來喜欲狂，争言名種自遲芳。弄璋詩句紛難和，添得閒官一段忙。」此數首大有天趣。《夜發》云：「雙櫓摇夢醒，推篷舟離岸。未聞村雞鳴，猶見明星爛。渡頭嚴津鼓，冥濛天未旦。臨湘百里程，夢中行已半。林際日初生，城上寒鴉散。漁父烟中語，舟師舵邊飯。中流接洞庭，茫茫望洋歎。」音節俱古，曉景如畫。

同里文丈蓄齋彩焰，爲先大父及門高弟，淡於仕進，丁酉登拔萃科後，遂絶跡場屋。性脩潔，居市不染囂塵，居堂日耽吟詠，閉門索句，有陳無己之風。於西郭外構回瀾山房，一花一木，皆其手植，一時問字者甚衆。嘗出詩稿一卷，屬余點定。余促付梓，而先生意若未皇者。未幾先生逝，臨終時自書一聯云：「亦從名利場中過，却在聖賢路上行。」則其生平之自守可知矣。詩如《丹青歌示及門》云：「天下妙丹青，無如古圖籍。貞邪與妍媸，歷歷懸心畫。爾曹不解讀畫益，漫事描摹費紙墨。今日畫一山，明日畫一石。畫山畫石却不成，團入口齒擲向壁。兼於篆刻特留神，取人姓字壽貞珉。有時浪使點睛筆，不逢佳士亦寫真。凌烟閣，含象亭，鴻名令範垂千春。將使人畫我，肯使我畫人。英雄作事争落手，落手之時貴賤分。」《見小照有感》云：「月下銜杯雙太白，船頭俯鏡百東坡。古人相對影皆好，今我自憐身更多。相法誰教凡骨换，畫圖空費大家摹。此生誰解分真妄，把酒臨風一放歌。」佳句如「人從閑處覺，事到悔來遲」、「樹老風聲壯，霜嚴日色寒」、「夜寂驚厖吠，年荒畏鼠偷」、「聞喧知近市，有夢未還家」、「樹杪風生疾，天心月上遲」、「宿鳥仍依我，旁山越近人」、「談深無礙絮，坐久不妨箕」、「江路幾千里，風聲十二時」、「神鳥飛迎食，江豚出拜風」、「月隨輿影疾，霜逼馬嘶寒」、「明月盈虛終有候，白雲去住總無心」、「學逢源處皆因活，志在山時不必深」，俱有率真任意之妙。

夢中詩句多有可解不可解之間，而句法自然幽妙。如盧綸《夢遊桃源》詩云：「春雨夜不散，夢中山亦陰。雲迷碧潭水，路暗桃花林。花水自深淺，無人知古今。」王漁洋《夢中吟》云：「涼雲止復行，水花開更落。烟柳夕陽時，蟬聲動高閣。」此種詩俱非醒後所能作。

施明府浩，江蘇寶山人，宰衡山時有循聲。乾隆丁未查辦鎮筸勾捕苗人滋事，令子少伯隨行，深入苗境，某山某峒，猶能規橅形勢。乙卯歲，有苗逆命，集師征勦，畢秋帆、姜度香兩制府羅致少伯於戎幕。事竣，録其績，得縣尉。嘗見其《硯匣》一絶云：「硯匣隨身濕瘴烟，偶從使節佐籌邊。書生何補蒼生事，瀘水秋風又一年。」

王秋圃太老師，時亦奉調從戎，有絶句云：「粼粼亂石擁中流，萬頃洪濤一葉舟。日暮風狂何處去，羽書催我赴辰州。」又有「老眼看花偏障霧，行人畏露却沾衣」、「遥山乍吐流螢火，大爆宏開霹靂聲」之句，亦酷肖苗疆從戎景象。

康熙年間，楚南之以詩鳴於京師者，首推秦偉士先生文超。先生世家涵村，村在太湖中包山之麓。少侍其先人遊楚，僑寓長沙，遂爲長沙人。康熙壬午，楚省鄉試獲雋，遨遊燕臺，蓋亦有年。嘗仿長慶體作《燕中吟》，以走聲氣、獵名譽爲可薄，其風節有足高者。刻集曰《涵村》，誌所自來也。詩意致羃兀，有獨立不群之概。《題鄰侯書屋》云：「絶頂猶留屋數椽，當時萬軸化青烟。紫衣誤落君王計，不到深山二十年。」《黄庭觀》云：「欲學長生恨未閒，松關竹逕水潺潺。亂雲隊裏梅花落，一路香風送客還。」《題見山閣》云：「鼉鳴海上碧雲開，手把《南華》讀數回。讀罷不知天欲暮，隔江山色送青來。」其佳句如《遊虎丘》云：「山光容四望，塔影浸中流。雲冷池邊樹，香迷花外樓。」《行舊縣》云：「鳥夢高枝緑，牛眠晚稻黄。」《吊屈原》云：「有天不可問，去國更何之。」《郴陽》云：「山高常見霧，樹密不知晴。」《聞笛》云：「蛟龍三弄月，天地一聲秋。」《聞鐘》云：「入江秋水立，過屋暮雲平。」《敲碁》云：「計較一枰上，神遊數子先。」《焚香》云：「拂書能走蠹，出户即爲雲。」《宿朱亭》云：「千家燈影裏，一枕水聲中。」七言如《夢遊羅浮》云：「一路泉聲直到頂，四圍雲影不離身。」《感懷》云：「襆被夜寒千嶺雪，老梅香繞一層樓。」「事到依人如意少，年來作客覺愁多。」「故人久别如天遠，布被初眠似水涼。」《嶽路》云：「瀑水濺衣晴作雨，喬松擁蓋晝飛濤。」《獨酌》云：「花不炎涼迎客笑，酒無清濁解人愁。」《野望》云：「江水新添春後雨，寺鐘輕破晚來烟。」

吴門勞澂，字在兹，能詩工畫，寓嶽麓寺。時李碑週圍茀草，夜值山火延燒，在兹同僧彌嵩率人運水救熄，而碑已焚燬，落石三片，上有十七字。在兹盛以錦囊，視爲至寶。後遇吴逆兵變，逃避，行李千金，俱棄弗顧，只負石囊出走，人皆笑其癡癖。桐城姚先生贈詩云：「十七字留三片石，二千年遇再來人。」真藝林佳話。自在兹逝後，此三片石不知流落何處，此事人亦罕有知者。秦涵村《題李北海碑》云：「劫火頻臨後，殘碑苔蘚斑。精靈存片石，元氣在名山。三日卧其下，千秋峙此間。猶餘十七字，流落到塵寰。」

西子適吴，奉越王之命，感范蠡一顧之知。亡吴以報越，功不在文種下，非失身亡國者比，故至今苧蘿村人尚廟祀之。涵村過其地題云：「梅花半吐却春晴，溪上人間溪水清。一自浣紗人去後，至今村女尚風情。」「村内留傳數十家，編籬逕曲半栽花。而今嬌女深藏閣，不到溪邊去浣紗。」「黄金當日鑄功臣，何不將來鑄美人。不是女戎能報國，越王空卧廿年薪。」「東風吹上五湖船，猶過灣頭舊採蓮。寄語吴王終莫恨，妾家原在越山邊。」能曲傳西子心事。

同邑譚開九先生，少負異才，讀四子書，能研精理窟。與先大父交好尤篤。中年忽得心疾，士林惜之。聞先大父落第，曾寄詩慰云：「聞道讀書終未了，不知了後又如何。終身正有無窮事，四子從頭可錯過。」「眉眼不如休怪面，文章無用莫呼天。誰知頭上千層佛，又羨瀛洲十八仙。」其識量開豁如此。先大父《過草市懷開九》詩云：「如拳山市地，卓犖有伊人。抗志離塵俗，尋源契道真。琴彈千嶂夕，花孕一溪春。忽忽扁舟下，無繇再問津。」聞譚公一夕携琴彈於山頂，家人遍尋乃得，故詩中及之。

人之居官清正者，往往能感格神明。有山右張扶九先生翼，宰吾衡，能以廉潔自守。嘗聞其過洞庭，中流風浪大作，舟人索許羊豕致祭，張以居官清白無餘金，不克許。太夫人取銀簪投之，浪頓息。晚泊市魚，剖腹，簪見，人皆奇之。故於衡邑大堂題聯云：「衾影無慙，此事敢盟衡嶽廟；肝腸略轉，他年難過洞庭湖。」公以事去官，不能歸，衡人醵五百金以行。所取批首楊君作澤，學使屢遺，而公屢取之，後登賢書，改名榮。公復官汴梁，投刺相見，且驚且喜，猶惓惓念衡人不置。寄詩云：「莫因南北嘆萍踪，誰説雲山路萬重。衡岳祠前揮淚别，汴梁堤上又相逢。」「罷官堪痛亦堪娱，前後人情想不殊。試向清涼亭下過，去思碑石尚存無？」「三載拊循無恨事，一朝離别有前因。至今夜夜縈魂夢，盡是江干送我人。」「鐵石肝腸不自禁，冰操早已誓湖心。只因浪得虚名耳，費却衡人五百金。」又傳其宰衡時，有《登觀湘洲塔感懷》云：「觀湘塔上望家鄉，萬里雲山共渺茫。自入風塵供下吏，誰將甘旨奉高堂。岳峰黯淡愁雲鎖，楚水潺湲淚點長。應有親知書信到，秋深不見雁南翔。」《登祝融峰》二首云：「一峰獨秀鬱青烟，四面危崖盡嶄然。祇有人從平地望，更無石與别山連。孤高暗想栖雲處，峭潔遥看落葉天。自是神靈鍾間氣，何嘗培塿敢齊肩。」「衡山絶頂祝融峰，兀峙南州氣象雄。地迥勢凌三楚外，天清影跨百蠻中。才鍾靈秀人何限，德薦馨香代不空。今日躋攀知不苦，祇期身近太陽紅。」

先外祖康克庵公曾詔，乾隆壬子舉人，聯登進士，宰江南昭文、山西静樂，有古儒吏風規。晚年寄跡林泉，以園圃山林爲樂，固非汲汲於富貴者也。《灌園》詩云：「小園圍繞竹籬笆，半種時蔬半種花。灌罷更須勤護惜，消閑只此是生涯。」《課耕》云：「第一良謀是力田，君王耕耤尚躬先。披簑戴笠休辭苦，但祝今年勝去年。」《卜居》云：「湘水衡山共楚天，卜居豈必有腴田。芳鄰擇與兒曹處，爲語他時莫浪遷。」「創業守成原不易，析薪負荷古爲難。世間多少豪華子，終令傍人側目看。」《遊曉霞峰》云：「層崖峭壁路欹斜，訪舊扶筇到曉霞。回憶昔年辛苦地，一番憑眺一咨嗟。」數首皆菽粟布帛之言，令人味之無極。

雪門學使，庚子三月科試永州，回道浯溪磨崖碑。於是凡三至，僧請留題，因書二十八字於石。一時同遊得詩甚衆，録其佳者。雪門先生云：「浯溪水入湘江流，浯溪名與天地悠。二公自是千秋絶，三至能無一字留？」曉山崔秉釗云：「一片湘帆歲月遷，三吾又到楝花天。文章已被前人占，詩句還應使者傳。鴻雪認踪懷遠道，前遊同幕先後别去。溪山卜宅定何年。高臺坐踞盤陀石，乞取窪尊當酒船。」明軒玉堂開云：「溪風應解客重遊，花落香橋掃復留。三載塵顔孤鏡識，滿山春雨一尊浮。謂鏡石窪尊。碧雲韶濩元郎宅，蒼石檣竿谷老舟。山谷《浯溪圖》詩：「更作老夫舡，檣竿插蒼石。」猛欲賡題還極目，拍天湘水到今流。」若谷云：「雲帆百里卸浯溪，直上峿臺落日低。空檻亂烟生草樹，平江春漲没鳧鷖。兩京遺廟三唐盡，萬古穹天一石齊。擬吊忠魂還待月，夜分重過斷橋西。」學山云：「浯上亭臺湘上峰，高祠正報曉僧鐘。分明斷岸青千尺，深護危橋緑幾重。詩看前人無剩石，天教絶徼出奇踪。愚溪回首朝光杳，拂拭層雲一蕩胸。」諸詩格高韵響，句外有神。

仕宦以後尚不廢學者，得山陰吴蓉塘前輩壽昌。先生山陰人，乾隆戊申間視學黔南，校閲之暇，吟哦不輟。爲文羽翼經傳，得齊次風、陳勾山兩先生真傳，與張公忍齋、曹公寅谷齊名。詩律工細，無佻巧之習。刻《虚白齋全集》，余嘗於劉吾山處讀之。尤愛其《消夏十首》，刻劃之中，饒有風韵。《冰盤》云：「第一驅炎助，堂高置鑑層。當筵圍皦皦，離窖側兢兢。心跡期同對，頭銜分獨懲。何時换仙骨，别取露華承。」《羽扇》云：「豐滿不飛去，團團被剪成。已堪揮作麈，寧羡析爲旌。摩漢途雖隔，揚風質自輕。君堪長聲價，名士本書生。」《涼篷》云：「舒捲平如水，工良數此方。懸諸天尺五，遮景日當陽。接院争花幄，還巢誤燕梁。棚松復棚荳，空費故園忙。」《竹簾》云：「一幅青筠細，門闌鎮日懸。儘留疎節目，不貯密雲烟。花影移相就，棋聲對使傳。清飈資入室，多事避喧闐。」《冷布》云：「織罷疑無用，時乎亦逮佗。疎兼麻紙少，賤較碧紗多。虚室容添障，芳殺藉並羅。單寒名久屬，欲脱計如何？」《蒲枕》云：「縣帆猶未遂，高卧足清芳。酒意沾唇散，溪聲納耳涼。邯鄲眠未覺，琥珀碎難忘。爲我煩增緝，中函菊蕊香。」《皮席》云：「衽革非吾事，聊爲寢處圖。竟成携碧簟，翻訝卧紅毹。潰質留芳貴，前身奈冷殊。歸耕約堪踐，先付夢模糊。」《藤床》云：「此材曾作楮，坦腹稱便便。帖妥條干綰，清酣客午眠。移來蠻峽雨，載上雲溪船。端合安禪老，茶時一榻烟。」《響竹》云：「聽否聲先在，蠅營不汝容。虚空驚似爆，瑣碎利於鋒。迅掃真寒膽，輕摇亦避踪。此君多舊識，人願執鞭從。」《風燈》云：「爇蠟分升降，周防面面風。漫誇明及遠，深畏照成空。得氣籠紗護，分輝鑿壁窮。應知心化燭，不在綺筵中。」其《紀行詩》有云：「衝泥連夜雨，漏日一方晴。」又云：「溪橋凡幾折，行人入深緑。」亦恰是貴筑真景。

有明一代，忠烈最盛。聖朝大公無我，俱加褒榮。吾楚零陵有陳忠潔公純德，崇禎末官福建道監察御史，提督北直學政。甲申之難，公聞之，倉皇返京師，自縊於上湖南館東廂之樹間。順治十二年，查辦明末殉難諸臣，賜謚忠潔。石琢堂師視學楚南，讀公年譜，曾作《古樂府》八章，情詞愷切，可歌可誦。詞云：「聖人大無我，褒及勝國臣。勝國社稷，亡於甲申。殉難而死，二十二人。謂君死社稷，臣敢不死其君。」一解。「我朝龍興，值有明之衰。遏寇收京，日月重開。史官上其事，帝曰都哉。以享以謚，慰彼泉臺。」二解。「御史臣純德，寔産荆楚，曰忠曰潔，有詔曰可。忠人所同，潔則公獨武。譬諸白璧，微瑕弗涴。」三解。「忠臣致身，豈曰爲名。名亦不可滅，惟德斯馨。當公未死，有必死心。諒之於父母，信之於友朋。」四解。「賊逼潞河，龍門無援。公方巡方，豸衣繡幰。堅冰在鬚，驚沙撲面。守陴而哭，如巡如遠。」五解。「公出易水，賊破燕關。慷慨赴義，文山疊山。鼎湖龍去，爰攀其髯。蕭蕭城南，碧血斕斒。」六解。「忠臣死忠，弗克全孝。皤皤二老，馳尺書以告。父母得書，弗號而笑。有子如此，可以云肖。」七解。「有譜藏於家，自編其年。總角而岐嶷，讀書日萬言。雖晚而達，功烈炳然。采風者來，請視斯篇。」八解。

唐聶夷中《憫農》詩，自馮丞相以其詩縷陳黼座，人人傳誦。《行路難》一首，參透世情，罕有知者。詩云：「莫言行路難，夷狄如中國。謂言骨肉親，中門如異域。出處全在人，路亦無通塞。門前兩條轍，得處去不得。」

吾家自歷代以來，工詩者代有其人。曾見元吏侍聶古柏《九華山》詩，詞旨古雅，惜不多見。詩云：「江山青芙蓉，遥遥隔秋浦。九莖風露寒，萬壑烟霞古。瑶草含芳春，青松立亭午。安得一把茅，移家白雲塢。」

《西湖遊覽志》載聶公大年掌教仁和，歷官九年，不以家眷自隨。嘗有《答内》、《諭兒》詩，可想其高曠之致。余按之，寔爲家訓格言。《答内子寄衣》云：「山妻憐我舊蘇秦，寄得衣來穩稱身。落日故園披白苧，秋風京路染緇塵。同心意重思偕老，結髮情深不厭貧。萬里莫如歸去好，幾多衣錦夜行人。」《諭兒輩》云：「四兒五歲六兒三，莫與肥甘習口甜。清白傳家無我愧，詩書世業要人擔。三餐淡飯何須酒，一筯黄虀略用鹽。聞説有人曾餓死，算來原不爲官廉。」

先太祖樂山公，諱繼模，仁孝性成，讀書能曉大義。於宋、元大儒諸書，遇有心得，輒注編端。著《朱子家訓證釋》一卷、《培遠堂四規纂要》四卷藏於家。方先大父宰陝西鎮安時，先太祖不憚崎嶇，至署親爲指示。嘗曰：「僻邑須耐煩爲之，墾山田、驅虎患、修道路、分社倉，最爲緊着。」歸家後，作《誡子書》一篇，諄諄以忠國愛民爲念，其大要在「無事尋出有事，有事消歸無事」。桂林陳公撫陝時，批是書凡三番，稱其理足詞摯，祇此一篇，抵過著書數十卷，直爲居官龜鑑，不僅庭訓可傳，安得如斯人者，出爲民福。後撫楚南過衡，先太祖年届百齡，桂林公以「盛德卓識」四字製匾稱祝，則其心契先太祖可知矣。爲詩甚多，自謂質直，不欲示人，然寔能得風雅正旨。其《赴鎮安任》云：「商於六百崎嶇路，到此崎嶇古未聞。叠叠山盤蛇磴曲，潺潺磵渡馬啼勤。鄰家對嶺成胡越，老樹僵途傲斧斤。聽説日斜狼虎出，早停板屋卧餘曛。」《鎮安署題壁示兒》云：「秦關百二古稱强，阡陌開來古法亡。多少山田開不盡，尚留一半卧豺狼。」「虎口餘生是爾民，脂膏賸出屬何人。請看今日提携意，痛癢關懷獨老親。」「東西兩社昔曾分，南北千峰了不聞。惆悵汗邪何日滿，四鄉豚酒祝神君。」「貧瘠驟難談禮樂，顓愚忍久任蒙屯。思量合用斲輪術，不疾不徐有數存。」《將别鎮安》云：「名士風流道學迂，算來從政非其徒。山中自有羲皇意，位置還宜是老夫。」「江南冀北又西安，采藥山中歲月殘。來去莫愁筋力倦，耄年能自跨征鞍。」《欲歸江右荆林不得》云：「南北英雄淚，高曾骨肉恩。有懷難再至，夜夢遶鄉園。」

《送高瀛海邑侯假旋和留別韵》云：「茶榴書屋聽鳴絃，第一知音屬老年。竹杖閒扶談稼穡，莎廳靜對儼林泉。雖曾絆驥原非蹇，暫許投簪却頓痊。公以足恙告歸得請，精神大振。翹首重來消息好，坊成百歲望巋然。時蒙公報百歲。」「是處張筵麗曉霞，《驪駒》歌罷起長嗟。無心側聽新翻曲，有淚頻沾舊種花。認慣兒童呼某某，親扶杖履慰家家。此情應與春陵共，望斷瀟湘江上艖。」嗚呼，先太祖人品學問，不愧古人，寔爲昇平人瑞。原不僅以詩詞重，以諸詩爲當時名公卿所賞鑒，因謹録之。

先太祖七十時，先太祖母莊太孺人六十雙壽，太守嚴公宗喆詩云：「七二峰邊七六旬，聯成一百卅年春。承歡欲笑兒爲客，故里何時問要津。」張公璨云：「早從靈岳採仙芝，春滿蓬池介壽眉。廡下人驚青玉案，樽前兒唱《白華》詩。親教蘇陸成才子，自許巢由際盛時。鳩杖魚軒天上賜，鹿門偕老正相宜。」張公瑗云：「虞城門外客如雲，我以疎狂幸識君。廿年前與賢喬梓訂交衡山葛公䜩皇署。東閣高風歸寂寞，南山佳氣轉氤氲。養生定得松喬壽，教子真成龍鳳文。好聽絃歌滿花縣，閒從父老話耕耘。」周桐圃前輩燾云：「融峰萬丈翠嵯峨，門枕清湘櫂碧波。曾廢《蓼莪》將母切，偏栽紅杏活人多。幾番玉樹含春艷，一曲瑶琴鼓太和。回首南天星歷歷，翔鸞舞鶴任婆娑。」「蓬艇曾過綺季家，杏園舊侣共蘭芽。燈前走筆身猶健，堂北和丸鬢未華。紫誥紅綾開壽域，丹書瓊笈見生涯。稱觥不用如澠酒，一盞醺人是絳霞。」

先太祖九十，彭茶陵公壽詩云：「舉世誰堪稱大年，交推衡麓地神仙。養生早徹刀圭秘，適興閒披海岳編。紫誥鸞回標嗣續，清秋鵠峙列曾玄。百齡衛武猶勤學，南極長輝石廩前。」羅方城前輩觴詞云：「三朝耆碩，五代曾玄。時扶杖而遊閭里，亦含飴而弄階前。說甚山中宰相，說甚陸地神仙。三萬六千六日尋常耳，竚看百歲坊下，祝長春者歲歲年年。」丁澹筠前輩一壽云：「嶽麓開雲樓，下有松葉屋。白雲時復開，松葉常清穆。幽人貞且吉，愛撫松與竹。野磵下環溪，宛轉南山麓。殷勤策力耕，杖藜照夜讀。哺兒念慈烏，祁祁忻畫粥。芳心掇秋葩，吐氣流春馥。拾策上金華，横掃三千幅。榮歸晝錦堂，賜衣荷令服。長安延頸望，況有新釀熟。玉案齊雙眉，寶奩開百福。振衣挑青燈，遥寄雙魚腹。」諸詩詞旨古雅，不落尋常壽詩習套。

先大父環溪公壽，雍正乙卯舉人，乾隆丁巳進士。己未殿試二甲，朝考卷爲收卷吏所污，未得館選，授縣令。自應童試時，諸當事即以第一流人相期待，居京師數年，與雷公鋐、蔡公世遠、方公苞晨夕論學，洞見本源；而大學士九卿梁公詩正、汪公由敦、張公照、彭公啓豐、許公王猷、彭公維新、趙公大鯨，盤桓尤密，一時名動公卿。固諸公好賢之雅，抑公寔大聲宏，有以致之也。辛酉秦鎮安近七年，愛士愛民，實心實政難殫述。陳桂林相國撫陝西時，器公特深，以名垂青史、功在生民相許可。旋調鳳翔，脩舉廢墜，剔弊釐奸，大有起色。未三月而繼太祖母訃至，服闋後，以樂山公年屆九旬，堅請終養，就近授學洣江昭潭、雯峰諸書院。模範後學，教澤涵濡，出其門者多列高第。處爲名儒，出爲循吏，誠不愧名教中完人也。時文學歸、金，古文學韓、歐，詩學老杜，著《存知録》、《環溪草堂文集》行世。詩稿待續刊，今摘録十數首於卷内，以見一斑。五言如《將之茶陵接周桐圃都中寄書》云：「舟向雲陽去，書從冀北來。文章關地主，嗣續仗英才。錦纜瑶函趣，輕帆細雨催。同人咸一笑，鼓棹出雲限。」《初至書院讀朱子文集》云：「初到儲才地，高吟正始音。千年延道脉，一箇活人心。草冷知春淺，更殘覺夜深。悠悠終古意，欲入故人琴。謂譚開九愛彈朱子《招隱操》，且教予熟讀朱子文集。」《雲陽山背看雲起》云：「山背纏流水，峰頭戴破雲。飄颻彌望合，靉靆一溪分。何代埋仙骨，於今駭俗聞。神農兼老子，虛幻太紛紜。上有老君崖，俗傳有老君肉身。炎陵在酃縣，舊逮茶鄉。」《過青雲寺曉望》云：「絶巘插蒼穹，清流繞碧空。舟來霄漢外，人住水雲中。仙笛凝幽壑，鐘聲出梵宫。麓堂詞賦在，一誦楚風雄。」《茅坪洲》云：「石立如旋馬，峰尖似列旗。白雲欹老屋，碧澗走寒漪。荒率鴻濛氣，幽深魚鳥知。不須論古蹟，真贋總堪嗤。上有鶩王廟。」《憶試後諸子》云：「文戰歸休後，寧無念我情。只因塹北走，遂爾怯南征。漁父終垂釣，良農詎輟耕。請磨鹿盧劍，大海有長鯨。」《夜聽書聲》云：「夜聽書聲切，觸余疇曩心。環溪風月冷，巾紫雪霜侵。幼時讀書處。質魯思勤補，家貧只苦吟。馳驅十載倦，對此欲投簪。」七言如《瀘溪》云：「一林烟火是瀘溪，才到塵寰日已西。座客盡談春水涸，前灘人唱鷓鴣啼。」《望滕王閣》云：「夾岸桃花障水流，滕王高閣望中收。聽兒朗誦唐人序，一葉扁舟當卧遊。」《馬當山語水神》云：「馬當横枕大江雄，千百年來有夢通。此處非關高閣宴，煩君莫助打頭風。」《寄基兒郡試》云：「遲爾歸來春欲深，扁舟風浪最關心。輸贏都是閑碁子，一着高人在泮林。」《送春》云：「記向東郊接得來，青旛綵燕舞嬰孩。今朝只是無言别，誰餞郵亭酒一杯。」《代春留别》云：「一刻千金重古今，只聞判價未償金。臨行贈爾無多囑，莫負來時一片心。」《夏日示奎兒》云：「一卷長携載寢興，深山無處避炎蒸。偶然聽爾書聲亮，頓覺心源冷似冰。」《奎兒折早梅索詩》云：「暄和冬晝午雞啼，散步園林日未西。折得早春忙索笑，一枝晴雪是詩題。」「世外佳人認總難，拈來燈下幾回看。月明今夜和衣睡，怕有花魂入夢寒。」《折花勖奎兒》云：「童年景致爛如花，緑意紅情總一家。蝴蝶未來蜂未採，儘將能事答韶華。」《七夕示及門諸子》云：「老眼穿針未有光，殷勤爲作嫁衣裳。女兒莫怨佳期遠，只恐期來事轉忙。」《記奎兒朱注讀本後》云：「集注《毛詩》小學書，少年得力老難逾。今朝一套全歸汝，定有通人笑我迂。」《閲奎兒課藝》云：「依我晨昏十二齡，岳雲深處湘之濱。高堂以外無他喜，見爾文章日日新。」《應雷翠庭老師召移寓圓明園直廬途中作》云：「幾年仙夢繫蓬瀛，此日驅車海澱行。九陌轆轤聽漸遠，西山嵐翠望如迎。花攢繡纈明芳甸，柳孕金芽媚曉晴。最愛夜來飄雪好，纖塵盡壓馬蹄輕。」《芭蕉夜雨》云：「銀釭花淡夜迢迢，一夕秋霖灑緑蕉。颯颯商聲驚客思，泠泠清韵入寒宵。頻添吟興三更後，忽憶家園萬里遥。昔日草堂栽百本，别來幾度雨飄飄。」《水仙花四首和吴農部梅谿韵》云：「窈窕東風弄好春，名花吐韵媚江濱。馮夷宫裏冰爲骨，帝子居前玉作身。緑帶横拖明水府，黄冠佇立儼仙人。等閒拾翠芳洲上，得與天香國色親。」「晴光杳靄午風恬，花氣乘風欲到檐。馥鬱乍飄雲母牖，氤氲旋繞水晶簾。只隨玉女淩虚步，不許維摩帶笑拈。借問清香誰得似，江梅濯月影纖纖。」「盡洗鉛華雅淡妝，碧霞爲帔緑雲裳。月明最怯冰綃薄，露重還憐玉佩凉。想像風神來洛浦，記來羅襪在瀟湘。尋常艷色争呈態，那敵幽姿水一方。」「水態花容互映奇，故園昔日早春時。湘靈瑟裏聆仙韵，金屈卮前對雪姿。客路夢迷雲剪剪，天涯吟望影差差。王孫何日歸來好，寄語東風未有期。」諸詩如秋水芙蓉，絶去雕飾，不令康樂專美於前矣。

先大父律體秀韵天成，古體尤峥嶸傑出，别開生面。《題伍逸園清秋讀易圖》云：「秋氣下九嶷，冷灩染湘緑。風雨哀怨屈原魂，一部《離騷》不可讀。讀《騷》那如讀《易》好，混茫菀枯望中掃。亢龍屈蠖兩何爲，静裏澄懷觀至道。猗嗟此意誰能識，圖南一睡絶消息。披圖矯首動流連，愧未相從林下二十年。」《庚辰中秋偕諸生登雯峰書院文昌樓》云：「吾愛二三子，步月來書院。院中讀書聲，聞之生歆羨。於時正中秋，明月當中見。携手上高樓，少長相後先。月明師弟心，照心纔照面。餘光映澄江，俯視真如練。念昔洣湘遊，几席羅群彦。此時詠春樓，此時文源宴。洣江書院有詠春樓，湘潭昭潭書院題「湘水文源」。相憶儼同堂，相思阻異縣。何當插翼飛，棘闈看酣戰。人生快青雲，有道恥貧賤。勤者若固有，惰者徒畔援。苦矣文昌神，那能開方便。月淡神無言，起予藉狂狷。」《題歐陽瑶岡筠莊書屋圖》云：「南岳多名材，有筠者其竹。愛竹歐陽子，於焉結書屋。十載名山學道心，揚聲耀采到承明。昔時讀書今時用，非復咿唔牖下生。君不見鄴侯書屋踞衡山，夭矯神龍出處間。金簡峰頭松萬丈，恰映筠莊竹千竿。」《送郭昆甫還里》云：「怒龍撼天天門擘，渴蜺飲海海底立。天門海底路渺漫，龍怒蜺渴氣已吸。江左名士周白民，湘中雋才郭昆甫。白民文章臭若蘭，昆甫文章力如虎。場外聞聲傾倒欲致兩人難，場中覿面謋然棄如土。自古迄今相士無真假，冶不鎔金金就冶。蓮花寶鍔沉沉在匣時，誰知殺人鋒過血纔瀉。三齊蓮幕漢江水，我送郭君感周子。郭君年少周老矣。」

又有《題軍中學易圖》，張吾溪前輩評以「詞旨警拔，有長吉、魯直之勝」。詩云：「陀羅海畔經春雪，霜鶻横空蹋飛翼。將軍振武鎮三城，笳吹凝雲風凛冽。河冰初泮陽和迴，首夏柳條青吐茁。咄哉軍中學《易》人，嘿探天根躡月窟。胸羅武庫陣圖懸，劍戟森森紛燦列。龜龍應瑞《圖》《書》出，剥復交來元化泄。鷲沙毳帳坐談經，蹇蹇匪躬昭亮節。」

鄧稼軒年伯云：「前人壽詩少傳，以其易涉庸俗，意惟太白之奇橫、玉川之詼譎，屈爲此體，必能別開生面。環溪先生《蕭齋歌爲蕭丕承補觴作》，一氣奔放，得太白、玉川之神，與前送郭昆甫作俱拔出前人蹊逕之外。」歌云：「蕭齋酒，蕭齋書。記得蕭郎受生日，懸弧正對我門閭。壯長移居城南外，我亦四方事馳驅。不飲蕭齋酒，不讀蕭齋書。冉冉流光十載餘，我之懷矣復何如。今朝爛醉蕭齋裏，蕭郎五十正懸弧。不飲懸弧飲歲除，此意使人念居諸。百年三萬六千日，日飲須盡三萬六千壺。座客聞之大歡呼，醉卧乾坤一蘧廬。惟有綵衣人大笑，不課讀書課酒徒。世間那得酒如湖，先生此語誑也夫。先生曰來汝起予，酒且如此何況書。」視此壽詩，亦可謂虚貯神素，脱然畦封矣。

近日賞花招飲之作，不過吟詠性情，流連光景，有寄托者絶少。先大父有《程階平別駕署中賞牡丹》云：「主人解愛花，預訂賞花期。花開主人事行役，雨雨風風怨離披。百寶欄畔偏相待，姚黄魏紫存真宰。歸來仍是賞花期，舊者留艷新蓓蕾。置酒邀我來花屋，霏霏微雨儼新沐。是誰擎杯酹花神，有美公子人如玉。花浮浮，酒油油，對花飲酒不勝愁。半春問災循畎澮，敗葉槁柯紛相對。胸中一幅鄭俠圖，染盡花血難成繪。何能移植洛陽花，栽徧雲陽百萬家。殘膏剩馥皆沾溉，牛酥一勺醉流霞。」鄧稼軒注云：「主人問災歸來。」置酒賞花，不過公餘一清讌耳。即從牡丹沐雨中，想到閶闔待澤光景，惟杜少陵詠物詩具此關係，非有真性情、真學問者不能道。先生經濟文章，所以卓然可傳也。

鎮安在終南山中，山邑淳悶，有太古風。顧自前明蕩寇竄入，民屋悉爲丘墟，山木叢生，夙多虎患。先大父以乾隆十三年來宰斯邑，既至，即爲之驅惡物、招流亡、墾荒田、復社倉、開道路、脩學宫、建義塾、創邑乘、舉賓興、報節孝，暇則進諸父老子弟談詩書、講禮義，居民常以酒一尊、麥一盂，持獻公庭，相親相愛，眷注如一家人。不數年而户口熙熙，絃誦雍雍，山僻小邑，焕然改觀。古昔循良之治，於兹再覩，非若近日官民去來若途人也。當其調任鳳翔，鎮安父老皆攀轅痛哭。先大父《留别詩》云：「捧檄出南山，回首念山谷。山中太古遺，風氣殊沕穆。官民父子情，欣戚如同屋。飢者待我飽，寒者待我燠。飽燠我何能，撫心恒粥粥。所賴邀天庥，七載逢歲熟。荒田漸加墾，鄉社漸有蓄。險路亦已平，村童知就塾。新建樂英堂，爲爾廣教育。庶幾觀厥成，告養叨餘禄。烏私正擬陳，上官翻推轂。調任辭鎮安，父老攀轅哭。停車謝父老，盛世多良牧。前去後者來，爲爾地方福。願言課兒孫，殷勤務耕讀。各勉爲良民，永不犯刑戮。我因作官久，高堂歲月蹙。鳳翔雖大邑，蘧廬只一宿。即當歸故園，慰我屺岵目。悠悠此心期，夢魂常追逐。留詩謝父老，深情溢尺牘。」此詩情真語摯，令人不忍多讀。

先大父歸田終養後，歷十餘年，乙未春仙逝。是年，鎮安城隍廟祝，一夕夢其復任。及明，遍告城中，則城中人皆夢之。因倡議迎新城隍蒞任，鼓樂喧闐，觀者如堵。舊日吏民，愀然若將見之，因呼爲聶公廟。每衍劇祀神，用兩戲臺，一爲本邑人，一則楚漢間同鄉也。會邑令某，判訟多不及情。民曰：「聶公在此，當不如是。」邑令怒曰：「爾何不詣城隍廟聽讞耶？」每朔、望，拈香之禮缺如。後清江楊公懋學宰斯邑，誼切同鄉，最加敬禮。其官眷亦出吾荆林同族，每祭祀必諧來焉。乙卯夏，家大人路過鎮安，邑人迎至聶公廟，禮成，敬紀云：「入境絃歌舊，登堂俎豆新。提攜懷我父，拜祝念斯民。此日神爲吏，當年吏是神。禮成談往事，半是白頭人。」

南嶽七十有二峰，以回雁爲首，岳麓爲足。峰名每難記憶，舊有歌詞，殊多勉强。先大父作歌云：「衡峰七二從何歌，聊爾具數備搜羅。回雁爲頭岳麓尾，近廟五峰最嵯峨。在昔作詩有韓公，五峰駢舉逸芙蓉。紫蓋連延接天柱，石廪騰擲堆祝融。今晨看峰躡赤帝，日華初動喜陽霽。朝日惠日發祥光，曉霞采霞紛綺麗。烟霞吐霧播爲雲，紫雲碧雲絢白雲。雲密雲隱常靉靆，雲龍雲居自氤氲。明月破雲軫宿光，青岑碧岫兢輝煌。碧蘿紅花插巾紫，一朵蓮花屏嶂旁。我愛山中靈禽語，鳳凰翠鷲時高舉。白馬驂停華蓋歛，天堂駕鶴迎九女。九女靈藥採登仙，仙頂仙巖好會仙。欲尋降真棲真處，只在天台白石邊。耆闍岣岁誰移掇，彌陀觀音土一撮。獅子力屈蹲香爐，石囷糧充堪擲缽。文殊入山愛逃禪，那當潛聖與集賢。未明金簡窺治水，安上岣嶁一問天。岣嶁寶篆傳神禹，不傾風伯鞭雷祖。妙高莫從高處求，會善還向善中取。靈應瑞應誰所格，永和永參帝之澤。歌遍衡峰懷禹碑，浩浩坤輿無雙石。」此詩彭茶江先生評云：「是朱張講義一則，匪直結構天成。」張吾溪先生評云：「結構層次位置自然，而筆力更雄勁。每讀一過，如撫琴動操，衆山皆響也。」

先大父宰鎮安時，於墾荒、開道諸務，悉親爲指畫。羸馬芒鞋，躬履絶壑，出没於狼虎中間，而了無所憚。前後隨役四人，公以匹馬馳驅其中，土人呼爲「五梅花」。嘗馬上得句云：「性命懸巖石，存亡信馬蹄。」又《題城樓》云：「雞犬桑麻人境外，山川城郭畫圖中。」詩才治績，於此具見。辛鳳七十日，釐奸剔弊，墜廢俱修。去鳳日，鳳民如中道嬰兒失母，相涕泣。沿途結幔張筵，匾云：「仁心善政。」聯云：「心切愛民，合四鄉士歡農樂；才能理事，未三月弊絶風情。」聯首四字，蓋摘桂林中丞提調考語也。厥後白秦來者，述鳳翔邑乘載云：「有聶公燾，潔己勤民，盡革陋規。士民方引領觀政，竟以丁憂去。」可知鳳民與鎮民思公之心，未嘗一日忘也。

先大父居京師數年，往來皆知名士。己未廷試，未邀館選，南歸省侍，一時贈詩甚多，其存者録之於卷。彭公廷梅云：「臚唱名非一，終歸命不尤。臨行無别語，空館有閒愁。雁獨從鄉至，江還入漢流。今宵應見夢，飛上岳陽樓。」「三年爲客久，辛苦向燕臺。依舊蕭然去，秋風江上哀。天高鴻路遠，露冷菊花開。明月分携去，相思首重回。」「南歸舟一葉，切莫嘆飄零。水寫千江碧，山横九面青。竹枝堯女廟，香草屈原經。明月頻呼酒，詩情滿洞庭。」盧公士毅云：「同在天涯借一枝，曉風殘月共吟詩。篋中無限驚人句，都是西窗剪燭時。」「文苑騷壇氣誼親，忽聞驪唱動征塵。可憐多病淹留客，又送揚鞭歸去人。」「遊絲牽惹柳絲長，難繫如珠淚數行。回首青衫君已濕，蘆溝斜日樹蒼蒼。」「君到衡陽已是秋，可煩雁作寄書郵。布帆無恙瀟湘水，寫入蠻箋慰遠愁。」雷翠庭先生鋐云：「謾説天街好看花，倚門盼望夕陽斜。夢回漢水行人少，話别燕山客路賒。細雨落梅將熟橘，暖風吹絮早啼鴉。送君此日無他囑，惟向湘南誦《白華》。」「頭上簪纓簇簇香，新成綵服舊行裝。不愁有美山林老，只愛承歡草野忙。晨露滋花先棣萼，宵燈課讀及書堂。須知造物相私處，免得離憂兩地長。」王公文清云：「天待奇才别有屬，不使優游文史局。衡山聶子高飛鵠，萬里摩空猶趯起。童時已樹三軍纛，自成進士筍如玉。同年對策子彳亍，磨龍功補三年足。倚馬才大小蠻觸，蒼蒼有意靳所欲。假手厮徒施厥毒，奇文竟免受拘束。吁嗟乎！區區浮名同轉燭，古人事去後人續。天應誰補日誰浴，聶子歸與趁自勖。長憶王郎拔劍斫地爲誰告。」

戊辰之鎮安任，一時都中餞送，亦多名句。如周桐圃前輩𤅢云：「環溪臨別時，索余言爲贈。余故拙於言，遺言意難竟。矧復托素交，虚美慙粉靚。仍憶己未春，相隨試帝廷。自忘駑鈍才，感恩思報稱。願綰百里符，勉學三年政。邇者十寒暑，漸已非壯盛。秘署成偃仰，蠹簡空哦詠。君今行作宰，舊意與君證。莫言邑彈丸，執輕如不勝。且疎筆墨緣，俾民歌范甑。」歐陽竹洤前輩正焕云：「商於之地六百里，中多名山與佳水。重關百二古來雄，控楚枕秦安業是。先生整舄上彤墀，天子顧之顔色喜。引見日，蒙天褒。子建元推召杜才，惠連獨愛川原美。手揚金薤錯琳琅，赤社黄封豎畏壘。郎星的皪子墨濃，仕優學優笑相視。曲檻疎簾發宫商，琪林瑶樹森桃李。青燈千軸雨一犁，絃歌聲逐桑麻裏。繞郭花然咤風生，放衙草句驚鴻詭。莫笑先生好著書，經綸還從萬卷起。行矣先生捧檄奉高堂，我獨風塵缺甘旨。事君事親交得之，君子寧以彼易此。」黄公之卓云：「鳳詔初銜催入關，秋色一路擁征鞍。仙凫飛處星辰動，竹馬迎來婦子歡。天入楚雲親舍切，烏啼秦樹訟庭寒。遥知公暇仍耽句，繞遍梧桐金井欄。」「詞章不待江山助，筆墨應開造化扃。八代文從韓子振，三吾地自柳州靈。可能芳躅追前武，正快遐陬見景星。易俗移風誰足繫，友朋望眼舊曾青。」張公榮倫云：「捧檄單車燦錦茵，佩刀綵服出風塵。琴書檢點翁憐子，時太翁親爲治裝。鄉士調和吏習民。粗食不徒如蔣沇，湛恩兼得似清臣。西京自昔王謨遠，好把經猷次第陳。」按唐蔣沇歷長安、咸陽、高陵諸邑令，郭汾陽戒麾下曰：「蔣賢令供億得蔬食足矣，毋撓其清也。」張七丈老於宦途，極知供億爲累，而先大父素甘澹泊，故有第五句之贈。然山僻小邑，涖任七年，上憲巡歷，并無供億之苦。是知世不乏郭汾陽。謂古今不相及者，非也。

出仕歸田後，名流贈答，亦多佳韵。偶於故紙堆中搜得，録之。周公昭侃送返衡山，用胡敬亭韵云：「復見文星聚，斯文大有功。一庭仍緑草，兩袖尚清風。碧水歌張拭，丹陽誦李忠。衡湘佳子弟，都入藥籠中。」周公世宙《喜重主昭潭》云：「憶昔傳經日，春風滿士林。巖疆揚雅化，空谷想遺音。絳帳懸如舊，玄亭載自今。昭潭親講席，珍重十年心。」張公九鈞《和夜聽書聲韵》云：「燈窗恬密處，磨盡古人心。一席無塵染，空階許月侵。不眠來遠韵，緩步接清吟。偶觸還山志，知君未拂簪。」黄公寬見贈云：「幾日山桃花裏行，歡然把袂愜平生。風高巖邑烟嵐浄，月澹琴堂竹影横。千里地縈今夜夢，家兄現令衡山，得聞邑事。十年書勝此時情。歸舟是處潺湲水，猶認君心澈底清。」黄公曰侃《九日隨環溪明府偕令嗣昆季登縣寨飲虹化亭歸賦》云：「春夏登臨又杪秋，每逢佳節便來遊。黄花帶笑迎仙令，白雁聯班引勝儔。戍古烟銷殘壘在，亭高虹化彩雲留。相將共醉茱萸酒，不覺蒼然暮靄浮。」黄公之倬《寄懷》云：「近聞聲譽滿西陲，去後謳思定不疑。堂上琴留宓子政，天邊歌達魯山詞。陳大中丞薦章語極推重。疎籬藉草空相憶，高閣看山欲對誰。荒徑想能騎馬過，定知題鳳笑群兒。」張公度西《九日環溪先生與橘洲兄小飲見懷原韵》云：「近傳良會聯篇到，不賦登高致更佳。酒飲花香深北郭，詩如秋老占西齋。江澄白雁清無滓，天洗丹楓静不霾。莫作别觴相憶訊，連床風雨且階階。」

先大父設教昭潭時，門下士公製絳帳，胡敬亭先生正笏題云：「出耶非仕，處耶非隱。岳雲作幄，湘水爲枕。傅巖之夢誰卜，南陽之卧且穩。吾黨斐然，被春風而坐絳帳；夫子覺者，沛時雨而成玉筍。」先大父題云：「隨時動静，應候弛張。不礙明月，好映曦光。絶蕉鹿之紛擾，渺蝴蝶之荒唐。可冬可夏，可温可涼。可尋池草，可晤羲皇。可獨寐，可連床。出何羡乎紫綃兮，處則挂諸南陽。」二作詞旨古雅，寄托遥深，亦藝林韵事也。

同邑曠岣嶁、半崖兩先生，與先大父爲同譜至好。先大父七十時，岣嶁公壽詩云：「岣嶁之麓牛馬走，走祝環溪溪上叟。憶昔與君應童試，登壇鏖戰壓曹偶。若爲眨眼五十年，朱顔那得不皓首。却吒君顔猶如童，雄健無能出君右。君官商山飽紫芝，東園綺里爲朋友。歸來欹枕巾紫下，品崇衡霍俯壘培。有時酒酣烱青矑，高歌擊劍蛟龍吼。嘗怪杜陵緣詩瘦，七十便云古稀有。如君昂昂老益壯，等閒百歲詎云久。應同羅結百四十，君其不謬予言否。」環溪公《遊方廣歸過岣嶁晶舍承惠詩和韵并呈遊屐》云：「鐵脚道人破空走，喜聽呼童不喜叟。苦恨生來無鐵脚，名山雖到亦云偶。昨朝席上談方廣，心癢腓咸暗搔首。揭來發憤方廣遊，抛却山南走山右。空山自與麋鹿群，不用招招須我友。蒼茫雲海脚底生，大巇尚迷況小培。披雲下憩岣嶁齋，欲撞洪鐘聽鯨吼。小叩大叩心焉醉，况復貽詩旨且有。何以報之遊山具，糾糾芒鞋製未久。雙手持向圯橋邊，鐵脚道人笑否否。」岣嶁公叠韵言謝云：

「平生雙屐萬里走，我年少君君爲叟。君擁專城稱循良，我博頭銜仍不偶。爾來皋比喜接連，城西城南歡聚首。三秋逢君登七十，麼嚌巴詞塵座右。漫拋瓴甓引璵璠，翻承錦履惠朋友。準擬穩著理舊遊，直躡厜㕒藐衆培。載吟君詩膽氣豪，千巖萬壑狻猊吼。頃君掉臂蓮花峰，戀響臺邊攬萬有。衡峰鍾靈靈鍾君，君年應共衡峰久。何當與君成二老，君其一頷予言否。」半崖先生敷本步前韵云：「麇城老稚歡呼走，巾紫峰前祝大叟。七十春秋培道脈，天生英耆夫豈偶。爾來糊口在他方，一歲無能幾聚首。逢君致仕懸弧日，滿擬奉觴侍左右。瓊林宴上三百人，膠漆如翁得幾友。君身早踞祝融巔，俯瞰紛紛小婁培。岣嶁詩篇得唱酬，驚人傑句獅子吼。商量著述齊李杜，學術還須步曾有。名山事業饒千秋，生年滿百未爲久。得來巴曲漫續貂，相期郢削證然否。」環溪公既答岣嶁公詩文，又承半崖公過齋和韵見贈，時方晨飲未餐，得領良規，疊韵和志謝云：「宦海茫茫那處走，只宜吐健不宜叟。君家兄弟叟者三，添我一個成偶偶。平生嗜好彼此知，飯健廉頗飲犀首。君退犀首進廉頗，爲劉左袒吕則右。今晨過我適晨飲，加餐爲規荷益友。謂如適遠多聚糧，萬里飛行矧一培。又如獅子踞狼山，飽食虎豹纔能吼。我聞此語良自哂，不爲酒困誠何有。即斯已足當韋絃，況乃名山商永久。草堂懸答北山文，飛檄馳烟移得否。」諸詩古音古節，愈唱愈高，亦可見前輩精神老而彌王，真騷壇雄將也。

先大父没後，名公卿輓章甚多，雄篇佳什，苦難盡録，略爲摘出，以識弗諼。張蓉湖前輩九鐔云：「南宫高第著，西隴政聲存。乞養心真遂，還山道更尊。牙籤湘月冷，石壁岳雲昏。欲薦生芻意，卮詞那足論。」「金石論交好，壎篪調總宜。壁間見諸兄唱和詩。風流欣可接，憑吊感如斯。宅有靈芝瑞，人懷玉樹姿。英賢多濟美，禮器重門楣。」楊子安鸞云：「同譜知交踰卅秋，素心豈肯兢時流。濃薰香艷儕班史，鎮安極精覈。嘯傲烟霞媲鄴侯。百里花封勞撫字，廿年林下足優游。何堪報道文星隕，楚水秦川兩地愁。」劉雲巖蒸云：「主持風會閱多年，一夕文星墜九天。剩有韋編垂後進，不教彩筆讓前賢。秦中惠政人尸祝，海内新詩句户傳。雷電六丁知盡取，毫芒流落泰山邊。」何芷齋泰云：「湘江水深咽不流，龍蛇占歲賢人憂。紫金臺畔文星墜，嶽色慘澹風烟愁。我昔論交天下士，淪徂倏忽浮雲似。近來老淚更縱横，嗚呼聶公亦已矣。聶公生鍾岳之靈，早掇巍科入帝廷。名世文章本經術，大雅今猶存典刑。長我十年我兄事，京華結契申盟誓。瑞春堂前燕樂深，意氣并合無乖異。爾後公分百里符，終南佳氣翔仙凫。我亦崎嶇走天末，顔面闊絶音書疏。公全孝養抽簪早，我賦歸來狀潦倒。晚向風塵作遠遊，曾叩幽扃一搜討。彈指星霜復幾時，逝者冉冉心如擣。吁嗟乎！聶公之德完天真，聶公之文其餘芬。大名天地長不朽，况復繼起超群倫。留將昏眊故人眼，重看廬陵表墓門。」

蓉峰詩話卷六

衡山聶銑敏蓉峰晉光甫著
周光霽頤堂偉章甫校

同邑劉峻坡姻丈詔陞，己丑名進士，官農曹，出守播州。嚴毅方正，有古人風節，愛扶植士類，整飭民風。所至仁聲載道，上游重之。癸丑，以貴西道卓薦入都，假歸里門。所載歸者，殘書數卷耳。幼負文名，爲文幽情遠韵，在文止、思曠之間；詩格高秀，體會入微。自供職以及典郡、舟輿之中，吟哦不輟。卒前數日猶成「父母之年」一章題文，時太夫人春秋高，先生愛日之誠，老而彌篤，其性然也。刻《佩韋堂稿》、《政學齋草》，詩稿待梓行。五言如《舟次龍陽夢與藻庭親家論文》云：「文章千古事，離别數行書。尊酒何年會，懷人午夜初。元音推正始，大業富居諸。一西兹行近，探奇孰起予。」《遊牟珠洞》云：「渾沌何年鑿，浮圓半壁懸。仰看斜照入，疑是頂光圓。洞落千峰翠，巖通百竅泉。山林勞問訊，我欲叩諸天。」《水城道上》云：「地僻軒車少，山多物候新。泉聲常入夜，石勢慣欺人。香草含花氣，枯藤抱樹身。碧雲深處好，隨意可投輪。」《荷池聽雨》云：「偶憶瀟湘夜，山城迹已違。香風清碧沼，疏雨濕紅衣。金井聲初斷，銀塘聽漸稀。衙齋共蕭瑟，幾處採蓮歸。」《來青閣》云：「共有青雲興，憑高一洒然。似迎蒼翠色，不隔蔚藍天。簾捲黔山入，窗窺蜀道懸。最憐新雨後，芳草正芊芊。」《庭槐》云：「婆娑如此樹，俯仰肯隨人。草長庭無訟，花開苑欲春。可堪行列盡，不逐候官新。

記否榮華夢，羲皇氣最真。」《夜行》云：「得得黔中路，茫茫夕照昏。暗山迷古戍，遠火認孤村。天末衝寒入，宵深到客喧。年來于役慣，未厭鬢霜繁。」七言如《江行》云：「四圍碧色浸天光，江面垂垂見緑楊。無數鷗鳧飛上下，居民宛在水中央。」《將入都贈内》云：「值衙吏散鼓逢逢，繡閣妝殘怯晚風。最是難忘緣久住，生憎鴉叫夕陽紅。署後多鴉鳴，内子聞而生嗔。」《元旦後憶光錦》云：「計日將回六九春，輕雲細雨暗芳辰。寒愁漫向燈花解，多病常添鏡髮新。櫪馬何時馳冀北，河魚猶自滯湘濱。來青閣外風光迥，詎等飄萍寄此身。」《得光錦光錕信各携新婦來署聶藻庭親家偕來喜作》云：「不勞歸夢訊鄉園，聞喜庭前聽鵲喧。夜雨應教培棣萼，春風好與長蘭蓀。頻登屺岵兄携弟，未拜姑嫜婦抱孫。況復盍簪嘶櫪馬，晨宵幾度話芳樽。」《柬藻庭親家》云：「鄙悋生胸數載餘，汪洋叔度每懷予。當年京國彈冠舊，此日山城下榻初。伏櫪空聞嘶五馬，臨風不必憶雙魚。與君共醉茅村酒，花外鸝歌聽漸舒。」《衙齋書懷》云：「重裘無力禦春寒，黔地風光昔已諳。愛好非因營巧宦，平情敢冀譽清官。二千石愧龍鍾舊，望六年增馬齒殘。寂寂播城花信晚，倚樓終日對烟巒。」《遊桃源洞與藻庭親家話别》云：「徑穿石壁入幽奇，生面宏開勢轉夷。千仞鷲山懸崒嵂，重城雉堞俯罘罳。迎人洞外桃初蕊，繫馬江干柳未絲。他日鄉亭一盃酒，凴將春色到天涯。洞有布春閣，引「今日湘亭一杯酒，更煩散作十分春」二語。」《郊外送藻庭親家歸衡》云：「風清柳外颭朱旗，送别郵亭酒再釃。人去枌榆千里目，官評琴鶴一瓢詩。桃源洞口啼鶯急，郭外桃源洞爲太白聽鶯處。鳳嶺城邊策馬遲。寄語衡南諸舊友，唯凴秋信慰相思。」《渡鴨池河》云：「疊疊山如駿馬馳，此間逝者竟如斯。一泓渌净澄江色，萬笏青懸落照時。踪跡何煩漁父卜，行程每有候人知。灘頭無復勞惶恐，静聽江聲下瀨遲。」《叠韵寄錕兒兼呈藻庭親家》云：「良宵客散獨憑欄，宦蹟鄉心感萬端。兩袖清風携襆被，一庭春雨隔林巒。蕭疎玉樹人方倚，峭拔蒼松老更盤。七二峰中誰是主，肯將著述等衙官。」其佳句五言如「河身穿石隙，嶺脊插雲端」、「洞老泉聲咽，山童樹色荒」、「興爲悲秋減，囊因貰酒空」、「郵亭催客去，衲子笑人忙」、「浮雲連蜀道，流水鎖黔關」、「池影摇星漢，山光入酒杯」、「石尖山露骨，雲白嶺封腰」、「濃雲驚海幻，飛鳥失山青」、「却笑官如水，何堪鬢是霜」、「樹藏僧舍静，花趁晚春忙」、「坂折疑無路，峰回又見坡」、「燈明遠岸火，人話隔鄰舟」，七言如「初冰地碎寒流影，欲雪天低遠塞山」、「沽酒帘懸新雨後，趕場人趁夕陽歸」、「政有餘閒兼課子，家無俗物只傳經」、「往事錯深難鑄鐵，衰年髮短易添霜」、「一片濤聲流夜月，四圍山色暗秋燈」、「落日人家楊柳岸，西風節近菊花天。」《過葉縣》云：「仙跡憑誰追去舄，世情幾見好真龍。」《同洪學使試院觀荷》云：「分來泮水三春雨，重接濂溪一瓣香。」「冷署客來忙掃榻，公庭吏散少排衙。」

播州山水奇突，千巖萬壑，令人應接不暇。己酉春，劉吾山姊丈偕家姊赴黔中任，家大人親送之。大人舟中賦詩云：「一重巖石一重灘，山自凌霄水自寒。莫遣玄猿啼壁上，應留蒼鶴在林端。書田稚子耕耘未，井臼荆妻計較難。爲報客途風景好，探奇猶喜仗平安。」又云：「黔地有山皆石窟，春遊無處不桃花。」貴筑春遊景象如畫。

近日宰吾衡者多風雅名儒，自丁香溪明府鈺署篆後，又得龔省齋明府志曾。省齋，浙江人，由參軍擢至縣令，才華倜儻，宰衡山，一時聲稱籍甚。買牛買犢，有渤海遺風。詩筆洒脱自然，似香山、放翁一派，有《南湖草》一卷。《漫興》云：「野草青連樹影西，曉行直至夕陽西。桐花亂落無人掃，又被風吹過竹溪。」《檢書得乾蝴蝶》云：「不向春風彩颺裾，香鬚粉翅已無餘。緣何一覺蘧蘧夢，却戀床頭數卷書。」《不寐》云：「雨聲淅瀝惹愁多，不寐中宵輾轉過。況是新涼雞未唱，山溪那識夜如何。」「服官不似得幽居，早起遲眠信未虛。岑寂轉添遊子意，殷勤空寄老親書。」《寄内》云：「膝前兒女幼如初，女教針工子課書。莫學鄰家紈袴習，但憑溺愛廢居諸。」「若問弟昆須愛敬，要知妯娌在和衷。留心檢點家常事，勝似幽窗刺繡工。」《芳草》云：「東風幾日緑蒼茫，又見成茵綴野塘。冉冉斜連烟柳碧，菲菲遥襯菜花黄。六朝有恨隨流水，三逕無心媚夕陽。蛺蝶飛飛來紫陌，不須惆悵聽寒螿。」「天涯吟望影萋萋，幾處亭臺舊跡迷。好雨一簾春正永，平原十里緑初齊。牧童倦踏横牛背，醉客遲歸趁馬蹄。更憶明妃孤塚在，青青遥隔玉關西。」《晒金塘張守戎與其夫人殉苗亂和尤鑑塘韵》云：「一片孤城傍野塘，將軍垂死恨偏長。衣冠當代昭青史，環珮何人吊夕陽。松爲凌寒知有節，星因隕後怨無光。致身授命餘雙絶，應識天生氣至剛。」其佳句如《題畫》云：「帆影遠從前渚落，雲光薄襯遠山開。」《寒食》云：「鞦韆影裏人疑醉，杜宇聲中客未回。」《祁陽》云：「風回湘渚紋多曲，山入零陵勢更奇。」《贈洪寅齋》云：「醉月渾忘分主客，挑燈還共認鬚眉。」《憶弟》云：「池塘舊夢聯春草，風雨新聲入夜床。」皆佳。

省齋集詩，一氣呵成，如自己出。《秋夜》云：「天氣晚來秋王維，紗窗宿斗牛孫逖。倘隨明月去，韓偓。試上大堤遊楊巨源。被解鴛鴦襆白居易，簾搴翡翠鈎温庭筠。却須深酌酒李咸用，笑語度更籌唐暄。」

其二云：「庭樹含幽色張九齡，天邊宿霧收于良史。石梁高瀉月李商隱，窗竹夜鳴秋李白。縱有還家夢令狐楚，能無愧海鷗劉長卿。官閒得去住韋應物，鄉思不堪愁劉方平。」

余有《寄嶽雲齋試帖》二卷，爲坊人所刻。省齋入南嶽致祭，歸途就其中集五律四首，其一云：「千里望南衡，低昂勢不平。榮光空際出，幻態四圍呈。翠黛迷幽徑，青山憶舊盟。待逢開霽後，紅杏一村晴。」其二云：「天連衡岳曉，静對契虚衷。萬竈烟痕雜，千峰霧靄融。彤庭新命祀，率土盡呼嵩。同是隨陽雁，傳書不借鴻。」其三云：「更踄天門路，來觀倍駭然。身經方丈地，人到白雲邊。自覺神明固，宜將妄念捐。迷踪應駐佛，莫辨界三千。」其四云：「羅浮真咫尺，夢欲入羅浮。叠嶂都難隔，紅塵未可留。千章迷日影，四顧净吟眸。古寺知何處，稱觴紀勝遊。」余見之，笑曰：「具此手段，可以擲米成珠，磨磚成鏡，完然省齋詩，渾忘其爲蓉峰作矣。」

嚴子陵釣臺詩相傳甚夥，其佳者，在能自出新意，不拾牙慧。舊傳五言，有「君爲利名隱，我爲利名來。羞見先生面，黄昏過釣臺」，「好個嚴子陵，可惜漢光武。子陵有釣臺，光武無寸土」，新矣。方公正學孝孺又云：「正人須正己，治國先齊家。如何廢郭后，寵此陰麗華。糟糠之妻尚如此，貧賤之交可知矣。羊裘老子早見幾，獨向桐江釣秋水。」洪昉思昇云：「逃却高名遠俗塵，披裘澤畔獨垂綸。千秋一個劉文叔，記得微時有故人。」松江提督張雲翼云：「漫整荷衣拜逸民，灘聲猶自動星辰。富春近日誰漁父，天子當年有故人。名到先生才是隱，賢如光武不稱臣。只因曾作梅家壻，外氏風流愛隱淪。」各詩俱有新意。

浯溪在永州祁陽境，山水清秀，千巖萬壑，令人應接不暇。前輩阮裴園學浩視學湖南，有《遊浯溪詩》最佳。序云：「時維二月，路出三吾。淑景纔融，惠風微扇。顔平原遺碑斯在，元刺史故宅非墟。童冠偕遊，智仁合契。一灣烟渚，江頭卯色之天；幾處人家，沙尾魚鱗之岸。池臺在右，巖壑高低。鋪舊緑於平坡，延新青於絶巘。橋分雁齒，沿崖則雙逕逶迤；樹隱鳩巢，跨澗則千章掩互。遥銜碧落，近俯澄瀾。塵埃爲之頓蠲，應接因以不暇。泉流遞響，瀉飛瀑於林端；嵐氣浮空，襯落霞於檻外。亭横怪石，濃翠穿檐；祠入梵叢，嬾雲護牖。快登臨於我輩，禽魚與客俱忘；寄慨想於前賢，草木因公起敬。鍧鋐鍾吕，鴻文尚揭於巖間；拏攫蛟螭，鐵畫長縣於天半。蒼藤紫蔓，染到鬚眉；秀竹幽花，拂來襟袖。正憶維舟香澤，曾訪桃源；行當鼓枻愚溪，重吟柳序。」詩如《浯溪漱玉》云：「松偃梅欹橋刺低，琤琮一派岸東西。春塍映帶溪流碧，隔隴新耕雨一犁。」《鏡石含輝》云：「浩淼湘波湧翠微，孤懸片石對斜暉。匆忙照過人多少，日日漁蓑鏡裏歸。」《唐亭六厭》云：「曲檻凌風儼畫屏，朝朝遠翠落江汀。紅塵不到三山畔，目厭逢迎耳厭聽。」《磨崖三絶》云：「一頌中興事已乖，幾行蝌蚪飽風霾。精誠自合垂千古，可但磨崖筆法佳。」《峿臺晴旭》云：「輕烟靄靄緑陰成，雲與蒼崖一樣平。記取臺邊風日好，雨絲桃片近清明。」《㾶樽夜月》云：「山色鮮疑著雨痕，渌波環處絶囂喧。倘容杯飲邀明月，不羨田家老瓦盆。」《書院秋聲》云：「野水閑雲洞壑幽，春陵賦罷快尻遊。書聲寂寞樵歌杳，尚有遺黎説道州。」《香橋野色》云：「石梁宛轉壓山椒，低覆桃枝與柳條。最是免當車馬路，杏花如雨帶香飄。」《漫郎宅籟》云：「叢竹荒祠一逕長，清風拂拂晝生涼。頓教野興勾留住，瀑水聲中話夕陽。」《笑峴亭嵐》云：「石磴緣崖次第探，一亭烟景是春三。閒將峴首評興廢，何日重停再酒驂。」

趙州有石橋，製造奇詭，勢穹窿，如覆瓦狀，相傳爲魯般仙人所製。張果老夜半騎驢試之，橋幾傾；仙人以手支撑，得無恙。今手痕蹄跡猶在，亦異蹟也。彙中題詠甚夥，前代詩之最佳者，唯劉公伯熙詩云：「誰知千古媧皇石，解補人間地不平。夜半移來山鬼泣，一矼横絶海神驚。水從碧玉環中過，人在蒼龍背上行。日暮憑欄望河朔，不須鼓楫壯心生。」近又得張船山前輩古風一首云：「趙州橋勢如覆瓦，橋上奔騰走車馬。穹然跨水千餘年，不崩不坼何其堅。膆簇翹疏千石逗，庚庚攢插如相救。更尋橋下細水渾，舉頭空闊疑龍門。洞壁旁紐具偏勢，曲而直體真能事。儼如淩雪結構奇，銖兩勻稱不可支。何人執藝巧至此，妙才争説公輸子。匠心復以靈異傳，手痕蹄跡都儼然。殘碑兀立勝遺老，猶傳大業年間造。誰其作者隋李春，胸中躍躍工倕魂。我欲臨流笑煬帝，車輦迷樓作奇技。開河只愛幸江都，才子能爲天子無。道衡高耿能毋恙，定有奇人隱於匠。君不見安民休刻《元祐碑》，氣節竟同皇甫規。」

船山前輩天才横軼，有追逐李杜之概。余嘗見其五言《題畫》云：「秋冷人如鶴，深衣坐水窗。疏林紅一樹，新雨緑連江。樵響嵐光破，潭分塔影雙。村童沽酒得，歸路問漁椿。」《詠懷詩》云：「一嬾堪終古，詩來興偶豪。杯心孤月動，豀底亂山高。寺遠飄鐘梵，林寒露桔橰。著書閒自賞，清辯亦滔滔。」「何處尋佳夢，山僧借竹床。爲花成蛺蝶，有水即瀟湘。坐月春衣濕，磨雲古硯香。野人無上客，隨鶴步書堂。」「神古衣如響，山春樹有姿。仙書人誤讀，花事鳥先知。牛屋寬留客，驢鞍穩賦詩。倏然謝纓冕，閑過太平時。」「十年偶通籍，官到更遲遲。位忘公卿亞，名慙婦孺知。情多如有恨，才定轉無詩。不敢言黄老，清談恐誤時。」《題朱磵東墨蘭》云：「拂紙湘流活，秋花上墨痕。清談宜對雨，高韵肯當門。筆彩香無迹，心苗慧有根。《離騷》經在手，携畫爲重温。」《自題畫馬》云：「孫陽一過馬群空，虎脊龍文定不同。想着風雲真意氣，恨無奇筆畫英雄。」《望烏尤山》云：「淩雲西望古嘉州，江水潺湲繞郭流。緑影一堆漂不去，推篷三面看烏尤。」《蜀道早發》云：「四面清香生草萊，夜光未滅晨光開。鳥聲圍馬一齊出，林影隔溪無數來。日上雲封豺虎窟，峰高霞補金銀臺。山桃亂落水風急，池畔流觴花滿杯。」

水鄉解纜，晝間假寐，及聞岸邊人唤，移時驚醒，而鄉音不覺又變。余舅氏康尹山先生有句云：「夢裏忽驚人唤渡，聲音已不是衡陽。」

陳介亭爲余言，有某友者，貧而工詩，嘗秋日登岳陽樓，得句云：「秋水碧圍漁岸艇，夕陽紅上酒家旗。」設色鮮妍，佳景如畫。

楊湘崖學博有妾趙氏，字孟央，詩筆清婉，書法亦佳。楊没後，其詩遂無人爲之流布，爲可惜也。《初春》云：「暖日江城江草齊，樓臺臨水晚烟低。最憐又是桃花候，紅到回廊十步西。」「濃露涔涔草漸肥，一庭緑意上春衣。呼童細掃西苔逕，已有穿花蛺蝶飛。」「半縷烟絲淡淡浮，倚欄慵看起閒愁。秋千院冷多情月，一到黄昏又上鈎。」《春草》云：「無邊草色碧茸茸，兩岸花光帶夕紅。尋得餘香何處好，六橋斜日畫圖中。」《歸燕》云：「萬里歸來到舊庭，繞梁聲噪動人聽。夕陽正照雙簾脚，妝點風光入畫屏。」《初夏》云：「一别春風晝漸長，蘼山低映藹迴廊。吟餘試看榴花影，纔有新紅上短牆。」《午日》云：「雲窗榴火正端陽，花滿西園一段香。今日紅裙小兒女，壓金五色簇新妝。」

李秩齋先生寓都門時，嘗冒雪訪友前門，見一人身衣麻衣，提籃拆字，頭戴麦帽，頂破露髪，問字者雲集。籃上書一聯云：「稀眼竹籃提曉月，露頭草帽拂清風。」李訪友歸，意欲問卜，遍覓不見。斯人殆亦神仙者流。

秩齋先生素工詞賦，余猶記其贈蕭梧岡先生句云：「曾掣怒猊呼草聖，已騎生馬號詩狂。」辰州和澄軒先伯句云：「辰砂易向兒童辨，酉穴難從父老尋。」亦極典雅。

論詩最忌牽强古人詩句就我議論，如楊誠齋引晏原叔詩云：「落花人獨立，微雨燕雙歸。」此即《國風》好色而不淫。趙元默引秦仲孚詩云：「微風輕颺茶烟起，知有人家在水西。」此即爲畫中詩。蔡寬夫引僧無可詩云：「微陽下喬木，遠燒入秋山。」此即以爲微陽比遠燒，爲象外之句。穿鑿傅會，殊不可解。

鄭南莆先生爲楚北名諸生，與先大父至好。有斷句云：「石筍凌雲山作樹，松濤噴雨樹爲山。」寫景奇突。

明時有達官某，係滇南人，母老求歸未得，賦詩云：「乞歸不允奈親何，帝里風光夢裏過。二月春寒青草短，五湖天遠白雲多。客囊衣在縫猶密，驛路書來字欲磨。聖主恩深臣遇淺，百年心事兩蹉跎。」情致委曲，讀之可見其忠孝之心。又見文衡山《元旦寄友人》詩云：「荏苒流光似逝波，故人休問鬢如何。聰明較似前時減，慷慨應憐去日多。萬里冰霜新鳳歷，五湖烟水舊漁蓑。雨深門巷經過斷，自折梅花對浪歌。」二詩風味相似，如出一手。

姚雪門學使以「四影」詩試常德郡，桃源余丈世清有佳句可摘。《詠鴉影》云：「五更曙色踆烏動，一片斜陽去鳥高。」《鷗影》云：「平沙有雁同秋水，遠浦無帆獨夕陽。」可謂描繪入神。

劉雲房師視學安徽時，以《新緑》試諸生，有一生佳句云：「最愛社前兼社後，可憐江北與江南。」絶不粘題，而題之情景宛然如畫。

前明鄒君廷望，湖南新化人，官至觀察。比歸，兩袖清風。有句云：「清得門如水，貧惟帶有金。」鄒君元潫爲余誦之。

咏物詩難於刻劃大方，詠花尤難。有前數句從花名發揮，末句一點便醒，使通首精神迸露，最爲奇妙。如《木蘭花》絶句云：「洞庭波浪渺無津，日日征帆送遠人。幾度木蘭船上望，不知原是此花身。」《雁來紅》絶句云：「漢使傳書借雁臣，上林一劍墮西風。至今血染階前草，一度秋來一度紅。」《杜鵑花》云：「何處飛來血染絲，洛陽橋畔罷啼時。最憐明月三更候，花滿空山月滿枝。」又《玉簪花》云：「玉簪墮地無人拾，化作東南第一花。」亦此意。不必勉强粘連，自然融洽，其思致似遠而寔近。

夢中之詩，醒後續之便不肖。方蝶庵翩來爲余言，嘗於潯陽泊舟，夢中見一人肅衣冠前來，若土地狀，曰：「余有佳句，試爲子誦之。」詩云：「醉倒黄花滿地秋，歸來明月上簾鈎。」欲續之未得。余應聲曰：「夢中佳句渾難續，記在潯陽夜泊舟。」以不續續之。方大喜，屬余載入《詩話》。

趙州師荔扉名範，滇南詩人，與錢南園前輩至好。有「江湖共秋水，城郭半斜陽」之句，南園先生賞其不愧古人。

明家雙江公諱豹，字文蔚，謚貞襄，豐陽人。與王陽明先生同時講學，以理學名節著。詩格蒼鬱遒勁。被逮時，更多名作，其風格在同時諸公之上。著《雙江文集》行世。五言如《宿高良寺次見素翁韻》云：「匹馬霜風暮，高良亦勝遊。諸天先得月，殘夜此憑樓。路轉藤蘿合，雲深竹木秋。我來貪便息，無用老僧留。」《部鶴有折翼者長鳴省署哀賦》三首云：「折翼胡爲爾，長鳴一憮然。自憐非故我，空羨有長年。雲漢無歸路，風塵落俗緣。羽毛何足惜，最愛頂丹鮮。」「憶昨雲飛日，天空適自然。乘軒豈予分，垂翼已經年。靈囿思咸若，瑶池夢舊緣。平生修潔意，空羨玉爲鮮。」「每誇霜翮健，萬里幾超然。誤落虞羅手，淹留省署年。乘風徒有意，度海更無緣。問訊良醫折，能回枯木鮮。」七律如《還家誌感》云：「殘花應笑放歸臣，老瘦如前髮似銀。傳《易》曾爲今夏勝，腰金不是舊蘇秦。室中驚喜翻成泣，燈下相看恐未真。不用傷心悲往事，古人如我幾更新。」五言佳句如《江上》云：「秋還江上好，月是水邊明。」《峽江》云：「陰連千樹碧，雲濕萬山頭。」《臈月》云：「風霜欺病骨，歲月逼除年。」《宿瀛海驛》云：「霜落烏啼月，風回雁起沙。」《秋意》云：「風凋逮臣髮，砧動故園心。」「雁度霜前影，蛩吟月下聲。」《西湖》云：「江涵秋意早，波隱夕陽多。」七言如《九日》云：「萬木盡隨楓葉下，一尊聊爲菊花開。」「岫雲偏爲幽人出，烟樹猶宜倦鳥歸。」《和羅達夫》云：「三逕草深春欲盡，一庭花落室如懸。」《洞泉吟》云：「朝宗有念終歸海，行險無常只聽天。」《小閣》云：「地僻何妨兼吏隱，家貧原不爲官廉。」《邵武行館》云：「春來枯木萬花發，雷動荒山群蟄驚。」《福州》云：「入座苔痕緣雨長，掃庭竹影帶風施。」《登樓》云：「萬山緑合孤城壯，獨樹花明四野晴。」《宿幽巖寺》云：「山深草木含雲氣，谷斷雷霆鬭水聲。」「列炬穿林驚鶴夢，分泉煮茗破春愁。」《除夕》云：「爆竹夜驚遊子夢，屠蘇誰慰異鄉情？」《次郭方巖韵》云：「風定樹聲喧耳静，月明花影照窗踈。」《多病》云：「青萍夜引孤燈看，白髮春隨百感生。」《玉壺亭》云：「風含桂柏晝澄暑，雨過池亭隙欲秋。」「緑團高木屯雲濕，瘴歇深山過雨涼。」《答獄友》云：「浮沉身世風波裏，生死交情涕淚中。」「人間早已無憎愛，世上何曾有怨恩。」《秋夜》云：「涼月入窗清可掇，候蟲入夜語相親。」

前輩蔣心餘先生士銓，江西鉛山人，天才豪邁，有太白、東坡筆意。嘗自稱「詩仙」，而稱袁簡齋先生爲「詩佛」，其自命已不凡矣。著《忠雅堂集》及九種曲，不失才人本色。詩運意新奇，古體尤能别開生面。七言如《高詠樓銷夏》云：「酒旗低卷緑荷香，柳嶼花汀互掩藏。魚引游人戲蓮葉，四圍穿到鏡中央。」「偷聲減字泛清商，花氣迷離水氣涼。却把遊船暗留住，隔牆吹過粉痕香。」「夜半移燈上畫船，殘燈明滅尚分懸。一聲長笛穿橋過，吹散垂楊萬縷烟。」《喜雪》云：「失却南窗數朵青，繞樓收放水晶屏。始知身在混茫裏，人海中間一點萍。」「叢篁未肯折腰肢，難免風前鬢若絲。如對當時杜陵叟，白頭吟望苦低垂。」《再晤吴鑑南兼柬程魚門》云：「越王臺畔别匆匆，遠夢新愁一笑空。十里珠簾花影外，一分明月酒杯中。東流水健山如馬，北向帆輕客似鴻。惆悵竹西芳草路，笙歌不見紫髯翁。」「烟花三月雨冥冥，醉煞揚州酒不醒。江左文章諸老盡，淮南鐘鼓兩人聽。玉簫嗚咽橋難倚，金氣消磨鶴尚停。收取春光入行篋，來朝七十五長亭。」《吊項王廟》云：「暗嗚獨滅虎狼秦，絶世英雄自有真。俎上肯貽天下笑，座中唯誰沛公親。等閑輿地公强敵，慷慨頭顱贈故人。如此殺身猶洒落，憐他功狗與功臣。」《秦淮書酒家壁》云：「不見紅闌長板橋，秋光狼藉欲魂銷。斜陽在水愁孤燕，殘柳當門怨六朝。舊院瓦堆僧賣酒，丁家樓毁鬼吹簫。美人黄土燈船散，金粉原來易寂寥。」《落葉》云：「零亂霜楓覆蘚痕，小簾風緊欲黄昏。隍深有鹿朝穿徑，酒醒無人夜打門。夢入故宮尋古井，愁生野屋見孤村。一枝别後應難惜，好向牆陰覓斷魂。」「古道無人拾墮樵，啼烏來往獨魂銷。一林冷月露山寺，十里清霜生板橋。舊事幾添摇落感，離情不記短長條。高樓試奏《哀蟬曲》，滿耳秋風咽玉簫。」《童二樹鈺畫梅詩》云：「童君畫梅千萬枝，自寫槎枒老蒼句。花開古雪未消時，香入空山不知處。梅花開落天地中，出土那識西與東。羲和制歷造歲月，始覺萬世難爲同。着花結實偶然耳，頌之惜之皆可鄙。孤芳或受雨露生，群艷空隨雪霜死。童君能詩方九齡，寺壁一掃太守驚。腕中天授隸草法，用以寫梅奇骨撑。我不識君見君畫，每對梅花身下拜。行根竊懼地輪斜，放眼真愁天宇隘。想君畫梅身作梅，十指屈鐵梅苞胎。驅魂附筆蕚怒發，使氣入墨枝駢開。穿花破葉等飛白，人與梅花鬬標格。神慳鬼吝一青衿，去作諸侯老賓客。」《萬年橋觴月》云：「飛梁跨水一千歲，空際行人自來去。亂山中斷走虹霓，下有蛟龍不敢怒。青天一片月飛來，琉璃萬頃空明開。風露泠泠波浩浩，此時天地無塵埃。中流二十三明鏡，秋河上下横天影。江風吹客一登橋，脚踏寒光不知冷。流輝注水射千尺，波面游鱗時一擲。放眼寧知世上人，飛觴不計今何夕。相看冰雪淨聰明，但恨有客無留聲。漁燈不動野鴨睡，寺鐘欲出棲烏驚。勝遊佳會良可數，胸次先生獨千古。名宦誰能樂山水，詩人我或塹龍虎。深杯入手須盡歡，夜涼歌笑浮波瀾。耳目俱從静時浄，風月莫惜忙中看。俯瞰前灘落星斗，夢裏榮華若芻狗。吾人一夕橋萬年，達者風流原不朽。」二什筆力峭勁，奇氣飈舉，餘皆類是。其佳句如《燭花》云：「孤根自結何須地，長夜能開不待春。」《讀南史》云：「皇天好殺非無故，亂世多才定不祥。」《偕袁簡齋登清涼山》云：「三春花鳥多陳迹，六代江山兩寓公。」《百花洲坐雨》云：「竟日共聽荷葉雨，三人分納水窗涼。」《春江泛舟》云：「接篷屋矮知潮長，拂帽花斜覺岸欹。」

皖江大觀亭之旁有一酒樓，藏深樹中，飲者罕至。心餘先生偶過，題聯云：「一竿旗影藏春樹，三面江聲上竹樓。」自是座客常滿，酒價頓高矣。

心餘先生既没近二十年，有人客京華，自稱浮丘仙子，其風骨清奇，酷肖心餘先生；下筆如飛，才調亦與《忠雅堂集》相似。談韜華先生、袁農部常相往還，題詠甚多，饒有仙意。噫，心餘先生其果羽化耶？乙卯夏，曾賦《花魂月魄鳥夢蟲吟》八首，用東坡尖、叉韵。序云：「參大小乘禪，身居佛地；成五七言句，詩雜仙心。地即佛而爲佛，心非仙而若仙。不礙圓通，何妨狡獪。今者壽作三朋，臺兼二妙。選勝向花宫月地，探奇到鳥跡蟲書。一唱三嘆，大叩小鳴。魂兮歸來，剩青衫之落魄；夢乎覺去，記紅豆之前吟。是耶非耶，怳矣惚矣。噫嘻，春花落兮秋月生，春鳥寂兮秋蟲驚。一樣流光，人間天上；幾回游戲，日裏風中。雖語猶鈍置，尚是描花鏤月之才；而心已靈通，聊比時鳥候蟲之響。詩依律格，韵用尖叉。」其詩云：「春亭步屧欲驚鴉，迎得芳魂貯緑車。十里樓臺三里霧，二分風雨一分花。去應渺渺通仙路，來轉遲遲學内家。鈎取徐熙新落墨，半枝摇漾晝叉叉。」「留得蛾眉一抹纖，闌干七室護莊嚴。倏成内景金兼水，鬥取流形雪共鹽。半角斧痕垂碧落，數重循影印虚檐。拈毫想到空明處，兔穎何曾竟禿尖。」「井梧安穩宿宫鴉，不聽人間獨鹿車。比翼夫妻原是鳥，連枝姊妹欲分花。只憑良夜甘同夢，莫任驚飛到别家。挾彈王孫休落彈，可憐三匝路歧叉。」「秋蟲吟出韵纖纖，那解長城五字嚴。咽露可能歌《白雪》，臨風猶是唱紅鹽。低迷燈火聽東壁，寥落闌干近北檐。人世郊寒原若此，一微塵裏鬥新尖。」「一林香露隱纖纖，彔曲闌干護影嚴。愛女吴宫珍比玉，美人越國愧非鹽。重重携得留仙帶，悄悄携將讀晝檐。魂到花枝呼欲出，水晶簾底蹙雙尖。」「大光明地絢金鴉，月鏡由來借日車。璀璨圓珠初吐蚌，輪困老桂定生花。縞衣入夢原無相，長槊横秋是作家。步到雲階瞻瑞魄，翠旗琲玉斗歧叉。」「凉宵光燭羽毛纖，背歲巢成牖户嚴。鳥不聞聲催布穀，人還作夢苦量鹽。三更三點傳清漏，雙宿雙栖托舊檐。待到醒時尋别境，碧玲瓏瑣白雲尖。」「月明辛苦伴啼鴉，也似腸回九轉車。節過涼風吟白露，身依處士咏黄花。床頭緯絡頻驚婦，燈畔咿唔悄憶家。試問歐陽夜夜讀，賦成聞此手徐叉。」《贈袁仲》云：「羌水泠泠兮羌山峩峩，中有佳士兮嘯且歌。堂堂五經兮誦懸河，佳士佳士兮殊不多。」《贈袁伯》云：「羌山之南，考槃大寬。中有幽人，式歌且彈。今賤鹿鳴，一上春官。詭得復失，意殊不歡。我則軒渠，是何眈眈。有古人書，誦且忘餐。藏之名山，亦足自安。況不終失，清流激湍。上有祥禽，候風振翰。」此乙卯夏作也。厥後浮丘子有揚州之行，留門人楊仲愚在京。仲愚亦工詩，喜作艷情體，有七絶云：「莫愁湖水渺無涯，湖上楊枝整復斜。儂有相思言不得，傍湖又采白蓮花。」《詠裙》云：「東風吹露紅褌影，始信温柔別有鄉。」《詠雛妓》云：「可憐身似琵琶大，也抱琵琶笑向人。」亦可謂風流婉約，獨步一時矣。

浮丘仙子去後，談、袁二公曾兩番寄書，答云：「黄菊紅萸，是僕歸候，然去止獨難自定。」後談韜華先生北闈分校畢，出闈，將視學黔中，袁農部時猶孝廉，將往山東續絃。一夕，浮丘子至矣，題詩數絶，序云：「別來無恙，轉眼間人比黄花瘦矣。僕騎鶴歸來，君等望雲念切，自夏徂秋，由南返北，手書兩展，心跡雙清。談公南去，袁公東行，黯然魂銷。悲哉秋氣，奈何奈何。今夕何夕，復成歡聚，今昔之際，感喜交并，君若有吟，僕當響答。」詩云：「兩枝銀蠟一爐香，多謝含香騎省郎。一曲驪歌君萬里，恩深難報是文章。」「揭來感喟起無端，又見黄花繞砌寒。一榜題名纔揭曉，可憐落葉滿長安。」「環列翩翩是雋才，文光他日近三台。五經題與三條燭，辛苦儂曾閱歷來。」「我曾遊過大江東，照眼驚濤雪滿空。一笑人間多少事，弋人何慕有飛鴻。」又有《滿江紅》一調，叠至數十闋，遍贈同人。押韵生新，出人意表。調云：「歸去來兮，又恰是、三更三點。銀蠟下、談詩説藝，興還不淺。文曜黔中開絳帳，星聯京邸待青眼。想從前、銷夏坐仙壇，雲飛巘。　花與月，吟成卷。蟲與鳥，思争險。更瓶荷一朵，詩魂猶纏。日月去如駒走隙，仙凡隔似蠶藏繭。笑書生、才妙手偏生，離吾遠。」《贈談學使》云：「公欲行乎，正紫殿、丹毫新點。黔陽路、紅旗玉節，山高水淺。約法當存如保意，衡文應具觀空眼。記小梅、花發過辰谿，湘江巘。　君且看，牛腰卷。君莫怕，羊腸險。只二三同調，臨歧情纏。種德由來如種樹，操心須要同操繭。待他年、重會是何年，驪歌遠。」「秋氣悲哉，那更是、攔朝雨點。

濛濛霧、幾行官柳，綠深黃淺。葉落蕭疎如脱髮，塵飛澒洞多迷眼。只西邊、一角露晴光，開青巘。似一幅，王維卷。景乍繪，無夷險。嘆令威重到，鶴隨雲繾。人世槐安忙似蟻，癡情絲亂縈如繭。笑吾儕、歡聚幾多時，流光遠。」

《贈袁仲》云：「袁仲翩翩，才敏妙、文無加點。索我作、贈行詞句，情深非淺。君似渥駒雲起足，我如楊柳青垂眼。望鵲華、山色數千層，高東巘。　君莫憶，崔徽卷。君莫學，劉叉險。暫調和琴瑟，倡隨綣繾。才子心同五雜俎，新人好作同功繭。待來春、喜字報泥金，期奚遠。」《贈袁伯》云：「作賦登高，原只要、靈犀一點。況伯子、蜚英振秀，才華不淺。獻策他年推妙手，讀書今夕摩青眼。羨玉山、朗朗照人明，輝冰巘。　笑門外，徒温卷。笑場内，徒行險。且濃薰班馬，與之相繾。筆有尖毫如玉筍，文多逸緒如春繭。望杏花、紅綻綠袍多，春光遠。」《贈紫泉》云：「上祝融峰，中藏得、砂床幾點。下旋繞、湘江沅水，涉深涉淺。尋繹禹碑摩巨手，行登日觀舒仙眼。羨髫年、膽氣已驚人，凌高巘。　子亦有，新詩卷。雅而秀，平而險。嘆金門戢翼，鄉心頻繾。才富翩翩翔白鳳，絲生乙乙抽紅繭。數中州、五岳孰峻嶒，衡山遠。」《贈蔡季》云：「聞説君家，有一樹、梅花萬點。繞門外、半灣溪水，盈盈綠淺。庾嶺歸來春有脚，越山看去青迷眼。又計車、得得過蘆溝，迎西巘。　可吟得，千行卷。可遊得，千盤險。望鬱孤臺上，白雲思繾。才調須如花結果，文心須悟蠶生繭。願書生、努力愛春華，名方遠。」又有一闋云：「對酒當歌，人道是、狂歌當哭。受多少、黃沙撲面，紅塵眯目。修史廢殘官吏紙，填詞剪盡風檐燭。可憐儂、廿載老寒氊，號絲竹。　若個是，豐年玉。若個是，荒年穀。

不過是、蠅營狗苟，鄙兒食肉。白眼看人狂亦好，青樓覺夢歡難足。向風輪、火劫早抽身，完吾局。」《贈蔡季》一歌云：「瀛州本在東海東，騎鸞跨鶴多仙童。望之亦似有仙意，無如淮安雞犬錯雜於其中。羌山蔡季清門子，青紫君家故物爾。一朝采藥到蓬萊，坐看群仙粲玉齒。我求仙，飛上天，也隨雞犬昇雲烟。君今莫道瑶池冷，且須朝讀《黄庭》、暮守庚申，玄之又玄、延壽五千。我將待汝水之涯、山之巔。」《和談韜華先生韵》云：「今夕臨觴唤奈何，也教清淚濕輕羅。文人遭際如君少，才子迍邅似我多。唯願勉旃循矩矱，還期行矣慎風波。感他歧路匆匆候，尚有閒情索贈歌。」「身世誰登百尺樓，長安不見使人愁。亂鴉叫月徒驚樹，落葉衝風可耐秋。我已藏舟歸大壑，君將贈策作名流。買山錢有須尋樂，好課春耕自放牛。」其佳句如「荷花出水無炎意，明月當空有道心」、「青山影裏側篷笠，流水聲中彈古琴」、「一簾夜色雙條燭，半樹秋聲幾杵砧」、「生成傲骨何妨瘦，貯得冰心不怕秋」，俱飄飄然有淩雲意，絶不似凡人筆墨。

姚雪門前輩視學楚南，家大人餉南岳茶。雪門前輩與幕中諸友煎嘗，同用《山谷集》中韵，題曰《品茶清詠》，仿東坡試院煎茶故事，亦韵事也。雪門先生云：「火雲初庚蒸甑居，人間不傳却暑書。聶生貺我風兩腋，頓憶峰頂觀懸珠。薄味已謝盤餐腴，我心空空更無如。煩君搜攬到文字，勝泛荷香十里湖。」劉曉南家驥云：「祝融二十四福地，五岳圖繪傳仙書。未登岳聊試岳茗，新泉活火跳明珠。一甌飽啜雲之腴，雪襟風腋更誰如。合得玉堂大椽手，興酣灑筆淩湘湖。」蔣厚山漣云：「南嶽之茶味不惡，竟陵子經定漏書。祝融主人自包送，勝挾明月百斛珠。冰詩雪椀同清腴，炎雲五月意消如。忽憶君山落皚美，扁舟我欲泛平湖。師有君山茶詩，亦用是詠。」「君家五峰茶生處，君應自作品茶書。想當活火試三沸，赤銅茗椀光翻珠。晴窗分餉味真腴，夜來尊酒問何如。却話衡陽寸晷作，天然出水芙蓉湖。考衡屬以試院煎茶命題，藻庭居首選。」羅惕若志謙云：「我恨不到南岳居，煮泉細讀岣嶁書。師門有客餉山茗，開甄珍若十斛珠。清芬沃我真雲腴，那問雙井如不如。還思雲霧窟中去，驂鸞記補范石湖。」王安之永泰云：「聶君家近祝融居，能把新茶澆讀書。坐間七椀詩興發，玉盤迸落大小珠。山雲萬疊草木腴，蒙山顧渚真不如。涼風習習動官閣，何必遠泛涵虛湖。」陳笠湖本禮云：「平生未識南岳面，品茶亦漏南岳書。聶君手持玉清茗，茶出岳之玉清宮。竹鑪石銚看跳珠。一杯飲我枯腸腴，君山梅山知何如。更吟新句遺嚴暑，已有萬頃胸中湖。」家大人敬和云：「我師昨登祝融頂，一肩適阻琴兼書。師以五月登岳，適讀書嶽麓，未得從遊。聊將山茗供湯餅，快瀹白鶴跳纖珠。新詩品藻同雲腴，直覺平生味不如。他年願補《南岳志》，不數春酒湘鄢湖。」同人詩成，黄君齊田彙稿，雪門先生再叠前韻云：「分曹强韵句粗就，張吾軍得黄生書。自矜有手握且弄，六百餘顆頳驪珠。斯文氣古道味腴，偶然掉筆庸渠如。此情此興復不淺，付與詩人分港湖。」熊學橋前輩次韻云：「我昔親訪山谷居，一灣明月擘窠書。雙井泉清汲水底，泡花濺雪湔流珠。晚甘侯苦道味腴，鬻衡山茗如不如。湘雲半縷入肺腑，胸中具有君山湖。」楊培山前輩壽楠云：「昨夜藤蘿夢幽居，寒泉手瀹供著書。朝來忽聞品茶詠，善歌繼聲成貫珠。欲鑱俗艷標古腴，詩脾未沁且何如。看雲或許陟天柱，計日待余歸鑑湖。」

乾隆辛亥，邑中傳有某高人來遊南嶽，詩字古雅，人亦卓犖不群。及細詢之，始知爲馮魚山前輩敏昌，粵東名士也。先生篆隸摹秦漢，詩格亦不在唐宋以下。喜遊名山水，到處必有題詠。晚年主掌粵秀書院，家大人授學端溪，筆墨往還，極爲相得。其詩未見全稿。嘗讀其《登合江亭》詩云：「夙吟韓子句，今上合江亭。二水遥浮碧，群峰叠送青。雲烟還蕩漾，風雨有神靈。欲入朱陵洞，真愁石户扃。」《登祝融峰》云：「鶉尾負南海，炎精爚天閽。天南萬里山，獨聳兹峰尊。我來踏鴻濛，載瞰扶桑暾。連峰鑠龍背，九折升天門。一跌更危崖，垂脈方蚴蝹。遂起怒蜺勢，蹶向中天蹲。雷電晦杳冥，陰陽錯朝昏。雄雄九千丈，朱鳥偕翔軒。穹石負雲台，青天正手捫。日月夾東西，兩丸互吐吞。罡風何猛烈，更似登崑崙。群峰鬱駢羅，浩若波濤翻。芙蓉與天柱，玉友隨金昆。紫蓋氣雖驕，失勢還東奔。五轉並來朝，湘江備南藩。洞庭包五流，重溟擊鵬鵾。精氣所出入，大壑爲之根。古初竟何道，谷神會長存。重華獨何之，梧雲結愁魂。悟彼騷人憂，下爲雨翻盆。胡不縱遠遊，而自傷蟗蟳。雲踪窮五山，靈臺得本元。人世自蜉蝣，萬古同乾坤。峰頭久凝睇，一笑天何言。」《至衡山將遊岳贈文柳村》云：「願因同志得同行，未覺忘情勝有情。松老雲山空自惜，玉遺當路竟誰明。春申門下應無士，伯樂車前好放聲。愧我相逢同邂逅，因君問路入南衡。」《遊衡嶽及旬日柳村以佳酒遠餉岳頂賦謝》云：「清揚婉在乍情濃，別去翛然似不逢。豈謂一盛醽醁酒，傳來萬丈祝融峰。雨檐夜久還成夢，雲海朝來更蕩胸。無物相隨何以報，仙壇折取萬年松。」諸詩氣概不凡，古尤奇特。

士大夫官位尊顯後，易失當年本色；而猶有醇質氣象者，前輩中首推羅方城先生。先生諱源漢，湖南湘潭人。官尚書，屢主文衡，而家徒四壁，依然寒士景況，真古之君子也。字學米南宫，詩詞醇厚，有盛唐氣息。視學畿輔、粤西時，紀行所作，曾親書以泐石。余嘗樂諷誦之。五言如《衡水登舟》云：「粼粼聲不斷，忽此聽咿啞。景憶三湘路，南衡山水，少所習遊。人乘八月槎。地淤饒棗栗，水淺足魚蝦。一棹秋光迥，遥天焕晚霞。」《放舟》云：「不覺斜陽落，聊爲放溜行。主人貽緑蟻，時得衡酒數瓶。娱我泛澄瀛。海近流何急，天空斗自明。舍舟登古岸，譙鼓報三更。」《粤西秋風鳥》云：「决起亦常態，纖纖素不稱。秋風乘幾許，出水竟何能。跡本同田鼠，心將學海鵬。羽毛豐滿後，面目記還曾。」《瓓瓏木》云：「物以虚中貴，胡爲外亦疎。不甘朽木棄，或恐漏卮如。向日駒光透，臨風蚓竅嘘。瓓瓏毋過鑿，混沌保真初。」《定州試院和壁間張有堂總憲韵》云：「中山雨過宿雲開，曉日登樓衆景來。題壁愧添新墨跡，懷人空憶舊烏臺。唯期霄漢心懸捧，敢詡狂瀾手障回。聞説韓蘇祠近在，臨風瞻仰幾徘徊。」《出定州城》云：「何分北郭與南圻，壠麥浮香處處飛。王事莫教遲信宿，春風常自拂輕騑。人傳陋巷無今古，有劉夢得《陋室坊表》。地訪恒陽有是非。北恒在山右，州志載在此。柳影橋邊冠蓋簇，顧瞻多士獨依依。」《柏林寺觀吴道子畫水》云：「曾於趙水行經處，市得圖傳墨浪看。肆間摹本甚多。偶向柏林問真際，真際爲柏林開山祖師。忽驚溟海漲香壇。乾坤劫歷諸天護，自唐至今，壁石剥落。文武濤翻六月寒。水有文、武二種。坐久渾疑浮寶筏，仙風謖謖下雲端。」《肥香道中》云：「西風陣陣響連枷，地美稱肥信不誇。雞犬出林烟萬竈，篝車歸巷月千家。憑教伏鼠分餘粒，那有飛鴻叫積窪。今秋雨略多，肥鄉數邑不被水。自古豐年書入告，行從原隰咏《皇華》。」《河間試院》云：「近畿文物數名區，星使南來拭目初。

地以賢王留勝蹟，士應先我讀遺書。登瀛有路臺依舊，院外有登瀛臺。振雅唯人術豈疎。中有振雅臺。此日生徒還絳帳，睠言苗莠獨躊躇。」《宿魯氏染緑軒看海棠》云：「傍夜濃陰冪不開，且持高燭更徘徊。花神肯赴歸來約，吩咐東風莫浪催。」「香霏閣下倚闌干，探取韶光興未闌。不見花開別花去，膽瓶分貯一枝看。」《題十八應真過海圖》云：「天吴跳波風伯馳，龍宫晝晦森鱗鬐。蓮目老尊珠火眉，排空駕浪夫何爲。二十八宿分張騎，亢金前導尾皆隨。珍毴聃睒揚厥威，西望結鄰東鬱儀。踏倒扶桑嬉咸池，問胡不濡亦不迷。此事或恐喻者稀，頗聞佛乘超八維。出入三界無天倪，華嚴海會詞旨微。我覽其理得知之，大生苦海一浮稊。般若無楫功難施，眼中芥子納須彌。識得罔象形可遺，寫生好奇奇非奇。大鵬海運都如斯，兹圖直待解人窺。嗟彼拘儒説夢癡。」《江石行》云：「叠空江石何離離，皺瘦透秀形兼之。自滬徂潯日無事，舟行百里看如斯。或云火離地氣上蒸爍，坎水遺激成環奇。又云六鼇出海角，吹沙斂沫凝結爲。玄黄胚胎色太古，風雨薄蝕皴肌皮。支機下落織女泣，雷公掠過搜神椎。憶在長安訪舊苑，假山問價于緡貲。太湖韶音吾昔有，一拳買得堆庭墀。米顛已結多同好，底事瑰瑋淪江湄。維天有柱，維地有維，得毋顧影生嗟咨。我行一步一留盼，寶山空手心忸怩。挈取一片伴虚舫，丘壑在座雲霧隨。石兮石兮，以爾之介堅自持。南山有臺北山閣，葦爾名園大厦點綴潤色良有時。」《遊七星巖》云：「媧皇御天補天闕，手鍊陰陽斲山骨。功成石破閱人寰，風雨淘開混沌穴。粤西城東有古洞，首戴七星腹空闊。春都朝噓桂嶺雲，秋清夜吸灕江月。逶迤幾曲到巖前，初入爽朗漸黝密。執火前導緩步尋，凹者沈潭凸丘垤。倏然豁達天門開，瞬忽迴旋地户閉。盎中元氣歲鬱蒸，象外殊觀乳凝結。白澤張眸兕象走，長鯨鼓鬣風霆掣。倒空鐘磬敲欲鳴，點壁棗梨鮮可掇。瑶筍雲芝何葳蕤，仙翁釋老共羅列。安排不假人功修，鏤刻疑經鬼斧戮。穿過一洞復一洞，路入溟涬境殊絶。半日如今夢裏遊，移時怳見曙光出。聞道九嶷逕可通，好事傳奇難盡説。我行名山愛選勝，南窮岣嶁北少室。獨來鏁院謹操觚，近城一水成隔别。張騫使者霄漢來，時張司業橘洲典試來粵。追陪因得快所閲。賓從喧闐潛怪逃，闃寂寒崖頓烜熱。臨眺只緣興會生，文章亦藉山水發。桃源好景即虚無，禹穴藏書未磨滅。安得乘間歲至止，搜抉根源問造物。」《舟下伏波灘》云：「彌望江心石齒齒，海立雲翻亘十里。伏波人往波未伏，威神震赫常在此。灘頭現楫下灘門，颯沓翕赩喧耳根。蛾龍張牙兕怒角，白日飛沫雨陰昏。梭流一直復一折，駿馬開蹄轡捉勒。束身穿入鴻濛天，迴頭錯認峨眉雪。忽然敲磕哄雷霆，鬼神欲下壯士驚。平生忠信作舟楫，兀坐虚舟手一經。吾聞將軍之功在南紀，一拳銅柱半壁抵。丹心豈肯涅明珠，偉烈猶堪耀青史。古木森陰羃素秋，千年祠宇肅江頭。我來舟過急灘下，瓣香展視風颼颼。吁嗟深箐多罔兩，天留浩氣横來往。鎧甲錚錚怒不銷，至今銅鼓蹴波響。」《岳陽樓醉歌》云：「浩浩乎壯哉，登覽之奇莫奇於此樓。高標星漢雲氣薄，十年夢到來今秋。八百里，洞庭水，瀉作玻璃一鏡明雙眸。乾坤四際風雲合，日月兩丸東西浮。下走三吴朝海若，中藏萬怪歸陽侯。青天白日霹靂哄，大鯨吹浪黿鼉遊。樓上何所有，炊粱枕畔夢悠悠。樓下何所見，蜂房雜遝下上舟。就中一點青不滅，如以弱水環瀛洲。我欲登君山、訪蓬丘，蓬萊縹緲不可求。渚鴻夜叫黄陵月，空餘湘竹淚痕留。我欲從漁父、狎輕鷗，洞庭老人只今在何處，蘆花影裏釣筒收。挹湘酒、聽巴謳，九疑爲豆，七澤爲甌，手挈湖底倒空流。丈夫四海破浪走，拔劍起舞斬螭虬。東風赤壁悲陳跡，伐木塞港指揮能事何優優。況今尾閭無揚波，乘槎直上窺斗牛。浩浩乎壯哉，登覽之奇莫奇於此樓。歌罷酒醒客盡散，長空一笛風颼颼。」

蓉峰詩話卷七

衡山聶銑敏蓉峰晉光甫著
周光霽頤堂偉章甫校

前輩淡於宦情，往往愛遊山水，棲遲藝苑。有江右熊學橋前輩爲霖，江西南昌人，乙丑授館職，乞假歸省，講學匡廬、鹿洞間。厥後入都供職，兩持使節，典黔南、關中試事。旋引疾，遨遊江湖，講學名山。裙屐所至，每多題詠。刊刻碑版，篆隸摹秦漢。詩有逸致，古體尤斑剥陸離，令人不敢逼視。著有《紀行》十册，以《遊衡嶽》終，人争讀之。五言如《冬夜留别余明水》云：「豈不戀朝夕，梅殘歲事深。留人香雪夢，餉我白雲心。力病身初健，停絃月又陰。來朝悵東渡，渺渺托微吟。」《留别初太翁懷素》云：「思君不見君，見君復何語。秋柳潞河烟，此别幾年許。君家有珠樹，好培根下土。仙露滋春華，瑶光滴香雨。」《遊衡嶽歸望嶽麓》云：「天地太好奇，鼓橐鑄山谷。縱勢掀騰之，嚴悍仍收束。南嶽摩青蒼，列炬散華燭。力倦迤邐平，餘勇頓嶽麓。大如蘇韓文，鴻篇轉鰲軸。可望不可褻，紛披走歷碌。大伏亦大起，以羨補不足。卷勢回峰巒，沖抱孕其腹。收拾見精神，澹然老名宿。仰止懷殷勤，展畫再三讀。」七言如《有詢觀日摩碑狀者括其概得二律》云：「手拍剛風叫紫鸞，須彌芥子展奇觀。一輪海湧扶桑赤，六柱鰲翻貝闕寒。下界星辰歸脚底，中天笑語出雲端。平鋪萬壑兜羅軟，七二餘峰小露盤。」「爲摩岣嶁破寒雲，南嶽擎天一柱分。翡翠朱沙無定色，螺書鳥跡是靈文。六丁疑走風雷使，片石曾封虎豹群。可惜昌黎搜未得，誰人解識配皇墳？」《秋夜留别借樹軒》云：「汝我相依十一年，南鄰借樹團雲烟。嗒然相對好賓客，欲語不語忘其天。芒鞵歸去與君别，回首梢巔半輪月。可曾憶我老迂夫，莫改清心向人熱。」《采石磯》云：「太白山人鍊秋鐵，手鏤明霞琢冰雪。縱步雲霄鞭赤霆，六鰲駕海三山掣。佯狂直倚酒爲名，胸中磈礧澆不平。買宅青山託風雨，偶登采石宜秋晴。宫錦袍鮮五雲爛，醉月飛觴能達旦。興酣舉酒問青天，問天無語還長嘆。造物生才好疑忌，沉香亭北讒相繼。夜郎歸後轉無聊，浪跡依人且游戲。空江放眼濤花碧，烟水滔滔渺何極。激破幽人抱石心，騎鯨假借神仙籍。」《琵琶亭》云：「蘭橈送客深秋裏，潯陽江上西風起。荻花楓葉吹商聲，渺渺寒烟隔江水。江水年年去不回，琵琶亭上生青苔。可憐人意咽幽嚮，香山老子留低徊。阿誰續得風流事，前有香山後蝸寄。紅樓翠閣開綺疏，好句銀鏤八分字。古來名勝多披離，不傳其地傳其詞。今日空江出雅構，半洲香草寫相思。落日斜陽光景短，畫滿樓臺春不管。一葉漁舟唱晚來，大珠小珠清宛轉。欲遣不遣離人眼，檀槽錯落催金醆。吴雲楚樹盪胸襟，一曲高歌押檀板。」《秦兒晬辰》云：「去年此日長安道，適汝熊占煩夢告。頑兒不是石麒麟，何事親勞釋迦抱。今年此日遲歸舟，晬盤正在河中流。取印提戈古稱異，貴徵誰敢期曹侯。咿啞不識之無字，棗栗投懷貪果餌。飲食之人成老饕，自求口食觀頤義。東坡祝子嫌聰明，但求癡物宜公卿。高談過激不可訓，或靈與蠢循其情。才斂喜撞烟樓破，負薪亦許同牛卧。再莫支離學阿翁，六十年來蟻旋磨。」其佳句如「逕僻行人悄，山空犬吠高」、「洗開青玉峽，吹動古雲根」、「瓜蔓水來秋月冷，桃花漲暖曉烟濃」。《淥口》云：「一靈血脈通南嶽，四達封疆界兩河。」「鷺洲春滿雲千里，鹿洞秋空月一湖。」《南嶽道中》云：「十年舊夢遲南嶽，一路蒼松見道心。」《塵峋嶁前輩》云：「世外炎歊冰水澮，夢中書味菜根香。」《羊城泊雨》云：「千里黑雲扶海立，一江白雨送潮來。」

南嶽祝融峰拔地九千餘丈，爲七十二峰最高處。絶頂有上封寺、望日臺，每值雞鳴，望東海日出，沉瀣莫分，海天無際。俄而金縷綫興，錦浪紛騰，火輪躍出，霞天半赤。山下鋪雲海，諸峰出没其間，若筍苞破土勢尥九者，誠天下奇觀也。學橋前輩有《望日臺望海天日出歌》云：「天雞一唱催朝暾，燭龍銜火當天門。紅旗絳幟整鑾駕，三十六幅朱輪尊。羲和控轡出滄海，玻璃敲響紅唱喻。是時青島爛霞紫，珊瑚簇簇枝椏繁。萬靈百怪閃詼詭，天吴鞭擘鼉與鼉。老龍馭沓瘦蛟舞，珠宫震蕩愁欲翻。我聞扶桑葉千影，如何不蔽光氤氳。大底天帝抱神力，撚轉地軸開其關。東皇太乙領前隊，四圍丹轂鮮不殷。水晶界地洗心域，大千世界浮冰盤。眼前漸漸有丘壑，排牙列伏紛峰巒。人烟曉霽半青白，樹影蒼茫毫髪端。齊州九點紛莫辨，非雲非霧還非烟。一絲好息平旦氣，寂然人静從觀天。我欲飛跡三神山，安期赤鯉鱗般般。洞虚物妙光循環，中天朗褒近日顔。嗚呼我歌兮歌且彈，瓊瑯十二聽珊珊。」

峋嶁碑在峋嶁峰半、雷祖殿後，高及丈，闊五六尺，書法蟉怪，青赤陸離，不可名狀，真四千餘年法物也。《吴越春秋》、《湘中記》、《荆州誌》、《南嶽志》皆載之。漢、唐以前隱於榛棘中，又搜尋未得其地。劉夢得《寄吕衡州書》云「祝融峰上」，誤；韓昌黎詩云「峋嶁山尖」，又誤。其曰「千搜萬索」，乃言得見之難。衡山週回八百里，游屐匆匆，雖有健足，安能遍及。後人以未能得見此碑，疑爲荒唐。故歐陽公《集古録》、趙明誠《金石録》、鄭漁仲《金石略》俱不之及。朱子注韓詩，直謂衡山實無此碑。朱子而後，宋嘉定間蜀人何致，字子一，遇樵者引至其地，見碑，因於山中取暦書摹本，一刻岳麓，一刻夔門，世始知有虞夏蝌蚪之書。湛甘泉、顧東橋、林巽峰俱信爲禹筆無疑，楊升庵、沈靖陽、楊時喬諸家從而釋之，王鳳洲、蔡季諸公又因釋義臆度，復從而疑之。不知禹碑乃上古之碑，唯倉頡識之，即李斯、程邈、李潮尚不能識，況譯之耶？近日袁簡齋先生至岳麓山，見宋何子一摹泐之碑，以爲石粗刻淺，反不如下有李北海碑書法古雅，是皆未至峋嶁峰之故。當時七十二峰，統名峋嶁，《山海經》載衡山一名峋嶁山，後人以禹碑在此峰，遂專以「峋嶁」名此峰。峰在岳廟西南，隔廟五十里，鄰衡、陽界。此碑巋然獨存，承以石座，當中斜斷，風雪不摧。好事者取楊升庵釋文刻於旁，甫鎸及半，震雷下擊，今摹本旁有「承帝曰咨」等字者，即真本也。可知上古文字，鬼神呵護，安可以贋本疑之？態學橋前輩嘗登峰親摩之，紀以詩云：「東坡借海市，昌黎開衡雲。此中有天數，抑亦資靈根。我來謁南岳，祝融看朝暾。海水變霞赤，轂轆翻朱輪。尋古恣幽討，載訪禹碑文。途紆百四十，浹日爲往還。枯藤挂瘦壁，積塊錚輪囷。一柱起峋嶁，絶頂星可捫。懸空萬餘仞，貼地羅山村。東峰曰雷祖，鬚眉老弟昆。神蹟四千年，劫火知幾焚。天匠斲山骨，鎸刻遺鬼神。風雨作光怪，更無苔蘚痕。載拜三摩挲，圭角渾欲刓。字如結蛟螭，漆簡塗紛綸。色如閃青紫，相貝森五紋。仄如勢欲裂，嵌空危存存。列如老梅椿，刮鐵疑乾皴。雷霆夜拍格，丁甲旗槍屯。相與共呵護，褫敓山魈魂。豎儒詫贋本，鼠目何足論。

升庵擬箋注，或然或不然。秘奧守元籥，不以口耳聞。惜哉歐陽公，《集古》留遺珍。我願拓千本，典謨長共尊。芝函以奉之，寶玩虔朝昏。」

先大父《岣嶁碑歌》云：「南嶽岣嶁何崒嵂，捫蘿直上咸股栗。霧鎖雲封矗古碑，傳是當年神禹筆。陸離光怪字射人，剔蘚數來七十七。事嚴跡秘不可言，道人偶見仍湮逸。昌黎破涕夢得求，神物至宋乃忽出。彼樵者誰能指引，別摹岳麓何子一。楊沈好古譯其文，疑信異同紛唧唧。吁嗟神工豈容訛，譯者或訛碑則寔。試觀《石鼓》原父鼎，蝌蚪蛟螭安能匹。繇來古訓多如此，不難在作難於述。我欲狂呼湛甘泉，東橋巽峰來石室。眼觀鴻濛抉《洛書》，笑他皇甫緝三疋。」讀此二詩，允爲禹碑定論。凡諸家脱漏，諸家譯釋，諸家疑義，舉不必辨矣。

南嶽上封寺後，轉左側有石筧百餘丈許，云自炎宋來，有周女奉孀母不嫁，寸積鍼黹、縪紉之餘，施寺中作此功德。引虎跑泉入香積厨，至今不壞。貞守奉母，已極人間子婦所難，而猶能於節儉之餘，廣行善事，尤爲人所難者。學橋前輩紀以詩云：「山下出泉蒙，山上亦有澤。綆汲煩轆轤，抱甕心惻惻。誰引灌齋厨，佈此大功德。老女者氏周，事紀衡山冊。力養矢不嫁，戀戀孀帷側。苦積紡績餘，傾囊無悋色。善哉甘露心，泉引衆香國。大會檀波羅，歷刼不消泐。雖無配偶緣，孝思允維則。表幽闡其微，留此真清白。」

名區山水，古蹟良多，然游展匆匆，豈能遍考。非居其地者爲之蒐輯，則湮没不彰。余至武陵，晤唐竹谷開韶於志局，見其與陳楷禮孝廉編輯《常德府志》暨《常德詩徵》，竊嘆好古情殷，昔賢遺蹟賴以俱傳也。竹谷出所作《武陵竹枝詞》百首，清詞麗句，美不勝收。録其最佳者十首，詞云：「漪漪菉竹水粼粼，漢壽城邊太古春。一自桃花源裏過，捕魚猶記武陵人。」「行歌彳亍答《康衢》，問俗《豳風》入畫圖。何處催耕聞布穀，一犁春雨遍南湖。」「招屈亭前長蘚蘿，幾回憑吊悵烟波。美人香草情無盡，我欲臨風唱《九歌》。」「點點玄都觀裏苔，兔葵燕麥野花開。當時剩有碧桃樹，未識劉郎來未來。」「妾心朗川江水清，妾行朗川江水明。朗川江水古如此，願郎視妾長多情。」「木關口上接鹽關，酷似江鄉銷夏灣。五月鰣魚齊上市，銀盤切玉試刀環。」「到處謳歌頌德回，風門洞遠若聞雷。科頭赤足田家樣，知是龍門禱雨來。」「枉渚新秋畫未曾，依稀漁火隔江燈。水邊剛見如珠月，一路人家盡舉罾。」「詩人老去特多情，舊雨關心夢未成。譜就《桃花緣》一闋，流傳海外盡知名。」「白龍井上白雲多，老龍潭静水如羅。懊恨人心不如水，等閒平地起風波。」竹谷隱居意園，築讀騷館，吟詠其中，不妄與人交。所藏金石圖書最富，書學山谷，尤長於漢隸。著有《讀騷館詩鈔》九卷。

竹谷又有《桃源洞竹枝詞》九首，用劉夢得《竹枝詞》韵，饒有别趣。詞云：「白馬渡頭春水生，緑蘿山下石泉清。捕魚人來歌一曲，洞裏春深無限情。」「桃川宫外春日晴，淵明祠畔方竹生。溪南溪北漲流水，如在山陰道上行。」「澗户巖扉款客開，家家携酒勸浮杯。白叟黄童多古意，自言先世避秦來。」「爛船洲畔白雲堆，亭前碑碣風雨摧。懊恨漁郎歸去速，無緣一路再尋來。」

竹谷嘗出其尊人唐皞《飴經堂集》，索余爲序。余賞其《招屈亭》七律云：「美人遲暮思無聊，我欲臨風賦《大招》。千載臣心明草澤，一朝孽幸擅宫寮。傳來抱石情尤慘，賦到《懷沙》氣盡銷。渺渺忠魂何處是，徒餘水馬亂江潮。」氣味雅近三唐。

壬戌余客京邸，晤陳蓺蓀世昌，談其姑母陳玉祥有《夢棠詩草》一卷甚佳。《寄外》云：「梧桐葉落悵秋凄，驚夢誰教遠繡閨。愁絶瀟湘今夜雨，旅人應度洞庭西。」《秋日病起》云：「妝閣焚香絶俗氛，經年多病懶于雲。捲簾怕向西風立，人比黄花瘦幾分。」玉祥字夢棠，號花仙女史，即竹谷元配也。玉祥年二十五卒，竹谷伉儷甚篤，作《紅豆吟》以悼亡。

竹谷與湘潭李花樓孝廉蕚白交善，嘗於讀騷館見壁間畫蘭。《贈唐竹谷》詩云：「性癖從來最寡交，贈君一葉擬風標。情知婢學夫人樣，笑煞揚州鄭板橋。」花樓工畫蘭竹，慕鄭板橋之爲人。惜青年早逝，詩多散佚，然其襟期，即此一詩已具見矣。

臘月十八，爲蘇東坡慶誕辰者，商丘宋牧仲外，又有畢秋帆前輩。六月十二，爲黄山谷慶誕辰者，寥寥無聞。竹谷每於是日集同人於涵碧亭瓣香山谷。陳吾山繪《涵碧亭雅集圖》，同人皆有題詠。余最愛陳卷山楷禮七古一首：「瑰瑋文章絶當世，孝友行誼同前人。坡仙一生已低首，祇今俎豆踰千春。黔州安置鷩塵涴，宜州編管尤坎坷。生前遭際何足云，萬古風雲護遺唾。嗚呼！先生詩派江西髓，筆精更貴蘭亭紙。試問苦心嗜者誰，惟有吾鄉竹谷子。六月十二覽揆辰，年年一盞申明禋。四方上下求之遍，一氣沆瀣雲龍親。今年邀我作生日，新詩筆力知無匹。追配不以時代殊，後先心跡兩超軼。」張玉圃琳七絶云：「柏子罏中出篆頻，爲他山谷作生辰。火雲六月炎歊甚，雅集如斯更幾人。」周研山成邑七絶云：「涪翁詩派唐竹谷，西園畫意陳吾山。披圖人境殊清絶，我欲從之時往還。」一時韵事，何減前輩風流。

辰州山水奇峭，邇來人文蔚起。有嚴樂園汝燈，溆浦人，由優貢生舉嘉慶丙辰孝廉方正，廷試策末奏，以迫於寸晷、限於尺幅，未能臚陳經略。越日，上命於軍機處覆奏《屯田議》一道、《平匪總論》、《平匪條議》十二道，敷陳數萬言，具見實在經濟。策上，擢第一，以知縣發往陝西録用。諸上游以其防堵有功，不數年薦至太守。刻《苗防備覽》、《三省風土誌略》，於行軍事宜，尤爲熟習。書生初釋褐，而運籌帷幄，動中機宜，直可謂有將略者矣。詩刊《洵定集》，沉雄悲壯，有盛唐氣息。七言如《示洵陽敷文書院生徒》云：「名山風雨憶吾師，拙宦寧忘北面時。吏不詩書真是俗，士能忠孝始爲奇。靈光夜吐終南穴，錦浪春瀠漢水池。自古三秦鍾秀傑，瓣香雲麓許分支。」《哭向魯齋》云：「金石交情二十年，南歸消息兩茫然。空懷魚雁平江路，奈此龍蛇小雪天。靈麓幾人風雨夜，春湘一葉孝廉船。昔時會於沅州書館。河汾門下推房杜，禮樂多應嘆此賢。」《輓白河令董補堂殉節》三首云：「金州城畔別蒼茫，一夜秋風賦《國殤》。青犢赤眉成底事，沙蟲猿鶴劇心傷。時賊匪大局底定，同死尚有義僕鄉勇。自來守令朝廷重，如此臣鄰史策光。憶話前因真不負，果然忠義事堂堂。補堂夢放忠義榜，已名首列。」「作吏山城綰墨符，揮刀慷慨死前驅。輸他世上文官樣，成爾人間烈丈夫。怒激神靈轟霹靂，被害時，山中忽發大雷一聲。哀生風雨祭頭顱。没後數日，獲首夥名犯，奉文解首級心肝，致祭靈前。眼中颯爽英姿在，不共悲歌碎唾壺。」「麟閣雲臺意氣多，出師未捷怨如何。共傳虞詡能增竈，誰料王孫竟伏戈。未了英雄悲父老，有靈魂魄壯山河。《大招》泣續《離騷》句，耿耿丹心定不磨。時陸遠亭有《白河行詞》。」《防江憶嶽麓諸友陽山諸生》云：「蒼頭一旅掃殘氛，驅馬荒村趁夕曛。長吏自來稱守土，書生底事説能軍。春江紅幟嚴分陣，時令洵州弟子自立分段守江。寒夜青燈罷論文。却憶故園風月裏，幾人西望悵離群。」「佳話詞壇十八人，瓣香我自衍龍津。澧蘭沅芷風騷地，玉棟金鰲錦繡春。結習未能忘故我，投戈聊與話前因。深慚俗吏非儒吏，風雨名山入夢頻。」「元龍豪氣苦難除，飽歷艱難願已虚。報最慚增三事秩，退歸應讀十年書。悲涼金石懷知己，魯齋已逝，其序言作軸懸之，以當韋絃。迢遞雲山憶起予。春草芊綿春水緑，紫荆峰下有吾廬。」《勸農》云：「瞿瞿唐士美風詩，經歷艱難也合知。天以憂勤銷戾氣，民無偷惰是清時。來多官莫勞迎送，賞薄農還別等差。紅綵纏腰花插髻，歡迎門巷有妻兒。」「終南山色霽光融，父老迎春喜氣同。政簡都能安吏拙，時艱倍要望年豐。已瞻亭障烽烟靖，更願郊原麥秀芃。帝念潢池皆赤子，賣刀從此返淳風。」

樂園曾作《愍農》詩多首，情詞懇摯，秦小峴先生見之，題詩云：「我愛元道州，曾賦《春陵》詩。誦君《愍農》作，三復重齎咨。秦中昔用兵，士女多仳離。亂後苦旱蝗，氓庶力更疲。所貴司牧者，辛勤撫瘡痍。道路集流亡，畊岱乘天時。是爲衆人母，哺民如哺兒。奈何隱民瘼，徒事征斂爲。困乏不之恤，督責用搒笞。君真次山流，觸目爲涕洟。俯念下民苦，仰答皇天慈。補葺竭心血，俾克免阻饑。仁愛出至性，譜作瓊瑶詞。其他富篇什，高言絶等夷。雲山發《韶濩》，大雅應未衰。但願書百本，一振聾與癡。」小峴先生素存忠愛，視國事如家事，與樂園有同心，故爲之贊賞不置云。

袁簡齋先生嘗云：「刻人遺稿，與葬枯骨同。」初聆之，其言似過。然細思文人心血没後漸湮，得人以爲之表揚，在没者銜感之情，未始不與葬枯骨一例也。長沙李侖圃前輩象鵠，己未詞林，年少風流，放達不羈，詩筆清秀，超然越俗。奈賦體羸弱，百藥倍嘗，年三十餘，卒於京邸。有《味閒齋遺草》五卷，歐陽坦齋農部爲之梓行。可見金石交情，死而彌篤矣。七言絶句如《邗江舟中》云：「四面平流繞翠微，寒冰風散緑波肥。夕陽一片空江影，無數鵁鶄貼水飛。」「雙拳雪鷺立寒流，向晚湖光映客舟。廿四橋邊舊明月，黄昏先挂水西樓。」《泊揚州》云：「落帆風緊噪昏鴉，寒夜蕪城醉酒家。絶愛風流何水部，二分明月對梅花。」《欲登金山爲舟子所阻》云：「蒼蒼水府海門寒，二百雄洲第一關。元以金山爲下水府，采石中水府，小孤上水府，爲三關。祇恨仙緣修不到，金山也似望蓬山。」「苦憶中泠第一泉，瓶笙細細茗濃煎。而今落日輕風裏，愁絶淮南上水船。」「夕照中流映水窗，留雲亭子影成雙。舟人更比東風虐，不放遊人過大江。」《由坦齋移居周固庵宅》云：「關心藥裹與詩囊，家具争移盡日忙。我似春來楊柳樹，東風吹起過西牆。固庵與坦齋本一宅，分爲兩院。」七律如《題山居》云：「小住桃源近隱淪，林泉無價莫嫌貧。龍孫脱角偏當路，燕子銜簾不避人。採藥雲深雙袖濕，種花烟暖一山春。他年陽羨田堪置，得便相從賦比鄰。」《圓明園與李星白侍直》云：「環山帶水境清幽，金爵稜觚聳上頭。樹古直因連上苑，月明知是近中秋。五更畫角催天曙，萬點寒星入漢流。寄與題詩白太傅，盧郎直下有同遊。」《舟中長至有感》云：「去歲驅車臨廣武，今年挂席上秦郵。不辭水陸三千里，飽看東南二百州。午睡綿綿分茗局，辛盤細細散觥籌。白駒身世催無奈，羸得清閒是客舟。」五言佳句如《登燕子磯》云：「水回三面白，雲走萬山青。」《梅根阻風》云：「芰荷枯插水，楊柳瘦禁風。」《十四夜放船》云：「夢猶千里隔，月欠一分圓。」七言佳句如《春望》云：「緑楊烟暖漁樵渡，紅杏花開水月祠。」《將近春闈辭出書齋》云：「敢以夏絃誇馬帳，自驚春水到龍門。」《夜泊》云：「但使有魚兼有酒，何妨愁水復愁風。」《野望》云：「人意漸如秋色淡，霜華真比夕陽明。」《自京還家》云：「喜極翻流燈下淚，定時還我夢中身。」《别内》云：「替我須防兒廢學，向人猶詡婿封侯。」《泊程磯望》云：「客夢蘆花秋水白，人家楓岸夕陽紅。」《静坐》云：「身閒始覺風塵苦，官冷長容僕隸驕。」《移家》云：「春泥傅壁香黏袂，古樹穿鄰緑過牆。」《偶成》云：「飛絮一生成薄命，落花三月負春心。」

余向聞桐城石曉堂佳句，曾爲之摘録於前矣。今得其晚年手定《曉松集》，展閲之，令人應接不暇，因備録之。五律如《曉行》云：「滿城都在夢，我馬出城闉。月落楚山曉，花明江岸春。遠村猶吠犬，前路未逢人。行到溪深處，漁舟一問津。」七絶如《回衡陽》云：「川回柁轉見人家，拍拍沙鷗入荻花。流水小橋帆落去，半江紅樹夕陽斜。」「一篙寒緑漲江潮，小泊青溪舊板橋。好是重陽時節近，滿天風雨夜瀟瀟。」《北行》云：「沙堤雨過不成泥，隴麥青青似剪齊。應有人家溪上住，緑陰亭午一聲雞。」「一天星斗轉風雷，夜半依然霽色開。馬齕枯蒭聲不斷，夢回又認雨聲來。」《送張藎臣還蜀》云：「緑養驚聞風木憂，不須更聽峽猿愁。十年兩鬢千絲雪，萬里三巴一葉舟。天下山川無過蜀，人間離别怕逢秋。江邊相送揚帆去，獨立斜陽古渡頭。」《寄懷武昌余立峰》云：「襆被長安去復還，江城無計共開顔。人依紫塞千重路，夢繞黄州一帶山。聚散總成鴻爪幻，衰遲未放馬蹄閒。官樓吟望蒼茫樹，只隔盈盈一水間。」五言佳句如「好書看易竟，遠信望難來」、「角聲沉暮雨，雁影起寒沙」、「客愁朝鏡見，歸思夜燈知」、「官貧原是福，性懶漸成癡」、「憫客月無色，欺人燈自花」、「古木生秋早，空江得月多」、「竹深寒欲雨，山遠澹於烟」、「晚烟秋水岸，清磬夕陽山」、「亂雲紛入户，峭壁欲支天」、「竹鎸遊客句，苔繡定僧扉」、「疲馬疎林雨，寒烏破屋燈」、「林烟寒作雨，石氣晚生雲」、「路遠書難寄，天寒酒易醒」、「訪友貧多出，看書老易忘」、「湖近天常雨，山多地早涼」、「國税資漁艇，湖光上縣門」、「寒添鄉國夢，老重弟兄情」、「雁影千帆下，秋聲萬木來」、「人依啼鳥住，僧與落花閒」、「鄉心秋水外，客路雁聲中」。《詠梅花》云：「寒光臨淺水，元氣在空山。」七言佳句如「紅雁傳書邊地少，鷓鴣啼雨亂山多」、「牛帶夕陽歸隴去，雁拖秋色過江來」、「三江雲樹新詩本，一路鶯花舊酒家」、「把盞獨聽殘夜雨，挑燈忙看故人書」、「千里關河三楚暮，一聲鴻雁萬家秋」、「窗因障日思栽竹，田爲當門改種荷」、「風吹斷雁來瓜步，帆帶斜陽下海門」、「買田陽羨宵宵夢，作客并州處處家」、「矮屋竟成長住宅，青山應笑再來人」、「眼看浮雲頻作態，心同古井不生瀾」、「楊柳晚風沽酒市，桃花春水賣魚船」、「愛山喜到峰奇處，解纜偏逢水漲時」、「人隔十年霜後鬢，舟行千里雨中途」、「一溪流水客停櫂，兩岸桃花人捕魚」、「江流沅水多香草，俗上巴巫唱《竹枝》」、「辰龍叠嶂排天去，亥豕奔濤動地來」、「滿城明月千門近，半夜西風一雁來」、「入店已非前度主，拂牆猶有昔年詩」、「岸連巴蜀全趨楚，濤挾沅湘盡入湖」、「苦情自得閒中樂，卑宦難言去後名」。《鷓鴣》云：「夕陽芳草愁邊路，夜雨孤燈夢裏心。」《燕》云：「每逢社雨身先到，細説春愁人不知。」《岳州》云：「城邊燈火千家市，天外烟波萬里舟。」

江潭夏楓江大觀，與弟紫芝大鼎才華競爽，有機、雲之目。二公俱以明經官廣文，未竟其用，然才氣自不可遏。今傳《楓江楚宫弔古和胡芝廬韵》云：「玉盌金魚鎖寂寥，墓門芳草緑蕭蕭。悲風石馬依殘棘，泣露銅駝卧斷橋。燕子尚知憐舊好，杜鵑猶似説前朝。紙錢麥飯空華表，零落楊花盡日飄。」「芙蓉繡帳誤王孫，爛炬銀釭欲斷魂。忍見花飛消白晝，那堪鶯語到黄昏。琵琶誰復邀新寵，環珮何人憶舊恩。明月一輪秋最好，不勝風雨過長門。」紫芝先生久客嶺南，有《懷古》七律詩，氣雄語壯，得老杜骨。《韶州唐曲江樓》云：「撑住炎洲半壁天，岑樓高峙曲江邊。開元事業雲霄上，丞相流風日月懸。大厦衹今空柱石，元勳何處問凌烟。九齡臺榭猶鄰近，異代君臣望儼然。」《新州唐相國張文貞公諱柬之》云：「擊楫中流憤莫任，平章未拜計淵深。牝雞不使登天上，蔓草何因長禁林。一舉能延唐國脈，百年垂死逐臣心。撫床彈指終無補，廟食炎荒悔到今。」《新州宋學士鄒忠公諱涉》云：「一自瑶華詔出居，中宫正位四年虚。曾傳黄屋遴賢甲，終見青髹坐婕妤。有母能成移孝志，何人更著絶交書。清風不逐蠻烟散，立懦廉頑信有諸。」《新州宋學士胡忠簡公銓》云：「突騎縱横草木腥，主臣苟活小朝廷。誰拚一死沉東海，争遣群奸拜朔庭。萬古仰忠崇特祀，七年蒙難翼遺經。公羈新州七年，注諸經。兩宫未得生還日，歸卧廬陵目不瞑。」《久客新州將南歸留别感懷》云：「小住名山又五年，推襟送抱賴群賢。連茵夢隔西堂雨，酹酒魂銷下瀨船。白髮青山驚歲月，舞山歌扇儘纏綿。潯陽絃索山陽笛，追想當時總愴然。」「十月霜飈釀薄寒，客情離思攪無端。閒雲去住心何礙，倦翮回翔力已殫。浪迹久拚雙雪爪，累人奚止一豬肝。青芻白飯尋常事，此得分明欲報難。」「北望瀟湘天際流，蒲帆欲挂思夷猶。交情不盡雙江水，歸計依然一釣舟。點點霜楓添别淚，嗸嗸征雁動鄉愁。衰顔倘借丹砂力，乘興還爲汗漫遊。」

青樓之詩，自不足言。然聖人删《詩》，尚存鄭衛，則工於言情者，亦不可廢也。近有人傳邯鄲妓女詩云：「萋萋芳草鎖寒烟，腸斷江南二月天。寄語揚州親父母，囊中曾有賣兒錢。」江南妓女送人詩云：「餞别人多酒與詩，妾無詩酒贈花枝。花枝插在郎頭上，一路花香一路思。」

青衣能詩，固由夙慧，亦以主人風雅，不迫之以供使令，故能優游書史，結翰墨緣也。有浙江蕭山孟小野詔，向侍武陵太守署中，清暇無事，日耽吟咏，饒有高潔之致。余至朗江，以詩求見，録其佳者。《過洞庭》云：「一棹破蒼烟，湖光上下連。漫空訝無地，拍浪欲浮天。楚客真愁絶，君山獨渺然。此時身自遠，那更挾飛仙。」《即事疊韵》云：「愁思抛天外，宜人是醉鄉。酒隨殘夢醒，心共野梅香。野鶴盤空碧，晴雲戀夕陽。不知貧且病，猶自學詩狂。」七絶如《早行》云：「五更殘夢怯初回，緩著吟邊過水隈。瞥眼樹頭濃潑墨，滿山風雨送詩來。」《晚釣》云：「茫茫立釣晚來時，點點青萍漾曲池。涼雨乍過風乍定，平鋪一幅碧琉璃。」《散步》云：「翠竹森森繞碧池，荷花輝映澹含姿。前村一綫炊烟起，知是人家午飯時。」《題畫》云：「緑陰深處小橋通，池上芙蓉照眼紅。人在畫欄香在水，飄然一陣浪花風。」其佳句五言如「柳條青向客，畫舫碧摇春」、「斷岸咽流水，荒山堆亂雪」、「紅樹葉初落，白雲心自閒」、「草深秋露白，人静夜燈青」、「柳摇春水活，雲壓暮山低」，七言如「三月落花春病酒，一燈疎雨夜懷人」、「鄰笛數聲隨雁落，秋雲一葉帶江飛」、「麥隴晴翻三月浪，筍輿寒破五更烟」、「楊柳低眠春水碧，桃花淺笑夕陽紅」、「客衣早典身先冷，鄉夢初回路已遥」。《買菊》云：「幾處閒尋親手擇，此中真意杖頭知。」《詠雪》云：「飄來虛牖光先動，飛入疎篁韵自生。」《桃花》云：「臨水有情迷畫舫，隔牆無語笑東風。」《送人》云：「千里暮雲牽别思，一江流水助離情。」

孟小野爲余言：沅江駱補山廣文人甚風雅，有侍書蘇少坡，玉貌珊珊，主人愛之，教以歌詞，均有會心。余至沅江，與補山晤，見其旁有亭亭秀立者，心疑以爲必少坡也，問之良然。時明府唐峻齋、西齋、羅退圃俱在座，峻齋詢之曰：「卿名少坡，得非東坡一家，故祖述其號乎？」退圃曰：「彼非東坡一家，乃錢塘蘇小一家也。」少坡應聲答曰：「最是隨園愛美人，竟同蘇小認鄉鄰。儂今敢忘眉山譜，却記錢塘派亦親。」座客嘆賞不置。補山署中又有老門斗何姓者，少頗娟潔，今則蒼顔白髮矣。主人敬之，每讌會，命與少坡侍席，索羅詩以誌其人。羅即席戲占云：「早歲人傳傅粉何，卅年門斗鬢雙皤。心懷同事留遺少，眼看諸生告給多。尋菊圃中常侍駱，種蘭庭畔偶依羅。憐卿老去鬚眉古，争奈風情遜少坡。」一時聞者，感喜交并。

石湘筠嘗言：中表兄張壺山太守家有青衣名添籌，客以「添籌」屬對，即應聲曰「借箸」。壺山嘗自浙取道江右歸楚，添籌隨行，路過鍾山𪨗，吟詩云：「昌山過去是鍾山，一綫天開二嶺間。報道詩人好消息，梅花開遍竹林灣。」居然天籟。

深山窮谷，憔悴之士，研精吟詠，或家貧不能付梓，身後遺稿散逸，最爲可惜。余至武陵，族弟經田壽開携其先外曾祖劉公注逸《喬湖詩草》見示，已蠹蝕無多，爲摘録之。《雨行》云：「風急雨瀟瀟，泥深怪路遥。野雲低水面，空翠滃山腰。緑合魚兒動，紅沈燕子挑。沿溪獨惆悵，無柱可題橋。」佳句如「室煖山花馥，林閒鳥語空」、「溪深漁子熟，洞古蕨拳肥」、「書聲清市氣，午夢落鄰雞」、「口多田不羨，俸少用常逋」、「新茶煎活水，老酒款閒官」、「草香迷藥逕，藤出長花檻」、「春鳥催長夜，窮途戀故山」、「穩眠删幻夢，憐病養閒緣」。

經田母舅劉，名茨，字紹卿，幼負異秉，讀書一過，輒能記憶。於今古文詞，無所不讀。性嗜奇，遇佳山水輒流連不去。聞石門、慈利中多奇勝，遂孑然徒步，往返數月。見拳石癭木，悉載以歸。家故貧，遇二三好友至，必拮据相謀。善楷隸，精篆刻，爲詩清新麗則，有宋人風味。年二十三，無疾卒。同人爲約刊其詩曰《鵑血草》，蓋憫之也。四言詩如「九月青霜，載凝於河。彼何人斯，驅馬來過。衣冠楚楚，珮玉瑳瑳。維圭維璋，謂我實多。匪無令儀，如不德何。緊彼茂林，維獸之區。敢遠文豹，而洽貍貙。逝將去女，來彼騶虞。騶虞騶虞，其德可娱。」五言如《贈别》云：「卿今離我去，無計留春住。幸得片時親，後會知何處。」「天下妙麗兒，豈無勝妾者。如何君子愁，至於此極也。」「握手難爲别，淚雨故涓涓。默默兩無語，嗚呼彼蒼天。」七言如《秋閨怨》四首云：「秋風習習到榆關，寂寞深閨淚雨潸。絶塞明知歸未得，朝朝猶上望夫山。」「清宵無夢到燕支，腸斷秋風强自持。萬縷相思難説處，别時忘却問歸期。」「幾日征鴻叠叠飛，遼陽盼斷帛書稀。碪聲何處敲長夜，又向秋風寄遠衣。」「銀河岑寂夜雲孤，一炷香殘淚已枯。千里愁懷寄明月，未知會到夜郎無？」又有「瀑布晴飛雨，松濤夜碎風」之句，亦佳。

經田英姿卓犖，以家計中落，舌耕蠡湖，殊怏怏不樂。予勖以安命待時，益勤於學，定不久羈驥足樹也。所爲詩多客中思家之作，其筆性正自異人。《望月》云：「異地誰爲伴，孤燈亦可親。那知穿樹月，猶照望鄉人。聒耳蛙鳴浦，驚心鳥報春。故園同賞處，凝眺獨傷神。」《憶兄》云：「别却姜家被，分居李氏樓。寸心漸古誼，千載愧名流。文運關家運，新愁續舊愁。此懷誰與訴，大半是勾留。」《喜人至》云：「話到情真處，旁人總不知。殷勤問瑣屑，委曲吐心思。聚首忘來往，開顔爲别離。料應今夜裏，魂夢亦恬熙。」《觀書》云：「究竟欲何如，療貧總是書。既堪娱耳目，還可校蟲魚。趣領千秋上，神交五夜餘。不然方寸地，無計得舒徐。」《憫蛾》云：「號物雖云萬，芸芸亦可矜。緣何甘就鑊，終不厭斯燈。揮麈良從厚，籠紗尚未能。趨炎多自寇，我意冷如冰。」其祝母壽云：「自知兒愧侃，誰謂母非陶。」亦至性語也。

蓉峰詩話卷八

衡山聶銑敏蓉峰晉光甫著
周光霽頤堂偉章甫校

近日湘潭詩社極盛，每值花晨月夕，分韵唱酬，不減前輩風流。其佳者多出張紫峴先生門下。有吴半江淞，尤爲江右楊田村、李虚谷兩公所激賞。錢裴山先生視學粤西時偕行，極器重之。詩筆雄壯，無柔曼之習。五言如《渡河》云：「一氣直趨海，中藏萬古聲。飈輪翻地轉，雷硠破空行。縹緲仙槎跡，蒼茫旅客情。扁舟自飛渡，九曲想洄瀠。」《望泰山》云：「戰國斯文盡，群雄虎氣吞。地靈鬭鄒魯，吾道轉乾坤。一笏中天峙，千秋泰岱尊。層巔不可即，蒼翠望紛緼。」《重過雙塘》云：「一水窈然碧，四山排遠青。雲深村欲暝，山怪石通靈。古寺流清磬，澄江落遠星。輕舟一瞬過，到處認重經。」《舟中酷暑風雨大作》云：「雲陣忽騰空，雷鞭掣影紅。摶將一天雨，迸入滿江風。亂翠迷深樹，跳珠濺短篷。迎涼正危坐，客思入溟濛。」《登太白樓》云：「大塊總悠悠，古今同一漚。生平獨杯酒，身後有高樓。搔首天難問，狂歌月共遊。先生風渺矣，汶水此長流。」《烏江》云：「蓋世英雄事，勞勞戰一生。天難憑力鬭，人欲與時争。短氣竟如此，長歌空復情。江聲吼風雨，猶挾不平鳴。」七絶如《題墨梅》云：「淡着冰綃淡點螺，美人清影欲凌波。幾枝勾出羅浮夢，花不分明墨不多。」《瓜洲》云：「邗溝幾日小勾留，去後猶思作卧遊。林磬一聲秋夢落，曉風殘月到瓜洲。」七律如《過洞庭》云：「重湖雪浪捲寒芒，氣勢奔騰逼武昌。今古客來詩境闊，楚吴界破水天長。雁銜曉日排孤嶼，帆帶晴雲過岳陽。回首君山青未了，一聲長嘯入蒼茫。」七言如《江中玩月影戲作》云：「江心夜静炎歊散，玉宇瓊樓光莫辨。素娥贈我水晶珠，洛妃遺我冰絲練。我欲剪之入襟懷，珠作明璫練裁扇。無端風姨弄狡獪，練影珠光倏凌亂。」五言如「石落水捫頂，山高雲束腰」、「巖盤高樹古，潮捲大江昏」、「日暮鳥歸疾，風微雲去閒」，七言如「九十春光愁裏過，二千客路夢中歸」、「家無計策驅窮鬼，書有工夫戰睡魔」、「風急鳥隨黄葉落，山高人與白雲齊」，皆可誦也。

楊田村先生宗岱，江西大庾人。癸未進士，授縣令，卒罣吏議，授學吾楚城南昭潭、朗江各書院。爲詩頃刻立就，蒼深樸茂，自成一家。年七十餘，終於朗江院中，遺命即葬武陵之德山，誠曠達人也。《和半江見贈》詩云：「自古儒生不易居，學從困後始心舒。三餘慎勿姑聊且，屢空何妨亦晏如。歲月不爲來者地，功名無負古人書。斲輪老手棄糟粕，生白原來是室虚。」《朗江晴晝偕劉雋園遊靈樞宫循府河驛路入忠義祠小憩》云：「團焦小構面城闉，二氏居然德有鄰。遍覓鳥巢無衲子，猶疑鶴馭是真人。松聲絶響難醫俗，柳色能空不染塵。且倚樓窗開四面，半仙半佛捨閒身。」「府河驛路埭花苗，北馬南檣指麗譙。十里街塵吹戍角，半邊江景抹林腰。酒旗影裏沙門寺，茶社香中石板橋。三叩禪扉談法喜，壁楞差可掛詩瓢。」又有《送雋園歸衡》詩云：「凋霜葉染駐顔丹，老態支持强面歡。暢飲故人吟社舊，深談孤館夜窗寒。即離意緒低徊見，來往心情去住難。送汝長途遮望眼，一層湖水一層灘。」「留心七十二枝峰，第一枝峰回雁蹤。之子家園多景畫，老夫客路倦吟胸。墨蛟豈是池中物，書蠹長爲牖下傭。莫信桃源曾有記，花開花落杳難逢。」《附家書》云：「窮到今年錐也無，只留方寸作耕夫。癡兒不了公家事，老子還存清白軀。搔首問天吾過矣，息肩何地爾知乎。一番徹骨奇寒後，試探梅花枯未枯。」

田村先生高第弟子，有李虛谷先生如筠，居同邑，幼受業其門。丁未入詞垣，甲寅偕談韜華先生典試楚南，得人極盛。時田村先生方館長沙，詩文唱和，極師弟相逢之樂。丙辰，虛谷前輩聞太夫人訃，積勞成疾，遽卒。爲詩清空透脱，一空依傍。《贈半江》詩云：「五年再至湘江湄，與子論交寧恨遲。年少場中各努力，讀書根子試尋思。即看前輩飛騰入，何似今人嗤點爲。屈指將來大可畏，眼中人物此間奇。」「昔從田村先生學，自信平生一瓣香。憐我寄書數問字，勖君嚌胾須登堂。文章可寶性情貴，門户能尋道路長。青眼高歌人老矣，勉持此意慎毋忘。」《留别田村先生》詩云：「眉宇蒼茫對紫芝，飄然無累尚耽詩。故山只瘦梅花影，老鐵還歌湘竹枝。嗜好幾人雙眼白，文章千古寸心知。春風小座逢羈旅，細雨輕帆又别離。」《懷田村先生》詩云：「江湖落落坐詩窮，餘子何曾識此翁。白髮易來愁伏櫪，壯心難試悔雕蟲。人如楚澤秋深草，語到吴江冷後楓。多少新詞摹屈賈，相思日夜盼征鴻。」其佳句如《雞缸》云：「菜花秋一稜，風雨客三蕉。」《韓蘄王騎驢》云：「壯心千里外，長耳一鞭初。」《曉行》云：「客意鴻泥雙爪雪，宦程蛙鼓六更天。」《詠懷》云：「偶呼明月問千古，曾共梅花住一山。」皆有新意。

田村先生既得虛谷前輩見懷詩，復走筆作詩示半江云：「李生佩觿從我遊，提筆便有食牛氣。弱冠早上孝廉船，今年探杏寄詩至。眼中餘子窮詩翁，白髮壯心無限意。湘南吴生翩翩侍我旁，睍我諷詠李子詩不置。壯不如人老奈何，後生鼎鼎原可畏。長江叠浪前後催，餘波綺麗人幾替。松柏有心竹有筠，李生顧名思禮器。湘雲岳雨秀古潭，吴淞剪取更精緻。日知所亡月無忘，四十五十到容易。作詩書箑勖淞時，日維端午歲丁未。前丁未年我受書，彈指而今六十四。江湖落落坐詩窮，筠乎淞乎士何事。」

錢裴山前輩按試粵西，半江以試期近告歸，裴山前輩贈詩云：「傳舍尋常走馬時，潯江今日奈離思。桂林君有吴剛斧，蓮幕吾慚庾杲池。回雁衡陽懷遠夢，數峰湘瑟贈行詩。看山未到天南盡，已是胸中負倔奇。」《歸過湘潭喜晤半江》云：「短棹逢君日影移，寒流如玉正相思。關心桂海林中樹，桂林翹楚多半江賞識，見時一一問及。刮目梅花別後詩。近有同度西先生看梅之作。遲暮未須湘客怨，權奇早向驥群知。北堂多謝留賓意，我母門閭望幾時。」

半江言同邑有胡孝廉樂亭豐、戴茂才勵堂德新、張茂才極門力建，俱向所友善，人品清超，詩詞拔俗，而年俱不永。每念及，爲之憮然。今唯記戴勵堂《懷人》句云：「酒醒怕索方殘夢，花落愁看舊寄書。」張極門《懷人》句云：「魯酒縱拚千日醉，閒愁難盡萬言書。」胡樂亭《舟中遣興》七絶云：「小往篷艙汗欲揮，江程無那火雲飛。晚來汲得清泉水，自煮新茶自浣衣。」又有「孤雁一聲秋忽老，斜陽千里客初還」之句，甚佳。合輯之，以存其人。

又有石君道南者，貧而嗜學，詩多新警之句。《除夕感懷》云：「何處笙歌歡白墮，有人風雪走黄昏。」《秋望》云：「白雲横斷岸，黄葉響枯林。」《題友人詩舫》云：「月來清似水，風動穩如山。」《幽居》云：「一犬吠寒葉，數禽投遠空。」皆絶妙好句。

女士伴讀，最易領會，以其幽閒貞静，無外務以擾其心也。武陵覃君咫宸宰齊東時，以其長嗣曙浦暨女弟玉芳受業於羅龍岡德霖，課以韵語。每拈題令賦，擊鉢成篇，如出水芙蓉，倚風自笑，蓋夙慧然也。刊《玉芳詩草》六卷。五言如《山中》云：「隔水看春山，雲裏聞樵響。暫作山中人，塵浄心神爽。冉冉雙白鶴，飛落青松上。」七絶如《邊詞用唐人盧弼韵》云：「夜來化蝶入鄉關，水暖花香春未殘。却怪妝臺人不見，旁人笑指望夫山。」「龍堆戰苦草難肥，殺氣騰騰鳥不飛。長日沙頭閒牧馬，自將塞水洗征衣。」「衝烽金甲血斑斑，雪滿龍城逐虜還。但使功名歸故里，不求名字勒燕山。」《榆錢》云：「雨洗風磨個個圓，青蚨無數沈郎錢。若能買得春光住，何惜輕抛碧草邊。」《風箏》云：「萬里扶摇謝未遑，春風一綫便飛揚。兒童拍手看雲表，荆棘叢中好下場。」佳句五言如「寒鴉回極浦，斜日上高林」、「月生花印屐，風動竹敲門」。《春雨》云：「人歸雙袖濕，蝶散一枝空。」《游絲》云：「有情應去緩，無力故飛遲。」七言如「閒階露冷花魂怯，碧樹陰沉鳥夢慵」、「幾點飢禽啼古驛，一村漁火見江船」、「門響竹聲疑客到，坐題桐葉喜詩成」。《煮茗》云：「香泛翠濤驅午倦，烟生活火破朝寒。」《送人》云：「獨去鄉關千萬里，不堪歸雁兩三聲。」俱有娟秀之致。

玉芳詩餘亦有新意，如《曉妝·憶秦娥》云：「開華屋，垂楊陰裏紗窗緑。紗窗緑，雲鬟初整，蘭湯新沐。　捲簾貪看櫻桃熟，紛紛侍女頻催促。頻催促，後園歌舞，早排絲竹。」是真富貴語。《晚春・憶漢月》云：「指望韶華長好，不道相逢草草。十分春色九分消，來日一分難保。小園閒賞處，眼見得落紅顛倒。東君半點不關情，一任蝶愁鶯惱。」思致亦極鮮新。

前輩夏觀川先生力恕，湖廣孝昌人，以名解元入詞垣，與弟映川先生力忠齊名，才華倜儻，足以追逐枚馬。刻《菜根精舍詩草》四卷，人多傳誦之。先生初授學於衡山集賢書院，先大父從遊其門，深加器重。與彭衡陬先生詩文至好。晚年假歸武昌，衡陬先生亦秉鐸黄州，常以楮札往還。聞衡陬先生捐館，大悲慟，輓詩云：「嗚呼君已矣，有客自黄州來報君死。去年有字説還山，我遂報書促行李。相知兩不疑，相知四海誰似爾。還山不果，維車道左。以朝以夕，吾喪其我。嗚呼君已矣，晨夕落落不可待。君之故人我猶在，憶相逢，在己亥。嶽雲萬叠湘水流，握手長嘯倚天外。再逢君，楚之黄鶴、燕之金馬門。臨臯亭下八十步，十年八九尋君處。憶相别，在丙辰，蔓摇籬隙兒報客，相視一笑款行人。是時豈知遂永訣，半江烟雨緑飛塵。嗚呼君已矣，杜襄陽，死耒陽，彭衡山，死江黄。千古詩人酒人合斷腸，大湖南北多慨慷。君之文，猶在手；君之詩，猶在口。高吟大叫舉似君，君知否。糟丘未頽，酌以大斗，騎鯨應唱三千首。今年秋月明，秋水遠相際。君之歸兮浮仙槎，下剗君山上斫桂。逍遥九萬此故吾，君之故人環堵之居尚憔悴。嗚呼君已矣，二年音問何綢繆，君之及門諸子乃令我從遊。此豈傳舍抑蜉蝣，然而茫茫此道終古不曾休。君之生平尚未五十七，黄州已去三之一。木葉下，洞庭波，悼亡惻怛淚滂沱。翹首西望君謂何。」此首奇雄奔放，絶似青蓮。其交情之厚，於此畢見。

書肆中每多通人達士，蓋以閒居無事，日與書史爲緣，其浸淫之功深也。有金谿周頤堂光霽，少習舉業，中年隱於衡郡，寄跡書肆，其生平行誼，一以清潔自矢。常以流覽餘閒，發爲吟詠。出《愛日堂詩草》，屬余爲序，多清真之作。《書齋遺興》云：「晝長庭院寂無譁，風捲游絲罥落花。滿榻芳塵人未掃，自開舊帙讀《南華》。」《晝寢》云：「睡鄉真味少人知，一枕黄粱未熟時。富貴浮雲都似夢，人生何用苦奔馳。」《七夕》云：「今宵天漢夜如何，牛女年年駕鵲過。莫訝仙家經歲別，人間睽隔似仙多。」《題蓮湖院長狄西巖先生詩草》云：「西湖舊有讀書臺，此日蓮湖故址開。繞郭落花香不斷，先生詩思個中來。」《題十八學士登瀛圖》云：「學士登瀛泛綵舟，丹青圖畫仰前修。玉堂佳話傳千古，未許鴟梟與鳳儔。」《秋閨怨》云：「碧梧飄葉下階墀，簾捲西風憶別離。殘月空庭人不寐，静聽蟋蟀入羅幃。」

校書之難，如風掃葉，雖悉心細閱，而訛謬叠出。頤堂爲余編校《寄嶽雲齋初稿》及《試帖》二卷、《墨香樓時文》，甚費清心。今海内翻刻甚多，而帝虎焉馬，悉數難終矣。頤堂編校初稿畢，題四絶云：「蓉峰太史擅仙才，曾自青蓮窟裏來。倚馬吟成天下讀，快看簪筆入蓬萊。」「才子聲華滿帝都，回文賦奏古今無。近來全集人争購，記取流傳自楚吴。」「十卷携來手自編，從頭讀去重分年。刻成未許人翻樣，帝虎沿訛誤後賢。」「清新俊逸信堪稱，更喜沉雄逼杜陵。仙聖到今成一手，懸知紙價頓加增。」

詠曉景難，詠晚景尤難。張蓉裳言：桐城錢田間《夜歸》詩云：「江上霜風吹客衣，菰蒲艇子夜深歸。征鴻暗叫尋行度，野鴨齊驚破陳飛。近水林巒行處失，遠村燈火望中微。犬聲出屋舂聲歇，知有人開竹裏扉。」寫晚景難畫。

作古樂府難於措詞平淡，寓意深遠。有鮑海門臯《瘦馬行》云：「君騎肥牛，我騎瘦馬。君行在市，我行在野。」《立志歌》云：「城烏夜啼，山雉朝飛。夜啼苦寒，朝飛苦飢。城有薜蘿，山有蕨薇。飢可以食，寒可以衣。士居窮巷，終年掩扉。豈無飢寒，其志莫違。」

輪回之説，人多不信；然亦有可據者，姑録之以紀其異。武陵朱幼芝司馬景英，乾隆庚午鄉薦第一，癸酉以知縣簡發閩省。需次之日，獲與晉安諸耆宿訂交，有「三月寒如此，桃花不肯開」之句。黄莘田任見而嘆賞，尤交厚焉。一日偕過許氏家園，甫入門，逕路甚熟。不數武，見廨前一樓，顔曰「春雨」，瞿然起悟，語諸公曰：「此樓予平生未歷，而若心識之。」爰舉樓上經籍圖史，一一記憶，俱能標其目。並誦一牓聯云：「無可奈何花落去，似曾相識燕飛來。」蓋董文敏公書也。驗之果然。乃訪之主人，云「先年家有一子，幼慧，攻經史，此樓即其下帷處。未成童而殤，家人悼之，不忍登此樓，遂扃之。故數十年來，丹鉛几席，位置如故。其殁之年月日，即與幼芝先生之生庚符，因之彼此往來，眷戀如一家人。一時流傳，以爲前生因果。時朱石君師方司臯閩南，贈聯云：「玉局久吞雲夢大，金環猶憶海山因。」蓋指此也。厥後致仕歸里，著《畲經堂詩文集》、《海東札記》、《詩學源流》、《桃花緣填詞》、《群芳樂府》行世。其晚年著作，聞尚未付梓云。

幼芝司馬《畲經堂集》風骨清蒼，饒有杜意。五言如《湘中待月》云：「清光不妄照，欲隱碧雲端。潮汐秋無信，星河夜未闌。匡牀愁夢寐，修竹倚欒欒。幾度瀟湘待，西風一雁寒。」《湘亭聞笛》云：「湘浦此清曠，翳然濠濮間。風前孤籟發，烟外一鷗閒。予意在秋水，鄉心隔暮山。曲終愁入破，斜月正如環。」《哭二姪》云：「已矣尚何説，因予累汝身。相從窮海外，竟作不歸人。半世唯孤露，浮生亦幻塵。白頭雙淚盡，忍復值殘春。」《立秋後一夜》云：「入秋纔一夜，薄暑漸成涼。過雨洗新月，流光照短床。身輕知節换，心遠耐更長。何限扁舟興，因風託不忘。」《虎渡》云：「萬里岷峨雪，江流日夜來。客心愁到海，春目快登臺。即此黿鼉窟，安知灧澦堆。榜人勞鄭重，予愧濟川才。」佳句如「長河清枕簟，落月背闌干」、「秋深無静樹，境僻得殘碑」、「人將千里隔，秋在一樓中」、「眠梟隨意數，落葉一梯深」、「故人萬里外，樹色一園間」、「四山青未了，一樹碧何如」、「坐久明月出，夜深螢火來」、「人家半臨水，山月忽窺林」、「十年逢舊雨，一夕話深燈」、「攢羅連郭市，平遠隔江山」、「曲終江月白，衣重酒痕消」、「中年絲竹興，長路水雲家」、「霧收危岸坼，風急逆潮春」、「鈴語喧雙塔，潮音滿一城」、「旅夢憐燈破，鄉心借酒澆」，七言如《元妙觀》云：「卓午松移當院影，守庚人卧一床雲。」《遊黄巖》云：「到來野色平如掌，坐聽泉聲淡此心。」《龍津橋》云：「驛路此間通六詔，水聲盡日雜諸溪。」《夕陽樓》云：「九河帶雪聲趨海，二室盤雲勢到天。」皆有作意，不落平庸。

伏子窮經，桓榮稽古，俱以耆年績學，未有春秋不富而著作等身者也。吾楚寧鄉王九溪先生文清，以名進士授中書舍人，晚年予告還山，優游藝苑，享年九十有餘。著《考古源流》一書，凡六百餘卷，惜書帙浩繁，難以梓行。詩氣骨蒼勁，餘韵悠然，有《鋤經餘草》行於世。七言如《石頭懷古》云：「彼蒼若不縱奸雄，百戰能逃一火攻。豈意中原羈北伐，徒令萬甲燼東風。石頭浪湧江天外，赤壁烽寒楚水中。片片降旛終未免，虚將籌策瘁臣躬。」《拜武穆祠》云：「不是金牌下九閽，燕雲唾手況中原。千秋大獄成三字，全宋精忠聚一門。狩北兩宫悲斷夢，向南孤木自招魂。蠟書夜月西風冷，背上空留舊涅痕。」《志館即事》云：「血淚彈來濺硯池，貞魂冷落莫教遺。敢云屋漏曾無愧，大有神明不可欺。此事自憑方寸地，他年遥許史臣知。兢兢把筆何珍重，正在躊躇一字時。」其用意正自深遠。九溪先生詩卷既富，佳句甚多，令人應接不暇，擇其尤者録之。五言如「氣横三尺劍，人老一床書」、「雪頑寧避日，風勁不開冰」、「妻孥驚我瘦，松菊笑人忙」、「書能消老景，天獨健貧官」、「秋風吹月老，曉氣撲烟昏」、「曉霜寒破帽，夜雨暗孤燈」、「護花防猛雨，剪樹望遥山」、「竹密風徐入，桐疎月早來」、「天扶窮骨健，客恕醉翁嗔」、「月到花生魄，風來竹有聲」、「山空驚歲晚，水暖識春深」、「深巖常蔽日，危石欲參天」、「舟穿山罅出，水破石門來」、「疎星摇樹尾，殘月下山腰」、「遠林吞去路，幽壑放餘天」，七言如「杖來減力知親老，火下看兒似我愚」、「山川無語偏催客，花鳥何知解戀人」、「室因貧慣無交謫，友縱情多不受憐」、「山低不放登高眼，花老休勞送酒人」、「歷事方慙平日拙，居官頓覺此身孤」、「手拆家書心轉怯，夢回子舍醒添憂」、「老馬力殘空識路，寒雞宵半已司晨」、「柳貪野色圍花塢，荷送清香出畫橋」、「身纔小病先驚老，人過中年倍戀家」、「習池人去風猶醉，峴首碑殘淚尚香」、「潭静白光深見石，江空緑影倒涵山」、「江光抱日明秋浦，海氣連雲失遠山」，此類俱卓然可傳。

先生詩最喜押「寒」字，佳者如「天高雲氣遠，江闊浪聲寒」、「海風吹面黑，江月照心寒」、「望日心先暖，衝風面耐寒」、「落日輪風勁，深霜助雪寒」、「草樹和雲濕，星河入水寒」、「波平雲自湧，風静日生寒」，皆可誦也。

詩人作吏，似覺非宜，然風塵奔走，即景生情，能破簿書之俗；而文藻之奇，亦可借助於江山也。山右范琴山先生鶴年，己酉進士，出宰衡陽。公餘吟詠，詩草愈富，所至往往得山水之助。刻《藐雪山房集》，闖然入宋元人之室。五言如：「練影縐斜暉，風帆捲翠微。樹迎孤棹轉，舟挾兩山飛。已快遊仙意，終虞涉世機。富春江上客，穩坐釣魚磯。」《韓公渡阻雨》云：「白浪打紅舲，銀河水瀉瓶。鼉更風亂節，蜃氣雨添腥。舟似魚依藻，人同凫卧汀。桃源不知路，夢與片雲停。」《放舟丁字灣》云：「風掠片帆輕，舟人畫裏行。水多能辨路，山好不知名。桴屋魚爲市，蠻莊竹作城。星沙四十里，宦夢落江聲。」《題鄭舍人漁舟織網圖》云：「一網收江色，瀟湘緑上簑。笠圍山翠重，船載白雲多。莫以臨淵羨，而忘擊楫歌。乘槎知有志，天漢少風波。」《買池軒》云：「新月破空翠，一池清我顔。宦情羞此水，詩意淡如山。露泠蓮房濕，風清鶴夢閒。倏然何所事，出户即塵寰。」七絶如《樊城舟次》云：「天圍緑樹水圍天，兩槳桃花浪裏烟。我似浮雲閒不得，青山無數過樊川。」《草市蕩舟》云：「一葉蘭舟破晚烟，緑天人影水淪漣。此心渾似灘頭鷺，夢逐飛花上釣船。」《真州》云：「一帆江雨洗春愁，身似閒雲共野鷗。半枕華胥驚睡起，賣花聲裏過真州。」《廣陵舟次》云：「平山堂下水長流，無數垂楊下繫舟。兩岸桃花一篷雨，載將春色到揚州。」

琴山以衡陽令調移桃源，恒鬱鬱不樂，臨别時，有留别士民七律云：「劬勞原自不求知，補屋牽蘿笑我癡。萬斛軍儲無菜色，五年民牧到瓜期。鼠牙未化當前俗，鴻爪難留去後思。種竹栽花携不得，宦囊空有一瓢詩。」「管領江城畫裏春，湘流一洗簿書塵。嘲風弄月原非吏，怨雨咨寒不在民。無米我愁中婦拙，多錢誰信好官貧？年來社燕分飛盡，只有沙鷗似送人。」「環堵人家鎖翠微，藕花香裏墨花飛。因知髦士談經好，益悔書生作吏非。桃李春風當日坐，蘆菰秋月幾時歸。竹林蓮社休相憶，山水文章愛者稀。」「五風十雨稻孫多，歲歲枌榆打鼓歌。報政任書官下考，勸農常醉節中和。愁添驛路塵雙屐，夢釣湘江雪一簑。借問山南諸父老，誰人撫字不催科。」「客與蓮花共一亭，放衙人在白雲汀。半篙水漲三湘緑，九面山圍兩縣青。眼界已空心草草，頭銜依舊鬢星星。曲終江上難回首，釃酒還澆帝子靈。」「太行天遠白雲低，身似孤鴻去路迷。千古此生同渺渺，一官何事更栖栖。繁華有夢分蕉鹿，得失無心養木雞。洞口漁人歸未晚，漫勞花裏子規啼。」數首字字工細，情見乎辭。後琴山仍由桃源返衡陽，尋卒，不得歸老山右。末首語意，竟成讖矣。

《藐雪山房》一集佳句紛披，原難盡録，兹略爲摘出。五言如「路從雲裏出，秋向雨中來」、「鶴歸三徑白，人夢一燈青」、「竹雲扶月上，荷氣雜星流」、「人烟千樹合，山色一城圍」、「雲氣連山動，天光壓樹低」、「水消千樹響，冰墮衆山摇」、「水盤孤嶼腹，人到萬松巔」、「灘聲飛急水，秋影落長天」、「溪痕纔露樹，雲勢欲無山」、「夜火黄魚市，春帆白鷺天」、「漁燈雜星火，野語失灘聲」、「水懸常作雨，樹密不容雲」、「路入泉聲裏，人歸杉影中」、「風摇雲海動，石壓斗杓懸」、「天低千嶂小，江遠一帆孤」、「草痕雙屐雨，人語一江烟」、「湖光風動月，雨氣水浮山」、「沙平鷗戀夢，江遠月隨人」、「帆飛如鳥去，船動覺山來」、「客情天外遠，秋色水邊多」、「兒童皆楚語，妻妾勝齊人」、「釀寒三日雨，破夢一聲鐘」、「山如愁欲斷，水似氣全平」、「泉聲都是雨，雲影化爲山」、「瀑聲高戰雨，山勢亂堆雲」、「樹鳴千葉雨，石走一江雷」、「雪消知臘盡，人出在春先」、「破窗山色裏，殘夢水聲中」。《重過桃源》云：「重來問流水，又不見桃花。八年仍宦轍，千古一漁舟。」七言如「舟似蟻珠穿九曲，浪如鼉鼓打三更」、「萬樹寒烟圍水國，一湖春影落漁舟」、「斜風細雨人千里，破薦孤燈夢一船」、「一欄紅雨春催我，四面青山意向誰」。

靈巖在茶陵州，石室幽邃，居然大厦。後唐蕭禪和，耒陽人，爲弓手催租，宿逋負家，夜聞兩鵞對語，一云：「主人明日將烹我，以待蕭老。」詰其主，果欲然。遂索其鵞以去，隱居此巖。後坐化永新慶寧寺，鵞亦飛去。壁鐫黄山谷《題靈巖》詩云：「大厦高堂未足論，鑿時功力借乾坤。廣長可坐三千客，今古惟留十八尊。谷口白蓮生玉沼，壁間青蔓掛雲門。開山蕭老今何在，六股鳴環錫杖存。」今好事者並爲刻雙鵞於巖中，以誌遺跡。

世篤孝友，其後必昌。江右泰和姚氏，累世以孝聞。有姚公舜情，字一性，幼聞父爲寇所獲，見父縛洞中，憊甚，號泣以身贖。寇欲其白鄉村之富者即釋之，答曰：「我童子，實不知。」再三詰之不言。寇怒，縛之，以刃刺其股，血淋漓，終不言。寇以其孝且義，並釋之。亂平，父病二年以死。未幾母又病，前後侍牀蓐，備極艱苦。病稍間，夜半遇大水，屋摧，母幾壓，因負母出水中，得大樹，援而上，乃得救。無何母卒，於是合葬父塋，日夜哭其側。其子弟乃爲築茅廬於場，設苫塊獨居三年，聞哭聲者莫不流涕。因稱爲「廬哭子」。生平未多讀書，唯幼從師授《孝經》，遂奉以終身。每手録百餘卷以遺親友，且教其子曰：「人生根本，即此書也。」後廬哭子以土處多年，竟成廢疾。一日鄉鄰失火，已及門，其子外出，知其父之難舉動也，乃取濕絮蒙身往救得出，而子身已燒殘。子又嘗赴遠方遇盗，以矢射身未中，伏水泅而行，得免，爲沿途傭以歸。人爲之語曰：「水深火烈，孝子不滅。」孝行積兩代，天特生雪門先生以光大其門閭。先生諱頤，丙戌第二人及第，文章品行，不愧古人。視學楚南，提唱宗風，被裁進者多掇巍科。後秉臬重來，冰兢自矢。旋調甘肅，卒於位。愛公者恒道公先德不置云。

雪門先生詩派法西江，兼有各家之勝。刻《雨春軒詩集》。成親王題云：「法度氣體，真能熟《文選》理，得老杜骨，非虚語也。」五言如《舟子夜行》云：「舟子渾忘倦，舟行入夜深。櫓聲摇客夢，木葉亂秋心。水落風無力，山高月有陰。疎鐘何處起，一一雜霜砧。」《夜過武城》云：「不見武城宰，空尋絃外音。風吹平野動，秋落古臺陰。蛟劍高人義，牛刀過客心。星河將夜午，江樹暗蕭森。」《渡河遇河清》云：「昔渡黄河水，今歸白帝秋。萬山奔海嶠，一氣接淮流。風静魚龍蟄，天清鸛鶴遊。鮑照還有頌，回首愧沙鷗。」《發潭州次工部韵》云：「駐節逾三月，揚帆及仲春。城烟迎出日，江樹看行人。地想風騷祖，舟叨李郭倫。沂流兼把酒，詩筆不無神。」漁洋翁《秋柳》詩風流獨步，先生用其韵賦新柳云：「東風吹返漢南魂，拂拂長條隱隱門。淡入冪烟青有色，低連茵草碧無痕。春來繫馬誰家子，夢醒藏鴉幾處村。譜就《楊枝》新樂府，小蠻腰合細量論。」「前身原自飽經霜，又倚嬌春弄野塘。絶憶墅堂催曲板，謂都門萬柳堂。深憐陌露滴行箱。謂北地官道柳。飛飛燕子烏衣謝，濯濯仙人鶴氅王。記得風情尚如許，相逢還認緑槐坊。」「渌波新染麴塵衣，乍起還眠夢與非。靈運園深春婀娜，淵明宅遠雨依稀。千行古道黄鸝語，一帶晴川白鷺飛。省識當年似張緒，風流未覺故人違。余家近柳溪，少時讀書鷺洲，多垂柳。」「桃欹杏亞亦堪憐，自綰青絲向曉烟。大小手垂姿嫋嫋，短長亭接思綿綿。《蘭亭》妙筆新翻樣，栗里清吟又幾年。莫遣隨風輕作絮，客情春興兩無邊。」諸詩風調，何減漁洋。

雪門先生過嚴子陵釣臺，有序云：「嘗疑子陵已身隱，何以復披羊裘釣澤中？蓋當時馮、鄧、耿、賈諸人俱名在旂常，自度縱出，亦不能爭勝，唯高節一著，足以抗衡，故示異羊裘，予人物色也。光武既即館中，迫之不起，是明知其不能屈，何以復引入共卧？亦不過欲借是以顯其大耳。『高大』二字，已爲文正公指出，而當年兩兩釣名之意，未有人道破。過臺下，因拈此，未知其有當否也。」詩云：「先生隱矣更何求，老去仍披澤畔裘。萬里鯨鼇歸耿鄧，一竿風雨附巢由。紫微御座寧含餌，白水真人自下鈎。處士名高天子大，千年意釣兩悠悠。」讀此論，似創而理實平，能拔幟于前人名作之外。

《雨春軒集》内，佳句如「城影遠臨水，書聲高出樓」、「人争雲外渡，鷺立浪頭沙」、「古木殘秋影，斜陽隱亂嵐」、「晝静宜聞鶴，山深不受蟬」、「江回山勢合，風激浪花麤」、「疇平將水亂，樹遠借烟圓」、「江從彭澤闊，山入楚天清」，七言如《江行》云：「水底青天看欲合，烟中白鳥去如無。」《燕子磯》云：「春草有情橫碧去，海門無際送青來。」《送秦碉泉師假歸》云：「一路江花明去幰，六朝山色入吟箋。」《送程海蒼歸養》云：「十年劍履星辰上，一路鶯花雲水濱。」

雲門先生奉命來楚南，恭紀五言，其三云：「三湘多秀士，詩人夙所誇。斯文騷雅餘，歷歷凡幾家。流風未宜墜，況多蘭杜葩。我馳千里輶，遠泛八月槎。何以塞吾責，一心矢無瑕。顧言衡嶽雲，散作士林霞。得人未可必，敢辭梳與爬。維聖有明訓，崇實黜浮華。」後公所栽培，俱成秀士，蘭芷風騷，至今未艾矣。

湖北蒲圻縣萬年庵爲皇華行館，有吴荆山前輩題五律一首，和者甚衆。何曙亭明府爲之輯刻諸公題詠，曰《諮餘録》。前輩褚筠心先生和云：「魚版空王法，鶯花造物恩。」吴白華前輩和云：「去路原來路，君恩是佛恩。」雪門先生和韵柬何明府云：「山路肩輿裏，松濤不住喧。百篇心乍賞，一卷手頻翻。預擬詩僧話，仍叨地主恩。黄昏剛到寺，仿佛認題門。」「蒲圻連日路，樂歲野聲喧。已詫靈苗異，還看軟浪翻。夏初有麥秀兩歧之瑞，今新麥又抽苗矣。讓衢甿有禮，避夜虎知恩。羡爾神明宰，吟詩静掩門。」石琢堂師韞玉和云：「野館客將至，門前車馬喧。一僧成石隱，千偈亦瀾翻。鴻印悲人事，壺餐戀主恩。耽詩真是癖，持鼓過雷門。」

秦磵泉學士爲雪門先生業師，有《柴門臨水稻花香圖》，題詠甚多。雪門先生詩尤能稱其韵致，詩云：「江南江北鳴布穀，幽人自得幽意足。當門一頃二頃田，臨水千章萬章木。遠風吹浪交平疇，連雲穲稏卜有秋。草堂未買湖陰酒，東屯自看鏡裏鷗。誰家生計無閒暇，幾處秋風老桑柘。五夜猶懷張翰蓴，十年空羨樊遲稼。先生朝望瓌頙俱，那知幽興無時無。笑倩黄鶴山人筆，换却碧山學士魚。我亦因之懷荷鋤，從公朝耕暮讀書。畫圖不嫌塵點涴，添寫門生畢竹輿。」

蓉峰詩話卷九

衡山聶銑敏蓉峰晉光甫著
周光霽頤堂偉章甫校

乾隆甲子、丁卯年間，吾鄉接踵獲兩名元：甲子爲郭昆甫先生諱焌，丁卯爲羅慎齋師名典。顧二公文名同而遭遇異，慎齋師由翰林遷鴻臚寺卿，兩典中州鄉試，一任蜀中學政。告歸林下，主掌嶽麓二十餘年，一時知名士，皆出其門。今壽登九十，重賦鹿鳴，尚康强健步，精神完固，稱爲人瑞。而昆甫先生則以孝廉留寓春明，卒於京邸。信乎福澤之不可强求也。昆甫先生，長沙人，家羅洋山。幼負文名，爲歷任學使所鑒賞。詩、字均超卓不凡。居京時與周白民先生齊名，爲蔡芳三、殷會詹兩公所引重。曾刊其文以行世，詩則未見專集。今傳其《送李光回官滁州》云：「鶯草飛長日重三，水氣浮空並蔚藍。直挂雲帆天際去，一時不覺憶江南。」「泉香萬斛瀉雲堆，時有遊人得得來。君去醉翁亭上坐，至今山水最憐才。」「日從去雁數來鴻，四瀆烟波一棹通。正好明年樽酒會，黄梅雨過芰荷風。」《廣水早發》云：「群雞喔喔欲明天，啼向西樓月正偏。人帶宿酲離野水，馬馱殘夢入山烟。抱頭雲起峰峰立，吹面風來樹樹眠。問訊濁醪沽未有，幾家村落柳陰邊。」《哭楊景翺》云：「莫憶詩筒與酒巾，孤墳三尺是胡秦。揚雄著述侯芭好，李賀交遊杜相親。今我獨存君白骨，故人同恨鬼青燐。悲歌欲當平生哭，已作千秋淚盡人。」《贈鄂素亭回京》云：「臨江釃酒莫徘徊，此去驊騮道路開。七夕一揮重淚雨，五人三上望鄉臺。於今白水猶知己，自古黃金要買才。前度觀桃憑問訊，春風匹馬待重來。」《金口阻風》云：「掛帆天外忽泥中，棧馬鞲鷹事略同。山色暗横神女雨，水聲狂挾大王風。黄蘆斫盡孤洲白，烏鵲飛還落照紅。江上有魚兼有酒，不將心路覓空空。」《都門留別蔡芳三》云：「暫停易水悲歌地，宜鬬高陽痛飲身。公醒亦狂何必醉，臣今雖壯不如人。一年花發劉郎樹，八月潮奔伍相輪。相將遊錢塘。未許勾留須一別，烏烏樓滿上林春。」《村家四詠・漁》云：「此心期與白鷗知，除却桃源路未歧。半笛秋風詩外聽，一蓑春雪畫中思。重鴉影小横竿處，落雁天高擲網時。杳藹江烟人不見，遥吟嫋嫋《竹枝詞》。」《樵》云：「葉葉枝枝早放鴉，峰青不了是生涯。陰林人語鳴虚谷，古洞棋聲送落花。滿袖嶺雲風拂拂，半肩山雨日斜斜。長歌次第還朝暮，獨樹橋邊一兩家。」《耕》云：「遠村如畫野田低，塗體新沾活活泥。送饁歸來留犬吠，唱歌人歇任鶯啼。烟絲歷亂風前笠，雲片翻騰雨後犂。陌上花開歸也未，放牛山外夕陽西。」《牧》云：「春滿平原野燒空，低低拍手唱兒童。長年草草和烟緑，何處山山落照紅。群影斜飛鸜鴿雪，一聲横吹馬牛風。蓦波又跨花前路，多少人來酒氣中。」佳句如「一種烟波愁外水，十年林木雨中山」、「一詠一觴淮水滿，三朝三暮楚雲遥」、「平教樹色青遮閣，低放湖光白到門」、「着三分樹爲秋色，帶一林蟬送落暉」、「帆遠菰蒲連一色，棹鳴鳬雁振三更」、「燕來燕去無城府，人醉人歌有輩流」、「晴花欲着山頭火，好鳥能呼水面風」、「十幅輕帆沿岸白，一丸斜日落船紅」、「自古劉蕡須下第，祇今王粲好登樓。」《襄陽懷古》云：「後死登臨碑尚在，先生聞達鼎終分。」措辭可謂雅鍊。

慎齋夫子於栽培諸生暇，春風化雨，旁及花木，俱有欣欣向榮之樂。構東亭、西亭、前亭，眺望桃塢、柳塘、竹林、荷沼諸勝，遊其間者嘆爲天然圖畫。己酉冬至後，畢秋帆制府邀張忍齋學政、王夢樓前輩訪慎齋，詩云：「暖谷催梅在雪先，講堂高踞嶽雲邊。名山久占關清福，舊雨重逢要夙緣。著述力争千古上，精神强勝廿年前。畫圖一曲湘西景，隔岸人呼訪戴船。時王蓬心爲臨《北苑瀟湘圖》。」「絶磴霞關費仰窺，鐘聲導客上嶔巇。絳紗緒衍南軒脉，翠墨書摩北海碑。夢樓書法根源北海。泉石松窗詩並麗，慎齋先生方箋注《毛詩》。文章芸篋嶽争奇。學瀾比似雲瀾闊，不到登峰那得知。」夢樓前輩長歌云：「海納萬水斯深深，嶽羅衆山斯森森。衡山七十二峰相輔弼，至此直注湘江陰。湘江涵青山削緑，百道烟霏散還束。以山臨水此其巔，以嶽觀山此其麓。制府夙鍾川嶽靈，言似華嵩移羽旌。嵩形如卧華如立，未抵大賢胸次雲濤横。我持漁竿過洞庭，天風三日揚飛舲。維舟正奏《欸乃曲》，又邀我向名山行。烏府先生返珂里，謂慎齋前輩。紫薇使者輶軒止。謂忍齋學使。皋比説經鏗若鐘，玉尺量才澄若水。是皆宇内之大儒，高懷樸學同而殊。不時雪棹何處訪，忽爾星堂異地俱。從來氣類相感發，如雲逐龍磁引鐵。制府才名三十春，朝野傾心拱卿月。是日風和天宇朗，半陂浸山薈林莽。捫羅穿磴出幽岑，豁然江流瀉胸平似掌。歸途夕陽松樹巔，山中沉沉如小年。借問友朋山水樂，何似蓉城蓬島爲飛仙。」又有王良齋懿德《春登嶽麓》五律二首云：「登峰造麓頂，長嘯來清風。意淡山容寂，神閒天氣空。借觀桃李色，轉入蕙蘭叢。梵響和書韵，悠然思不窮。」「昨有青山夢，今尋嶽麓春。浮雲天際影，流水世間人。松柏踏前路，梅花步後塵。曠觀推物理，到處見精神。」今秋帆、夢樓、忍齋諸公俱先後歸道山矣，而風景依然，緬懷當年勝會，不勝風流雲散之感云。

石琢堂師校士楚南畢，將還朝訪慎師，師因同遊嶽麓，兼留別諸及門云：「濂洛淵源仰數公，名山壇席古今崇。共傳薪火歸吾黨，常使絃歌聚此中。四面烟蘿衡嶽近，一時風詠舞雩同。白雲紅樹秋容絢，始信文章大塊工。」「登山臨水客將歸，閒覓籃輿踄翠微。河嶽英靈思夕秀，泮林襟佩憶初衣。程門雪裏春長在，郢曲人間和亦稀。幾輩鳳鸞猶息羽，此心常繞白雲飛。」慎齋師不輕作詩，亦走筆和云：「理學深傳仰鉅公，山齋雲壑置身崇。塵喧隔斷平沙外，清福流連好日中。覓句早梅緣昔有，秋帆制府曾有「暖谷催梅在雪先」之句。停車霜葉得今同。兩番題品皆緣筆，第二人來寫未工。」「老去橋虛號詠歸，騷壇壯思力全微。及門官冷能供酒，時蕭雲巢學博爲備酒肴從遊。附尾輿輕得振衣。獨學雄編貽我厚，説書初稿證人稀。直腸傾瀉疑傷俚，未暇推敲任筆飛。」如此和韻，字字穩愜，而意味更覺深厚。又嘗聞館朗江時，有和朱幼芝《院中賞荷》韻云：「自是紅香濯滿地，栽培無力負皋比。編成脱穎錐如許，並作生花筆亦宜。謝句芙蓉君手出，《毛詩》菡萏我心知。頻來莫算肩輿值，月曉風清雨過時。」

方麓山書院東西諸亭落成，一時及門之士，唱和成帙。五絶如李白橋在青《東亭》云：「柳岸行來遠，桐陰步去遲。一亭如畫裏，人影倚欄時。」「水深待月明，人静知魚樂。不厭往來頻，倚山横略彴。」「四面疑無地，雲山入座多。最宜明月夜，盤裏擁青螺。」《西亭》云：「柳密堪留客，荷香不受風。結茅剛一笠，依約水雲中。」「環溪碧藕池，隔岸桃花塢。坐對兩忘情，花枝隨意數。」「高峙圓如蓋，簷低豈礙山。江聲聽不厭，帆影夕陽間。」汪静軒亨理《西亭》云：「趺坐柳陰深，大江日浩蕩。不見江中船，目送風帆往。」「遥岫空青滴，林深五月寒。雲飛何處去，斜日倚欄看。」五律如秦敬衡竹浯云：「素識東塘静，亭中望更遥。兩山抱烟郭，一水矗虹橋。桐逕青纔合，蓮塘緑倍饒。菱香隨意掬，不借木蘭橈。」《西亭》云：「攬遍群峰勝，西亭縱目時。樹開官道出，雲動故山移。韵帶鳴泉磵，涼生積翠池。興深忘坐久，嵐鎖李公碑。」黄蔚堂文炳《東亭》云：「道鄉遊倦後，小憩坐青莎。檻逐波鱗動，陰添柳線多。四山喧鳥語，一水送田歌。消夏無如此，香筒捲碧荷。」《西亭》云：「即此編茅好，何須意匠營。數椽春雨就，一笠野雲横。柳妥烟初定，荷浮水漸生。詠歸幽徑熟，杖履步先生。」周春田鍔亦於都門寄呈云：「聞道二亭好，東西桃柳間。花明春入座，烟翠曉如環。杖履墩前月，家鄉夢裏山。私懷殷向往，雲麓隔躋攀。」七律如戴蒙泉文科云：「一鑑銀塘講院東，别營亭榭壓波中。光摇活水澄秋月，影落長橋卧晚虹。碧瓦遠分桐逕緑，朱欄低映錦鱗紅。道鄉遊罷頻過此，想像瀛洲景略同。」《西亭》云：「依山無數小芳池，爲結茅亭一笠宜。香滴野塘荷裛露，陰連官道柳垂絲。晴天翠護江聲遠，午夜泉流月影遲。杖履追隨閒指點，山頭梵宇叩鐘時。」五古如向魯齋曾賢《東亭》云：「乾坤無故轍，生機潛踴躍。萬象無停留，妙諦日恢拓。終歲盜陳編，有如蠶自縛。安得咫尺遊，言使端倪豁。偉兹讀書堂，奇觀闢衡霍。綿亘千萬重，到來益秀削。東下參回翔，引甃補雲壑。蕩胸通湘波，玻璃澄一勺。吾師妙化工，知水仁山託。造空得未曾，飄然架飛閣。横欄卧積水，苔磴敞櫨欂。倒影暈重巒，週遭點翠崿。中多素心侣，妙諦領悟各。拭目觀游鱗，隊隊度短彴。機忘江湖寬，悠然樂復樂。至此欲無言，凌虚啓秘鑰。況當月夕佳，晃漾金波作。宛如塔勢懸，摇光無住着。是時幽懷清，荷香散漠漠。

遊人西復東，茶烟遞交錯。祠前清磬聲，忽雜松子落。雅契當何如，仰視浮雲薄。」羅麓西琦《西亭》云：「嵩高聳太室，少室仍奕奕。羅山如蹲鴟，浮山補其隙。天生不使獨，靈區必雙闢。朱鳥面湘翔，雲麓爲之脊。東岫舒左翅，西嶺垂太翮。下貯百泉水，瑩澈數泓碧。澄波浄如練，暈飛斗騰擲。一笠編黄茅，斑剥甃文石。到此一憑欄，虚曠異疇昔。前抱湘烟青，後屯嶽雲赤。曲澗聲丁東，琴筑奏前席。勝境恣幽探，烟霞豈云癖。扶輿富靈奇，至人倍珍惜。得一未足言，佳趣喜兼獲。耽勝談西湖，風月關心刺。嗜古希輞川，丹青懷遺跡。眼前具二美，心神應共適。奇偶理如斯，妙諦參《大易》。」佳句如彭君蘭譜云：「波光浮檻外，山色落檐前。」「水止烟光静，亭空雲影流。」「迎風渾不夏，看月最宜秋。」傅君直正云：「十丈橋横明鏡裏，四圍山入畫屏中。」「行從北海碑前路，坐對西亭月上時。」羅君輝潭云：「檻擁黄雲千畝稻，祠圍緑樹一林烟。」「遠江帆影山前落，曲澗泉聲雨後通。」朱君俊升云：「啖花魚影沉簷底，隔樹鶯聲落檻中。」「一泓波影澄胸浄，四面山光到眼青。」閻君紹謙云：「看山最愛雲留影，臨水偏宜月滿空。」

古人愛蓮愛菊，興之所寄，足以自怡，不若近今豪家，必欲浪費金錢，始爲快意也。麓山所種，悉四時尋常之花，每當風和日麗，遍地芳菲，步入深叢，清香滿袖，静對移時，真覺生意常存，春光不老矣。秦竹涪常詠嶽麓衆花廿二，雅見賞於王蘭泉先生昶。《山躑躅》云：「鶴林移得幾千株，火齊高懸百斛珠。薄暮花墩待新月，好將猩血作氍毹。」《繡毬》云：「蚡蝶飛飛繞畫欄，宜春綵勝百花團。玲瓏萬點堆晴雪，醉後三郎仔細看。」《轉珠蓮》云：「向日争傳鴨掌葵，轉珠花樣鬭新奇。芳心欲動無人處，庭院風微露下時。」《桐花》云：「青草黄泥短短牆，膏桐沿徑翠成行。勾輈不住啼幺鳳，一路花陰過道鄉。」《木芙蓉》云：「一夜西風綵練横，拒霜曾否記嘉名。紅雲半壓檐陰墮，直把山齋作錦城。」《薔薇》云：「滿架深紅壓翠條，年來新種玉雞苗。東風著意勾花露，賜與才人奪錦標。」《紫微》云：「虚白堂前籠絳雪，黄昏閣下鬬緋衣。惜花更有瓊林客，不數當年杜紫薇。」《郁李》云：「怪道詩人詠反而，春華無那繫芳思。晴朝小立蒼苔露，淡淡風神恰是誰。」《玉簪》云：「嫩瓊初試樣鮮妍，來稱人間白鶴仙。好是冰姿新出浴，玉搔頭彈緑雲邊。」《罌粟》云：「秋穀春蔬二妙該，殷黄紅紫盡重臺。看花莫羨囊多米，記取中秋撒子來。」江竹溪遴和韵《山躑躅》云：「是山掩映簇新株，照眼分明不夜珠。點綴鶴林春一色，緑烟叢裏襯紅毹。」《繡毬》云：「碎雲片片壓雕欄，八面玲瓏雪作團。珍重凝香抛不得，捲簾好向月明看。」《轉珠蓮》云：「何事傾心艷蜀葵，評花更數轉珠奇。微風幾度迴旋巧，大小盤中錯落時。」《罌粟》云：「滿貯千囊一斛該，紫緋同媚百花臺。春風乞得糧如許，似爲東皇供給來。」

慎齋先生教育周至，遊其門者皆能卓然自立，尤篤於氣誼，令人惓惓不釋。嚴樂園汝熤有《院中歸里賦呈》八首，其一云：「富貴非可期，砥礪猶有志。願言親名賢，執經晰疑義。丈夫懷壯心，當爲干鏌器。腐儒徒迂疎，來學滋詐僞。誰與證迷誤，悠悠信我思。少微照靈麓，道遠幸能至。」其二云：「帆落洞庭暮，殘雪滿春樹。泊舟橘村岸，遥見朱張渡。登堂炙餘光，風範愜心素。庭前桃李枝，含榮向時澍。今是未可知，昨非幸已悟。賴得指南車，爲我示歧路。」其三云：「小可入毫髪，大能包天地。微已參神化，顯還窮人事。談經元氣涵，河嶽共流峙。我從静聽餘，知寶莫名器。媿無强識力，便便藏諸笥。但能效侯芭，暢然足吾意。」其四云：「寬我禮疎傭，念我性愚野。時率遊花間，或許談月下。厚德以感人，濂溪風正雅。對月光滿裾，摘花香盈把。眼前活潑機，領悟應非寡。吾師妙指點，誰是賞心者。」其五云：「魚頭令人畏，驄馬令人避。雖無希寵心，或懷好名意。意氣未能平，粗豪滋愆累。立心貴勿欺，片言至道備。古人深刻勵，知易行非易。刺骨佩良訓，未止書紳記。」其六云：「錯迕此生多，從遊恨已晚。中懷尚摇摇，敢云脚根穩。感慨擲千金，咄嗟形蔬飯。操持真大難，撫躬慚自反。松柏茂歲寒，其端在固本。積厚發應大，源深流自遠。」其七云：「自春阻殘歲，光風坐已久。靄靄山上雲，依依池畔柳。與我心相親，欲別頻回首。遲回定行日，惆悵對離酒。去去違鱣席，寸心亦何有。師資忍暫遠，庭有垂白母。」其八云：「學業嗟無成，啓迪心自苦。師恩列有三，大義凛終古。空江夜寂寂，孤舟泊湘浦。此時情已移，況復際風雨。千里如一堂，未忍違芳矩。私懷眷杖履，追隨首重聚。」

秦竹木亦於都中寄呈四首云：「習習生和風，猗猗發清篠。始懼出土遲，繼惜依根少。出土一何慮，樹立從此肇。依根一何樂，本真得無擾。人生大節三，寸心自綿繞。秋去春復來，羡爾隨陽鳥。」其二云：「南山有璞玉，韜彼山中土。冥搜更雕琢，擬以獻天府。悠悠世俗論，方與珷玞伍。愛惜成感慨，豈甘售市賈。一旦得知遇，取懷不自主。莫稱此玉良，良工心獨苦。」其三云：「衣染都門塵，夢繞麓山麓。無惑今竭蹷，前此受清福。故人遺我書，墩上臺新築。桃梅月季花，嫋嫋映修竹。撫書重躊躇，何處訪顧陸。繪我衆芳圖，立我花間屋。」其四云：「林間雙白鶴，託蔭松陰裏。鎮日將翱翔，舉翮四風起。一鶴忽飛還，爰尋昔所止。一鶴阻道長，懷舊空爾爾。安得爲鶴言，松齡靡窮已。他時盼蒼髯，孫枝正連理。」諸詩與嚴作用意沉摯，師弟之情，依依如見。又有清平階先生安泰贈句云：「名山宰相無官守，陸地神仙有子孫。」吴棣華前輩廷琛贈句云：「瀛洲日下推尊宿，嶽麓雲中炳壽星。」嚴樂園聞慎齋師蒙恩紀録留館，恭紀云：「自是朝廷重韓愈，非關弟子乞陽城。」俱可想其身分。

仁和張忍齋師邃於經學，於注疏用功特深。倚馬削牘，雖二三行，文詞必古。駢體文亦極工緻，能以大氣流轉。於詩不多作，然偶爾吟詠，俱突過前人。嘗讀其《過桃源有感》四絶云：「雞犬如何不上天，桃花洞裏住年年。倘因春色勾留住，即是凡夫不是仙。」其二云：「帽斜衫重醉糢糊，猶記歐公十字無。脱却酒衫掀却帽，開奩拭鏡看真吾。」其三云：「誓與青蓮結浄因，青蓮色相尚非真。若令拈着桃花笑，便落桃花一劫塵。」其四云：「不是休文讖悔時，猛抬頭處掉頭思。從今綺語都須戒，再過桃源莫作詩。」桃源雖仙境，猶是人間世界，或以淵明身居魏晉，慨想羲皇，與《五柳先生傳》同一寓言者，非也。《五柳傳》明係自記，故以「不知何許人」、「不詳姓氏」，末用無懷、葛天托空以見意。《桃源記》則確有所指，如首言「太原中」，則非無有代也；繼言「武陵漁人」，則非無其地也；末言「劉子驥」，則非無欲訪之人也；「阡陌交通」，非不習耕鑿也；「設酒殺鷄」，非不食烟火也；曰「先世」，非無祖宗也；曰「垂髫」，非無子孫也。蓋因避秦而來，與外人間隔，别有天地，故其居民享壽甚長耳。至若太守遣人隨往，遂爾迷津，亦以蹊徑幽邃，前此偶然所歷，過而或忘也。東坡以南陽甘谷比之，最爲近理。余嘗過其地，題詩云：「不識桃源路，花開竟杳然。白雲飛處處，紅雨落年年。此外疑無地，其中別有天。捨舟登彼岸，應許遇飛仙。」其二云：「豈有驂鸞意，由來爲避秦。一從習耕者，不復見漁人。魏晉烟霞古，羲皇歲月新。紛紛花瓣落，流出好通津。」其三云：「祇許仙人至，偏教俗子回。津迷何處問，門鎖幾時開。流水無今古，漁郎自去來。須知幽境隔，不遣近塵埃。」其四云：「古蹟至今存，淵明匪寓言。雖然忘世代，終不異乾坤。雲水安雞犬，桑麻蔭子孫。太平風景好，到處是桃源。」

本朝三元，唯錢湘舲前輩棨。登第之日，蒙賜詩榮寵，誇耀一時。文譽固足貴，然其人品有可珍者，自授殿撰後，耿介自守，耻謁權貴。晚年被聖主特識，典試粤東，視學滇南。不數年擢至閣學，尋攖疾卒，士林惜之。詩律不多見，今傳其《武陵道中》七律云：「翠屏環列簇烟低，徑轉千盤路欲迷。洞古不知秦甲子，祠荒猶説晉東西。山山落日跳松鼠，樹樹藏雲叫竹鷄。訊問仙源何處所，桃花落盡水流溪。」

武陵多佳士，薰香摘艷，英英競秀。余小住浹旬，詩酒唱酬，極素心之樂。嘗招同人讌集涵碧亭中，余即席得二律云：「塵中何處避炎天，行到江亭便洒然。繞郭荷花香在水，傍池楊柳碧於烟。閒心遠引波間鷺，涼意潛通木杪蟬。解帶風前同小憩，稱觴何事遇飛仙。」「飄然人在水雲鄉，竟日全教俗慮忘。十里淡烟籠古驛，一聲清磬破斜陽。酒酣共買紅樓醉，茶熟平分碧藕香。宴罷肩輿歸去晚，寺門回首竹陰涼。」又嘗偕石湘筠、鮑聽樵、高梅知、陳渌溪戲鬬詩牌，各有佳句可摘。石云：「寺門扃夕照，池樹亂鳴蟬。」鮑云：「鷺下方塘静，蟬嘶古木寒。」高云：「楊柳環城碧，芙蓉抱水紅。」陳云：「一水涵空碧，孤城帶夕陽。」余云：「刹中聚仙佛，郭外擁樓臺。」「夕陽紅照水，高樹碧連天。」俱眼前真景也。

瀕行，陳淥溪槃禮贈余七律四首云：「論交深喜識荆州，邂逅相逢意氣投。射策早成寰海士，尋源偶泛武陵舟。書翻秘省八千卷，各騁詞壇三十秋。我愧江梅斷消息，玉堂清福幾生修。」「偶因雅集解朝衫，風月平章筆不凡。獻賦早傳黄紙牘，衡文定捧紫泥函。好山終古傳何點，霖雨他時屬傅巖。知在五雲深處住，玉皇仙吏是頭銜。」「吟來詩律抵長城，吾楚騷歌起正聲。蓮炬光分真燦爛，《霓裳》曲奏叶清平。東風未識三蘇面，舊雨争傳小宋名。天縱一家詞賦擅，雲霄有雁比肩行。」「載酒尋幽又結緣，藕花相送緑樽前。共言車笠添新契，管領湖山入詠篇。小飲能消三伏日，清詞待奏九重天。須君大雅扶輪手，一騎先揮祖逖鞭。」

又有唐竹谷《贈行》五律云：「香草寄幽思，風騷無古今。斯人扶大雅，吾道有知音。衡嶽一峰秀，花源幾曲深。匆匆江上别，莫厭酒頻斟。」高梅知雋亭七絶四首云：「十年前已讀君書，自分無緣探石渠。何幸相逢成舊雨，春風到處感吹噓。」「子才才調儷漁洋，曾爲南豐敬瓣香。風雅引爲一己任，而今又見魯靈光。」「眼爲看詩不肯高，芷蘭遍採入風騷。千秋一首回文賦，才愧當年八斗曹。」「從此天遥隔鳳池，多情似我爲生悲。他年姓字金甌覆，記取西園雅集時。」石湘筠七律云：「畢竟詩人别思濃，江天雲樹一重重。還家早有離家約，君回衡後即入都供職。送客翻憐倦客蹤。若到秋風懷舊雨，記曾蕭寺聽殘鐘。異時我有尋君夢，只在衡南第幾峰。」

湘筠以紀行詩册示余，余爲擇其尤者録之。五言如《弋陽舟夜》云：「燭影三條盡，溪深一枕殘。

客愁支夜永，鄉夢當歸難。月碾波心碎，沙淘石齒寒。苦吟應太瘦，祇覺帶圍寬。」《北蘭寺次宋公牧仲韵》云：「野岸尋幽寺，輕橈繫木蘭。山寒雲釀雪，風急樹鳴湍。僧向閒中老，禪從定後安。披吟香界好，終日對烟巒。」七絶如《山陰雜詩》云：「幾輩鴉聲自浣紗，苧蘿山下問儂家。鴟夷載去無消息，空説溪名尚若耶。」「打槳前溪破夕烟，酒旗山郭緑楊邊。雲深不識雲門寺，唯聽鐘聲送客船。」「右軍遺跡此經過，道院憑誰訪薜蘿。好是清溪風景在，鵝兒黄點鴨頭波。」七律如《由皖之滇感懷》云：「路向西南水向東，忍抛江漢去匆匆。行踪傀儡登場似，客況葫蘆畫樣同。舉酒漫邀牛渚月，抽帆先借馬當風。腰間剩有青萍劍，千里從行意自雄。」《登琵琶亭和韵》云：「兼旬往返歷關津，一櫂從來送客濱。溢浦漲痕依檻落，匡廬山色入秋新。風流畢竟歸司馬，淚點何曾爲婦人。誰向荻花楓葉外，傷心衰柳帶愁顰。」佳句如「泉從樵響落，山向鳥聲青」、「峰多成雨易，雲近訝天低」、「曲磴日斜防卧虎，疎林風定見饑烏」、「翠濕人穿雲際出，晴烘客自日邊回」、「月明千里烟波闊，漁唱一聲蘆荻秋」、「屋角碧沉籬荳雨，隴頭黄送稻花風。」

湘筠遍遊吴越間，年來因母老，就養湘南。嘗出《帆隨湘轉圖》索題，内有陶雲汀前輩云：「湘浦望沉沉，歸舟出遠林。一帆遊子夢，九轉倚閭心。嶽色渾無際，風聲不可尋。故園何處是，茆屋白雲深。」余題云：「九面湘帆近，何年别故扉。夢隨黄葉落，心逐白雲飛。岳色迎人出，江光送棹歸。高堂今慰望，愛日樂春暉。」又於湘筠篋頭見雲汀前輩《登黄鶴樓》詩，有「雨氣欲沉雲夢澤，江聲直上武昌城。乾坤不老風雲色，今古常留江漢聲」之句，氣勢雄壯，雅與題稱。

梅知家龍陽，性嗜吟詠，與湘筠遨遊幕府。予至武陵，袖詩一卷相見。披閱之下，清氣襲人。五言如《再過孤山坐放鶴亭》云：「欲叩林逋墓，重過西子湖。鶴歸雙表立，人去一山孤。流水自深淺，疎香時有無。登亭聊小憩，作記憶髯蘇。」《雨後野望》云：「秋雨灑芭蕉，新晴曬柳條。遠山青入郭，野水白通潮。雁影迷天際，漁舟出石橋。故人思不見，雲樹望迢遥。」《送友人》云：「分手長亭上，揮杯悶不開。期君若潮水，朝去暮還來。」《桃源》云：「古洞一何深，遠隔桃花水。仙人無處尋，犬吠白雲裏。」《客中吟》云：「落葉撩鄉思，秋風冷客衣。誰言爲客久，昨夜夢中歸。」《征婦吟》云：「聞道邊城近，征夫應到家。小兒知望父，夜夜看燈花。」五言佳句如「江流千古月，鐘動一林霜」、「遠樹連天碧，斜陽入水紅」、「樵響入深谷，蟬聲依暮砧」、「竹露含烟碧，荷風帶水香」、「屋枕一溪水，樓分半面山」、「野雲隨鶴去，寒月入江流」，七言如「山色過江青入户，水光摇月白浮天」、「滿庭涼月螢千點，何處秋風雁一聲」、「古樹拂雲横屋暗，疎風吹雨入窗寒」、「春江門外天無際，涼雨燈前夢有聲」。

梅知以詩受知於韓桂舲司寇，余因就訪桂舲先生詩稿，梅知口誦數首，宛然王孟清音。《明港驛》云：「雨歇淮南渡，涼生楚尾天。暮投明港驛，水竹亦翛然。郫酒泛黄葉，野風開白蓮。傳聞漲痕落，逕去不須船。」《吕翁祠》云：「一枕當頭喝，浮華借眼看。有生皆蝶化，何地不槐安。祠屋三間古，陂塘五月寒。倘容吾獨寐，儘覺碩人寬。」《初到澧州》云：「平沙箐箐路盤盤，刺史郊迎父老歡。七里城環烟市小，九洲湖浸水田寬。庖丁解刃知何處，新婦作羹正自難。我似農夫初識字，吏民莫作長官看。」

湘潭張氏與余家爲詩書世交，前輩橘洲、甄齋、度西、蓉湖諸先生，與先大父爲同譜昆弟； 近則蓉裳、松嶠、蕊仙諸公，猶能續修舊好。 蓉裳名家榘，居省垣，不喜干謁。 閉門索句，遇二三知己至，必尊酒暢飲，清談竟日。 喜填詞曲，工情寄，酒後高歌，如泣如訴，令人魂銷。 常出詩卷見示，喜其有唐人風格。《采菱曲》云：「朝去窺菱鏡，暮去泛菱塘。 菱深莫打槳，中有睡鴛鴦。」《吴半江述青衣孟小野能詩并喜誦余小詞》七絶云：「傳來好句比吴楓，温李冬郎合讓工。 想得落花三月暮，夜深疎雨一燈紅。因孟有「三月落花春病酒，一燈疎雨夜懷人」之句，故云。」「叔寶風情宋玉才，後堂絲竹數追陪。 子雲奇字知多少，消受玄亭載酒來。小野爲半江詩弟子。」「熟梅天氣殢人長，吟得新詩七字香。 寄語多情何水部，莫教瘦盡沈東陽。」「鬢絲禪榻颺茶烟，酒醒香殘阿那邊。 聽唱曉風楊柳岸，者番艷煞柳屯田。」《楊柳枝詞》云：「長板橋南細雨晴，酒旗歌鼓正清明。 斜陽畫舫人歸後，風起花飛無限情。」《春暮登樓懷友》云：「江南江北萬重雲，幾度思君不見君。 日暮登樓望君處，楊花如雪落紛紛。」《題磵東墨蘭》云：「千年故國《離騷》怨，苦信余芳寄此心。 獨有美人閒寫出，湘花湘草暮烟深。」《旅邸喜晤吴半江》云：「饑驅遠道逐雲天，雁杳魚沉動六年。 京洛緇塵同入夢，湖湘舊雨散如烟。 五窮我尚嗟韓愈，三絶君真繼鄭虔。 難得梅花好時節，相逢尊酒月當圓。」《殘菊》云：「摇落西風夜氣涼，幾枝簾幙墮昏黄。 短籬入畫三更影，老圃禁寒十月霜。 緑酒紅燈人索寞，橘林楓葉雨郎當。 連晨已赴持螯約，更欲餐英到醉鄉。」佳句如「十年舊夢浮雲散，二月新愁細雨多」、「空堂枕雨三更夢，静夜飄鴻萬里情」、「一樹黄楊偏厄閏，三春紅豆最相思」、「夜氣壓寒侵燭炮，風聲送雪打窗來」、「舊雨幾人因病遠，新詩老氣帶秋深」、「江城水闊遲鴻雁，楚澤秋聲冷白蘋」。《喜同姓兄弟遠歸度歲》云：「賸盡遠歸千里客，天涯并作一家春。」《春草》云：「渡口夕陽嘶馬去，山頭殘笛飯牛歸。」《秋柳》云：「堠火半明孤驛外，斜陽一抹畫樓西。」「野水暮烟黄葉渡，殘荷疎雨赤欄橋。」「官渡遠嘶班馬去，戍樓深咽暮蟬清。」「閒情小艇斜陽外，鄉思邊城畫閣中。」俱綽有風致。

蓉裳詩餘，深情斐亹，在近今可與蔣心餘先生雁行。有《酒後聽陳生話舊·滿江紅》一闋云：「燭跋觥船，映玉貌、當筵凄絶。問底事、情場潦倒，卿真鑄鐵。渡口桃根人已去，街頭柳絮春如雪。賸今宵、緑酒話紅樓，聲嗚咽。　芳草碧，飛蝴蝶。山月白，啼鵑血。正懷人感艷，銷魂時節。此夜君方悲婉娩，十年我舊傷離别。且回燈、泥飲更徵歌，何須説。」

蓉裳言近日丹青中善畫工詩者，唯丹徒錢璞齋璽最爲越俗，嘗畫便面贈徐止峰，自題其上云：「高岡獨立意何之，爲看乘風破浪時。此去雲程千萬里，水光山色總相思。」止峰名曰海，蘇州人，傅重庵觀察女壻也。

蓉裳先世，代有詩人。有湘門先生燦，字豈石，書學懷素，詩逼近唐音。《贈曾子翁》五律云：「野意青藤杖，高齋白板扉。廿年成久别，相對渾忘機。古道來今雨，深譚坐夕暉。不知天下士，幾輩賦緇衣。」《邗溝逢故人》七律云：「記得同遊燕市春，酒樓歌泣若無人。折腰我踏江南路，投筆君衝塞外塵。生入玉關抛馬革，老依金谷養龍鱗。即今廿四橋邊遇，猶是飛騰七尺身。」

其高祖諱文炳，字南麓，號質夫，官文登縣令。詩筆雄渾，著《鄰岳堂詩集》。《登黄鶴樓》詩云：

「最是牢騷難遺處，浩然江上一登臺。連天雲氣三湘合，動地濤聲七澤來。賦就浪傳鸚鵡手，詩成誰識鳳皇才。鄉園南望無多路，歸去黄花次第開。」《喜陳恪懃公初宰江南得雨》云：「身從天上争民命，帝爲江南表吏清。」《斷獄》云：「自信金來無暮夜，敢云筆落有陽春。」《西湖雜詩》云：「三字獄傾炎宋鼎，一坏土覆岳家軍。」「百年身世消清磬，三月湖天熟早梅。」

祖爲隆平縣令，諱九鍵，字天門。詩著《漱石園集》，愛評論古人，發爲歌詠，沈雄悲壯，令人一讀一擊節。《西楚霸王》云：「從江西渡群雄辟，破釜沈舟更不還。周鼎降心投泗水，秦鞭無力走蓬山。五年父老虚延頸，千古風雲大慘顔。肯信夜潮鼉浪湧，吼聲猶似向殘關。」《淮陰侯》云：「無二奇勳在智吞，貪狼一滅將星昏。莒城自借田單復，嬴法何容白起存。壇下遺弓憐國士，鈎邊芳草泣王孫。茫茫鐘室魂堪紿，從此高眠老后尊。」《飛將軍》云：「朔雪炎風幾度遼，將軍何定數嫖姚。短衣直盡關旁虎，隻尾難分座上貂。西漢功名歸牧豎，北平汗血付柴軺。餘威獨有焦銅識，怕向天山更射鵰。」《木蘭女》云：「緹縈已没曹娥溺，慘淡酬親計未窮。燕頷率知飛食肉，蛾眉偏得學彎弓。歸來浣露雙香鬢，别去追風一紫騅。始嘆匣中雷煥劍，塵埃那易辨雌雄。」《杜陵老》云：「拾遺雄律横今古，亦在夔州以後詩。暮雨江聲寒涕淚，黄雲秋色老吟髭。全將快意龍門史，苦續傷心《鵩鳥》詞。剩有草堂長未覓，楚天孤處坐興思。」

天門詩筆雄健，令子紫溪先生世濬學之一變，有秀逸之致。惜年方四十，以諸生卒，此天所爲篤生蓉裳，以竟其先志也。有《觀瀾堂集》，多散逸。記其《望城坡道中》云：「萬峰蒼翠亂鴉啼，古道斜陽散馬蹄。飛鳥自閒人自疾，穿雲渡水各東西。」佳句如「石卧山頭古，雲歸洞口深」、「風帆輕似翮，江浪細如鱗」、「秋氣閒中覺，人情老去平」、「上書遲北闕，采菊憶南山」。

蓉裳又有同姓兄弟，號中階名杓，家甚貧，性傲兀，不屑隨人俯仰。常一肩書劍，往來吴越間。邇來歸里，就城南書院肄業，即於城南家焉。余嘗飲蓉裳宅，酒半，適中階至，誦近作數首，擊節賞之。中階感激之意，至于泣下。翌日袖詩相見，五言如《馬當山阻雨》云：「昔人快乘風，今我往遇雨。生無子安才，風雨分今古。此行誰爲驅，獨宿馬當下。」《江中晚眺》云：「徙倚樓船暮，晴江匹練平。散花魚出没，貼水鷺輕盈。遠岸生漁火，寒塘動角聲。今宵何處泊，愁絶夢難成。」《夏日偶成》云：「一灣梅雨水雲浮，鷗鷺無心任去留。隔岸藕花香不斷，小娃撑出採蓮舟。」《題畫梅》云：「凍雲何處雪皚皚，却望瑶林半種梅。誰跨蹇驢衝雪去，拗將春過板橋來。」《讀洛神賦》云：「背門歸藩賦洛神，當年寄託有靈均。不逢太白誰知己，長使東阿有罪人。賫枕敢誣天子褻，獻璫還信近臣親。雍丘幸後情如舊，曾否篇名易《感甄》。」佳句如《春曉過洞庭》云：「青草淺迷孤鷺影，緑楊深度曉鷄聲。」《春柳》云：「星宿自來天上種，風流如此殿中人。」《楊花》云：「晴雪一天春未晚，薄綿三月暖如烘。」中階又嘗述其尊甫静山先生言行謹飭，爲邑名諸生，中年見背。記其零句云：「留雲多種竹，愛月一登樓。」「晚風侵菊瘦，秋雨逼燈寒。」「漁燈紅射水，江樹碧圍天。」「落日忙歸鳥，涼風咽暮蟬。」

近日詩人中，愛才如命竟至破産者，唯朱磵東成。磵東，蘇州人，流寓湘潭。家素饒，兄弟皆以商賈爲業。磵東獨嗜詩，善草書，工墨蘭，蓋鄭板橋一流人也。築湖山草堂以待賓客，一時名士多與之遊。貧者輒分金相助，家計遂匱。常赤身走燕趙，其故人之官京師者，因醵金援例授縣尉。尋丁内艱來京，卒於旅舍。詩筆洒落，雅稱其人。七絶如《過古塘橋》云：「石磯南畔樹蕭蕭，潭水含烟緑不消。一種客倚篷窗閒弄笛，梅花香過古塘橋。」《自題石壁墨蘭》云：「枝枝葉葉總披離，楚澤叢祠夜雨時。一種幽香言不得，鷓鴣啼與曉風知。」古體如《天心湖》云：「欲問桃花津，重作武陵客。桃花之水千尺深，飛流下瀉天心白。樹痕週遭微有垠，鏡影中央静如拭。小舟容與擊空明，手招黄鶴横長笛。斜陽一抹君山青，蕭蕭斑竹來湘靈。烟渺渺兮風凄凄，落花鷓鴣何處啼。更欲擷蘭芷，直溯沅江水。下踏鼉鼉上摘星，一曲清歌天半起。」斷句有「愁隨春草長，夢比落花多」、「近宵涼在水，遠樹影疑山」、「流水有回意，白雲無住心」、「楊柳爲誰緑，鸕鷀相對閒」、「背客花無賴，隨人月有情」、「吟邊伏枕聽流水，畫裏推篷看曉山」。

有九滋女史，爲湘潭太史張昆石先生女。幼聰慧，篤于骨肉。適石氏，以孝聞。詩筆清婉，天性異人。《過湘城》云：「澄江一帶好家居，樓閣分明畫不如。記得卅年風景在，人家多半是茅廬。」《寄夫》云：「銀漢空無翳，開軒獨有屏。團圞秋月上，怕看是雙星。」「偶來花下坐，蝶亦戀芳菲。故意穿花去，雙雙相對飛。」《燈下獨感》云：「夜盡燈光裏，消閒獨坐時。觀書空折角，誰是質疑師。把卷不能讀，悲歌真自癡。許多感慨事，付與古人知。」《哭妹十首》録四云：「迢遞鴒原别處賒，幾年消息盼天涯。傷心一夜東風惡，吹斷三春姊妹花。」「黄絹誰傳少婦詞，朵雲飛下正相思。開緘一讀一腸斷，苦雨凄風雁到時。」「香閨回首髮逋初，爺筆拈來已解書。詠絮有才常下拜，于今無復女相如。」「金針喜刺鴛鴦譜，玉剪閒裁錦綉襦。曾把天孫比花樣，人閒原是有黄姑。」《歸寧》云：「中庭侍立話朝曛，闈幄依依觸緒紛。筆墨縱能齊柳絮，功名原不到釵裙。」「團沙相聚連年約，走馬歸期幾日分。甘旨自慚供奉缺，門楣孤負課兒勤。」《示兒》云：「每思身世便凄然，苦爲兒曹事事牽。年少可能期紫綬，家貧莫漫棄青氈。爲憐昏嫁初還日，早是春秋欲暮年。大塊光陰須愛惜，休將事業讓前賢。」

蓉峰詩話卷十

衡山聶銑敏蓉峰晉光甫著
周光霽頤堂偉章甫校

名家女士，易習詠吟。韓慕廬先生爲當代名儒，其文縹緲欲仙。季女韞玉，詩筆亦飄飄然有淩雲意。《落梅》云：「仙人乘鶴去，移却白雲踪。夢醒一聲笛，詩成五夜鐘。浮生看漸老，春色幾回逢。仿佛飛瓊佩，瑶臺下幾重。」《寓中即事》云：「宇宙由來大，飄飄逐水鷗。形骸餘病骨，俯仰任虚舟。野草經春緑，江花帶雨秋。何年粗了事，茅屋白雲頭。」《病中》云：「月落霜寒葉滿墀，卧痾正及暮秋時。風簷幌結長垂幌，硯匣塵封久廢詩。瘦影怕從明鏡見，淚痕空有枕函知。何因乞得青囊術，擬向《南華》叩静師。」

江南有女史駱氏，受業於王夢樓先生，詩筆修潔，雅近夢樓一派。《新蟬》云：「蕭齋破午眠，忽送一聲蟬。高樹暗移日，餘音遠在烟。吟情渺何處，入耳又今年。欲和倚寥意，臨風拂素絃。」《新雁》云：「乍驚霜信至，忽見雁行過。遥憶楓林外，瀟湘秋始波。隨風度關塞，帶月拂星河。何處彈瑶瑟，平沙幽恨多。」《春寒》云：「春寒料峭乍晴時，睡起紗窗日影移。何處風箏吹斷線，飄來落在杏花枝。」「樓外簫聲喚賣餳，江城花柳近清明。東風忽送雲頭雨，催得詩成却又晴。」

長沙省會，人文最盛，而耆宿之存者頗少。有朱文庵焕彩，早歲致仕歸里，力行善事，至老不衰。

倡修育嬰堂，親董其事。刊《養世良方》。念世風浮靡，復作《四箴説》以勸世。蓋能力敦古處者。詩用意深厚。《過赤壁》云：「臨江釃酒氣何雄，豈識周郎建大功。霸業銷沈人已去，居民猶自説東風。」「青山隱隱月華新，蔓草荒烟古跡陳。今夜扁舟何處泊，一江春水屬漁人。」《平山堂》云：「垂楊十里繞冰池，人醉東風不自知。遥聽隔林歌韵好，雙鬟争唱《竹枝詞》。」「凌雲畫閣擬仙都，路轉峰回曲逕紆。好鳥似知遊倦意，亦從林下勸提壺。」《嶽麓道鄉臺》云：「直諫寧慚列柏臺，甘心南竄豈徘徊。湘城竟不能容客，老衲何緣解愛才。斷碣苔深迷往跡，懸崖松老護深隈。祇今風雨空江夜，更有何人放逐來。」佳句如「風緊雲行速，山高月上遲」、「愛我無如酒，輸人豈獨棋」、「人從得意勞皆逸，事到關心夢亦真」、「看多山色神先静，聽慣灘聲夜不驚」。

文庵幼受學於李吟海詩龍，爲湘西宿學，口誦其《酬偷書賊》七律云：「澆空蓬蓽一窗虚，除却遺篇没羡餘。梁上何人窺秘橐，篋中有軸失殘書。不於富室謀金穴，偏向寒廬索石渠。自是偷兒通亥豕，朗吟《赤壁》竟何如。」不怒罵而恢諧，其雅量正不可及。

余訪星沙詩人於朱文庵，文庵首舉羅静渠世鎮，携囊中草數卷示余，筆意絶似務觀。家徒四壁，橐筆爲生，而胸次闊達，不受羈束，誠貧而能樂者。五言如《金子灣》云：「波下洞庭間，湘流忽有灣。灘聲寒走石，月色遠浮山。市近聞喧雜，舟停識櫓閒。離家纔此夕，短夢亦知還。」《春仲憶舊遊》云：「初日照殘雪，新鶯啼舊林。浮雲千古恨，流水百年心。草緑空成夢，花香止自吟。《陽關》三疊後，愁絶有餘音。」《春郊》云：「駐馬立方塘，鞭絲接緑楊。草隨人意遠，風送鳥聲長。市隱層巒隔，林深一徑藏。忽聞漁笛起，惆悵倚斜陽。」《河洲夜泊》云：「斜月半江暉，征帆落翠微。蚊雷依枕鬧，螢火入帷飛。囊罄愁沽酒，途窮計典衣。鼾聲滿僮僕，應有夢魂歸。」《中秋憶父》云：「天上又中秋，人間感別愁。可憐今夜月，共照粵西樓。對酒思兒女，還家計去留。承歡余未得，吟望更垂頭。」七言如《春暮寄杜春亭》云：「典盡春衣不出門，澆花種樹并鋤園。虚名浪得慙遺笑，知己難酬怕受恩。詩未到工窮已極，文雖賣賤品猶尊。幾回讀罷《離騷》句，一任人招楚客魂。」《舟行》云：「風雨連朝客路難，片帆遥指赴黔安。坐觀岸没知新漲，卧聽濤奔識遠灘。到眼雲山隨棹轉，今春花柳向人寒。漫言談笑爭投筆，書檄應傳到處看。」《暮春遣興》云：「落花時節閉門居，春事全銷興不除。新長莓苔三徑緑，舊栽楊柳一園餘。飲當罏角貪温酒，漏滴床頭怕濕書。風雨連朝寒未退，敝裘欲典尚徐徐。」《春日感懷寄黄嘯園》云：「我生如夢復如癡，節物驚心動遠思。纔到春來四五日，即看花放兩三枝。垂楊濯濯王恭態，積雪盈盈潘岳絲。寄語故人多愛惜，輕肥裘馬少年時。」《除夕答涂石渠》云：「玉漏催殘欲曙天，更燒紅燭坐當筵。與君拚醉今宵酒，明日回思即去年。」佳句五言如「峰高疑插漢，雲起欲無山」、「高堂雙白髮，望眼一青燈」、「當軒摇燭影，欹枕聽泉聲」、「山寒風出洞，灘急水推沙」、「雞喧滁口市，人趁渡頭船」、「路危憐僕瘦，道遠重鄉愁」、「石咽泉聲冷，山寒雨氣濃」、「落日斜穿樹，歸雲不滿山」、「舟行千里遠，書至一家歡」，七言如「風定荷香三徑晚，日斜柳護半樓陰」、「傍舟細試鸘兒酒，踏岸新沾燕子泥」、「一奩春水半篙緑，兩岸夕陽千樹紅」、「詩工窮後成孤調，字到中年别一家」、「世味已教嘗膽盡，生涯翻覺折腰難」、「岸轉夕陽時向背，舟摇人影半高低」、「顔逢客裏偏驚老，話到歸時轉惜貧」、「一抹晚烟山色裏，數聲長笛月明中」、「村外亂流堪作渡，巖邊崩石自成橋」、「小逕鹿眠蕉夢熟，茂林人静鳥聲幽」、「哭兄已斷雲中雁，唤婦難同雨後鳩」、「心似蠶僵絲未盡，事如蝶戀夢難醒」、「幾日春殘人別後，一庭花落夜深時」、「舊院鳥歸栖樹黑，夜窗人語剔燈青」、「驚回旅夢鄉心切，唤起癡童睡味酣」、「貧謀月廩偏逢閏，典到春衣未脱寒」、「遠鳥帶雲佤渡樹，夕陽浮郭倒涵江」。《梅花》云：「零落板橋四五點，横斜茆屋兩三枝。」《種蕉》云：「中宵送雨鳴孤調，來歲分陰蓋四鄰。」《澆菊》云：「暑氣三更涼月夜，秋風萬壑夕陽天。」《問菊》云：「幾日晚涼憐獨瘦，一年秋思寄誰多。」《愚溪》云：「豈謂文章人共忌，轉教身世自成迂。」《登拱極樓》云：「水歸江口雙流合，風過洲頭一閣寒。」諸詩快意累累，如人意所欲出。悉摘録之以公同好，以見世之窮於詩者，正不乏人也。

静渠姊名淑芳女史，賦性貞静，詩詞清秀，神韵天然。有遺稿一册，以家貧不能付梓，録之以見一斑。五言如《山中曲》云：「結茅在山根，時來半山裏。深處絶無人，唯聞落松子。」《秋日送伯兄遊幕》云：「年少他鄉客，家貧耐遠遊。去帆連日雨，别柳一亭秋。揮淚情難禁，牽衣語不休。高堂垂念切，莫惜報書稠。」七言如《送悦泉兄》云：「一别愁看隔楚雲，游人風雨渡江濆。無情最是黄金物，能使人間骨肉分。」《與嫂登樓晚眺》云：「高樓百尺近垂虹，向晚登臨四望通。江上櫓摇秋色裏，人家門閉夕陽中。一簾新月開明鏡，幾縷殘霞散晚風。隱隱疎燈何處起，憑欄清聽意無窮。」《送父重赴粤西》云：「高堂今復重離愁，豈爲雲山憶舊遊。鬢白未紓兒女債，年豐猶作稻粱謀。關河迢遞人經慣，寒暑隄防老更憂。瘴雨蠻烟非樂土，丁寧早自覓歸舟。」《感懷》云：「名能壽世身斯重，語不驚人志豈銷。」可以覘其抱負。《暮春》云：「雲散月來花弄影，夜深人靜竹生涼。」可以想其風神。

國家設官分職，量能而授，唯取其稱。即如廣文、縣令，才地各有攸宜。以廣文之才而任縣令，必不勝，以縣令之才而任廣文，亦不肖。善化蕭雲巢大經，以名孝廉秉鐸道州，上游以其才調揮霍，薦爲縣令，揀發滇南，歷署鎮雄、霑益、昆明，卓卓有賢聲，其才志有不可屈者。詩詞豪放，秀逸之氣，雅近大蘇。五言如《雨中舟行》云：「漠漠輕烟重，舟行細雨中。浪高山影没，灘急櫓聲雄。往事笑流水，來船偏順風。榜人須努力，遲速付天工。」七言如《曉起郊行》云：「燒痕經雨緑如苔，曲徑肩輿破曉來。鬆雪滿林吹不落，東風沿路李花開。」《秦淮》云：「秦淮夾岸柳如絲，水閣湘簾睡起遲。簫鼓畫船桃葉渡，一天新緑上鬟眉。」《春日郊行》云：「長堤如帶板橋斜，柳外青帘認酒家。香氣襲人歸路晚，東風吹老密蒙花。」「稻葉青青大麥垂，近郊風物自恬熙。故園已過春耕後，記得芳原飯犢時。」《冬日田家》云：「枳樹籬邊一徑斜，蕭疎古木噪寒鴉。鄰翁煨芋邀開甕，稚子敲冰試煮茶。茅屋煖烟燒柿葉，瓦瓶清供摘梅花。卜居好向田東住，風雪西谿第幾家？」《庚戌南歸留别京中同人》云：「浪跡頻年客帝鄉，幾回彈指惜流光。黄花漸老秋多雨，鴻雁新來夜有霜。千里歸來餘卷軸，連宵清夢到瀟湘。匆匆莫訝輕離别，怕遣青楊舊業荒。」「八年三度感離群，風雨重陽袂又分。游子低頭憐白紵，故人揮手盡青雲。薊門落葉生秋思，驛路疎林易夕曛。爲語黄金臺畔客，何時樽酒易論文？」

雲巢古體起勢縹緲，工於發端。如《大雪懷孫蘅皋》云：「松僵竹折紛怒號，萬竅作勢回秋濤。宵深方暉印窗紙，乍疑缺月當空高。兒童曉起笑拍手，庭階襹褷堆鵞毛。我宅深山最深處，梅花繞屋香迥遭。長安索米近十載，雪花如掌欺征袍。故園好景不到眼，鴻泥踪跡徒勞勞。歸家竟學袁安卧，決計爲補亡羊牢。歲寒心事肯孤負，閉門不復同塵囂。遥憶如舟舍中客，尖叉句奪眉山豪。朝來待理剡溪棹，詩壇白戰分朋曹。」《南嶽道中》云：「奇峰欺人當面立，嵐氣濛濛衣袂濕。巖深箐黑無鳥啼，石浄潭清有蛟蟄。老松卧壑撑長風，鱗而爪鬣蟠虚空。山坳寺古人迹絶，亭午清磬來雲中。危梁斷處飛泉落，野草着花紅灼灼。樹頭樵斧時一聲，疑有仙人斸靈藥。我生深結山水緣，好山好水供流連。何時塵念盡湔洗，剪茅結字山之巔。」《月夜懷謝薌泉編修用東坡定惠院韵》云：「幽居地僻無塵緣，鍵户讐書夜兼夜。偶然興酣抱清影，散髮跏趺明月下。東風吹花并剪快，新露跳珠蟹眼瀉。粉垣西畔平安竹，嫋嫋孫枝互低亞。麯生已致絶交書，杖頭不復勞乞借。余兹獨醒衆所咍，同心喜有宣城謝。憶昨風雪歲云暮，斗帳紅燈宿君舍。酒酣聯吟擊銅鉢，醉後説劍舞都蔗。玉山頹唐飲更豪，至今談處吁可怕。盍來相就試茗戰，傾倒不畏次公駡。」《道州巫》云：「角聲烏烏夜深起，爐烟縹緲燈花紫。州人有疾不延醫，都説神巫能起死。里中游手一事無，喃喃説法稱師巫。不知何處授真訣，解使群鬼供奔趨。登壇蹈舞意惚恍，陰風瑟瑟庭柯響。忽然瞪目指虚無，靈車鬼馬紛來往。病人孽重不可蠲，爲渠宛轉延餘年。神前擲珓兆最吉，沉痾定許來朝痊。但願神君能降福，不辭傾囷糶新穀。鷄鳴肅揖送巫還，升屋招魂一家哭。」

雲巢近體佳句新倩可愛，五言如《楊柳驛》云：「箐深山磴滑，水急石橋危。」《感懷》云：「年光驚逝水，遊子愛歸雲。」《勾亭》云：「繞除分活水，排牖入秋山。」《葦棚》云：「落照斜浸户，涼陰不滿階。」

《詠柿》云：「然雲千顆赤，凍蜜一林甘。」七言如《寒食》云：「燕子不來春漸老，梨花欲謝月初升。」《雨後》云：「新涼到枕欲成夢，曉氣逼簾如許清。」《留别士民》云：「我心似鏡慙明府，衆口如碑付路人。」《病後》云：「往時自笑吟成癖，連日翻因病得閒。」《送張學博歸大理》云：「此去料量千古業，從今消受一家春。」

其令弟蒙泉，名大本，登辛酉拔萃科，延試優等，出宰江右。聯芳競秀，有二蘇之目。所作詩歌，風致異人，記其《長沙竹枝詞》四首云：「長沙城似泊舟形，一帶垂楊繞郭青。何事郎船無住着，江天風起又揚舲。」「家住龍塘灣復灣，漁舟不怕浪如山。船頭小女雙丫髻，也學咿啞打槳還。」「橘州春樹緑差差，洲畔人家短竹籬。好是瀟湘新雨後，船頭斜日曬鸕鷀。」「昭山山下晚烟微，鷂子巖前白鷺飛。一葉輕帆來遠浦，郎從南嶽賽神歸。」

蒙泉於丁卯春暮服闋，將之江右。余時來省垣，邀同嚴樂園、楊剛亭遊明忠烈蔡江門先生祠。時霪雨初晴，江山如畫，俯仰憑弔，無限深情。余即席口占云：「連朝陰雨暗江城，結伴看山喜放晴。簇簇新秧環隴陌，森森古柏蔭祠塋。多年碧血和烟冷，終古丹心向日明。惆悵江門遺蹟在，鳥啼花落恨難平。」「高亭載酒共盤桓，盡説今朝勝會難。遠宦友朋憐久别，故鄉山水快重看。禊遊有客同春暮，懷古何人獨歲寒。斜日歸輿重迴首，緑陰如畫鎖危欄。」

詩人少達而多窮，古今同慨，非徒以窮而後工，正以工而多窮也。周静山明府，秦中名孝廉，事太夫人以孝著，蓬門蓽户，菽水承歡，處之晏如。後三上公車不第，以挑選得縣令，捧檄楚南，欣然色喜，得遂其養親之願。性嗜吟詠，疎於會計，竟至貧無立錐，然行篋中詩草甚富。天殆將以嗇其遇者豐其名歟？五言如《客至》云：「客至紛持券，年年此日來。留賓須假館，避債苦無臺。貧入膏肓病，謀疎會計才。怕教慈母問，强笑且銜杯。」《寄衡兒》云：「汝去蒸湘曲，於今三月餘。關心頻入夢，極目渺愁予。莫以留甥館，而忘讀父書。思兒勞大母，攜婦盍歸歟？」七言如《憶梅》云：「回首東風乍轉時，酒樽茗椀對瓊姿。難忘最是春江上，斜壓孤篷一兩枝。」「一别江鄉幾度春，每逢風信客愁新。青山久負歸來約，只恐名花也笑人。」《次白水驛》云：「寒山落日下牛羊，轍跡勞勞道路長。今夜家人應聚語，計程明日到平涼。」《蘆花》云：「蘆花如雪滿汀洲，鴻雁聲中拂釣舟。不比春風狂柳絮，替人閒管别離愁。」《讀蔣心餘太史四絃秋》云：「一枝紅退出牆花，商婦飄零亦可嗟。不遇江州白司馬，月明空自弄琵琶。」《榆錢》云：「纔從新火鑄來圓，忽訝紛飛細雨天。未必五銖堪手使，若爲萬貫作腰纏。隔籬且買桃花笑，撒徑難尋柳線穿。畢竟東皇真富貴，年年狼藉沈郎錢。」《得陶雲汀書却寄》云：「迴憶秋風鶚薦時，文章千古兩心知。綠波碧草銷魂别，白露蒼葭遠道思。雙鯉遥傳腸更曲，一官輕去數原奇。勞君問我全家計，淚灑雲箋不自持。」《哭范琴山》云：「三年于役鬢成絲，萬里歸來病骨支。花種河陽尋昔夢，春回湘水不多時。半生勳業憑人論，一寸悉心祇自知。賸有文章推妙手，遺編争唱石湖詩。」佳句五言如《江行》云：「雲低催暝色，風急亂灘聲。」《秋懷》云：「浮雲千態變，皓月一心孤。」《岳陽》云：「琴彈洞庭月，人倚岳陽樓。」「雪作潮頭轉，雲拖雁影寒。」《賞菊》云：「酒香含露氣，燈影淡霜痕。」《詠雪》云：「全欺孤鶴白，乍失遠山青。」《對雨》云：「園廬延衆綠，草木助餘清。」七言如《落花》

云：「夜月照殘蝴蝶夢，曉風吹斷杜鵑魂。」「無可奈何朝雨後，誰能遣此夕陽天。」《新柳》云：「歸燕影斜風嫋嫋，流鶯聲細雨冥冥。」「小雨含來初拂馬，殘陽映去不勝鴉。」《秋草》云：「鷹掠郊原舒眼疾，馬騰邊塞作秋聲。」《雁字》云：「飛向青天開一畫，照來碧水作雙鉤。」「欲界烏絲憑細雨，愛揮尺幅借孤雲。」《秋夜》云：「梧桐影散月初上，蟋蟀聲來人未眠。」「入户微風初醒酒，隔簾疎雨正催詩。」《舊宅》云：「四壁暗塵蛛網重，一庭殘照鳥聲多。」《旅中》云：「驛路秋風人去去，亂山黄葉馬蕭蕭。」《聞雁》云：「叫殘荻港三更月，寫出關山萬里秋。」《謝友人贈金》云：「衣裳贖到寒簧上，老幼歡生飯甕中。」《夜坐》云：「半壁蟲聲還話雨，一痕鴻爪共沾泥。」《感懷》云：「官貧肯喫兒孫飯，債迫難償子母錢。」《春望》云：「千里帆檣來極浦，一江烟雨作春寒。」

毛壽君琛，蘇州布衣，久客潭州，謀歸未得。刻《春懷詩》四首，有「半壁夕陽開嶽色，一聲長笛起春愁。生涯省識漁竿好，歸計休同肉食謀」之句。金廉訪見之，爲贈百金，助之歸。

又有董君練塘，與静山明府相唱和，録湘館聯吟一帙，亦有佳句。五言如《菊酒》云：「長生吾有術，何必學餐霞。欲釀蘭陵酒，還栽栗里花。金英山下采，玉瀣甕頭誇。堪笑貪饕輩，羔羊説党家。」《菊枕》云：「一夜秋風落，收來聚滿囊。莫教肱久曲，自覺夢猶香。拂榻餘霜氣，侵幃冷月光。遊仙輸此枕，清味個中長。」《排悶》云：「歲月吟詩癖，乾坤剩酒懷。愛參無上義，不學太常齋。檢點書多味，談諧語亦佳。消寒時促膝，豈有悶難排。」《閨怨限谿西雞齊啼》云：「纔見垂楊緑映谿，忽驚落葉碧窗西。盤中我欲抛紅豆，鏡裏誰憐舞錦雞。欹枕聽殘寒漏永，登樓望與暮雲齊。書來空有刀環約，辜負年年謝豹嚦。」《旅愁限屋北鹿獨宿》云：「老樹閒雲藏古屋，幽棲回首北山北。百年踪跡水飄萍，一笑生涯蕉覆鹿。夢裏不知家别離，醉中渾忘身孤獨。吟君詩句渺愁余，安得烟巒深處宿。」

世禄之家，鮮克由禮。祖父以詩書起家，子孫以紈袴相耀，往往怙侈蔑義，遂至一蹶不振。而能以清白自矢，克紹先烈者，固其先人之教誨甚宜，亦在己之砥礪有素也。江右裘文達公，以理學名臣，著名當代。其後嗣如直省制憲先生，宏才碩畫，接武前人。季嗣慎甫明府借宰吾衡，仁聲載道。將卸衡篆時，作詩留别士庶，一時和章雲集，刊《驪唱集》，楚南人多傳誦之。原唱云：「偶然捧檄到山城，嶽色江光互送迎。須識軍書方報罷，要將民氣養和平。事常勤理聊藏拙，清愛人知已近名。他日續編儒吏傳，誰言召杜是虚聲。」「自信朝朝只素餐，治民容易愛民難。憐他雀角何爲者，愧我蒲鞭尚未寬。牘紙每過三寸厚，判詞尚付萬人看。士原百里才非易，風俗由來視長官。」「日長衙散少差排，但值公餘向小齋。静坐每將心事省，政聲可與物情諧。十年宦海官仍舊，一載山居趣亦佳。閒讀諸生新課卷，幾番隱隱動詩懷。」「甘霖何事偶愆期，正是炎天望澤時。龍骨幾家依斷壠，豚蹄到處祝叢祠。忽聞淅瀝初霏雨，行看廉纖漸滿池。豈獨使君亭誌喜，農歌齊唱《大田》詩。」「五月巡方憶往年，地靈終古鎮南天。坤維自昔無更改，祀典緣何有變遷。紅日直升東海上，白雲平截萬峰巔。由來名勝誰輕到，管領仙山便是仙。」「莫嗤案牘日勞形，到眼風光最秀靈。原野有秋農力穡，書燈永夜士横經。流分湘水千層碧，峰矗芙蓉萬朵青。何必新安頻乞郡，好來此處覓居停。」「一紙除書驛遞忙，瓜期無奈太蒼黄。纔將鴻爪留塵跡，又聽驪歌促客裝。南浦送行傷碧草，西風吹淚付斜陽。人生聚散原難定，底事茫茫未易量。」「臨歧草草話難窮，共説無由借寇公。萬古欠圓惟月影，一年最苦是秋風。再來勝地知何日，此後名山只夢中。都有何戡離别恨，長條折贈竟匆匆。」

時京圃大兄方授學本邑雯峰書院，有賓主之誼，次韵云：「九面青峰抱古城，飛鳧欲駐片雲迎。借才溯自重湖遠，敷政看如一水平。爲使吏民袪積習，肯將父母付虚名。琴絲初向公堂鼓，四境絃歌早繼聲。」「杞菊栽成亦可餐，清廉砥節古人難。軍徭劇恐民財匱，吏治何妨法網寬。要識懸蒲風未杳，有誰扶杖快相看。已知輿誦流傳遍，河上神明舊宰官。」「縣門平對兩山排，山色招邀出小齋。晴日勸農分餉饁，春風課士雜談諧。勞形案牘應嫌俗，假我文章分外佳。見説訟庭閒寂甚，草生花落總詩懷。」「恬熙景況愜幽期，記取郊原小駐時。風送稻香來古陌，日斜桑影賽神祠。勤耕不輟耘千耦，憚暑頻添雨一池。穩卜豐穰連歲得，合將《華黍》補亡《詩》。」「竹馬争迎憶去年，流光又近早涼天。那堪郵信傳瓜代，却喜鶯聲擇木遷。宦況清澄湘水底，秋懷高寄楚山巔。由來儒吏皆仙吏，何必丹砂問隱仙。」「久從名嶽識真形，更欲支笻叩嶽靈。曉日神山看入畫，秋燈佛閣試繙經。閒心縹緲飛雲白，秘迹摩挲古石青。此度使君身是客，低徊頻唤筍輿停。」「笑我京華角逐忙，曾憑時世論雌黄。緇衣黯淡尋歸路，繡鋏飄零剩客裝。漫擁臯比消永日，幾承麈尾話殘陽。二年賓主周旋意，欲罄離情未可量。」「最憐父老思無窮，繾綣留香悵令公。楊柳亭虚含夕照，木蘭枻重載清風。登臨寥泬生悲處，聚散蒼黄瞥眼中。有曲送君誰解唱，殷勤三叠莫匆匆。」

余時方遠館衡郡義塾，慎甫明府以詩寄贈，走筆和云：「衡雲深處古麋城，鳧舄飛來遠近迎。約法豈如山並重，稱情應較水還平。早從梓里懷高躅，銑系出江右。曾向荆墟識令名。前任楚北。自挾牛刀聊小試，紛紛入境聽歌聲。」「萬錢半擲快朝餐，衣鉢家傳信不難。槐蔭一庭流澤遠，棠陰兩省被恩寬。近承慈訓丁寧切，夜判刑書子細看。猶少鮓潭待分寄，釜魚歌咏本清官。」「插架牙籤萬軸排，公餘長日坐書齋。學求尚友爲徒古，論必驚人耻俗諧。夢草聯吟當日樂，哦松静對此中佳。幾回清讌瞻丰采，浩蕩澄波沁我懷。」「傳薪藝苑快深期，濂洛風流振一時。御李祇應容我輩，瞻韓何必叩公祠。邑有韓公祠。種來桃蕚紅侵縣，采取芹香翠繞池。此日泮林諸弟子，新秋先唱《鹿鳴》詩。特舉行賓興酒。」「鷄豚桑柘樂豐年，村落人家别有天。實結竹林招鳳舞，時出竹米。香流稻隴看蝗遷。仲夏雨澤偶愆，虔求立應。仁風遠播瀟湘窟，霛雨常行壽嶽巔。應識山川誠感意，休言邑小吏如仙。」「熟將四境察清形，名勝徘徊想地靈。霽雪照空餘舊蹟，開雲有路快初經。瀾觀海上輪扶赤，碑譯山尖字現青。千古賢豪自來往，更邀謝屐此間停。」「來何暮也去何忙，惆悵槐雲滿地黄。署有聽槐廳事。聽折垂楊歌别調，快肩行李趁歸裝。階前卧轍悲秋雨，江上抽帆送夕陽。只恐他年推轂遠，重迎有願費思量。」「一氈零落嘆徒窮，博我奇文得見公。松節老蒼終近日，萍蹤飄泊祇因風。夢回湘水漁村外，望斷衡陽雁影中。莫道何戡離别恨，人生聚散太匆匆。」詩既成，寄奉慎甫先生，書來贊賞不置，屬叠和云：「仙梟曾駐武昌城，携鶴南來衆共迎。淮水鑒心同玉潔，瀏邑一名淮川。嶽峰寄跡與雲平。功成自著三年效，實至常留萬古名。記取衡湘下車日，紛紛遠近播先聲。」「新詩惠我讀忘餐，來往心情去住難。政肅方知輿頌樂，愁多每覺帶圍寬。《陽春》一曲知稀和，驪唱千行忍罷看。仕學交修真不厭，簿書誰謂累儒官。」

「雲山悵隔悶難排，把卷長年坐冷齋。祇爲家貧甘旅食，致令客久少談諧。銜盃東閣心先醉，剪燭西窗話更佳。此後瀟湘風雨裏，一庭琴鶴最關懷。」「文章報國夙相期，此念寧忘作宰時。誓日直堪盟嶽廟，瞻雲猶復禱韓祠。三春坐勸桑陰岸，九夏難消菡萏池。王事如家知更重，賢勞愛誦《北山》詩。」「作吏重湖已十年，瀟湘雲夢共南天。常爲霖雨蒼生福，莫訝風花物序遷。有德豈容終縣長，無才真愧隱山巔。白衣宰相巖中芋，好向烟霞一問仙。」「照人秋月洞真形，頑石能言詎不靈。爲破俸錢招士子，還添樺燭讀遺經。名山寂寞懷心素，寒畯栽培寄眼青。惆悵嶽雲湘水外，悲歌無計賦《雲停》。」「最是離愁觸客忙，更兼落木滿林黄。程懷驛路雙旌遠，望斷仙槎片石裝。燕子多情如惜别，雁書欲至待隨陽。從來異地真思續，别境迢遥未可量。」「臺階聞望播無窮，譜誼流傳逮我公。先祖與文達公同榜。幸托枌榆沾化雨，還瞻欒棟繼家風。西江宗派畫圖裏，南浦客愁芳草中。莫訝離堂翻置酒，時方設席留别邑中多士。道旁祖餞本匆匆。」

二兄心如和云：「猶憶星軺賁邑城，嶽雲湘水共逢迎。爲言蔀屋風存古，且喜琴堂政易平。自凛四知緣潔己，人傳三異豈沽名。無端更送行旌去，腸斷江樓玉笛聲。」「祁寒待暖餒需餐，如此嚴慈兩盡難。父老登堂心自畏，賢侯聽訟意常寬。村傳樓鼓通宵寂，庭噪巢烏破曉看。不耀風流溺文史，但將清儉稱貧官。」「雲峰挾雨接天排，猶賴賢侯三日齋。曠野把犁農父喜，深村荷笠牧童諧。即看旱久人皆望，想見晴新景倍佳。閒向緑槐根上坐，田歌一曲暢天懷。」「晚來賈父十年期，遺愛流傳無盡時。細柳從戎今有樹，庚桑被化夙成祠。摩崖欲泐碑千字，洗研憑澆墨一池。却喜旗亭留别後，紗籠處處詠新詩。」「他年重至是何年，郢樹衡雲各一天。驥足騰雲欣捷步，鴒行得路快高遷。靈山久待三生約，身世誰清百尺巔。指顧垂紳金殿側，也應朝士羡登仙。」「高懸秦鏡少遺形，耿耿衷懷對嶽靈。風月相思期再見，烟雲回首喜頻經。擬再遊南嶽。地連廬阜千尋碧，人望衡峰九面青。任使嬰兒失慈母，攀轅遮道偶留停。」「衝風落葉奈秋忙，來去剛逢菊未黄。不遺微區同傳舍，更無宦積入行裝。蘭芻澧浦遲湘畹，樹繞晴川憶漢陽。蟋蟀西堂似留別，蒼茫後會渺難量。」「遠近依依興不窮，令名寧復羡羊公。青蚨選罷山翁意，緑蟻攜來野老風。日觀千重歸畫裏，冰心一片寄壺中。荻花楓葉如多恨，回首當前行色匆。」

同邑文丈必萬和云：「三更案牘挑燈理，一紙爰書帶淚看。」「邑得神君倡正學，民知大道屈《齊諧》。」「沿堤杜若迎人秀，夾岸湘山到眼青。」同人佳句，如周廣文元成云：「挂浦一帆秋色裏，望衡九面夕陽中。」朱廣文正紫云：「懷公品望千秋上，老我鬢眉一夢中。」文丈蓄齋云：「萬里秋風攜鶴去，幾時春樹聽鶯遷。」「數腔《白雪》飛湘笛，一艇清風下岳陽。」劉禮門順親云：「官載清風歸竹閣，人分化雨入芹池。」向君鴻表云：「萬里客愁揮別淚，滿船離恨載斜陽。」文丈太和云：「只言冬日方垂愛，無奈秋風又送行。」曾謙山傳薪云：「灑勻衡嶽三春雨，開遍河陽一縣花。」輯而存之，以誌裘公之惠政弗諠，且以見吾邑中近日之多風雅人也。

長沙孟君道元事親最孝，丙辰舉孝廉方正，聲稱藉甚。嘗夢遊崑崙，見玉闕金臺，琪花瑶草，璀璨奪目。其中仙靈來往，可望而不可即，亦異事也。居平好吟詠，惜没後遺稿未克纂輯。記其《書樓即景》云：「簷牙挂月半清虚，棲鳥斜飛入綺疏。只見嵐浮窗外嶂，不知雲濕案頭書。」《竹杖》云：「幾尺蒼筤鶴膝形，扶危端合伴高齡。閒來拄向花村去，點破莓苔一路青。」

世傳高適五十能詩，人多不信。要之，詩非中年不可學也。湘潭張壺山經田，早歲由進士入中書舍人，任浙西司馬，講求吏治，未暇肆力於詩。丙辰以後，解組遨遊山水，而詩學日進。其佳句如「樹重封嶺缺，雲擁失山尖」、「月流江欲曙，帆飽浪添聲」、「晚程隨落雁，暝色入歸鴉」、「溪流喧水碓，帆影亂沙灘」、「半嶺白雲幽鳥夢，滿山紅葉老僧居」。《桐江》云：「千巖雨氣霑雲氣，七里灘流截海流。」

五弟篁軒詩筆清雋，似有夙慧。余嘗教以留心漁洋一派，出以渾雅，其風味更覺異人。近余自京歸，出近作閱之，喜其大有進境。《春日雜詩》云：「初春衹覺雨凄迷，山鳥聲聲作意啼。幾日不來村外望，桃花紅到小橋西。」「繞蘭芳草漸芊綿，活翠離離澹遠烟。庭院曉寒風似剪，一簾疎雨鷓鴣天。」「薄雲如縠逗春晴，柳外條風拂面輕。三兩兒童歡逐隊，夕陽牛背放風箏。」「春瘴冥濛細雨潸，連朝兀坐掩柴關。曉晴試展吟眸望，青到當門幾疊山。」「瞥眼東風已落梅，園林纔見李花開。黄昏幾樹横斜影，誤引詩人索笑來。」「東鄰社鼓早傳聲，微雨霏霏頃刻晴。最是日斜人散後，一塘青草亂蛙鳴。」「草暖陂塘緑意饒，菰蒲短短漸抽苗。一雙戲鴨隨流水，衝破萍花浪幾條。」「平田風起浪鱗鱗，柳陌扶犁趁曉春。蓑袂笠簷紅杏雨，畫圖風景屬農人。」「于飛燕燕到深閨，宛轉空巢刷舊泥。似與主人離别久，呢喃梁上盡情啼。」「幽人鎮日擁吟衾，花事經番不覺深。鳩婦唤晴還唤雨，畫欄一半是春陰。」「漫空玉雨灑迷離，正是棠梨鬥艷時。料得前村新釀熟，萬花影裏卓青旗。」「一畦烟雨濕春蓑，稻隴青青露不多。計日山房風味好，讀書聲裏答秧歌。」「貓頭新筍簇春盤，佐食山厨一味單。莫待南風吹萬遍，滿林齊上碧琅玕。」「柳魂初返漢南枝，宛轉臨風漸作絲。萬縷千條誰試剪，可憐辛苦是封姨。」「藹藹紅雲薄旭暄，濃香深鎖杏花村。翩翩最愛雙蝴蝶，也與遊人共到門。」「遊春徑曲揭來頻，拾翠尋芳得趣真。輸與園丁閒自在，犬聲送出看花人。」「鶯簧蝶板鬧新晴，花氣如蒸藹藹生。好是微風輕颺處，一林香霧不分明。」「小園地占半弓强，繡罫參差接近莊。一稜晚烟横屋角，微風吹過菜花香。」「簷陰一道亘窗扉，半捲筠簾待燕歸。螺粉牆高初月上，坐看花片點苔衣。」「庭院深深釀薄寒，苔紋隨意長迷漫。屐聲不到柴門閉，緑遍閒階十二欄。」「麴塵毶遍浄無埃，堤柳參差作絮纔。晴雪滿天飛更落，鞭絲誰過畫橋來。」「遲日晴和淑氣薰，春山春水緑氤氲。蘭亭觴詠當年事，誰把風流繼右軍。」《苔紋二十首》録二云：「小窗西畔畫堂東，叠叠新苔散未融。繞逕密侵垂柳緑，緣階低襯落花紅。平封斷碣文今古，深鎖遥岑黛異同。最是春來環闥外，碧波渾欲上簾櫳。」「不知生意爲誰忙，争共南園花草芳。細引髮痕縈曲島，淺交花纈膩迴廊。柴門客到青雙屐，鎖院人稀緑半牆。多少繡茵鋪段段，觸余吟興畫欄傍。」《秋柳二十首》録二云：「無端秋思動凄凄，柳色驚翻上下堤。野水淡園荒蓼外，暮烟深鎖斷橋西。嬾將繫馬尋前渡，怕到離亭認舊題。回首灞陵人去遠，夕陽影裏路高低。」「眉黛風流最易消，曉春誰記緑楊橋。可憐東岸還西岸，空剩千條與萬條。去客旗亭寒繫馬，夕陽古驛晚鳴蜩。他時南浦聽鸝處，依舊濃陰覆畫橈。」他如《瀟湘夜雨》云：「斑竹叢中添舊淚，黑雲堆裏響寒潮。」《洞庭秋月》云：「雪浪遠澄三楚派，天香高放一輪秋。」《遠浦歸帆》云：「長懷南浦三年别，飽挂西風一葉歸。」《平沙落雁》云：「夜月一聲投槲葉，晚風千點散蘆花。」《烟寺晚鐘》云：「繞林三匝鶴鶩夢，驀地一聲人破禪。」《漁村夕照》云：「一堤楊柳碧於水，幾樹桃花紅到門。」《山市晴嵐》云：「不覺兩邊山氣合，唯聞終日市聲酣。」《江天暮雪》云：「凍廬十里雁迷渡，飛絮一蓑人刺船。」《詠白桃花》云：「種花潘令心如水，傅粉何郎面有春。」《游紫金臺》云：「一榻白雲幡影静，四山黃葉屐聲乾。」《酎友》云：「平橋曲徑泥雙屐，細雨斜風酒一樽。」《登望嶽亭》云：「四圍屏障涵空碧，一半樓臺挂夕陽。」《登嶽麓峰》云：「摩挲赤石心千古，指點青松韵六朝。」《登迴雁峰》云：「冥鴻去路三千里，古佛歸期五百年。」《詠柳》云：「折腰竟入先生傳，彈指曾聞及第人。」《詠松》云：「秋風計日應舒甲，夜夢何年更入丁。」《詠萍》云：「浮蹤莫漫依游子，結實終須待聖人。」五言如《詠菊》云：「故當重九日，新放兩三花。」《江行》云：「半篙春水緑，兩岸夕陽紅。」《詠梅》云：「寒光散晴雪，春意滿空山。」《詠雪》云：「不教天地夜，解脱雨風聲。」《書懷》云：「看劍豪生膽，讀書香到心。」《蝴蝶》云：「夢宜入莊叟，畫尚憶滕王。」《晚泊》云：「夕陽紅在樹，遠水碧連天。」《晚望》云：「暮烟横斷岸，夕照趁歸鴉。」《星沙舟中》云：「烟涵洲嶼遠，風急雁鴻高。」《朗江對雪》云：「山圍兩岸白，水界一條青。」《漁父》云：「花雨紅飛笠，江波緑上蓑。」

衡嶽聖廟宫殿高峻，參天入雲，每當曉日初上，龍樓鳳閣，金碧丹青，與松翠相照耀，瞻拜之下，恍然五雲深處行也。篁軒弟嘗酬香禮成，恭紀六絶云：「宫門風細響颼颼，大地侵晨爽似秋。翹首鬱蟠蒼翠裏，曉光紅上御書樓。」「嵯峨宫殿魯靈光，縹緲香烟隱上方。兩道朱廊擁鰲柱，石龍蟠處是中央。」「磊落喬松萬纛參，似扶隆棟出雲間。岳靈英爽山川秀，培養龍鱗護聖顔。」「數聲仙梵静無譁，隱隱樓臺望裏遮。趨過玉階頻側耳，風鈴傳語出簷牙。」「炎炎鶉火應星台，赤岳崚嶒列障開。直到殿垣峰勢亘，一條飛蝀接龍來。」「瑶壇日暖麗丹筵，冠珮趨承尺五天。應是玉皇香案吏，滿身圍繞御爐烟。」出語雄秀，雅與題稱。

丙寅冬，余遊鄉泉，取道南嶽山後，蹊逕幽邃。五弟隨行，山中得句，妙有天趣。五絶云：「寒松緑欲墮，瘦竹森如束。採樵人不歸，野雲上茆屋。」七絶云：「雲巒潑墨更無多，處處丹青染樹柯。策馬一鞭殘照裏，人從摩詰畫中過。」《水碓》云：「如舟小屋接溪濱，滚滚寒流自轉輪。誤遣宵深行客喜，水邊猶有夜春人。」《懷友》云：「回首山城隔白雲，數聲征雁悵離群。天工故作蕭蕭雨，似恐愁心未十分。」

篁軒弟嘗夢文章亭，攜畫過舍，語云：「此唐六如居士筆也。」内有山水小幀，一老翁扶杖而歸，六如居士自題云：「小飲田翁舍，兒童醉未歸。杖藜步幽徑，山翠濕人衣。」詩意古趣。

余家南嶽之下，琳宫梵宇，所在多有。而與余居阯相近者，以菩提林爲勝，花關藥圃，佳卉紛披。時值春仲，黄梅盛開，寺僧邀客，置酒延賞，酒後分韵賦詩。蘭畹六弟云：「本是春風第一花，却隨桃李門繁華。東皇爲别和羹種，特賜黄衣壓衆葩。」座客見而奇之。時竹泉七弟年甫十齡，客問曰：「爾亦能詩否？」竹泉應曰：「特未就耳。」因唸云：「當年高士偶尋春，夢入羅浮見美人。」客曰：「此題宜作『黄』字。」竹泉笑而不答，即續云：「幾度别來增悵望，黄金鑄就此花身。」一時作者無不嘆賞，方知前二句即有末句在。

狄次公前輩視學楚南，風雅之士，多被裁進。蘭畹六弟尤蒙激賞，以《七十二峰賦》命題考古，拔置第一。然其平居所作，亦時露聰穎之致。《詠水仙花》云：「玉貌珊珊本絶塵，翠裙斜立儼仙人。多情更注瀟湘水，看取淩波學洛神。」「蠟梅香裏吐新英，沙石蟠根太瘦生。幾度水晶簾外望，一庭花氣不分明。」《題箋上月桂圖》云：「小扇已如裁半月，月輪於半已窺全。美人一面曾相識，記在瓊樓玉宇邊。」「一抹丹青寫碧紈，蟾光隱約畫中看。北風自有生涼意，輪影横空金粟寒。」佳句如《江行》云：「古渡送人影，空江來櫓聲。」「蛙喧千澗雨，螢亂一池星。」「櫓聲摇夜月，帆影入秋烟。」「鵲喧紅葉樹，人話緑蘿烟。」「雲歸千樹白，雨過一江清。」「小荷低受雨，老樹獨呼風。」《晚鐘》云：「松回老衲穿雲入，驚起寒鴉帶霧銜。」《晚泊》云：「半江黄葉客停棹，兩岸青山人倚樓。」《秋夜舟中》云：「朔雁遠銜霜信至，老漁空載月明歸。」《春懷》云：「繞樹鶯兒啼客夢，隔簾燕子説春愁。」俱有唐意。

蓉峰詩話卷十一

衡山聶銑敏蓉峰晉光甫著
周光霽頤堂偉章甫校

往余客長沙時，陳蘭莊每以詩草見示，其佳者已録之於前矣。兹予自京假歸，殷殷話舊，復出其晚年手定稿相證。愛其佳句甚多，因備録之。五言如《登拱極樓》云：「騰身飛鳥上，天影四圍看。人語響空碧，江心生暮寒。雲開三楚地，風静五溪蠻。歲晏應聞捷，斜陽同倚欄。」《梅花》云：「春意偏憐汝，先教壓衆芳。空山連夜夢，明月出林香。老鍊冰霜氣，清森鐵石腸。一枝誰並立，烟外竹蒼蒼。」《秋夜》云：「寂寂空齋裏，懷人倚劍歌。夜從燈下永，秋在客邊多。露冷落黄葉，星繁垂絳河。此時陶靖節，漉酒注香螺。」《黄葉亭》云：「木魚山下石盤盤，誰記陶公舊釣竿？貰酒空亭醉湘碧，滿天黄葉送秋寒。」《爲楊山長離騷影題詞》三首云：「鐵崖樂府記仙曹，枉渚悲風起怒濤。名士牢愁無着地，江邊痛飲續《離騷》。」「浮尸不墮蛟龍窟，痛哭曾驚虎豹關。二百年來詩一首，無名氏女在人間。」「鼎州郭外草萋萋，玉冷香銷客思迷。二十五絃聲未絶，女蘿山鬼夜深啼。」《牧童詞》云：「牧童手挾策，驅犢出深谷。平原十里間，烟草萋以緑。飢渴各有懷，順之使自足。用吾命者馴，亂其群者逐。犢肥主人喜，在久不在速。横笛吹晚風，斜陽下喬木。」《雜詩》云：「幽蘭懷素心，託根湘水側。但凝風露香，不争桃李色。春陽本無私，萬卉同一植。葳蕤洲渚間，蕭艾方填塞。客從遠方來，停橈三嘆息。江上送春歸，日暮情何極。」其二云：「七雄争戰時，口舌博卿相。秦火猶未燔，《詩》《書》氣先喪。古來賢達人，尊己勵所尚。富貴不可求，功名焉足仗。君看魯仲連，飄然東海上。」其他佳句，五言如「夜聲秋在竹，水色月當門」、「故人千里夢，明月一簾霜」、「但見暮雲合，不知新月生」、「殘燈三徑夢，甘雨萬家心」、「暝色依紅樹，秋聲過白雲」、「僧定孤雲内，秋生一葉中」、「每日一臨水，無心還看山」、「斷鴻風自急，秋樹葉無情」、「人來紅樹外，秋在夕陽間」、「宿雲猶護竹，流水不移梅」。《夾竹桃》云：「誰知君子節，亦有美人心。」《征婦詞》云：「可憐孤枕夢，猶向戰場回。」七言如《與陳半塘分韵》云：「世情我已肱三折，客路君能首一回。」《湘樓話舊》云：「十年往事憑欄語，八月西風掠地生。」

師弟之恩，生三事一，固宜以氣誼相重，而或視爲泛常者，蓋以師之愛弟子者未必深，故弟子之報師者亦不甚厚也。蕭山陸平泉前輩，庚申偕趙芸浦先生典試楚南，得人最盛。至京師，適值辛酉、壬戌禮闈相接，一時及門諸君，俱留京待試。陸、趙二公爲之按月考課，丹黄甲乙，殷殷不倦。未幾，平泉先生視學黔中，門下私衷依戀，爲之公製詩册，遠送道中。平泉先生賦詩留别云：「客歲征軺曾蒞楚，今年使節復臨黔。君恩至渥何由報，臣職無他首在廉。心抱壺冰盟潔白，手披珊網綴幽潛。服膺聖訓唯公正，從此南行馬首瞻。」「昨宵鄰醖酌重陽，同年許篆香居同巷，九日置酒爲餞。又值離筵道左張。出郭早驚楓葉醉，銜杯猶領菊花香。回思夏課論文屢，相勸秋燈把卷長。此去厭看堤柳色，臨行折别意難忘。」「半年几席話盤桓，毾㲪心情各自寬。刺股正勞摩揣熟，畫眉宜稱淺深看。豹斑澤霧奇文蔚，鵬翼培風大力摶。遠盼捷音天末至，不徒花放一枝單。春闈聯捷，唯方蔗墅一人。」「尚憶開樽玩月圓，殷勤爲作贈行篇。計程沅澧津頻問，得便平安語可傳。華隰遠征幾萬里，瓜期重及尚三年。料知衮衮登瀛苑，屈指歸來喜步聯。」四時情詞斐亹，師弟之誼如見。

平泉先生丙辰出曉嵐先生之門，至黔後寄書問安，道遠未致伻函之敬。曉嵐先生以詩代柬云：「一札迢迢自日南，只將倰刺貯空函。老夫得此心原喜，知汝居官定不貪。」

君山横踞洞庭湖中，每值水漲，遠望之如一髮然。其間丘壑盤紆，蹊逕幽邃。有崇勝禪院，尤爲極古，鐘鼎皆五代時物。往來遊客，每以風濤洶湧，可望而不可即，亦人間小蓬萊也。錢南園學使題云：「湖雲漠漠歸猿定，山竹斑斑啼鳥過。」石琢堂師題云：「五代故鐘皇篆在，百年古殿佛燈涼。」俱山中真景。

沅江爲騷人行吟之地，美人香草，遺韵猶存。近今以來，有能振起風騷者，唯吴芷泉前輩俊升伯仲，同聲唱和，不失楚秀本色。惜年俱不永，著作不富，未克親爲訂定。余過其地，就其後嗣訪求遺稿，得詩一帙，録其尤者。五言如《宿陳潭》云：「鼓角戍樓暮，江堤烟柳垂。雨添新漲闊，風急夜船移。白袷中宵冷，孤燈相對欹。祇應排悶處，中酒不知疲。」《望洞庭》云：「洞庭遥入望，千里浪翻銀。渺渺巴陵道，沉沉夢澤春。江山雄霸國，草木怨詞人。挂席斜陽外，乘風欲問津。」七絶如《白沙渡》云：「小雨初晴霽色開，微波漾暖縠紋裁。桃花幾片隨流水，帶得春從洞口來。」《湘中曲》云：「孤帆一片夕陽中，家在瀟湘東復東。九面望衡剛得到，衡山又被白雲封。」「花落辛夷滿塢寒，黄陵廟下水迷漫。夜來幾點瀟湘雨，添得新篁無數斑。」「蘆中人老白波間，湘水平鋪願已慳。風雨年年移不去，眼中一點是君山。」《秦淮曲》云：「春漲秦淮没舊痕，關情桃葉復桃根。琅琊風調今誰似，十里花飛白下門。」「青油畫舫紫氍毹，長板橋南柳數株。一夜西風吹落葉，懷人更在莫愁湖。」「鷄鳴埭畔去迎潮，回首烟花久寂寥。舊院風流真一夢，行人猶似説南朝。」「鞭絲帽影落寒流，相逐清淮水上游。踏月晚離邀笛步，一聲畫角倚江樓。」《淮上弔古》云：「圯上逢老人，淮陰遇漂母。千古兩英雄，憤激良非偶。丈夫忍辱每成名，富貴翻忘知己恩。區區老嫗頗解事，不愛千金哀王孫。項王驅除沛公起，一朝興亡由國士。天下已定固當烹，留侯獨存赤松子。」《臨皋古驛》云：「臨皋亭下水，一半來峨眉。昔聞蘇長公，到此便情移。飲食與沐浴，冰雪沁心脾。從遊挾二客，不記賓主誰。日月曾幾何，山川猶昔時。武昌驛之東，夏口驛之西。大江弄明月，赤壁登危梯。緬懷千載上，風雅亦吾師。」《泊龍陽縣》云：「江豚拜浪群魚躍，十里斜風吹雨脚。晚棹迷離路不分，泊舟始見辰陽郭。郭外人家臨水邊，隔江燈火半漁船。買魚沽酒樂今夕，興洽回杯勸長年。明朝解纜風足喜，恰好揚帆争上水。青嶂流雲蔭緑溪，輕舟又泊桃花裏。」佳句如「青山迎客棹，白鳥狎漁舟」、「野橋流水暗，官路夕陽斜」、「落照孤城白，驚秋一葉黄」、「樹老常含雨，巖空只落花」、「柳垂鶯破緑，花落蝶愁紅」、「燕歸秋社後，人瘦菊花前」、「木落霜無葉，冰開浪有花」、「漁争流上下，家占塢東西」，七言如「千里關河茅店月，一鞭楊柳酒旗風」、「月移孤館數聲笛，風落短牆何處花」、「石徑行來紅葉滿，鐘聲斷處白雲飛」。

出仕以後，溺情文史，固荒政事；然專心法律，於詩書判若兩途，亦非學道愛人之理。仕學交修，吾得宜黄應未堂先生先烈。先生以庚子名孝廉作牧秦中，有賢聲。後從戎楚北，運籌帷幄，厥有成績。旋調郴州，薦至太守。所至決獄如神，寔能以德服人，民訟一簡。余嘗授學東山，見其公餘覓句，秀韵天成，益嘆才識過人，不可及也。佳製甚多，唯記其《遊蘇仙白鹿洞》二律云：「郴陽城外即諸天，白鹿相馴自昔傳。入世幾人能越俗，買山如我亦參禪。千章古木淩雲秀，萬種新花帶雨然。暫借尋芳來此地，喜從佳處覓蘇仙。」「上盡瓊梯百尺巔，此身疑是玉堂仙。洞留丹竈燒凡骨，山似香爐駐夕烟。廬山白鹿洞在香爐峰下。橘井荒祠傳漢代，桃花流水憶秦年。洞内石刻有秦淮海先生「桃花流水」四大字。羅浮有夢今須到，記取芭蕉覆鹿眠。」

余乙丑同年多知名士，有粤東嘉應州李黼子黼平，詩、字素爲擅場。七絶尤風情旖旎，着紙欲飛，誠不愧登瀛之選。記其《空岭峽夜中聞笛》云：「孤笛遥飛水面亭，湘流嗚咽走空岭。却思小玉低聲唱，風絮查樓倚醉聽。」《揚州晚泊》云：「京口春寒客思紛，潮來江上已斜曛。布帆却背金山轉，行到揚州月二分。」

秦小峴先生瀛詩格超雋，風骨異人。爲楚南廉訪時，公餘輒耽吟詠，愛才如命，一時能詩之士，多從之遊。余時以奔走京華，未克親謁，見其佳詠，每深傾慕。近於程韵篁處見其手書粤中舊作，因録於卷。《湞陽峽》云：「兩岸盡石壁，劃天青不分。江寒夜常雨，峽暗曉仍雲。灘口牛痕門，風中虎氣聞。釣絲長幾許，試驗石花紋。」《武溪》云：「溪上吹横笛，我懷常寄生。昔聞武谿水，今向武谿行。霧歛月初吐，風高瀧未平。當年跕鳶處，辛告事南征。」《曲江道中》云：「五溪淫潦百蠻烟，銅柱功名不記年。此日湞江接武水，漢家無事下樓船。」「格磔鈎輈不可聞，鷓鴣啼處雨紛紛。入家五渡三楓裏，舊日題詩有范雲。」

江右曾賓谷前輩燠，官揚州鹽運時，風雅極盛。知名士如藕船、山尊、蘭雪、杳海、理堂、賁生諸君子，皆集幕府，公餘吟詠，編集成帙。厥後諸君子皆次第官京華。賁生先生以館選解蜀中彭水縣令，賓谷前輩臨别贈詩，古道至情，流于既溢。其一云：「送君蜀岡上，先飲蜀中水。君去尋其源，泝江七千里。泝江不言遠，今者仕爲貧。艱難博微禄，以養頭白親。昔時翔紫霄，今兹墮風塵。榮落總隨分，君恩如大鈞。此行意亦得，惆悵惟故人。」其二云：「憶君初來時，愛我爲我客。同幕復數賢，與君皆莫逆。尋芳春墅曉，聽雨秋堂夕。轟飲必盡觴，高歌屢畫壁。懽洽曾幾時，勞勞各有役。徒因蝸角名，忍令素心隔。今君復過我，幕客已寥寂。君去路更遥，離愁豈能釋。君學不根桓，君才亦篆刻。謂登著作廷，可不愧斯職。揚雄作奇字，世竟無人識。鬱鬱適兹土，人多爲君惜。」其三云：「惜君君自去，去去勿復陳。當念親民官，要須讀書人。酉陽雖僻陋，苗頑頗難馴。往者平苗役，面格心未親。地當殘破後，人是瘡痍身。群盜又往來，烽火驚四鄰。黴輪坐疲敝，何術能附循。君家文節公，戒石傳千春。黔涪公所至，君去疑前因。佇聞報最聲，遠慰相思辰。」

前輩風流，固足動人欽仰；然朝華已披，夕秀復振，後來少雋，亦未始不深人愛慕也。吾衡得湘嶽之勝，前輩中鍾靈毓秀，不乏偉人；繼起者類多佳士，有文价蕨延舉，年未及冠，詩筆即戛戛異人。七絶如《秋日遣興》云：「江頭望處碧烟空，秋水蘆花罨釣篷。白雁一聲霜信杳，斜陽影裏月如弓。」《夜坐》云：「風掃浮雲鏡匣開，碧天如水浸樓臺。更闌夜静人無語，捲起珠簾放月回。」佳句五言如

「人影淩波渡，春寒帶雨來」、「夕照摩鴉背，寒沙齧馬蹄」、「久雨難爲客，新晴飽看山」、「群山圍狹路，急雨趁歸人」、「雲向眼前落，山從頭上青」、「流水送斜日，孤村橫暮烟」，七言如《秋雁》云：「千里金風鄉夢遠，滿林黃葉夕陽斜。」《秋風》云：「柳外蟬琴時送響，天邊雁字不成行。」《秋柳》云：「斜日影沉隋渚外，亂蟬聲咽灞橋西。」《秋隼》云：「塞外斜盤呼白草，霜前一點下晴皐。」《秋蟬》云：「催殘薄暑來深院，勾引清風送夕陽。」《秋成》云：「風定竈烟空杳靄，日斜烽火報平安。」《秋砧》云：「午夜擣殘秋浦月，丁冬衝破碧溪烟。」《秋月》云：「茅店酒消千里夢，板橋人立一身霜。」《秋曉》云：「帶醉客衝黃葉雨，捲簾人醉菊花天。」《秋夕》云：「斜日一聲投旅雁，凍雲幾點送歸鴉。」《登上封寺》云：「風團古樹吞高閣，月透重雲挂短垣。」《題寺》云：「石鼎烹茶開倦眼，田沙和飯趁饑人。」《春晚》云：「雲因釀雨歸來晚，花爲留春落較遲。」

又有黃紹培慶夫《詠白桃花》七律四首云：「始笑穠華是夙根，風流淡掃出仙源。別來紅雨成孤賞，欲與梨雲共一村。晶枕睡殘春入夢，羽觴飛處月無痕。最憐竹逕參差裏，繞樹應迷蜂蝶魂。」「芳園一望路無垠，葉葉花花分外新。獨與青陽標素艷，似嫌紫陌染紅塵。羽衣綷縩紫仙子，獺髓參差傅美人。一種孤芳應自賞，溪邊流水澗邊春。」「姹紫嫣紅莫浪侵，問津人去費思尋。翠陰塢淺分千樹，螺粉牆高護一林。頮面定應迷玉頰，無言空自抱冰心。記從崔護留情後，淡掃蛾眉直到今。」「壓倒玄都樹萬千，鉛華不御倍增妍。春幡瑶島迎西母，夜敞瓊筵醉謫仙。露井曉寒枝映月，錦江水暖浪生烟。遥知花落漁舟外，錯認寒江釣雪天。」四詩一氣呵成，絶無刻劃痕迹，誠未易才也。又有《夏初》七絶一首，絶似宋人筆意。詩云:「庭院深深晝景遲,榴花初放兩三枝。柳絲蹴地槐雲碧,正是雛鶯學語時。」《王方直詩話》云:或有稱《詠松》句「影摇千尺龍蛇動,聲撼半天風雨寒」,一僧在坐曰:「未若『雲影亂鋪地,濤聲寒在空』。」或以語梅聖俞,聖俞以爲不若僧詩言簡意該。文丈蓄齋嘗合其意爲五言云:「龍蛇千尺影,風雨半空濤。」益覺精警奪目。

近日吾衡工詩者益衆,有文梅溪彩復,隱於商賈,每當握算持籌之餘,輒究心吟詠,漸次成帙。其佳句如「雨洗千峰碧,烟銷一塔寒」、「樓高秋色迴,山近暮陰多」、「雲銷山益瘦,風急水增高」、「黄葉無心隨雁落,青山有意逐人行」、「舟卧江心微似粟,月穿雲縫小如丸」。

有友人行吟西湖,遇一人相款,詰其來由,曰:「我蘇堤漁父也。余本洛中人,隱於西湖之蘇堤,宋末人,姓羅名緯,字公韜。少亦讀書,業於漁,以多殺魚蝦,故爲冥府所録。蒙吾師爲余解冤結,遂悔而入道,今已證地仙矣。吾師言君向善好文,今日之來,亦奉師命。然余漁者也,請以魚喻道,以釣竿喻入道之門,爲《漁父行》可乎?若問吾師爲誰,『蘇堤買得蓮香白』,正謂我也。」因歌曰:「漁父家住蘇堤曲,一帶矮牆黄土築。四圍烟水一橋通,兩株老樹三間屋。牆邊馥馥桃花香,門前嫋嫋垂楊緑。柴門寂静常閉關,自養天機媚幽獨。祇此避世心已足,何必更求深山與窮谷。有時乘逸興,把釣臨水澳。千縷白雪絞素絲,一枝碧玉削青竹。釣用其銛餌用芳,投之波心暗藏伏。少間大魚戢戢來,腹饑吞釣勢觳觫。究竟一粟何嘗沾,已是殺身累口腹。騰騰撥刺躍還休,細鱗巨口色如玉。盡力提之竿欲折,雙手執之力乃足。柳條貫腮欣然歸,道路之人皆側目。入門手自操銀刀,佐以椒桂和以麴。又復隔牆呼鄰叟，床頭正好春醅熟。相與醉飽向黑甜，忘却綸竿棄平陸。可憐日暮無人收，江雲漠漠波悠悠。」

黄立齋結伴修錬山中，往來多異人。一日遇一道者，掀髯大笑，問其故，曰：「我飲中仙也，性嗜麴糵，相倚爲命，道擺脱塵垢，得證仙班。無上宫山人，即吾師也。君如有酒，當爲君歌之。」歌曰：「四君泥我吟醉吟，搔首仰握思沉沉。一琖兩琖三四琖，忽若茆塞開我心。肺腑得酒勢蓬勃，酒氣直射十指出。耳邊颯颯風雷奔，手中不似我執筆。君不見三卷炮炙雷公方，百藥得酒藥乃良。人學長生服藥餌，何如痛飲得大綱。猫以薄荷駝以柳，龍以砒霜虎以狗。神仙若不一中之，忍使蠢動皆愛酒。度索之山蟠桃花，花落甕納成流霞。天仙每每金貂解，釋迦亦來當袈裟。三千大千世界之酒皆爲神仙作，神仙得其清虚，世人得其皮膜。若其世人以之飼豬者，又其糟粕之糟粕。吾師嘗來此地未免有情，特以時未至，不可授君以長生。我之飲酒最可法，載呼諸君爲弟，而呼我爲兄。亟須酌我黄金罍，仰天大叫浮雲開。如何不飲令心哀，酒之時用大矣哉。」

西溪山人著《吴門畫舫録》，爲載江南名妓而作。約略粉痕，較量眉黛，亦《烟花録》、《板橋記》之續也。卷首題詞甚多，余愛陳雲伯文述長歌一首，情致纏綿，絶似遺山、香山兩公筆意。歌云：「鑑湖才子西溪客，騷壇旗鼓推詩伯。十年流浪老江湖，倚醉狂歌拓金戟。年來賃廡伯通橋，門外垂楊繫畫橈。懊惱中年還聽雨，吴娘水閣暮瀟瀟。瀟瀟暮雨愁人意，水烟漠漠紅窗閉。三五佳期二八年，畫樓多少銷魂地。芳草城南路狹邪，宵娘堤近泰娘家。慣停短簿祠前棹，徧看長洲苑裏花。長洲苑裏花如許，娥媌都似吴宫女。春風處處長鶯花，夜月家家照歌舞。新從花國譜群芳，剪盡秋燈壁月涼。衆裏嬋娟誰第一，琵琶一曲杜韋娘。烏絲幅幅鴛鴦字，親與紅閨傳軼事。卅首江淹艷體詩，一編張泌《妝樓記》。烟柳絲絲緑未齊，相逢最憶板橋西。尊前各領纏綿意，一卷書成屬我題。嗟我囊琴意可哀，頻年落拓住燕臺。青衫憔悴無人問，衹有娥眉肯愛才。十丈緇塵涴素衣，今年纔自鳳城歸。斜陽水郭孤舟泊，正及盧家飛燕時。緑楊門巷春如畫，盧家燕子留人話。多少花明玉艷人，青綾欲卜紅妝拜。潭水桃花碧浪遲，蘭香窈窕謫仙姿。雪中鴻爪風前絮，惆悵新添本事詩。宛蘭。絶代娉婷憐史鳳，碧城曾賦游仙夢。重來衹有閉門羹，不容闌入迷香洞。文香。就中心識董雙成，低按雲和最有情。親解玉環留一顧，願從鴛牒訂三生。雙婷。四百橋邊波似鏡，十三樓上明性靚。別有雙鬟姿首佳，花前都與芳名贈。髻卿、輕雲、璧月、小憐。曉風殘月柳屯田，别酒旗亭意惘然。迴首素春高閣上，江南花月總如烟。展君小録心棖觸，《夢華》軼事從頭讀。紫釵尚恐有遺珠，後編留與他年續。豪竹哀絲唤奈何，就中詞賦問誰多。青樓不作樊川夢，悵惘年華此度過。烟花千古山塘路，美人黄土真娘墓。黄鵠重來事有無，離心愁煞蘇臺樹。吴宫花草最相思，南部繁華又一時。但學魏收作佳傳，休教宋玉有微詞。」

辛酉拔萃多雋才，由壬戌廷試優等、置身青雲者，指不勝屈。有丹陽丁薌溪鈺，簡發楚南，借宰吾衡，詩才清麗，秀色可餐。《砥碧山房試帖》一卷，予已爲序之以行世矣。其散體詩饒有風韵。五言如《上衡嶽》云：「不知山路峻，百折幾紆回。怪石疑人立，奇雲壓馬來。伏庚寒直逼，夜子日先開。騁目孤峰頂，湘江水一杯。」《湘江晚泊》云：「秋色湘上來，芙蓉滿洲渚。波明不借月，烟澹欲無雨。數峰空復青，靈絃不再鼓。夜半無人聲，幽蟲自相語。」七絶如《游春詞》云：「春陰羃䍥雨連綿，散入平墟碧似烟。山館人歸簾不捲，斑鳩聲裏嫩寒天。」「錦韉處處踏芳塵，春藹春雲畫不真。最是沙堤千樹柳，年年青眼看離人。」「江南花事滿春城，官閣新梅太瘦生。我已終年相憶苦，紙窗清夢月三更。」「紅杏横飛十里霞，山村酒斾露仍遮。野樵歸踏斜陽路，賣醉東風第幾家？」其佳句如「一水碧如此，數峰青到今」、「炊烟分兩岸，塔影倒中流」、「鳥銜松子落，人帶木奴歸」、「江流走岸三更急，山氣逼人六月寒」、「黔山緑到武陵盡，江水白從流渚回」、「上巳又催山郭雨，一春不放楚天晴」、「近水天光清似卵，隔江山勢起如鼉」、「捧檄馬行紅樹裏，放衙人在緑雲中」。

王士功幼嫻文藝，中年復有志於《陰符》之術。嘗夜夢至一處，宫殿巍峩，左右引之趨進。見一人坐殿上，身擐金甲，左手執鉞，右手麾旄，英風凛凛，心知其爲神也。因跪而請曰：「神何代人？」神乃抗聲曰：「吾乃都天蕩魔使明總兵劉綎也。」因歌曰：「總角就傅事咿唔，一掃制舉讀《陰符》。襟懷皎潔璠與璵，英毅沉鷙世解『明月赤團團』也。余本武夫不工文，然余有歌詞，君試聽之，勿謂兜鍪家但所無。昂昂落落七尺軀，虎頭燕頷美髭鬚。拔山扛鼎雄萬夫，從師跋涉醫巫閭。揎椈干戈矛戟殳，斧鉞刀槊盾櫓弧。電流星發千人呼，一技一藝精且珠。豈唯技藝精且殊，壯心直欲沖太虛。堂皇已釋管夷吾，秦庭漫笑申包胥。伏劍挾策遊帝都，欲爲天子守邊隅。玉階叩首陳訏謨，龍旗鳳尾天顔舒。獻闖二賊弄萑苻，忍使繡甸號狼貙。誓將負弩效先驅，爲帝廓靖帝曰俞。朱甲鐵馬辭金闕，式憑天威秉黄鉞。妖星怒張吐芒角，王師無戰用撻伐。乞憐不忍效銜璧，跳梁乃爾仍猖獗。十年辛苦嚼寒鐵，兜鍪欲動上指髮。旌旂浩浩昏日月，天狗下食陣雲黑。此身久分裹馬革，圍之數重氣不襲。矢盡弓閑刀欲折，落日慘淡鼓聲裂。天意未欲蕩蛇蠍，驊騮騄駬沙場蹶。北望再拜臣力竭，爲君刎取一斗血。精魂雖已歸寂寂，英氣至今猶勃勃。與君夙世爲儔匹，不惜燈前爲君説。西風颼颼夜霜白，自作長歌表忠烈。」又有一人，燕頷鶴髪，亦據上坐而歌曰：「當時一出玉門關，駿馬驕嘶破野寒。鏃鏤豹牙鋒齒齒，甲攢柳葉鐵珊珊。此生血已頭顱濺，百戰身餘刀劍瘢。回首五雲龍鳳闕，封侯始信黑頭難。」士功問諸左右，曰：「此絰父也，名顯，總兵平都掌蠻，有武功。」士功欲細詢其故，左右引之出。甫出，而更鼓沉沉，一躍而醒，猶戰慄如在夢中。因默識其詩，以告時人。

皖江汪制軍先生由州縣洊至封疆，寔能以清慎勤儉，正己率屬。撫江蘇時，作《實字説》以勸屬官，現身説法。其大要在於以寔心行寔政，以求有益於國計民生，不負居恒誦讀之期許而後止。近以全楚制憲，閲兵楚南，徒御不紛，儀衛悉屏，途中供頓皆其自備，人罕知爲上官者。嘗以肩輿至嶽頂，衡陽令周愛亭、衡山令龔省齋隨行，周覽七十二峰，怡然自得。唯見林木就少，山民祇知墾荒，不解樹木，樾蔭全無，恐其不能興雲降雨，以澤生民，即命多植松柏，以增秀色。並作祝詞云：「七十二峰神柄獨，焚香非敢希增禄。但求既濟福吾民，甘雨年年三十六。」游覽之餘，而忠國愛民之心昭然若揭，蓋素所蓄積然也。

精考據之學者，作詩多矜典博；而能清空透脱者，其筆性正不可及。善化唐陶山仲冕，癸丑進士，官海州刺史。性好博覽，經史子集，無不記憶。客山左十餘年，考核泰山故實，著《岱覽》一書，凡數十卷。爲詩吐棄一切，友人誦其題令子鍈《吟秋圖》二絶云：「故山秋色近何如，石逕雲深有敝廬。兩鬢星星對圖畫，記曾黄葉坐鈔書。」「兒曹解事託雲林，寫向秋山秋樹深。便學冥鴻飛遠響，莫隨四壁候蟲吟。」

嫣寧素多詩人，自王九溪先生後，如王正亭、袁晛岡前輩，鄧南坡、周采亭明經，陶季壽明府，王楚傖、楊蒙泉上舍，争妍競爽，名噪一時。今又得年友周雲臺誌勳父子，同聲唱和，如鶴鳴陰，益嘆吾鄉留心風雅者正大有人也。余過渌江官署，適晤雲臺於幕中，贈詩云：「紫陌黄塵隔五年，遥從蓬島憶飛仙。頃聞舊雨來衡浦，夜怪文星照渌川。著作自成千古業，聲名早播九重天。應嗤席帽依劉客，待賦《登樓》意惘然。」旋袖詩卷見示，佳句絡繹，令人目不給賞。如《燕子磯》云：「拂浪有聲江自剪，淩空作意石驚飛。」《渡揚子江》云：「六朝事已成千古，兩晉人誰第一流。」《登中江塔》云：「孤城堞影高依水，斷岸蘆花冷帶秋。」《焦山》云：「寒日蛟鼉眠白浪，孤峰鐘磬落青霄。」《上元泊仙桃鎮》云：「笙歌兩岸日沉霧，燈火萬家人倚船。」《登鐵塔》云：「直踏天心風滿袖，立看雲背日當門。」《渡黄河》云：「來從天外沙翻白，遠上雲間日射黄。」《謁武穆祠》云：「一生大節皆銘背，百戰奇功只運心。」《登瑶臺》云：「野鷹翮健呼風上，塞雁身輕帶雪來。」《陶然亭》云：「北極樓臺雄繡甸，西山泉石冠神州。」《偶吟》云：「孤鏡影中雙鬢白，百蟲聲裏一燈青。」

其令子豹臣，名在廉，詩學浪仙，亦有酷肖處。《題畫》云：「古石自嶙峋，蒼苔濺餘濕。茅齋寂無人，静對雙松立。」《寄陶龐眉》云：「龐眉隱城市，鎮日住祇林。古意先人得，新詩對佛吟。螺中千日酒，物外一生心。禰孔忘年好，相思秋又深。」《夜坐》云：「流光如逝水，終日此勞勞。月黑星始大，秋深天更高。溪聲挾雷雨，松韵蓄波濤。此際吟長句，無人識鬱陶。」佳句如《春日閒居》云：「池寒蛙禁雨，林曙鳥争春。」《聞蟬》云：「驛遥疎雨後，門掩夕陽時。」《散步》云：「荷氣清於水，松聲高入雲。」《山寺》云：「廟古藤爲瓦，門閒柳作籬。」《春夜》云：「花飛春已減，月上夜猶遲。」《山居》云：「落螢疑院雨，燒燭覺齋春。」「窮劇添詩債，愁深得酒功。」《松聲館》云：「濤聲盡日寒飄瓦，雨意經秋緑過牆。」《緑陰軒》云：「無言花雨滿身落，對坐松風當面來。」《過友人居》云：「一簾雲水歸窗裏，盡日帆檣落鏡中。」《野菊》云：「傲骨也能如我輩，好花何必寄人籬。」《嶺梅》云：「乍破烟痕知有月，初含雪意覺無人。」俱有作意。

衡山南嶽廟，國朝凡三修。歲久每爲風雨所蝕，守土者正在檄下議修，有邑人劉仲沐盤發心捐貲修葺。中丞阿雨窗先生爲之奏於上，得允其請。工竣，雨窗先生因往周視。時久雨不晴，公虔心默禱，至廟日忽然開霽。是日爲公六旬初度之辰，特賦長句以紀，胎息醇古，絶似杜韓。詩云：「南離火德朱鳥翔，鎮以衡嶽雄炎方。霍灊雖大稱佐命，配位實肇軒轅黄。司天封祭在衡郡，祠宇建置稽初唐。國朝三修新廟貌，式廓舊觀尤輝煌。邇來年深風雨蝕，級夷垣坍殿角荒。去年奉命撫南楚，靈宫近在吾封疆。檄文正下守令議，好善忽有閭閻商。國工原不借民力，修廢崇祀循經常。帝恩涵濡神庇蔭，惟土物愛民心臧。比者年豐婦子樂，曰雨而雨暘而暘。真誠自出小人意，敢矜積蓄能匡襄。民情欣躍志丕應，再拜臣敢陳封章。積誠上達帝曰可，落成瞻視宜周詳。庀工不復勞戒董，舊構尚遜新材强。斲礱楹桷葺樓閣，重門窗寮回兩廊。塈塗丹雘發葩藻，豐碑寶翰鐫琳瑯。今年臘月告蕆事，齋心先已滌胃腸。是時陰寒久雨晦，春律已應猶深藏。肩輿三日望南嶽，群山一氣連混茫。隔夕先投梵宇宿，霧靄咫尺迷青蒼。潛祈默禱未敢必，盛服坐待熹微光。五更祝融現紫氣，掃雲湧出紅扶桑。觚稜金碧遠望見，志意端肅容嚴莊。入門監廟先導引，撞鐘擊鼓聲趪趪。絳宮丹闕耀五色，雲旗欻忽空中颺。考宮行禮九頓首，丹忱昭假爐焚香。上維聖主垂衣裳，榮鏡四海同樂康。壽山比壽鎮萬古，紫宸光輔皇猷昌。下爲民生呵不祥，人和歲美千倉箱。文明昭顯應離象，山嶽靈秀鍾賢良。身今行年周六甲，月日正與懸弧當。宿緣欣幸固未有，要豈干瀆生私望。賞善罰惡自神柄，祗有乾惕無矜張。禮成降階逞顔色，更衣聊復休齋堂。兹來未敢事登陟，潑眼山色迎朝陽。五峰緜延入平遠，拱揖嚮背低還昂。清暉縹緲蒸尚濕，雲歸如海波汪洋。登輿存想數餘日，七十開秩今方將。回看靈境隔雲樹，晴嵐九面帆隨湘。」

陳古華前輩在館時，常偶刊七律數首，一時傳遍都下。佳句如《簾鉤》云：「半垂欄檻春風裏，斜挂樓臺落日中。」「搴回湘水波三折，捲上揚州月二分。」《楊花和韻》云：「春山杜宇魂無賴，暮雨吴娘淚易流。」「芳草茵中渾似雪，桃花浪裏不勝烟。」亦可謂風流旖旎矣。

蘇文忠公行路常敬佩彌陀畫像一軸，人問其故，曰：「西方公據耳。」蓋取其不離佛意。近有沈清塵、周遠振參究禪宗，集古德論議、往生應驗，彙爲一帙，曰《西方公據》。三韓福悟真子見之，發願重刊，武彝建陽道人題《西番引南柯子》一調云：「菩提一捻韶華去，愛甚麽虚名虚譽。到頭來雨打梨花，風殘柳絮。莫奈何，向蓮臺供箸，恨恒沙亘亘，寶筏無尋處。仰如來仁恕。仰如來仁恕。三藏靈文歸文歸一語，駕四牡六轡在御。鎮三心金鎖猿狙，這功夫之人人可與。指迷途，試讀福悟真重刻《西方公據》。」

天津王秋圃太夫子名有年，丁酉名元，宰湖南，藉藉有賢聲。生平植品高峻，不肯屈節。壬子鄉試膺分校，家大人出其門下，銑因得瞻其風範。爲詩多率真任意，秀逸之致，逼近香山。余嘗讀其《自湖南至京紀行》絶句云：「津水漫漫去路遥，風帆且喜挂今朝。斜陽一帶松林裏，無數寒鴉噪晚潮。」「濛濛樹色隱君山，萬壑千巖一水環。岸闊不知天近遠，輕舟穩坐似雲間。」「帆槳如雲泊小河，隔船人唱《雪兒歌》。歌聲未斷鷄聲起，烟火千家一棹過。」「汴梁風景似神京，錯繡山圍拱極城。日暮塵飛高百尺，輪蹄不斷夜聞聲。」「重堤烟樹亘蒼蒼，驅馬臨流曉度黄。殘月半規帆影碎，浪平風静憶汪洋。」「廟宇摧殘剩古槐，可憐忠藎付塵霾。天心不欲興南宋，十二金牌召得回。」《題范琴山荷花池》云：「畫閣三間傍水隈，隔江吹雨入窗來。清閒底事君嬴得，一簇荷花手自栽。」《題周静山觀瀑圖》云：「記得當年浪石遊，龍泉飛出白雲頭。披圖仿佛仙山景，愧我風塵幾度秋。」

秋圃太夫子，丁巳歲因公解組入都。余時方授學嶽屏書院，餞於院後之望嶽亭。公即席賦詩云：「樹攬殘烟送落暉，湘亭此夕共依依。江邊野緑翻雲暗，檻外深紅帶雨肥。醉酒不知春去早，思鄉每恨雁來稀。星沙握别天涯路，攜手同將淚眼揮。」一往深情，溢於楮墨。

有韓君某，研精醫理，襟懷曠達。常作《乞丐圖》以見意，秋圃太夫子題云：「始聞此圖名，謂君寄感慨。及觀畫中身，羨君真自在。家學啓昌黎，濟人宗博愛。不相當爲醫，斯言誌紳佩。入山十餘載，扁葛如可再。藝高心愈下，踪跡自韜晦。始知曠達人，迥異吾儕輩。一瓢掌中擎，破笠頭上戴。獨步向荒郊，落落無俗態。饑來何以食，吸氣詞三昧。倦時何處眠，一窩白雲内。乞人如是乎，問之終不對。」

盧風衣元錦，清江孝廉，爲人胸次瀟洒，工情寄。常扁舟入蜀，蜀中同鄉贈千金助之，即以其金買妾歸，囊中仍空乏如故，亦可謂風情不薄者矣。喜研精試帖，所作甚富。其散體詩亦多佳句，五言如「清潭無數月，古木一邊春」、「遠樹明殘雪，長江入暮雲」、「西風黄葉渡，暮雨白楊村」、「賈船馳快馬，樵逕躡飛蛇」、「逢灘知水激，出峽信天寬」、「岸容秋樹淡，山色夕陽深」、「危窠栖鵲穩，短草放牛肥」、「柳悴蟬因默，花疎蝶自閑」、「弱草私晨露，濃花戀夕陽」、「雁聲沉暮雨，鴉背閃殘陽」。《聞雁》云：「蘆花兩岸雲千里，□□孤城月一樓。」《感懷》云：「童僕暱于親骨肉，波濤洗盡舊容顔。」《晚望》云：「烟□樹色村村暝，水落沙痕步步高。」

余嘗夢遊仙嶺，見一人淡妝素服，風度翩翩，叩其姓氏，曰：「吾雪衣仙子也，在唐時以吾爲靈鳥能言，獻於貴妃。貴妃愛之，嘗賜以橘。高力士盜之，吾乃以實告貴妃，力士怒，欲害之，尚未及中也。禄山之亂，宫殿人散，吾乃得嚙斷金鎖，歸山修煉，因入道焉。嘗作《開元》一歌，略敘舊日情事，君其誌之。」歌云：「憶昔開元天寶日，姚宋謣謣多英姿。九齡風度從來少，仿佛貞觀文盛時。泰階已平思逸樂，妃子一入大亂作。眼前誰個是英雄，亂賊無如楊國忠。《霓裳》未罷鼙鼓吼，黑雲漫漫下天狗。妃子啼妝上馬嬌，天子披髪下殿走。玉璽金册無收拾，何況架上纖弱質。嚙斷金鎖向上飛，一點遥心入翠微。蜀江水碧蜀山青，上皇親製《雨淋鈴》。哀猿啼罷子規叫，惟有愁人分外聽。」余謂此歌較《長恨歌》、《連昌宫詞》尤爲簡括，摹寫當日情景，如畫如話。靈鳥能言，鍊而成仙，更爲托夢於人以傳，嘻，異矣。

楊秋田相印，雖隱於州尉，而留心風雅，吟風嘯月，殆無虚日。近余至郴江，袖近作相見，喜其與年俱進。《題蝴蝶》云：「宿花春夢穩，晒粉衣裳貴。物化未須臾，莊生醒也未？」《題畫》云：「雲去千林青，雲歸萬山白。終日不逢人，孤舟釣寒碧。」《題武穆王畫像》云：「半世功名寄南史，千年魂魄傍西湖。縱然倩得龍眠手，能畫丹心一點無？」《七夕》云：「一年猶許一相過，我較黄姑别恨多。浩渺長江波浪闊，人間亦似有銀河。」《新秋雨後》云：「晴雲半逐濕雲流，翠色新添庭樹幽。偏是瘦人知簟冷，一番風雨一番秋。」《題小畫二幀》云：「水光淡淹摇空碧，山色清妍襯落霞。日暮舟行江渺渺，櫓聲驚起一群鴉。」「門臨溪水碧瀠洄，繞屋扶疏夕照開。貪看面前山色好，不知人過板橋來。」《送汪笛樵》云：「寒雨西風冷畫橈，亂山雜沓水程遥。紅樓十二秋光裏，争看銀絲繡笛樵。」《十四夜月》云：「人心憐未滿，天意示將圓。」《秋蟲》云：「愁心及衰草，深夢入秋燈。」

歐蘇峰家相常於春晝假寐，夢一人丰姿修潔，作吟哦聲。叩其姓名，曰：「吾柳姓，名永，春雨出遊，偶得句耳。」蘇峰問云何？曰：「江南江北雨如絲，人在旗亭倒接籬。最愛山家詩思好，春風楊柳一枝枝。」「江南江北雨如烟，夾岸聲聲叫杜鵑。獨上天台山上望，桃花流水自年年。」吟畢，飄然徑去。蘇峰夢覺，因誌以告。

蓉峰詩話卷十二

衡山聶銑敏蓉峰晉光甫著
周光霽頤堂偉章甫校

西江李松圃公一家能詩，争妍競爽，各擅所長；而風味超雋，秀骨天成者，推春湖先生宗瀚。先生以癸丑編修擢至學士，視學楚南，提唱風雅，士奮多興，亦當代青蓮也。記其在京時，與諸名人題詠，佳構甚夥。五言如《題陳硯凹少府硯耕圖》云：「爲愛石田腴，寧教十畝蕪。閉門真吏隱，識字一農夫。觸手雲翻墨，揮毫斛瀉珠。結鄰余有癖。唐李衛公嗜硯，有「結鄰」之號。余亦曾刻「硯癖」小印。」《重繪耦耕圖題吴蘭雪博士鶴意似聽詩圖》云：「野屋鶴尋到，吟聲寒翠間。秋心與雲遠，古貌對君閒。竹下門常掩，松梢夜不還。畫中見詩格，餘響在空山。」七言如《題思元主人風雨遊圖》云：「曳杖追涼野興孤，溪山佳處近蓬壺。斜陽在樹雲横嶺，暝色催人雨滿湖。奇景全收子偉記，卧遊重補少文圖。西園東苑怡神足，一笑平生此樂無。」《七夕》云：「莫把長橋作等閒，風波天上似人間。銀河信是紅牆隔，巫峽何嘗暮雨慳。雲箔低垂珠錯落，洞房微響玉連環。客星不識神仙眷，孤負靈槎海外還。」《題趙笛樓侍御慈竹長春圖》云：「霜筠清健繞龍雛，獻壽堂前老福娱。報國未成偕隱計，循陔長羡寫真圖。仙人源裏堪棲鶴，御史臺邊正對烏。我望南雲雲更遠，瀟湘盡處接蒼梧。余家僑寓西粤。」《秋海棠》云：「一樣名花海國移，暗含紅淚寫相思。從來冷艷難成賞，未信秋容不入時。華屋春歸香夢遠，長門夜静月明知。金盤銀燭生無分，腸斷崔家舊侍兒。」

家雪堂方珪以《麥浪》詩見賞於琢堂師，詩名以著。今見近作，秀氣逼人，佳者如《聽鶯曲》云：「淺深烟濕溪頭樹，鶯聲隱隱知何處。輕舠遠漾一篙晴，撑向緑陰濃裏去。」《雪意》云：「凄風颯颯滿林薄，窗罅紙條聲欲割。重簾不捲悄無人，輕重寒雲壓高閣。」《燈下美人》云：「顧影低徊祇自憐，珠簾半捲月明天。侍兒報道燈花發，一笑嫣然墮翠鈿。」又如《美人風箏》佳句云：「分手那堪傷遠目，離情已是隔遥天。」「不妨待月還疑影，却恐隨風早斷魂。」「臨風冷怕衣如紙，託體高知足絶塵。」

紅豆爲相思之物，詩人每借以言情。張紫峴先生有詩四首，其佳句云：「南國一聲孤客淚，西風千點美人心。」空中傳神，最爲透脱。

客路阻風，即吟咏亦多愁悶。出以瀟灑，足徵雅量。袁錦堂遇春有《過衡》絶句云：「舟師無力北風漫，半日纔經水一灣。許我篷窗偏得意，還從九面看衡山。」

女士寄夫君詩，多寫愁思，從不思著筆，更爲深厚。近傳某淑媛寄夫讀書嶽麓云：「春到垂楊緑滿溪，絲絲隔斷板橋西。濃妝不向高樓望，但願藍衣染柳堤。」

自有南嶽以來，題詠甚多，然游人信宿，每多佳詠；生其間者，往往以習熟之境，遂爾忽略，故詩之傳者亦少。京圃大兄常於丁巳六月偕同人冒暑登山，詩情豪邁，讀之可以想其遊興。五言如《玉版橋》云：「已入無人境，空山路轉紆。忽聞雙澗合，恰得一亭孤。隔水雲相逐，陰崖日早晡。上方知近遠，指點影模糊。」《宿上封寺》云：「衹去天三尺，平鋪地百弓。人來明月裏，犬吠白雲中。瀹茗山泉碧，繙經佛火紅。齋心虔戒旦，佇望日生東。」《謁鐵瓦殿》云：「造極千峰小，嵌空一刹懸。雲根裁四壁，鐵繡壓三椽。軒翥人如鳥，高寒境欲仙。驚飈剛動地，畏日自行天。梵磬凌虛響，龕燈破曉然。皈依當此度，結構問何年。雷雨群靈集，冰霜六月堅。龍身藏鉢底，虎跡認崖前。萬里堪舒眼，重霄孰比肩。神應參海嶠，點莫辨齊烟。剔蘚頻題石，烹茶競品泉。誰將牲璧典，寫入杜陵篇。」七絶如《雲梯石》云：「雲根一綫挂危梯，好事何人認舊題。却羨牧童牛背穩，數聲風笛夕陽西。」《羅念菴松》云：「二百年來手澤新，寒濤影裏撫龍鱗。誰知月下看花客，曾作雲間樹木人。」七律《贈僧聽月》云：「芙蓉堆裏一峰尖，夜叩禪關月挂簷。坐到五更真入定，寒生三伏總忘炎。飛仙競指遺踪幻，禮佛同參法相嚴。連日清談未能去，緑陰如畫捲疎簾。」古疏體如《日夕登嶽》云：「火雲正亭午，炎威蒸如甑。俟其時既移，熱焰自退聽。前山日半銜，矯首辨山徑。好風已泠然，涼氣助清興。出山泉聲忙，歸山雲影凝。雲泉兩無心，來去復何定。」《遊會仙橋》云：「幾人得仙骨，矯首呼松喬。鸞鶴去已杳，往事今寥寥。不如仙山宿，幻迹尋詰朝。孤雲往來處，落落懸危橋。狹徑逐石轉，欹松隨風搖。蘚痕欲欺人，露滑愁踴跳。每當窘步時，始覺遊境超。一僧導未疲，二客從難招。豈知涉險法，先使百慮消。心堅膽氣壯，習者誰能驕。浮空兩磐石，兀坐神逍遥。恍與太古接，虛静無塵囂。俄然洩雲族，四山迴狂飈。神仙不歸來，浩歌通空霄。」《月夜至南天門》云：「明月如水光潑空，連山若波去朝東。籃輿出没山月裏，俯視人世殊微濛。平生問天幾搔首，山頭明月何時有。天門忽到第八重，試問清天天應否。山蒼蒼，風浪浪，陡如陣馬走騰驤。明明夜月非霜雪，胡爲特地生寒芒。人聲闃寂風聲狂，逼人太甚人欲僵。苧衫桐帽苦凛烈，此境不逐人炎涼。年來江湖慣作客，驚濤巨浪高帆張。山風勢與海風埒，置身恍惚依舟檣。名山娱人若相待，奇觀幻出耳目改。明晨更請鋪雲海，爲我心胸蕩壘魂。」《望雲海歌》：「我欲觀雲雲連空，滿林雨氣沾微濛。僧言雲海别奇曠，雲影鋪地山當中。侵晨拂衣生磐石，指點霽色開曈曨。陡然晴雲抱山足，渾若擘絮飄迴風。千巖萬壑倏忽滿，毫光片片交相融。雲垂海立兩莫辨，俯視一氣無西東。向來村市看歷歷，出没直擬蛟龍宫。芙蓉紫蓋森欲動，方壺圓嶠將毋同。噫嘻世態善變幻，浮雲往來無終窮。桑田揚塵嘆王遠，海南起蟄驚坡公。仙心慧業總超脱，放眼直欲開群蒙。山靈好事幻此景，使我顧盼增豪雄。狂歌一曲衆山響，移情我欲揮絲桐。」《望日臺觀日出》云：「人間五漏聲未畢，天門杲杲將出日。乃知峰頂别有天，餞日居後賓日先。大千世界尚昏黑，海光水光相接連。明霞五色催日馭，欲出未出扶桑巔。東隅一綫忽燦爛，勢若水火相熬煎。俄然轉轂露全面，玻瓈響振羲和鞭。曈曨初挂神山上，銀海無花相對望。回旋一瞥已三竿，飛熖射人光滉瀁。此時山底雲重重，齊州九點模糊中。山前山後千萬岫，夜氣滋息如鴻濛。曉風捲雲雲忽散，市廛村舍開平旦。塵囂擾擾人不聞，仙眼直從閒處看。」諸詩俱有奇氣奔赴腕下，不徒寫景之工。

吴稷堂前輩視學楚南，觀風衡屬。心如二兄時爲諸生，拔置第一，亟加稱奬。評云：「置之館閣，亦推好手。」旋膺選拔至京，朝考得邀内用。文章遇合，因緣非淺。方觀風時，所課詩古甚衆。兹録其《登迴雁峰放歌》云：「我所思兮李謫仙，峰高落雁登其巔。驚人有句攜謝朓，搔首欲問蒼者天。衡山青峰七十二，迴雁一岫爲開先。迢遥脈發東井絡，此峰鍾秀何娟娟。名山不在高，丹丘擎一拳。世人記方輿，耳食摩陳編。詭云險峻插霄漢，雁不能過皆北旋。又云峰形如雁迴，穿鑿傅會相流傳。豈知來賓雁，南土性所便。驚寒陣縹緲，就暖心流連。秋風木葉洞庭外，夜月莓苔湘水邊。衡陽浦上聲忽斷，稻粱菰米紛雲烟。雁依峰而往復，峰招雁以迴旋。事未經夫目見，杳莫得其真詮。扁舟泊江郭，一峰出我前。朗吟悲秋辯，快結遊嶽緣。試登絶頂縱遠目，芙蓉紫蓋青連緜。風波雙流近環繞，烟火萬井交喧闐。虹橋隱隱露市旆，漁村歷歷横釣船。蕭梁古寺尚卓爾，壽佛歸期胡杳然。揮絲桐兮度子夜，繫帛書兮懷丁年。平沙雁影影欲落不得落，清音嘹嚦穿林泉。噫吁嘻，人生凌雲抱壯志，登高曠望空八埏。溟海鯤鵬妙轉徙，槍榆斥鷃徒拘牽。山靈笑人不如雁，隨陽來去安能遷。羽儀可用當自愛，一繩逵路峰頭懸。引吭長顧集朱鳳，梧桐坡上花新鮮。相與千仞共翔覽，和鳴答我《迴峰篇》。」

吾鄉丁青巖正己，作宰近匡廬山下。袁簡齋先生來遊，丁公爲之備供頓、設遊具。既歸，示《黄巖》詩一首，筆意清奇，讀之令人神往其境。詩云：「黄巖從空來，對面向人起。我頭不敢昂，似畏天壓己。豈知下望深，青天反作底。山外有山立，山内有山倚。仿佛人衣裳，幅幅分表裏。四顧無飛禽，來去雲而已。偉哉千尋塔，正對一條水。瀑從高處看，匹練更長矣。分明開軒寺，相離近尺咫。只爲絶巘遮，紆行十餘里。」

武陵葉築岩爲余言，其受業師孫名起鵬，字翼雲，爲邑名諸生，詩古文詞超然越俗。常口誦其《過桃源縣》詩云：「臨沅北去無多石，每怪昌黎語未該。今日出門向西笑，一山高壓一山來。世上紛紛羨避秦，太平何用溯迷津。餐桃種樹安耕鑿，原是桃源洞裏人。」

築岩名大傅，武陵人，諸生。性修潔，居市不染市塵，生平耽精性理。或問《大全》諸書，常手自抄録，以授學徒，雖嚴寒酷暑不少倦。朗江佳士，多遊其門。余於壬子秋賦同寓省垣，因與訂交。丁卯重逢，懽然道故。臨行以詩稿屬訂，風致異人。七絶如《春柳》云：「春到長堤緑染衣，暖風吹出態依依。最憐弱縷難留客，日向旗亭送客歸。」《春草》云：「一夜東風轉燒痕，無邊芳草怨王孫。濛濛細雨寒烟裏，緑到江南第幾村？」佳句如《落花》云：「又是東風過一度，好從流水悟三生。」《蛙鼓》云：「六更始信聞天上，兩部居然在水中。」

築岩弟子吴樸庵世華，有《餞春詞》二首云：「記得東風陌上歸，無邊花草自芳菲。今朝怕向郵亭送，紅雨紛紛落滿衣。」「此别懸知各一天，關心花信未來先。重逢莫負經年約，到得將離悔枉然。」吴琢齋良玉有《採茶歌》二首云：「桐花風裏放新芽，處處村娃競採茶。摘向雨前香撲鼻，快輸雀舌入官家。」「珍重頭綱味最新，年年採取趁芳春。可憐他日前嘗者，不是西園摘葉人。」

郴州永興縣有觀音巖，離城十里許，石洞嵌空，下臨無地，樓閣玲瓏，俯瞰江面。巖左有一石輴座，長鼻擁出如象。巖下有一石横江，巨口高張如獅。對岸有一土山，出石數丈，憑高挺立，俯首作拱揖狀如童。不加雕琢，自然酷肖，誠天生奇景也。余癸亥舟過郴江，登樓禮佛畢，得縱覽形勢，題詩云：「鑿破雲根建佛門，天教蓮座古今存。千尋樓閣空中起，萬頃波濤檻外翻。隔岸小童成虎拜，横江巨石儼獅蹲。焚香默禱層巖上，深感神靈慰藉恩。時求籤有「先難後易」之語。」甲子重至再題云：「信是靈巖聳異觀，重來結伴共盤桓。入門老衲猶能認，隔岸童山不厭看。護壁慈雲深帶潤，溪涵法雨静生瀾。垂楊渡口絲如染，依舊青青拂石欄。」迄丁卯自京假歸，三過其地。時天將薄暮，泊舟入寺，見壁間和余詩者甚衆，因叠和云：「何年巧匠闢雲門，落落荒苔姓字存。象拔巖前驚石立，獅騰水面看波翻。坐來妙境心原闊，登到危梯足自蹲。三度遨遊憑佛力，此行還冀被神恩。」「黄昏艤棹叩山門，前度人來跡尚存。客詠新詩成璧合，僧參古偈似瀾翻。寒潭風怒鼉鼉出，絶壑霜寒虎豹蹲。想像慈雲披拂處，江邊草木亦沾恩。」《曉起寺僧以彭禹峰詩見示復索和章題》云：「樓閣天然想化工，雕甍斜倚玉玲瓏。雲蒸霧氣連山白，日射霞光照水紅。冠珮影飄三界外，笙歌聲徹九霄中。兹遊未許勾留久，北去勞勞逐陣鴻。」

和章佳者，如何君望儒云：「數來此地叩禪門，萬仞懸空古洞存。先後壁題詩草滿，去回舟過浪花翻。獅牙露出横江嘯，象鼻勾留傍刹蹲。呼筆重吟飛閣上，紗籠何日藉神恩。」「藤蓋巖頭水遶門，江山無恙自長存。千尋壁立風雲護，一點波含日月翻。梵響飛樓驚鳥墮，苔封殘碣壓龜蹲。我來倒向蓮臺拜，多少人沾庇佑恩。」陳介夫昶云：「蠟屐尋幽叩佛門，蓉峰佳句壁猶存。巖懸海屋淩雲結，浪鼓銀濤帶石翻。不必樓頭招鶴舞，何如水面看獅蹲。故人才思殊今昔，高捷南宫早錫恩。」「樓閣層層畫未工，覃心倒影更玲瓏。雨來極浦新波緑，日落懸巖返照紅。望遠直窮千里外，登高已到九霄中。客途不盡低徊意，泥雪匆匆悵去鴻。」

篁軒五弟和韵云：「何事尋真叩海門，普陀妙相眼前存。山抽玉筍淩霄峻，水湧金波動地翻。直可星辰高處摘，儘容龍象此中蹲。瓣香敢效童巖拜，彼岸同登信佛恩。」「妙境由來契靜觀，窗開斗室耐盤桓。烟嵐自向空中幻，雲樹疑從畫裏看。童岫一拳摩夕照，怒猊孤踞鎮狂瀾。低徊欲去渾難去，倚遍樓頭十二欄。」「複閣重樓製最工，瞰臨空闊影玲瓏。欄憑竹箭三篙碧，座擁蓮花一瓣紅。拜佛客來銀漢外，談經人坐翠嵐中。留題愧乏驚人句，竊喜聯翩接雁鴻。」「此處懸知畫未工，新詞叠和意玲瓏。半江人語晚潮白，兩岸烏啼霜樹紅。蠟屐高梯雲路上，棹歌俯聽碧潭中。去來挹盡郴山秀，無負行踪寄雪鴻。」

陳集堂振玉《夜泊題壁》云：「櫓聲搖曳下江灘，境轉靈巖得異觀。燈火半龕明石磧，梵音一片出林端。童山巘嶫凌雲峙，獅石磧岏帶霧看。更擬詰朝瞻拜暇，最高樓上快憑欄。」《獅石歌》云：「郴江之心石齒齒，何人創呼爲獅子。遂令風帆來去人，咄咄稱怪忘其真。更有齊東野人語，此獅飛來自西土。南海大士遥降臨，驅爾走入江之心。中流令爾自沐浴，神力壓住身踖踢。至今迴首望巖中，夜半往往吼河東。吁嗟世人事詭秘，愚者無知轉附會。一水一石本尋常，何用衆口相雌黄。從來獅子稱靈物，塵世那得窺毫髮。真獅既未見人間，況復此石質本頑。我聞佛語頗有得，色即是空空是色。此言能與衆妙俱，諸天龍象皆虚無。藉言爲破群言癖，獅自獅兮石自石。」

家壽山普懷，有夙根，賦性聰慧，以詩酒爲業。每假寐，輒與神仙者流相唱和。常月夜泛舟彭蠡，月光如畫，波浪不興。忽微風引舟，泊至一處，有二青衣引之登岸，曰：「今夜群仙會宴，大開詩會，君欲觀神仙之樂乎？」壽山曰：「吾固願見，但吾凡夫也，安可入仙侣？」青衣曰：「子隨吾入。」須臾，見銀宮瑶闕，明燈萬盞，清歌妙舞，杯盤羅列。青衣引壽山進，主人盛服迎客，邀之上座。俄而群仙趨入，環繞四座。主人曰：「今日之會，亦非偶然，請各賦詩以見志，可乎？」於是每入座皆自道其名，各賦一詩。則有豐鬚怒目、挑葫蘆而來者，曰：「吾三洲指迷使者也。」歌曰：「飄然太虛中，日月忽將逝。林挑青葫蘆，踏遍雲山路。」又歌曰：「人生少壯至老大，日在迷途咄可怪。何時却是醒迷時，一夢黄粱百端敗。嗟嗟嗟嗟復長嗟，聖域盤關大無外。」有葛巾苧衫、掀髯而來者，曰：「吾石梁逸士蔡挹霞也。」乃歌曰：「仲冬之月十有二，間過白鹿憩蕭寺，水淺沙明灘見底，一葉之舟挂帆去。我亦御風來新吴，瞬息千里境忽異。入市市態總喧雜，何似在山無百慮。杖頭有梅尊有酒，頽然一醉成深契。」有披鶴氅而來者，曰：「吾靈巖山人也。」歌曰：「夜永霜華白，村尨吠如豹。寒風吹空林，冷氣何料峭。四顧天宇澄，斜月初來照。驚起南飛鵲，啞啞時相噪。」有衣紫綺裘而進者，曰：「吾雲庵山人也。」歌曰：「平林漠漠寒江碧，東望月華霧如織。遊山不知山徑危，山中掬水煮白石。俯視神洲但一氣，蒼蒼者色鴻濛闢。風景依稀隔上方，爲問今夕是何夕。前村後村燈模糊，板橋人踏霜華跡。」又有長髯鵠峙、朱衣象笏而來者，曰：「吾忠靖山人練子寧也。」歌曰：「世外逍遥樂自由，杖藜閒眺到江頭。金鍾暮響寒山寺，玉笛時吹黄鶴樓。皎月高懸空内轉，飛泉遠挂嶺邊流。榴皮今借題詩好，起視乾坤日夜浮。」諸仙請再詠，又歌曰：「白日臨柴扉，衆鳥各自飛。彼物皆得所，我豈獨無依。恰逢招邀者，行到瓊瑶岡。一顧所來徑，草木老風霜。寄語人間子，富貴浮雲輕。處世如大夢，奚爲勞其生。」歌畢，諸仙乃開宴，金尊檀板，麟脯駝羹，燦然陳列。酒數行，青衣報曰：「彭湖山人鄧鞏至矣。」

賦詩云：「别去羅浮事轉秋，今宵重訪白蘋洲。月明月暗携孤鶴，又向人問古渡頭。」歌畢，彭湖山人曰：「秦少游至矣。」賦詩云：「雨後新晴愛碧天，逍遥閒眺小樓前。烟籠古塔空留影，雲掩高山半露巔。好鳥歌遊真樂也，纖鱗戲水更悠然。一番勝景君須看，更羨今宵月正圓。」歌甫畢，見有雲鬟翠羽依少游而坐者，衆仙問故，少游曰：「吾友蘇君也。」亦低聲婉轉而歌曰：「半里池塘半里山，風光到眼正開顔。萬家相聚渾如畫，都在花陰柳影間。」歌畢，群仙供手，屬壽山歌，乃歌曰：「月到中秋分外明，天上人間記舊盟。林巖壑底無纖礙，東樓初挂轉西生。西生不了東樓上，管教長空萬里鳥飛鳴。座中客到停鸞羽，檻外人來度鳳笙。開筵讌集，杯盤屢更。新詩再咏，心跡雙清。共道是秋光如許，又誰猜月到中秋分外明。」歌既終，群仙勞以酒，壽山頹然醉。俄而雞唱數聲，但見騎鸞跨鶴，紛紛散去，所見宫闕，亦俱化爲烟雲。時殘月微沉，朝陽欲上，向所坐處，乃在平沙。亟登舟握管追録，每一憶及，輒依依如夢云。

壽山又嘗夢一少年，風姿韶秀，叩其姓名，曰：「吾李綺亭霞，江南長洲秀才也。」曰：「汝前生踪跡若何？」曰：「君聽吾詩。」詩云：「朔風千里捲明沙，漫道愁人不憶家。昨到秦淮河裏去，月明孤負小梅花。」「舞館歌樓曲未終，十三絃子譜春風。當年行樂渾如夢，反訝而今是夢中。」「籃輿一徑入烟蘿，長短亭邊每放歌。天暝歸來曾記得，閒拈詩句教鸜哥。」「惟許浮雲似我閒，柴扉無事日常關。秋風吹去鱸魚好，客有可人今未還。」「静中逸趣静中過，物换星移奈老何。離恨十分難再説，太湖心裏綯寒波。」「淡月梅花影正横，當前色相最孤清。林和處士風流在，不到孤山亦有情。」

醴陵賀千皋明經，名增聞，篤於孝友。構愛友山房，承歡聚慶，極人生之樂，一時知名士唱和甚衆。所爲詩如初日芙蓉，不事雕飾。賦性敏捷，有和章頃刻立就。丁卯冬初遊衡，示余近句。《小泊》云：「天南日午捲雲霞，小艇推篷望眼花。正好看山天忽雨，夕陽歸雁落平沙。」《登峰》佳句云：「此日輕帆來瀧水，幾回蠟屐到衡山。」「日臨紫蓋光初動，霞冠芙蓉錦不如。」「四面空山來曉翠，一行歸雁寫清秋。」又曾與陳古華先生夜宴李氏綺園，酒酣，聯句云：「四座客分新舊雨，三湘雁遞去來書。」皆有清思。

鄒曉屏師視學江右時，紀行佳句余所能記憶者，已録之於前矣。今又記其《建昌道中》七絶云：「薄暮見山影，雨聲收半江。新灘迷水碓，斜日下篷窗。說劍神猶旺，敲碁夜未降。行程何太急，不是座吴艭。」《泊同江》云：「危石砥鰲口，驚湍勢未降。諸灘新漲色，一夜過吴艭。翠骨生雲障，春流下峽江。北風吹小住，倚檻送飛瀧。」「修水朝來繫短篷，雲居山色隱丹楓。亭邊野渡無人喚，時有雞聲竹影中。」《清江道中》五律云：「

仁和吴雲巖前輩視學楚南，遊嶽佳詠甚多，惜繕本久逸。近文君价蒇口誦其《試竣訂朋舊曉自合江亭下放舟晚抵衡山》五古云：「夙抱山水志，暫偕軒冕儔。白日富修景，青林耽冥搜。南瞻炎海月，西眺蒼梧秋。燒丹尋葛令，挹袂儕浮丘。靈山遠相契，忽復踐舊遊。十年乘船過，往來湘中凡三度。一夕拄笏收。江亭曉移檝，帆影隨飛鷗。遥岫横遠空，蒼蒼烟際浮。諦視狀隱見，曠懷心夷猶。微風從西來，空翠撲我舟。夕陽下孤塔，圓月漾中流。猥辱地主招，況值歸沐休。前期戒徒御，濟勝行自羞。

誰能履冰雪，孤往希前修。」《曉發絡絲潭上祝高嶺十五里至半山亭》七古云：「初陽泄雲雲不晞，山風獵獵吹生衣。野童拍手笑官長，上山太早常苦饑。馬蹄盡處石當面，疑有虎豹司天扉。恰緣梯磴陟平巘，老松離立翠作圍。是時四山新雨足，繞巖百道春泉飛。道旁忽見石齒齒，得非磊落不可磯。剜苔欲辨蝌蚪字，筍輿力健如驂騑。攖身楫我入空曲，百夫賈勇何敢揮。一重紆回一崒嵂，拂拭遊目無停睎。陽巖陰嶺各異色，遠江近澗誰是非。茆菴何年架山麓，三千六百今已稀。時有孤僧坐補衲，鑱苓拾橡貌不肥。泠然自發鐘磬響，山意自淡非禪機。天關悠悠剛及半，香爐晨氣飄霏微。」《上封寺和識文高明府題壁韵》云：「烟磴捫盤到上方，前身三宿認枯桑。樹因礙日垂枝短，雲爲栖山引陣長。香霧羃庭晴亦雨，乳泉穿澗夏先涼。尋詩恰遇高常侍，石上留題歲月章。」《登祝融絶頂》云：「真成汗漫馭長空，身到朱陵第一宫。南部群侯戕弁冕，太初元氣走鴻濛。微茫吴楚坳堂水，浩蕩乾坤大冶風。悟得蒼蒼非正色，試憑放眼碧霄中。」《寄題方廣寺》云：「軒轅長頸懶師殘，時以一衲子、一道士自隨。布襪青鞋道路難。欲問朱張舊行迹，蓮花深處石淙寒。」

大臣當國，以軫恤時艱爲念，雖遊覽之餘，不忘民謨。汪莘農制府以閱兵遊嶽，於謁廟時，口占七絶，具見忠國愛民至意，余已爲録入矣。兹又於途中寄示《遊嶽》七古，筆力雄健，上追杜韓，一洗向來習見語；而其人品學問，昭然若揭，非徒流連風景已也。詩云：「七十二峰青鬱鬱，南嶽竟與東嶽匹。乾隆壬子夏登泰巔，曾得七言長古一首。泰山安安衡山平，會得此意胸懷清。昔探泰嶽大生德，一脈盤紆鄒魯國。聚天元氣鍾尼山，顔孟分形悉羽翼。執中千載歸時中，道集大成東山東。孔不虚生聖之至，岱不虛名嶽之宗。衡鎮荆州我持節，政欲其平賴神挈。輕重非衡不能平，幽明職守應無別。士農工賈幾何人，休戚利害疇爲陳。兵刑錢穀幾何事，繁簡淑慝疇爲甄。良善應扶强暴抑，鰥寡應矜惸獨恤。在在上關天地心，幽則維持明輔弼。風俗端由教化移，不在經師在人師。儒術亦似關天運，漢唐何如有宋時。五星聚奎開正氣，賢才昌盛皆純粹。但於衡嶽觀人文，卓爾已堪見大意。濂溪倡學石鼓間，康侯作傳紫蓋邊。晦菴南軒同遊覽，最後來者真西山。各觀山景悟山性，高明廣大心相印。心性高大極光明，名賢名山互輝映。從知人本愛山來，山靈亦愛來人才。寒雪會因紫陽霽，浮雲頓爲昌黎開。道鄉以南萃精義，書院相望環勝地。文藝不居器識先，瀟湘儼如小洙泗。造極登峰始快然，今吾也陟祝融巔。嘉慶丁卯九月二十八日，予閱兵至此，先謁山下新嶽廟，然後登山，宿上峰寺，次晨復謁山頂嶽廟。心胸不覺盪雲海，吾鄉灊霍如當前。灊非承軫位離比，奈何漢武僅封此。欽哉舜至南嶽尊，柴望肅將如岱禮。岱立無字碑何爲，欲愚黔首愈出奇。美哉禹爲民治水，告成功勒岣嶁碑。」

陪行有褚君全德，作長歌一首，議論警闢，別具匠心，於陪制府同遊，詞事相稱，可與莘農先生作並傳不朽。歌云：「五嶽眎三公，以能布雲雨。三公匹五嶽，其才必伊吕。莘農制府今阿衡，銓法鈞物持其平。雙旌六纛鎮三楚，勳業欲與山争名。山不相嫉反相好，招公來泛湘波櫂。人耶山耶竟合并，我亦追陪共登眺。高聳六十里，周匝八百餘。攫身快直上，賈勇毋踟躇。回雁爲頭，嶽麓爲足。雲海盪胸，烟嵐快目。眄三蜀以迢迢，枕九江而曲曲。探奇既讓古人先，寫景羞爲古人續。公於興到揮霜毫，戛戛生新造已獨。我如鷦蟀聊微吟，請抒所見質先覺。禹之功蹟盈寰區，必求岣嶁無乃迂。

朱張來遊亦偶耳，山之能傳不繫此。要知禋祀難倖邀，何以能與嵩恒泰華同其遭。要知造化不易補，何以能使靈蠢剛柔得其所。惟山正位居離宮，能以火德分天工。於星爲軫壽無極，於時爲夏生無窮。譬之一人首庶物，必藉股肱爲輔弼。宣流布化萬國寧，好爵厚糈永弗失。登山四顧蚩蚩民，陶鎔德化安天真。即茲長育翊聖治，人即山也山亦人。吁嗟乎，不爲水懦寧爲火，請公祝融峰上坐。不知其餘七十有一峰，可有一峰許著我。」

昔人謂宋廣平鐵石爲心，而《梅花》一賦偏極嫵媚。吾觀前輩初頤園先生彭齡兩撫滇南，嚴毅方正，吏民望而生畏。然公暇輒移情山水，寄意花木。聞在滇時，壬戌除日，曾同友人陳鷺門、李浦中重游龍泉，嘗玩唐梅，肩輿往返，不用騶從，人罕有知者。乃知濂溪仕宦，生意常存；伯子端嚴，和光可挹，固非徒以秋肅爲懷者也。嘗讀其《和鷺門韵》云：「舊遊原不遠，到眼一峰青。好夢多難續，新詩索共聽。與君俱萬里，相對此孤亭。造化憑誰識，穠華照玉扃。」「枝枝含古雪，點點媚韶春。碧蘇鋪山脚，丹砂養樹身。林泉成二老，樽酒又三人。回首唐中臈，誰分果與因。」「種花人已去，潭水尚黝然。岸柳頻迎臘，遊鱗祗樂天。欲煩魚旐卜，未解毒龍禪。幾度拈花笑，期余在隔年。」「雪泥曾有迹，石壁未鎸名。竹外横斜影，欄前指點情。欲隨籠雀放，心結渚鷗盟。爲想巾車樂，休勞候吏迎。」諸什春容大雅，風度異人。

同時和詩甚多，佳者有張螺山年丈慤田四首，最爲得體。詩云：「舊識招提境，重來眼倍青。山靈真有幸，騶唱不教聽。巖轉三叉路，波浮一角亭。香風吹冉冉，取次叩林扃。」「古幹封苔蘚，蒼茫不記春。相傳唐代物，疑是老龍身。香國無雙品，中朝第一人。幾生修到此，好與證前因。」「鹿巖龍穴友，心跡共翛然。石上三生話，樽前萬里天。客情忘餞歲，吟思静通禪。此日消寒會，詩剛紀一年。」「讀罷文貞賦，争傳不朽名。直令花有色，終是佛多情。雪月冰同潔，松筠柏共盟。春風經兩度，小草亦歡迎。」

螺山年丈未筮仕時，與余先後主掌武岡、鰲山書院。地頗荒僻，然吾儕以客中索寞，探奇選勝無暇日。今猶記其解席歸里，途中紀行絶句云：「瞥眼西風手又揮，短長亭子送斜暉。笑儂好似江頭燕，春社來時秋社歸。」「千林黄葉晚蕭蕭，鼓角凄涼出麗譙。愁絶瀟湘歸去客，旗亭十里尚停橈。」「白香湖上白沙明，水淺舟如陸地行。滯我歸程渾不厭，青山相對故人情。」「山如甕裏水如環，舟泝溪流去復還。百里行來消幾日，林梢一抹見雲山。武岡山名。」「山圍古驛羃烟嵐，溪水深深色蔚藍。忽地雲陰天黯慘，一宵風雨滿龍潭。」「孤篷清曉怯衣單，新水争流下急灘。昨夜西風吹雨遍，滿江雲樹送輕寒。」「清溪明鏡倒涵空，風日剛宜泛短篷。一帶秋江半春色，芙蓉紅出碧波中。」「資江風物記曾經，蘭槳輕摇杜若汀。閒倚篷窗看秋水，篙頭紅影立蜻蜓。」「五兩風輕頃刻生，片帆吹落邵陵城。到時翻悔來時早，辜負封姨送我情。」諸詩風致旖旎，筆無點塵。詩貴一氣呵成，不在雕琢字句。武進吴鹿柴先生哲，己丑會魁，作宰衡湘，余過昭潭，出近稿見示。愛其胎息韋孟，逸氣欲流，絶無雕飾。年近八旬，文章政事，老而彌旺，猶惓懷舊好不置，蓋其秉賦厚也。五言如《次韻送徐湘浦》云：「挂帆秋水上，秋色滿津梁。相送乏長物，相思書數行。蟲鳴聽夜雨，菊冷拂晨霜。别後情蕭索，方知秋夜長。」《送博鴻庵入京》云：「瑟瑟滿庭秋，悲風動客愁。故人遊冀北，千里下江洲。衰柳何堪折，清尊且暫流。驪駒方在路，瞻望一登樓。」《雉水書院》云：「曲徑蓬蒿没，居然仲蔚廬。紅橋通柳岸，緑水繞庭除。秋冷雨初歇，月明風欲疎。閒看白鶴舞，枕石好相於。」其二云：「前林風日好，攜酒漫相尋。不睹籬邊菊，安知秋已深。茶鐺連橘塢，水嶼映風林。疎磬一聲響，階前落衆陰。」七絶如《遊衡山清涼寺贈大拙上人》云：「自來南嶽簿書仍，偶作閒遊逸興增。道遠不辭來過訪，爲憐寺内有詩僧。」七律如《重復原官》云：「年來白髮已蕭蕭，只爲饑驅又折腰。生計已窮還自得，壯心雖老未全銷。向陽春草常先萎，伴雪寒松獨後凋。莫恨遷移無好處，且憑杯酒醉春宵。」《重過大觀亭和韻》云：「青山歷歷暮含烟，獨上危樓思渺然。官舍已難尋舊壘，郵亭何處訪前賢。春深花影都疑雨，江遠波流直到天。記得羊曇曾侍從，曾隨舅氏劉少司空校士皖上。廿番嗚咽涕漣漣。」佳句如「鴉啼春樹曉，人語緑溪烟」、「寒蘆影裏扁舟去，鳴雁聲中一騎歸」、「江浦猿啼清曉夢，洞庭雁去帶寒雲」。

余客武陵，過夢五族兄方筆書齋，見其案頭手録詩稿一卷，清思遠韻，宛然王孟名篇。流覽之餘，令人目不給賞，因備録於卷。五古如《雲在堂木香花下》云：「門掩對清溪，春陰護深樹。檻外木香棚，時留白雲住。花落悄無言，鳥啼忽飛去。」《晚望》云：「夕陽背水明，江烟淡欲暝。青蘋前後溪，紅葉兩三嶺。燈火暗林光，牛羊散村影。東山月上來，已到孤峰頂。」《客曉》云：「兜鈴陣陣鳴，早起理行篋。馬影一林霜，雞聲半村月。茅店火微明，山城更欲歇。野田曉風多，蕎麥花正發。」《山居夏日》云：「山泉送雨來，水石留雲住。古壁上斜陽，蟬聲響高樹。」《水蓮庵》云：「芰葉繞石橋，一徑橫幽處。小犬不驚人，吠入青蘿去。」《田家》云：「朦朧天欲曙，兒童驅小犢。開門不見人，到處啼布穀。」《雪意》云：「朔風吹更急，寒雲濃著地。村南大小山，慘淡都如睡。」絶句三首云：「古木挂枯藤，碎燐走清樾。悄然來野狐，坐泣寒空月。」「濕雲淡荒墟，冷月照楓樹。坂上似有人，隱隱入林去。」「黄樹寺門秋，夜深過細雨。乾風入破樓，簷鐸時相語。」《春閨詞》云：「花落春何處，無計留春住。惆悵社鳥啼，還勸春歸去。」《征夫詞》云：「征夫語征婦，誓殺單于還。不成有死年，莫上望夫山。」「征婦語征夫，君死妾留軀。肯作山頭石，翻忘堂上姑。」《秋夜曲》云：「十二樓深夜正永，輕塞乍試香羅冷。樓鳥一聲殘月明，滿庭寂寂沉花影。」《曉霧》云：「曉霧濕村烟，濛濛作細雨。不見販牛人，空聞隔岸語。」五絶如《拜新月》云：「勞他新月上，爲我寄刀環。不識團圞夜，遠人還未還。」七絶如《迎恩寺探梅》云：「紙帳誰爲好護持，晚烟岑寂逗寒枝。空庭卧雪清無影，渾似枯禪入定時。」《杏花》云：「幾點春紅著露欹，瀟瀟疏雨畫簾垂。賣花聲過牆東去，正是江南夢醒時。」《催海棠》云：「不關風信寄春遲，一點柔情强自持。小院月明簾半捲，看花人已立多時。」《荷錢》云：「池塘風静養新荷，散作青錢疊緑波。清露滴來珠亂走，昨宵買得夜光多。」《白蓮花》云：「依稀素影水雲鄉，路入花藂只辨香。清曉吴姬雙打槳，淡烟殘月滿池塘。」《秋日》云：「家住蕭蕭黄葉村，清溪一曲遶籬根。主人無事客來少，細雨斜風獨閉門。」《過田家》云：「短籬歷落倚山隈，幾處柴扉相對開。蕎麥花香日正午，一雙黄蝶自飛來。」《雪霽東覺香》云：「書幃陰上夕陽斜，自起敲冰自潑茶。料得清貧饞處士，賦成晴雪嚼梅花。」《山中》云：「石根一綫水潺潺，幾个貧篙壓緑灣。滿澗白雲啼鳥寂，時聞棋子響空山。」《寒夜曲》

云：「金猊添爇辟寒香，愁倚熏籠聽夜長。却怪夜闌眠不得，滿庭風露月如霜。」《流鶯詞》云：「日影融融上曲楹，一聲花外早鶯鳴。比來不作遼西夢，任爾垂楊喚曉晴。」《塞下曲》云：「悲風料峭起黄蒿，班馬無聲鼓角高。夜半將軍傳出塞，胡霜一路冷弓刀。」《戍歸詞》云：「槐夏花陰護小樓，歸期無復望刀頭。曾聞邊塞風霜早，欲製寒衣莫待秋。」「熒熒夜火暗青燈，斗帳生寒逼枕稜。料得玉關寒更甚，馬啼和月踏堅冰。」《夜歸》云：「葦花香送隔溪風，堤上人歸月正中。何處紙窗留夜火，讀書聲在小樓東。」「得得青驢過小堤，侵衣露氣正凄凄。數聲犬吠疏籬外，知有人家住水西。」「城上嗚嗚畫角催，溪流幽折遶城隈。菰蒲乍響水風動，小艇一雙打槳來。」《城西小步》云：「小石參差一徑斜，水邊籬落兩三家。炊烟未起無人過，古道斜陽自落花。」《涵碧亭》云：「春風吹水緑微瀾，夾岸烟光擁畫欄。柳外桃花三兩樹，滿林紅雨一溪寒。」五律如《山房》云：「好山當户見，一面紙窗明。雲去榻留影，風來琴有聲。林猿抱果睡，幽鹿負花行。竹檻無人到，殘碁滿石枰。」《田家》云：「落花盈寸許，遮莫没籬根。雨過響連樹，風來香到門。早秧齊出水，疏柳半藏村。谿口新泥滿，新添屐齒痕。」《次秋日閒居韵》云：「買得籬資地，安居數畝園。芰荷衣不盡，風月價寧論。石塢林間曲，菘畦屋後存。翩翩雙白鶴，飛落在山樊。」「嫩涼消畏暑，斗室静心官。樹色圍三徑，池光定一欄。煮泉然活火，打棗揭輕竿。領取清秋意，孤懷得所安。」「緑竹深深處，紅塵了不侵。偶然風習習，疑是雨愔愔。露冷閒秋扇，月寒鳴古琴。有時松子響，宿鳥起空林。」「精舍環疏樹，簷牙半露藏。月痕生石井，花影滿銀床。竹裏螢光出，爐中藥味香。此間饒逸趣，何必問柴桑。」《山居》云：「敝廬塵不到，終日掩松關。明月自來去，白雲相往還。溪聲喧屋角，峰影落窗間。幾欲成高隱，浮生一味閒。」《秋苔》云：「秋色侵荒井，青青日漸非。翠消螺子黛，香冷鹿胎衣。屐齒霜花濕，牆腰月影微。明年春草緑，還共映蓬扉。」《秋柳》云：「古驛山城外，蕭蕭送馬蹄。一行新雁度，幾處野烏啼。流水東西岸，斜陽長短堤。前村頻遠望，有客過寒溪。」五言佳句如「小閣爐烟静，重簾樹影深」、「滿屋亂雲影，四山無鳥聲」、「日落僧歸寺，風乾鹿過林」、「蟲聲三徑雨，燈影一床書」、「偈翻金字古，茗瀹石泉涼」、「梁空時鬬鼠，果落正歸禽」。《詠萍》云：「柳花三月晚，烟水一渠春。」七言佳句如《擬朱文公四時讀書樂·春》云：「籬根新水一兩尺，樹底落花三四叢。」《夏》云：「新竹籜開山雨至，嫩荷花發水風香。」《秋》云：「楓樹冷枝紅不動，荷田殘葉緑無多。」《冬》云：「霜乾木落空林冷，水落石出寒潭清。」《秋日》云：「翠崖雨歇鳴松磵，黄葉風多掩竹扉。」《懷人》云：「正是午風人寂後，恰當深雨夜寒時。」《落花》云：「燕歸庭院春將晚，人倚闌干月又來。」《杏花》云：「小樓細雨蝶依樹，深巷午晴人賣花。」《蜻蜓》云：「尋來野徑餐宵露，立向漁竿晒夕陽。」《蟋蟀》云：「人静小階秋滿地，夢回空館月三更。」

衡山郭外有水月林，山色當窗，江光入户。每當夜月空明，水天一碧，俯仰憑眺，尤足怡情。予嘗於上巳前一日偕龔省齋明府，金菊圃、羅貞齋兩學博，張石泉少尹，劉仲沐司馬，菊泉四弟，讌集竟日。余即席口占七律四首云：「畫閣空明面水開，登臨群擬小蓬萊。連番紅雨催春去，無數青山入座來。天愛芳辰宜泛艇，人先上巳已流盃。此間便有烟霞趣，何必扶笻到紫臺。先有遊紫金臺之約。」「城闉咫尺樂清閒，遊眺都教俗慮刪。風化至今歸渤海，雲開自昔仰衡山。高僧久占應難借，好友群逢未肯還。盡道瀟湘入圖畫，臨流快縛屋三間。」「仙梵無聲静不譁，高燒紅燭照流霞。浮嵐自鎖峰千叠，清夢應留水一涯。每愛漁歌頻對柳，何勞羯鼓更催花。時以擊鼓催花令飲酒。醉中得得尋歸路，明月隨人直到家。」「何年結宇傍江樓，今日吾儕紀勝遊。水去水來終大海，月圓月缺幾中秋。江山於此開生面，身世憑誰占上頭。計日觀湘文苑復，還教多士步瀛洲。時明府有復修觀湘書院之舉。」同時佳句如龔省齋云：「承歡此地綺筵開，曾着斑衣效老萊。春初曾侍家君讌遊此地。江月半奩隨水去，嶽雲千叠引人來。竹林快集同寅侣，蘭渚先浮上巳杯。朋輩夢魂今夜裏，想應飛上紫金臺。」金菊圃云：「城中何處買清閒，境入江天俗景删。争倚窗寮貪看水，不安簾幕怕遮山。酒濤僧向枯松取，拇戰人驚奏凱還。最是月明清夜裏，祇疑身在廣寒間。」張石泉云：「桃浪影高三月雨，菜花香送半江風。」劉仲沐云：「客亦知夫懷赤壁，人皆樂也憶蘭亭。」

湘潭張湘門先生璨，詩皆唐音，余嘗求其全稿不可得。近日晤其後裔，以公遺稿屬訂，因摘録數首。五言如《次纕緯韵即送其之粤東》云：「萍踪驚乍合，劍影忽將離。且盡一杯酒，何時不爾思。閑嗟爲客慣，懶訝得書遲。更理珠江櫂，茫茫近海湄。」《閒居》云：「三徑松風滿，高齋白日閒。書教隨意讀，句欲盡情删。世已羲皇上，人猶懷葛間。自安衰晚分，未敢問名山。」七言如《恭聞大行皇帝升遐感賦》四首云：「宵衣旰食事艱辛，四海謳歌萬國春。祇爲蒼黎勞聖主，遂教斑白棄群臣。蓬廬時凛羹牆見，玉几親聆誥誡諄。北望龍髯攀未得，此生長作負恩人。」「端居常誦《帝京篇》，流落南湖住五年。龍馭頓歸雲外駕，烏號徒望日邊天。分將犬馬多生戀，止博丹青異代憐。白髮遺民談往事，時傾血淚灑林泉。」「官曹重叠歷飛騰，愧負君恩報未曾。浪跡頻年悲曠野，孤生無路哭昭陵。繁霜點鬢千憂集，夜雨酸心百感增。遠郡尚遲哀痛詔，興思縞素涕霑膺。」「聖主騎龍竟不回，千官擁仗集雲臺。誰將白首孤臣淚，遥助青門萬衆哀。周召親賢皆重寄，股肱上相盡良才。顯承謨烈光前古，雨露新傳偏入垓。」《王乃言招飲志局》云：「萬事從頭轉手空，一樽還與故人同。堂前賓客來今雨，坐上鬚眉見古風。樓閣人遊圖畫裏，塵埃身老簿書中。千秋著述推公等，許我江湖半放翁。」《輓朱平齋同學》云：「半生踪跡因風塵，投老江湖白髮新。方結耆英歡晚歲，何圖老伴喪斯人。百年兒女姻親淚，一代文章事業身。執簡誄君無愧色，蕪詞相附耀千春。」《秋日夏仙階枉顧》云：「落葉秋風庭宇寬，小亭又接故人歡。愁來衣食關心久，老去親知會面難。蕞爾湖山雙白髮，超然天地一儒冠。歌聲金石吾能和，真賞何人物外觀。」其他警句如「緑蔭當軒樹，青浮隔岸山」、「匹馬嘶寒月，征鴻叫斷雲」、「披帷來舊雨，洗醆慰新愁」、「官卑偏是身難屈，道在何憂氣不伸」、「歧路每分廉吏俸，苦□長繫故人心」、「秋水漸添桃葉渡，暮雲猶記石頭城」、「非無衣鉢傳前輩，自以鬚眉畏後生」、「四海交親空似漆，十年身世總如萍」、「山閣經聲雲外梵，江城樹色雨中春」、「癡雲擁樹歸無著，野水黏天去有期」、「黄浮杯影籬邊菊，緑映衣痕雨後苔」、「白髮已隨流水換，青山猶似故人疏」、「江湖何意逢嘉客，風雨多時憶友生」、「風雨關心當客路，湖山引興是高秋」、「百年世事安雙鬢，千里微軀仗一言」、「春風桑柘連村社，落日漁樵隔市寰」、「坦懷不守庚申夜，往事休談戊巳屯」、「但把詩篇堪過日，不期圖畫上凌烟」、「地因惡濕多鋪板，壁爲生潮少貯書」、「長江風送蛟龍雨，短劍心雄牛斗槎」、「院落槐花牽昔夢，庭飄桐葉報新秋」、「閑樂湖山知道泰，晚拋冠蓋信才疏」。《蒙恩擢大理寺卿》云：「自分微生㲉小草，何圖天鑒念勞薪。」《題文姬歸漢圖》云：「蛾眉絶塞三千里，毳帳春風二十年。」

近日詩賦多喜用干支字，意期新巧奪目，然其端則肇於唐人。温庭筠初以「丁年」、「甲帳」、「屯戊巳」、「守庚申」見稱，白香山亦以「寅年」、「亥日」之句賞於微之。厥後諸名家争妍競爽，代有名句。然未有編珠綴玉，彙爲一帙，令人快意纍纍，如香寶山者。秦錦江闢著《干支偶録》，剪紅刻翠，摘艷薰香，足爲詞林潤色之一助。佳者如《元旦》句云：「三微氣爽風開甲，六幕春回月建寅。」《山居》云：「甲宅烟開茶使報，午衙潮鬧蜜官忙。」《憶幼子》云：「記數方能知日甲，示書曾解識風丁。」《幽居》云：「草堂臨水標紅乙，花塢環山引白申。」《贈石湘筠》云：「相君面似丁零玉，寫我心如亥既珠。」《過蕉塘》云：「紅板橋頭丁字水，緑榕村裏午時雞。」《社日》云：「風晴上戊宜攜酒，雨過中丁正採茶。」《平苗》云：「雲外雄軍屯戊巳，天邊上將命庚申。」《贈謝蘭浦》云：「驚人句覓陳無己，幼婦詞工許有壬。」《贈匹秋上人》云：「《白蓮集》著唐齊己，紅藥詞傳宋謝庚。」《閒居》云：「賦自昌黎傳《閔己》，詩從束晳補《由庚》。」《寄吴笠樵》云：「觀書早識庚魚化，讀史還知亥豕非。」《悼亡》云：「醫愁漫採庚辛藥，破悶聊看子午花。」《贈黄季良》云：「一代才名齊十子，六朝公望重雙丁。」《題李嶼詩後》云：「巴子國中愁遠客，零丁洋裏泣孤臣。」《題吴杜村情詞》云：「能知子貢三挑意，會解丁娘十索情。」《閑居》云：「門同子柳無妨閉，道學庚桑未是遲。」《贈張晚香太史》云：「望重丙寅三學士，名齊戊己四先生。」《酬李明府》云：「士聽雅寅徵肆夏，民懷令甲樂三春。」《村居》云：「占時麥喜逢三卯，怯暑符宜佩六壬。」《漫興》云：「歡隨卯酒迎方至，愁其丁香結未開。」《修禊》云：「桃花已壓中辰酒，芍藥還吟上巳詩。」《贈周丈》云：「展上巳追修禊樂，會同庚重引年情。」《江村》云：「江橋紅板午溝里，花市青帘丁字沽。」《寄内子》云：「代作佞湯供午客，私懷仁果噉寅兒。」《述遊》云：「壬戌泛舟思赤壁，甲申落木憶藍田。」《林居》云：「催花雨趁黄昏戍，獵葉風乘白露庚。」

自米南宫創《瀟湘八景》，近日十室之邑、一畝之宫，好事者莫不以八景標題。文芝薌祖成家於晚洲上，嘗作《晚洲八景詩》，屬余留題。余即席率成五絶八首，《虹江獅踞》云：「一水亘長虹，靈獅鎮江口。中宵風雨聲，疑向河東吼。」《春漲鷗浮》云：「春漲緑波平，群鷗白無數。慣逐打魚人，忘機自來去。」《松濤夾岸》云：「何處瀉飛濤，長松夾湘岸。日暮水波生，上下聲不斷。」《牛溪合流》云：「本自洲頭分，還自洲尾合。分合亦偶然，牛溪善容納。」《湘浦歸帆》云：「隱隱一歸舟，峭帆出林薄。灣轉送風來，會向洲前落。」《漁舟晚唱》云：「津市幾漁舟，家在江洲住。遥聞晚唱聲，泛入湘潭去。」《匝地冬花》云：「晚稻纔收雲，汀洲浩無極。匝地野菜花，散作黄金色。」《一潭秋月》云：「雙鏡照洲邊，一珪印潭上。静想萬川中，流光無異狀。」

湘潭王勿齋德箴少負穎姿，己酉受張忍齋師之知，得選拔朝考授教職，後中副車，以司鐸終。宏才偉抱，以不得展其所長爲惜。署沅江學時，賦八景詩，衿佩學子，尚能傳誦之。《卧龍古池》云：「籌筆當年驛地傳，臨池合號卧龍泉。千秋墨瀋留遺恨，風雨寒潭起暮烟。」《柳堤春漲》云：「柔條踠地夕陽西，新漲平堤緑草萋。岸上支笻湖上艇，好攜柑酒聽鶯啼。」《沅田桑柘》云：「水田鱗次學僧衣，陌上尋春緩緩歸。桑柘成陰蠶事急，驚心戴勝向人飛。」《寒潭釣雪》云：「長辭帝座故人行，烟水漁竿足此生。想是桐江來物色，臨沅寄跡更逃名。」

國朝采銅於滇，迄今八十餘年。歲遣八員，運銅六百萬有奇。而秦、楚、吴、粤之東西，閩中、黔中，亦皆歲遣一員，各采銅數十萬有奇。是一仕官之至滇者甚衆，采銅役必三年，吏無不交，地無不遊，間中因得寄情吟咏。嘉慶甲子、乙丑年間，有中洲李鶴坪元滬爲吾衡清泉令，特膺斯役，與同事諸公互相唱和，彙其集曰《昆海聯吟》。其佳者有《題紀遊畫册》、《太行夕照》云：「太行拔王屋，綿延走天北。十載大道旁，相隨如舊識。夕陽無古今，車馬去不息。」《題震行姪行看子》云：「東風依約釣絲閒，盡日輕蓑日往還。見慣沙鷗渾不寐，灘光緑到富春山。」《題張船山畫鷹》云：「十指風霜入，能生代北陰。怪柯攢石瘦，妖鳥避林深。紆鬱千夫氣，峥嶸萬里心。感兹神俊物，一丈杜陵吟。」《送菊巖還秦》云：「白雲共一丘，出岫靡定蹤。天南與天北，時時一相逢。相逢歷歲月，奄忽各西東。一留滇海影，一飛秦關松。望之不可及，天路將安窮。勿謂天路遥，賦氣本相同。濛濛八表閒，嘘濡何始終。期君施澤已，還聚故山中。」其佳句如《蜀棧雜詩》云：「林影孤羆坐，山風怪蟒腥。」「虎當人面吼，蛇傍馬蹄盤。」「棧騎隨猱挂，山泉學弩飛。」「石氣霏成雨，山精嘯有霜。」「杖挂峨眉月，衣留蜀棧雲。」皆能寫出蜀道奇險景象。又如《聞蟲》云：「一點燈明深院裏，半簾日墮短牆西。」題《赤壁》云：「因知山月藏無盡，坐覺江山氣不孤。」《秋夜》云：「身經瘴雨蠻烟外，夢繞河聲嶽色間。」亦有神韻。

詠史詩綜括一代始終興衰之故，難在得其領要，持議亦須出以渾雅。徒以對仗工巧見長，便落下乘。稍涉馳騁，亦非詩人忠厚之意。詠明史者，如《西堂樂府》雜以謡諺詼諧，自成一體；《崑崙山房集》有《明季詠史》七律十餘首，漁洋嘗稱之，惜不及溯神宗而上，以觀其備。鶴亭于滇客香雪亭，作《明史詠》，議論詳括，能得體要，略録數首，以見一斑。《成祖》云：「經營白帽頓興戎，一世難逃一字中。反相由來傳漢濞，碩膚誰信法周公。兩京南北皇輿建，萬乘馳驅塞幕空。一自刺奸歸廠寺，衣冠流禍迨明終。」《常遇春》云：「十萬縱横上將才，田間驚寐主君來。戈揮牛渚成飛渡，火爇彭湖化劫灰。叔寶無前朝突陣，蔡州奇捷夜銜枚。發哀特用韓王禮，愁見蕭蕭大樹摧。」《韓文》云：「臣年足死復何悲，爲惜高皇百戰基。八虎御前環注目，九卿濒下固争時。大阿反覆機中變，甘露倉皇事已移。回憶紫衣曾入夢，潞公名應黨人碑。」《李東陽》云：「碩果孤存剥落秋，大臣誼與國同憂。詎甘濡迹師張禹，别有深心擬太丘。驪曲淚殘傷灞岸，子規聲斷怨湘流。朝來設客愁無具，命筆窗前掃未休。」《周遇吉》云：「孤城百戰蔽燕臺，力掃欃槍勢欲摧。嚼鐵將軍空裂眥，彎弓健婦亦成灰。瘡殘賊騎秦關却，容易降書宣大來。蟻輩誰令飛至此，長驅坐見有門開。」佳句如《武宗》云：「解道野花偏艷客，堪驚之子是將軍。」《葉伯巨》云：「豈有貴臣想古誼，誰將風采笑劉蕡。」《張輔》云：「玉斧竟勞仁主畫，銅標空竭老成心。」《萬安》云：「萬歲聲留清切地，三台望斷退閒身。」《王守仁》云：「但使著鞭先祖逖，何煩堅壁下條侯。」《海瑞》云：「群懾孤標如壁立，人傳一笑抵河清。」《楊漣》云：「忍使垂簾成禍水，曾聞捧日出虞淵。」《孫傳廷》云：「但促哥舒提禁旅，不聞蹇叔哭秦師。」《瞿式耜》云：「萬里空留殉國志，一軍猶識渡河聲。」《徐禎卿》云：「微雪自□明月後，飛仙偶下暮雲端。」

余嘗於風塵逆旅中，欲識慷慨豪英之士，久之得兩人焉：一則朱碉東成已，采其詩入前卷矣；一則邱韞巖家輝。韞巖，江右廬陵人。秉性慈祥，好陰行善事。中年溷跡市肆，遨游江湖，江之右、湖之南，名下士無不識韞巖者。聞有名賢書畫真蹟，雖典衣，購之不惜也。生平尤篤於孝友，其發爲吟咏，類多纏綿斐惻之音。嘗以詩質余云：「詩以道性情，嘲風弄月，吾素不喜。有懷則書，意盡則止，以故偶有所得，每秘不肯示人。」與韞巖交者，鮮知其能詩也。前録其夜深詣山占卜，營父兆云：「青囊何處訪名師，穴指牛眠信轉疑。潛把金錢深夜卜，此心應有鬼神知。」「撥雲尋徑入深山，閃閃星光點墨看。夜静一絲香篆直，露華清滴硯池寒。」《得古硯一端書以志喜并勖諸弟》云：「名玩由來見者稀，典衣買得硯田歸。開函似有雲霞氣，知自何年出翠微。」「方寸晶瑩碧一泓，鎸題惟願子孫耕。銘云：「硯田纔半畝，長作常願子孫耕。」從知世業誠艱鉅，創造何勞在守成。」《斗室》云：「斗室營成頗覺寬，虚窗掩映碧琅玕。裝池贈答名流蹟，也當芝蘭聚晤看。」《清齋》云：「禍福機緣祇自牽，静中吾亦適其天。要知心地多蒙者，摩詰清齋亦枉然。」《别弟》云：「吴山楚水去還歸，温清承歡願覺違。服賈讀書吾輩業，各將心事答慈幃。」《道中望廬山》云：「飄泊依龍故我身，雲中五老快相親。名山面目招尋慣，除却廬山總不真。」《秋夜偕諸弟西樓問某》云：「莫弄笙簧好弄琴，聲音原與性情通。笙簧太覺鶯聲巧，琴柱堪將雁序尋。」諸詩寓意深厚，天性涼薄者，不能道隻字也。

韞巖又嘗夜泊小孤山下，聞岸側有人吟詩云：「半生作客到南方，石破舟沉困水鄉。黑夜哀鳴深浪裏，黄昏蹲踞淺灘旁。凄風颯颯寒衣敗，苦雨霏霏枵腹傷。竊得土神驅鬼令，乞憐枯骨渡慈航。」叩其里居姓名，曰：「吾江南人，黄姓，名九宗也。偶過小孤，破船於此，感而賦詩。聞君好善，特使聞之。」韞巖曰：「君何求？」曰：「但願多得錢耳。」韞巖乃焚紙錢於舟上，焚畢，聞岸邊人稱謝而去。

劉一泉號瀑庵，靖安人。賦性瀟洒，爲詩飄飄然有凌雲意。記其《過天寧寺題壁》云：「漫説東林勝，兹山已隔凡。堂開千佛像，壁挂七斤衫。倚檻招歸鶴，憑虛送遠帆。一聲鐘磬響，樹樹夕陽銜。」《歸里》云：「錦帆高掛夕陽斜，一片歸雲送落霞。好鳥有情歌夜月，春風吹出滿庭花。」佳句如「水竹低垂千萬影，嶺梅高放兩三枝」、「茅屋數間牽藥蔓，白楊幾樹間棠梨」、「到門竹樹原非主，入畫雲烟便作籬」。

乾隆年間，江南有乞丐能詩，不著姓名。没後，人於衣上得詩一首云：「賦性孤高似野牛，銜杯執杖過通州。竹籃向曉提殘月，檀板臨風唱晚秋。兩脚踏空塵世界，一心歷盡古今愁。從今不食嗟來食，村犬何勞吠不休。」此乞丐其自命有不凡者。

新化陳惇我秩林，嘗夜夢一童子，風神秀異。詰其來因，曰：「吾乃騷壇童子，在終南山方子安名下。吾有十字回環詩，君其政之。」詩云：「風和逐蝶舞，花叢小院東。」惇我方稱賞不置，童子曰：「吾師至矣。」少頃，見有人具古衣冠而來，笑曰：「吾童子偶有所吟，君竟爲之揶揄。吾作一律何如？」詩云：「讀書聲裏月爲亭，一鏡虛無分外明。影散藤蘿浮几案，香飄杏蕊落窗櫺。來時滄海波濤静，去處澄空夜氣清。我本禪心無罣礙，便應騎鶴到巖扃。」吟畢，其人亦偕童子去。惇我强記之，每舉以告人，人多不信。

鮑薇菴太守鯤，邃於經學，於詩不多作。然偶爾遣興，亦多逸致。見其《咏蟬》云：「餐風飲露最淒清，羽化休疑脱殼生。祇恐秋來人不覺，夕陽影裏送新聲。」其嗣君聽樵有佳句云：「趕墟入鬧市，出谷鳥呼雲。」「打篙聲裏春流急，炊黍烟中曉夢寒。」「夾岸樹昏烟色暝，倚欄人静鳥聲幽。」天津王坦堂履辛粵西恭城，爲秋圃太老師叔子。才華倜儻，有鶴立鷄群之概。余主講嶽屏時，往還最密。後坦堂僑寓星沙，余嘗有《春日寄懷》七絶四首云：「東風吹動緑楊枝，正是河豚欲上時。忽憶故人烟水外，懶餐嶽色到書帷。」「别來風物幾潛更，空憶金尊話月明。昨夜夢尋山寺路，桃花何處共聞鶯。」「塵世流言不可禁，伊人去後少知心。齋頭剩有殘書在，讀罷全無俗慮侵。」「星沙咫尺恨難舒，惜别全憑一紙書。我住衡南君冀北，他年離緒更何如。」戊辰春初，余過湘潭，張謙菴禮用韵送余云：「春光欲動萬年枝，有客剛逢北上時。蚤歲鴻名滿天下，辛勤不負董生帷。」「烏篷白舫夜三更，遠火微分兩岸明。此去金臺知正好，春聲先入上林鶯。」「瓣香我亦思難禁，讀罷新詩見素心。幾樹梅花幾株雪，丰懷未許俗塵侵。」「春江一路勝懷舒，七尺瑶琴半卷書。爲問水光山色外，先生吟興近何如？」門人歐陽山麓名積應，亦和韵送行云：「櫂折梅枝作柳枝，正逢湘浦别離時。回頭嶽樹湖雲外，一艇春風入絳帷。」「探花杏苑歲重更，立雪江頭水共明。記得前春分袂去，緑楊幾樹曉啼鶯。」「問字重期喜不禁，琅函先見苦吟心。開雲胸次凌雲筆，未許紅塵半點侵。」「十幅蒲帆卷復舒，行囊飽載一船書。紅蘭水與梅花雪，欲擬新詩總不如。」

謙庵家湘潭，性耽吟咏，家徒四壁，處之晏如。余來昭潭，與山麓袖詩相見，清詞麗句，霏金擲玉。五言如「地自栖鴉影,天空落雁聲」、「月懸雙樹白,雲破四山青」、「三春雲似墨,二月雨如麻」、「松陰攔客路,雲氣濕僧衣」、「野樹干霄立,江雲挾雨行」、「石邊流水活,衣上綠雲深」、「天空星影闊,風定櫓聲柔」、「雲破月初上,江空星欲沉」、「西風黄葉寺,紅雨杏花樓」、「疏星浮水面,寒月碎波心」、「關山愁遠道,風雨逼殘年」,七言如「芳草綠回烟際色,桃花紅到水邊枝」、「三徑落花鶯未老,一池芳草燕初飛」、「雲氣四時常作雨,江聲六月已如秋」、「江上青風人去後,雨中黄葉雁來初」。

山麓賦性聰慧,具有夙根,愛與諸名人結文字交。余客中湘,載酒問奇,英英露爽。相其才調,異日殆欲以詩名家。五言如《題松下問童小照》云:「獨入亂峰裏,迢迢蒼翠間。濤聲常潑地,雲氣半遮山。童子偶相值,藥師猶未還。松花落如雨,小坐足開顔。」七絶如《淮陰侯》云:「一飯千金爲報施,英雄落魄賴扶持。如何位定三齊日,不計當年胯下時。」《春閨》云:「王孫歸路草萋萋,贏得紅顔淚暗啼。燕子不來春欲暮,一鈎新月上窗西。」「小院風過自掩門,梨花幾樹伴黄昏。夜來明月侵孤枕,欲抱蟾蜍數淚痕。」佳句如《泛舟》云:「平蕪隔岸峰將斷,遠水連天樹欲浮。」《探梅》云:「殘雪未消深磵底,凍雲猶絮亂峰堆。」「漏洩春光真第一,横斜月影正初三。」《梅影》云:「試看烟際色深淺,莫問雪中春有無。」

余嘗以《秋桑》、《秋柳》題課諸弟,各有思致。其佳者如雲樓一弟鎧敏《秋桑》云:「濃陰千畝颯金飈,老葉粗疏剩短條。筐籠影從雲外遠,羅紈痕向雨邊消。但教送暖歸春繭,何惜迎涼噪晚蜩。寄語野人封殖好，陌頭蠶月佇招邀。」菊泉四弟鎮敏《秋柳》云：「疏風一夜玉關西，黄色驚翻十里堤。歸燕影邊流水冷，亂蟬聲裏夕陽低。誰家笛管吹新曲，有客旗亭感舊題。記得暮春攀折處，濃陰深接草萋萋。」

（吴忱、楊焄、王天覺點校）